Fast ein ganzes Leben hindurch hat sich Adalbert Stifter mit der »Mappe meines Urgroßvaters« befaßt, seit in den Jahren 1841 und 1842 die auch »Urfassung« genannte Journalfassung in Friedrich Witthauers ›Wiener Zeitschrift für Kunst, Literatur, Theater und Mode‹ erschienen war. 1847 nahm Stifter die Erzählung in den dritten Band seiner Studien auf. »Ist es nicht eine merkwürdige Tatsache, daß Stifters Werk, nachdem es nahezu ein halbes Jahrhundert unbeachtet oder gering geschätzt lag, wieder seine Wirkung unter den Menschen zu entfalten begann, als die innere Verwirrung, die im Weltkrieg ihre erste Entladung fand, in empfindlicheren Gemütern ihre Schatten voraus warf, und daß die Wirkung dieses Werkes in Zeiten, die an der Oberfläche vom Sensationellen und Krassen und selbst Kranken durchsetzt waren, sich besonders entfaltete und so fort bis in unsere Tage?«

Peter Suhrkamp

insel taschenbuch 1743
Adalbert Stifter
Die Mappe meines Urgroßvaters

Adalbert Stifter
Die Mappe meines Urgroßvaters

Erzählung

Mit einer Einleitung
und Anmerkungen von
Peter Suhrkamp
und einem Nachwort von
Wolfgang Frühwald

Insel Verlag

insel taschenbuch 1743
Erste Auflage 1995
Insel Verlag Frankfurt am Main und Leipzig

Vertrieb durch den Suhrkamp Taschenbuch Verlag
Umschlag nach Entwürfen von Willy Fleckhaus
Satz: MZ-Verlagsdruckerei, Memmingen
Druck: Nomos Verlagsgesellschaft, Baden-Baden
Printed in Germany

1 2 3 4 5 6 – 00 99 98 97 96 95

INHALT

Einleitung von Peter Suhrkamp 11

Die Mappe meines Urgroßvaters
Erster Band

1. Die Altertümer 27
2. Das Gelöbnis 47
3. Der sanftmütige Obrist 49
4. Margarita 82
5. Thal ob Pirling 211
6. Das Scheibenschießen in Pirling 220
7. Das Nachwort 252

Die Mappe meines Urgroßvaters
Zweiter Band

Aus dem Nachlaß 257
Von den zwei Bettlern 261
Von dem ersten Kranken, der durch Gottes Hilfe bei mir gesund ward 288
Von unserem Hause 351
Von meinem Hause 369

Anmerkungen 446

Nachwort von Wolfgang Frühwald: Gegenbild der Gewalt. Zu Peter Suhrkamps Edition von Adalbert Stifters »Mappe meines Urgroßvaters« 449

Adalbert Stifter

Adalbert Stifter

Die Mappe meines Urgroßvaters

Erzählung

Erster Band

1939
S. Fischer Verlag
Berlin

EINLEITUNG

Diese Ausgabe verdankt ihre Entstehung und ihre Gestalt einem alten Freunde des späten Stifter; weswegen er ganz besonders den älteren Dichter liebte, das wird im Verlaufe dieser Darstellung geklärt werden. Ihm wurde der erste Band der »Vermischten Schriften« von Stifter in der ersten von Johannes Aprent, Stifters treustem Freund, veröffentlichten Ausgabe von 1870 geschenkt, mit den Stücken aus der letzten Bearbeitung der »Mappe«. Das Buch enthält die folgenden Stücke: »Von den zwei Bettlern«, »Von dem ersten Kranken, der bei mir durch Gottes Hilfe gesund ward«, »Von unserem Hause«, »Von meinem Hause«. Sie wurden in einem Landhause in der Weihnachtszeit gelesen und hatten die Wirkung, die Stifter sich von der vollendeten »Mappe« vorstellte, wenn er »die freundlichsten, geweihtesten Stunden darauf verwenden würde«. Der Leser ging »zwischen allbekannten, geliebten Dingen und sachte gebannt und eingezirkelt fort, so wie man im Frühling in warmer Luft, in allseitigem Keimen, in glänzender Sonne geht und glückselig wird, ohne sagen zu können, wodurch man es geworden«. Der Eindruck der »Mappe«, wie sie in den »Studien« enthalten ist, erwies sich bei einer Nachprüfung als fiebriger, heftiger, sensationeller, wie das bei einer Erzählung allgemein gefordert wird. Die gefundenen Stücke waren in ihrer Art keine Erzählung mehr: man begleitete den Alltag eines Lebens, und das Alltägliche offenbarte in der Sprache eine Magie; es wurde »durchsichtig und ein Labsal wie die Luft«, die ebenso verbreitet ist.

Unser Stifterfreund war nicht völlig unvorbereitet an diese Stücke gekommen: »Die Mappe meine Urgroßvaters« in den »Studien« war ihm schon immer das Liebste unter den Erzählungen des jungen Stifter gewesen, und einzelne Partien, zum Beispiel die Heimkehr des Doktor Augustinus aus dem Schneebruch im Walde, der Abend und die Nacht darauf, hatten für ihn Dinge enthalten, die er sonst im ganzen Stifter nur ahnungsweise fand. So hatte ihn Stifters Äußerung gegen seinen Verleger Heckenast nach Erscheinen der »Mappe« in den »Studien«: »Das Buch gefällt mir nicht. Es ist so schön, so tief, so lieb in mir gewesen, es könnte in der Tat hold und eigentümlich und duftig sein, wie das Heidedorf, aber tiefer, körniger, großartiger, und dann ganz rein und durchsichtig in der Form«, – diese Äußerung hatte ihn nach anfänglicher Verwunderung nicht völlig überrascht, und nachdem ihm bekannt geworden war, daß Stifter in der letzten Zeit vor seinem Tode an der »Mappe« arbeitete, und daß er sie 1864 neben der Arbeit am zweiten Band des »Witiko« auch vorgenommen hatte, war er auf das Vorhandensein dieser Bearbeitung eingestellt gewesen. Und 1933 hatte er in der »Corona« die Isabelle-Episode gelesen; Franz Hüller veröffentlichte sie dort zum erstenmal. Sie bricht ohne Schluß ab, und man konnte annehmen, daß Aprent sie deswegen von der Veröffentlichung ausgeschlossen hatte. Wo diese Episode abbricht, soll Stifters Arbeit durch den Tod abgebrochen worden sein.

Außer dem Ungenügen vor der eigenen Vorstellung von dem Werke, gibt es ein inneres Motiv für die Wiederaufnahme der Arbeit an der »Mappe«, das bedeutungsvoll für eine Erklärung der Entwicklung in Stifters Werkreihe ist und sogar Licht in die letzten Eigentümlichkeiten seiner Ästhetik bringt: die schriftliche Aufzeichnung der Gedanken und Begebnisse des eigenen Lebens als Mittel für das eigene Heil. Dieses Mittel wird in der »Narrenburg« und in der »Mappe« empfohlen, in dieser wird es doppelt, vom Obristen und vom Urgroßvater, angewandt.

Auffälligerweise herrscht die biographische Methode des

19. Jahrhunderts in der Darstellung von Dichtern noch immer vor. In den Deutungen zu Stifter, wovon die meisten im 20. Jahrhundert entstanden, wirkte sie besonders verhängnisvoll. Seit bekannt wurde, daß Stifter in umdunkelter Stunde vor unerträglichen Schmerzen seinem Leben mit eigener Hand ein Ende machte, ist die Legende von dem unglücklichen Stifter von allen Biographen und Erklärern bis auf unsere Tage benutzt worden. Von diesem verzweiflungsvollen letzten Handstreich in seinem Leben hat man den Bogen nach rückwärts zu einem Mißgeschick in seiner Jünglingszeit geschlagen: dem Verlust seiner Friedberger Jugendgeliebten Fanny Greipl. In diesen Bogen gehört die andere Kombination: Stifters Ehe mit Amalie Mohaupt sei äußerst unglücklich gewesen; diese Ansicht lebt fort trotz aller Versicherungen und Bezeugungen des Dichters, die anderes besagen. Es wird sogar eine Psychologie bemüht, die das und mehr noch, nämlich die Verklärung in seinen Dichtungen und das darin herrschende sanfte Gesetz, aus einem Trotzdem deutet und darin selbst die eigentümliche Spannung der Verhaltenheit begründet findet. Als wäre das Nichterlangen der ersten Geliebten ein Sonderschicksal Stifters, und als hätten nur in seinem Falle Freunde die Frau unebenbürtig gefunden und sich unfreundlich geäußert. Endlich aber: – als erstände je der Dichter aus einer eigentümlichen Mischung seines privaten Geschicks und könnte aus ihm heraus das heimliche Gesetz errichten, an dem, wie bei Stifter, eine übernächste Generation sich orientieren kann. Dieses Gesetz besagt, daß die Vernichtung, aus Anarchie und aus Nihilismus in gleicher Weise, in den innersten Zellen und Ordnungen des Lebens keinen Platz findet, so daß das Böse in Gestalt des Häßlichen, des Schreckens und der Gewalt wie das Unkraut nur in solche Bezirke eindringt, in denen die Kultur der edlen Früchte aufgegeben wurde. Und eine weitere Lehre enthält dieses Werk, die niemals aus Privatem

allein in Erfahrung gebracht werden konnte: daß das einzelne Leben eine neue Wiederholung von Gottes Schöpfertum sei, allerdings in vergänglichem Stoffe, so daß sein Dasein so verschwenderisch empfindlich ist, wie das der Blätter an Bäumen, die eine Jahreszeit sämtlich hinwegnimmt; daß aber trotzdem oder darum die Geschichte in den verwehten Blättern lebt. Warum hat keiner unter den Deutern und Erklärern der Werke Adalbert Stifters gefragt, woher ihm diese bis in unsere Gegenwart fruchtbare Einsicht kam! Die Historiker und die Anhänger der biographischen Methode unter ihnen hätten mit größerem Recht die Dichtung Stifters in den Zuständen des Jahres 1848 kulminieren lassen.

Allerdings bekommen sie die Bestätigung ihrer Darstellung scheinbar aus dem Werk Stifters selbst. In vielen Erzählungen der »Studien«, und nicht nur in diesen, ist das persönliche Motiv, die Herzzelle, die Auseinandersetzung mit Fanny: im »Condor«, im »Heidedorf«, in den »Feldblumen«, in der »Mappe meines Urgroßvaters«; in der Umkehrung in der »Narrenburg«; und in den »Zwei Schwestern« ist es der Kontrast von Fanny und Amalie. Und das Motiv der unglücklichen kinderlosen Ehe steht im »Hagestolz«, im »Waldgänger« und im »Prokopus«. Wer sich aber in der Erinnerung an Stifters Erzählungen ihre Eigentümlichkeiten vorstellt, ihm fallen nie diese Motive ein, auffällig ist nur deren dauernde Wiederkehr, – soll diese aber mehr bedeuten als die Wiederholungen der heimatlichen Landschaften? Und warum ist man in der Genauigkeit dann nicht so gewissenhaft gewesen und hat festgestellt, daß die ersten Erzählungen in ihren Urfassungen im Jahre 1839, dem Todesjahr Fannys, angefangen wurden; und diese Urfassungen sind bekanntlich jean-paulisch-romantisch, verschwärmt und glücklich, und ohne die Dämmerungen und die Verhaltenheit der späteren, in denen der Dämon am Grunde liegt.

Die Empfehlung der Aufzeichnung von Begebnissen und Gedanken in jedem Moment ist wohl auch von Darstellern Stifters gelegentlich vermerkt worden, keiner hat sie aber je genauer betrachtet, und deshalb wurde ihre Bedeutung übersehen. Der Obrist in der »Mappe« hörte dieses Mittel, als er über dreißig war, »und die Sachen begannen eine Wendung zu nehmen. Das Feldleben war manchmal recht ernsthaft, und ich war manche Nacht, wenn die öde Luft durch den Himmel strich, traurig über die Welt und trauriger über alle Dinge« – in solcher Lage hörte der Obrist einen alten Kriegsmann es einer Jungfrau anempfehlen. Die täglichen Aufzeichnungen allein sind schon dazu angetan, einen in einem Dasein, in welchem die Zeit in mannigfachen Erscheinungen, Abenteuern und äußerlichen Erlebnissen dahin fliegt, zur Ökonomie und auf das Wesentliche zu führen; darüber hinaus wird aber in dem Rat bestimmt, daß das Aufgeschriebene zu verschließen und »erst in drei bis vier Jahren aufzubrechen und zu lesen« ist. Und es wird berichtet, welche Beobachtungen der Obrist machte, als er, nach fünf Jahren, das erste Päckchen wieder las: daß alles »irdischer und wahrer« geworden war, »als er sich einmal vorgespiegelt hatte«, und daß er in einer langen Zeit auf diese Weise lernte, das Gewordene über das Heißerstrebte zu schätzen. Es ist zu einer gedankenlosen Angewohnheit geworden, den späten Stifter einfach auf die Sitte festzulegen, ohne zu beachten, daß die Sitte bei Stifter nicht das Ergebnis moralischer Erfahrungen, sondern das Ergebnis von fortgesetzter Beobachtung ist, nach Art von naturwissenschaftlichen Beobachtungen. Stifter war immer wieder über das Leben gebeugt und verzeichnete, was er beobachtete und dachte; es war aber nicht das allgemeine »das Leben«, das er unter dem Mikroskop hatte, sondern viele bestimmte Einzelleben, darunter nicht selten die von Naturdingen, und immer wieder sein eigenes Leben; und was der Forscher so ernsthaft suchte, war nicht das Individuelle dieser Leben, das Zeitliche, sondern das Ewige: das Ewige im Natürlichen. Als »irdischer und wahrer« wird es bezeichnet. Die Leidenschaften und die Wünsche, die heftigen Stürme und die Schrecken, die Gewalttätigkeiten und die Anfälle von Trotz: – dem unablässigen Blick des Beobachters waren sie Bewegungen und Kräuselungen an der Oberfläche, die mit dem Tage verflogen; die Vorgänge des wahren Lebens vollzogen sich in unberührten Zellen und Ordnungen, bis zu ihnen reicht keinerlei Zerstörung und Unordnung. Als Schreiber von Erzählungen und Geschichten und Romanen brauchte Stifter notwendig auch das Bewegte an der Oberfläche, das Interessante, aber er hat stets sparsamen und immer sparsameren Gebrauch davon gemacht; das Wesentliche war ihm, das ungetrübte Ewige und seine Ordnungen als irdischer und wahrer zu zeigen; darum nimmt in seinen Erzählungen die Natur einen solchen Raum ein, und darum ist die Vergangenheit darin so gewichtig.

Witiko sagt zu dem Kardinal Guido: »Ich suche zu tun, wie die Dinge fordern und wie die Gewohnheit will, die mir in der Kindheit eingepflanzt worden ist.« Und Witikos Mutter Wentila sagt zu seiner Art: »So ist dein Vater Wok gewesen und dein Großvater Witek.«

Ist es nicht eine merkwürdige Tatsache, daß Stifters Werk, nachdem es nahezu ein halbes Jahrhundert unbeachtet oder gering geschätzt lag, wieder seine Wirkung unter den Menschen zu entfalten begann, als die innere Verwirrung, die im Weltkrieg ihre erste Entladung fand, in empfindlicheren Gemütern ihre Schatten vorauswarf, und daß die Wirkung dieses Werkes in Zeiten, die an der Oberfläche vom Sensationellen und Krassen und selbst Kranken durchsetzt waren, sich besonders entfaltete, und so fort bis in unsere Tage? Gewiß ist es nicht das Rührende und Naive, das in diese unnaiven Zeiten wirkte, und auch nicht das

Schlichte schlechthin. Es ist nicht dasselbe, womit diese Werke zu ihrer Zeit zu den Menschen sprachen. Und doch sind es »die gewöhnlichen, alltäglichen, in Unzahl wiederkehrenden Handlungen der Menschen«, womit das Epische der Werke in der Hauptsache angefüllt ist, die auf uns ihre Faszination ausüben. Es ist die Beschreibung der Wirklichkeit, die hinter allem Wechsel beständig bleibt; es ist die Wiederkehr der einfachen Vorgänge des Lebens, die immer und ewig dieselben sind, wie die Bewegungen von Ort zu Ort, von Hantierung zu Hantierung, die unveränderlichen Ordnungen der Tages- und Jahreszeiten und die einfachsten Bewegungen unter Menschen in Gruß, Anrede und Antwort, Abschied. Das Bannende darin ist aber die Hindeutung auf das Beständige; dahinter spürt man die Gläubigkeit Stifters; sie ist allerdings noch kaum klar erkannt worden. Das Zeremonielle in der Darstellung dieser Dinge verzeichnet man gerne als Manier – aber man kann den Trost der Beständigkeit nicht entbehren. Die Erfahrung, daß alles Leben rasch dahin ist, ist uralt; uns ist sie nur besonders intensiv beschert – und wir haben zu unserem Schutze nicht den schlichten Himmelsglauben früherer Zeiten! Stifters Glaube ist kein Kirchenglaube und deutet nicht auf einen christlichen Himmel, sondern er deutet auf das Unzerstörbare im Irdischen und im Allervergänglichsten; er zeigt auf das Sinnbildliche, den Geistesglanz im kleinen Natürlichen. »Da die Menschen in der Kindheit waren«, schreibt er in der bekenntnisreichen Vorrede zu den »Bunten Steinen«, »ihr geistiges Auge von der Wisenschaft noch nicht berührt war, wurden sie von dem Nahestehenden und Auffälligen ergriffen und zu Furcht und Bewunderung hingerissen; aber als ihr Sinn geöffnet wurde, da der Blick sich auf den Zusammenhang zu richten begann, so sanken die einzelnen Erscheinungen immer tiefer, und es erhob sich das Gesetz immer höher, die Wunderbarkeiten hörten auf, das Wunder nahm zu.«

1848 übersiedelte Stifter endgültig von Wien nach Linz; er sollte dort noch zwanzig Jahre zu leben haben. Die Jahre zuvor hatte er seine Erzählungen für die Ausgabe der Studien hergerichtet; 1852 erschien »Bunte Steine« mit der berühmten Vorrede über Großes und Kleines. Gegen Ende derselben sagte er, daß er in der Geschichte des menschlichen Geschlechts manche Erfahrungen zu sammeln bemüht gewesen sei, und daß er einzelnes aus diesen Erfahrungen zu dichtenden Versuchen zusammengestellt habe, die aber noch liegen bleiben sollten. Die »Bunten Steine« bezeichnete er noch als eine »Sammlung von allerlei Spielereien und Kram für die Jugend«.

Die Ereignisse der letztvergangenen Jahre hatten ihm eine Aufgabe gezeigt, aber er mißtraute seiner Kraft noch. Die Aufgabe, die er sah, haben wir vorher angedeutet; sie hat in ihm geglüht mit dem Feuer einer Sendung, so daß er ein Einsamer wurde in seiner Zeit; denn was ihn als Aufgabe aus der Zeit heraus, welche der Anfang war der bis heute reichenden Zeit, erwachsen war, konnte erst ganz sichtbar werden, wenn die Zeit sich in ihrer vollen Entfaltung zeigte. Der Trost für seinen Verleger, den er ihm nach dem Mißerfolg von »Nachsommer« und »Witiko« zusprach, in fünfzig Jahren würde die Zeit für diese Werke gekommen sein, war im Ernst mehr als eine Tröstung, er war gewisser als eine Prophezeiung.

In diese Zeit, da die Kraft ihn ihm gewaltig war, fällt die Arbeit an der neuen Fassung der »Mappe«.

Sie war von Stifter auf zwei Bände angelegt. Nach dem Bericht seines treuesten Freundes Johannes Aprent sollte der erste Band enthalten: »Die Altertümer«, »Das Gelöbnis«, »Von den zwei Bettlern«, »Von dem ersten Kranken, der bei mir durch Gottes Hilfe gesund ward«, »Margarita«, »Der sanftmütige Obrist«, »Von unserem Hause«, und der zweite Band sollte beginnen mit »Von meinem Hause«; und die Isabella-Episode ist offensichtlich die direkte Fortsetzung davon. Dieser Plan zeigt gegenüber der Studienfassung eine deutliche Verlagerung der Motive in der Erzählung. Die Studienfassung ist wie ein Feld zwischen zwei Polen; in ihrem Anfang regiert das leidenschaftliche Gesetz zerstörerisch, am Ende das sanfte Gesetz mit Erfüllung. Der jähe, hemmungslose Ausbruch einer Leidenschaft, der Eifersucht, beim jungen Doktor Augustinus bewirkt bei der sanften Margarita einen Schock, so daß die schöne Blüte ihrer Liebe wie im Frost erstarrt und das verstörte Mädchen flieht; das Erschrecken treibt den leidenschaftlichen Doktor in einen Sturm der Selbstvernichtung. – Das Leiden völliger Vereinsamung, die Erziehung an einem edlen Vorbild, des Obristen, die ständige Rechenschaft über die eigene Entwicklung und der rastlose, aufopfernde Dienst in der Gemeinde haben am Ende aus Augustinus einen Mann gebildet, in dem die edlen heilenden Kräfte mächtig sind. Und Margaritas Liebe atmet, vom Frost befreit, wieder in schöner zarter Blüte in ihren sanften Strahlen. Im Plan der letzten Fassung stehen diese beiden Dinge an einem andern Platz, so daß sie auch nicht mehr sind als viele andere auch, nämlich Stadien auf einem Wege, dessen Sinn ein anderer, weniger auf einen einzelnen Menschen bezogener, weitergreifender ist: er betrifft das Verhältnis zwischen der Natur einerseits und der Kultur des Menschen andererseits. Dies Verhältnis ist in mannigfachen Spiegelungen gezeigt, die aber in zwei Generallinien eingeordnet sind. Auf der einen gibt es nur lauter gewöhnliche Begebenheiten und Verhältnisse; der Weg des Doktor Augustinus bezeichnet sie. Er ist von der Universität Prag in seine Waldheimat zurückgekehrt, um dort zu wirken. Es gibt keinen Roman, der so wie der Roman des Augustinus aus den allergewöhnlichsten Dingen des Lebens, bis auf die Aufzeichnungen der einzelnen Wege, der Krankenbesuche, der Hantierungen und der

Lebenseinrichtungen, gebildet ist. Augustinus' Leben ist ausgefüllt durch die gewöhnlichen Beschäftigungen, sie erweitern seinen Verstand und seinen Geist und öffnen ihm den Blick in die Wirklichkeit. Durch Beobachtung des Natürlichen, durch ein dienendes Tätigsein, durch Bildsamkeit, besonders aber am Vorbild eines edlen Freundes, bildet er in sich das Ungewöhnliche der Persönlichkeit, so daß die einfachen Menschen des Waldes sich am Abend einer Naturkatastrophe bei ihm sammeln, weil er durch sein Dasein allein, durch sein Geistiges, der Katastrophe überlegen scheint. Als Arzt wirkt er durch eine feine Verwendung der Kräfte in der Natur. Kultur ist hier veredelte Natur; Natur in diesem Zustand hat als Wirkung Magie.

Auf der anderen Linie herrscht das Merkwürdige, Außergewöhnliche; der Weg von Augustinus' Freund Eustachius bezeichnet diese. Eustachius tritt nur in dem Vorkapitel »Von den zwei Bettlern« in Erscheinung, von da ab ist er selbst verschollen, und Augustinus forscht nach ihm. Seine Welt und seine Wirkung reicht aber schon in die ausgeführten Kapitel hinein; der Verschollene ist sicher mit dem Zeichner Ewald Lind identisch. Man darf vermuten, daß er im weiteren Plan Stifters persönlich hervorgetreten wäre. In seinem Part ist das Thema Natur und Kultur auf einer anderen Ebene in dem Verhältnis von Natur und Kunst variiert. Er hat die Entwürfe zum Garten des Fürsten beim braunen Hof gemacht. Und was über diese Arbeit gesagt wird, bezeichnet das Thema. Über sie wird gesagt, daß Lind »sehr schön mit dem Schwarzstift und mit Farben Landschaften um sich zeichnete. Er verschönerte aber die Landschaft immer mehr, bis sie endlich zwar dieselbe blieb, aber doch eine weit schönere wurde«, und an einer späteren Stelle: »Es dürfte kaum einer sein, der Bäume, Baumgruppen, Wälderabteilungen in ihrer natürlichen Mischung und Trennung so leiblich und getreu malte wie er, daß man das Urbild, nur noch schöner, vor Augen zu haben meint.« Kunst also als Vollendung der Natur zur Verherrlichung des Lebens. Eine briefliche Äußerung Stifters bestätigt uns, daß er mit der »Mappe« selbst diese und keine andre Absicht verfolgte: »Gegen so viel naturloses Zeug unserer Tage könnte das Ding fast eine Perle werden, wenn Gott seinen Segen gibt.«

Diese letzte Fassung der »Mappe« gehört danach durchaus unter die Reihe der großen Romane Stifters und nicht mehr unter die Erzählungen der »Studien«. Die Nachbarschaft zum »Nachsommer« ist leicht zu erkennen. Im »Nachsommer« entfaltet sich der junge Mensch unbeengt und in würdiger schöner Freiheit inmitten einer Welt, welche die Früchte der Zeiten als Kultur in würdigen Anlagen und Verhältnissen verherrlichte. In der »Mappe« herrschen die einfachsten und ursprünglichsten Verhältnisse: der Wald, die armen Bewohner, das bäuerliche Vaterhaus – und der Doktor Augustinus, der Sohn eines einfachen Waldbauern, wächst aus den einfachen Verhältnissen, und er wächst an ihnen, und er kann sein Haus im Thal ob Pirling bauen und sagen: »Dann sollen diejenigen, die, wenn sie den Namen allein dabei im Auge haben, nicht aber die Gruppe von Hütten, die früher diesen Namen trugen, noch mehr recht bekommen, wenn sie nur das Haus so benennen.« Damit ist auch schon auf den gemeinsamen Boden mit dem »Witiko« gedeutet: dort kehrt der Sohn eines versinkenden Geschlechts in den großen Wald zurück und begründet ein mächtiges Stammhaus, das ins große Weltgeschehen hineinragt. Der Stil der letzten Fassung der »Mappe« mit seiner gültigen, um nicht zu sagen ewigen Wahrheit und der Herrlichkeit der einfachen Dinge rückt dieses Werk noch näher an den »Witiko«.

Der Stil und die Komposition – in Stifters Plan für die letzte Fassung der »Mappe« blieb auch das Eingangsstück »Die Altertümer« bestehen – betonen das Vergangene, das längst Gewesene. Die Tätigkeit des Doktor Augustinus sowohl wie die des Zeichners und Dichters Eustachius aber sind in ihrer Art durchaus modern. Das Historische ist also von Stifter nur als Stilmittel angewandt. Dazu pflegt man zu sagen, der Dichter habe seine Gestalten und seine Landschaften »in die Ferne gerückt und verklärt«. Die Bedeutung dieses Verfahrens ist jedoch eine tiefere: durch diesen Stil wird das Private der Geschicke aufgehoben, und diese werden eingereiht in ein großes Ganzes: der Geschichte und der Lebensgemeinschaft. Das so Vorgetragene geschieht nicht nur hier und dort, sondern es geschieht hier und dort und überall und jederzeit.

Unsere Ausgabe war schon mitten in der Ausführung, als uns bekannt wurde, daß im Frühjahr 1939 im Sudetendeutschen Verlag Franz Kraus in Reichenberg nach dem Stifterschen Manuskript, von Franz Hüller herausgegeben, die letzte Fassung der »Mappe« erschien, soweit der Dichter die Bearbeitung gefördert hatte, also einschließlich seiner Überarbeitung der Kapitel: »Die Altertümer«, »Das Gelöbnis«, »Margarita« und »Der sanftmütige Obrist«. Mit Erlaubnis des Verlegers durfte die Isabella-Episode in der Veröffentlichung von Franz Hüller in unsere Ausgabe übernommen werden. Damit enthält diese also neben der Studien-Mappe alle neuen Stücke, die in dieser in keiner Form enthalten sind. Wir hätten sie trotzdem nicht gemacht, wenn nicht ein gründliches Studium der Hüllerschen Ausgabe uns gezeigt hätte, daß unsere daneben ihre Berechtigung behält. Die Beschäftigung mit jener gab uns nämlich den Eindruck, daß Aprents Gründe gegen eine Veröffentlichung des Ganzen danach doch standhalten, und daß der Dichter selbst die letzte Mappe in dieser Form nicht veröffentlicht hätte. Aprent war der Ansicht, daß die letzte Mappe die Studien-Mappe nicht überflüssig mache, und daß die von ihm veröffentlichten Stücke die besten in der neuen Bearbeitung seien. Letzteres findet wohl darin seine Bestätigung, daß der Dichter diese Stücke, mit Ausnahme des Kapitels »Von den zwei Bettlern«, ganz neu schrieb, während die übrigen Kapitel Überarbeitungen sind und in ihnen große Partien der Studien-Mappe unverändert stehen blieben. Gewiß, Aprent hat die Stücke für die Veröffentlichung redigiert, aber ein Vergleich ergibt, daß er dabei gewissenhaft und mit Einfühlung und Verständnis vorgegangen ist. Wenn überhaupt jemand, so kannte er die Prinzipien und die Ansprüche, die der Dichter letzter Hand an seine Arbeiten legte. Wir haben in Anmerkungen am Schluß des zweiten Bandes diese Abänderungen bezeichnet.

Entscheidend ist aber, daß die letzte Mappe Fragment blieb, das nur wenig über die Hälfte des Ganzen reichte. Wir kennen aus der Studien-Mappe eine große Episode, die nach Stifters Plan in dem noch nicht ausgeführten Teil der letzten Mappe stehen sollte: den großen Schneebruch. Das ist nur ein Stück, und was für ein gewaltiges Stück, um das die letzte Mappe ärmer ist als die Studien-Mappe in dem gleichen Kapitel; es gibt deren mehrere. Die letzte Mappe hätte gewiß im fehlenden Teil ihren unvergleichlichen Reichtum bekommen; das läßt sich nicht nur nach unserer Vorstellung von der Fortsetzung der Handlung vermuten, sondern die Isabella-Episode gibt schon eine Ahnung davon. Als Fragment ist die letzte Mappe, besonders im Kapitel »Margarita«, ärmer als die Studien-Mappe, deshalb blieb es richtig, wie es in unserem Plane war, die Studien-Mappe zusammen mit den ganz neuen Stücken der letzten Mappe zu veröffentlichen.

In den Kapiteln der letzten Mappe, soweit unsere Ausgabe sie nicht enthält, sind gegenüber den gleichen Kapiteln der Studien-Mappe folgende sachliche Veränderungen festzustellen:

Das Vaterhaus erscheint größer angelegt, so daß der Doktor Augustinus nicht einen Neubau aufführt, sondern das Doktorhaus aus Erweiterungsbauten des Vaterhauses entsteht.

Augustinus hat in der letzten Mappe einen Bruder und eine Schwester und nicht zwei Schwestern. Der Vater und die Geschwister sterben erst, nachdem der Obrist in der Nachbarschaft angesiedelt ist.

Die für Stifter wesentlichste Veränderung aber ist, daß der Doktor Augustinus nach der Begegnung mit Margarita und ihrem Vetter, die übrigens bald nach der Ankunft des Vetters fällt, keine Anstalten zum Selbstmord macht und an einen solchen auch nicht denkt.

Berlin, August 1939 *Peter Suhrkamp*

Die Mappe meines Urgroßvaters

Die Fassung der »Studien«

Dulce est, inter maiorum versari
habitacula et veterum dicta fac-
taque recensere memoria.
Egesippus

1. DIE ALTERTÜMER

Mit dem an der Spitze dieses Buches stehenden lateinischen Spruche des seligen, nunmehr längst vergessenen Egesippus führe ich die Leser in das Buch und mit dem Buche in mein altes, fern von hier stehendes Vaterhaus ein. Der Spruch spielte einmal eine Rolle in einer meiner Auszeichnungen in der Schule, und schon deshalb hatte ich ihn mir für alle meine Zukunft gemerkt; allein er fiel mir nachher immer wieder ein, wenn ich so in den Räumen meines Vaterhauses herum ging; denn das Haus stak voll von verschiedenen Dingen unserer Vorfahren, und ich empfand wirklich, in den Dingen herum gehend, die seltsamliche Freude und das Vergnügen, von denen Egesippus in seinem Spruche sagt. Dieses Vergnügen haftete aber nicht etwa bloß in dem Geiste des Kindes, sondern es wuchs mit mir auf, der ich noch immer alte Sachen gerne um mich habe und liebe. Ja ich denke oft jetzt schon, da ich selber alt zu werden beginne, mit einer Gattung Vorfreude auf jene Zeit hinab, in der mein Enkel oder Urenkel unter meinen Spuren herum gehen wird, die ich jetzt mit so vieler Liebe gründe, als müßten sie für die Ewigkeit dauern, und die dann doch, wenn sie an den Enkel geraten sind, erstorben und aus der Zeit gekommen sein werden. Das hastige Bauen des Greises, die Störrigkeit, auf seine Satzungen zu halten, und die Gierde, auf den Nachruhm zu lauschen, sind doch nur der dunkle, ermattende Trieb des alten Herzens, das so süße Leben noch über das Grab hinaus zu verlängern. Aber er verlängert es nicht; denn so wie er die ausgebleichten geschmacklosen Dinge seiner Vorgänger belächelt und geändert hatte, so wird es auch der Enkel tun; nur mit dem traurig süßen Gefühle, mit dem man jede vergehende Zeit ansieht, wird er noch die Andenken eine Weile behalten und beschauen.

Diese Dinge empfindend erschien es mir nicht zwecklos, den Spruch des Egesippus an die Spitze eines Gedenkbuches zu stellen, das von meinem Urgroßvater und seiner Mappe handelt.

Ich will die Erzählung von ihm beginnen.

Mein Urgroßvater ist ein weitberühmter Doktor und Heilkünstler gewesen, sonst auch ein gar eulenspiegliger Herr und, wie sie sagen, in manchen Dingen ein Ketzer. Das alles ist er auf der hohen Schule zu Prag geworden, von wo er aber, da er kaum den neuen Doktorhut auf hatte, seinem eigenen Ausdrucke nach wie ein geschnellter Pfeil fortschießen mußte, um sein Heil in der Welt zu suchen. Die Ursache, warum er so schnell fort gemußt hatte, hat er, der Erzählung meines Großvaters zu Folge, nie dazu gesetzt. Welche sie auch gewesen ist, so hat sie ihn doch zu jener Zeit in die schöne Waldeinsamkeit seiner Heimat geführt, wo er sofort viele Meilen in der Runde kurierte. Vor wenigen Jahren erzählte von ihm noch manche verhallende Stimme des Tales, ja in meiner Knabenzeit kannte ich noch manchen verspäteten Greis, der ihn noch gekannt und mit seinen zwei großen Rappen herum fahren gesehen hatte.

Als er uralt und wohlhabend geworden war, ging er endlich auch den Weg von manchem seiner einstigen Pflegebefohlenen, und hinterließ meinem Großvater Ersparnisse und Hausrat. Das Ersparte ist zuerst fortgekommen, und zwar im Preußenkriege; der Hausrat aber ist noch stehen geblieben. Von der Art und Weise des Doktors, die sehr abweichend von der der andern gewesen sein soll, haben sich nach seinem Tode noch lange die Bruchstücke im Munde der Leute erhalten; aber die Bruchstücke schmolzen wie Eisschollen, die im Strome hinab schwimmen, zu immer kleineren Stücken, bis endlich der Strom der Überlieferungen allein ging und der Name des Geschiedenen nicht mehr in ihm war. Die Geräte und Denkmale sind auch immer verkommener und trüber geworden. Von diesen Denkmalen möchte ich sprechen, da sie einst meine schauerliche innere Freude waren.

Aber seltsam, wenn ich recht weit zurück gehe, so ist es eigentlich Trödel, der gar so tief wirkte, nicht Dinge, denen ich heute mein Augenmerk schenke. Da ist tief in dem Nebel der Kindheit zurück eine schwarze Weste, die so wundersam war; ich höre noch heute die Leute staunen und rufen, wie nun gar kein so unverwüstlicher Levantin mehr gemacht werde, und wie man das Alte aufbewahren und achten soll – dann trieb sich unter unsern Spielsachen eine dunkle, verwitterte Hutfeder herum, deren Rückgrat geknickt war – aus den Spänen und Splittern der Holzlaube blickte einmal eine geschundene Deichsel hervor – im Garten wucherte noch unausrottbar die Angelikawurzel; daneben stand ein grauer Stamm, dessen zwei einzige grüne Äste noch alljährlich schwarze Vogelkirschen trugen und im Herbste blutrote Blätter fallen ließen; – dann waren zwei himmelblaue Wagenräder, die ich als Knabe einmal sauber abzuwaschen strebte, weil sie von darauf geworfenen Pflügen und Eggen voll Kot geworden waren; – dann bestand, weil man sagt, daß der Doktor ein vornehmes Fräulein soll geheiratet haben, auf Diele und Scheune noch allerlei den jetzigen Bewohnern unbekannter Kram, der wohl nicht aller von ihm herrühren mochte; aber wenn unter die berechtigten Hausdinge etwas Wunderliches geriet, das niemand erklügeln konnte, sagte man immer: »Das ist vom Doktor«; denn obwohl wir ihn als unsern reichsten Vorahn sehr ehrten, so hielten wir doch insgeheim sämtlich dafür, daß er ein Narr gewesen sei.

Es mochte damals noch viel mehr Altertümliches gegeben haben, wenn wir Kinder den Schauer vor so manchem unrichtigen Winkel hätten überwinden können, der noch bestand, und wohin sich seit Ewigkeit her der Schutt geflüchtet hatte. Da war zum Beispiele ein hölzerner, dunkler Gang zwischen Schüttboden und Dach, in dem eine Menge urältester Sachen lag; aber schon einige Schritte tief in ihm stand auf einem großen Untersatze eine goldglänzende heilige Margaretha, die allemal einen so drohenden Schein gab, so oft wir hinein sahen; – dann waren die unentdeckten allerhintersten Räume der Wagenlaube, wo sich verworrene Stangen sträubten, alternde Strohbünde bauschten, noch bekannte Federn längst getöteter Hühner staken, tellergroße schwarze Augen aus den Naben alter Räder glotzten, und daneben im Stroh manch tieferes Loch gor, so schwarz wie ein Doktorhut. Ja die Scheu steigerte sich, da einmal der Knecht gesagt hatte, daß man durch die Sachen hindurch in die Haberstelle der Scheune kriechen könne, was wohl bestaunt, aber nicht gewagt wurde.

In der Finsternis der Truhe bewahrte auch lieb Mütterlein manche Kostbarkeiten auf, die keinen andern Zweck hatten, als daß sie immer liegen blieben, und die wir gelegentlich zu sehen bekamen, wenn sie einmal etwas Seltenes suchen ging und wir die Köpfe mit in die Truhe steckten. Da war eine Schnur angefaßter rasselnder, silberner Gupfknöpfe, ein Bündel Schnallen, langstielige Löffel, eine große silberne Schale, von der sie sagten, daß der Doktor das Blut der vornehmen Leute in dieselbe gelassen habe, – dann waren zwei hornerne Adlerschnäbel, einige Bündel von Goldborten, und anderes, was in der Dunkelheit so geheimnisvoll leuchtete, und worin wir nie kramen durften, weil die Mutter bei solchen Gelegenheiten stets nicht Zeit hatte, sondern zusperren und fort gehen mußte. Zuweilen aber, wenn die obere Stube, wo die Gastbetten standen und die Festkleider hingen, einmal gelüftet und abgestäubt wurde und die Mutter eben bei Laune war, zeigte sie wohl gerne etwa einer Nachbarin und auch uns Kindern, die immer dabei standen, manches von der Ahnentafel bürgerlicher Häuser, die ich so liebe, der Truhe der Brautkleider. Wie Reliquien pflegte man sonst derlei Kleider aufzubewahren und bei Gelegenheiten vorzuzeigen; aber diese Ehrfurcht nahm in den Zeiten ab, und endlich kam der schwarze Frack, in dem wir zur Trauung, zum Besuche, zum Spaziergange gehen – was soll daher an ihm sein, das der Aufbewahrung würdig wäre? Wenn Mütterlein nun die steifen, eckigen Dinge herauszog und in der Sonne spielen ließ, da standen wir dabei und staunten die verschossene Pracht an. Da kamen sammetne, seidene, goldstarrende Dinge zum Vorschein, die da rauschten und knisterten und unbekannt waren. Vom Doktor ist noch der ganze veilchenblaue Sammetanzug übrig, mit den vielen Schleifen und unten Goldblümchen, dann mit den Bandschuhen und schwarzem Barett. Das aschgraue Seidengewand seiner Braut hatte hinten einen Zipfel als Schleppe hinaus, es war ein goldener Saum da, und aus dem Innern lauschte das schwefelgelbe seidene Unterfutter. Insonderheit war auch der Rock der Großmutter, der meßgewandstoffig und unbiegsam war, mit den vielen Falten und großen Seidenblumen. Des Vaters langer rötlicher Brautrock, in dem ich ihn oft an Oster- und Pfingsttagen zur Kirche gehen sah, hatte schon das Schicksal, daß er zerschnitten wurde; denn als der Vater tot war und ich in die Abtei studieren ging, da wurde für mich ein neues Röcklein daraus gefertigt, in welcher Gestalt er aber von meinen Mitschülern stets nur Hohn und Spott erntete, obgleich mir mein kleines Herz jedesmal um den verstorbenen Vater sehr weh tat, wenn ich an Sonntagen das so oft verehrte Tuch auf meinen Armen sah.

Früher mochten noch mehrere Gedenksachen allgemach den Weg der Zerstörung und Vergessenheit gegangen sein. Ich denke noch klar eines Wintermorgens, an dem man daran ging, das Ungeheuer eines weichen Schreines mit Äxten zu zerschlagen, das seit Kindesdenken prangend mit dem eingelegten Worte ›Zehrgaden‹ wie ein Schloß neben der Küche gestanden war, und ich weiß noch heute recht gut, wie ich damals als winziges Kind einen beinahe bitteren Schmerz empfand, als der wunderbare kaffeebraune Berg vor mir in lauter schnöde Späne zerfiel, im Innern zu höchster Überraschung so gewöhnlich weiß wie die Tannenscheite im Hofe. Lange nachher hatte ich immer ein Gefühl verletzter Ehrfurcht, so oft ich die große lichte Stelle an der Mauer sah, wo er gestanden war.

Und wie vieles mochte in der vordenklichen Zeit verloren sein. Wie oft, wenn wir Wallfahrer spielten und ein Fähnlein auf einem langen Stabe trugen, dazu wir einen Lappen aus dem Kehrichte gezogen hatten, mochte der Lappen aus einem schmeichelnden Kleide gewesen sein, das einst die Glieder eines lieben Weibes bedeckt hat. Oder wir saßen im Grase, streichelten mit den Fingern an den schillernden Fäden des hingesunkenen Fähnleins und sangen: »Margaretha, Margaretha«; denn die Mutter hatte uns oft von einer Margaretha erzählt, die eine schöne, weiche Frau unserer Vorfahren gewesen sein soll. – Wir sangen: »Margaretha, Margaretha«, bis wir selber eine Art Furcht vor dem Lappen hatten.

Wie der Mensch doch selber arbeitet, daß das vor ihm Gewesene versinke, und wie er wieder mit seltsamer Liebe am Versinkenden hängt, das nichts anderes ist, als der Wegwurf vergangener Jahre. Es ist dies die Dichtung des Plunders, jene traurig sanfte Dichtung, welche bloß die Spuren der Alltäglichkeit und Gewöhnlichkeit prägt, aber in diesen Spuren unser Herz oft mehr erschüttert als in anderen, weil wir auf ihnen am deutlichsten den Schatten der Verblichenen fortgehen sehen, und unsern eignen mit, der jenem folgt. Darum hat der Großstädter, der stets erneuert, keine

Heimat, und der Bauerssohn, selbst wenn er Großstädter geworden ist, hegt die heimliche, sanft schmerzende Rückliebe an ein altes, schlechtes Haus, wo die Bretter, Pfähle und Truhen seiner Voreltern standen und stehen. Wenn die Gebeine eines Gewesenen schon verkommen sind, oder zerstreut in einem Winkel und im Grase des Kirchhofes liegen, stehen noch seine bleichenden Schreine in der alten Wohnung, sind zuletzt die beiseite gesetzten ältesten Dinge, und werden so wieder die Gespielen der jüngsten, der Kinder.

Es ist etwas Rührendes in diesen stummen, unklaren Erzählern der unbekannten Geschichte eines solchen Hauses. Welches Wehe und welche Freude liegt doch in dieser ungelesenen Geschichte begraben, und bleibt begraben. Das blondgelockte Kind und die neugeborene Fliege, die daneben im Sonnengolde spielt, sind die letzten Glieder einer langen unbekannten Kette, aber auch die ersten einer vielleicht noch längern, noch unbekannteren; und doch ist diese Reihe eine der Verwandtschaft und Liebe, und wie einsam steht der einzelne mitten in dieser Reihe! Wenn ihm also ein blassend Bild, eine Trümmer, ein Stäubchen von denen erzählt, die vor ihm gewesen, dann ist er um viel weniger einsam. Und wie bedeutungslos ist diese Geschichte; sie geht nur zum Großvater oder Urgroßvater zurück, und erzählt oft nichts als Kindtaufen, Hochzeiten, Begräbnisse, Versorgung der Nachkommen – aber welch ein unfaßbares Maß von Liebe und Schmerz liegt in dieser Bedeutungslosigkeit! In der andern, großen Geschichte vermag auch nicht mehr zu liegen, ja sie ist sogar nur das entfärbte Gesamtbild dieser kleinen, in welchem man die Liebe ausgelassen, und das Blutvergießen aufgezeichnet hat. Allein der große, goldene Strom der Liebe, der in den Jahrtausenden bis zu uns herab geronnen, durch die unzählbaren Mutterherzen, durch Bräute, Väter, Geschwister, Freunde, ist die

Regel, und seine Aufmerkung ward vergessen; das andere, der Haß, ist die Ausnahme, und ist in tausend Büchern aufgeschrieben worden.

Da der Vater noch lebte, durfte von des Doktors Habschaften nichts verrückt werden, da er ihn hoch verehrte und fast ausschließlich immer in einem ledernen Handschriftenbuche desselben las, welches Buch aber später ganz abhanden gekommen war. In jener Zeit stand der alte Hausrat noch wie eine eherne Chronik umher; wir Kinder lebten uns hinein, wie in ein verjährtes Bilderbuch, dazu der Großvater die Auslegung wußte und erzählte, er, der der eigentlichste, lebendigste Lebensbeschreiber seines Vaters, des Doktors, war.

Wenn er manchen Abend zwischen diesen Denkmalen niedersaß und in dem Buche seiner Jugend nachsann, dessen Zeichen bloß tiefe Stirnrunzeln und weiße Haupthaare waren, und von den Taten und Abenteuern des Doktors erzählte, von seiner Furchtlosigkeit bei Tag und Nacht, in Wald und auf Haiden, wenn er so zu seinen Kranken fuhr – wie er Scherze und Schnurren trieb – wie er Arzneigläser hatte, die rot und blau glänzten, wie Karfunkel und Edelstein – wie er Macht hatte über die Dinge auf der Erde und in der Luft – – und wenn nun das eine und andere Gerätstück, wie es ja noch leibhaftig vor uns stand, anfing, in der Geschichte mit zu spielen, bald, weil es in einem bedeutungsvollen Augenblicke in ihm krachte, oder plötzlich ein Glas den Platz wechselte – bald, weil ein Schwerverwundeter darauf ächzte, wie ihm der Doktor den Körper wieder fügte, den ein Waldbaum gänzlich auseinander geschlagen hatte – bald, weil ein unergründlich Geheimnis der Heilkunde darinnen verschlossen gewesen; so ergoß sich eine unsägliche Bedeutung und Zauberei um die veralteten Gestalten; wir getrauten uns kaum hinzusehen, wie alles in hellem Kerzenlichte umher stand und entschiedene Schatten warf; tief hinten ein Schrank, hoch und dünn, wie Ritterfräulein, die in ein Leibchen gepreßt sind; es war, als stünden Dinge auf ihm, die am Tage gar nicht dort stehen – dann der Arzneischragen, der gleichsam heimlich immer glänzender wurde – der Ahorntisch mit dem eingelegten perlenmutternen Osterlamme – die Uhr mit der Spitzhaube – der lange Lederpolster auf der Bank mit Bärentatzen, die wie lebendige griffen – endlich am Fenster, mit bleichen Tropfen des hereinscheinenden Mondes betupft, das Schreibgerüste, vielfächrig, gotisch, mit einem kostbaren Geländer, auf dem braune Frösche paßten und gleißten, die Schreibplatte überwölbt mit einem hölzernen Baldachine, wie mit einem Herdmantel, darauf oben ein ausgestopfter Balg saß, den man nicht mehr kannte und den wir jedes Abends fürchteten – und wenn der einzige Hort, der Vater, der auf diese Erzählungen nichts hielt, in der Ofenecke eingeschlummert war und der Mondenglanz der scharfen, taghellen Winternacht in den Ecken der gefrierenden Fensterscheiben starrte, so wehte ein solches Geisterfieber in der Stube, es hatte selbst die Mutter so ergriffen und war über die Mägde hinaus gekommen, die gerne in der Küchenstube daneben saßen und spannen, daß, wenn jetzt jemand am äußeren Tore geklopft hätte, es unmöglich gewesen wäre, sich ein Königreich zu verdienen, bloß dadurch, daß eines hinaus gehe und schaue, wer es sei.

Ich dachte mir damals oft, wie denn ein so unsägliches Gewimmel von überirdischen Dingen und ganz unerhörten Ereignissen in dem Leben eines einzigen Menschen, dieses meines Urgroßvaters, gewesen sein könne, und wie jetzt alles so gewöhnlich und entblößt ist – kein Geist läßt sich mehr sehen oder hören, und wenn der Vater in der Nacht von etwas aufgehalten wird, so sind es schlechte Waldwege gewesen, oder es ist ein Regen eingefallen.

»Ja wohl«, pflegte die Großmutter zu sagen, wenn auf

diese Dinge die Rede kam, »alles nimmt ab, der Vogel in der Luft und der Fisch im Wasser. Wenn sonst in den Losnächten oder Samstag abends aus den Pfingstgräben oder der Hammerau deutlich ein Weinen oder Rufen gehört wurde, so ist heute in den Gegenden alles stille und ausgestorben, selten, daß einem noch ein Irrlicht begegnet, oder der Wassermann am Ufer sitzt. Die Leute glauben auch heut zu Tage nicht mehr so fest wie sonst, obwohl die Alten, die dies erzählten, ebenfalls keine Toren waren, sondern furchtlose, aufgeklärte Männer. Wie gerne will die Jugend alles besser wissen, und kömmt doch mit den Jahren immer wieder auf die Reden der Alten, und gesteht es ein, daß sie darauf kömmt.«

So pflegte meine Großmutter zu sagen; ich aber hörte ihr mit begierig hingerichteten Augen zu und brauchte gar nicht auf ihre Worte zu kommen; denn ich glaubte ohnehin alles gerne und fest.

So war es in meiner Kindheit, und so flossen die Jahre dahin.

Die Jahre waren damals sehr, sehr lange, und es verging ungemein viele Zeit, ehe wir ein wenig größer geworden waren.

Da endlich ich als der Älteste ziemlich herangewachsen war, starb der Vater, und ich mußte bald darauf in die Abtei in die Studien. Später kam ein Stiefvater und eine neue Regierung in das Haus. Es wurden neue, schöne Geräte gemacht, und alle die alten Dinge, die früher da gewesen waren, mußten in die braungebeizte Hinterstube zurück, die gegen den Garten lag und unbewohnt war. Dort blieben sie in Raschheit hingestellt und in Verworrenheit stehen. Auch in mein Haupt waren nach und nach andere Gedanken und andere Bestrebungen gekommen. Aber einmal in den großen Herbstferien besuchte ich die alten Sachen wieder. Mir kam bei, daß ich sie ordnen könnte. Ich tat es, richtete die braune Stube mit ihnen ein, und stand dabei, wie der sanfte, schwermütige Herbstglanz der Sonne so an ihnen hin streichelte und sie beleuchtete. Allein ich mußte wieder in die Abtei, und wie die Zeit der dort festgesetzten Studien vergangen war, kam ich gar in die große, ferne Stadt.

Nun erschienen harte Jahre, die Bestrebungen des Mannes kamen und verdeckten wie mit Nebel das fernabliegende Land der Kindheit. Viele Dinge wurden erstrebt und gelitten, und da endlich die Zeit eingetreten war, in der der Mensch die Sehnsucht hat, den sachte vergehenden Lebensstrom in holden Kindern wieder aufquellen zu sehen, mochte es ein liebes Weib mit meinem Herzen wagen, und wir traten vor den Altar der Ehe. Dieses Ereignis führte mich wieder in mein Kindheitsland zurück. Da nämlich Mütterlein zu Hause sehr betrübt war, daß sie wegen Kränklichkeit nicht kommen konnte, die Brautkrone flechten zu helfen und den heiligen Kirchengang zu sehen, beschlossen wir, um ihr Ersatz zu geben, die ersten Tage unseres neuen Standes in der Heimat zuzubringen. Wir packten auf, Wälder, Berge gingen an uns vorüber, und eines schönen Sommertages kamen wir in dem längst verlassenen Hause an.

Mütterlein war ein altes Weib geworden, die neuen, schönen Geräte, die zu meiner Studienzeit gekommen waren, waren jetzt auch alt und verschossen; keine Großeltern gingen mehr im Hause herum, aber dafür spielten die kleinen Kinder der Schwester, die selbst ein Kind gewesen, da ich fort ging, an der Stelle, wo wir einst gespielt hatten – nur die Liebe und Güte ist jung geblieben. Mit dem gewohnten Sonnenscheine der Freundlichkeit in den verfallenen Zügen, mit den gewohnten guten Augen nahm die Mutter jetzt die junge, blühende Tochter an, verehrte sie und tat ihr Gutes. Es kamen Tage, die einzig unvergeßlich sind, Tage unter Menschen desselben Herzens und derselben unverfälschten Liebe. Ich führte meine Gattin durch alle Wälder meiner Kindheit, ich führte sie an rauschende Bäche und an ragende Klippen, aber ich führte sie auch durch die schönen Wiesen und durch die wogenden Felder. Hier ging Mütterlein mit und zeigte der fremden Tochter, was von all den Dingen unser sei, und was eben darauf wachse.

Alles war so herrlich und prangend wie sonst, ja es war noch prachtvoller und ernster, als ich es einst begreifen konnte. Nur das Haus war kleiner geworden, die Fenster niedriger und die Stuben gedrückt. Alles, was sonst unendlich war, die dunklen Gänge, die gähnenden Winkel, das war nun klar, und was darinnen lag, war Wust. In der braunen Stube standen die alten Dinge in der Ordnung, wie ich sie einstens hingestellt hatte, oder eigentlich, sie hingen kaum mehr an den Wänden herum. Das einzige Schreibgerüste stand noch dicht und fest mit allen seinen Zieratengeländern und Fröschen da, ein wahres Kunstwerk in uralter Eichenschnitzerei. Die Mutter gab es mir auf meine Bitte gerne zum Hochzeitsgeschenke. All das andere aber waren gewöhnliche Trümmer und Reste; die Fugen klafften, das Licht schien durch sie, der Holzwurm hatte die Balken angebohrt, und der Staub rieselte heimlich in seine Gänge. Als ich weiter durch das Haus wandelte, war hier eine Holztreppe weggenommen, dort eine andere aufgestellt – ein Geländer war hier herabgebrochen, dort eines befestigt worden – das Brunnenwasser rann in eine neue Kufe, die Gartenbeete waren in einer anderen Richtung, verschiedene Dinge standen darauf, und der graue Baum war gar nicht mehr da – in der Holzlaube war manches anders, aber hinten standen genau noch die alten Stangen und staken die alten Strohbünde: aber ein schwermütig klares Licht der Gegenwart lag auf allen Dingen, und sie blickten mich an, als hätten sie die Jahre meiner Kindheit vergessen. – So verging Woche um Woche in den neuen, erst wieder bekannt werdenden Räumen. Aber eines Tages, da eben ein grauer, sanfter Landregen die Berge und Wälder verhing, verschaffte mir das Haus etwas, das ich nicht suchte, und das mich sehr freute, weil es mir gleichsam das ganze versunkene, aufgehobene Märchen darin gab.

Mütterlein, Gattin und Schwester saßen im Hofstübchen und verplauderten die Zeit, weil draußen Straße und Garten in Wasser schwammen; ich, gleichsam aus einem alten Zuge der Kindheit, der gerne das sanfte Pochen des Regens auf Schindeldächern hörte, war fast bis auf den äußersten Boden emporgestiegen und geriet auch in den Gang zwischen Schüttboden und Dach. Da stand noch die goldglänzende heilige Margaretha auf demselben Platze, auf dem sie vor so vielen Jahren gestanden war. Eine Menge weggeworfener Sachen lag, wie einst, um sie herum. Jetzt fürchtete ich den düsteren Goldschein nicht mehr, sondern ich holte die Gestalt hervor, um sie zu betrachten. Es war ein sehr altes, gut vergoldetes, hölzernes Standbild, halb lebensgroß, aber in dem Laufe der Zeiten war es bereits vielfach abgerieben und zerschleift worden. Ich dachte mir, daß es etwa von einer eingegangenen Feldkapelle unserer Besitzungen herrühre, aus Zufall in den Gang gekommen und hier vergessen worden sei. Aber fast sollte man glauben, daß es keinen Zufall gäbe. – Daß das Bildnis hier stand, daß es heute regnete, daß ich herauf stieg und es wegnahm – das sind lauter Glieder derselben Kette, damit das werde, was da ward. Als ich nämlich die Bildsäule wieder auf ihr Untergestelle setzen wollte, hörte ich, daß dieses keinen Ton gab wie ein Block, sondern wie ein hohler Raum; ich untersuchte es näher, und fand in der Tat, daß es eine sehr alte, verschlossene Truhe sei. Ich war neugierig, holte mir in der Wohnung unten Brechwerkzeuge, stieg wieder in den Gang hinauf, befreite zuerst den Deckel von dem zollhohen Staube, der darauf lag, sprengte mit dem Eisen seine Bande und öffnete ihn.

Was sich mir nun zeigte, war ein Knäuel von Papieren, Schriften, Päckchen, Rollen, unterschiedlichen Handgeräten, Bindzeugen und anderem Gewirr – aber weit hinaus herrschten die Papiere vor. Es gibt in jedem Hause Dinge, die man nicht weg wirft, weil doch ein Teil unseres Herzens daran hängt, die man aber gewöhnlich in Fächer legt, auf welche dann nie mehr ein Auge fällt. Daß es hier so sei, begriff ich augenblicklich, und sogleich im Gange sitzen bleibend, neben mir den schwachen Goldschimmer der Bildsäule, ober mir das leichte Trippeln des Regens, fing ich die Untersuchung an, und nach einer Stunde saß ich schon bis auf die Knie in Papieren.

Welch seltsame, sonderbare Dinge! Da waren ganz unnütze Blätter, dann andere, auf denen nur ein paar Worte standen, oder ein Spruch – andere mit ausgestochenen Herzen und gemalten Flammen – meine eigenen Schönschreibbücher, ein papierner Handspiegel, von dem aber gerade das Spiegelglas herausgebrochen war – Rechnungen, Rezepte, ein vergelbter Prozeß über eine Hutweide – dann unzählige Blätter mit längst verklungenen Liedern, Briefe mit längst ausgebrannter Liebe, nur die schön gemalten Schäfer standen noch am Rande und stellten sich dar – dann waren Schnitte für Kleider, die jetzt niemand mehr trägt, Rollen Packpapiers, in das nichts mehr gewickelt wird – auch unsere Kinderschulbücher waren da aufbewahrt, und das Innere der Deckel trug noch die Namen von uns allen Geschwistern; denn eines hatte sie von dem andern geerbt, und gleichsam als sei es das letzte und ewige, hatte es den Namen des Vorgängers mit fester Linie ausgestrichen und den seinigen mit der großen Kinderschrift darunter gesetzt. Daneben standen die Jahreszahlen mit gelber, schwarzer und wieder gelber Tinte.

Als ich so diese Bücher heraus legte und der Blätter, auf denen viel hundertmal die Kinderhände geruht haben mochten, sorgsam schonte, daß sie mir nicht auseinander fielen, kam ich auch auf ein anderes Buch, das diesen gar nicht glich und von jemanden ganz andern herrühren mußte als von einem Kinde. Durch Zufall lag es hier unter den Büchern der Kinder, aber es war von einem Greise, der längstens gelebt hatte, und der längstens schon in die Ewigkeit gegangen war. Das Buch bestand aus Pergament, hatte die Höhe von vier an einander gelegten Schulbüchern und war eigentlich aus lauter ungebundenen Heften zusammen gelegt. Ich schlug sie auf, aber nichts war da als die Seitenzahlen, mit starken Ziffern und roter Tinte hingemerkt, das übrige war weißes Pergament, nur von außen mit dem gelben Rande des Alters umflossen. Im einzigen ersten Hefte war ungefähr die Dicke eines Daumens mit alter, breiter, verworrener Schrift besetzt, aber auch die Lesung dieser Worte war gleichsam verwehrt; denn immer je mehrere der so beschriebenen Blätter waren an den Gegenrändern mit einem Messer durchstochen, durch den Schnitt war ein Seidenband gezogen und dann zusammen gesiegelt. Wohl fünfzehn solcher Einsieglungen zeigte der Anfang des Buches. Die letzte leere Seite trug die Zahl achthundertfünfzig, und auf der ersten stand der Titel: ›*Calcaria Doctoris Augustini tom. II.*‹

Mir war das Ding sehr seltsam und rätselhaft, ich nahm mir vor, nicht nur das Buch in die Wohnung hinab zu tragen und bei Gelegenheit die Blätter aufzuschneiden und zu lesen, sondern auch von den anderen Sachen dasjenige, was mir gefiele, zu nehmen und zu behalten; aber ehe ich dieses täte, mußte noch etwas anderes ausgeführt werden; denn bei Herausholung dieser Pergamente war mir augenblicklich das alte Lederbuch eingefallen, in dem der Vater vor mehr als fünfundzwanzig Jahren immer gelesen hatte; ich dachte, daß dieses offenbar der erste Teil der *Calcaria* sein müßte, und wollte sehen, ob ich es nicht auch in diesen Dingen finden könnte. Das andere war aber nicht lose, sondern in dunkelrotem Leder gebunden und mit messingenen Spangen versehen gewesen, was uns Kindern immer so sehr gefallen hatte. Ich nahm nun Blatt für Blatt, Bündel für Bündel heraus, löste alles auf und durchforschte es; allein ich gelangte endlich auf den Boden der Truhe, ohne das Gesuchte zu finden. Aber als ich alles wieder hineingelegt hatte, als ich den Knecht rufen wollte, daß er mir die Truhe samt den Papieren in mein Zimmer hinabtragen helfe, und als ich sie zu diesem Zwecke ein wenig näher an das Licht rückte, hörte ich etwas fallen – und siehe, es war das gesuchte Buch, das an der hintern Wand der Truhe gelehnt hatte und von mir nicht bemerkt worden war. Tiefer Staub und Spinnenweben umhüllten es – der Vater, den ich noch so deutlich vor mir sitzen sehe, als wäre es gestern gewesen, modert nun schon ein Vierteljahrhundert in der Erde – tausendmal hatte ich die Mutter um das Lederbuch gefragt, sie wußte es nicht, und sie hatte vergebens oft das ganze Haus darnach durchforscht. Wer mag es hieher gelehnt, und auf ewig vergessen haben?

Ohne nun die Einsamkeit des Bodens zu verlassen, da mich unten niemand vermißte und gewiß alle in ihre Gespräche vertieft sein mochten, nahm ich das Buch vor, ich reinigte es zuerst ein wenig von dem schändenden Staube, der wohlbekannte rote Deckel kam zum Vorscheine, ich drückte an die Federn, mit veraltetem Krachen sprangen die Spangen, die Deckel legten sich um, und ich sah hinein. Das ganze Pergament war beschrieben, die roten Seitenzahlen liefen durch das Buch, aber hier nur bis auf fünfhundertundzwanzig, es war dieselbe alte, breite, verworrene Schrift, schlecht aus lateinischen und deutschen Buchstaben gemischt, dieselbe seltsame Feßlung der Blätter mußte auch hier statt gehabt haben, aber gelöst worden sein; denn an allen Rändern war deutlich der gewesene Messerschnitt sichtbar, und als ich das erste Blatt umschlug, stand der Titel: ›*Calcaria Doctoris Augustini tom. I.*‹ – Ich blätterte vorne, ich blätterte hinten, ich schlug hier auf und dort auf, überall dieselbe Schrift mit den starken Schattenstrichen und den ineinander fließenden Buchstaben, und die ganzen großen Pergamentblätter waren von oben bis unten voll geschrieben. Aber auch etwas anderes kam zum Vorscheine: ich fand nämlich viele zerstreute Blätter und Hefte in dem Buche liegen, die sämtlich die Handschrift meines verstorbenen Vaters trugen. Ich sah sie näher an und dachte mir: also darum war nichts von ihm in der Truhe zu finden gewesen, weil er alles hieher gelegt hatte, und weil alles vergessen worden war.

Bevor ich in dem Buche las, wollte ich eher diese Dinge des Vaters anschauen, Blatt nach Blatt ging durch meine Hände, da waren Lieder, ferner Bemerkungen und Abhandlungen – auch ein Märchen war da – Erzählungen aus seinem Leben – Worte an uns Kinder – ferner ein morsches, zerfallendes Kalenderblatt, darauf mit zerflossener, entfärbter Tinte geschrieben stand: ›Heute mit Gottes Segen mein geliebter erster Sohn geboren.‹ –– Ich las in vielem, und es deuchte mir, das Herz, dem ich zwanzig Jahre nachgejagt hatte, sei gefunden: es ist das meines Vaters, der vor langem gestorben war. Ich nahm mir vor, von diesen Schriften der Mutter nichts zu sagen, sondern sie in mein Denkbuch zu legen und sie mir da auf ewig aufzubewahren.

Ich konnte nun in dem Lederbuche nichts lesen – es klangen mir längst vergessene Worte in den Ohren, von denen mir die Mutter erzählt hat, daß er sie einstens gesagt: »Ich darf es dem Knaben nicht zeigen, wie sehr ich ihn liebe.« Ich ging in den Hof hinab und sah trotz des Regens, der niederströmte, auf jedes Brett, das er einst befestigt, auf jeden Pflock, den er einst eingeschlagen, und im Garten auf jedes Bäumchen, das er gesetzt oder sonst mit Vorliebe gehegt hatte. Die Kiste mit den Büchern des Doktors und mit den anderen Dingen hatte ich in mein Zimmer hinab bringen lassen.

Als ich wieder in die Wohnung zurück kam, saßen die Mutter und die Gattin noch immer in dem Hofstübchen beisammen und redeten. Die Mutter erzählte mir, wie so gut meine Gattin sei, daß sie nun schon so lange hier sitzen und von allem Erdenklichen geplaudert haben, und daß sie gar nicht geglaubt hätte, wie eine Stadtfrau gar so gut, lieb und einfach reden könne, als sei sie hier geboren und erzogen worden.

Spät am Abende, da sich die Wolken zerrissen hatten und, wie es gewöhnlich in unserer Heimat ist, in dichten, weißen Ballen über den Wald hinaus zogen, als schon im Westen hie und da die blassen, goldenen Inseln des heitern Himmels sichtbar wurden und manche mit einem Sternchen besetzt waren, saßen wir wieder alle, auch der Stiefvater und der Schwager, die am Morgen weggefahren und nun wieder gekommen waren, in der Wohnstube an dem großen Tische beisammen, man zündete nach und nach die Lichter an, und ich erzählte ihnen von meinem Funde. Kein Mensch in unserem Hause hatte von der Truhe gewußt. Die Mutter entsann sich wohl, daß ein solches Ding, da wir noch kaum geboren waren, immer auf der Diele gestanden, und daß alter Kram darin gewesen sei; aber wie es fortgekommen und was damit geschehen sei, könne sie sich nicht erinnern, habe auch in ihrem ganzen Leben nicht mehr an die Truhe gedacht. Wer das Lederbuch hinzu gelehnt, sei ganz unbegreiflich, wenn es nicht etwa der Großvater gewesen, der es in der ersten Verwirrung bei des Vaters Tode, um es den Augen der Mutter zu entziehen, an die Truhe legte und dort vergaß. Auch auf die Bildsäule kam die Rede, und als ich um ihren Ursprung fragte, wußte ihn niemand, sie sei eben immer in dem Gange gestanden, und keiner habe darauf gedacht, warum sie da stehe, und auf welchem Untersatze sie stehe. Nur könne sie aus keiner unsrigen Feldkapelle herrühren, weil unsere Felder nie eine Kapelle gehabt hätten.

Während wir so sprachen, standen die winzig kleinen Kinder der Schwester herum, horchten zu, hielten die trotzigen Engelsköpfchen ganz stille, und manches von ihnen hatte ein altes Blatt aus der Truhe in der Hand, auf dem Blumen oder Altäre abgebildet waren, die einst ihre Ur-Ur-Großmutter in geheimer Wonne an das Herz gedrückt hatte, oder auf dem Verse standen, die von Schmerzen und Untaten sangen, über die hundert Jahre gegangen waren.

Das Lederbuch lag aufgeschlagen auf dem Tische, und bald das eine, bald das andere von uns blätterte darinnen und sah neugierig nach. Aber keinem war es für den Augenblick möglich, die Schrift zu entziffern, oder die Gedanken zu reimen, die einzeln herausfielen. Es müsse des Doktors Leben darin sein, sagte die Mutter, denn in manchen Abenden, wo der Vater darinnen gelesen, indes sie mit den Kindern und der Hauswirtschaft zu tun gehabt, habe er ausgerufen: »Welch ein Mann!« Sie selber habe das Buch nie zur Hand genommen, weil sie doch zum Lesen nie Zeit gehabt und ihr die Kinder mehr Arbeit gegeben haben, als sie kaum zu verrichten im Stande gewesen sei. Ich aber dachte mir: wenn nun das Leben des Doktors darinnen ist, so muß sich ja zeigen, ob es von jenen Geistern und überirdischen Gewalten beherrscht war, wie die Sage geht, oder ob es der gewöhnliche Kranz aus Blumen und Dornen war, die wir Freuden und Leiden nennen. Meine Gattin bewunderte die schönen mit der Kunst des Pinsels gemalten Anfangsbuchstaben und die brennend roten Titel, hinter denen aber allemal die abscheulichste Schrift kam. Man wollte, ich solle ein wenig vorlesen, allein ich konnte es eben so wenig als die andern; weil mir aber die Mutter erlaubt hatte, daß ich die

Doktorbücher behalte, so versprach ich, daß ich jeden Tag darin studieren und dann des Abends davon erzählen werde, so lange ich noch zu Hause sei. Man war damit zufrieden, und einmal durch alte Sachen angeregt, redete man noch vieles in längst vergangenen Geschichten, und der Mutter kamen alle Erinnerungen bei, was wir in unserer ersten Kindheit und Jugend getan und gesagt, und was sich Merkwürdiges zugetragen hatte, als sie mit dem einen oder dem andern gesegnet gegangen war.

Sehr spät gingen wir in jener Nacht schlafen, jedes seine Kammer suchend, und ich die schweren Pergamentbücher des Doktors im Arme tragend.

Des andern und die folgenden Morgen saß ich nun manche Stunde in der braunen Stube, und las und grübelte in dem alten Buche, wie einst der Vater. Was ich da gelesen hatte und zusammenstellen konnte, erzählte ich gerne abends im Kreise unserer Angehörigen, und sie wunderten sich, daß bisher alles so gewöhnlich sei wie in dem andern Leben der Menschen. Wir dachten uns hinein, so daß wir schon immer auf den nächsten Abend neugierig waren, was da wieder geschehen sein werde.

Aber wie alles im menschlichen Dasein vergeht, und dieses selber dahinflieht, ohne daß wir es ahnen, so vergingen auch allmählich die Tage, die uns in meiner Heimat gegönnt gewesen waren, und wie nach und nach der letzte heranrückte, wurden wir allgemach alle stiller und trauriger. Schon mehrere Tage vorher war das Schreibgerüste verpackt und fortgesendet worden, es waren Kisten und Kasten unsers Weges vorausgegangen, weil uns die Mutter Geschenke und Aussteuer gegeben hatte, die sorgfältig verwahrt werden mußten – und endlich schlug auch die Stunde des Abschiedes: es war das erste Morgengrauen, weil wir einen weiten Weg bis zum ersten Nachtlager zu machen hatten; ich hob die schluchzende Gattin in den Wagen und stieg nach, mich äußerlich bezwingend, aber im Innern so bitterlich weinend, wie einst, da ich zuerst von der Mutter in die Fremde gemußt. Diese stand schmerzenvoll wie dazumal da, nur daß sie jetzt auch vom Alter eingebückt war – sie rang nach christlicher Fassung und zeichnete den Segen des heiligen Kreuzes auf uns hinein. Es war noch ein Augenblick – die Pferde zogen an, das durch so viele Wochen gesehene Antlitz schwand an dem Wagenfenster entlang, und wir sahen es nicht mehr – vor einer Sekunde noch stand es da, und in der Ewigkeit wohl werden wir es erst wieder sehen.

Wir saßen stumm in dem Wagen, und Zoll um Zoll drehten sich die Räder in dem morgenfeuchten Staube der Straße. Berge und Hügel legten sich nach und nach hinter uns, und wenn wir umblickten, sahen wir nichts mehr, als den immer blauern, dämmernderen zurückschreitenden Wald, der so viele Tage mit seiner lieblichen Färbung auf unsere Fenster und auf uns selber niedergeblickt hatte.

Die Gattin redete nichts, ich aber dachte im Herzen: jetzt wird jeder, der da kömmt, an dem Hause ändern und bauen, und wenn ich einmal in meinem Alter wieder komme, wird vielleicht ein neues, prunkendes Ding da sein; ich werde als zitternder Greis davor stehen, und die erblödenden Augen anstrengen, um alles zu begreifen.

2. DAS GELÖBNIS

So stehe es auf dem ersten Blatte dieses Buches, wie ich es getreu erfüllen werde:

›Vor Gott und meiner Seele verspreche ich hier einsam und allein, daß ich nicht falsch sein will in diesen Schriften, und Dinge machen, die nicht sind, sondern daß ich es lauter schöpfe, wie es gewesen ist, oder wie es mir mein Sinn, wenn er irrig war, gezeigt hat. Wenn ein Hauptstück zusammengekommen, dann schneide ich mit einem feinen Messer einen Spalt in die Pergamentblätter, oben und unten, und ziehe ich ein blaues oder rotes Seidenbändlein durch, mit selbem die Schrift zu sperren, und siegle ich die Enden zusammen. Wenn aber von dem Tage an drei ganze Jahre vergangen sind, dann darf ich das Bändlein wieder abschneiden und die Worte wie Sparpfennige lesen. Verstanden, daß es nicht allezeit meine Schuldigkeit ist, etwas hineinzuschreiben, aber daß es allezeit meine Schuldigkeit ist, das Eingetragene drei Jahre aufzubewahren. So wird es sein bis zu meinem Ende, und gebe mir Gott einen reumütigen Tod und eine gnädige Auferstehung.‹

Zum Bemerken. Es ist eine fast traurige und sündhafte Begebenheit, die mir das Gelöbnis und Pergamentbuch eingegeben hat: aber die traurige Begebenheit wird in Heil ausgehen, wie schon das Pergamentbuch der Anfang des Heiles sein muß.

Man sagt, daß der Wagen der Welt auf goldenen Rädern einhergeht. Wenn dadurch Menschen zerdrückt werden, so sagen wir, das sei ein Unglück; aber Gott schaut gelassen zu, er bleibt in seinen Mantel gehüllt und hebt deinen Leib nicht weg, weil du es zuletzt selbst bist, der ihn hingelegt hat; denn er zeigte dir vom Anfange her die Räder, und du achtetest sie nicht. Deswegen zerlegt auch der Tod das Kunstwerk des Lebens, weil alles nur Hauch ist, und ein Reichtum herrscht an solchen Dingen. – Und groß und schreckhaft herrlich muß das Ziel sein, weil dein unaussprechbar Wehe, dein unersättlich großer Schmerz nichts darinnen ist, gar nichts – oder ein winzig Schrittlein vorwärts in der Vollendung der Dinge. Das merke dir, Augustinus, und denke an das Leben des Obrist.

Gedenke daran.

Noch trag ich ein, was ich so bitter überlegt habe: Weil es

von heute an gewiß ist, daß ich mir kein Weib antrauen werde und keine Kinder haben werde, so dachte ich, da sie mir das gebundene Buch brachten, wie ich es angeordnet, und da ich die vielen Seiten mit roter Tinte einnumeriert hatte, wer wird es denn nun finden, wenn ich gestorben bin? wie werden die irdischen Dinge gegangen sein, wenn einer die Schere nimmt, das Seidenbändlein abzuschneiden, das ich nicht mehr gekonnt, weil ich eher fortgemußt? Es ist ein ungewisses Ding, ob damals viele Jahre vergangen sind, oder ob schon morgen einer die Blätter auf dem Markte herumträgt, die ich heute so liebe und für so viele Zukunft heimlich in die Lade tue.

Wer weiß es, und wer kann es wissen – ich aber werde sie doch hineintun.

Deine Vorsicht, Herr, erfülle sich, sie mag sein, wie sie will. Verzeihe nur die Sünde, die ich begehen gewollt, und gebe mir in Zukunft die Gnade, daß ich weiser und stärker bin, als ich vordem töricht und schwach gewesen.

Eingeschrieben zu Thal ob Pirling am Medarditage, das ist, am achten des Brachmonats Anno 1739.

Morgen der Obrist.

3. DER SANFTMÜTIGE OBRIST

Ich saß nämlich vor drei Tagen bei einem Weibe, das noch jung und unvermählt ist, und redete viele Stunden zu ihrem Sinne, daß sie ihn ändere. Als ich sie nicht abzubringen vermochte, lief ich in den Wald, an welcher Stelle eine Birke steht, und wollte mich daran erhängen. Ich werde es später schreiben, wie ich so übermütig mein Heil an das Weib gebunden habe, daß ich meinte, ohne ihr nicht sein zu können, aber sie sollte es nur sehen, daß ich alles zerreiße, und daß ich sie strafe, das falsche, wankelmütige Herz: – vorher aber muß ich nur das von dem Obrist eintragen. Ich lief von ihr in mein Haus, riß ein buntes Tuch von dem Tische, lief durch den Garten, sprang über den Zaun und schnitt dann den Weg ab, indem ich über Allerbs Hofmark und durch die Wiesen der Beringer ging. Dann traf ich auf den Fußsteig, der an den Mitterwegfeldern geht – dort eilte ich eine Weile fort. Ich hatte aus dem Tuche eine Schlinge gemacht und trug es in dem Busen versteckt. Dann beugte ich wieder links von dem Wege ab, strebte unter den dünnen Stämmen des ausgebrannten Waldes der Dürrschnäbel hinauf, drang durch den Saum des Kirmwaldes, streifte an dem Stangenholze, an den Tannenbüschen, an den Felsblöcken vorbei und sprang auf den Platz hinaus, wo die vielen Birken stehen und der grüne Rasen dahingeht. –– Als ich nun da war, harrte ich gleichwohl noch ein wenig, und alle Bäume sahen mich fragend an. Es war auch ein breiter, grauer Fels da, der nicht weit davon viele Klaftern hoch emporstand, und von dem die Sonnenstrahlen ohne Geräusch wegprallten, daß alle Steinchen funkelten und glänzten. Auch war eine wolkenleere, finsterblaue Luft bis in die Baumzweige herunter. – Ich schaute nicht um, gleichsam als stünde einer hinter mir. –– Dann dachte ich: da hat vor wenig Augenblicken eine Feldgrille gezirpt, ich wolle noch so lange warten, bis ich sie wieder höre.

Aber ich hörte sie nicht.

Das Himmelblau rückte immer tiefer in die Wipfel. Von dem Baume ging der starke Ast seitwärts, auf den ich gedacht hatte, und ließ dann das Moos wie einen grünen Bart hängen, derlei diese Bäume gerne haben, und weiter draußen gingen die dünnen Zweige nieder, die mit den vielen kleinen Blättern besetzt waren.

Die Grille zirpte nicht.

Aber der Obrist war mir nachgelaufen, als er mich hatte in den Wald herauf gehen gesehen, und griff mir jetzt, den ich gar nicht herzutreten gehört hatte, ganz leise an die Schulter. Ich erschrak sehr, sprang um den Baum herum und schaute zurück. Da sah ich den alten Mann stehen, mit den weißen Haaren auf seinem Kinne und Scheitel.

Er redete zuerst und sagte: »Warum erschreckt Ihr denn so sehr?«

Ich aber antwortete: »Ich erschrecke nicht, und was wollt Ihr denn von mir, Obrist?«

Er wußte anfangs nicht, was er sagen sollte – aber dann fing er langsam an und erwiderte: »Nun –– ich habe Euch heraufgehen gesehen, und da meinte ich, daß ich Euch auch nachgehen könnte, weil Ihr diese Stelle ganz besonders zu lieben scheint, – und daß wir da vielleicht mit einander redeten –– ich hätte Euch etwas zu sagen –– aber wenn Ihr wollt, so können wir es auf ein andermal lassen.«

»Nein, nein, redet gleich«, sagte ich, »redet, so lange Ihr wollt, ich will Euch geduldig anhören und nicht zornig werden. Aber wenn Ihr geendet habt, dann müßt Ihr mich lassen, weil ich dahier noch ein Geschäft habe.«

»O nein, Doktor«, antwortete er, »ich will Euch nicht stören, wenn Ihr ein Geschäft habt – mein Ding kann warten –– ich habe nur gemeint, wenn es sich so zufällig ergäbe –– ich lasse Euch schon. – Es tut nichts; weil ich einmal da bin, so kann ich gleich in den Reutbühl hinübergehen; der Knecht sagt ohnedem, daß sie mir Holz stehlen. Wenn Ihr mich ein andermal anhören wollt, so werde ich schon fragen lassen, wann Ihr zu Hause seid, – wollet Ihr aber gar freundlich sein, so besuchet lieber Ihr mich einmal, weil ich in meiner Stube leichter reden würde als in einer fremden. Aber nicht, daß Ihr das für eine Unartigkeit aufnehmet, ich kann auch gerne zu Euch kommen, lasset es mir nur in diesen Tagen sagen, wie es Euch besser gefällt. Tut nun Euer Geschäft – tut es im Namen Gottes und denkt nur immer, daß ich Euer Freund gewesen bin, der Euch stets Gutes gewollt hat. – – Ich habe fast gemeint, daß Ihr hier oben an dieser Stelle wieder lesen werdet, wie Ihr sonst gerne tatet; aber ich sehe, daß es nicht so ist. – – Noch eins muß ich sagen: habt Ihr denn nicht auch im Heraufgehen gesehen, Doktor, wie heuer das liebe Korn gar so schön stehet; es legt sich auf diese Jahreszeit schon so hoch und dunkel, daß es ein Wunder ist. Ich will von dem Reutbühl durch die Mitterwegfelder gehen und dort den Neubruch betrachten, wo heuer zum ersten Male Weizen steht. Dann gehe ich wieder nach Hause. – Lebt jetzt wohl, und besuchet mich bald.«

Diese oder ähnliche Worte hat er gesagt; denn ich habe sie mir nicht genau merken können. – Dann zauderte er noch ein wenig – dann tat er aber höflich sein Barett ab, wie er es gewohnt ist, und ging davon. Er scheint auf keine Antwort gewartet zu haben, und ich habe auch keine gegeben gewollt. Ich schaute ihm nach und sah, wie er immer weiter hinter die Baumstämme zurückkam, bis es wieder war, als wenn gar niemand da gewesen wäre.

Ich wartete noch ein wenig, dann nahm ich das Tuch aus meinem Busen und warf es mit Ingrimm weit von mir weg in die Büsche. – –

Dann aber blieb ich noch auf der Stelle stehen, und getraute mir nicht, aus dem Walde zu gehen. Ich schaute die Dinge an und bemerkte, daß es schon unterdessen sehr Nachmittag geworden war. Die Baumblätter regten sich schwach, die weißen Birkenstämme standen einer hinter dem andern, und zwischen ihnen kam die tiefe Sonne herein und umzirkelte sie, daß sie vergleichbar waren dem matten Scheine silberner Gefäße.

Ich blieb noch recht lange in dem Walde.

Es war endlich die Zeit des Abendgebetes gekommen, und manche Tannenäste wurden rot. – Siehe, da klang auf einmal hell und klar, wie ein Glöcklein, die Stimme der

Grille und klopfte mit einem silbernen Stäblein an mein Herz – gleichsam mit einem feinen, silbernen Stäblein klopfte das mißachtete Tier an mein Herz, als sagte es mir deutliche menschliche Worte. Beinahe hätte ich mich gefürchtet.

Und wie ich dann von der Stätte fortging, klang auch das Abendlied der Ammer, es klang so dünne und dicht neben mir, als flöge das Vöglein heimlich mit und zöge ein zitternd Goldfädlein von Zweig zu Zweig. – Und wie ich weiter gegen die Felder hinauskam, lichtete und lohete der Wald immer mehr und mehr – die Augen des Himmels sahen herein, und die dünnen Stämme waren wie feurige Stäbe. Und wie ich nun gänzlich hinauskam, lag die ruhige Saat des Kornes da, welche der Obrist angeschaut hatte – weithin lag sie dunkelgrün und kühl da, nur die Spitzen waren ganz ein wenig rot gestreift von dem Widerscheine des Himmels. Die Wiesen drüben waren schon dunkel und wie mit grauem Reife bedeckt, und hinter dem Walde draußen war die Sonne untergegangen.

Als ich zu Tal gekommen und an mein Haus getreten war, führte der Knecht meine zwei schwarzen Pferde aus der Schwemme heim, und grüßte mich; ich aber ging in die Stube, wo die Bücher sind, und aß des Abends keinen Bissen mehr.

Des andern Tages war ein Sonntag, es war der vorgestrige Tag, und ich fuhr um fünf Uhr früh zu dem Erlebauer hinaus, weil es sich am Tage zuvor mit ihm so verschlimmert hatte; aber er war besser, und ich ließ ihm wieder von dem Tranke zurück. Die Inwohnerin des alten Klum war besser, ebenso die junge Mechtild mit dem Gallenfieber. Um neun Uhr war ich schon bei allen gewesen, und ging dann in die Kirche zu dem sonntäglichen Gottesdienste. Nachmittag weinte ich sehr.

Da sendete ich noch in der Nacht zu dem Obrist und ließ

ihm melden, daß ich morgen kommen würde, wenn es ihm genehm wäre. Ich wolle zuerst die Kranken versorgen, und dann würde ich hinauf gehen, wenn er zu Hause sei, das ist gegen zehn Uhr, oder um weniges später. Er solle mir zurücksagen lassen, wenn er da nicht könne und es anders wolle. Aber der Obrist vermeldete mir durch meinen Knecht, daß er mit vieler Freude auf mich warten werde, und daß ich keinen Kranken übereilen solle. Er werde den ganzen Tag in seinem Hause oder in seinem Garten herum sein, daß ich ihn leicht finde.

Dann legte ich mich nieder und gab vorher dem Knechte noch, in Anbetracht, daß heute Sonntag war und er den Gang getan hatte, ein Glas Wein. – Ach Gott – der Keller war schon fertig, und ich wollte ein großes Haus darauf bauen – und ich weiß nun nicht, für wen ich es baue. Ein recht großes, schönes Haus wollte ich bauen, weil mich Gott so gesegnet hat, und weil mein Vater doch nur ein Kleinhäusler gewesen ist, mit einer Hütte und Steinen darauf, wie sie noch überall auf den Waldhöhen herum stehen. Nur der Obrist ist gekommen und hat ein Haus mit steinernen Mauern gebaut, das nun als Vorbild weithin gegen die Fichten leuchtet. Dann las ich noch bis Mitternacht in Hochheimbs Buche.

Am andern Morgen, da ich schon lange nicht mehr schlafen konnte, stand ich sehr früh auf, und fuhr, als noch der Tau lag, durch den Wald an dem Bache hinunter, daß ich meine Kranken besuche. Das Wasser rollte kühl über seine Steine und an den Gräsern dahin. Es ging bald die Sonne auf und brachte einen recht schönen, lieblichen Vormittag. Dieser trocknete die Nässe von den Nadeln und von allen den vielen Kräutern, die nichts anderes zu tun hatten, als recht eilends in dieser Frühlingswärme zu wachsen. Als ich wieder nach Hause gekommen und die Pferde in den Stall gebracht waren, legte ich einen besseren Rock an und begab mich auf den Weg zu dem Obrist. Da ich um die Ecke des Holzes bog und an den Gerstenfeldern des Meierbacher ging, die er heuer so schön hat, sah ich schon das Haus, wohin ich wollte, freundlich und weiß herabschimmern – es schimmerte so lange, als ich an dem Abhange dahin ging, und wie ich den weichen Grashügel emporstieg, wo die vielen Eschen stehen, kamen die zwei Wolfshunde herabgelaufen, tanzten um mich und heulten freudig, weil sie mich schon so lange nicht gesehen hatten. Der Obrist selber war in dem Garten, und ich sah ihn durch die Stäbe der Umzäunung. Er hatte den grünen, samtenen Rock an, den er so liebt, und die goldene Kette um, von der glänzende Funken weggingen. Als wir die Barette abgetan hatten, ging er mir entgegen und verneigte sich. Ich verneigte mich auch. Dann geleitete er mich durch den Garten an den vielen grünen Büschen hin, die er zieht, und führte mich in das Haus hinein. Wir kamen im Gange an der Tür vorüber, die in Margaritas Zimmer führt. Die feine, gelbe Rohrmatte lag auf der Schwelle.

Als wir in seiner Stube angelangt waren, sah ich, daß er seine grünseidenen Vorhänge über die Fenster herabgelassen hatte, wodurch eine unliebe Totendämmerung um alle Dinge floß. Er schritt gegen die Fenster, zog die Vorhänge empor, ließ sie dann wieder nieder, und zog sie doch endlich empor. Sodann nahm er mir die Handschuhe und das Barett, legte beides auf sein Bette, und stand dann da, und hatte die weißen Haare so genau und reinlich zurückgekämmt wie immer. Er hatte noch nichts geredet, ich auch nicht.

Endlich nahm er das Wort und sagte: »Das ist ein schöner Tag, Herr Doktor.«

»Ja, ein sehr schöner«, antwortete ich.

»Ist die alte Sara schon besser, und was macht der Erlebauer?«

»Die Sara ist schon seit drei Wochen nicht mehr krank, und der Erlebauer wird auch schon besser.«

»Das ist gut; es wäre schade um den Mann gewesen, er ist sehr tätig und hat fünf lebende Kinder.«

»Gestern hat er die Krisis überstanden, und die nützliche Luft wird ihn bald heilen.«

»Habt Ihr noch viele Kranke?«

»Nicht sehr viele.«

»Der Meilhauer hat ja auch einen Fuß gebrochen.«

»Freilich, weil er sich nicht wahrt; eine Buche hat ihn gestreift.«

»Im Thaugrunde wars?«

»Im Thaugrunde.«

»Ihr kommt ja jetzt öfter in den Haslung hinunter, ist es wahr, daß sie das Gehäng reuten?«

»Lauter Felder, seit sie sich los gekauft haben.«

»Und in den drübigen Hofmarken mähen sie schon Heu?«

»Es ist kein Halm mehr auf den Wiesen.«

»Das ist ein gesegnetes, schönes Jahr. Wenn uns der Herr noch weiter hinaus behütet und das Verheißene gut einbringen läßt, dann kann sich mancher helfen. – – Wollt Ihr Euch denn nicht ein wenig auf das Sitzbette niederlassen, Doktor?«

Nach diesen Worten nötigte er mich auf das Sitzbette, das er vor dem Tische hat, und setzte sich zu mir. Nachdem er die Falten an dem Teppiche gleich gestrichen und die Brosamen herabgestreift hatte, sagte er plötzlich: »Das ist recht schön, Doktor, daß Ihr gekommen seid, und wieder dahier sitzet, wie so oft; darum sagt mir auch geradeweg, ob Ihr denn auch auf mich zürnet?«

»Nein, Obrist«, antwortete ich; »nein, ich weiß es schon, daß Ihr mir nichts getan habt. Ihr seid ja ein freundlicher Mann gegen jedes Geschöpf. Ihr habt allen Leuten im

Walde herum wohl getan, und wenn einer undankbar war, so seid Ihr hingegangen und habt ihm eine neue Güte erwiesen. Wie sollte ich Euch zürnen? nein, eher muß ich Euch jetzt sagen, was ich noch nie gesagt habe: Ihr seid der beste und sanfteste Mensch, den ich auf der Welt kennen gelernt habe.«

»Bin ich das«, erwiderte er, »so macht mir die Freude, Doktor, und tut Euch kein Leid an.«

Mir rollten die Tränen hervor, und ich sagte, daß ich es nun nicht mehr tun wolle.

»Ich bin vorgestern«, sagte er, »mit großer Angst durch den Reutbühl gegangen; denn der Mensch vermag hierin nichts zu ändern, und ich ließ Euch in Gottes Hand zurück. Als die Sonne untergegangen war, stand ich an dem Fenster und betete – und da sah ich Eure Gestalt am Saume des Kornes nach Hause gehen, wie manches Mal an andern Tagen, wenn Ihr mit einem Buche unter den Birken gewesen seid – und es kam eine recht ruhige, freundliche Nacht in mein Haus. – Seht, da ich damals von Euch fort gegangen war, bin ich im Reutbühl auch an unsere Föhrenpflanzung gekommen, die Ihr im vorigen Frühlinge mit mir angelegt habt, und habe gesehen, daß kaum ein einziges Pflänzchen ausgegangen ist; manche sind schon sehr hoch und ballen mit ihren Wurzeln das Steingerölle. – Am andern Tage bin ich von der Stube in den Stall gegangen, von dem Stalle in den Garten, und von da wieder herein – und habe über die kleinen Felderhügel geschaut, und über die Spitzen der Wälder, in denen Ihr vielleicht fahren werdet oder sonst etwas tun. Da kam in der Nacht Euer Knecht und brachte mir große Freude. – Ich hatte es ja nun in der Hand, ich kannte Euch, Ihr seid so oft zu mir gekommen, und ich wußte es ja, daß Ihr Euch herausreißen würdet.«

Ich konnte den Mann nicht anschauen, und sagte, weil ich schon so viel eingestanden hatte, daß ich so zerdrückt sei und die Tage her keinem Menschen, nicht dem Knechte, nicht der Magd und keinem Taglöhner in die Augen sehen könne.

»Das ist unrecht«, antwortete er, »und es wird sich ändern. Tut ihnen Gutes, seid ein rechter Arzt, und Ihr werdet wieder ihres Gleichen. Auch wissen sie ja nichts.«

»Aber ich weiß es.«

»Ihr werdet es vergessen.«

»Und mit einer solchen Schwermut fahre ich an den Fichten und Tannen vorüber, daß an meinen Augen stets das Weinen ist. Ich bin gleich recht gerne zu meinen Kranken gegangen, auch zu denen, die schon besser sind, – auch zu dem alten Keum bin ich gegangen, der sterben muß, weil er das Zehrfieber hat, und habe ihn ein wenig getröstet.«

»Das ist immer so«, antwortete der Obrist, »daß aus dem harten Steine Zorn der weiche Funken Wehmut kömmt. So fängt Gott die Heilung an.«

»Schont mich vor der Welt, Obrist.«

»Redet nicht so. Nur der Herr im Himmel und ich haben es gesehen, und beide schweigen. Lasset nun die Zeit fließen, und es werden Hüllen nach Hüllen darauf kommen. Die Seele hat einen Schreck erhalten, und wird sich ermannen. Es ist nun alles gut, lassen wir es gehen, und reden von andern Dingen. – Sagt mir, Doktor, habt Ihr denn den Thomas abgedankt, daß gestern ein anderer Knecht zu mir gekommen ist?«

»Nein, aber er ist jetzt bloß bei den Pferden. Den andern habe ich zu den Geschäften im Hause und zum Botengehen genommen. Er ist der Sohn des Inbuchsbauer.«

»Ich kenne ihn, er hat die Füllen des Gregordubs gehütet. Ihr müsset ja jetzt viele Leute in Eurem Hause haben?«

»Nur noch zwei Mägde.«

»So habt Ihr das Bauen einstweils eingestellt?«

»Nein, ich habe es für das heurige Frühjahr nur noch

nicht begonnen. Wir waren erst ein wenig an dem großen Brunnen, aber seit der Bernsteiner im Steinbühel den Keller gräbt, habe ich ihm alle meine Leute hinüber gehen lassen. Er will bis zu dem Schützenfeste fertig sein.«

»Ich war schon lange nicht in Pirling, und wußte nicht, daß er graben läßt. Im Steinbühel muß er wohl stark in die Felsen sprengen.«

»Sie schießen ja schon drei Wochen, und alle Leute, die ich sonst hatte, sind dabei beschäftiget.«

»Ich möchte auch manches in meinem Hause ändern, und wenn der Grunner zu empfehlen ist, so müßt Ihr ihn mir einmal herauf schicken. Mit dem ganzen Hinterecke möchte ich gegen den Eichenhag hinaus fahren, auch möchte ich eine neue Stiege und einen neuen Kellereingang machen lassen.«

»Meinen Brunnen wenigstens hat der Grunner vortrefflich herausgebaut.«

»O Doktor, Ihr habt eine schöne Lage in der Biegung des Tales; Ihr seid noch jung, und wenn Ihr Euch bestrebet, so kann es ein schönes Besitztum werden, das seinen Herrn und seine Frau erfreut, wenn einmal eine einzieht. Meine Tage sind schon wenige, ich gehe dem Grabe entgegen, und wenn Margarita einmal fortzieht, wer weiß, in welche Hände dies Gebäude kommt, das ich so eifrig aufgeführt habe. –– Lieber Doktor, ich möchte noch recht gerne von etwas Längerem und Ausführlicherem mit Euch reden.«

»So redet.«

»Ihr werdet jetzt vielleicht seltener zu mir kommen, und da denke ich, ist es billig, daß Ihr auch meine Fehler wisset, denn Ihr habt mich bisher zu viel geachtet – auch könnte Euch die Sache vielleicht nützlich sein. Ich möchte Euch nämlich von meinem früheren Leben erzählen, und wenn ich geendet habe, möchte ich noch gerne eine Frage und eine Bitte an Euch tun – vorausgesetzt, wenn Ihr nämlich Zeit habt, mich anzuhören.«

»Ich muß nur abends noch zur Haidelis hinaus, und vor dem Schlafengehen noch den Erlebauer sehen, sonst habe ich heute nichts mehr zu tun. Sprecht also nur, Obrist, wie Ihr es für gut haltet, und fragt dann und bittet, was Ihr wollt.«

»Wißt Ihr noch, ich habe vorgestern im Birkenstande zu Euch gesagt, daß ich etwas mit Euch zu reden hätte – das war aber damals unwahr; sondern da ich Euch von hier forteilen, nach Hause gehen und dann über den Zaun und die Wiesen gegen den Wald schreiten sah, ahnte mir Böses; ich lief Euch nach, um ein Unglück zu verhüten; aber da Ihr mich oben von dem Platze fortdrängtet, wußte ich mir nicht zu helfen und sagte nur die Worte – allein seitdem habe ich es mir so ausgebildet, daß ich mit Euch von meiner Vergangenheit reden möchte, die gewesen ist, ehe ich in dieses Tal gekommen bin. Nehmet es nur nicht übel, daß ich alt bin, und etwa weitschweifig in meinen Worten.«

»Nein, Obrist«, sagte ich; »sind wir nicht manchen Abend in dem Walde gegangen, und habe ich nicht gezeigt, daß mir Eure Worte lieb und angenehm waren?«

»Ja, das ist wahr, das habt Ihr getan; darum mag ich auch jetzt gerne zu Euch reden. Ihr habt mich vor einer Weile den sanftesten Menschen geheißen, den Ihr auf Erden gekannt habt – ich muß Euch bekennen, daß es mir wohl tat, daß Ihr das gesagt habt. Ihr seid der zweite Mensch auf dieser Erde, der es sagte; der erste hat vor vielen Jahren gelebt, und ich werde Euch später von ihm erzählen. Ihr werdet dann einsehen, daß mir diese gute Meinung von euch beiden lieber ist, als von allen andern Menschen auf der Welt. – Nun zur Sache. Habt Ihr nie von einem Grafen Uhldom gehört?«

»Meint Ihr den berüchtigten Casimir Uhldom?«

»Dieser berüchtigte Casimir Uhldom bin ich.«

»Ihr?«

»Ja, ich. Spieler, Raufer, Verschwender – und jetzt das, was Ihr seit einigen Jahren kennt.«

»Nein, das ist nicht möglich – als ich noch auf der Schule war, gingen zwar unbestimmte, aber unheimliche Gerüchte von dem Grafen.«

»Sie sind vielleicht wahr; ich bin nicht gut gewesen. Manches war ich im besseren Sinne, als es die Leute wußten, das Schlimme kannten sie zu genau, manch Gutes, wie ein Schlimmes, und das Beste gar nicht –– und das bin ich fast durch Kummer geworden. Höret mich ein wenig an: Als mein Vater starb, war ich sechzehn Jahre alt, mein Bruder zwanzig. Die ganze Zeit war er immer der bessere gewesen, ich der schlimmere. Als nun die Leute beisammen waren und das Testament geöffnet wurde, war er auch der Erbe, ich enterbt. Ich habe damals noch nicht gewußt, ob er gefehlt habe oder nicht; aber ich hieß ihn einen Schurken, und nahm mir vor, in die weite Welt zu gehen. Es erschien mir dazumal ein leichtes, Befehlshaber zu werden und ein großer Feldhauptmann, wie der Waldstein und die andern im Dreißigjährigen Kriege. Ich ging mit dem wenigen Gelde, das von Rechts wegen mein gehörte, vom Hause fort und bot dem Brandenburger meine Dienste an, ich bot sie dem Churfürsten von Baiern an, und dem Pfalzgrafen, aber es war überall nichts; sie wollten mich entweder in das Volk stecken, oder in eine Soldatenschule tun, und beides litt ich nicht. Daher ging ich weiter – und eines Tages, als jede Welle des schönen Rheines im Sonnenscheine blitzte und glänzte, kam ich nach Frankreich hinüber. Ich gedachte, dem Könige Ludwig meinen hoffnungsreichen Degen zu Füßen zu legen. Viele Tage wanderte ich durch das fremde Land und durch die fremde Sprache, bis ich eines Abends, da eben ein stiller Regen von dem grauen Himmel fiel, in die finstere Stadt Paris einzog. Ich glaubte damals noch gar nicht, daß es mir fehlschlagen könnte. Ich verstand die Sprache wenig, kannte keinen Menschen in der Stadt, aber dennoch drang ich vor und wurde zu dem Könige geführt. Er fragte mich, was ich zuerst lernen würde, und ich antwortete: die Sprache. Er lächelte und sagte, daß er meiner gedenken wolle. Ich fing nun an, die Sprache zu lernen und auf die Antwort des Königs zu warten. Als mir das Geld ausging und ich nur mehr ein einziges Goldstück hatte, dachte ich mir, daß ich nun in ein Spielhaus gehen müsse, um eines zu gewinnen. Ich wußte ein solches Haus; es stand in einer langen, des Abends immer sehr schön erleuchteten Gasse, und ich hatte es bisher nur von außen gekannt. Als es wieder Abend war, ging ich in die Gasse und schaute es wieder von außen an. Da fuhr ein Wagen quer an mir vorüber in das Haus hinein und bespritzte mich mit dem Kote der Straße. Unter dem Torwege hielt er an, der Schlag wurde aufgerissen, ein schön gekleideter Mann stieg aus, ging die Treppe hinauf, und ein Diener trug ihm ein Kästchen nach. Ich ging nun auch durch die Pforte des Hauses, ging über die Treppe hinauf, wo Bildsäulen standen, kam in den Saal, wo Menschen liefen, und schaute eine Weile zu. Dann ging ich hinzu, legte mein Goldstück auf eine Karte, wie ich die andern hatte tun gesehen, und nach einer Zeit schoben sie mir mehrere Goldmünzen hin. Ich war nicht stark überrascht und setzte wieder. Das Spiel kannte ich nicht; es wurden nur immer Karten herabgelegt, immer die nämlichen zwei ruhigen Worte gesagt, wie der Perpendikel einer Turmuhr, und die Leute schoben sich Goldstücke hin und her. Als endlich der Mann am obern Ende des Tisches sein Kästchen zuschloß, hatte ich mehrere Hände voll Goldstücke in der Tasche. Es war indessen nach Mitternacht geworden, ich ging nach Hause und schüttete das Geld in mein Barett, das ich auf einen Stuhl geworfen hatte. Am andern Tage lechzte ich darnach, daß es Abend würde.

Als man die Kerzen anzündete, ging ich schon in dem Saale auf und nieder, und es trat ein fremder Herr zu mir und sagte, daß er auf mich wetten werde. Ich verstand dies damals nicht und ließ alles geschehen. Wieder gewann ich an dem Tage, wie vorher, und am andern Tage wieder. Ich lernte bald das Spiel verstehen und versuchte nach und nach, es zu leiten und zu beherrschen. Mehrere Männer schlossen sich an mich an und suchten das Glück in ihren Kreis zu bannen. Ich gewann, verlor unbedeutend, und mein Wohlstand begann sich zu heben. Ich ging nun in schönen Kleidern und Federhut durch die Straßen, das schönste Pferd in Paris war mein, und drei fast gleich schöne standen noch in dem Stalle. Der Mantel war wie der eines Herzoges, und der kleine Degen hatte Diamanten im Knopfe. Damals hätte ich auch falsch gespielt, wenn ich verstanden hätte, es zu machen. Meine Freunde und Spielgesellen führten mich zu den Leuten, die in den großen Palästen wohnten, welche ich sonst nur von außen hatte ansehen dürfen, man sagte mir schöne Dinge; die Mädchen wollten mir wohl; ich liebte die Pracht und lernte die dortige Art und Sitte. Wenn Männer beisammen waren, suchte ich Händel zu erregen, und ermutete mich dann im Zweikampfe; denn außer bei den Karten brachte ich die meisten Stunden auf dem Fechtboden zu. – So war es mit meinem Spiele. – – Da sagte einmal ein langer, blasser Mann, den ich immer gescheut, und daß ich aufrichtig bekenne, den ich gefürchtet hatte, daß ich doch nur ein Lumpe sei, der vom Pariser Strolchengolde lebe. Er hatte die Worte zu mir selber gesagt; ich antwortete ihm nichts darauf, aber ging nach zwei Tagen zu dem Herrn Armand Pelton, dem derzeitigen Vorsteher des Armenwesens, und übergab ihm an Gold und Schmuck und Kleidern, wie auch an Pferden und Reitgeräten alles, was ich hatte. Nur hundert Ludwigsstücke hielt ich zurück und einen grauen, schlechten Klepper, den ich mir am Tage vorher gekauft hatte. Seht, Doktor, ich habe noch die Scheine von jener Begebenheit, und werde Euch dieselben zeigen.«

Als der Obrist diese Worte gesagt hatte, stand er auf und suchte in den Laden seines Schreines. Er sammelte aus demselben mehrere Schriften, trat wieder zu mir und breitete sie auf dem Tische aus. Es waren richtig lauter Empfangsbriefe über verschiedene Summen und Stücke, welche der Graf Casimir Uhldom, Spieles wegen, der Armensache übergeben hatte, und welche durch die Namen der Väter bestätiget wurden, in deren Hände das Gut niedergelegt worden war. Als er mir mit dem Finger auf alles gewiesen hatte und der Punkt abgetan war, schob er die Papiere auf dem Tische zurück und sperrte sie nicht wieder ein.

Dann fuhr er fort: »Ich lud am Nachmittage den langen, blassen Mann zum Zweikampfe, und sagte ihm keine Ursache; aber da ich ihn durch die Schulter gestochen hatte, hielt ich ihm diese Schriften vor die brechenden Augen und schrie ihm zu, wer ich sei. Ich hielt ihn damals für sterbend und war damit zufrieden. Aber er starb nicht, ich lernte ihn viele Jahre darnach von neuem kennen, achtete ihn damals sehr hoch, und ich glaube, er mich auch. Als ich von dem Kampfplatze fort ging, spießte ich eine andere Schrift, die mir von dem Könige war zugeschickt worden und mir einen schlechten Platz in dem Heere anwies, auf meinen Degen und warf sie weg. Ich haßte nun den König, und begriff, daß ich unter die deutsche Reichsarmee gehöre. Als am andern Morgen die Sonne aufging, war ich schon weit von Paris; sie schien mir in das Angesicht, und ich ritt auf dem grauen Klepper Deutschland zu. Ich hatte ein schlechtes Lederkoller an und die hundert Ludwigsstücke darin. Am siebenten Tage ging ich wieder über den Rhein. Damals sagten sie, daß ich ein arger Verschwender gewesen sein müsse, der vom Reichtume auf solch schlechtes Zeug gekommen; ich aber lachte, schaute in die dunkelgrünen Wogen des Rheins, und glaubte auch da noch nicht, daß es mir fehlschlagen könne. Ich erkannte, daß ich auf einem Irrwege gewesen sei, und daß ich nun einen andern betreten müsse. Daher beschloß ich, wie der Herzog von Friedland ein Kriegsheer aufzurufen und mit demselben die Länder wieder zu erobern, die uns der König früher entrissen hatte. Ich gedachte hiebei des Zufalls, daß, wenn ich als Feldherr in Paris einzöge, etwa bei demselben Fenster ein Mägdlein herab schaue, bei dem ich sonst mit ihr gestanden und so vergnügt gewesen war, wenn sie mich ihren lieben kleinen Grafen genannt hatte. Ich schämte mich recht jener kindischen Zeit und ihrer Bestrebungen. – Als aber nach zwei Jahren die neuen Entwürfe auch noch nicht in Erfüllung gegangen waren, fing ich an, in unserem Heere von unten auf zu dienen. Jetzt rückte die Zeit langsamer, und die Mühe belohnte sich nur um Haarbreite nach Haarbreite; aber aus Ehrsucht, weil mir schon nichts anders gelassen war, tat ich auch das Jetzige gut, daß ich den andern zuvorkomme und die übermeistere, die neben mir waren. – So wurde ich nach und nach sechsundzwanzig Jahre alt und bekannter unter den Vorstehern des Heeres. Da geschah es, daß ein Oheim starb, der letzte unserer Verwandten, und mir ein beträchtliches Vermögen hinterließ. Zu gleicher Zeit verliebte ich mich auch. Ach Gott, lieber Doktor, es sind jetzt viele, viele Jahre vergangen – und verzeiht mir die Worte, die ich sagen werde – ich war gerade so schwärmend wie Ihr, ich war ausschweifend in Haß und Freundesliebe, ich war eben so strebend und vom Grunde aus gutherzig wie Ihr. Seht nur, oft habe ich gemeint, ich müsse alle Sterne an mich herunter ziehen und alle Weltteile auf dem Finger tragen. Daher tat ich mein Herz weit auf, ließ das Gefühl eingehen, und hatte meine Ergötzung daran. Ehe ich aber zur Besinnung gelangte, war ich betrogen. Ein Freund und Vertrauter, den ich auf Freiwerbung sandte, führte sie selber zum Altare. Ich wollte ihm auf das Gut, wohin er sie geführt hatte, nachreisen, um ihn zu erstechen, aber ich tat es dann nicht, und nahm mir vor, mich selber zu töten. In unserem Hause war ein langer, schmaler Gang, wie sie in Soldatenhäusern gewöhnlich sind, und zwischen den Fenstern waren starke Pfeiler. Als es Nacht geworden war und die Kameraden schliefen, nahm ich eine Büchse, die ich abends geladen hatte, ging auf den Gang und stellte mich in den Pfeilerschatten, weil doch zuweilen Mannschaft vorbei ging, daß sie mich nicht sehen könnten. Als sich nach einer Weile nichts mehr rührte, stellte ich die Mündung nach meiner Kehle und griff mit der Zehe um das Zünglein. Aber ich mußte es übel gemacht haben, denn es knackte etwas, und das Eisen schürfte an meinem Hemdknopfe; da sprang plötzlich ein gemeiner Mann unserer Rotte, der mich ausgekundschaftet hatte und aus Furcht im Mauerschatten näher gekrochen war, empor, stieß mir das Rohr von der Kehle und flüsterte: ›Herr Graf, ich schweige, aber das müßt Ihr nicht mehr tun.‹ Ich wollte vor dem Manne auf die Knie niederfallen, so erschrocken war ich und so verworren. Ich sagte, daß ich ihn recht lieb habe, und daß ich ihm eine Menge Geld geben wolle. Er nahm am andern Tage das Geld, und hat niemals einem Menschen etwas gesagt. – Ich ließ nun diese Gedanken fahren und verschlug aufs Gegenteil, das heißt, ich fragte nach nichts mehr und ließ kein Übel auf mich eine Wirkung tun. Auch setzte ich mir vor, die gemachte Erbschaft zu verschleudern. Wir saßen nun manche Nacht beisammen, viele Freunde und lustige Gesellen – es strahlten die Kerzen, es klangen die Gespräche, und es verrauschte das Gut. Nach sechs Jahren war ich wieder so arm wie vor dem Tode meines Oheims. –– Damals fing endlich der Krieg an, und was bisher in einem Hause, in einer Stadt beisammen gewesen war, kam auseinander und wurde oft länderweit getrennt. Ich war in den Jahren über dreißig, und die Sachen begannen eine Wendung zu nehmen. Das Feldleben war manchmal recht ernsthaft, und ich war manche Nacht, wenn die öde Luft durch den Himmel strich, traurig über die Welt und traurig über alle Dinge. Es sollte noch erst alles kommen, was mein Leben mir versprochen hatte, und es war doch schon der größte Teil desselben dahin. Zuweilen fiel mir meine Mutter ein, die längstens gestorben war, und ihre schönen blauen Augen – zuweilen der Bach auf unserer Wiese, an dem die schönen Weiden gestanden waren. –– So zog die Zeit dahin; wir machten keine großen Eroberungen, und der Feind, der jenseits stand, machte auch keine. – In Westphalen war es endlich, wo ich dazumal ein Mittel für mein Heil gebrauchen lernte, das ich zuerst aus Scherz angefangen, und dann aus Ernst bis auf den heutigen Tag nicht mehr aufgegeben habe. Ich würde Euch gerne raten, Doktor, daß Ihr es auch anwendetet; denn ich glaube, daß ich schier alles, was ich geworden, durch dieses Mittel geworden bin. Es besteht darin, daß einer sein gegenwärtiges Leben, das ist, alle Gedanken und Begebnisse, wie sie eben kommen, aufschreibt, dann aber einen Umschlag darum siegelt und das Gelöbnis macht, die Schrift erst in drei bis vier Jahren aufzubrechen und zu lesen. Ein alter Kriegsmann riet es in meiner Gegenwart lachend einer Jungfrau an, die gerade in Liebeskummer befangen war, und sagte, daß es in diesen Fällen eine gute Wirkung tue. Ich lachte mit und dachte gleich in meinem Innern, daß ich das Ding auch versuchen würde – und wie oft habe ich seitdem den toten Mann gesegnet, daß er es sagte, und den Zufall, der es ihn im rechten Augenblick sagen ließ. Ich ging sehr eifrig darüber und habe gleich alle freie Zeit, die uns gegeben war, verwendet, um aufzuschreiben, was ich mir nur immer dachte, und was ich für die Zukunft beschlossen hatte. Ich machte die Dinge sehr schön, faltete alle

Papiere gleich groß und schrieb von außen den Tag ihrer Verfertigung darauf. In den Feldlagern, wo sie mir oft recht unbequem waren, schleppte ich die versiegelten Päcke mit mir herum. – Als ich den ersten öffnete – es geschah nicht nach drei, sondern erst nach fünf Jahren, weil ich eine Weile von meinen Sachen getrennt gewesen war – ich lag eben verwundet darnieder, von allem Nötigen entblößt, keinen Freund und Teilnehmer an der Seite – nach Mitternacht hatte ich mir den Pack hingeben lassen – und als ich ihn nun öffnete und las, so lachte und weinte ich fast in einem Atem durcheinander; denn alles war anders geworden, als ich einst gedacht hatte; vieles besser, manches schlechter – aber jedes irdischer und wahrer, als es sich einmal vorgespiegelt hatte; meine Ansichten waren gewachsen und gereift, und ich hatte die heftigste Begierde, sie gleich wieder in einem neuen Packe nieder zu schreiben. Ich ließ mir Papier und Schwarzstift aus dem Ledersacke suchen, der unter dem Bette lag, und schrieb auf dem Kopfkissen neben meinem Angesichte die ganze Nacht. Ach, ich wußte damals noch nicht, weil es das erste Päckchen war, das ich geöffnet hatte, daß es mir bei jedem so ergehen würde, auch bei dem, das ich jetzt so eilig und inbrünstig niederschrieb. –– Es ist merkwürdig, Doktor, daß ich so alt geworden bin, und daß ich mir erst durch diese angeratene Beschäftigung eine Denkweise, eine Rede- und Handelsweise zugebildet habe; denn aus Schriften und Büchern zu lernen, ist mir erst im späten Alter zu Teil geworden; damals hatte ich kaum Zeit, das Notdürftigste nieder zu schreiben – oft schrieb ich auf meinen Knieen, oft auf einer Trommel oder auf einem Baumstamme. Ich habe nachher schwere Schlachten gesehen, ich habe das menschliche Blut wie Wasser vergeuden gesehen, ich zeichnete mich aus, wie sie sagten, das heißt: ich half mit in diesen Dingen; aber ein Päckchen erzählte mir später meine damaligen Gefühle, die um viel besser waren als die Auszeichnung, und die ich hatte zurückdrängen müssen, um meine Pflicht zu tun. Ich lernte nach und nach das Gute von dem Gepriesenen unterscheiden, und das Heißerstrebte von dem Gewordenen. Manches Päckchen segnete, manches verurteilte mich, und so wurde ich widerstreitender Weise mitten im Kriege und Blutvergießen ein sanfterer Mensch. Ich weiß es nicht, wäre ich es auch ohnedem geworden, weil die Jahre wuchsen, oder ist es mir erst durch die Schriften eindringlicher ins Herz gekommen. Ich fing mit der Zeit auch an, im Leben auszuüben, was ich im Geiste denken gelernt hatte. Seht, Doktor, diese Kette, die ich heute umgetan habe, weil ich die Unterredung mit Euch für einen Festtag halte, ist selber ein Zeuge davon. Ich habe einmal mit Aussetzung meines Lebens dasjenige von tausend Feinden gerettet, die man im Begriffe war zusammen zu hauen. Ich habe die Rettung begonnen, weil ich nicht leiden konnte, daß so viele Menschen, die an nichts schuld sind, wie blöde Tiere getötet würden, die uns zwar auch nicht beleidigen, deren Leben wir aber zu unserer Nahrung bedürfen. Zwischen den Kugeln beider Teile habe ich die Unterwerfung verhandelt und den Ergebungsbrief, gegen die gezückten Säbel unserer Rotten reitend, zu unserm Führer gebracht. Sie wurden dann bloß gefangen, und ihr König wechselte sie später aus. Wenige Jahre vorher hätte ich noch selber den Befehl gegeben, lustig einzuhauen, und hätte es für eine Heldentat gehalten. Die tausend Männer sandten mir nach vielen Jahren den erlesenen Waffenschmuck, den Ihr oben in meinem Eichenschreine gesehen habt, ihr König tat selber den Degenknopf dazu, der so schön in Silber gefaßt ist, und der Kaiser, da ihm die Nachricht von der Begebenheit zu Ohren gebracht worden war, verlieh mir die Kette, die ich hier um habe.«

Nach diesen Worten hielt der Obrist eine Weile inne. Er stand auf und ging in den Raum des Zimmers vor. Die

Schriften, die noch immer auf dem Tische gelegen waren, nahm er weg und sperrte sie wieder ein. Zuletzt ließ er noch die grünen Fenstervorhänge herab, die er früher aufgezogen hatte. Ich glaubte, daß er es darum tue, weil doch die Sonne zu uns herüber zu rücken schien. Dann setzte er sich wieder zu mir und sagte: »Ich will Euch nun auch das Ende von meinem Lebenslaufe erzählen. Die Jahre sind wieder vergangen, aber immer eines schneller als das andere, und ich bin nach und nach Obrist geworden. Da ich wieder verwundet wurde, erhielt ich einen Ruhegehalt und durfte hingehen, wo ich wollte. Ich habe einmal auf meinen Kriegszügen ein schönes Tal gesehen, das zwischen hohen Bergen lag; in dieses schaffte ich meinen Körper und meine Habe, um an dem Orte zu verbleiben. Ich fing dort an, die Bücher zu sammeln, die jetzt da sind, und die Gemälde, deren Art ich in den Niederlanden kennen und lieb gewinnen gelernt hatte. Manches ist teuer gekommen, Ihr würdet es kaum denken, und es reute mich schon oft, daß ich auf meine Freude so viel verwende, das nach meinem Tode andern zu Gute kommen sollte: – aber sei es nun, wie es sei. – In dem Tale bekamen meine Päckchen immer mehr Gleichmäßigkeit, bis im Alter eines wie das andere wurde. Ich richtete mich häuslich ein, und legte rückwärts hinaus den Garten an, in welchem mir meine Pflanzen wuchsen, die ich liebe, weil sie unschuldig den Willen Gottes tun.«

Hier setzte der Obrist wieder aus, dann fuhr er fort: »Ich habe früher von einem Menschen geredet, der der erste war, der gesagt hat, daß ich ein gutes Herz habe, wie Ihr heute der zweite, und ich habe versprochen, daß ich Euch von ihm erzählen werde, damit Ihr seht, wie sehr es mich von beiden freute. Der Mensch hat mit mir in dem Tale gelebt, es war ein Weib – mein eignes Weib ist es gewesen – und von ihm möchte ich Euch noch etwas sagen, wenn Ihr nämlich nicht müde werdet, mich anzuhören. Ich weiß es nicht, war sie besser oder schlechter als tausend andere ihres Geschlechtes – ich habe die andern zu wenig gekannt – aber einen Vorzug hatte sie vor allen, die da leben, und dieser war, daß ich sie sehr geliebt habe. Oft war es mir, als sei ihr Leib meiner, als sei ihr Herz und ihr Blut das meinige und als sei sie mir statt aller Wesen in der Welt. Ich hatte sie am Rheine kennen gelernt, wo sie von Verwandten hart gehalten wurde. Da ich eingerichtet war, holte ich sie herüber. Sie hatte mich nicht geliebt, aber sie war mit gegangen. Da sie am Vermählungstage unter ihren Angehörigen als verzagende Braut stand, sah sie nach meinen Augen, als wenn sie darin Treuherzigkeit suchte. Ich habe sie in mein Haus geführt, und habe sie auf der Schwelle desselben geküßt, was sie nicht erwiderte. Da ich sie in der Stube auf meinem Stuhle sitzen sah, noch den Hut auf dem Haupte und die Oberkleider an: nahm ich mir vor, daß ich sie ehren und schonen werde, wie es mein Herz vermag. Ich rührte nun ihre Hand nicht an, ich ließ sie in dem Hause gehen, und lebte wie ein Bruder neben ihr. Da sie allgemach sah, daß sie hier walten dürfe, daß sie stellen dürfe, wie sie wolle, und daß niemand etwas dagegen sage, da sie, wenn ich von der Jagd nach Hause kam – denn ich ging damals noch zuweilen – fragte, wie dieses und jenes stehe, und wie sie es machen solle: sah ich, daß die Pflanze des Vertrauens wuchs, – und daneben auch noch eine andere; – denn ihre Augen glänzten von Zufriedenheit – und so ging ihr die Seele verloren, bis sie sonst nirgends war als in mir. Es ist nur ein verachtet Weib gewesen, das die Worte gesagt hat: ›Wie dank ich Gott, daß du so gut, so gar so gut bist‹, – und kein Lob meiner Obern, keine Freude des Sieges ist früher so in mein Herz gegangen als die Worte des verachteten Weibes. Und als nach diesem schon viele Jahre vergangen waren, als ihr schon Mut und Vertrauen gewachsen war, als sie in meiner sichern Gattenliebe und Ehrbezeugung ruhen konnte: war sie noch demütig wie eine Braut und aufmerksam wie eine Magd – es war eben ihr Wesen so – und deshalb mußte geschehen, was geschah. –– Es ragten in der Gegend viele Schneeberge und blaue Spitzen, hinter unserem Hause rauschten Bergeswässer und standen Wälder, in denen oft Monate lang niemand ging. Alles dieses zu durchforschen, lockte mich die Lust, und einmal tat ich die Bitte, sie möge mich doch zuweilen begleiten, wann ich etwa seltne Alpenblumen suchen ginge, oder einen Baum, ein Wasser, einen Felsen zeichnete, wie ich es damals zu lernen anfing und häufig ausübte. Nach ihrer Art sagte sie es bereitwillig zu – und nun ging sie oft zwischen turmhohen Tannen, an brausenden Bächen oder über harte Felsen mit mir, und sie war noch schöner und blühender neben den Bergen, als sie es zu Hause war. Wenn ich dann zeichnete, saß sie hinter mir, schlug Nüsse auf oder ordnete die gesammelten Waldblumen zu einem Strauße, oder plauderte mit ihrem Hündchen, das ebenfalls unser steter Begleiter war, und von ihr an schwierigen Stellen sogar getragen wurde, oder sie legte aus meinem Wandersacke unser Nachmittagsbrot zurechte; – oft saß sie neben mir und fragte, wie dieser und jener Stein heiße und warum diese und jene Blume nur immer im Schatten wachse. So wurde in den Wochen, was anfangs nur Gefälligkeit gegen mich war, ihre Lust und ihre Freude – sie wurde sogar stärker; denn wie die Sonne des Waldes die Blumen, Beeren und die Früchte reift, tat sie es auch mit ihr, daß ihr die Lippen und Wangen glühten, wie an einem Kinde, und daß sie mir mit den schweren Alpenschuhen, die ich ihr hatte machen lassen, auf hohe Berge folgen konnte, bis an den Rand des Eises gelangte und mit Entzükken in die Länder hinaus sah, wo die Menschen ihre Werke treiben, davon kein Merkmal zu uns heraufkam. Ich hatte meine hohe Freude daran – und sie hatte ihre Freude daran. Es mußte wohl so sein, damit sich alles erfüllte. –– Kennt

Ihr das, was man in hohen Bergen eine Holzriese nennt? – Ihr werdet es kaum kennen, da man sie hier nicht braucht, weil nur breite, sanfte Waldbiegungen sind. Es ist eine aus Bäumen gezimmerte Rinne, in der man das geschlagene Holz oft mit Wasser, oft trocken fort leitet. Zuweilen gehen sie an der Erde befestigt über die Berge ab, zuweilen sind sie wie Brücken über Täler und Spalten gespannt, und man kann sie nach Gefallen mit dem rieselnden Schneewasser anfüllen, daß die Blöcke weiter geschoben werden. – An einem sehr schönen Septembertage bat mich mein Weib, ich möchte sie doch auch wieder mit auf die Berge nehmen; denn sie hatte mir endlich ein Kind geboren, ein Töchterlein, und war drei Jahre bei demselben zu Hause geblieben. Ich gewährte ihr freudig den Wunsch, sie rüstete sich, und wir waren desselben Tages so hoch gewesen, daß sie mir einige Stämmchen Edelweiß pflücken und auf den Hut stekken konnte. Im Nachhausegehen verirrten wir uns ein wenig; denn die Ähnlichkeit der Wände und Spalten hatte uns getäuscht. Wir stiegen in dem Gerölle eines ganz fremden Sandstromes nieder, ob er uns etwa in das Tal abführe, oder ob er jäh an einer Wand aufhöre und uns stehen lasse. Das letztere geschah auch; denn als wir um einen Felsen herum wendeten, sahen wir es plötzlich vor unsern Augen lustig blauen; der Weg riß ab, und gegenüber glänzte matt rötlich eine Kalkwand, auf welche die Strahlen der schon tief stehenden Sonne gerichtet waren: – aber auch eine solche Riese, wie ich früher sagte, ging von unserm Stande gegen die Wand hinüber. Ich erschrak ein wenig und sah nach meiner Begleiterin um: aber diese war sehr fröhlich über die gefundene Verbindung, und wir gingen daran, zu untersuchen, ob die Riese in einem guten Stande sei und zwei Menschen zu tragen vermöge. Daß sie erst kürzlich gebraucht wurde, zeigten da, wo sie an den Felsen angeschlachtet war, deutliche Spuren geschlagenen und abgeleiteten Holzes;

denn ihre Höhlung war frisch wund gerieben, auch lagen noch die Blöcke und Stangen umher, womit man die Stämme zuzuwälzen gewohnt ist, und die Fußtritte, die uns eigentlich in dem Bette des Gerölles nieder gelockt hatten, schienen von derselben Handlung her zu rühren. In dem Augenblicke des Überlegens hörten wir es aus einem Seitengraben, dessen Dasein wir früher gar nicht bemerkt hatten, knistern und brechen, als ob es Tritte wären, – und wirklich kam nach einigen Sekunden ein Mann heraus, den der erste Anblick sogleich für einen Holzarbeiter erkennen ließ, wie sie im Gebirge ihr mühsames Werk treiben. Er trug einen ledernen Sack und eine eiserne Kochschüssel; in der Hand hatte er die abgetanen Steigeisen und den Gebirgsstock, der langschaftig ist und vorne eine eiserne Spitze und einen Widerhaken hat. Er erschrak, da er uns sah, weil er hier keine Menschen zu finden gehofft hatte. Ich aber sagte ihm, daß wir uns verirrt hätten, und daß wir sehr gerne wissen möchten, ob die Riese gangbar wäre und zweien Menschen als Steg dienen könnte. ›Freilich kann sie dienen‹, antwortete er, ›vor einem Augenblicke sind alle meine Kameraden hinüber gegangen, fünf an der Zahl; ich mußte nur umkehren, weil ich die Schüssel am Feuerplatze vergessen hatte. Sie warten an der Wand auf mich. Ihr werdet es gleich hören.‹ – Nach diesen Worten tat er einen Ruf mit der hohen Stimme des Gebirgjauchzens, daß es in allen Spalten klang: von drüben antworteten sie, daß es ebenfalls klang. Es war fast schön, da auch der Abend rings um uns herum war. Ich schlug nun vor, daß wir jetzt alle drei mit einander über die Riese gehen könnten. Er willigte ein und sagte, daß wir die Frau in die Mitte nehmen sollten. Er richtete den Alpenstock so, daß ich ihn vorne und er hinten nahm, damit sich die Frau daran wie an einem Geländer halte. Das Hündchen hatte sie sich nicht nehmen lassen selber zu tragen. So gingen wir auf die Brücke, die in der Abenddämmerung wie eine gezogene Linie war. Ich hörte, da wir auf dem Holze gingen, nur seine Tritte mit den schwerbeschlagenen Schuhen, die ihrigen aber nicht. Als wir noch ein kleines von dem Ende der Riese waren, sagte der Holzknecht leise: ›Sitzt nieder‹, – auch empfand ich, daß der Stock in meiner Hand leichter werde, – ich schaute plötzlich um – und denkt Euch: ich sah nur ihn allein. Es kam mir ein schrecklicher Gedanke, aber ich wußte nichts weiter, meine Füße hörten in dem Augenblicke auf, den Boden zu empfinden, die Tannen wogten wie Kerzen an einem Hängeleuchter auf und nieder – dann wußte ich nichts mehr.«

Hier hörte der Obrist zu reden auf, und schwieg eine Weile. Ich dachte anfangs, daß er sich nur sammeln wolle, aber als ich genauer hin schaute, sah ich in der Dämmerung, daß ihm schnelle Tränen, eine nach der andern, über den weißen Bart herab träufelten, und daß er sich sehr stille hielt, damit ich es nicht bemerke. Ich konnte vor gebrochenem Herzen auch nichts reden, und begriff nun, warum er die Fenstervorhänge herab gelassen hatte. Ich wollte die Schamhaftigkeit des alten Mannes nicht stören und sah nicht hin. Nach einer Zeit wischte er mit seinem Ärmel über Bart und Antlitz, und setzte dann gefaßt seine Rede fort: »Sie lag unten zerschmettert. Still sich opfernd, wie es ihre Gewohnheit war, ohne einen Laut, um mich nicht in Gefahr zu bringen, war sie hinab gestürzt. Nicht einmal der Holzknecht hatte ihren Zustand erraten, bis sie das Geländer ausließ, das wir ihr gemacht hatten, und mit der Hand in der Luft zu greifen anfing. Da rief er ihr zu, sie solle sich setzen – aber es war zu spät. Wie ein weißes Tuch, sagte er, war es an seinen Augen vorüber gegangen, und dann habe er nur mich allein gesehen. Ich wankte auch vor seinen Blicken, und wäre gleicherweise hinab gefallen, wenn er mir nicht einen Stoß gegeben hätte, durch den ich die noch wenigen Schritte vorwärts taumelte, die von der Riese übrig waren, und an ihrem Ende unter dem vielen Holze nieder stürzte, das dort lag, und das man an dem Tage herüber geleitet hatte. – Als ich aus meiner Ohnmacht wieder erwachte, verlangte ich heftig, in den Abgrund nieder zu steigen; denn ich konnte sie mir nicht tot denken, und dachte: wer weiß – etwa ist ihr das Bewußtsein wieder gekommen, sie liegt unten und beginnt jetzt erst zu sterben. Allein es war indessen schon ganz Nacht geworden, ich fand mich an einem großen Feuer liegen, und einige Holzknechte standen und saßen umher. Andere waren auch fort gegangen. Durch mein Flehen und meine Versprechungen, noch mehr aber, weil ich allein in der Finsternis hinab zu klettern anhob, ließen sie sich bewegen, einen Versuch zu machen, ob man über die Wand hinab gelangen könne. Es waren auch von andern Orten Holzarbeiter herbei gekommen, weil die Stelle ein Zusammenkunftsplatz war, und sie saßen an dem Feuer, wärmten sich, und hörten an, was geschehen war. Der eine erinnerte sich dieses, der andere eines andern Weges, auf dem es möglich sein müsse – aber es war immer umsonst, und die ganze Nacht verging unter fruchtlosen Bemühungen. Endlich, da ich tausend Mal zu dem Himmel geschaut hatte, erblaßten die fürchterlichen Sterne, und das schwache Grau des Morgens war in der Luft. Nun, da wir besser sahen, gelang es wirklich mit Hilfe von Stricken und Stangen bis auf den Grund hinab zu kommen. Allein wir fanden die Gegend nicht, und erst, als die Sonne schon fast hoch in das Tal herein schien, entdeckten wir sie. Es lag ein Häufchen weißer Kleider neben einem Wacholderstrauche, und darunter die zerschmetterten Glieder. – Es war nicht möglich: von dieser Höhe kann kein Mensch herunter fallen und nur einen Hauch des Lebens behalten. Kaum so dünne wie ein Strohhalm anzusehen, schwebte die Riese weit ober uns. – Wir gingen näher, und denkt Euch – auf den Kleidern saß das Hündlein, und war lebend und fast unversehrt. Das

Weib hatte es vielleicht während des Falles empor gehalten und so gerettet. Aber es mußte über die Nacht wahnsinnig geworden sein; denn es schaute mit angstvollen Augen umher und biß gegen mich, da ich zu den Kleidern wollte. Weil ich schnell mein Weib haben mußte, gab ich zu, obwohl ich mir das Tierchen hatte aufsparen wollen, daß es einer der Knechte mit der Büchse, die sie zuweilen tragen, erschieße. Er hielt schräge hin, damit er die Leiche nicht treffe – und das Hündchen fiel herab, kaum daß es ein Füßlein rührte. – Ich beugte mich nun nieder und riß das weiße Mieder auf, das sie an hatte: aber die Schulter war schon kalt, und die Brust war so kalt wie Eis. –– O Herr! das könnt Ihr nicht ermessen – nein, Ihr wisset es jetzt noch nicht, wie es ist, wenn der Leib, der so lange das Eigentum Eures guten Herzens gewesen ist, noch die Kleider an hat, die Ihr am Morgen selber darreichen halfet, und jetzt tot ist, und nichts mehr kann, als in Unschuld bitten, daß Ihr ihn begrabet.«

Hier hielt der Obrist wieder inne; dann aber fuhr er fort: »So ist es auch geschehen. Wo der Bach seinen schmalen Ausgang hat, ließ ich sie aus dem Tale bringen, und kam gegen Mittag in mein Haus. Der Ruf hatte das Unglück schon ausgebreitet. Mehrere Menschen standen auf meiner Gasse, und gute Freunde wollten mich in einen Wagen tun und fort führen, bis alles vorüber wäre. Ich aber meinte, daß dieses gegen die eheliche Treue sei, und blieb bei ihr. Bloß da die Frauen kamen, sie zu waschen und umzukleiden, ging ich an der Gesindestube vorbei zurück in das Stüblein gegen den Garten, wo mein Kind war. Ich nahm das Mädchen bei der Hand, führte es durch den hintern Gang auf die Gasse, tat es in den Wagen, den die Freunde herbei geschafft hatten, und ließ es zu einer entfernten Bekannten führen, damit das Kind nicht sähe, was hier geschieht, und sich einmal daran erinnere. Als sie mich riefen, ging ich wieder hinvor in das Zimmer, wo die Menschen waren, und setzte mich nieder. Sie lag in dem weißen Gewande, das sie sonst hatte, auf ihrem Bette, und der Schreiner legte seinen schwarzen Zollstab zusammen, und ging hinaus. Gegen Abend kam der Sarg, der sonderbarer Weise in dem rechten Maße schon fertig gewesen war, und man legte sie hinein, wo sie lang und schmal ruhen blieb. Als nach und nach die Neugierigen und die andern fort gegangen waren und ich fast allein blieb, ging ich hin, faltete ihr die Hände anders, als es die Frauen getan hatten, und gab ihr ein Kreuz. Ich legte auch noch von ihren Blumen, die noch da standen, etwas um das reine, unbewegliche Haupt. Dann setzte ich mich nieder und blieb sitzen, wie Stund an Stund verging. Damals dachte ich oft an das alte Volk der Egypter, daß sie ihre Toten einbalsamierten, und warum sie es getan. Ich habe in ihrem Zimmer keine Wachslichter anzünden und keine schwarzen Tücher spannen lassen, sondern ich hatte die Fenster geöffnet, daß die freie Luft herein sah. An dem ersten Abende waren an dem Himmel draußen viele rote Lämmerwolken gewesen, daß im Zimmer lauter rote, sanfte Rosen schienen; und nachts, wenn die Lampe brannte, waren weiße auf ihren Geräten, und auf ihren Kleidern – – und wenn sie in dem Nebenzimmer draußen stille waren und beteten, weil sie die Leiche fürchteten, rückte ich ihr das Hauptkissen, weil das Angesicht schief zu sinken begann. – Am zweiten Morgen wurde sie begraben. Es kamen die Träger, und ich ging mit ihnen. Auf dem Kirchhofe standen viele Leute, und der Pfarrer hielt eine Rede. Dann taten sie sie in die Erde, und warfen die Schollen auf sie. Als alles vorüber war, und drüben jenseits der Häuser die alten Wälder standen und eine fremde, leere Luft über sie floß, versuchte ich nach Hause zu gehen. Auf den Feldern gegen die Haselbestände hinauf ackerten sie und säeten das Wintergetreide in die Erde. Ich ging durch den Garten, wo die Herbstblätter abfielen, in das sehr stille Haus. In der Stube standen noch die Sessel in derselben Ordnung, wie sie den Sarg getragen hatten, aber sie war nicht darauf. Ich setzte mich in einer Ecke nieder und blieb sitzen. An dem Fenster stand noch ihr Arbeitstischchen, und die Laden unserer Kästen machte ich nicht auf. Wie viele Afterdinge, dachte ich, wird die Welt nun noch auf meine Augen laden, nur sie allein, sie allein nicht mehr. – Und wie es lange, lange so stille war, und die Dienstboten aus Ehrfurcht draußen nur flüsterten, tat sich ungeschickt die Tür auf, und mein Töchterlein ging herein, das schon vor einer Stunde zurückgekommen war und sich nicht aus ihrem Stüblein getraut hatte. Auf ihrem Munde war die Knospe der Rose, die sie eben begraben hatten, und in dem Haupte trug sie die Augen der Mutter. Und wie sie schüchtern vorwärts ging und mich so sitzen sah, fragte sie: ›Wo ist Mutter?‹ Ich sagte, die Mutter sei heute früh zu ihrem Vater gegangen, und werde recht lange, lange nicht zurück kommen. Da sie sich auf das Wort beherrschen wollte, wie sie gewöhnt worden war, und sich aber doch auf dem Gesichtchen die schwachen Linien des Weinens zusammen zogen, da riß ich sie an mich und weinte mich selber recht zu Tode. – Dann schien die Sonne, wie alle Tage, es wuchs das Getreide, das sie im Herbste angebaut hatten, die Bäche rannen durch die Täler hinaus – – nur daß sie allein dahin war, wie der Verlust einer goldenen Mücke. – Und wie ich in jener Zeit mit Gott haderte, hatte ich gar nichts, als daß ich mir fest dachte, ich wolle so gut werden wie sie und wolle tun, wie sie täte, wenn sie noch lebte. Seht, Doktor, ich habe mir damals eingebildet, Gott brauche einen Engel im Himmel und einen guten Menschen auf Erden: deshalb mußte sie sterben. – Ich ließ einen weißen Marmorstein auf ihr Grab setzen, auf dem ihr Name, der Tag ihrer Geburt und ihr Alter stand. Dann blieb ich noch eine lange Zeit in der Gegend: aber als die Berge nicht zu mir reden wollten und die Pfade um die Wiesenanhöhen so leer waren, so nahm ich mein Kind und ging mit ihm fort in die Welt. Ich ging an verschiedene Orte, und suchte an jedem, daß mein Töchterlein nach und nach lerne, was ihm gut tun möchte. – Ich habe vergessen, Euch zu sagen, daß mir mein Bruder schon früher geschrieben hatte, daß ich zu ihm kommen möchte, weil er so krank sei, daß er die Reise zu mir nicht machen könne, und er habe dennoch sehr Notwendiges und Wichtiges mit mir zu reden. Ich ging, da ich mein Haus hinter dem Rücken ließ, zu ihm – und zum ersten Male seit dem Tode unsers Vaters sah ich wieder die Anhöhen um das Schloß und die Weiden an dem Bache. Er gestand mir, daß er damals einen Betrug gestiftet habe, und daß er jetzt recht gerne mit dem vergelten und gut machen werde, was noch da sei. Ich rächte mich nicht – er stand in dem Saale vor mir, ein dem Tode verfallener Mann, ich machte ihm gar keine Vorwürfe, sondern nahm von den Trümmern des Vermögens, dessen Bücher er mir aufschlug, das wenigste, was meine Pflicht gegen mein Töchterlein noch zuließ, damit ich es nicht seinem armen Sohne entzöge, den ihm sein Weib geboren hatte, das noch bei ihm auf dem Schlosse war – und dann fuhr ich in einem Bauerfuhrwerke mit meiner Tochter wieder über die Brücke des Schloßgrabens hinaus, und hörte zum letzten Male die Uhr auf dem Turme, die die vierte Nachmittagsstunde schlug. – Es ist weiter in meinem Leben nichts mehr geschehen. – Ich bin endlich nach einer Zeit in dieses Tal gekommen, das mir sehr gefallen hat, und ich blieb hier, weil so schöner ursprünglicher Wald da ist, in dem man viel schaffen und richten kann, und weil eine Natur, die man zu Freundlicherem zügeln und zähmen kann, das Schönste ist, das es auf Erden gibt.«

Der Obrist hörte mit diesen Worten zu reden auf, und blieb eine bedeutend lange Zeit neben mir sitzen und schwieg. Ich schwieg auch.

Endlich nahm er wieder das Wort und sagte: »Ich habe nichts als Margarita, sie gleicht ihrer verstorbenen Mutter im Angesichte und in der ganzen Art so sehr, wie man es kaum glauben sollte, -- Doktor, tut mir nicht weh in meinem Kinde.«

»Nein, Obrist, das tue ich nicht – ich reiche Euch die Hand, daß ich es nicht tue.«

Bei diesen Worten reichte ich ihm meine Hand, er gab mir die seine auch, und wir schüttelten sie uns gegenseitig zum Zeichen des Bundes.

Dann blieben wir noch eine Weile sitzen, ohne zu sprechen. Endlich stand er auf, ging ein wenig in dem Zimmer herum, und trat sodann an das Fenster, dessen grünseidenen Vorhang er aufzog. Es war keine Sonne mehr an den Gläsern, aber eine ganze Flut von Frühlingshelle schlug durch sie in das Zimmer herein.

»Seht, wir werden heute ein Gewitter bekommen«, sagte der Obrist, der an dem Fenster stehen geblieben war und hinaus schaute, »es geht ein dichter, dunstiger Himmel über den Kirmwald herüber, und am Rande des Reutbühls ziehn sich diese milchigen Streifen, was alle Mal ein Anzeichen von einem Gewitter ist.«

Ich stand auch auf und trat zu ihm. Die friedliche, schöne, in sanfte Gewitterschwüle gehüllte Gegend schaute zu uns herein und grüßte huldvoll an das Herz.

Wir standen und genossen der freien Luft, die bei dem Fenster herein strömte, das er nun auch geöffnet hatte.

Über eine Weile sagte er wieder: »Ich möchte Euch gerne zu Margarita führen – Ihr müsset mit einander reden – redet gut mit einander, daß sich alles einfach löse. Ich habe gewußt, daß es so sein wird, wie es jetzt ist. Ihr habt beide gefehlt. Margarita tat auch nicht recht, aber sie konnte nach ihrer Art nicht anders, so wie Ihr nicht anders konntet. Geht hinüber zu ihr, sucht sie nicht zu bewegen, tröstet sie eher – aber sprecht nur mit einander, ich meine, daß es gut ist. Nicht wahr, Doktor, Ihr tut das?«

Wir blieben nach dieser Rede beide noch eine Zeit lang stehen, ich hatte keine rechte Antwort und schwieg daher verlegen, er drang auch nicht in mich.

»Nun? soll ich Euch zu ihr führen?« fragte er endlich recht sanft.

»Ja«, sagte ich.

Und nach diesen Worten nahm er mich unter den Arm und führte mich hinaus. Wir gingen über den Gang, und dann über die feine, gelbe Rohrmatte ihrer Schwelle hinein. Sie war in dem ersten Zimmer nicht.

»Wartet hier ein wenig«, sagte er, »ich werde hinein gehen und sie Euch senden. Vielleicht könnte sie nicht in der Lage sein, Euch zu empfangen. Wenn sie aber erscheint, werde ich selber nicht wieder heraus kommen, sondern mit dem Schlüssel das Bücherzimmer öffnen und durch dasselbe in meine Wohnung zurückkehren.«

Er ging durch die halbgeöffnete Tür in das anstoßende Zimmer, und wahrscheinlich auch in das fernere.

Ich blieb heraußen stehen, und es war sehr stille. Endlich, da ich eine Weile gewartet hatte, bewegte sich schwach der halbe, etwas offen stehende Türflügel – und sie trat heraus.

Ihre Augen waren auf mich gewendet – –

– Morgen Margarita. –

4. MARGARITA

Ehe ich weiter gehe und eintrage, was geschehen ist, will ich noch des Obrists gedenken und mir seine Seele vor die Augen halten – ich muß den Mann hoch ehren, und will es in diesem Buche nieder schreiben, wie er ist. Was der Obrist sagte und tat, habe ich bisher nicht nach meinem Gedächtnisse allein aufgeschrieben, sondern nach der Handschrift, die er mir gelassen, und die er über diese Dinge aus seinen versiegelten Päcken genommen hat, wie ich ihn ja selber in diesem meinem Buche nachzuahmen versuche. Was ich weiter sage und eintrage, weiß ich ja schon längst, aber es ist mir nie so klar und deutlich vor die Augen gekommen als an diesen Tagen. Wie gut er ist, nicht nur gegen mich, sondern auch gegen alle andern, wie einfach und schön er ist, zeigt sich ja viel deutlicher in dem, was er tut, als es mit allen andern Worten je gesagt werden könnte.

Da hat er oberhalb des Eichenhages die Senkung gereutet, die er sich gekauft hatte, und in der nur saures Moos, geflecktes Gras und die einzelne herbe, rote Moosbeere zwischen den dünnen Föhrenstämmen wuchs, die auch in der Nässe nicht fortkommen wollten, und hat dann Gräben schlagen lassen, hat unversumpfbares Erlenholz hinein geworfen und sie wieder überwölbt, hat Abzugskanäle und Auslaufgräben mauern lassen, hat das Ganze mit Pflügen umgerissen, durch mehrere Jahre Sämereien hinein gebaut, und hat jetzt eine Wiese daraus, die rechts oben an der Ecke des Meierbacher Weizenstückes beginnt, hinter den Eichen hinüber geht und, wenn man von den Sillerhöhen herab kömmt, weithin mit ihrem schönen, dunklen Grüne leuchtet, wo ehedem nur kaum das Grau der kleinen Föhrenbäumchen zu schauen gewesen war, und jetzt oft schon das gelblich rote Eichenlaub abfällt, wenn daneben noch die schöne, grüne Tafel schimmert. Weil aber die Wiese von dem Hause des Obrist aus nicht sichtbar ist, und überhaupt eine sanft geschwungene Wiege bildet, in der man Menschen und Tiere nicht sehen kann, außer wenn man von den Höhen der Siller herab kömmt, so haben sich die Buben, welche in unsern Gegenden gewohnt sind, auf Rainen, Gemeindeplätzen und Stoppeln einige oder die andern Stücke Rinder herum zu hüten, die Wiese ausersehen, um ihre

Tiere besser und schneller zu nähren, als es sonst irgendwo der Fall gewesen wäre. Das fette Gras und die Geborgenheit mochte manchen verleitet haben, seine Pfleglinge hinein zu lassen und dem frischen Weiden derselben zuzuschauen. Als man dem Obristen diese Sache hinterbracht hatte, wurde er sehr zornig und sagte, er sehe nicht ein, warum er sich so geplagt habe, um aus dem schlechten Grunde ein schönes, gezähmtes, menschliches Erdenstück zu machen, wenn es jetzt so mißbraucht und heimlich herabgewürdigt werde. Er wolle bei Gelegenheit selber hinaufgehen und sich Recht verschaffen. – Dem zu Folge ging er eines frühen Morgens, als sich wieder Verdacht zeigte, es möchte an seiner Wiese Frevel begangen werden, durch die Eichen, die hinter seinem Hause einen so schönen Hag bildeten, hinauf, und da er aus den letzten Bäumen ins Freie heraus getreten war, sah er auf seiner Wiese vier schöne, dunkelrotbraune Rinder weiden und einen in Grau gekleideten Buben nicht weit davon stehen. Die Nässe tat den Füßen des Obrists von jeher nicht gut, aber dennoch ging er mit den Lederstiefeln sachte in den sehr starken Frühtau, der auf den Gräsern der Wiese lag, hinein, um den Buben zu haschen, der mit dem Rücken gegen ihn stand. Er setzte die Füße in dem hohen Grase, in welchem Wasser und Spinnenfäden hingen, vorwärts, bis er nur mehr einen Büchsenschuß weit von dem Buben entfernt war. Da fiel ihm ein, derselbe möchte zu sehr erschrecken und etwa krank werden, wenn er ihn plötzlich ergriffe. Darum machte er ein kleines Geräusch, daß er es höre und davon laufen könne. Der Hirtenknabe hatte scharf gehört, er wendete sein Angesicht bei dem Geräusche, und da er den ehrwürdigen Obrist bis auf die Kniee im Grase wandeln sah, warf er sich herum und ergriff die Flucht. Er rannte, wie ein leichtfüßiges Reh, durch die Wiese, schwang sich über den Graben, lief immer fort, gegen die Siller hinüber, verschwand unter den Gesträuchen, die sich da gegen die Tiefe und die Felder hinab ziehen, und der Obrist stand mit dem schönen Gewande im Grase. Er trieb nun die vier Rinder aus der Wiese hinaus, er trieb sie gegen das Gereute hinan, wo Weidegrund ist, und leitete sie zwischen den zerstreuten Haselbüschen, die dort stehen, auf die Weide, bis er überzeugt war, daß sie nun nicht mehr auf die Wiese zurückkehren und auch niemanden anderm auf ein Grundstück gehen könnten. Dort verließ er sie und ging nach Hause. Weil er den Rückweg auf einem staubigen Wege machte und außer den Stiefeln auch manche Kleiderzipfel naß waren, kam er sehr beschmutzt nach Hause. Dem Knechte sagte er nichts über den Erfolg seines Feldzuges.

Die Sache breitete sich aber aus, und wenn jetzt ein Bube sich verleiten ließ, hinter dem Walde in die schöne Wiese mit einem Rinde hinein zu kommen, so stand er immer so, daß er das Angesicht gegen den Eichenhag wendete, wo der Obrist heraus zu kommen drohte.

Wirklich kam der Obrist einmal eines sehr frühen Morgens aus den Eichen heraus, da eben ein Knabe zwei Kühe auf der Wiese hütete. Der Knabe sah den Obrist kommen, konnte die Kühe nicht schnell genug wegschaffen, und ergriff, sie im Stiche lassend, die Flucht. Diesmal trieb der Obrist die Kühe nicht auf die Haselweide ins Gereut hinauf, sondern als Pfand in sein eigenes Haus, wo er sie in dem Stalle anhängen ließ. Gegen Mittag kam ein Weib, eine Witwe, aus dem Sillerwalde gebürtig, zu ihm in das Haghaus herauf und sagte, daß ihr die Kühe gehören, die er gepfändet habe, daß sie ihr einziges Gut seien, daß sie den Buben schon gestraft habe, weil er in fremdes Eigentum gegangen sei, daß er es nicht mehr tun werde, und daß sie bitte, der Obrist möchte ihr die Kühe ausliefern lassen, weil sie und ihr Knabe davon leben. Der Obrist ließ ihr die Kühe, die gut gefüttert worden waren, herausgeben, und gab ihr auch, wenn sie etwa als ein Weib mit dem Zuhausetreiben nicht zurecht kommen könnte, einen Knecht mit, der ihr helfen mußte. Weil aber später die Gerichte von dieser Sache Umgang nahmen und, obwohl der Obrist erklärte, daß er auf allen Schadenersatz verzichte und der Witwe alles schenke, doch von derselben mit Auslassung des Schadenersatzes den Wiesenfrevelbetrag, der von den Gesetzen auf solche Fälle gesetzt ist, unabwendbar verlangten, so blieb dem Obristen nichts übrig, als der Witwe die Summe zu schicken, daß sie dieselbe den Gerichten erlege.

Weil er auf diese Weise nicht immer in das Gras gehen, Rinder nach Hause treiben und den Leuten den Grundfrevelbetrag geben wollte, und weil er auch dem Altknechte, der sagte, man solle nur die Sache ihm überlassen, sie doch nicht überließ, weil er sie nicht recht machen könnte, so fing er im Winter, ehe die Erde fror, einen Zaun um die Wiese zu ziehen an, fuhr im nächsten Frühjahr damit fort, bis, ehe die Blümchen weiß und gelb die ganze Wiese überzogen, dieselbe von allen Seiten mit einem starken, stattlichen, hohen Gehege umgeben war. Er hatte die Pfähle aus Eichen gemacht und unten anbrennen lassen, daß sie doch eine gute Zahl von Jahren hielten. Die Spelten zu den Mittelstücken waren Tanne, schlank gespalten und gut in einander geflochten – eine Art, wie man bei uns bis dahin die Zäune nicht gemacht hatte, und wie sie ihm in andern Ländern, die er früher besucht hatte, vorgekommen waren. Zur Einfahrt der Wägen in die Wiese hatte er eine Holzgittertür machen lassen, die mit einem eisernen Schlosse verschlossen war. Schlüssel dazu wurden sieben verfertigt, die an einem schnell in die Augen fallenden Pfosten der Scheune hingen, damit niemand mit dem Aufsperren in Verlegenheit komme, wenn etwa einer, der schon einen Schlüssel in der Tasche habe, in den Feldern damit herum gehe. Wie er überhaupt gerne baute, hatte er auch kurz darauf, als er den Zaun angefangen hatte, schon seine Freude daran, er nahm mehr Arbeitsleute, ging täglich mehrere Male hinaus, ordnete alles an, sah zu, daß es recht gemacht werde, und legte nicht selten Hand an, um den Leuten zu zeigen, was sie nicht wußten. Ich stand öfter bei ihm auf der Wiese, wenn ich ihn zu besuchen hinauf kam; die verschiedenen Feuer rauchten, an denen die Pfähle angebrannt wurden, und wir sprachen von mannigfaltigen Dingen. Als der Zaun fertig war, ging er freudig herum, rieb nach seiner Art die Hände und sagte: »Jetzt wird keiner mehr hereintreiben. Ich hatte sehr unrecht mit der Wiese. Da sieht man gleich, wenn man nicht das rechte Mittel wählt; da ist man genötigt, in die schiefen Folgen einzugehen, und wird in lächerliche Handlungen verwickelt. Nun ist alles gut.«

Auch die Wiese liebte er jetzt mehr als früher, da er sich so lange mit ihr beschäftigt hatte, und sie sah in den folgenden Jahren noch schöner und noch grüner aus als in allen vorangegangenen.

Seine Leute sagten, er werde durch solche Dinge sein Ansehen einbüßen, wenn er so schwach sei, wenn er sich mißbrauchen lasse, und wenn er nicht ein Mal ein Beispiel der Strenge aufstelle; aber er büßte es nicht ein, und wurde vielmehr von jedermann in der Gegend verehrt und geliebt. Seine Hausgenossen selber, wenn er lächelnd einen Fehler verwies und mit Gründen in denselben einging, nahmen sich in acht, daß sie in Zukunft diesen Fehler nicht mehr machten. Freilich machten sie dafür einen andern. Er war aber auch zuweilen in Fällen, wo es sein mußte, unbeweglich, und gab nicht nach, wenn man auch mehrere Jahre an ihm Versuche machte. So war es der Fall mit der Sillerbrücke. Kein Mensch kann eigentlich, wie es niemand so weiß wie ich, der ich zu meinen Kranken auf allen Wegen herum muß, an dem Sillerbruche, wo sie auch aus Nachlässigkeit den Waldsturz mit den so vielen Blöcken und Steinen in das Tal niedergehen ließen, über den reißenden Bach gelangen, der von dem oberen Walde herabgeht, Steine, Gerölle mit führt, Holz und Schlamm wälzt, da ich ihn nach Regen wild und gelb niederhadern sah, als wollte er alles zerreißen und zerschleudern – kein Mensch kann eigentlich hinüber gelangen, wenn nicht in heißen Sommern die Steine meistens trocken liegen und das Waldwässerlein zahm und dunkel zwischen ihnen auf dem schwarzen Moossamt, den es selber macht, dahin geht – und dann sind auch noch solche Ausbrüche, Vertiefungen, Löcher, Knollen, daß kein Rad durchsteigen und sich heraus heben kann. Die vom Gehäng, von Haslung, von Sillerau, von dem oberen Astung, der Meierbacher, die Erlehöfe, der Obrist und ich selber – wir alle nehmen das Holz von dem obern Pufter, und wir nehmen es gerne, weil er unerschöpflich ist, weil dort die schönste Weißbuche steht und in der Wildnis sich der Brennstoff recht kräftigt und stärkt – endlich kömmt es auch ein Sechsteil billiger. Aber wir müssen an dem Sillerbruche damit vorbei fahren und müssen über den Bach kommen. War es nicht in dem Sommer vor drei Jahren eine Qual, wo weithin jenseits die Hölzer geschichtet lagen, manches mühselig durchgeschleppt, manches an bequemern Orten sogar geworfen werden mußte? Der Graf draußen, weil er zur Herstellung der Brücke, die vorlängst zu Grunde gegangen war, seinen Teil durch Herkommen beitragen mußte, bewies den Umwohnern zwei Jahre lang, daß eine Brücke an jener Stelle gar nicht nötig sei, und die Leute glaubten es fast – sie durften ja dann das wenige, was ihnen zum Baue auflag, auch nicht entrichten: aber der Obrist bewies ein Jahr entgegen, daß es ein schreiendes Übel sei, was da bestehe, daß die Leute bei den mühevollen Plagen, mit denen sie größtenteils selber ihr Holz an jener Stelle weiter schaffen, ihre Zeit und ihre Gesundheit verlieren, und daß es eine Schande für die menschliche Vernunft ist, zu sagen, es sei etwas zweckmäßig, was jedem Zwecke Hohn spricht –

er fuhr unablässig zu dem Amte, wir, er und ich, standen zusammen, bis wir es zuletzt durchgesetzt hatten. Der Bau wurde aufgetragen, und die Schuldigkeiten waren nach und nach endlich auch alle entrichtet. Da ging der Obrist her und gab von seinem Gelde so viel, daß man von beiden Seiten Anläufe aufmauern und die Brücke hoch über dem Bache von Stein aufführen konnte. Er läßt jährlich nachschauen und ausbessern, wenn etwas beschädigt ist, und erklärt jährlich dazu, daß es seine Schuldigkeit nicht ist, damit es sich nicht verjähre und auf seinem Haghause als Dienstbarkeit sitzen bleibe.

Da ich von Prag zu Fuße fort ging, weil ich meine Lernzeit, die ich der Heilwissenschaft widmen mußte, zu Ende gebracht hatte, und ein Pergament in dem Ränzlein trug, das mich zum Doktor der hohen Kunst ernannte und mich der Zunft der Heilmänner einverleibte; als ich viele Tage lang sachte durch das schöne Land der Böhmen gegen Mittag ging, von wo mir die Bläue des Waldes immer deutlicher und näher entgegen schimmerte – als ich endlich diesen Wald und die Gegend meiner Heimat erreicht hatte, um mich dort bleibend anzusiedeln und den Menschen Gutes zu tun: da war ich der einzige in dem Walde, der etwas anderes gesehen hatte als eben den Wald – die andern waren da aufgewachsen, und sahen, was sie alle ihre Jugendzeit gesehen hatten. Wer einmal Berge, auf denen die geselligen Bäume wachsen, dann lange dahin ziehende Rücken, dann das bläuliche und dunkle Dämmern der Wände und das Funkeln der Luft darüber lieb gewonnen hat, der geht alle Male wieder gerne in das Gebirge und in die Wälder. Ich kam nicht in die Gegend meiner Heimat zurück, um mich da zu bereichern, sondern um in all diesen Tälern, wo die Bäche rinnen, und auf den Höhen, wo die Tannenzacken gegen die weiße Wolke ragen, zu wirken und denen, die da leben, Wohltaten zu erweisen. Ich war sehr jung. In dem

Lande weit herum war kein eigentlicher Arzt, sondern manche Frau, die in verschiedenen Dingen erfahren war, riet Mittel und gab sie den Leuten – mancher Bürger oder Bauer war in den Ruf gekommen und half in verschiedenen Schäden – mancher Krämer kam mit einer Tragbahre und hatte Fläschchen mit Dingen und Säften, die die Leute kauften und in ihren Hausschrank stellten als Mittel für allerlei Fälle, die in den Jahren hinum vorkommen konnten. Mancher, der in eine tiefe und heftige Krankheit verfiel, starb auch in der Einöde der Wälder dahin, wo ihn ein Mann, der Erfahrung hatte, hätte retten können. Als ich zu der grauen Hütte meines Vaters kam, die nicht dort stand, wo mein jetziges Haus sich befindet, das ich zum Schutze gegen die Winde und das Wetter in die sanfte Niederung herabgestellt habe, sondern hoch oben auf dem Hügel, der jetzt hinter dem Garten, den ich anlege, empor steigt, wie es alle die Waldhäuser gewöhnlich sind, die man auf den Hügel hinbaute, wo man zu reuten angefangen hatte, daß sich um sie herum Wiesen und Felder ausbreiten, und sie dann mit den vielen kleinen Fenstern, die in das Holz der Wand gesetzt sind, in dem Sonnenscheine des Waldes weithin leuchten – – als ich in der grauen Hütte angelangt war, auf deren flachem Dache, wie auf den andern, die vielen Steine liegen, sagte ich gleich: »Gott grüße Euch, Vater, seid willkommen, Schwestern, ich werde jetzt immer bei euch bleiben, ihr müsset mir da das Seitenkämmerlein ausräumen, dessen zwei helle Fenster auf den hohen, fernen Wald hinausschauen, da will ich die Sachen hineintun, die in Kisten von Prag kommen, will die Fläschchen aufstellen, werde darin wohnen und die Leute, die krank werden, heilen.«

Der Vater stand seitwärts, und getraute sich nicht, weil er nur ein Kleinhäusler war, der ein Gespann Kühe und etwas Wiesen und Felder hatte, davon er lebte, den Sohn zu begrüßen, der ein Gelehrter geworden war und da heilen wollte, wo niemals ein Doktor oder ein Arzt gesehen worden war. Der Sohn hatte aber einstweilen das Ränzchen abgeworfen, hatte das Barett und den Knotenstock auf die Bank gelegt, und nahm den Vater an der Hand, legte den Arm um den groben Rock seiner Schulter und küßte ihn auf die Wange, aus der die Spitzen des weißen Bartes stachen, und an der das schlichte, weiße Haupthaar niederhing. Der Vater weinte, und der Sohn tat es schier auch. Dann nahm er die Schwestern, eine nach der andern, und sagte. »Sei mir gegrüßt, Lucia, sei gegrüßt, Katharina, wir bleiben alle beisammen und werden gut leben.«

Dann ging es sogleich an das Ausräumen. Die Schwestern fingen an, die Schreine zu leeren, die da standen, der Vater trug selber manches Frauenkleiderstück, das ihm in die Hände kam, hinaus, der Hirtenbube Thomas, der jetzt mein Pferdeknecht ist, und den der Vater damals hatte, daß er als Bube in der kleinen Wirtschaft helfe, kam auch gegen Abend nach Hause und half mit. Es wurde der große Schrein, der immer seit Menschengedenken in dem Gemache gestanden war und den größten Teil desselben eingenommen hatte, mit dem Beistande des Thomas, des Vaters, der Schwestern und mit meiner eigenen Hilfe hinausgebracht, der Tisch, der in dem größeren Zimmer stand, wurde hereingestellt, daß ich darauf schreiben könnte, der Vater wollte sich derweil, bis ein neuer verfertigt würde, mit einem anderen zum Essen behelfen, der bisher immer in dem Vorhause gestanden war und zusammen zu fallen drohte – ein Kästchen, das in der großen Stube bisher gedient hatte, daß Nägel, Bohrer und dergleichen darin lagen, wurde in das Gemach gestellt, damit ich meine Fläschchen mit den Arzneien, wenn sie ankämen, hinein tun könnte – Lucia hatte unterdessen auch ein Weib aus den unteren Häusern herauf geholt, und man fing an, den Fußboden zu waschen und zu scheuern. – – Mitten unter diesem Getriebe wurde ich zu meinem ersten Kranken gerufen. Der Knecht des Meilhauer lag schon mehrere Tage darnieder, und alles, was ihm die Hausleute und die Bekannten rieten, hatte nicht helfen wollen. Man hatte gehört, daß ich heute nachmittag gekommen sei, und schickte einen Boten herauf, daß ich kommen und helfen möchte. Ich machte mich auf und ging den Weg, der gar nicht kurz ist, durch den Wald, durch den Thaugrund, durch die Weidebrüche und die ebenen Felder hinunter. Es brannten schon die Lichter, als ich anlangte. Der Mann, der im Bette lag, hatte ein Fieber, das er durch starke Verkühlungen sich zugezogen hatte. Ich konnte nicht wirksam eingehen, weil ich meine Notwendigkeiten, die mir dienen sollten, noch nicht hatte, aber ich tat mit Wasser, mit Umschlägen, mit Wärme- und Kälteverhältnissen und mit Vorschrift für die Nahrung alles, was ich tun konnte. Die Menschen standen alle herum und schauten mich an, weil sie noch nie einen Arzt gesehen hatten.

Da der helle Sternenschein an dem Himmel stand und ganz leichte Nebel um die Gründe woben, ging ich nach Hause. Über die frischen Höhen hin stand die feuchte Nachtluft des Waldes, die ich schon wieder entwöhnt war, weil in der Stadt eine trockene und staubige geherrscht hatte. Sonst war es aber warm genug; denn die Zeit ging noch kaum gegen Anfang des Herbstes.

Da ich wieder in unsere Hütte kam, brannte ebenfalls auf der Leuchte ein lustiges Feuer, welches die ganze große Stube taghell erleuchtete. Als ich eintrat, wurde eine Kerze angezündet. Katharina führte mich, da sie dieselbe trug, in mein Zimmer und zeigte mir dessen Einrichtung. Wo der große Kasten gestanden war, war jetzt recht viel Raum, und das Zimmer schien selber viel größer, als es sonst gewesen war. Auf der Stelle des Kastens stand jetzt ein Bett – schneeweiße Tücher waren über dasselbe gespannt, und es harrte auf mich, um in der Nacht meine ermüdeten Glieder aufzunehmen. Der Tisch, den man mir gegeben, war ebenfalls schneeweiß gescheuert, und auf dem Fußboden knisterte der Sand, den man in der Feuchte einstweilen aufgestreut hatte. Die beiden Fenster waren offen, in dem großen Ofen brannte ein Feuer, damit das ganze Gemacht lüfte und trockne. Ich dankte Katharina, sagte, es sei recht schön, und ging wieder in die größere Stube hinaus. Der Vater fragte mich, weil bei uns alle Leute sich kennen und Anteil an einander nehmen, wie es dem Knechte des Meilhauer gehe. Ich sagte, daß das Fieber entzündlich sei, daß ich jetzt noch nicht viel sagen könne, daß ich morgen schon sehen werde, und daß ich hoffe, ihn bald heraus zu bringen.

»Tue das, Sohn«, antwortete der Vater, »tue das.«

Den gebrechlichen Tisch, der in dem Vorhause war, hatte man in die Stube herein gebracht, und er stand mit weißen Tüchern aufgedeckt und mit Tellern und Eßbestecken beladen da. Daß er nicht breche, hatte man an den einen Fuß, der der schlechteste war, einen Stab angebunden, der die Tafel stützte. Nun wurde das Abendmahl aufgetragen, und wir setzten uns alle dazu. Es war sogar eine Flasche Wein da, die der Vater neulich, da er wohl meine Ankunft, aber nicht den Tag wußte, zur Feier derselben nach Hause gebracht hatte, da er auf dem Lande draußen gewesen war. Als das Mahl verzehrt und der Wein getrunken war, begaben wir uns alle zur Ruhe. Die Schwestern hatten rückwärts ein Kämmerlein, das gegen den Garten hinausging, und in dem die zwei Betten standen und ein Kasten, in den sie ihren Putz oder etwa andere Schätze taten, die sie gelegentlich bekamen. Der Bube Thomas ging in das Heu, und der Vater legte sich in das Ehebette, das in der großen Stube stand, und aus dem ihm die Gattin schon längstens, daß ich mich ihrer kaum mehr entsinne, weggestorben war. Ich schloß meine zwei Fenster, schürte im Ofen die noch übrige Glut auseinander, daß es nicht zu warm werde, und bat Gott, da ich mich zum ersten Male in mein Bett niederlegte, daß er mein hiesiges Wirken segnen wolle.

Am andern Morgen frühe ging ich zu dem Knechte des Meilhauer hinab. Als ich wieder zurück kam, waren an meinen Fenstern zwei sehr schöne, weiße Vorhänge, die gestern noch nicht gewesen waren, und die Katharina aus irgendeinem schönen Linnen gemacht hatte. Ich freute mich darüber und dankte ihr sehr. Es warteten bereits wieder viele Leute, die in verschiedenen Dingen meinen Rat und meine Hilfe verlangten. Ich redete recht freundlich mit ihnen und nahm die kleine Gabe, die sie darboten, an. Ich hatte jedes einzeln in mein Gemach kommen lassen, auf dessen Tische noch nicht einmal ein einziges Blatt Papier lag, sondern nur mein Stock und mein Barett. Der Vater hatte viele Freude und ging mit einem sonnenscheinhellen Gesichte in dem Hause herum. Bei den Schwestern schien es auch, als hätten sie schönere Gewänder an, als ich es sonst an ihnen zu sehen gewohnt war. Nachmittag bestellte ich bei dem Schreiner, der nicht weit von uns wohnte, einen Tisch, das erste, was ich aus meinem Erwerbe anschaffen und aufbauen lassen wollte: dann ging ich zu jenen Kranken, die Vormittag nicht zu mir hatten kommen können, sondern nur die Bitte geschickt hatten, daß ich sie besuchen möchte.

So ging es nun fort. Nach einigen Tagen kamen die Kisten, die ich in Prag mit Dingen meines Berufes gefüllt und einem Fuhrmanne empfohlen hatte. Ich packte sie aus und richtete mein Zimmer damit ein. Es war recht schön; die Fläschchen standen in dem Kästchen, und auch außer demselben auf dem Tische herum – die anderen Sachen kamen in Laden des Kastens oder des Tisches, bis der Arzneischrein fertig wäre, den ich mir wollte machen lassen, und zu dem ich schon die Zeichnungen angefangen hatte. Die Bücher wurden außen auf dem Kasten aufgestellt, und auf den Tisch wurde Papier zum Schreiben getan und Tinte und Federn, daß ich mir aufzeichnen konnte, was ich jedem Kranken gegeben habe und wie ich bisher mit ihm verfahren sei, daß ich nicht irre und Unheil anrichte. Nachmittag schien die Sonne recht freundlich in das Gemach, ich zog die Vorhänge zu, wenn ich nach Hause kam, und dann war es dämmerig und lieb um alle Dinge, weil weiße Vorhänge das Licht nicht brechen, sondern bloß milder machen; nur daß doch hie und da ein Sonnenstrahl hereinbrach und einen Blitz auf den weißen Boden legte. Die Zimmerwände waren zwar nur von Holz, aber sie waren nach innen sehr gut gefügt und an einigen Stellen mit Schnitzwerk versehen. Gegen hinten zu war eine Bank, die an der Wand und an dem Ofen hin lief, und alles war recht reinlich und klar. Auch die äußere Stube und die andern Räume der Hütte hielten die Schwestern viel reiner, als das alles sonst gewesen war. Das Holz um die Hütte herum, das schon im Sommer für das Bedürfnis des Winters nach und nach gesammelt wurde, war immer sehr genau geschlichtet, und die Gasse war alle Tage gekehrt. Lucia, die eine gute Köchin zu sein vermeinte, brachte bessere Gerichte auf den Tisch, zu denen auch ich bereits einen Teil beizutragen im Stande war.

Der Knecht des Meilhauerbauers ist in zwei Wochen gesund geworden, er ist an einem Sonntage zu mir heraufgekommen und hat mir von seinem Lohne ein wenig Geld geben wollen, ich habe es aber nicht angenommen, in Anbetracht, daß er ein Knecht ist.

Damals war es in der Gegend nicht so, wie es jetzt ist, obwohl nur wenige Jahre vergangen sind. Die Veränderungen sind dennoch bedeutend gewesen. Es mochte sich einst ein großer, undurchdringlicher Wald über alle die Berge und Täler ausgebreitet haben, die jetzt meine Heimat sind. Nach und nach hat sich die eine und andere Stelle gelichtet, je nachdem entweder ein mächtiger Kriegsfürst oder anderer Herr große Stücke Eigentum in dem Walde erhalten und

Leute hin geschickt hat, daß sie an Stellen, die sehr bequem lagen, Holz fällen und aufschlichten sollen, damit er aus seinem Besitze Nutzen ziehe – oder ein armer Mann um weniges Geld in der Wildnis sich einen Platz gekauft hat, den er reutete, auf dem er sich anbaute, und von dem er lebte, – oder ein Teerbrenner, ein Pechhändler die Erlaubnis erhielt, an abgelegenen Orten, die sich kaum durch Jagd oder sonst etwas nutzbar machen konnten, seine Beschäftigung zu treiben, wo er sich dann anbaute und verblieb, – oder einem Wildschützen, einem Wanderer, einem Vertriebenen ein Plätzchen gefiel, an dem er sich ansiedelte, und von dem aus er wirkte. Es soll auch einen Mann gegeben haben, der eine Wünschelrute besaß, mit der er Metalle und Wasser in der Erde entdecken konnte; er ist aber sehr arm geblieben, und nachdem sie ihn draußen hatten steinigen wollen, ist er in die fernste Tiefe des Waldes entflohen. Von ihm soll sich der Anfang der oberen Brentenhäuser herschreiben. Alle diese, die sich an vereinzelten Stellen des Waldes befanden, oder wenigstens viele von ihnen hatten Nachkommen, die sich nicht weit von den Eltern ansässig machten, und so mag es gekommen sein, daß die verschiedenen Häuser oder Orte, die an den einzelnen Hügeln des Waldes zerstreut liegen, entstanden sind. Es wird wohl ein jeder, der sich eine Hütte baute, die tieferen Orte des Waldes, die feucht und dumpfig sind, gemieden und sich einen höhern, luftigen ausgesucht haben. Dort lichtete er den Wald um die Hütte, legte sich eine Wiese an, davon er ein paar Rinder nährte, ließ seine Ziegen und Lämmer in das Gesträuche des Waldes gehen, und machte sich wohl auch ein Feld und ein Gärtchen, das er bearbeitete. Daher kam es, daß jetzt so gerne die Waldhäuser, schier jedes allein, auf einem Hügel liegen, und von Hügel zu Hügel, von grünem Abhange zu Abhange auf einander hinüber grüßen. Sie sind alle aus Holz gebaut und haben flache Bretterdächer, auf denen die großen, grauen Steine liegen. Wenn man auf einem Berge steht, sieht man die Fenster dieser Häuser glänzen, und wenn man tief in den Wald zurückgeht und auf einen Kamm steigt, von dem man die Häuser nicht mehr sehen kann, so steigen von verschiedenen Stellen aus der Dämmerfarbe des Waldes Rauchsäulen auf, die ihre Lage bezeichnen. So eine Hütte war auch die meines Vaters, sie lag ziemlich weit von dem Dunkel der Tannen, gute Wiesen gingen gegen sie her, und von ihr streckte sich ein grüner Hang hinab, der sehr feucht war, aber mit einem Grün prangte, das den Schein des Smaragdsteines erreichte. Hinter der Hütte war ein Garten, in welchem Gemüse wuchsen und sogar einige Blumen gezogen wurden. Während ich in Prag war, hatte der Vater auch auf dem trockenen Grunde ein Feld bereitet, das der Bube Thomas mit Hilfe der Schwestern besorgte.

So war es genau noch, als ich nach der Beendigung meiner Wissenschaften in meine Heimat zurückkehrte. Von dem hinteren hohen Walde, der noch in der ursprünglichen Schönheit und Unentworrenheit prangte, ging ein angenehmer Waldwinkel herum, es blickte schon hie und da ein hellgrüner Fleck, und wenn Ernte war, ein goldener aus der finstern Farbe des Waldes hervor, die Flecke wurden immer mehr, je weiter man gegen das Land hinaus kam, bis endlich, wo es ebener wurde, wallende Felder gingen, mancher Kirchturm schimmerte und glänzte, und sich nur schmale Streifen vom Gehölze dahin zogen. In dem Waldwinkel, weil er sich sehr günstig bog und sich gegen die Sonne lehnte, war es im Sommer sehr warm, ja oft heißer, als man es sich denken kann, aber im Winter auch sehr kalt, es war hoher Schnee und ein Gestöber, wie man es sich ebenfalls nicht zu denken vermag. In jedem Tale und in jeder Krümme des Waldlandes zog und rauschte ein Bächlein, und floß zwischen den Gebüschen, die in dem Talgrunde und in den Rinnen standen, wie warme, feuchte Waldluft, bis draußen, wo die Getreide begannen, breite Bäche flossen, ein Fluß wandelte und eine trockne Luft über die Felder und die Häuser der Menschen ging. Die Waldbewohner nannten jenen fruchtbaren Strich nur immer das ›Land draußen‹.

Da ich, um mein Amt auszuüben, nach Hause kam, hatte sich der Anbau der Felder schon viel näher und unterbrechender in die Wälder herein gezogen, allein in der Gegend, wo das Haus meines Vaters lag, breitete sich noch immer viel weiter das Dunkel und Dämmer des Waldes aus, als der Schimmer und der Glanz des Getreides.

Aber etwas anderes hatte sich verbessert, dessen Nutzen ich sehr bald, als ich mich in der Gegend aufhielt, empfinden lernte. Es waren, da ich als Knabe fortzog, schier keine anderen Wege als nur Fußwege durch die Gehölze und auf den Höhen herum. Wo man fahren konnte, hatte sich der Weg nur durch Gewohnheit gebildet, indem man nämlich die Gründe, wo ein Wagen gehen konnte, benützte, und sich so die Gleise bildeten, auf denen dann in der Zukunft die Wägen sich folgten. Aber da der Boden der Gleise ungleich dicht war, entstanden Gruben und Vertiefungen, welche das Fahren zu einer schweren Arbeit machten, wenn man Holz oder etwas anderes nach Hause zu schaffen hatte. Daß man sich auf einen Wagen setzen und sich auf demselben fortfahren lassen könne, bloß zu dem Behufe, daß man nicht gehen dürfe, davon hatten die Waldbewohner keinen Begriff. Es wäre auch beschwerlicher und viel langsamer gewesen als das Gehen; sie setzten sich nur auf einen Wagen, wenn derselbe zufällig leer war, um etwas fuhr, und hauptsächlich auf einem schmalen, von Gestrüpp begrenzten und morastigen Wege ging, daß man nicht an seiner Seite her gehen konnte. Dann saß derjenige, der das Gespann lenkte, fast stehend auf dem obersten Rande der Leiter oder des

Brettes, das den Wagen schloß, und ließ sich hin und her wiegen, wenn die Räder in Gruben nieder gingen oder aus denselben empor stiegen. Die Bewohner der Ebene aber hatten in der Zeit, durch das Beispiel und die Belehrungen eines Mannes angeregt, der unter ihnen große Besitzungen hatte, angefangen, ganz ordentliche Straßen zu bauen, wie man sie immer in den Ländern sieht, wo die Fuhrleute fahren und die Waren gehen. Sie bauten diese Straßen nicht etwa bloß von Ort zu Ort, sondern, da sie den Nutzen derselben einsehen lernten, selbst in die Felder und wo überhaupt öfter ein beladener Wagen zu gehen hat. Die Schönheit dieses Dinges lenkte die Augen auf sich. Die Waldleute, da sie öfter hinauskamen und sahen, wie die Wägen auf den breiten, festen und fast gewölbten Fahrbahnen dahin rollten, als ob die Tiere ledig gingen, freuten sich darüber, und bauten zwar im Gebirge keine Straßen, weil sie sagten, das geht bei uns nicht, aber sie warfen doch in die Gruben ihrer Wege Steine, ebneten die Oberfläche, räumten manches Gestrüppe weg, daß neben den Gleisen ein Fußweg wurde, und konnten den Morast auf ihren Wegen nicht mehr leiden, oder daß sich irgendein Bach eine Strecke des Weges zum Rinnsale erkor. Da sie bald sahen, welche große Beschwerde im Fahren sie dadurch beseitigten, und welche Mühsal nun aufgehört habe, da sie auch bald merkten, welche Ersparung an Zeit, Zugvieh und Wagengeschirr eingetreten war: blieben sie bei der einmal angefangenen Weise, und besserten immer auch die kleinste schadhafte Stelle, die sich zeigte, sogleich wieder aus. Ich hatte eine große Freude, wenn ich so meines Weges zu einem Menschen ging, der sehnsüchtig nach mir verlangte, und mir ein Landmann begegnete, der einige Steine auf seinem leeren Wagen hatte, mit dem er von dem Felde nach Hause fuhr, welche Steine er auf dem Felde oder auf dem steinigten Raine desselben aufgeladen hatte, damit er sie in irgendeine Vertiefung werfe, die er auf dem Wege bemerkt hatte. Ich sah auch schon den langstieligen Hammer, den er mit führte, daß er die größeren, die sich nicht fügen wollten, zerschlage und damit die kleineren Unebenheiten verquicke. Durch diese Reinlichkeit in ihren Wegen und durch den strengeren Sinn, der sich nunmehr dafür kund gab, wurden sie aber auch weiter geführt. Mancher fing an, sein Haus und dessen Umgebungen reiner zu halten als sonst, hie und da entstand eine steinerne, weißgetünchte Wand statt der früheren hölzernen, an Sonntagen zeigten sich manche nettere und schmuckere Gewänder, und wenn die Zither klang, so wurden zwar keine neuen Weisen, denn diese blieben in Jahrhunderten fort immer dieselben, aber die alten wurden lieblicher und freundlicher gespielt.

In diesem Zustande fand ich die Dinge, als ich in meiner Heimat ankam, um meine Tätigkeit zu beginnen. Es kamen immer mehr Leute, die von mir Rat und Hilfe verlangten. Ich sprach mit allen sehr freundlich, und wenn ich auf meinen vielen Gängen vor manchem Hause oder mancher Hütte vorbei kam, wo ich bekannt war, entweder noch von meiner Kinderzeit her, oder weil ich ihnen jetzt schon einen Dienst zu leisten im Stande gewesen war, ging ich hinein und redete mit ihnen entweder von ihren eigenen Angelegenheiten, oder von andern verschiedenen Dingen. Oftmal saß ich in der Abendsonne auf der Bank vor einem Hause, und sprach oder spielte mit den Kindern, und ging dann, wenn der Himmel recht schön golden war, von den vielen Bäumen begrüßt und von dem langsamen Sausen der Föhrennadeln begleitet, durch den Kirmwald nach Hause. Die Gebirgsbewohner sind sehr verständig, und meistens sind sie auch heitere, umgangswürdige Leute. Ich war wohl noch sehr jung, fast bei weitem zu jung für einen Arzt: aber sie hatten als zu einem Landeskinde Zutrauen zu mir und fragten mich zuweilen auch bei anderen Dingen als bei Krankheiten um Rat.

Ich gewann die Gegend allgemach immer lieber, und wie ich mich früher manchmal aus der Stadt in den Wald gesehnt hatte, so war es auch jetzt wieder gut, wenn ich von Pirling, was doch nicht gar weit ist, oder von Gurfeld, von Rohren, von Tunberg, wohin ich öfter gerufen wurde, nach Hause fuhr und das Grün der Tannen wieder von den Höhen herab grüßte, manches Bächlein, das zwischen den Waldklemmen ging, mir rauschend entgegen sprang, mancher Birkenstamm von den Bergen leuchtete, mancher dorrende Holzklotz am Wege lag, weil man hier nicht besonders darauf zu achten hat, und manche Baumversammlung sich immer dichter folgend an dem Wege stand, die wehenden Äste oberhalb hinüber streckend und unten an einem Stamme irgendein Bildchen enthaltend. Wenn ich von den schönen, fast gerade laufenden Straßen der Ebene hereinkam, war es mir wie ein gutes Heimatgefühl und tat mir beinahe wohl, wenn sie abbrachen und unsere schmalen, krummen, hin und her gehenden Wege anfingen, auf denen man langsamer fahren mußte.

Weil ich gleich in dem ersten Herbste zu sehr vielen Leuten gerufen wurde, die weit auseinanderlagen, daß ich es mit Gehen nicht erzwingen konnte, und weil die Fuhrwerke in den Bergen nicht zu haben sind, oder selber auf den Feldern zu tun haben, oder zu meinem Zwecke nicht taugten, kaufte ich mir selber ein Pferd, ließ in Pirling ein Wägelchen machen, und gedachte, mich in Zukunft dieser Dinge zu bedienen. Ich hatte noch im späten Herbste, da die Erde schon gefroren war, angefangen, an unsere Hütte noch einen schönen Stall aus guter doppelter Bretterverschalung bauen zu lassen, deren Zwischenraum ich zuerst mit Moos ausfüllte. Hinten wurde auch noch ein kleines Hüttchen aufgeführt, darin das Wägelchen stand und noch ein schmaler Schlitten Platz hatte, den ich ebenfalls zu bauen im Begriffe war. Der Wirt am Rothberge hatte einen Goldfuchs. – Wie gerne war ich oft dort gesessen, wo der rötliche Stein aus der Erde hervorgeht, der Bach mit lebendigem Lärmen zwischen den Bergen herausrauscht, und drüben das Haus mit den vielen Fenstern herüberschaut, wenn ich müde von dem vielen Herumgehen in den Krümmungen der Waldgräben herauskam, den Stock und das Barett neben mir an den Stein legte, um mich auf einen ersehnten Trunk abzukühlen und mir die stattliche und behagliche Wirtschaft zu betrachten. Die Brettersäge kreischte hinten in dem Tale, der Bach sprudelte schneeweiß zwischen den schwarzen Waldsteinen hervor, der Platz vor dem Wirtshause war so geräumig, mehrere Bänke liefen an der Wand hin, und Leute gingen in dem Hause aus und ein, um Geschäfte zu tun. Wie oft lag der glänzendste Sonnenschein auf der Wirtsgasse, an der der schönste Fahrweg des Waldes vorbeiging, und beleuchtete die vielen Fenster, die auf den Weg hinaus schauten. Wie oft aber stand auch die Sonne schon tief, machte die Holzverzierungen an dem Wirtshause, die Bänke und die Ranken, die an der Wand hinauf gingen, rot, und legte sich schief gegen den Waldrücken hinüber, daß er einen langen Schatten auf den Rothberg warf, an dem sich die Waldhäuser wie graue Punkte hinunter zogen. Dann ging ich, wenn ich mir alles betrachtet hatte, wenn die Hitze des Körpers vergangen war, und wenn die müden Füße ein wenig erquickt waren, über den Steg, trat auf die Gasse des Wirtshauses und trank mein Glas, das man mir heraus gebracht hatte, denn gewöhnlich sah man mich auf meinem Stein schon sitzen und richtete das, was ich brauchte, zurecht. Dann redete ich ein wenig mit Martin, dem Wirte, wenn er nicht etwa zufällig abwesend war, oder mit einem Gaste, oder mit sonst jemanden aus dem Hause. Wenn Sonntag war und die Nachmittagsgäste die Gasse füllten, saß Josepha, die Tochter des Wirtes, gerne auf dem Wiesenhange hinten, wo ein kleines Hügelchen ist, auf dem ein Apfelbaum steht, und ein Hüttchen, Tischchen und Bänklein ist, und spielte die Zither. Sie spielte sehr gut. Gewöhnlich standen ein paar Mädchen aus der Nachbarschaft bei ihr, und es trödelten ein paar Kinder zu ihren Füßen. Des Abends, manchmal auch in ganz finsterer Nacht, manchmal im Nachmittage, wenn es noch heiß war, ging ich dann an dem Buchenbestande durch das Tal des Haidgrabens zum Waldhange hinauf, wo unser Häuschen stand. – Wir redeten öfter, nämlich Martin und ich, daß es auf die Länge der Zeit nicht so dauern könne, wenn ich auf allen Wegen, die mich zu meinen Kranken führen, zu Fuße gehen sollte, daß die Mühsal endlich zu groß werde, ja daß sie immer wachse, wenn meine Arbeit sich ausdehne und Leute in allen Richtungen um Beistand verlangen. Es ist auch eine strenge Pflicht, daß man ihnen den Beistand leiste, und wenn man zu Fuße geht, kann man nicht so viel des Tags verrichten, als etwa not täte, und wenn die Hilfe schleunig geleistet werden solle, kann man leicht später kommen, als sie noch fruchtet. Er sagte öfter, ich solle mir ein Wägelchen und ein Pferd anschaffen, und in den Wegen, wo es leicht gehe, fahren; es blieben noch genug Pfade übrig, die ich doch zuletzt zu Fuße wandeln oder erklimmen müsse. Ich antwortete ihm darauf, daß ich in unserer Hütte noch keinen Platz habe, um ein Pferd und ein Wägelchen unterbringen zu können, und daß ich daher noch eine Weile warten müsse. Aber mit der Zeit, setzte ich hinzu, wenn mich Gott segnet und die Leute mir vertrauen, werde ich es schon tun, und es ist meine Schuldigkeit, daß ich es tue, damit ich in größerer Entfernung und schleuniger wirken könne.

»Ach unser Doktor«, sagte der Josikrämer, der einmal zufällig bei einem solchen Gespräche zugegen war, »geht schon noch eine Weile, er ist jung und gerüstet. Wenn ich mit meinem Packe auf allen Wegen bin, so sehe ich ihn auch, wie er durch den Wald oder in den Feldern geht und seinen Stock in den Sand stößt.«

»Ja, das Gehen durch Wald und Feld ist schön«, antwortete ich, »man kann nicht begreifen, wenn man in einer Stadt ist, daß es dort Leute gibt, die immer in der Stube sitzen, oder durch ihren Beruf in einem Laden oder Gewölbe gehalten werden, und nur des Abends unter ein paar schlechte Bäume gehen, und sagen, daß sie sich da erholen und Luft genießen. Aber wenn man von der Hast getrieben wird, wie etwa ein Mittel, das man gab, gewirkt haben mag, wenn man nicht weiß, wie viel schlechter der wird, der einen rufen ließ, derweil man durch Wald und Feld geht, und wenn noch einer wartet, der weit drüben, jenseits der entgegengesetzt liegenden Höhen wohnt, und wenn man nach Hause kömmt, einen weglassen mußte, der doch auch vielleicht heute gehofft hatte, daß man komme, und wenn man denkt: hast du auch alles recht gemacht, du mußt gleich in den Büchern nachsehen; dann ist das Gehen zuweilen doch sauer, und ein ermüdeter Körper ist auch nicht so verständig, als ein ausgeruhter und rüstiger. Aber es tut nichts, es tut nichts, es geht schon noch eine Weile, wie Ihr gesagt habt, ich werde nicht müde – und oft ist ja ein Stein, ein umgestürzter Baumstrunk, ein Blick über alle die blauen Wälder in Weite und Breite – und dann geht es schon wieder. Wißt Ihr, Josi, wie wir selber einmal bei einander gesessen sind, Ihr mit Eurem Packe, und wie Ihr mir erzählt habt? Auch ist ja der Drang nicht immer gleich stark. Vor zwei Wochen war die Gesundheit so gesegnet, daß ich eine Freude hatte, es blühte alles rund herum, daß ich Zeit hatte, an Dingen, die ich machen lassen wollte, zu zeichnen, daß ich, wo sie schon etwas arbeiteten, dabei stehen und zuschauen konnte, ferner, daß ich an Gehen so Not litt, daß ich mehrere Stunden lang spazieren ging, am öftersten hinauf in das Eichenhag, wißt Ihr, wo die gar so schönen Stämme stehen, ich glaube, die schönsten in unserer ganzen Gegend. – Am Rande des Hages wäre ein Platz zu einer

Ansiedlung, der ausgezeichnetste Platz, wenn man die Fenster gegen die Felder hinab richtete, wo jetzt der Meierbacher reuten läßt, und gegen den Waldhang, wo unser Haus ist, und weiter weg gegen die Felder, die jenseits unseres Hauses am Mitterwege gegen die Dürrschnäbel und den Kirmwald hinauf gehen.«

So sprach ich damals im allgemeinen, und die Männer gaben mir ungefähr recht.

Den Goldfuchs, welchen der Rothberger Wirt hatte, kannte ich sehr wohl. Ich war in der ersten Zeit einige Male mit ihm gefahren, und später, da ich meine Tätigkeit ausbreitete, und wenn mich größere Entfernungen verlangten, hatte ich den Buben Thomas hinabschicken müssen, daß der Vetter Martin den Fuchs in Bereitschaft hielte. Wir nannten ihn immer Vetter, weil er wohl ein Verwandter von uns war, aber in solcher Entfernung, daß dieselbe niemand mehr angeben konnte. Mein Vater war immer erfreut, wenn ihn der Wirt Vetter nannte, und jetzt schien es mir, daß der Wirt es nicht ungern sehe, wenn ich ihn mit Vetter anredete.

Als der kleine Stall fertig war, den ich im Herbste zu bauen angefangen hatte, ging ich zu Vetter Martin hinab und redete mit ihm, ob er mir den Goldfuchs zu kaufen überlassen wolle. Da er gerade nichts dagegen hatte und wir über den Preis einig geworden waren, wurde der Fuchs samt allem Geschirre, das zu ihm gehörte, von einem Knechte sogleich in den Waldhang in den neuen Stall hinauf geführt. In kurzer Frist darauf kam auch das Wägelchen aus Pirling in die Hütte, die dafür an unser Häuschen angebaut worden war, und so hatte ich nun Wagen und Pferd, mit denen ich jetzt selber und ganz allein in den Gebirgswegen herum fuhr, deren Verbesserung ich erst jetzt recht erkannte. Den Wagen richtete ich so ein, daß ich meine Bücher, meine Werkzeuge und selbst andere Dinge, die ich etwa brauchte, darin unterbringen konnte. Mitten darin saß ich und fuhr. Da der Schnee erschien und sich in den Wegen hielt, wurde der Schlitten hergerichtet. Wie oft, wenn ich in dem ersten Winter nach Hause kam, wenn ein rechtes Gestöber war und den Schnee, hoch wie Häuser, in den Waldlehnen zusammenjagte, oder wenn eine große Kälte war und die Sterne so scharf am Himmel standen, als wäre ihr Glanz selber fest zusammen gefroren, stand schon der Bube Thomas, wenn er meine Schellen hörte, vor der Tür der Hütte, und nahm mir das Pferd ab, den guten Fuchs, um es erst ein wenig um die Hütte herum zu führen und dann in den Stall zu tun. Die Schwester Katharina nahm mir, wenn ich in die Stube trat, in der der hellste Glanz von der lodernden Leuchte her herrschte und die sanfteste Wärme von dem Ofen ging, den Pelz ab, in dem Eis oder Schnee hing, zündete Kerzen an und führte mich in mein Zimmer, in dessen Ofen auch die Tannenscheite krachten, oder ein nachgelegter Buchenstock langsam in wärmeverbreitende Glut zerfiel. Ich hatte nämlich in den Ofen von innen eine große Tür brechen lassen, und damit ich das Feuer sähe, das ich so liebe, dieselbe mit einem feinen Metallgitter zu schließen eingerichtet. Lucia kochte, und der Vater ging in dem knarrenden Schnee um die Hütte herum in die Wagenlaube, und brachte die Sachen herein, die in den Schlitten gepackt gewesen waren. Ich tat die Kleider ab, legte ein bequemes Hausgewand an, und saß unter den Meinen.

Meine Wirksamkeit breitete sich immer mehr und mehr aus. Ich nahm die kleinen Gaben, welche die Leute geben konnten, an; von den Armen nahm ich gar nichts, außer es war irgendein Kleines, von dem ich wußte, daß es ihnen nicht abgehe, und daß die Zurückweisung sie kränken würde. Von den Reichen forderte ich mehr: und wie unbemerkt die Dinge flossen, so war doch Gottes Segen dabei, und die Wohlhabenheit mehrte sich immer mehr.

Im Frühlinge konnte ich schon von Allerb ein gutes Stück Grund und Feld kaufen, das unter unserer Hütte lag, und wenn man von dem Hange hinab kömmt, recht schön eben fort läuft. Weil es dort unten viel wärmer und von Winden gesicherter ist, weil der Boden nach oben sich hin breitet, und lieblich hie und da manche Bäume stehen, wollte ich ein Haus dahin bauen, in welchem ich alle meine Lebenszeit zu wohnen beschloß. Ich hatte den ganzen Winter daran gezeichnet, um mein Vorhaben recht klar und reinlich darzustellen und es dem Baumeister begreiflich machen zu können. Ich konnte ebenfalls im Frühjahre den Bau schon ein wenig beginnen, in so ferne die Räume bestimmt und Baubedürfnisse herbeigeschafft wurden. Ich wollte dem Vater und den Schwestern mehrere recht schöne Stübchen herrichten lassen.

Der Gregordubs hatte zwei Füllen, welche im Alter nur um wenige Tage verschieden waren, und welche so gleichmäßig schwarz waren, daß keines auch nicht ein einziges weißes Härchen besaß. Freilich war die Farbe in der noch etwas vorherrschenden Wolle noch nicht anders als dunkel graubraun, aber sie zeigten, daß sie glänzend schwarze Pferde werden würden. Ich kaufte ihm die Füllen ab, und wollte sie mir recht vorzüglich für meine Zukunft erziehen. Ich nahm außer dem Buben Thomas noch einen Gehilfen für ihn auf, und beide mußten mir auf die Füllen sehen, aber die Ernährung und das sonstige Verfahren mit ihnen befahl ich selber an. Für den Sommer wurde noch ein Notstall für sie erbaut, und für den Winter würde ich schon sehen, was zu tun sei.

Der Bau konnte im Sommer schon sehr gefördert werden. Ich wollte im Zusammenhange mit dem ganzen Plane doch zuerst eine Stube für mich vollständig fertig haben, daß ich noch im Winter darin wohnen könnte, dann einen Stall, worin zuerst die drei Pferde in Sicherheit wären, eine

Hütte für Wagen und Schlitten, und dann jene Räume, die zu diesen Dingen noch notwendig wären.

Diese Einrichtung war im Herbste schon fertig.

Aber ehe der Winter einbrach, starb der Vater und starben die zwei Schwestern. Ich hatte ihnen nicht helfen können, wie sehr ich gewollt. Die gute Katharina war die letzte gewesen.

Die Hütte stand nun allein. Ich konnte sie nicht ansehen und die Schwelle nicht überschreiten.

Obwohl ich wußte, daß die Mauern noch feucht waren, und obwohl ich wußte, daß die feuchten Mauern schädlich sein können, ließ ich doch alle meine Sachen von der Hütte in die fertige Stube herab bringen, um da zu wohnen. Ich ließ die drei Pferde in den neugebauten Stall führen, der Knecht Thomas mußte mit herab, der andere blieb in der Hütte, um die Kühe zu versorgen, die noch da waren, und das Kalb, welches wir aufzuziehen angefangen hatten. Ich hätte sie verkaufen sollen, man redete mich darum an, aber ich konnte sie nicht weg tun. Ein Weib, welches uns kochen sollte, wurde aufgenommen, und schlief in einem Kämmerlein neben der Notküche. Bei Tage, wenn ich aus war, ließ ich in allen Öfen, die schon zu benützen waren, heizen und dazu die Türen und Fenster öffnen. Des Nachts stellte ich überall, wo jemand schlief, auch in den Stall, ein weites Gefäß, in welchem Pottasche war, die wir gerade vorher glühend gemacht und wieder abgekühlt hatten, damit sie die feuchten Dünste, die aus der Mauer kamen, einsaugen möchte.

Es ist ein trauriger Winter gewesen. Die Leute in der ganzen Gegend waren recht freundlich und gütig gegen mich, weil ich allein war – und wenn ich nach Hause kam, zündete ich die Kerzen an, und saß in meiner Stube und schaute in die Bücher, oder schrieb ein, was heute notwendig geworden war.

Im Frühjahre fand ich eine Quelle, von der ich dachte, daß sie heilsam sein müsse. Sie enthält Salze, ich versuchte das Wasser und fand, daß Dinge darin seien, welche in den Quellen sind, die man als heilsam bekannt gemacht hatte.

Das Bauen wurde im Frühlinge auch wieder begonnen, da die Fröste die Erde verlassen hatten und nicht zu befürchten war, daß wieder einige kommen könnten. Im Herbste war wieder viel mehr fertig als in dem vorigen, und das bereits früher Fertige konnte besser eingerichtet werden. Es war das Haus, wenn gleich Teile fehlten, welche in meiner Zeichnung auf dem Papiere standen, daß sie nach und nach dazu gefügt werden sollten, doch für unkundige Augen so, als wäre es fertig. Wir führten die drei Kühe – denn das Kalb war unterdessen auch eine geworden – von der Hütte herab und nahmen Geräte, die notwendig oder im brauchbaren Zustande waren, mit. Der Knecht, der das Jahr oben gewohnt hatte, kam auch in das Haus herunter.

Da dieses geschehen war, ließ ich die Hütte abbrechen. Von dem Schnitzwerke, das in meiner Kammer gewesen war, ließ ich vieles in meinen Stuben, namentlich in meinem Schreibgemache anbringen; das andere hob ich so auf. Auch manche weitere Dinge, welche mir gefielen, und welche dem Gedächtnisse meiner kindlichen Jahre merkwürdig waren, ließ ich nicht zerbrechen, sondern in mein Haus tragen und an verschiedenen Orten aufstellen. Da die Kälte des Herbstes kam und die Wiesen von dem weißen, schönen Reife starrten, sah man die Hütte nicht mehr; das Auge ging über den Platz frei weg bis zu dem Walde, der weiter oben anfängt und den weißen Abhang mit seiner schwarzen Farbe schneidet. Nur wer näher gegangen wäre, würde an den Fußtritten, die von denen herrührten, die die Hütte abgetragen hatten, dann an den Verletzungen des Rasens, die er durch das vielfältige Hinwerfen von Balken und Brettern erlitt, und endlich an dem schwarzen Erdflecke, der sich hinbreitete, die Stelle erkannt haben, wo die Hütte gestanden war. Ich hatte die Erde auflockern lassen und warf Grassamen hinein, daß er im künftigen Frühlinge zum Vorschein komme. Die Steine, welche auf dem Dache gelegen waren, und diejenigen, welche den Feuerherd der Küche und der Öfen bildeten, ließ ich zu mir hinab bringen, um sie im nächsten Jahre in meine Gartenmauer einsetzen zu lassen, daß ich sie alle Zukunft vor Augen hätte.

So war also jetzt ein ganz anderer Stand der Dinge, als ich gedacht und so lieb gehofft hatte.

An demselben Herbste bekam ich auch Ursache, mit dem Wasser, welches ich gefunden hatte, zufrieden zu sein. Es kam im Monate Julius der Inbuchsbauer aus dem oberen Astung zu mir herunter; er hatte seinen Buben bei sich, der früher die Füllen des Gregordubs gehütet hatte, und bat mich, ich möchte dem Buben an zwei Tagen in der Woche etwas zu Mittag zu essen geben, die andern Tage hätte er schon bei guten Leuten gefunden, und der untere Beringer habe erlaubt, daß er in seinem Heu schlafen dürfe. Die Keum Anna sei recht schlecht gewesen, ihr Fuß habe sich verschlimmert und große Schmerzen gebracht. Da habe sie aus dem Heilwasser, welches im Grundbühel hervorfließe, getrunken, und habe in demselben Wasser, das sie ihr beim Klum gewärmt hätten, den Fuß gebadet, und sei jetzt ganz gesund. Deswegen habe er auch gemeint, daß er den Gottlieb herabführen müsse, daß er herunten bleibe, von dem Wasser trinke und sich in demselben bade, ob es ihn etwa auch herstellen könne. Ich sah den Buben an, und es war schier kein menschlicher Anblick, welche häßliche Wunden an seinem Halse und an seinem Genicke hervorgebrochen waren. Ich kannte den Fall mit der Keum Anna sehr wohl, und sagte, wie es ganz natürlich war, daß ich dem Buben schon die zwei Tage zu Mittage und aber auch zu Abend zu essen geben werde, und daß ich mich auch schon noch weiter um ihn umschauen wolle. Der Inbuchsbauer ist sehr arm. Er ist nur dem Namen nach ein Bauer, der Tat nach ein armer Waldhäusler in der größten Wirrnis des oberen Astungs, ohne Weib und andere Angehörige. Als er sah, daß sein Bube herunten bleiben konnte, ging er mit Trost nach Hause. Ich nahm den jungen Menschen in meine Stube, fragte ihn aus und untersuchte seinen Körper. Der Ekel ist ein seltsames Ding, und er darf nicht gelten und gilt auch nicht, wo wir einem Menschen helfen können, der auch eine Vernunft hat und seinen Schöpfer verehren kann. Ich wusch mir meine Hände, nahm andere Kleider, und ging an der Siller hinunter spazieren. Durch die Bäume klangen recht heiter die Meißelschläge herein, mit denen die Pfosten zu meinen Türen gehauen wurden. Der Bube nahm das Wasser, wie ich es ihm vorgeschrieben hatte. Nach einer Weile sagte ich: »Was wirst du denn zu den verschiedenen Leuten essen gehen, und wer weiß, was sie dir auch geben, das das Wasser und meine Arzeneien wieder zu Grunde richtet. Komme alle Tage zu mir und esse bei mir.«

Der Bube dankte recht schön, und kam alle Tage zu mir. Er bekam in einem Kämmerlein, das hinter der Küche lag, und das wir bestimmt hatten, wenn einmal noch ein weiblicher Dienstbote mehr in das Haus käme, daß er dort wohne, ein weiches Tischchen, das der Zimmermann zusammengenagelt hatte, einen weichen Stuhl, und dasjenige zu essen, was ich meinen Leuten vorgeschrieben hatte, daß er bekommen solle. Er besserte sich nun sehr. Gegen den Herbst sagte ich zu ihm: »Es möchte nun bald in dem Heu zu schlafen zu kalt werden, komme ganz zu mir, ich werde dich schon unterbringen.«

Wir hatten Räume genug, die nach und nach fertig geworden waren, und die wir nicht brauchten, weil wir unser so wenig waren. Ich suchte eine Kammer aus, die schon im vorigen Jahre getüncht war. Sie lag, wenn man von dem Tore links über den Hof ging, allein, weil die Stube, die daneben entstehen sollte, die gegen den Garten hinausging, und die ich vorhatte mit schönen Tragebalken und anderer Schnitzerei zu verzieren, noch nicht fertig war, und Blöcke und Bretter und Erdhaufen in derselben herum lagen. Die Haushälterin, die alte Maria, richtete einen Strohsack zurechte, gab anderes Bettzeug, das wir nicht brauchten, dazu, und brachte eine Lagerstätte zu Stande, die recht war. Das Gestelle war aus Brettern, die wir hatten, zusammen geschlagen worden. Seinen Stuhl und Tisch bekam er aus dem Kämmerlein, in dem er bis jetzt gegessen hatte, hinüber. In dieser Stube saß er nun, wenn er nicht in der Gegend, wie ich ihm vorgeschrieben hatte, herum ging. Gegen Michaelis, wo es kalt wurde, sagte ich zu ihm, jetzt müsse er mit dem Gebrauche des Wassers aufhören, und auch sonst werden wir bis zum Frühjahre nichts anwenden. Er war, wie ich meinte, vollkommen hergestellt. Die Verletzungen am Halse und am Genicke waren geschlossen, ohne eine Spur zurück zu lassen, und die Augen waren heiterer und glänzender, und die Wangen röteten sich. Sein Vater war zweimal herunten gewesen. Spät im Herbste, da sie meine väterliche Hütte abtrugen, war er wieder da, und wollte den Buben nach Hause nehmen. Ich aber sagte ihm, droben im Astung würde sein Sohn wieder allerlei essen, was ihm schädlich sein könnte, er solle auch im Winter bei mir bleiben, wir wollen schon sorgen, er solle von den vielen Spänen und Splittern, die im Sommer hindurch von den Bäumen, die meine Zimmerleute bearbeitet hatten, abgefallen sind, sich so viel sammeln und aufschlichten, als er wolle, damit er sich in dem grünen Öfelein, das in seiner Kammer stehe, einheizen könne. Der Vater nahm es an. Es ist unglaublich, wie sehr mir beide dankten – und oft, wenn ich in späterer Zeit von meinen Geschäften nach Hause kehrte, sah ich den Buben, wie er sich die Späne an der Mauer seiner Stube und hauptsächlich dort aufrichtete, von woher im Winter der Wind und das Gestöber kommen würden. Ich gab ihm später auch noch eine Truhe in seine Kammer, damit er sich die neuen Hemden und die Kleider, die ich ihm hatte machen lassen, aufbewahren könne.

Ich bekam jetzt wieder mehr Leute in mein Haus. Der Bube Thomas pflegte die Pferde, den Fuchs, und die zwei jungen Tiere, die wirklich so schön und glänzend schwarz geworden waren wie Agat, und die, weil sie nicht gerne in dem Stalle blieben, polterten, empor stiegen und Dinge herunter bissen. Die wenigen Stunden, die sie auch im Winter täglich herumgeführt wurden, reichten ihnen doch nicht hin, weil sie im Sommer schier die meiste Zeit im Freien zugebracht hatten. Außer seiner Beschäftigung mit den Pferden arbeitete Thomas noch mancherlei in dem Hause herum. Dann war der Knecht, welcher im vorigen Jahre die Kühe gepflegt hatte. Er grub den ganzen Garten um, der erst hergerichtet wurde, er besorgte mein Holz, nagelte manches an, wenn es irgend wo herunter brach, und tat auch noch andere schwere Arbeit. Die Kühe pflegte er ebenfalls fort. Dann war die Haushälterin Maria, welche die Speisen, die Wäsche, die Kleider, die Zimmerreinigung und dergleichen besorgte, und endlich zwei Mägde, und darunter eine, der ich im vorigen Jahre auch in einer Todeskrankheit geholfen hatte.

Wir mußten einen schweren Winter überstehen. So weit die ältesten Menschen zurück denken, war nicht so viel Schnee. Vier Wochen waren wir einmal ganz eingehüllt in ein fortdauerndes graues Gestöber, das oft Wind hatte, oft ein ruhiges, aber dichtes Niederschütten von Flocken war. Die ganze Zeit sahen wir nicht aus. Wenn ich in meinem Zimmer saß und die Kerzen brannten, hörte ich das unablässige Rieseln an den Fenstern, und wenn es licht wurde und die Tageshelle eintrat, sah ich durch meine Fenster nicht auf den Wald hin, der hinter der Hütte stand, die ich hatte abbrechen lassen, sondern es hing die graue, lichte, aber undurchdringliche Schleierwand herab; in meinem Hofe und in der Nähe des Hauses sah ich nur auf die unmittelbarsten Dinge hinab, wenn etwa ein Balken empor stand, der eine Schneehaube hatte und unendlich kurz geworden war, oder wenn ein langer, weißer, wolliger Wall anzeigte, wo meine im Sommer angehauenen Bäume lagen, die ich zum weitern Baue verwenden wollte. Als alles vorüber war und wieder der blaue und klare Winterhimmel über der Menge von Weiß stand, hörten wir oft in der Totenstille, die jetzt eintrat, wenn wir an den Hängen hinunter fuhren, in dem Hochwalde oben ein Krachen, wie die Bäume unter ihrer Last zerbrachen und umstürzten. Leute, welche von dem jenseitigen Lande über die Schneide herüber kamen, sagten, daß in den Berggründen, wo sonst die kleinen, klaren Wässer gehen, so viel Schnee liege, daß die Tannen von fünfzig Ellen und darüber nur mit den Wipfeln heraus schauen. Wir konnten nur den leichteren Schlitten brauchen – ich hatte nämlich noch einen machen lassen –, der etwas länger, aber schmäler war als der andere. Er fiel wohl öfter um, aber konnte auch leichter durch die Schluchten, welche die Schneewehen bildeten, durchdringen. Ich konnte jetzt nicht mehr allein zur Besorgung meiner Geschäfte herum fahren, weil ich mir mit allen meinen Kräften in vielen Fällen allein nicht helfen konnte. Und es waren mehr Kranke, als es in allen sonstigen Zeiten gegeben hatte. Deswegen fuhr jetzt der Thomas immer mit mir, daß wir uns gegenseitig beistünden, wenn der Weg nicht mehr zu finden war, wenn wir den Fuchs aus dem Schnee, in den er sich verfiel, austreten mußten, oder wenn einer, da es irgendwo ganz unmöglich war durch zu dringen, bei dem Pferde bleiben und der andere zurück gehen und Leute holen mußte, damit sie uns helfen. Es wurde nach dem großen Schneefalle auch so kalt, wie man es je kaum erlebt hatte. Auf einer Seite war es gut; denn der tiefe Schnee fror so fest, daß man über Stellen und über Schlünde gehen konnte, wo es sonst unmöglich gewesen wäre; aber auf der andern Seite war es auch schlimm; denn die Menschen, welche viel gingen, ermüdet wurden und unwissend waren, setzten sich nieder, gaben der süßen Ruhe nach, und wurden dann erfroren gefunden, wie sie noch saßen, wie sie sich nieder gesetzt hatten. Vögel fielen von den Bäumen, und wenn man es sah und sogleich einen in die Hand nahm, war er fest wie eine Kugel, die man werfen konnte. Wenn meine jungen Rappen ausgeführt wurden und von einem Baume oder sonst wo eine Schneeflocke auf ihren Rücken fiel, so schmolz dieselbe nicht, wenn sie nach Hause kamen, wie lebendig und tüchtig und voll von Feuer die Tiere auch waren. Erst im Stalle verlor sich das Weiß und Grau von dem Rücken. Wenn sie ausgeführt wurden, sah ich manchmal den jungen Gottlieb mit gehen und hinter den Tieren her bleiben, wenn sie auf verschiedenen Wegen herum geführt wurden, aber es tut nichts, die Kälte wird ihm nichts anhaben, und er ist ja in den guten Pelz gehüllt, den ich ihm aus meinem alten habe machen lassen. Ich ging oft in die Zimmer der Meinigen hinab, und sah, ob alles in der Ordnung sei, ob sie gehörig Holz zum Heizen haben, ob die Wohnung überall gut geborgen sei, daß nicht auf einen, wenn er vielleicht im Bette sei, der Strom einer kalten Luft gehe und er erkranke; ich sah auch nach der Speise; denn bei solcher Kälte ist es nicht einerlei, ob man das oder jenes esse. Dem Gottlieb, der nur mit Spänen heizte, ließ ich von den dichten Buchenstöcken hinüber legen. Im Eichenhage oben soll ein Knall geschehen sein, der seines Gleichen gar nicht hat. Der Knecht des Beringer sagte, daß einer der schönsten Stämme durch die

Kälte von unten bis oben gespalten worden sei, er habe ihn selber gesehen. Der Thomas und ich waren in Pelze und Dinge eingehüllt, daß wir zwei Bündeln, kaum aber Menschen gleich sahen. Dieser Winter, von dem wir dachten, daß er uns viel Wasser bringen würde, endigte endlich mit einer Begebenheit, die wunderbar war, und uns leicht die äußerste Gefahr hätte bringen können, wenn sie nicht eben gerade so abgelaufen wäre, wie sie ablief. Nach dem vielen Schneefalle und während der Kälte war es immer schön, es war immer blauer Himmel, morgens rauchte es beim Sonnenaufgange von Glanz und Schnee, und nachts war der Himmel dunkel wie sonst nie, und es standen viel mehr Sterne in ihm als zu allen Zeiten. Dies dauerte lange – aber einmal fiel gegen Mittag die Kälte so schnell ab, daß man die Luft bald warm nennen konnte, die reine Bläue des Himmels trübte sich, von der Mittagseite des Waldes kamen an dem Himmel Wolkenballen, gedunsen und fahlblau, in einem milchigen Nebel schwimmend, wie im Sommer, wenn ein Gewitter kommen soll – ein leichtes Windchen hatte sich schon früher gehoben, daß die Fichten seufzten und Ströme Wassers von ihren Ästen niederflossen. Gegen Abend standen die Wälder, die bisher immer bereift und wie in Zucker eingemacht gewesen waren, bereits ganz schwarz in den Mengen des bleichen und wässerigen Schnees da. Wir hatten bange Gefühle, und ich sagte dem Thomas, daß sie abwechselnd nachschauen, daß sie die hinteren Tore im Augenmerk halten sollen, und daß er mich wecke, wenn das Wasser zu viel werden sollte. Ich wurde nicht geweckt, und als ich des Morgens die Augen öffnete, war alles anders, als ich es erwartet hatte. Das Windchen hatte aufgehört, es war so stille, daß sich von der Tanne, die ich keine Büchsenschußlänge von meinem Fenster an meinem Sommerbänkchen stehen sah, keine einzige Nadel rührte; die blauen und mitunter bleifarbigen Wolkenballen waren nicht mehr an dem Himmel, der dafür in einem stillen Grau unbeweglich stand, welches Grau an keinem Teile der großen Wölbung mehr oder weniger grau war, und an der dunkeln Öffnung der offen stehenden Tür des Heubodens bemerkte ich, daß feiner, aber dichter Regen niederfalle; allein wie ich auf allen Gegenständen das schillerige Glänzen sah, war es nicht das Lockern oder Sickern des Schnees, der in dem Regen zerfällt, sondern das blasse Glänzen eines Überzuges, der sich über alle die Hügel des Schnees gelegt hatte. Als ich mich angekleidet und meine Suppe gegessen hatte, ging ich in den Hof hinab, wo der Thomas den Schlitten zurecht richtete. Da bemerkte ich, daß bei uns herunten an der Oberfläche des Schnees während der Nacht wieder Kälte eingefallen sei, während es oben in den höheren Teilen des Himmels warm geblieben war; denn der Regen floß fein und dicht hernieder, aber nicht in der Gestalt von Eiskörnern, sondern als reines, fließendes Wasser, das erst an der Oberfläche der Erde gefror und die Dinge mit einem dünnen Schmelze überzog, derlei man in das Innere der Geschirre zu tun pflegt, damit sich die Flüssigkeiten nicht in den Ton ziehen können. Im Hofe zerbrach der Überzug bei den Tritten noch in die feinsten Scherben, es mußte also erst vor Anbruch des Tages zu regnen angefangen haben. Ich tat die Dinge, die ich mitnehmen wollte, in ihre Fächer, die in dem Schlitten angebracht waren, und sagte dem Thomas, er solle doch, ehe wir zum Fortfahren kämen, noch den Fuchs zu dem untern Schmied hinüber führen und nachschauen lassen, ob er scharf genug sei, weil wir heute im Eise fahren müßten. Es war uns so recht, wie es war, und viel lieber, als wenn der unermeßliche Schnee schnell und plötzlich in Wasser verwandelt worden wäre. Dann ging ich wieder in die Stube hinauf, die sie mir viel zu viel geheizt hatten, schrieb einiges auf, und dachte nach, wie ich mir heute die Ordnung einzurichten hätte. Da sah ich auch, wie der Thomas den Fuchs zum untern Schmied hinüber führte. Nach einer Weile, da wir fertig waren, richteten wir uns zum Fortfahren. Ich tat den Regenmantel um und setzte meine breite Filzkappe auf, davon der Regen abrinnen konnte. So machte ich mich in dem Schlitten zurechte und zog das Leder sehr weit herauf. Der Thomas hatte seinen gelben Mantel um die Schultern und saß vor mir in dem Schlitten. Wir fuhren zuerst durch den Thaugrund, und es war an dem Himmel und auf der Erde so stille und einfach grau, wie des Morgens, so daß wir, als wir einmal stille hielten, den Regen durch die Nadeln fallen hören konnten. Der Fuchs hatte die Schellen an dem Schlittengeschirre nicht recht ertragen können und sich öfter daran geschreckt, deshalb tat ich sie schon, als ich nur ein paar Male mit ihm gefahren war, weg. Sie sind auch ein närrisches Klingeln, und mir war es viel lieber, wenn ich so fuhr, manchen Schrei eines Vogels, manchen Waldton zu hören, oder mich meinen Gedanken zu überlassen, als daß ich immer das Tönen in den Ohren hatte, das für die Kinder ist. Heute war es freilich nicht so ruhig, wie manchmal das stumme Fahren des Schlittens im feinen Schnee war, wie im Sande, wo auch die Hufe des Pferdes nicht wahrgenommen werden konnten; denn das Zerbrechen des zarten Eises, wenn das Tier darauf trat, machte ein immerwährendes Geräusch, daher aber das Schweigen, als wir halten mußten, weil der Thomas in dem Riemzeug etwas zurecht zu richten hatte, desto auffallender war. Und der Regen, dessen Rieseln durch die Nadeln man hören konnte, störte die Stille kaum, ja er vermehrte sie. Noch etwas anderes hörten wir später, da wir wieder hielten, was fast lieblich für die Ohren war. Die kleinen Stücke Eises, die sich an die dünnsten Zweige und an das langhaarige Moos der Bäume angehängt hatten, brachen herab, und wir gewahrten hinter uns in dem Walde an verschiedenen Stellen, die bald dort und bald da waren, das zarte Klingen und ein zitterndes Brechen, das gleich wieder stille war. Dann kamen wir aus dem Walde hinaus und fuhren durch die Gegend hin, in der die Felder liegen. Der gelbe Mantel des Thomas glänzte, als wenn er mit Öl übertüncht worden wäre; von der rauhen Decke des Pferdes hingen Silberfransen hernieder; wie ich zufällig einmal nach meiner Filzkappe griff, weil ich sie unbequem auf dem Haupte empfand, war sie fest, und ich hatte sie wie eine Kriegshaube auf; und der Boden des Weges, der hier breiter und, weil mehr gefahren wurde, fester war, war schon so mit Eise belegt, weil das gestrige Wasser, das in den Gleisen gestanden war, auch gefroren war, daß die Hufe des Fuchses die Decke nicht mehr durchschlagen konnten, und wir unter hallenden Schlägen der Hufeisen und unter Schleudern unseres kleinen Schlittens, wenn die Fläche des Weges ein wenig schief war, fortfahren mußten.

Wir kamen zuerst zu dem Karbauer, der ein krankes Kind hatte. Von dem Hausdache hing ringsum, gleichsam ein Orgelwerk bildend, die Verzierung starrender Zapfen, die lang waren, teils herabbrachen, teils an der Spitze ein Wassertröpfchen hielten, das sie wieder länger und wieder zum Herabbrechen geneigter machte. Als ich ausstieg, bemerkte ich, daß das Überdach meines Regenmantels, das ich gewöhnlich so über mich und den Schlitten breite, daß ich mich und die Arme darunter rühren könne, in der Tat ein Dach geworden war, das fest um mich stand und beim Aussteigen ein Klingelwerk fallender Zapfen in allen Teilen des Schlittens verursachte. Der Hut des Thomas war fest, sein Mantel krachte, da er abstieg, auseinander, und jede Stange, jedes Holz, jede Schnalle, jedes Teilchen des ganzen Schlittens, wie wir ihn jetzt so ansahen, war in Eis, wie in durchsichtigen, flüssigen Zucker, gehüllt, selbst in den Mähnen, wie tausend bleiche Perlen, hingen die gefrornen Tropfen des Wassers, und zuletzt war es um die Hufhaare des Fuchses wie silberne Borten geheftet.

Ich ging in das Haus. Der Mantel wurde auf den Schragen gehängt, und wie ich die Filzkappe auf den Tisch des Vorhauses legte, war sie wie ein schimmerndes Becken anzuschauen.

Als wir wieder fortfahren wollten, zerschlugen wir das Eis auf unsern Hüten, auf unsern Kleidern, an dem Leder und den Teilen des Schlittens, an dem Riemzeug des Geschirres, und zerrieben es an den Haaren der Mähne und der Hufe des Fuchses. Die Leute des Karbauers halfen uns hiebei. Das Kind war schon schier ganz gesund. Unter dem Obstbaumwalde des Karhauses, den der Bauer sehr liebt und schätzt, und der hinter dem Hause anhebt, lagen unzählige kleine schwarze Zweige auf dem weißen Schnee, und jeder schwarze Zweig war mit einer durchsichtigen Rinde von Eis umhüllt und zeigte neben dem Glanze des Eises die kleine frischgelbe Wunde des Herabbruchs. Die braunen Knösplein der Zweige, die im künftigen Frühlinge Blüten- und Blätterbüschlein werden sollten, blickten durch das Eis hindurch. Wir setzten uns in den Schlitten. Der Regen, die graue Stille und die Einöde des Himmels dauerten fort.

Da wir in der Dubs hinüber fuhren, an der oberen Stelle, wo links das Gehänge ist und an der Schneide der lange Wald hin geht, sahen wir den Wald nicht mehr schwarz, sondern er war gleichsam bereift, wie im Winter, wenn der Schnee in die Nadeln gestreut ist und lange Kälte herrscht; aber der Reif war heute nicht so weiß wie Zucker, dergleichen er sonst ähnlich zu sein pflegt, sondern es war das dumpfe Glänzen und das gleichmäßige Schimmern an allen Orten, wenn es bei trübem Himmel überall naß ist; aber heute war es nicht von der Nässe, sondern von dem unendlichen Eise, das in den Ästen hing. Wir konnten, wenn wir etwas aufwärts und daher langsamer fuhren, das Knistern der brechenden Zweige sogar bis zu uns herab hören, und der Wald erschien, als sei er lebendig geworden. Das blasse Leuchten des Eises auf allen Hügeln des Schnees war rings um uns herum, das Grau des Himmels war beinahe sehr licht, und der Regen dauerte stille fort, gleichmäßig fein und gleichmäßig dicht.

Wir hatten in den letzten Häusern der Dubs etwas zu tun, ich machte die Gänge, da die Orte nicht weit auseinander lagen, zu Fuße, und der Fuchs wurde in den Stall getan, nachdem er wieder von dem Eise, das an ihm rasselte, befreit worden war. Der Schlitten und die Kleider des Thomas mußten ebenfalls ausgelöset werden; die meinigen aber, nämlich der Mantel und die Filzkappe, wurden nur von dem, was bei oberflächlichem Klopfen und Rütteln herabging, erleichtert, das andere aber daran gelassen, da ich doch wieder damit in dem Regen herum gehen mußte und neue Lasten auf mich lud. Ich hatte mehr Kranke, als sie sonst in dieser Jahreszeit zu sein pflegen. Sie waren aber alle ziemlich in der Nähe beisammen, und ich ging von dem einen zu dem andern. An den Zäunen, an den Strunken von Obstbäumen und an den Rändern der Dächer hing unsägliches Eis. An mehreren Planken waren die Zwischenräume verquollen, als wäre das Ganze in eine Menge eines zähen Stoffes eingehüllt worden, der dann erstarrte. Mancher Busch sah aus wie viele in einander gewundene Kerzen, oder wie lichte, wässerig glänzende Korallen.

Ich hatte dieses Ding nie so gesehen wie heute.

Die Leute schlugen manche der bis ins Unglaubliche herabgewachsenen Zapfen von den Dächern, weil sie sonst, wenn sie gar groß geworden waren, im Herabbrechen Stücke der Schindeln oder Rinnen mit sich auf die Erde nahmen. Da ich in der Dubs herum ging, wo mehrere Häuser um den schönen Platz herum stehen, den sie bilden, sah ich, wie zwei Mägde das Wasser, welches im Tragen hin und her geschwemmt haben würde, in einem Schlitten nach Hause zogen. Zu dem Brunnen, der in der Mitte des Platzes steht, und um dessen Holzgeschlacht herum schon im Winter der Schnee einen Berg gebildet hatte, mußten sie sich mit der Axt Stufen hinein hauen. Sonst gingen die Leute gar nicht aus den Häusern, und wo man doch einen sah, duckte er oben mit dem Haupte vor dem Regen in sein Gewand, und unten griff er mit den Füßen vorsichtig vorwärts, um in der unsäglichen Glätte nicht zu fallen.

Wir mußten wieder fort. Wir fuhren mit dem Fuchs, den wir wieder hatten scharf machen lassen, durch die ebenen Felder hinüber gegen das Eckstück, welches die Siller am höher stehenden Walde einfaßt, und wo mehrere Holzhäuser stehen. Wir hörten, da wir über die Felder fuhren, einen dumpfen Fall; wußten aber nicht recht, was es war. Auf dem Raine sahen wir einen Weidenbaum gleißend stehen, und seine zähen, silbernen Äste hingen herab, wie mit einem Kamme nieder gekämmt. Den Waldring, dem wir entgegen fuhren, sahen wir bereift, aber er warf glänzende Funken und stand wie geglättete Metallstellen von dem lichten, ruhigen, matten Grau des Himmels ab.

Von den Holzhäusern mußten wir wieder zurück über die Felder, aber schief auf dem Wege gegen das Eidun. Die Hufe unseres Pferdes hallten auf der Decke, wie starke Steine, die gegen Metallschilde geworfen werden. Wir aßen bei dem Wirte etwas, weil wir zu spät nach Hause gekommen sein würden, dann, nachdem wir den Schlitten, das Pferd und unsere Kleider wieder frei gemacht hatten, fuhren wir wieder ab, auf dem Wege, der nach meinem Hause führte. Ich hatte nur noch in den letzteren Eidunhäusern etwas zu tun, und dann konnten wir auf dem Wege hinüber fahren, wo im Sommer die Eidunwiesen sind, im Winter aber alle die fahren und gehen, die im Waldhange und oberen Hage Geschäfte haben. Von da konnten wir gegen den Fahrweg einlenken, der durch den Thaugrund und nach

Hause führt. Da wir uns auf den Wiesen befanden, über deren Ebene wir jetzt freilich klafterhoch erhoben fuhren, hörten wir wieder denselben dumpfen Fall, wie heute schon einmal, aber wir erkannten ihn wieder nicht, und wußten auch nicht einmal ganz genau, woher wir ihn gehört hatten. Wir waren sehr froh, einmal nach Hause zu kommen; denn der Regen und das Feuchte, das in unserm ganzen Körper steckte, tat uns recht unwohl, auch war die Glätte unangenehm, die allenthalben unnatürlich über Flur und Feld gebreitet war und den Fuß, wenn man ausstieg, zwang, recht vorsichtig auf die Erde zu greifen, woher man, wenn man auch nicht gar viel und gar weit ging, unglaublich ermüdet wurde.

Da wir endlich gegen den Thaugrund kamen und der Wald, der von der Höhe herüber zieht, anfing, gegen unsern Weg herüber zu langen, hörten wir plötzlich in dem Schwarzholze, das auf dem schön emporragenden Felsen steht, ein Geräusch, das sehr seltsam war, und das keiner von uns je vernommen hatte – es war, als ob viele Tausende oder gar Millionen von Glasstangen durcheinander rasselten und in diesem Gewirre fort in die Entfernung zögen. Das Schwarzholz war doch zu weit zu unserer Rechten entfernt, als daß wir den Schall recht klar hätten erkennen können, und in der Stille, die in dem Himmel und auf der Gegend war, ist er uns recht sonderbar erschienen. Wir fuhren noch eine Strecke fort, ehe wir den Fuchs aufhalten konnten, der im Nachhauserennen begriffen war und auch schon trachten mochte, aus diesem Tage in den Stall zu kommen. Wir hielten endlich und hörten in den Lüften gleichsam ein unbestimmtes Rauschen, sonst aber nichts. Das Rauschen hatte jedoch keine Ähnlichkeit mit dem fernen Getöse, das wir eben durch die Hufschläge unsers Pferdes hindurch gehört hatten. Wir fuhren wieder fort und näherten uns dem Walde des Thaugrundes immer mehr, und sahen endlich schon die dunkle Öffnung, wo der Weg in das Gehölze hinein geht. Wenn es auch noch früh am Nachmittage war, wenn auch der graue Himmel so licht schien, daß es war, als müßte man den Schimmer der Sonne durchsinken sehen, so war es doch ein Winternachmittag, und es war so trübe, daß sich schon die weißen Gefilde vor uns zu entfärben begannen und in dem Holze Dämmerung zu herrschen schien. Es mußte aber doch nur scheinbar sein, indem der Glanz des Schnees gegen das Dunkel der hinter einander stehenden Stämme abstach.

Als wir an die Stelle kamen, wo wir unter die Wölbung des Waldes hinein fahren sollten, blieb der Thomas stehen. Wir sahen vor uns eine sehr schlanke Fichte zu einem Reife gekrümmt stehen und einen Bogen über unsere Straße bildend, wie man sie einziehenden Kaisern zu machen pflegt. Es war unsäglich, welche Pracht und Last des Eises von den Bäumen hing. Wie Leuchter, von denen unzählige umgekehrte Kerzen in unerhörten Größen ragten, standen die Nadelbäume. Die Kerzen schimmerten alle von Silber, die Leuchter waren selber silbern, und standen nicht überall gerade, sondern manche waren nach verschiedenen Richtungen geneigt. Das Rauschen, welches wir früher in den Lüften gehört hatten, war uns jetzt bekannt; es war nicht in den Lüften; jetzt war es bei uns. In der ganzen Tiefe des Waldes herrschte es ununterbrochen fort, wie die Zweige und Äste krachten und auf die Erde fielen. Es war um so fürchterlicher, da alles unbeweglich stand; von dem ganzen Geglitzer und Geglänze rührte sich kein Zweig und keine Nadel, außer wenn man nach einer Weile wieder auf einen gebogenen Baum sah, daß er von den ziehenden Zapfen niederer stand. Wir harreten und schauten hin – man weiß nicht, war es Bewunderung oder war es Furcht, in das Ding hinein zu fahren. Unser Pferd mochte die Empfindungen in einer Ähnlichkeit teilen, denn das arme Tier schob, die Füße sachte anziehend, den Schlitten in mehreren Rucken etwas zurück.

Wie wir noch da standen und schauten – wir hatten noch kein Wort geredet – hörten wir wieder den Fall, den wir heute schon zweimal vernommen hatten. Jetzt war er uns aber völlig bekannt. Ein helles Krachen, gleichsam wie ein Schrei, ging vorher, dann folgte ein kurzes Wehen, Sausen oder Streifen, und dann der dumpfe, dröhnende Fall, mit dem ein mächtiger Stamm auf der Erde lag. Der Knall ging wie ein Brausen durch den Wald und durch die Dichte der dämpfenden Zweige; es war auch noch ein Klingeln und Geschimmer, als ob unendliches Glas durcheinander geschoben und gerüttelt würde – dann war es wieder wie vorher, die Stämme standen und ragten durch einander, nichts regte sich, und das still stehende Rauschen dauerte fort. Es war merkwürdig, wenn ganz in unserer Nähe ein Ast oder Zweig oder ein Stück Eis fiel; man sah nicht, woher es kam, man sah nur schnell das Herniederblitzen, hörte etwa das Aufschlagen, hatte nicht das Emporschnellen des verlassenen und erleichterten Zweiges gesehen, und das Starren, wie früher, dauerte fort.

Es wurde uns begreiflich, daß wir in den Wald nicht hineinfahren konnten. Es mochte irgendwo schon über den Weg ein Baum mit all seinem Geäste liegen, über den wir nicht hinüber könnten, und der nicht zu umgehen war, weil die Bäume dicht stehen, ihre Nadeln vermischen und der Schnee bis in das Geäste und Geflechte des Niedersatzes ragte. Wenn wir dann umkehrten und auf dem Wege, auf dem wir gekommen waren, zurück wollten, und da sich etwa auch unterdessen ein Baum herüber gelegt hätte, so wären wir mitten darinnen gewesen. Der Regen dauerte unablässig fort, wir selber waren schon wieder eingehüllt, daß wir uns nicht regen konnten, ohne die Decke zu zerbrechen, der Schlitten war schwerfällig und verglaset, und der

Fuchs trug seine Lasten – wenn irgend etwas in den Bäumen um eine Unze an Gewicht gewann, so mochte es fallen, ja die Stämme selber mochten brechen, die Spitzen der Zapfen, wie Keile, mochten nieder fahren, wir sahen ohnedem auf unserm Wege, der vor uns lag, viele zerstreut, und während wir standen, waren in der Ferne wieder dumpfe Schläge zu vernehmen gewesen. Wie wir umschauten, woher wir gekommen, war auf den ganzen Feldern und in der Gegend kein Mensch und kein lebendiges Wesen zu sehen. Nur ich mit dem Thomas und mit dem Fuchse waren allein in der freien Natur.

Ich sagte dem Thomas, daß wir umkehren müßten. Wir stiegen aus, schüttelten unsere Kleider ab, so gut es möglich war, und befreiten die Haare des Fuchses von dem anhangenden Eise, von dem es uns vorkam, als wachse es jetzt viel schneller an als am Vormittage, war es nun, daß wir damals die Erscheinung beobachteten und im Hinschauen darauf ihr Fortgang uns langsamer vorkam, als Nachmittag, wo wir andere Dinge zu tun hatten und nach einer Weile erst sahen, wie das Eis sich wieder gehäuft hatte – oder war es kälter und der Regen dichter geworden. Wir wußten es nicht. Der Fuchs und der Schlitten wurde sodann von dem Thomas umgekehrt, und wir fuhren, so schnell wir konnten, gegen die uns zunächst gerichteten Eidunhäuser zurück. Es war damals am oberen Ende, wo der Bühl sacht beginnt, noch das Wirtshaus – der Burmann hat es heuer gekauft und treibt bloß Feldwirtschaft – dorthin fuhren wir über den Schnee, der jetzt trug, ohne Weg, in der geradesten Richtung, die wir einschlagen konnten. Ich bat den Wirt, daß er mir eine Stelle in seinem Stalle für meinen Fuchs zurecht räumen möchte. Er tat es, obwohl er ein Rind hinüber auf einen Platz seines Stalles hängen mußte, wo sonst nur Stroh und einstweil Futter lag, das man an dem Tage gebrauchen wollte. Den Schlitten taten wir in die Wagenlaube. Als wir das untergebracht und uns wieder von der angewachsenen Last befreit hatten, nahm ich einiges aus dem Schlitten, was ich brauchte, und sagte, ich werde nun zu Fuße den Weg nach Hause antreten; denn ich müsse in der Nacht in meinem Hause sein, weil manches zu bereiten ist, das ich morgen bedürfe, und weil ich morgen einen andern Weg einzuschlagen hätte, da ich die Kranken in dem oberen Lande besuchen müßte, die mich heute nicht gesehen hatten. – Den Thaugrund könne ich umgehen, ich wolle durch das Gebühl, dann durch die Wiesen des Meierbacher links hinauf, sodann durch die kleinen Erlenbüsche, die gefahrlos sind, hinüber gegen die Hagweiden und von dort gegen mein Haus hinunter, das in dem Tale steht.

Als ich das so gesagt hatte, wollte mein Knecht Thomas nicht zugeben, daß ich allein gehe; denn der Weg, den ich beschrieben hatte, wäre hüglig und ging an Höhen von Wiesen hinauf, wo gewiß überhängende Schneelehnen sind, und wo in dem glatten Eise das Klimmen und Steigen von großer Gefahr sein möchte. Er sagte, er wolle mit mir gehen, daß wir einander an den Meierbacher Wiesen emporhelfen, daß wir einander beistehen und uns durch das Geerle hinüberziehen möchten. Unsere Fahrangelegenheit könnten wir bei dem Wirte da lassen, er würde ihm schon sagen, wie der Fuchs zu füttern und zu pflegen sei. Morgen, wenn sich das Wetter geändert hätte, würde er um den Fuchs herüber gehen, und zu meiner Fahrt, wenn ich zeitlich fort wollte, könnte ich die Pferde des Rothbergerwirtes nehmen, um die ich den Gottlieb oder jemanden hinab schicken möge, wenn ja sonst Gott einen Tag sende, an dem ein Mensch unter den freien Himmel heraus zu gehen sich wage.

Ich sah das alles ein, was mein Knecht Thomas sagte, und da ich mich auch nicht ganz genau erinnerte – man schaut das nicht so genau an – ob denn wirklich überall da, wo ich zu gehen vor hatte, keine Bäume stünden, oder ob ich nicht einen viel weiteren Umweg zu machen oder gar wieder zurück zu gehen hätte, wenn ich nicht vordringen könnte; so gestattete ich ihm, daß er mit gehe, damit wir unser zwei sind und die Sache mit mehr Kräften beherrschten.

Ich habe in meinem Schlitten immer Steigeisen eingepackt, weil ich oft aussteigen und über manche Hügel hinauf, die in unserem Lande sind und steile Hänge haben, zu Kranken gehen muß, wo ich, wenn Glatteis herrscht, gar nicht oder mit Gefahr und Mühe auf den Wegen, die niemand pflegt, oder die verschneit und vereiset sind, hinauf kommen könnte. Weil es aber auch leicht möglich ist, daß etwas bricht, so führe ich immer zwei Paare mit, daß ich in keine Ungelegenheit komme. Heute hatte ich sie nicht gebraucht, weil ich immer an ebenen Stellen zu gehen hatte, und weil ich die Füße nicht an immer dauernde Unterstützung gewöhnen will. Ich suchte die Steigeisen aus dem Schlitten heraus und gab dem Thomas ein Paar. Dann steckte ich aus den Fächern des Schlittens die Dinge und Herrichtungen zu mir, die ich morgen brauchen sollte. An dem Gestelle des Schlittens oberhalb der Kufe dem Korbe entlang sind Bergstöcke angeschnallt, die eine sehr starke Eisenspitze haben und weiter aufwärts einen eisernen Haken, um sich damit einzuhaken und anzuhängen. Am obersten Ende des Holzes sind sie mit einem Knaufe versehen, daß sie nicht so leicht durch die Hand gleiten. Weil ich aus Vorsicht auch immer zwei solche Stöcke bei mir habe, so gab ich dem Thomas einen, nachdem er sie abgeschnallt hatte, und einen behielt ich mir. So gingen wir dann, ohne uns noch aufzuhalten, sogleich fort, weil an solchen Wintertagen die Nacht schnell einbricht und dann sehr finster ist. Der Thomas hatte darum auch die Blendlaterne aus dem Schlitten genommen und hatte sich mit Feuerzeug versehen.

Auf dem offenen Felde, ehe wir wieder in die Nähe des Thaugrundes kamen, gingen wir ohne Steigeisen bloß mit

Hilfe der Stöcke fort, was sehr beschwerlich war. Als wir in die Nähe des Waldes kamen und uns das fürchterliche Rauschen wieder empfing, beugten wir links ab gegen die Wiesen des Meierbacher hin, die eine Lichtung durch den Wald bilden, und die uns den Weg darstellen sollten, auf dem wir nach Hause gelangen könnten. Wir erreichten die Wiesen, das will sagen, wir erkannten, daß wir uns auf dem Schnee über ihrer Grenze befanden, weil die Rinde nun sanft abwärts zu gehen begann, wo unten der Bach sein sollte, über dem aber zwei Klafter hoher Schnee, oder noch höherer, stand. Wir wagten, da der Grund nicht zerrissen ist und die Decke mit ihrem Glänzen ein gleichmäßiges Abgehen zeigte, das Hinabfahren mit unseren Bergstöcken. Es gelang gut. Wir hätten wohl mittelst der Steigeisen lange gebraucht hinabzukommen, aber so gelangten wir in einem Augenblicke hinunter, daß die Luft an unseren Angesichtern und durch unsere Haare sauste. Wirklich glaubten wir, da wir wieder aufgestanden waren, es habe sich ein kleines Windchen gehoben, aber es war nur unsere Bewegung gewesen, und ringsum war es so ruhig, wie den ganzen Tag. Wir legten nun in dem Grunde unsere Steigeisen an, um über die Höhe und den bedeutenden Bühel empor zu kommen, in denen sich die Wiese hinüber gegen die Erlengebüsche legt, auf die wir hinaus gelangen wollten. Es ist gut, daß ich aus Vorsicht die Spitzen der Steigeisen immer zuschleifen und schärfen lasse; denn wir gingen über den Bühel, der wie eine ungeheure gläserne Spiegelwalze vor uns lag, so gerade hinauf, als würden wir mit jedem Tritte an die Glätte angeheftet. Als wir oben waren und an dem Rande des Geerles standen, wo man ziemlich weit herum sieht, meinten wir, es dämmere bereits; denn der Eisglanz hatte da hinab, wo wir herauf gekommen waren, eine Farbe wie Zinn, und wo die Schneewehen sich überwölbten und Rinnen und Löcher bildeten, saß es wie grauliche Schatten darinnen; aber die

Ursache, daß wir so trüb sahen, mußte der Tag sein, der durch die weißliche, feste Decke des Himmels dieses seltsame, dämmerige Licht warf. Wir sahen auf mehrere Wälder, die jenseits dieser Höhe herum ziehen: sie waren grau und schwarz gegen den Himmel und den Schnee, und die Lebendigkeit in ihnen, das gedämpfte Rauschen, war fast hörbar – aber deutlich zu vernehmen war mancher Fall, und dann das Brausen, das darauf durch die Glieder der Bergzüge ging.

Wir hielten uns nicht lange an diesem Platz auf, sondern suchten in die Büsche der Erlen einzudringen und durch sie hindurch zu kommen. Die Steigeisen hatten wir weggetan und trugen sie über unsern Rücken herab hängend. Es war schwer, durch die Zweige, die dicht aus dem Schnee nach allen Richtungen ragten, zu kommen. Sie hielten uns die starren Ausläufe wie unzählige stählerne Stangen und Spieße entgegen, die in unsere Gewänder und Füße bohrten und uns verletzt haben würden. Aber wir gebrauchten unsere Bergstöcke dazu, daß wir mit ihnen vor uns in das Gezweige schlugen und Eis und Holz so weit zerschlugen und weich machten, daß wir mit Arbeit und gegenseitiger Hilfe durch gelangen konnten. Es dauerte aber lange.

Da wir endlich heraus waren und an den Hagweiden standen, wo wir hinunter in das Tal sahen, in dem mein Haus ist, dämmerte es wirklich, aber wir waren schon nahe genug, und besorgten nichts mehr. Durch die allgemeine dicke, weißgraue Luft sahen wir mein Haus, und ein gerader bläulicher Rauch stieg aus demselben empor, wahrscheinlich von dem Feuer kommend, an dem Maria, die Haushälterin, unser Mahl in Bereitschaft richtete. Wir legten hier wieder die Steigeisen an und gingen langsam hinunter, bis wir auf ebenem Boden waren, wo wir sie wieder weg taten.

Vor den Türen der Häuser, die in der Nähe des meinigen

sind, standen Gruppen von Menschen und schauten den Himmel an.

»Ach, Herr Doktor«, riefen sie, »ach, Herr Doktor, wo kommt Ihr denn an diesem fürchterlichen Tage her?«

»Ich komme von der Dubs und von den Eidunhäusern«, sagte ich, »mein Pferd und den Schlitten ließ ich zurück, und bin über die Meierbacher Wiesen und die Hagweiden gekommen, weil ich nicht mehr durch den Wald konnte.«

Ich blieb ein wenig bei den Leuten stehen. Wirklich war der Tag ein furchtbarer. Das Rauschen der Wälder war von ringsum bereits bis hierher zu hören, dazwischen tönte der Fall von Bäumen, und folgte immer dichter auf einander; ja sogar von dem hohen obern Walde her, wo man gar nicht wegen der Dicke des Nebels hin sehen konnte, konnte man das Krachen und Stürzen vernehmen. Der Himmel war immer weißlich, wie den ganzen Tag, ja sein Schimmer schien jetzt gegen Abend noch lichter zu werden; die Luft stand gänzlich unbewegt, und der feine Regen fiel gerade herunter.

»Gott genade dem Menschen, der jetzt im Freien ist, oder gar im Walde«, sagte einer aus den Umstehenden.

»Er wird sich wohl gerettet haben«, sagte ein anderer; »denn heute bleibt niemand auf einem Wege.«

Ich und der Thomas trugen starke Lasten, die schier nicht mehr zu erhalten waren, deswegen nahmen wir Abschied von den Leuten und gingen unserm Hause zu. Jeder Baum hatte einen schwarzen Fleck um sich, weil eine Menge Zweige herab gerissen war, als hätte sie ein starker Hagelschlag getroffen. Mein hölzernes Gitter, mit dem ich den Hof von dem Garten, der noch nicht fertig war, abschließe, stand silbern da, wie vor dem Altare einer Kirche; ein Pflaumenbaum daneben, der noch von dem alten Allerb herrührte, war geknickt. Die Fichte, bei welcher mein Sommerbänklein steht, hatten sie dadurch vor Schaden zu verwahren gesucht, daß sie mit Stangen, so weit sie reichen konnten, das Eis herabschlugen – und wie der Wipfel sich gar schier zu neigen schien, ist der andere Knecht, Kajetan, hinauf gestiegen, hat vorsichtig oberhalb sich herab geschlagen und hat dann an die obersten Äste zwei Wiesbaumseile gebunden, die er herabhängen ließ, und an denen er von Zeit zu Zeit rüttelte. Sie wußten, daß mir der Baum lieb war, und er ist auch sehr schön, und mit seinen grünen Zweigen so bebuscht, daß sich eine ungeheure Last von Eis daran gehängt und ihn zerspellt oder seine Äste zerrissen hätte. Ich ging in meine Stube, die gut gewärmt war, legte alle Dinge, die ich aus dem Schlitten zu mir gesteckt hatte, auf den Tisch, und tat dann die Kleider weg, von denen sie unten das Eis herab schlugen und sie dann in die Küchenstube aufhängen mußten; denn sie waren sehr feucht.

Als ich mich anders angekleidet hatte, erfuhr ich, daß der Gottlieb zu dem Walde des Thaugrundes hinab gegangen und noch immer nicht zurückgekehrt sei, weil er wisse, daß ich durch den Thaugrund mit meinem Schlitten daher kommen müsse. Ich sagte dem Kajetan, daß er ihn holen solle, daß er sich noch jemand mitnehme, wenn er einen finden könne, der ihn begleite, daß sie eine Laterne und Eisen an die Füße und Stöcke in die Hand nehmen sollen. Sie brachten ihn später daher, und er war schier mit Panzerringen versehen, weil er nicht überall das Eis von sich hatte abwehren können.

Ich aß ein weniges von meinem aufgehobenen Mahle. Die Dämmerung war schon weit vorgerückt und die Nacht bereits herein gebrochen. Ich konnte jetzt das verworrene Getöse sogar in meine Stube herein hören, und meine Leute gingen voll Angst unten in dem Hause herum.

Nach einer Weile kam der Thomas, der ebenfalls gegessen und andere Kleider angetan hatte, zu mir herein und sagte, daß sich die Leute der Nachbarhäuser versammeln und in großer Bestürzung seien. Ich tat einen starken Rock um und ging mittelst eines Stockes über das Eis zu den Häusern hinüber. Es war bereits ganz finster geworden, nur das Eis auf der Erde gab einen zweifelhaften Schein und ein Schneelicht von sich. Den Regen konnte man an dem Angesichte spüren, um das es feucht war, und ich spürte ihn auch an der Hand, mit welcher ich den Bergstock einsetzte. Das Getöse hatte sich in der Finsternis vermehrt, es war rings herum an Orten, wo jetzt kein Auge hindringen konnte, wie das Rauschen entfernter Wasserfälle, – das Brechen wurde auch immer deutlicher, als ob ein starkes Heer oder eine geschreilose Schlacht im Anzuge wäre. Ich sah die Leute, als ich näher gegen die Häuser kam, stehen, aber ich sah die schwarzen Gruppen derselben von den Häusern entfernt mitten im Schnee, nicht etwa vor den Türen oder an der Wand.

»Ach Doktor, helft, ach Doktor, helft«, riefen einige, da sie mich kommen sahen und mich an meinem Gang erkannten.

»Ich kann euch nicht helfen, Gott ist überall groß und wunderbar, er wird helfen und retten«, sagte ich, indem ich zu ihnen hinzu trat.

Wir standen eine Weile bei einander und horchten auf die Töne. Später vernahm ich aus ihren Gesprächen, daß sie sich fürchteten, daß bei der Nacht die Häuser eingedrückt werden könnten. Ich sagte ihnen, daß sich in den Bäumen, insbesondere bei uns, wo die Nadelbäume so vorherrschend sind, in jedem Zweige, zwischen den kleinsten Reisern und Nadeln das unsäglich herunter rinnende Wasser sammle, in dem seltsamen Froste, der herrsche, gefriere und durch stetes nachhaltendes Wachsen an den Ästen ziehe, Nadeln, Reiser, Zweige, Äste mit herab nehme, und endlich Bäume biege und breche; aber von dem Dache, auf welchem die glatte Schneedecke liege, rinne das Wasser fast alles ab, um so mehr, da die Rinde des Eises glatt sei und das Rinnen befördere. Sie möchten nur durch Haken Stücke des Eises herab reißen, und da würden sie sehen, zu welch geringer Dicke die Rinde auf der schiefen Fläche anzuwachsen im Stande gewesen sei. An den Bäumen ziehen unendlich viele Hände gleichsam bei unendlich vielen Haaren und Armen hernieder; bei den Häusern schiebe alles gegen den Rand, wo es in Zapfen niederhänge, die ohnmächtig sind, oder losbrechen, oder herab geschlagen werden können. Ich tröstete sie hiedurch, und sie begriffen die Sache, die sie nur verwirrt hatte, weil nie dergleichen oder nicht in solcher Gewalt und Stärke erlebt worden war.

Ich ging dann wieder nach Hause. Ich selber war nicht so ruhig, ich zitterte innerlich; denn was sollte das werden, wenn der Regen noch immer so fort dauerte und das Donnern der armen Gewächse in so rascher Folge zunahm, wie es jetzt, wo schier alles am Äußersten war, geschah. Die Lasten hatten sich zusammengelegt; ein Lot, ein Quentchen, ein Tropfen konnte den hundertjährigen Baum stürzen. Ich zündete in meiner Stube Lichter an, und wollte nicht schlafen. Der Bube Gottlieb hatte durch das lange Stehen und Warten an dem Thaugrunde ein leichtes Fieber bekommen. Ich hatte ihn untersucht, und schickte ihm etwas hinunter.

Nach einer Stunde kam der Thomas und sagte, daß die Leute zusammen gekommen seien und beten; das Getöse sei furchtbar. Ich erwiderte ihm, es müsse sich bald ändern, und er entfernte sich wieder.

Ich ging in dem Zimmer, in das der Lärmen, wie tosende Meereswogen, drang, auf und nieder, und da ich mich später auf das lederne Sitzbette, das da stand, ein wenig niedergelegt hatte, schlief ich aus Müdigkeit doch ein.

Als ich wieder erwachte, hörte ich ein Sausen oberhalb meinem Dache, das ich mir nicht gleich zu erklären vermochte. Als ich aber aufstand, mich ermannte, an das Fenster trat und einen Flügel öffnete, erkannte ich, daß es Wind sei, ja, daß ein Sturm durch die Lüfte dahin gehe. Ich wollte mich überzeugen, ob es noch regne, und ob der Wind ein kalter oder warmer sei. Ich nahm einen Mantel um, und da ich durch das vordere Zimmer ging, sah ich seitwärts Licht durch die Tür des Gemaches herausfallen, in welchem Thomas schläft. Er ist nämlich in meiner Nähe, damit ich ihn mit der Glocke rufen könne, wenn ich etwas brauche, oder falls mir etwas zustieße. Ich ging in das Gemach hinein und sah, daß er an dem Tische sitze. Er hatte sich gar nicht nieder gelegt, weil er sich, wie er mir gestand, zu sehr fürchtete. Ich sagte ihm, daß ich hinunter gehe, um das Wetter zu prüfen. Er stand gleich auf, nahm seine Lampe, und ging hinter mir die Treppe hinab. Als wir unten im Vorhause angekommen waren, stellte ich mein Licht in die Nische der Stiege und er seine Lampe dazu. Dann sperrte ich die Tür auf, die in den Hof hinaus führt, und als wir aus den kalten Gängen hinaus traten, schlug uns draußen eine warme, weiche Luft entgegen. Der ungewöhnliche Stand der Dinge, der den ganzen Tag gedauert hatte, hatte sich gelöset. Die Wärme, welche von der Mittagseite her kam und bis jetzt nur in den oberen Teilen geherrscht hatte, war nun auch, wie es meist geschieht, in die untern herab gesunken, und der Luftzug, der gewiß oben schon gewesen war, hatte sich herabgedrückt und war in völligen Sturm übergegangen. Auch am Himmel war es, so viel ich sehen konnte, anders geworden. Die einzelne graue Farbe war unterbrochen; denn ich sah dunkle und schwarze Stücke hie und da zerstreut. Der Regen war nicht mehr so dicht, schlug aber in weiter zerstreuten und stärkeren Tropfen an unser Gesicht. Als ich so stand, näherten sich mir einige Menschen, die in der Nähe meines Hauses gewesen sein mußten. Mein Hof ist nämlich nicht so, wie es gewöhnlich zu sein pflegt, und damals war er noch weniger verwahrt als jetzt. Das Mauerwerk meines Hauses ist nämlich von zwei Seiten ins Rechteck gestellt, und das sind die zwei Seiten des Hofes. Die dritte war damals mit einer Planke versehen, hinter der der Garten werden sollte, in den man durch ein hölzernes Gitter hinein ging. Die vierte war die Einfahrt, damals auch Planke, nicht einmal gut gefügt, und mit einem hölzernen Gittertore versehen, das meistens offen stand. In der Mitte des Hofes sollte ein Brunnen werden, der aber damals noch gar nicht angefangen war. Es kam daher leicht an, daß Menschen zu mir in meinem Hofe herzu treten konnten. Sie waren im Freien gestanden und hatten in großer Angst den Zustand der Dinge betrachten wollen. Als sie das Licht in den Fenstern meiner Stube verschwinden sahen und gleich darauf bemerkten, daß es an den Fenstern des Stiegenhauses herunter gehe, dachten sie, daß ich in den Hof kommen würde, und gingen näher herzu. Sie fürchteten erst rechte Verheerungen und unbekannte Schrecken, da nun der Sturm auch noch dazu gekommen sei. Ich sagte ihnen aber, daß dies gut ist, und daß nun das Ärgste bereits hinter uns liege. Es war zu erwarten, daß die Kälte, die nur unten, nicht aber oben war, bald verschwinden würde. Es könne nun, da der Wind so warm sei, kein neues Eis mehr entstehen, ja das alte müsse weniger werden. Der Wind, wie sie meinten und fürchteten, könne auch nicht mehr Bäume stürzen, als in der Windstille gefallen sind; denn als er sich hob, sei er gewiß nicht so stark gewesen, daß er zu der Wucht, mit der mancher Stamm schon beladen gewesen war, so viel hinzu gegeben hätte, daß der Stamm gebrochen wäre, wohl aber sei er gewiß schon stark genug gewesen, um das Wasser, das locker in den Nadeln geschwebt hatte, und die Eisstücke, die nur mit einem schwachen Halt befestigt gewesen waren, herab zu schütteln. Der nächste, stärkere Stoß habe schon einen erleichterten Baum gefunden und habe ihn noch mehr erleichtert. So sei die Windstille, in der sich alles heimlich sammeln und aufladen konnte, das Furchtbare, und der Sturm, der das Zusammengeladene erschütterte, die Erlösung gewesen. Und wenn auch mancher Baum durch den Wind zum Falle gebracht wurde, so wurden doch gewiß weit mehrere durch ihn gerettet, und der schon im Äußersten stehende Stamm wäre auch in der Windstille, nur um eine kleine Zeit später, gefallen. Und nicht bloß herab geschüttelt habe der Wind das Eis, sondern er habe es auch durch seinen warmen Hauch zuerst in den zarteren Geweben, dann in den stärkeren zerfressen, und habe das dadurch entstandene und auch das vom Himmel gefallene Wasser nicht in den Zweigen gelassen, wie es eine bloß warme, aber stille Luft getan hätte. Und in der Tat, obwohl wir durch das Sausen des Sturmes hindurch das frühere Rauschen der Wälder nicht hören konnten, so waren doch die dumpfen Fälle, die wir allerdings noch vernahmen, viel seltener geworden.

Nach einer Weile, in welcher der Wind immer heftiger und, wie wir meinten, auch immer wärmer geworden war, wünschten wir uns eine gute Nacht, und gingen nach Hause. Ich begab mich auf meine Stube, entkleidete mich, legte mich in das Bett, und schlief recht fest bis an den Morgen, da schon der helle Tag an dem Himmel stand.

Als ich erwacht war, stand ich auf, legte die Kleider an, die ich am Morgen gerne habe, und ging an die Fenster. Der Sturm hatte sich noch gesteigert. Ein weißer Schaum jagte an dem Himmel dahin. Der blaue Rauch, der aus der Hütte des Klum herausging, zerflatterte, wie ein zerrissener Schleier. Wo sich ein Stück einer schwarzen Wolke hinter einem Walde hervorragend sehen ließ, wälzte es sich am Himmel hin, und war gleich wieder nicht sichtbar. Es schien, als sollte jeder Dunst verjagt werden und sogleich das reine Blau zum Vorschein kommen; allein es quoll der weiße Qualm immer wieder heraus, als würde er in der Tiefe des Himmels erzeugt; und braunliche und graue und rötliche Stücke jagten in ihm dahin. Die Dächer der Nachbarhütten schimmerten naß; in den Mulden des Eises, das über dem Schnee lag, stand Wasser, und wurde gekräuselt und in feinen Tropfen in die Lüfte zerspritzt; das andere nasse Eis glänzte schimmernd, als wäre die Weiße des Himmels darauf geworfen; die Wälder ragten finsterer und die schwarze Farbe des Sturmes gewinnend gegen den Himmel, und wo ein näherer Baum seine Äste im Winde wiegte, stand oft augenblicklich ein langer Blitz da und verschwand, und selbst über die ferneren Wände der Wälder lief es noch zu Zeiten wie verlorenes Geschimmer und Geglänze. In meinem Hofe war es naß, und die einzelnen, aber großen Tropfen schlugen gegen die andere Wand meines Hauses und gegen ihre Fenster; denn die meinigen waren dem Winde nicht zugekehrt und schauten gegen Sonnenaufgang. Bei der Fichte, an der mein Sommerbänklein steht, das aber jetzt wegen der großen Überhüllung des Schnees nicht zu erblicken war, sah ich, wie sie Leitern anlegten und der Kajetan hinauf kletterte, um die zwei Wiesbaumseile los zu lösen.

Die Gefahr, in welcher wir schwebten, war nun eine andere und größere als gestern, wo nur für die Wälder und Gärten ein großer Schaden zu fürchten gewesen war. Wenn das Wasser von dem außerordentlich vielen Schnee, der in dem Winter gefallen war, auf einmal los gebunden wird, so kann es unsere Felder, unsere Wiesen und unsere Häuser zerstören. Der Wind war noch wärmer, als in der vergangenen Nacht; denn ich öffnete die Fenster des Ganges, um ihn zu empfinden. Wenn einmal die dichte Eisdecke, die sich gestern wie zum Schutze auf die Erde gelegt hatte, durchfressen ist, dann wird der Schnee, das lockere Gewirre von lauter dünnen Eisnadeln, schnell in Tropfen zerfallen, die wilden Ungeheuer der Waldbäche werden aus den Tälern herausstürzen und donnernd die Felder, die Wiesen, die Flächen mit Wasser füllen; von allen Bergen werden schäumende Bänder niedergehen; das beweglich gewordene Wasser wird, wo Felsen und jähe Abhänge empor ragen, die Lawinen, welche Steine, Schnee und Bäume ballen, die Bäche dämmen und vor sich ein Meer von Wasser erzeugen.

Ich legte meine Kleider an, aß schnell mein Frühmahl und bereitete mich zu dem heutigen Tagewerke. Ich ging zu dem Knaben Gottlieb hinab, um nachzuschauen; aber er war ganz gesund und sah sehr gut aus. Ich sendete zu dem Vetter Martin, dem Wirt am Rothberge, hinunter, daß er mir heute ein Fuhrwerk leihe, denn durch den Thaugrund war der Weg durch gestürzte Bäume verlegt und konnte so bald nicht befreit werden, obwohl nun keine Gefahr mehr unter den Bäumen herrschte. Von dem Rothberge herauf war aber alles frei geblieben; denn die Buchen mit ihren zähen Ästen hatten die belasteten Zweige zwar bis auf die Erde hängen lassen, waren aber doch dem Zerbrechen widerstanden. Auf dem Wege, auf welchem wir gestern gekommen waren, konnte der Thomas nicht in das Eidun und zu dem Fuchse hinüber gelangen, weil das Eis nicht mehr trug; und ein tiefes, gefährliches Versinken in den wässerigen Schnee hätte erfolgen müssen. Er sagte, er wolle es gegen Mittag versuchen, bei den gestürzten Bäumen vorbei zu klettern und so in das Eidun zu kommen. Von den Rothberghäusern war zeitlich früh schon ein Bote herauf gekommen, der mir Nachricht von einem Kranken zu bringen hatte, und dieser hatte mir auch gesagt, daß es durch den Haidgraben und an dem Buchengehäng von dem Rothberge herauf frei geblieben war.

Während ich auf den Knecht wartete, den mir der Wirt am Rothberge mit einem Fuhrwerke senden sollte, untersuchte ich die Eisrinde des Schnees. Sie war noch nicht zerstört, aber an vielen Stellen in der Nähe meines Hauses so dünn, daß ich sie mit meiner Hand zerbrechen konnte. In muldenförmigen Gräben rann das Wasser auf der glatten Unterlage bereits sehr emsig dahin. Der Regen hatte ganz aufgehört, höchstens daß noch mancher einzelne Tropfen von dem Winde geschleudert wurde. Der Wind aber dauerte fort, er glättete das Eis, auf dem er das dünne Wasser dahin jagte, zu dem feinsten Schliffe, und lösete durch seine Weichheit unablässig alles Starre und Wassergebende auf.

Der Knecht des Wirtes am Rothberge kam, ich nahm mein Gewand gegen den Wind zusammen und setzte mich in den Schlitten. Ich habe an diesem Tage viele Dinge gesehen. Statt daß es gestern auf den Höhen und in den Wäldern gerauscht hatte, rauschte es heute in allen Tälern, statt daß es gestern an den Haaren des Fuchses nieder gezogen hatte, flatterten sie an dem heutigen Pferde in allen Winden. Wenn wir um eine Schneewehe herum biegen wollten, sprang uns aus ihr ein Guß Wasser entgegen, es raschelte in allen Gräben, und in den kleinsten, unbedeutendsten Rinnen rieselte und brodelte es. Die Siller, sonst das schöne, freundliche Wasser, brauste aus dem Walde heraus, hatte die fremdartig milchig schäumenden Wogen des Schneewassers, und stach gegen die dunkle Höhle des Waldes ab, aus der sie hervor kam, und in der noch die gestürzten Bäume über einander und über das Wasser lagen, wie sie gestern von dem Eise gefällt worden waren. Wir konnten nicht durch den Wald fahren, und mußten durch die Hagweiden den Feldweg einschlagen, der heuer zufällig befahren war, weil die Bewohner von Haslung ihr Holz von dem Sillerbruche wegen des vielen Schnees nicht durch den Wald, sondern auf diesem Umwege nach Hause bringen mußten. Wir fuhren durch den geweichten Schnee, wir fuhren durch Wasser, daß der Schlitten beinahe schwamm, und einmal mußte das Tier von dem Knechte mit größter Vorsicht geführt werden, und ich mußte bis auf die Brust durch das Schneewasser gehen.

Gegen Abend wurde es kühler, und der Wind hatte sich beinahe gelegt.

Als ich mich zu Hause in andere Kleider gehüllt hatte und um den Thomas fragte, kam er herauf zu mir und sagte, daß er mit dem Fuchse noch glücklich nach Hause gekommen sei. Er habe die gestürzten Bäume überklettert, man sei mit Sägen mit ihm gegangen, um wenigstens die größeren Stücke von dem Wege zu bringen, und da er zurück gekommen war, sei es schon ziemlich frei gewesen. Über die kleineren Stämme und über die Äste habe er den Schlitten hinüber geleitet. Aber der Bach, der im Thaugrunde fließt, hätte ihm bald Hindernisse gemacht. Es ist zwar nicht der Bach da, aber an der Stelle, wo unter dem Schnee der Bach fließen sollte, oder eigentlich gefroren sein mag, rann vieles Wasser in einer breiten Rinne hin. Als er den Fuchs hineinleitete, wäre derselbe im Schnee versunken, der in dem Grunde des Wassers ist, daher er ihn wieder zurück zog und selber durch Hineinwaten so lange versuchte, bis er den festen Boden des heurigen Schlittenweges fand, auf welchem er dann den Fuchs und den Schlitten durchgeführt habe. Später wäre es nicht mehr möglich gewesen; denn jetzt stehe ein ganzer See von Wasser in den Niederungen des Thaugrundes.

Ähnliche Nachrichten kamen aus verschiedenen Teilen meiner Nachbarschaft; von der Ferne konnte ich keine bekommen, weil sich niemand getraute, unter diesen Umständen einen weiteren Weg zu gehen. Selbst zwei Boten, die mir von entfernten Kranken Nachricht bringen sollten, sind ausgeblieben.

So brach die Nacht herein und hüllte uns die Kenntnis aller Dinge zu, außer dem Winde, den wir über die weiße, wassergetränkte, gefahrdrohende Gegend hinsausen hörten.

Am andern Tage war blauer Himmel, nur daß einzelne Wölklein nicht schnelle, sondern gemach durch das gereinigte Blau dahin segelten. Der Wind hatte fast gänzlich aufgehört, und zog auch nicht mehr aus Mittag, sondern ganz schwach aus Untergang. Auch war es kälter geworden, zwar nicht so kalt, daß es gefroren hätte, doch so, daß sich kein neues Wasser mehr erzeugte. Ich konnte auf meinen Wegen fast überall durchdringen, außer an zwei Stellen, wo das Wasser in einer solchen Tiefe von aufgelösetem und durchweichtem Schnee dahin rollte, daß es nicht möglich war, durch zu gehen oder zu fahren. An einem andern Platze, wo es zwar ruhig, aber breit und tief in der Absenkung des Tales stand, banden sie Bäume zusammen und zogen mich gleichsam auf einem Floße zu einem gefährlichen Kranken hinüber. Ich hätte die andern zwar auch gerne gesehen, aber es war doch nicht so notwendig, und morgen hoffte ich schon zu ihnen gelangen zu können.

Am nächsten Tage war es wieder schön. Es war in der Nacht so kalt gewesen, daß sich die stehenden Wässer mit einer Eisdecke überzogen hatten. Diese schmolz am Tage nicht weg, wohl aber zerbrach sie, indem die Wässer in die unterhalb befindliche Grundlage des Schnees schnell einsanken und versiegender wurden. Es war doch gestern gut gewesen, daß ich zu dem Kumberger Franz auf dem Floße hinüber gefahren bin; denn das Mittel, welches ich ihm da gelassen hatte, hatte so gut gewirkt, daß er heute viel besser war und fast die Gefahr schon überstanden hatte. Auch zu den andern zweien konnte ich schon gelangen. Man konnte zwar nicht fahren, weil es unter dem Wasser zu ungleich war, aber mit einer Stange und meinem Bergstocke, den ich daran band, konnte ich durchgehen. Die nassen Kleider wurden, nachdem ich die zweiten, die ich mit führte, im Gollwirtshause angelegt hatte, in den Schlitten gepackt.

Am nächsten Tage konnte ich auch schon wieder durch den Thaugrund in das Eidun und in die Dubs hinüber gelangen.

Es kamen nun lauter schöne Tage. Eine stetige, schwache Luft ging aus Sonnenaufgang. Nachts fror es immer, und bei Tage tauete es wieder. Die Wässer, welche sich in jenem Sturme gesammelt hatten, waren nach und nach so versiegt und versunken, daß man keine Spur von ihnen entdecken konnte, und daß man auf allen Wegen, die sonst im Winter gangbar sind, wieder zu gehen und anfangs mit Schlitten und später mit Wägen zu fahren vermochte. Eben so hatte sich die unermeßliche Menge Schnee, die wir so gefürchtet hatten, so allmählich verloren, daß wir nicht wußten, wo er hingekommen ist, als hie und da offene Stellen zum Vorscheine kamen, und endlich nur mehr in Tiefen und Schluchten und in den höheren Wäldern die weißen Flecke lagen.

In den ersten Tagen nach jenem Ereignisse mit dem Eise, als die Leute sich allgemach wieder auf entferntere Wege wagten, konnte man die Zerstörungen erst recht ermessen. An manchen Orten, wo die Bäume dicht standen und wegen Mangel an Luftzug und Licht die Stämme dünner, schlanker und schwächer waren, dann an Gebirgshängen, wo sie mageren Boden hatten, oder durch Einwirkung herrschender Winde schon früher schief standen, war die Verwüstung furchtbar. Oft lagen die Stämme wie gemähte Halme durcheinander, und von denen, die stehen geblieben waren, hatten die fallenden Äste herab geschlagen, sie gespalten oder die Rinde von ihnen gestreift und geschunden. Am meisten hatte das Nadelholz gelitten, weil es zuerst schon, namentlich, wo es dicht steht, schlankere, zerbrechlichere Schafte hat, dann weil die Zweige auch im Winter dicht bebuscht sind und dem Eise um viel mehr Anhaltsstellen gewähren, als die der anderen Bäume. Am wenigsten wurde die Buche mitgenommen, dann die Weide und Birke. Die letztere hatte nur die feinsten herabhängenden Zweige verloren, die wie Streu herum lagen; – wo ein Stamm dünne genug war, hatte er sich zu einem Reife gebogen, derlei Reifen man dann im Frühlinge viele herum stehen sehen konnte; ja noch im Sommer und selbst nach mehreren Jahren waren manche zu sehen. Allein, wie groß auch die Zerstörung war, wie bedeutend auch der Schaden war, der in den Wäldern angerichtet wurde, so war dieses in unserer Gegend weniger empfindlich, als es in andern gewesen wäre; denn da wir Holz genug hatten, ja, da eher ein Überfluß als ein Mangel daran herrschte, so konnten wir das, was wirklich zu Grunde gegangen war, leicht verschmerzen, auch mochten wir zu dem nächsten Bedürfnisse nehmen, was gefallen war, wenn man nämlich dazu gelangen konnte, und es nicht in Schluchten lag oder an unzugänglichen Felsen hing. Größer aber und eindringlicher noch mochte der Schaden an Obstbäumen sein, wo die Äste von ihnen gebrochen waren, und wo sie selber gespalten und geknickt wurden; denn Obstbäume sind ohnedem in der Gegend seltener als sonst wo, und sie brauchen auch mehr Pflege und Sorgfalt, und gedeihen langsamer, als es selbst nur wenige Stunden von uns der Fall ist, in der ebeneren Lage draußen, in Tunberg, in Rohren, in Gurfeld, und selbst in Pirling, das näher an uns ist und an unseren Waldverhältnissen schon Teil nimmt.

Von den Gruppen von Bäumen, die in meiner Wiese und in der Nachbarschaft herum stehen, und die ich so liebe, haben mehrere gelitten. Einige sind geknickt, haben ihre Äste verloren, und drei Eschen sind ganz und gar umgeworfen worden.

Im Thurwalde, der vielleicht der höchste ist, den man vom Hage und vom Hange sehen kann, ist eine Lawine herabgegangen und hat das Holz genommen, daß man jetzt noch den Streifen mit freiem Auge erblicken kann.

Als einige Zeit vergangen war und die Wege an den Orten wieder frei wurden, hörte man auch von den Unglücksfällen, die sich ereignet hatten, und von wunderbaren Rettungen, die vorgekommen waren. Ein Jäger auf der jenseitigen Linie, der sich nicht hatte abhalten lassen, an dem Tage des Eises in sein Revier hinauf zu gehen, wurde von einer Menge stürzender Zapfen erschlagen, die sich am oberen Rande einer Felswand losgelöst und die weiter unten befindlichen mitgenommen hatten. Man fand ihn mitten unter diesen Eissäulen liegen, da man sich am andern Tag trotz des Sturmes und der Schneeweiche den Weg hinauf zu ihm gebahnt hatte; denn der Jägerjung wußte, wohin sein Herr gegangen war, er nahm die Hunde mit, und diese zeigten durch ihr Anschlagen die Stelle, wo er lag. Zwei Bauern, welche von dem Rothberge, wo sie übernachtet hatten, durch die Waldhäuser in die Ried hinübergehen wollten, wurden von fallenden Bäumen erschlagen. Im untern Astung ertrank ein Knabe, der nur zum Nachbar gehen wollte. Er versank in dem weichen Schnee, welcher in der Höhlung des Grundes stand, und konnte nicht mehr herauskommen. Wahrscheinlich wollte er, wie man erzählte, nur ein klein wenig von dem Wege abweichen, weil derselbe schief und mit glattem Eise belegt war, und geriet dadurch in den Schnee, der über einer weiten Grube lag, und unter den am ganzen Tage das Wasser hinein gerieselt war und ihn trügerisch unterhöhlt hatte. Ein Knecht aus den Waldhäusern des Rothbergerhanges, der im Walde war und das beginnende Rauschen und Niederfallen der Zweige nicht beachtet hatte, konnte sich, als er nicht mehr zu entrinnen wußte, nur dadurch retten, daß er sich in die Höhlung, welche zwei im Kreuze auf einander gestürzte Bäume unter sich machten, hinein legte, wodurch er vor weiteren auf die

Stelle stürzenden Bäumen gesichert war und von fallendem Eise nichts zu fürchten hatte, da es auf dem Rund der großen Stämme zerschellte oder abgeschleudert wurde. Allein das wußte er nicht, wenn ein neuer, starker Stamm auf die zwei schon daliegenden fiele, ob sie nicht aus ihrer ersten Lage weichen, tiefer nieder sinken und ihn dann zerdrücken würden. In dieser Lage brachte er einen halben Tag und die ganze Nacht zu, indem er nasse Kleider und nichts bei sich hatte, womit er sich erquicken und den Hunger stillen konnte. Erst mit Anbruch des Tages, wo der Wind sauste und er von fallendem Eise und Holze nichts mehr vernehmen konnte, wagte er sich hervor und ging, teilweise die Eisrinde schon durchbrechend und tief in den Schnee einsinkend, zum nächsten Wege, von dem er nicht weit ab war, und gelangte auf demselben nach Hause. Auch den Josikrämer hielt man für verunglückt. Er war im Haslung am Morgen des Eistages fortgegangen, um durch den Dusterwald in die Klaus hinüber zu gehen. Allein in der Klaus ist er nicht angekommen, auch ist er in keinem der umliegenden Orte, nachdem er vom Haslung bereits drei Tage weg war, erschienen. Man meinte, in dem hohen Dusterwalde, dessen Gangweg ohnedem sehr gefährlich ist, wird er um das Leben gekommen sein. Er war aber von den letzten Höhen, die von Haslung aus noch sichtbar sind, hinabgegangen, wo das Tal gegen die wilden Wände und die vielen Felsen des Dusterwaldes hinüber läuft und sich dort an der Wildnis empor zieht, dann ist er schräg gegen die Wand gestiegen, die mit dem vielen Gesteine und den dünne stehenden Bäumen gegen Mittag schaut, und wo unten im Sommer der Bach rauscht, der aber jetzt überfroren und mit einer unergründlichen Menge von Schnee bedeckt war. Weil der Weg längs des Hanges immer fort geht und über ihn von der Höhe bald Steine rollen, bald Schnee in die Tiefe abgleitet, so hatte der Krämer seine Steigeisen angelegt; denn wenn sich auch auf der Steile nicht viel Schnee halten kann, vor dem Versinken also keine große Gefahr war, so kannte er doch den Regen, der da nieder fiel und gefror, sehr gut, und fürchtete, an mancher Schiefe des Weges auszugleiten und in den Abgrund zu fallen. Da er, ehe es Mittag wurde, bei dem Kreuzbilde vorbei ging, das vor Zeiten der fromme Söllibauer auf dem Gehänge hatte setzen lassen, hörte er bereits das Rasseln und das immer stärkere Fallen des Eises. Da er weiter ging, die Sache immer ärger wurde und zuletzt Bedenklichkeit gewann, kroch er in eine trockene Steinhöhle, die nicht weit von dem Wege war, die er wußte, und in der er sich schon manchmal vor einem Regen verborgen hatte, um auch heute das Gefahrdrohendste vorübergehen zu lassen. Weil er solche eisbildende Regen kannte, daß ihnen gewöhnlich weiches Wetter zu folgen pflegt, und weil er mit Brot und anderen Lebensmitteln versehen war, indem er gar oft sein Mittagsmahl in irgendeinem Walde hielt, so machte er sich aus dem Dinge nicht viel daraus. Als er am andern Morgen erwachte, ging ein Wasserfall über seine Steinhöhle. Der Wind, welcher von Mittag kam, hatte sich an der Wand, die ihm entgegen schaute, recht fangen können, und da die Bäume wegen dem Gefelse dünner standen, so konnte er sich auch recht auf den Schnee hinein legen und ihn mit seinem Hauche schnell und fürchterlich auflösen. Der Krämer sah, wenn er seitwärts seines Wassers am Eingange der Höhle hinüber blickte, daß allenthalben an den Gehängen weiße, schäumende, springende Bänder nieder flatterten. Hören konnte er nichts wegen dem Tosen des eigenen Wassers, das alles übertäubte. Auch sah er unten manchen Schneestaub aufschlagen von den unaufhörlich an allen Orten niedergehenden Lawinen; denn am oberen Rande der Wand geht schief eine Mulde empor, in welcher im Winter ein unendlicher Schnee zu liegen pflegt, der erstens aus dem Himmel selbst darauf fällt und dann von der noch höher liegenden schiefen, glatten Wand darauf herab rollt. Aus diesem Schnee entwickelte sich nun unsägliches Wasser, das alles über den Hang, an dem der Weg des Krämers dahin ging, nieder rann und zu der Tiefe zielte, in der sonst der Wildbach fließt, jetzt aber ein unbekannt tiefes Gebräu von Schnee und Wasser stand. An den Bäumen zerstäubte manches Stück Schnee, das oben auf dem nassen Boden sachte vorgerückt war und sich los gelöst hatte. Der Krämer blieb außer dem ersten Tage noch die zwei folgenden in der Höhle. Er hatte, um sich gegen die Kälte wehren zu können, die ihn bei seiner langen Ruhe überfiel, aus seinem Packe ein Stück grobes Tuch heraus suchen und sich daraus ein Lager und eine Decke machen müssen. In der Klaus ist er aber dann auch nicht angekommen, sondern man sah ihn am vierten Tage nach dem Eissturze nachmittags mit seinem Packe an dem Hage vorüber gehen. Er ging nach Gurfeld hinaus, um sich sein Tuch, das er gebraucht hatte, wieder zurichten zu lassen.

Spät im Sommer fand ich einmal auch die zusammengedorrten Überreste eines Rehes, das von einem Baume erschlagen worden war.

Ich werde die Herrlichkeit und Größe jenes Schauspieles niemals vergessen. Ich konnte es vielleicht nur allein ganz ermessen, weil ich immer im Freien war und es sah, während die andern in den Häusern waren und, wenn sie auch durch einen Zufall hinein gerieten, sich bloß davor fürchteten.

Ich werde es auch schon darum nicht vergessen, weil sich im Frühlinge darauf etwas angefangen hat, was mir auf ewig in dem Herzen bleiben wird. -- Ach du guter, du heiliger Gott! das werde ich gewiß nie, nie, nie vergessen können!

Es verging der Schnee so gemach, daß alles offen und grüner wurde als sonst, und daß in den tiefsten Tiefen schon die Bäche zu einer Zeit wieder rauschten, wo wir sonst noch manche weiße Inseln auf den Feldern sahen. Es wurde bald warm, und die Wässer des Schnees, die wir so gefürchtet hatten, waren nicht vorhanden. Sie waren entweder in die Erde eingesickert, oder rannen jetzt in den schönen, plätschernden Bächen durch alle Täler dahin. Die Bäume belaubten sich sehr bald, und wunderbar war es, daß es schien, als hätte ihnen die Verwundung des Winters eher Nutzen als Schaden gebracht. Sie trieben fröhliche junge Schossen, und wo einer recht verletzt war und seine Äste gebrochen ragten, und wo mehrere beisammen standen, die sehr kahl geschlagen waren, kam eine Menge feiner Zweige, und es verdichtete sich immer mehr das grüne Netz, aus dem die besten, fettesten Blätter hervor sproßten. Auch die Obstbäume blieben nicht zurück. Aus den stehen gebliebenen Zweigen kamen die dichten Büschel großer Blüten hervor; ja wo die feineren Zweige fehlten, saßen in den Augen der dicken, selbst der Stämme, Büschel von Blüten, waren sehr groß und hielten sich fest, da sie doch sonst in anderen Jahren, wenn sie auch kamen, klein blieben und wieder abfielen.

Als der erste Schnee weg ging und der spätere, den mancher Apriltag noch nieder werfen wollte, sich nicht mehr halten konnte, als die Erde schon gelockert und gegraben werden konnte, kam der Obrist in unsere Gegend. Er hatte sich schier das ganze obere Hag eigentümlich gekauft, und begann an dem Eichenhage die Grundfesten eines Hauses aufwerfen zu lassen. Es war beinahe genau die Stelle, von der ich schon früher zuweilen gedacht hatte, daß hier eine Wohnung sehr gut stehen und recht lieblich auf die Wälder herum blicken könnte. Ich kannte den Obrist nicht. Ich wußte nur – und ich hatte es bei dem Wirte im Rothberge gehört –, daß ein fremder, reicher Mann in Unterhandlung um das obere Hag sei, und daß er sich ansässig machen wolle. Später sagte man, daß der Handel geschlossen sei, und man nannte auch die Summe. Ich hielt nicht viel darauf, weil ich solche Gerüchte kannte, daß sie bei wahren Veranlassungen gewöhnlich sehr gerne über die Wahrheit hinaus gehen, und ich hatte auch keine Zeit, mich an der wahren Stelle um den Sachverhalt zu erkundigen, weil jener Winter gerade viel mehr Kranke brachte als jeder andere. Im Frühlinge hieß es, daß schon gebaut werde, daß Wägen mit Steinen fahren, daß man im Sillerwalde das Bauholz behaue, welches der Zimmermann in Sillerau schon am vorigen Herbste hatte fällen lassen, und daß man bereits die Grundfesten grabe. Ich ging eines Nachmittages, da ich Zeit hatte, hinauf, weil es von meinem Hause nicht weit ist, und weil ich ohnedem gerne dort hinübergehe, wenn ich zum Spazieren eine kleine Zeit habe. Es war wahr, ich fand eine Menge Menschen mit Ausgrabungen an dem Platze beschäftigt, wo man das Haus bauen wollte. Die meisten kannten mich und lüfteten den Hut oder grüßten auf andere Weise. Viele von ihnen hatten bei mir gearbeitet, als ich in dem nämlichen Zustande mit meinem neuen Hause war. Hier aber wurde mit viel mehr Händen und mit viel mehr Mitteln zugleich angefangen, als wollte man in sehr kurzer Zeit fertig werden. Ich sah auch schon eine Menge Baustoff herbei geschafft, und in einer hölzernen Hütte wurde vielfach an den künftigen Tür- und Fensterstöcken gemeißelt. Sogar der Garten, der neben dem künftigen Hause sein sollte, wurde schon seitwärts des Eichenhages abgesteckt. Ich sah den Baueigentümer nirgends, und als ich fragte, antwortete man mir, er sei jetzt selten gegenwärtig, er sei nur einmal gekommen, habe alles besichtigt, und habe dann den weitern Verlauf des Werkes dem Baumeister aufgetragen. Wenn es aber wärmer werde, dann werde er ganz hieher kommen, werde in einem hölzernen Hause wohnen, das er sich neben dem Eichenhage errichten lasse, und werde im Herbste schon ein paar Stuben des neuen Hauses beziehen, die zuerst fertig sein und bis dahin gehörig austrocknen werden.

Ich sah mir die Sache, wie sie hier begonnen wurde, sorgfältig an, und der Plan, wie ihn mir der Werkführer auseinandersetzte, gefiel mir sehr wohl.

Ich fragte gelegentlich auch um den Bauherrn und erfuhr, daß es ein alter Obrist sei. Weiter wußten die Leute selber nichts von ihm

Dann ging ich wieder in meine Wohnung hinunter.

Ich baute selber in diesem Frühjahre wieder weiter. Da wir bereits genug Steine im Vorrate zusammengeführt hatten, wurde die Gartenmauer angefangen. Die lieben, schönen Obstbäumchen, die ich hatte bringen lassen, schlugen in dem allgemeinen warmen, feuchten Frühlinge sehr gut an; die Blätter waren auf ihre Art fast zu groß und zu dunkel, und die Zweige waren strotzig und breiteten sich in kurzer Zeit sehr breit um die Stämmchen aus. Auch die Gemüsebeete, die ersten, die ich hatte, dehnten sich schön grün in den Strahlen der Sonne hin. Die Blumen, die Rosensträuche nämlich, die Flieder und andere – alles, alles begann sich zu rühren. Wegen der Tulpen, wegen der Zucht der Hyazinthen durch Samen und wegen der Nelken und anderer mußte ich mich erst mit dem Kaufherrn in Gurfeld bereden; denn alles konnte nicht auf einmal sein. Die Stuben im oberen Stocke sollten diesen Sommer alle hergerichtet, mit Öfen versehen und fertig sein, daß ich daran gehen könnte, sie mit Geräten zu schmücken. Ich wollte alle Stuben des Stockwerkes zu meiner Wohnung bestimmen, das will sagen: die Eckstube, zu der man aus der roten Gartentür, zu der ich immer den Schlüssel führe, hinauf kann, sollte mein Schlafgemach sein, wie sie es jetzt schon ist, nur mußten alle Geräte noch anders werden. Außer dem Bette mußten allerlei Gerüste zu Schreibereien und Büchern darin sein, damit ich gleich meine Geschäfte in Ruhe versehen könne. Daran soll das wahre Schreibgemach und auch Wohngemach stoßen. Es werden wohl noch viele Jahre vergehen, ehe ich mir werde das Schreibgerüste schnitzen lassen können, auf das ich sinne, an dem ich schon mehrere Jahre zeichnete und es änderte, und zu dem jetzt immer noch nicht angefangen worden ist. Aber es wird kommen, und die Kästen werde ich mir selber zeichnen und machen lassen. Dann sollen die anderen Zimmer hergerichtet und geordnet werden, daß man von einem in das andere gehen könne. Die achteckige Kammer, die ich am Anschlusse der zwei Seiten des Hauses eigens habe machen lassen, ist wie eine Kapelle, und könnte, wenn man wollte, zu einer dienen. Wo man speisen soll, wenn ich allein bin, oder wenn Leute bei mir als Gäste sind, diese Stube soll zur Erde sein, links, wo die vorzüglichste Treppe von dem Hofe hinauf führt, und wo rechts der Gang ist, in dem man zur Küche und zur Speisekammer gelangen kann. An der andern Tür, die weiter hinten in dem Hofe ist, und von welcher auch eine Stiege in das Haus hinauf führt, neben dem Thomas vorbei, der nahe an meinem Gemache schläft – an dieser Tür soll hinterwärts der Kammer, wo jetzt Gottlieb ist, gegen den Garten hin eine Stube gemacht werden, in der ich Getäfel und alle Schnitzerei anbringen lassen werde, die ich liebe. Vielleicht, dachte ich, wenn Gott mein Wirken segnet, lasse ich mir mehrere Zimmer täfeln, weil es so schön ist. Neben dem Kajetan, und an der Scheuer und Wagenlaube sollte erweitert werden, weil ich wieder einen Acker an mich gekauft hatte.

Ach! alles im ganzen ersten Stockwerke sollte desselben Sommers fertig sein, und jetzt, da ich dieses schreibe und schon der dritte Sommer ist, sind kaum die weißen Fenstervorhänge da, welche mir Maria, die alte Haushälterin, heraufbrachte, und welche ich, weil sie mich sehr darum bat, gutwillig annahm.

Wann werden die Dinge fertig sein, an denen ich so viele Freude hatte, – ich muß es sagen, bei denen mir das Herz vor Freude hüpfte?!

Der schönste Frühling kam, alles drängte, blühte und schauerte von Fülle. Alle Hügel waren grün, die Felder wogten; auch die neuen, die man erst heuer an dem Mitterwege hinauf, wohin die Fenster des Hauses des Obrists recht schön werden schauen können, angelegt hatte, wallten in der schönen blaugrauen Farbe des Kornes. Die schöne Fichte an meinem Sommerbänkchen war bedeckt mit den kleinen gelben, wohlriechenden Blütenzäpfchen; alles Laubholz schwankte in den neuen, lichteren, grüneren Kronen; selbst die ferneren Nadelwälder standen nicht so schwarz da, sondern gewannen durch die neuen Ansätze, die sie im Beginne der wärmeren Jahreszeit treiben, das sanftere Dämmern und das weichere Ferngrün, in dem sie im Frühlinge stehen; und wenn man in ihnen ging, so war überall ein frisches Harzduften, und sie rührten sich gleichsam in allen Zweigen und Ästen von dem Schreien und Singen und Lärmen der Vögel. Wir hatten unsere jungen Rappen heraus getan, und übten sie schon teilweise im Fahren, aber nur sehr wenig, daß sie nur lernten, daß sie sich zusammen gewöhnten, sich im Sommer und Winter über einübten und im künftigen Jahre abwechselnd gebraucht werden konnten. Der leichte Wagen, den ich für sie bestellt hatte, und in dem ich alle die Fächer und Einrichtungen, wie ich sie brauche, selber angegeben hatte, sollte noch im Anfange des Sommers fertig werden, und es war in der Wagenlaube schon der Platz bestimmt, auf dem er stehen sollte. Wir hatten viele Leute, die im Hause arbeiteten, daß es in der Vollendung weiter schreite; alles regte sich, wenn ich nach Hause kam und zusah. Und wenn dann das Abendbrot vorüber war und sich alle entfernten, schaute ich oft wie schön, wie freudig und wie schmerzlich in die helle, rote Glut der

Abendwolken, wie sie hinter dem schwarzgezackten Rande des entfernten Waldes hinauszogen, ehe ich dann ein Licht anzündete, die Vorhänge herab tat, und auf dem Papiere anzeigte, was ich heute erfahren habe, und was ich morgen unternehmen sollte.

In dem Knaben Gottlieb hatte ich mich nicht getäuscht. Wie gleich meine Meinung gewesen war, daß er wieder gesund werden würde, so hat es sich bestätigt. Er war eigentlich von der Natur aus gesund, und nur durch schlechte Nahrungsmittel war er so herab gekommen gewesen. Er sah jetzt aus wie eine Rose, war heiter, und wenn er so bleibt, dachte ich, werde ich ihn im Sommer das Heilwasser gar nicht mehr trinken lassen. Ich bin ihm darauf gekommen, daß er sich immer sehr gerne etwas bei den Füllen zu tun machte; er liebte die Tiere, das mag daher kommen, weil er sie früher nebst anderen bei Gregordubs gehütet hatte. Er hätte gerne die Rappen überhaupt auf sich genommen, aber das taugte nicht für ihn. Ich nahm einen Mann, der täglich zu uns kommen mußte, daß er ihn unterrichte, und ich ließ ihm von meinen Kleidern einen neuen Anzug machen. Ich gebe ihn schon nicht mehr weg. Die Pferde habe ich alle und im ganzen dem Thomas anvertraut, weil er den Fuchs bisher so geliebt und ihn so geschickt behandelt hat.

In jenen Tagen kam die Nachricht, daß der Obrist mit seiner Tochter in seiner neuen Heimat angelangt ist. Sie haben sich eine hölzerne Hütte recht bequem gebaut. Dieselbe hat drei Zimmer, eine schöne Küche und eine große Stube für die Mägde. Ein Diener, der mit dem Obrist gekommen ist, hat einen Verschlag neben der Stube seines Herrn, in dem er schläft. So wollen sie sich behelfen, bis einige Zimmer des neuen Hauses zu bewohnen sind, in welche sie dann einziehen werden. Diese Dinge habe ich gehört, und habe nicht weiter darauf geachtet. Ich hatte wohl früher schon die Hütte selber aufschlagen gesehen, und hatte bemerkt, daß der Bau des Hauses aus der Erde hervor gerückt sei; aber da ich länger nicht zu der Stelle hinauf gekommen war, wußte ich nicht, wie weit die Sache jetzt sei, und kam auch ferner nicht hinauf.

An einem Sonntage in der Kirche sah ich sie zum ersten Male, den Vater und die Tochter. Ich fahre gerne, wenn ich Zeit habe, zum Hauptgottesdienste hinaus, sonst muß ich mit dem Frühgottesdienste vorlieb nehmen, den ich im Sommer, wo ich zeitlich ausfahre, oft schon weit von meinem Hause entfernt, in einer Ortskirche anhöre. Der sehr alte Pfarrer von Sillerau, der eben, als ich aus meinem Wagen stieg, von dem Pfarrhause in die Kirche hinüber ging, sagte zu mir: »Seid Ihr mit Eurem neuen Nachbar herüber gefahren, Doktor?«

»Nein«, antwortete ich, »ich kenne ihn noch gar nicht.«

»So ist er allein heraus gekommen«, sagte der Pfarrer; »denn da steht ja schon sein Wagen, er kömmt jeden Sonntag, und da ich Euch heute auch hier sehe, meinte ich, Ihr seid gleich hinter einander heraus gefahren.«

»Ich habe freilich diese Sonntage her nicht kommen können«, antwortete ich, »weil es zu viele Hülfsbedürftige gab, und ich war genötigt, mein göttliches Wort bald in dieser Kirche zu suchen, bald in jener; in der Dubs, im Haslung, und einmal war ich gar schon in Pirling draußen.«

»So ist es, so ist es«, sagte der alte Pfarrer, »Ihr habt viel zu tun und müsset an manchen Orten helfen. Der Kirchen gibt es ja auch andere. So sind die Kranken wieder mehr geworden?«

»Nein«, antwortete ich, »sie sind um viele weniger als in der vorigen Woche; der Frühling hilft mir, und in dieser guten Luft werden alle gesund, daß ich eine große Freude habe. Darum konnte ich ja heute mit Ruhe zu Euch heraus fahren.«

»Das ist schön, das ist schön. Nun so werdet Ihr Euren

neuen Nachbar in der Kirche sehen. Er ist ein sehr vorzüglicher Mann, und gar nicht stolz, wenn auch alle Leute sagen, daß er sehr reich und vornehm sei. – Ich wünsche Euch einen sehr gesegneten Morgen, Doktor.«

Mit diesen Worten verbeugte sich der Pfarrer, und ging, das schneeweiße Haupt ein wenig vorgebeugt, über den schönen Rasenplatz, der vor der Kirche ist, dem kleinen Pförtlein zu, das in die Sakristei führt.

Ich hatte ihm sehr ehrfurchtsvoll gedankt, und blieb noch ein wenig, um den Wagen des Obrists anzuschauen. Es waren braune Pferde vorgespannt, nicht mehr gar jung; aber schön gehalten, und sehr frisch. Der Wagen war wohl gebaut und gut. Der Knecht sagte mir, daß er später ausspannen und in die Kirche gehen werde, wie es mein Thomas auch immer tut. Die Pferde stehen in dem trocknen und reinen Stalle des Wirtes gut genug. Die vielen und mancherlei Wägelchen der Bauern, die von der Ferne zur Kirche gefahren kommen, bleiben angespannt auf der Gasse, die Tiere werden angebunden, und einige Leute des Wirtes sind auch schon angewiesen, auf sie die Aufsicht zu führen.

In der Kirche sah ich den Obrist. Ich erkannte ihn sogleich vor den andern. Er saß mit seiner Tochter vorne in dem Querstuhle. Mein Sitz ist in der Mittelreihe neben den Bewohnern des Hanges. Ich habe ihn mir erst recht spät nach dem Tode meines Vaters bestellen können. Der Obrist hatte einen schwarzen Rock von Sammet an, darauf sein weißer Bart, den er gestutzt trug, mit sanftem Scheine niederfiel. Sein Haupthaar sah ich mit Freude an: es war länger, als man es gewöhnlich trägt, war glänzend weiß und fiel sehr reinlich gekämmt gegen den Nacken zurück. Daraus sah das Angesicht mit den vielen feinen Falten und den weißen Augenwimpern heraus. Seine Tochter war auch in Sammet, aber in dunkelgrünen gekleidet. Ihre braunen Haare waren über der Stirne abgeteilt. Ich kann die bestaubten Perücken, die man aufsetzt, nicht gerne anschauen, darum gefiel es mir, daß beide so gekleidet waren.

Als ich aus der Kirche kam, mich in meinen Wagen gesetzt hatte und nach Hause fuhr, sah ich sie, da ich einmal umschaute, hinter mir in einiger Entfernung nachfahren. Allein, da mein Thomas auf die Vortrefflichkeit unseres Fuchses stolz ist, und wahrscheinlich wußte, daß die Braunen hinter uns liefen, holten sie uns nicht ein. Wo der Weg dann abwärts lenkt gegen Thal ob Pirling, fuhren sie seitwärts hinüber gegen das Hag, wo ihr Haus steht. Die Braunen liefen gut, wie wir es sehen konnten, sie hielten die schöne Richtung, und es flog unter ihnen der Staub des Feldweges auf.

Man hat den Ort, wo mein Haus steht, immer den Hang oder auch Waldhang genannt. Dies war noch so, als mein Vater seine Hütte bewohnte, auch noch so, als ich nach Prag ging: aber wie die Häuser mehrere wurden und Zahlen erhielten, nannten sie uns Thal ob Pirling. Dieses erscheint darum so, weil wir, obwohl wir in einem Tale sind, viel höher liegen als Pirling, zu dem unsere Wässer hinab fließen. Ich kann mich an eines nicht gewöhnen, und sage und schreibe, wie das Volk, bald das eine, bald das andere: Hang oder Thal ob Pirling.

Da die Kranken immer weniger wurden, gleichsam als wollte der Frühling alles gut machen, was der Winter, namentlich sein Ende, Übles getan hatte, das so viele Krankheiten, wenn auch wenig Tod gesendet hatte – so gewann ich Zeit, nicht bloß bei der Arbeit in meinem Hause nachzuschauen, sondern auch manchmal in der Gegend herum zu gehen, wie ja das Gehen meine Gewohnheit ist, und wie ich, wenn die Kranken weniger sind, in den Wäldern herum gehen muß, Pflanzen anschauen und nach Hause nehmen, oder unter einem Baume sitzen, etwas lesen, oder etwas auf ein Papier aufschreiben, oder gar nur auf die Täler und

Waldrücken hinaus schauen, die so schön sind, und auf denen das liebe Blau liegt, und aus deren Schoße manchmal ein dünner, lichter, freundlicher Rauchfaden aufsteigt. So kam ich einmal durch das Eichenhag, das ich sehr liebe, hervor und wollte den Bau des Hauses ein wenig anschauen. Da ich im Grase stand, kam der Obrist über ein Brett zu mir herüber, lüftete sein Barett, grüßte mich und sagte: »Ihr seid der junge Arzt, von dem in der ganzen Gegend so viel Gutes gesagt wird.«

»Ich bin der Arzt«, sagte ich, »jung bin ich auch, und wenn die Gegend Gutes sagt, so vergißt sie, zuerst dem zu danken, von dem alles Gelingen kömmt; ich kann nichts tun, als das Gelernte anzuwenden. Wenn ich Dank verdiene, so könnte es eher sein, weil ich auch zuweilen außer meinem ärztlichen Berufe mich bestrebe, den Leuten einiges Gute zu tun.«

»Weil ich Euch hier bei meinem angefangenen Werke sehe«, fuhr der Obrist fort, »so erlaubt, daß ich Euch eine Bitte vortrage. Ich will hier, in dieser ursprünglichen Gegend, den Rest meines Lebens zubringen. Darum möchte ich mit einigen Nachbarn, mit denen ich in Beziehungen geraten werde, und die ich nach ihrem Rufe schon im voraus schätzen muß, in liebe Bekanntschaft und freundlichen Umgang kommen. Erlaubt mir daher, daß ich Euch in diesen Tagen in Eurem Hause einen Besuch abstatte, der mir als dem Ankommenden und Fremden geziemt, und der als Anfang guter Nachbarschaft gelten möge. Meine Tochter müsset Ihr entschuldigen. Ich werde sie nicht mitbringen; denn da Ihr unvermählt seid, möchte es sich nicht schicken, daß ich sie Euch ins Haus führe. Sagt mir, wenn ich Euch in Euren Arbeiten am wenigsten beirre?«

»Ich werde es mir zur Ehre rechnen, Euren Besuch zu empfangen«, antwortete ich, »und weil Ihr so gut seid, Euch nach meiner Zeit richten zu wollen, so wählet die

Nachmittagszeit um zwei Uhr, drei Uhr, oder vier Uhr; vormittags bin ich nie zu Hause, weil ich zu denen muß, die auf mich harren.«

»Ich werde zu dieser Zeit kommen«, antwortete er. »Ihr baut ja auch«, fuhr er fort, »da Ihr also an dieser Sache Anteil nehmt, so besehet ein wenig diese Anlage, Ihr werdet schon daraus zum Teile entnehmen können, wie das Ganze werden wird. Ich möchte für mich und die Meinigen für diesen Herbst schon ein Plätzchen fertig haben, darin ich den Winter notdürftig zubringen könnte. Denn seht, ich habe den Entschluß, daß ich nicht wieder fort gehen und mein angefangenes Werk allein stehen lassen mag. Im nächsten Sommer wird dann weiter gearbeitet. Unter Dach und Fach aber möchte ich bis Mitte dieses Sommers sein.«

Er begleitete mich, da ich nach diesen Worten in den Bau hinein ging, selber in denselben, und setzte mir, da wir darin herum gingen, den allgemeinen Plan auseinander. Da wir noch Verschiedenes, aber hauptsächlich über das Bauen gesprochen hatten, beurlaubte ich mich und nahm meinen Weg nach Hause. Er begleitete mich bis an die Grenze seines Besitztumes, die durch abgesteckte, weit auseinander stehende Pfähle angezeigt war.

Das war also der Anfang dieser Bekanntschaft.

Ich erkannte im Hinabgehen zum Hange gleich, daß er viel geschickter, ineinandergreifender und auch viel schneller baue als ich. Er mußte in dem Dinge bedeutend mehr Erfahrung besitzen.

Als ich zu Hause angelangt war, besuchte ich noch meine Leute, diese grüßten mich freundlich, und arbeiteten lustig fort, während die warme Luft durch die leeren Räume meiner Zimmer strich und schöne weiße Frühlingswolken über den Wald her bei den Fenstern herein schauten.

Kajetan trieb die Rinder bei dem Gittertore herein, die Mägde trugen Wasser, weil der Brunnen, der mitten in meinem Hofe sein sollte, immer noch nicht angefangen war, und den Thomas hörte ich aus dem Stalle, wo er mit den Pferden beschäftigt war, bis in meine Stube herauf singen.

Nach zwei Tagen kam der Obrist zu mir zum Besuche. Er war vom Hage herab gegangen. Er hatte wieder einen dunklen Rock, dazu die weißen Haare gut standen; auf dem Haupte hatte er aber kein Barett, sondern einen Hut, wie sie bei den Soldaten in der Armee gebräuchlich waren, und in der Hand trug er ein Rohr mit einem schönen Knopfe.

Ich führte ihn in meine Stube hinauf; denn ich hatte ihn kommen gesehen und war ihm entgegen gegangen. Wir setzten uns nieder und redeten eine Weile. Er fragte mich um meine Wirksamkeit, und ich setzte ihm dieselbe auseinander. Dann sprachen wir über die Leute, wie sie so in dem Walde vorkommen, und wie sie fügsam oder unfügsam sind. Wir sprachen von den Pflichten der Kirche und Schule, und von denen der Bürger und Untertanen. Bei dieser Gelegenheit erfuhr ich, daß er sein Besitztum so erkauft habe, daß es ganz frei ist, ohne Hörigkeit und Lasten, die er schuldig sei. Als er aufstand, zeigte ich ihm mein Haus, wie er mir das seinige gezeigt hatte, und sagte ihm, was ich für Pläne hatte. Er lobte alles und sagte doch hie und da etwas, aus dem ich lernen konnte. Ich zeigte ihm auch meine jungen Pferde, die ihm sehr gefallen hatten. Er mußte viel mit Pferden umgegangen sein. Die Rinderzucht des Kajetan lobte er auch, und bat mich, wenn ich überhaupt Kälber aus diesem Schlage weggebe, daß ich ihm einige zukommen lassen möchte, er würde sich aus dieser Zucht einen Anfang zu der seinigen wählen. Ich versprach es ihm gerne.

Da er fortging, begleitete ich ihn ebenfalls, wie er mich begleitet hatte. Ich ging mit ihm bis über die Stelle hinauf, wo die Hütte meines Vaters gestanden war. Dort sagte ich ihm, daß hier die Grenze meiner Besitzung sei, und daß ich mich hier beurlauben werde. Als wir Abschied nahmen, als er mir die Hand reichte, als wir so beisammen standen, er, der alte Mann, und ich, der ganz junge – als ich ihm dann, da er fort war, ein wenig nachschaute und darauf wieder gegen mein Haus hinab ging, dachte ich: es ist gut, daß dieser Mann gekommen sei, daß ich mit ihm reden könne, daß ich mit ihm umgehe und von ihm etwas lerne.

Nach zwei Tagen, ebenfalls Nachmittag, wo ich wieder ganz frei war, erwiderte ich seinen Besuch. Ich habe nämlich nicht dafür gehalten, daß mein zufälliges Zusammentreffen mit ihm bei seinem Baue für einen Besuch zu rechnen sei. Ein alter Diener, den ich fragte, führte mich in das hölzerne Haus hinein. Der Hauptgang des Hauses, der an der Küche vorüber führte, hatte zwei Türen gegenüber, die eine rechts, die andere links. Der Diener führte mich durch die Türe rechts zu dem Obristen hinein. Er saß auf einem niederen Holzstuhle und fütterte selber die zwei schönen Wolfshunde, die ich dazumal zum ersten Male sah, und die mich jetzt so lieben. Die Hunde knurrten auf mich, weshalb er einige Worte zu ihnen sagte, auf die sie sich sogleich, wie im Verständnisse, beruhigten. Das Zimmer war sehr leicht, nur aus genagelten Brettern aufgeführt, einige Koffer standen da, Papiere und Bücher lagen herum, und die wenigen Geräte waren aus weichem Holze zusammengeschlagen.

Der Obrist stand auf, als er mich herein gehen sah, legte die Dinge, die er in der Hand hatte, weg und sagte: »Seid gegrüßt, Doktor, ich muß die eingebildeten Narren manchmal selber füttern, sie meinen, was sie nicht Gutes bekommen, wenn ich ihnen etwas hinein schneide. Wir sind ein wenig weit spazieren gewesen. Wir waren durch das ganze Eichenhag hindurch und gar oben auf den Weiden. Da habe ich selber erst spät mein Mittagmahl gehalten, und dann meinen zwei Begleitern das ihrige gegeben. Ich wollte Euch zum Sitzen einladen, wenn hier etwas wäre, darauf man mit gutem Fuge sitzen könnte.«

Ich legte mein Barett ab und saß auf einen hölzernen Stuhl neben dem tannenen Tische nieder, an dem er stand. Der Obrist gab den zudringenden Hunden noch schnell den Rest, den er bei meinem Eintritte weggelegt hatte, rückte sich dann einen zweiten Stuhl an den Tisch und setzte sich zu mir nieder.

Wir sprachen wieder von verschiedenen Dingen, wie es bei einem solchen Besuche der Fall zu sein pflegt. Dann sagte er, er wolle mir seinen Bau zeigen, wie ich ihm den meinigen gezeigt hätte. Wir gingen in das Haus, sahen herunten alles an, und stiegen dann auf die Gerüste und betrachteten den bisherigen Fortgang. Er führte mich auch in die Hütte, wo die Steinmetzarbeiten gemacht wurden, und zu dem Platze, wo man mit Kalkbrennen und mit Löschen desselben beschäftiget war. Ich sah, wenn der Mann in diesem Sommer mit dem Hause fertig werden wolle, daß dies auf die Weise kaum gehe, wie es bisher betrieben worden war. Und in den Herbst und Winter hinein konnte er ja doch nicht in den Bretterstuben wohnen bleiben, wenn die Gemächer, die er im neuen Hause beziehen wollte, nicht gehörig ausgetrocknet wären. Ich trug ihm daher an, ich wolle ihm für diesen Sommer alle meine Leute, welche bei der Förderung meines Hauses arbeiteten, überlassen, da er sonst doch keine andern bekäme. Bei mir wäre es einerlei, ob ich sie habe oder nicht. In meinen Stuben, die einmal zu unserer Unterkunft eingerichtet wären, könnten wir fort wohnen, sie bedürfen keiner weitern Vorrichtung, und die andern Gemächer könnten heuer so gut leer bleiben und unvorgerichtet, wie sie es im vorigen Jahre gewesen sind. Im nächsten Sommer würde ich sie dann schon machen lassen, und er und ich, wir könnten uns dann in die Leute teilen, wie wir es für zweckmäßig fänden.

Der Obrist sah ein, daß dieser Vorschlag gut sei, und nahm ihn sehr gerne an.

Da er mir noch die ganze Bretterhütte gezeigt hatte, wie sie eingerichtet sei, freilich schlecht und nur zu dem augenblicklichen und sommerlichen Bedürfnisse auslangend, da wir auch in dem Behältnisse gewesen waren, in dem derweilen die Braunen standen und der Wagen aufbewahrt wurde, gingen wir wieder in sein Gemach, wo ich ihn zuerst mit den Hunden angetroffen hatte. Als wir uns in dem Gange befanden, aus dem man durch die Tür rechts in sein Gemach kömmt, öffnete er die Tür links, die gegenüber war, und rief hinein: »Margarita, komme dann auf einen Augenblick zu mir herüber.«

Nach einem kleinen Weilchen, da wir wieder an dem tannenen Tisch saßen, ging sie bei der Tür herein. Sie war heute in ganz weißen Kleidern, und diese Kleider hüllten sich recht gut um ihren Körper. Da sie näher trat, war sie in dem ganzen Angesichte sehr errötet. Der Obrist stand auf, ich auch sogleich, er nahm sie bei der Hand, stellte sie vor mich und sagte: »Margarita, das ist der Arzt, der unten im Hange wohnt. Er ist ein sehr rechtschaffener Mann. Wenn wir ihn auch noch nicht näher kennen, so spricht doch der allgemeine Ruf nur lauter Gutes von ihm. Du wirst in ihm, wie ich mir zu hoffen getraue, in Zukunft unsern guten Nachbar und unsern Freund verehren.«

Dann sagte er, indem er sich zu mir wendete: »Diese ist meine Tochter Margarita, sie hat nur mich allein, und wohnt jetzt mit mir in dieser Bretterhütte, und wird dann mit mir in dem Hause wohnen, wenn es einmal fertig geworden ist.«

Sie hat zu diesen Worten nichts gesagt, sondern nur die Augen niedergeschlagen und sich verneigt.

»Du kannst nun schon wieder hinüber gehen in dein Zimmerchen, mein Kind«, sagte er.

Worauf sie sich noch einmal verneigte, und fort ging.

Wir blieben noch eine Weile bei einander sitzen, und dann nahm ich Abschied und ging nach Hause.

Am andern Tage sagte ich meinen Arbeitern, was ich für ein Abkommen mit dem Obrist getroffen habe, und daß sie nun fürder bei ihm arbeiten werden, der ihnen in Anbetracht der Nötigkeit des Dinges einen etwas größeren Lohn geben wolle als ich, wenn sie in den neuen Vertrag willigen wollten. Wir hätten es, nämlich er und ich, so ausgemacht. Sie willigten alle ein, und zogen dieses Tages mit ihren Werkzeugen und Vorrichtungen von mir fort, und standen am nächsten Tage bei ihm ein.

Nachdem wir diese zwei Anfangsbesuche gemacht hatten, wobei wir beide in unsern schönsten Kleidern waren, ging die Sache schon in einem leichteren Geleise. Die Krankheiten des Winters hatten sich so glücklich gehoben, und der Gesundheitszustand des schönen Sommers war so vorzüglich geworden, daß ich viele Zeit frei hatte und zu meinem Belieben verwenden konnte. Das Bauen hatte für mich eine solche Annehmlichkeit gewonnen, und meine Zimmer und mein Haus erschienen mir so leer, seit ich die Leute zu dem Obrist hatte hinauf gehen lassen, daß ich öfter selber in das Hag hinauf ging, um dem Bauen zuschauen zu können. Die Sache ging jetzt wirklich sichtbar rascher, seit er die mehreren Hände gewonnen hatte, als früher, obwohl es da auch, wie ich schon gesagt habe, viel schneller von statten ging als einstens bei mir. Der Obrist kam auch häufig zu mir, und wir sahen sehr bald schon nicht mehr darauf, wer dem andern einen Besuch aus Höflichkeit schuldig sei oder nicht, sondern wie es einen anmutete, daß er zu dem andern gehen sollte, nahm er sein Barett und ging. Es ist eine wahre Freude für mich geworden, die Gespräche dieses Mannes anhören zu können, und es tat mir auch wohl, von dem, was ich dachte, was ich erforschte, und was ich für die Zukunft vor hatte, zu ihm reden zu können. Ich war jetzt gewöhnlich vor meinem Mittagsmahle schon mit meinen Tagesgeschäften fertig, und ging nachmittags, wenn die

Sommersonne wie ein glänzendes Schild zu den Abendwäldern sachte hinüber ging, gerne zu ihm hinauf, um die Zeit bis zu dem lauen Abende mit ihm zubringen zu können, worauf ich wieder heim ging, um mich bei meinen Forschungen und bei meinen Vorbereitungen für den folgenden Tag zu beschäftigen. Wenn ich eines Tages länger aufgehalten war, und vielleicht nach dem Essen etwas mehreres anzuordnen hatte als gewöhnlich, weil da die Boten warteten, die ich mit Mitteln zu den verschiedenen entfernten Kranken schicken mußte, von denen sie gekommen waren: so kam er schon herunter und sagte, er wolle sehen, ob ich krank sei, oder ob ich so viel zu tun hätte, daß ich nicht zu ihm hinauf kommen könnte. Wenn er dann sah, daß ich nur so viel zu schaffen gehabt hatte, daß ich nicht zu ihm kam, war es ihm schon recht.

Seine Tochter Margarita war sehr schön. Ich habe einmal eine in Prag gekannt, Christine, die Tochter eines Kaufherrn, die sehr schön gewesen ist, aber Margarita war viel schöner.

Das einzige, was in meinen Sachen dieses Sommers gefördert wurde, war der Wagen, welchen ich für die zwei jungen Pferde bestellt hatte, und welcher ankam. Wir versuchten die Tiere darin, und der Obrist war herunten, und gab uns in vielen Kleinigkeiten hiebei seinen Rat, der uns außerordentlich zum Vorteile war. Er nahm einmal sogar selber die schlanken Rappen in die Leitriemen zusammen und fuhr mit ihnen so geschickt den Weg entlang, als wären sie seine Wolfshunde, die ihm sehr folgen. Der Wagen war schön, leicht, und war in seinen Einrichtungen und in seiner Gestalt zu meiner Zufriedenheit ausgefallen. Der Obrist zeigte dem Thomas mehrere Anstalten, wie er die jungen Pferde behandeln solle, damit sie im besten Gedeihen fort lebten.

Mehrere Tage nach der Sonnenwende wurde das Dach auf das Haus des Obrist gesetzt. Es war der Richter der oberen Häuser, worunter das Hag gehört, zugegen, es war der alte Pfarrer von Sillerau mit dem Wagen des Obrists abgeholt worden, es war der Gutsherr von Tunberg mit seiner Frau und seinen Töchtern herein gekommen, es war der Vetter, der Wirt vom Rothberge, zugegen, und es waren mehrere Bauern und Nachbarn, die in den Waldhäusern herum wohnen, eingeladen worden. Als die letzte Sparre aufgerichtet worden war, an welcher der Fichtenwipfel befestiget war, an dem die bunten Bänder wallten, vorzüglich rot- und blauseiden – ich wußte damals noch nicht, warum diese Farben – als man unten die erste Latte angenagelt hatte, dann sogleich an ihr die nächst obere, und als es mit den vielen Händen, die beschäftigt waren, im Taktschlage rasch aufwärts ging, bis endlich die oberste und letzte am First befestigt war, und die drei Daraufschläge als Zeichen, daß es nun vollendet sei, nach den rollenden Axtschlägen noch einzeln erschollen waren: da erhob sich ein Zimmergeselle neben dem Fichtenwipfel in seinem Sonntagsstaate, von dessen Hute zwei lange, rote und blaue seidene Bänderenden herunter hingen, am Rande des Brettes stehend, das man über die obersten Querbalken der Sparren gelegt hatte, und sagte den Zimmermannsspruch auf uns herunter, die wir im Grase standen und hinauf schauten. Als er mit dem Spruche fertig war, nahm er eine Kristallflasche, die hinter ihm auf dem Brette gestanden war, schenkte sich aus der Flasche einen Wein, der in derselben enthalten war, in ein Glas, das er in der Hand hielt, und trank den Wein auf uns herunter grüßend aus. Dann warf er das leere Glas hoch in einem Bogen in das Eichenhag hinüber, daß es in den Ästen zerschellte. Hierauf reichte er die Flasche dem zunächst hinter ihm auf dem Brette Stehenden, welcher sich auch in ein Glas schenkte, austrank und das leere Glas in das Eichenhag warf. Und so taten alle hinter einander auf dem Brette stehenden Gewerksgesellen, bis es auf den letzten kam. Dieser nahm die Flasche, die bei ihm leer geworden war, zu sich, alle gingen sie auf den Querbalken seitwärts, kletterten an den Latten zum Rande des Daches herunter, kamen auf die Gerüste und gingen aus der letzten Stufe zu uns auf den Anger heraus. Die leere Flasche wurde dem Bauherrn übergeben, weil in sie Dinge verschiedener Art getan, sie dann verschmolzen und in den Grundstein vergraben werden sollte, wenn man sein Fest feiern würde. Als dieses geschehen war, wurde auf mehreren Tischen, die aus rohen Brettern in verschiedenen Gestalten zusammen geschlagen worden waren, ein Imbiß aufgesetzt. Alle, welche aus der Gegend helfen gekommen waren, standen an einem Tische. Es ist nämlich die Sitte, wenn an einem neuen Hause gelattet wird, daß alle aus der Gegend, denen es gefällig ist, zusammen kommen und helfen. Es ist da eine Auszeichnung, wenn man mit den Äxten, mit deren umgekehrten Häuptern die Lattennägel eingetrieben werden, einen schnell rollenden Taktschlag machen konnte, und wenn man sich dann in der Nachbarschaft zu rühmen vermochte, daß man ein Dach von so und so viel Geviertklaftern in so und so kurzer Zeit eingelattet habe. Am zweiten Tische stand der Zimmermeister mit seinen Gewerken und tat auch einen Spruch, als alle ihre Gläser gefüllt hatten und sie eben an den Mund setzen wollten. Am dritten Tische standen wir, die Geladenen, nebst dem Obrist, und an die andern Tische konnte gehen, wer da immer aus der Umgegend kam, namentlich die Armen, und sich Wein zum Trinken einschenken und einen Bissen vom Tische zum Essen nehmen wollte. Als der Spruch des Zimmermeisters aus war, und als man die ersten Trinkhöflichkeiten herum gebracht hatte, durften wir auch zu dem Tische der Gewerke gehen, es durften die andern herüber kommen und alle unter einander gehen und mit einander sprechen. Als der Imbiß aus war, und als man insbesondere den ärmeren gekommenen

Gästen Zeit gelassen hatte, alles, was auf ihren Tischen war, zu verzehren, ging man auseinander, und von den Werkleuten wurden die Tische eben so schnell auseinander geschlagen, als sie gestern auf dem grünen Rasen, wo früher keine Spur gewesen war, entstanden waren.

Am darauf folgenden Tage begann man die Deckung des Daches, und es wurden die Stuben, die der Obrist im Winter zu bewohnen gedachte, und welche bereits eingedielt waren, im Innern vorgenommen, daß sie heraus geputzt würden, daß man die Kamine verziere, die Fenster setze, und wenn die Mauern gehörig ausgetrocknet wären, sie mit einer sanften Farbe übertünche.

Der Sommer war aber auch so überaus günstig, wie selten einer über unsere schönen Wälder herabgekommen ist. Es war oft eine Reihe von Tagen hinter einander einer schöner als der andere, und wenn auch Wolken erschienen, so dienten sie bloß zur Verzierung des Himmels, indem sie am Tage in Silber und Edelsteinen schimmerten und abends in rotbrennenden Bändern und Schleiern über die Bäume, über die Berge und über die Saaten hinaus standen. Und weil der viele Winterschnee so langsam geschmolzen ist, so war trotz der langen Regenlosigkeit keine Dürre, sondern die tiefe, innere Feuchtigkeit der Erde machte ein Grün auf unsern Wäldern und Feldern, daß einem das Herz lachte, und die Quellen und Bäche der Täler hüpften und sprangen ohne Abgang des Wassers, als würden sie heimlich immer wieder von Geistern oder Engeln genährt.

Als das Haus des Obrists eingedeckt war, als alle Dielen und Fußböden gelegt waren, als man von außen die Mauern herab beputzt und die Fenster eingesetzt hatte, sah es, noch ehe die heißen Tage des Erntemonats vorüber gegangen waren, von außen aus, als ob es schon vollkommen fertig wäre. Die Gerüste und alle die Balken und rohen Werkzeuge des Baues waren entfernt, und das Haus blickte, von dem dunklen Eichenhage sich abhebend, so schön auf die Waldstreifen und auf die Mitterwegfelder hinaus, wie ich es vorher gesehen hatte, daß es sein würde. Es ward fortan nur mehr im Innern fortgebaut, und gereinigt und verziert. Selbst der Garten ward sofort umgegraben und mit einem Gitter eingehegt, weil der Obrist noch im Herbste allerlei Knollen, Pflanzen und Bäume setzen wollte, daß er sich in dem nächsten Frühlinge darüber freuen könnte. Er schien zu eilen, weil er sich alt fühlte, und doch die wenigen Stunden seines Abends in seinem fertigen und herausgeputzten Hause zubringen wollte.

Als die goldgelben Wagen des Kornes und der Gerste in die Scheuern gingen, kamen eines Tages auch andere Wagen, die mit Truhen und Verschlägen bepackt waren. Sie enthielten Sachen des Obrists, mit denen er in die fertigen Gemächer seines Hauses einziehen wollte. Als die Dinge abgepackt, heraus genommen und nach ein paar Tagen gestellt waren, führte er mich in die Zimmer hinein. Das Haus des Obrists hat kein Stockwerk wie das meinige, sondern die Wohnungen sind an der Erde und nur um einige Stufen gehoben, weil unter ihnen Vorratskammern, Obstlagen und andere derlei kühle Behältnisse angebracht waren, deren kleine, vergitterte Fenster nur wenig oberhalb des Sandes des Gartenweges heraus schauten. Das Innere des Hauses enthält einen Gang, dessen eine Seite durch sehr große Glasfenster geschlossen ist, außer denen ein gläsernes Haus ist, in welchem Gewächse stehen. Die andere Seite enthält die Türen zu den Wohnungen; eine zu zwei Zimmern des Obrists, eine andere zu denen Margaritas. Zwischen beiden ist das Bücherzimmer; man kann aber durch dasselbe von dem Obrist zu Margarita kommen. Das eine Ende des Ganges, gleich neben Margaritas Tür, ist durch ein großes Zimmer geschlossen, das viele und große Fenster hat, weil das Zimmer ebenfalls bestimmt ist, im Winter Blumen und Gewächse zu enthalten. Das andere Ende führt in drei Zimmer, die noch nicht fertig sind.

Zu beiden Enden des Ganges stehen sehr schief hinüber auf einer Seite die Gemächer der Diener, die Küche und anderes, auf der anderen der Pferdestall und das Wagenbehältnis. Die Scheuer ist weiter zurück gegen das Eichenhag, und neben ihr werden Ställe für andere Tiere gebaut. Als mir der Obrist seine zwei Zimmer gezeigt hatte, führte er mich auch zu Margarita hinüber. Hier verkündete sich die Reinlichkeit schon von außen; auf der breiten Schwelle, die zwischen dem Türfutter der sehr dicken Mauer ist, lag eine feine gelbe Matte aus Rohr, die genau in den Raum paßte, und diente, daß man sich die Sohlen abwische. Der Obrist klopfte an, und es tönte ein Herein. Wir gingen hinein und fanden sie mitten in dem ersten Zimmer stehen, und wahrscheinlich im Begriffe, zu sehen, wie all die Sachen stünden, und ob nichts abgeändert werden müsse. Eine Dienerin ging eben von ihr und hatte verschiedene Dinge auf dem Arme. Das Zimmer war ganz rein gefegt, es war kein Stäubchen, und die Dinge standen in der vollkommenen Ordnung. Die braunen Haare Margaritas legten sich so schön an das Haupt, und die braunen Augen blickten so klar wie das Zimmer. Das Mädchen ist so gesund, daß man nicht denken kann, wie es eine Krankheit beginnen sollte, hier Eingang zu finden. Sie zeigte uns die Sachen, wie sie gestellt seien, und fragte uns, ob es so bleiben könnte. Als wir beide sagten, daß es sehr gut sei, antwortete sie, daß sie die Dinge alle Tage anschauen werde, und da müsse sich schon zeigen, ob man es ändern solle. Wir gingen auch in das zweite Zimmer. Da stand hinter hohen, geschlossenen Vorhängen ihr Bettlein. Auf einem kleinen Tischlein war ein Kruzifix von sehr guter Arbeit. Gegenüber war ein Kasten, in dem nette Bücher standen, und daneben war ein Tischlein, wo sie lesen konnte und ihre kleinen Aufsätze schreiben. Der Obrist führte mich durch das Bücherzimmer in seine Wohnung zurück. Es waren aber noch keine Bücher in dem Zimmer, sondern die Wände standen ganz leer.

In diesem Sommer trockneten die Mauerwerke so schnell, daß man es kaum glauben sollte; desohngeachtet schliefen der Obrist und Margarita immer in der hölzernen Hütte, und waren nur am Tage, wo alle Fenster offen standen, in ihrer Wohnung. Alles, sagte der Obrist, sollte so trocken sein, als es nur immer möglich ist, und dann würden sie erst im späten Herbste, wenn es in der Bretterhütte bereits zu kalt würde, ganz und gar in ihre Wohnung hinüber gehen. Auf gleiche Weise hielt er es mit den Dienstbotenzimmern und dem Stalle, die auch schon fertig und zu beziehen waren.

Als die Arbeit an dem Hause und deshalb auch die Aufsicht immer weniger wurde, gingen wir an den Nachmittagen, weil die Hitze sich milderte und die sanfteren Tage des Herbstes heran rückten, sehr viel in der Gegend herum. Wir gingen täglich spazieren. Ich führte den Obrist an manche Stellen der Wälder, wo der Eistag des Winters große Zerstörungen angerichtet hatte und die dorrenden Bäume noch über einander lagen; denn ich kannte viele Stellen sehr gut, und fand sie, wenn ich auf meinen Gängen die Wälder in verschiedenen Richtungen durchschnitt, oder oft ohne allen Weg über einen Bühel oder eine Waldschneide gerade herüber ging. Wir waren auch in der Höhle im Dusterwalde gewesen, in welcher der Josikrämer drei Tage und Nächte des Winters hatte zubringen müssen. Margarita war meistens mit uns. Wir gingen öfter durch das ganze Eichenhag hinaus, wir gingen über die Weidebrüche, in die entfernteren Ortschaften, auf einen Berggipfel, so zwar, daß schon manchmal die Sterne flimmerten und oberhalb uns das leise, nächtliche Laub raschelte, wenn wir auf einem Waldwege zurück nach dem Hause des Obrists gingen.

Zuweilen besuchten sie mich auch in meinem Hause. Als Margarita zum ersten Male herunten gewesen war, zeigte ich ihr meine schwarzen Pferde, ich zeigte ihr auch meinen Hühnerhof, wo die Geflügel zwischen einer großen Einzäunung herum gehen können, und ich zeigte ihr dann den Vorrat der Scheuer, und die schönen Kühe, welche Kajetan und die Magd pflegen und zu meiner Zufriedenheit so rein halten. Als sie die Kälber sah, sagte sie, wenn ich schon dem Vater eines geben wolle, wie es im Vornehmen sei, so sollte ich ihm doch dieses geben. Sie hatte eines ausgesucht mit sehr schönem weißen Kopfe, mit weißer Fahne und dunkelbraunen Lenden. Sie gehen nicht häufig mit einer solchen Zeichnung in unsern Waldweiden herum. Ich sagte ihr, daß ich wohl selber gedacht habe, dieses würde ich hinauf senden, und sobald der Stall im Hage oben im bewohnlichen Zustande wäre, so würde das Kalb geschickt werden und mit ihm ein anderes, das fast eben so aussähe, nur in dem Augenblicke nicht hier sei, damit ein Anfang gemacht würde zu schönen, glänzenden, zutulichen Rindern.

Als der Winter hereinbrach, war er so milde, wie ich mich nicht erinnere, je einen solchen in unserem Lande erlebt zu haben. Der Obrist und Margarita zogen im späten Herbste, da sonst lange schon Reife und Fröste auf unseren Wiesen gewesen waren, heuer aber noch immer eine milde Spätsonne herunter lächelte, in ihre Wohnung. Sie wendeten auf meinen Rat ebenfalls das Mittel der ausgeglühten Pottasche an; aber dieselbe zeigte, wenn sie eine Zeit in der Wohnung gestanden war, so wenig Zuwachs an Wasser, daß die äußeren Dicken der Mauern gewiß als vollkommen trocken angesehen werden konnten. Der Obrist ließ im Winter immer in seinen noch nicht fertigen Räumen ein wenig fortarbeiten.

Weil sich mit dem Eintritte der nasseren und trüberen Jahreszeit, wie immer, die Übel der Menschen vermehrten, so minderte sich meine freie Zeit, und ich konnte weniger in der Gesellschaft meiner Nachbarn sein. Einmal, da ich in der tiefen Nacht von dem Wege der Weiden herab ging, weil ich in dem Gehänge gewesen war, und da ich links von mir in dem dichten herabrieselnden Winterregen das Eichenhag nur undeutlich, wie einen schwarzen Dunst, sehen konnte, daneben aber deutlich und klar ein Licht glänzte, glaubte ich, es sei das von dem Zimmer des Obrists, wo er etwa mit Margarita sitze und lese oder sonst etwas Ähnliches tue. Deshalb beschloß ich, auf das Licht zuzugehen und ein wenig bei dem Obrist zu bleiben. Allein ich kam, da ich doch auf bekanntem Boden ging, in die Wiesen des Meierbacher, und dann gar in ein Gesumpfe, das nach meiner Meinung eigentlich nicht da sein sollte. Als ich mit jedem neuen Schritte immer mehr hinein gekommen wäre, kehrte ich um, damit ich den festen Boden wieder gewinne, den ich verlassen hatte. Ich begriff nun, daß ich von einem Irrlichte getäuscht worden war, und daß ich mich gar nicht da befinden müsse, wo ich glaubte. Solche Lichter entstanden manchmal in der Senkung, wie sie früher war, ehe sie der Obrist hatte reuten lassen, und sie wurden zu verschiedenen Zeiten gesehen. Sie wanderten da gleichsam bald an diesen Ort, bald an jenen, oder sie entstanden vom Ursprunge an bald hier, bald da. Plötzlich, wenn man auf eins recht hin schaute, war es gar nicht da, dann ging es an dem Gehege hinunter, wie eine Laterne, kam aber am Ende des Geheges nicht heraus, und konnte überhaupt nicht gesehen werden. Auf einmal stand es weit unten an den Eschen, als wartete es. Ich kenne derlei Lichter sehr wohl, weil ich oft in der Nacht herum gehen muß, wie die hiesigen Menschen nicht tun, sondern in ihren Häusern bleiben – in mancher feuchten Nacht des ersten Winters, des späten Herbstes, des schädlichen Märzen, oder nach Mitternacht im Sommer, wenn die weißen, sanften Streifen sich an den Wiesen ziehen. Als ich auf den Platz zurückgekommen war, an dem ich von meinem Wege weg auf die Wiese gegangen war, war es gleichwohl nicht derselbe Platz – es standen wohl die drei Föhren da, die früher da gestanden waren, aber es war nicht, als ob es dieselben drei Föhren wären, auch konnte ich mich nicht entsinnen, daß ich meines Weges genau geachtet hätte, da ich auf eine Kranke dachte, die mir sehr an dem Herzen lag. Ich hatte von meinem Großvater gelernt, dem es auch wieder ein alter Schwede sagte, der nach dem Kriege als erster Ansiedler in das Haslung gekommen war, daß man, wenn einem ein bekannter Weg anfange, wirrig und entfremdet zu sein, sogleich umkehren und zurück gehen solle, bis alles wieder ein Ansehen gewinne, das man vollständig kenne; dann soll man ein wenig stehen bleiben, und dann den gewünschten Weg aufs neue einschlagen. Ich ging also von den drei Föhren an noch weiter zurück. Die dunklen Büsche, die sich in dem Regen duckten und an einander kauerten, gingen an mir vorüber, dann standen zerstreute Fichten, welche in schmalem Buschwerke von unten bis oben bewachsen sind, und ein schwarzer Zaun ging neben mir. Ich kannte alles nicht. Als ich an die Stelle zurück gekommen war, wo sich das Geleise von dem Wege trennen und gegen den Sillerwald hinüber gehen solle, war das Geleise gar nicht da. Ich ging also noch weiter zurück, und zu meiner Verwunderung führte es aufwärts. Plötzlich stand ich ganz oben auf der Schneide des Abhanges, und plötzlich erkannte ich, daß ich mich ja noch gar nicht unterhalb des Eichenhages befinde, wo man auf das Haus des Obrists hinüber sehen könne, sondern daß ich noch weit oberhalb desselben war, und zwar auf der Schneide des Gehänges der Weidebrüche, ich erkannte auch, daß das Irrlicht in der Senkung gestanden war, und daß ich in das Sumpfwasser derselben hinein gegangen sei. Das Irrlicht war aber während meines ganzen Rückweges, auf dem ich mich öfter umgeschaut hatte, nicht mehr sichtbar gewesen, sondern überall lag die gleichförmige schwarze Finsternis. Als ich noch auf dem Abhange stand und herum schaute, erzeugte sich ein etwas lichter Streifen an dem Himmel, und ich sah, daß das nicht das Hag gewesen sei, was ich dafür gehalten habe, sondern daß eine Herbstwolke an dem entfernten Dürrwalde gehangen und ihn wie einen näheren Waldklumpen gezaubert hatte. Als ich noch immer schaute, stand plötzlich mein Irrlicht wieder weit von mir entfernt drüben – es stand in derselben Richtung, aber auf einem andern Grunde, nicht auf der Stelle, wo ich es früher gesehen hatte. Ich starrte recht deutlich in das Licht hinein. Und wie die lange, schlanke, weiße, ruhige Flamme drüben stand, oder auch wie ein feuriger Engel, der ein weißes Kleid an hat, und wie der hohe, finstere Wald dahinter stand, und wie die Nacht so leise fortregnete, und immer schwieg und finster war, und wie sich überall rings herum niemand befand als ich allein: war es fast schön anzusehen, wie es war. Weil ich nun das bekannte Ansehen der Gegend hatte, das mein Großvater und der Schwede verlangen, trat ich meinen gewünschten Weg wieder an. Ich ging den Pfad, der neben dem schwarzen Zaune lag, hinunter – jetzt kannte ich ihn recht wohl – die dunklen Büsche, die sich früher verstellt hatten, waren mir auch sehr bekannt, und ich hatte sie früher oft gesehen. Ich ging des Weges nach einander dahin. Und wie ich neben den Schlehenbüschen war, die wie ein schwarzer, kriechender Zug fort wanderten, und wie die Erlen, die von meinem Wege links standen, durch das Licht gingen, ich aber an das Fieber der Maria Hartens dachte, das mir stets in dem Sinne und in dem Herzen war: duckte das Lichtlein einmal ganz leicht nieder, und war verschwunden. Es kam auch gar nicht wieder zum Vorscheine. Ich ging des Weges vollends hinab, und wie sich das wirkliche Eichenhag, das ich nun sah, um mich hinüber schob, kamen erst die wahren

Lichter von dem Hause des Obrists zur Erscheinung – sie standen in einer Reihe recht klar, recht vernehmlich und recht freundlich da. Ich ging aber nicht mehr hinüber, weil ich auch sehr beschmutzt war, sondern ich ging sofort in mein Haus hinunter, und las in derselben Nacht noch recht lange in vielen meiner Bücher wegen der armen Maria.

So hatte ich oft verschiedene Zufälle auf meinen Wanderungen.

Als der Winter weiter vorrückte und der Schnee schon eingefallen war, ging ich öfter, wenn ich erst spät nach Hause kam, wie es bei der Jahreszeit fast täglich der Fall war, noch im Abende oder in der Dunkelheit der Nacht in das Haghaus hinauf. Der Obrist hatte in das Bücherzimmer eine sehr große Heize machen lassen, darin man die Scheite, welche hinein getan wurden, durch ein feines Gitter hindurch lodern sehen konnte. Auch hat er Geräte von denen, welche angekommen waren, hinein gestellt, daß man auf ihnen herumsitzen und den Schein des Feuers auf dem Fußboden anschauen konnte. Wenn dann die große Lampe kam, die, auf den Tisch gestellt, das ganze Gemach mit Licht erfüllte, sahen wir Schriften an, wovon der Obrist manche aus verschiedenen alten und merkwürdigen Zeiten hat, oder Bücher, in denen etwas gelesen wurde, oder wir saßen bloß vergnügt in der so freundlichen Stube und redeten von den verschiedensten Dingen der Welt. Und wenn ich dann nach Hause ging und ein Gestöber war, oder die weiche Schneefläche vor mir lag, die in der trübsten Nacht einen feinen Schimmer gab, begleiteten mich gerne die zwei Wolfshunde, sie gingen oft bis an den Hügel mit, auf welchem die Eschen stehen, und liefen dann zurück, daß es im Schnee stäubte und ich, wie ich nach meinem Hause hinunter ging, noch manchen einzelnen Laut von ihrem Jauchzen vernehmen konnte.

Im Winter kamen auch Verschläge an, in denen Bilder

waren, welche der Obrist in verschiedenen Zeiten seines früheren Lebens erworben hatte. Wenn ich dann an einem schönen, klaren Wintertage hinauf kam, zeigte er mir sie, lehrte sie mich kennen und ihre Vollkommenheiten empfinden. Einige sehr schöne hing Margarita in ihren Zimmern auf, die anderen wurden in den Zimmern des Obrists an verschiedenen Stellen, die er recht sorgfältig auswählte und prüfte, aufgemacht. Ich habe nie so schöne Dinge gesehen, oder ich habe sie in den früheren Zeiten meines Lebens nicht erkannt.

Als der Frühling kam, der heuer so früh eintrat, wie ihn niemand vermutete, fing der Obrist, da nur erst der Schnee weg war und die Erde weich wurde, sogleich alle seine Arbeiten wieder an. Er ließ das Eichenhag, in so weit es sein Eigentum war, reinigen, das dichtere, unnützere Gestrippe mußte weg, der Boden wurde von den häßlichen Abfällen befreit und, daß er schönes Gras treibe, mit eisernen Rechen gerechet. Die dürren Bäume wurden umgehauen, und wo einer auch nur einen verdorrten Ast zeigte, wurde derselbe an ihm, wie man es kaum an einem Obstbaume tun könnte, mit der größten Sorgfalt weg gesägt. Die Senkung, wie ich es schon am Eingange dieser Schrift gesagt habe, ein lichtbraunes, faules Moor, darauf nur die kleinen Sumpfföhren und die roten Moosbeeren wuchsen und ein gelbes Gras war, dessen Spitzen braun wurden, hatte er an sich gekauft, und fing an, es, wie ich schon oben aufgeschrieben habe, zu einer Wiese umzugestalten. Auch seine Felder, die er zugleich mit dem Hausplatze gekauft hatte, wurden in Arbeit genommen und zur Saat vorbereitet. Er hatte deshalb Knechte genommen und Zugtiere gekauft, und ihnen die vorgerichteten Wohnungen, die in dem heiteren Winter gut austrocknen konnten, in seinem Hause eingeräumt. Er wollte den Anbau des Weizens in dieser Gegend empor bringen, den höchstens nur einige, gleichsam wie zum Versuche im kleinen, begonnen hatten. Dewegen hatte er Sommerweizen aus anderen harten und winterlichen Berggegenden kommen lassen, um ihn zu versuchen, wie er hier anschlage. Die Wintersaat hatte er im Herbste so gut gemacht, wie man es in diesen Wäldern eigentlich nicht zu sehen gewohnt ist. Auch der Garten, um den das Holzgitter gemacht worden war, wurde bearbeitet, und die Glasdecken, unter denen die Frühgemüse und andere Dinge wachsen sollten, über ihre mit Dünger ummauerten Gruben gelegt.

Um diese Zeit kamen auch die Bücher an. Mehrere große Truhen von weichem Holze wurden abgeladen, in denen sie waren. Sodann wurden sie ausgepackt. Der Obrist hatte die traulichen Geräte, unter denen wir den Winter zugebracht hatten, aus der Stube fort geschafft, und Haufen von Büchern lagen herum. Die mehreren Schreine, in welche sie kommen sollten, waren fertig geworden und wurden an den Wänden an ihren Stellen aufgestellt. Wenn der Obrist nicht Zeit hatte, weil ihn die verschiedenen Arbeiten bald hierhin, bald dorthin riefen und bei sich behielten, half ich selber die Bücher ordnen und an ihre gehörigen Plätze stellen. Eine solche Bücherei wäre eigentlich meine rechte Freude. Oft stand ich auf der Doppelleiter, die man hatte machen lassen und deren Füße mit Tuch überzogen waren, daß sie den Boden nicht beschädigen, und stellte die Bücher, eines nach dem andern, auf verschiedene Plätze, wie es mir tauglich schien, und wie sie sich der Natur zu Folge reihen sollten. Margarita stand unten, und reichte sie mir dar. Dann schrieben wir auf, wie wir sie gestellt haben, daß man sie wieder finden könne, und daß aus diesen Zetteln eine allgemeine Übersicht zu verfassen sei, daran man sogleich den Stand und Ort jedes Buches ersehen möge, wenn man es suche. Später sollten wieder, wie der Obrist vor hatte, wenn nur einmal die Bücher in Ordnung wären, recht vertrauliche und liebliche Geräte in die Stube kommen, insbesondere mehrere gute und weiche Sitze, der große Lampentisch und andere Dinge, die uns schon einfallen würden, damit wir den kommenden Winter wieder in dieser Stube unter den Büchern und bei dem Scheine der großen Heize recht freundlich zubringen könnten.

Margarita hatte jetzt noch mehrere Bilder in ihre Zimmer bringen und dort aufhängen lassen. Sie führte mich zu manchen hin und zeigte mir, wie ihr dieses daran gefalle, und dann dieses, und dieses.

Da die warmen Tage heran rückten und das weiche grüne Gras die Hügel bedeckte, obwohl der harte Obstbaum noch keine Knospe trieb, und nur erst das niedere Gesträuch an den Bächen, dann die Holunder, die Weiden sich mit kleinen Blättern und grauen Kätzchen bedeckten, wurde das Fest der Grundsteinlegung des Hauses gefeiert. Es waren ungefähr die nämlichen Menschen zugegen, wie damals, da der Zimmermannsspruch bei der Aufstellung des Dachstuhles abgehalten wurde. Man öffnete die Marmorplatte des Steines, der unter dem Haupteingange des Hauses lag, welcher Eingang durch ein Vorgemach in den Blumensaal führte, aus dem man dann in den Gang kam, an den die Wohnzimmer des Obrists und Margaritas grenzen. Unter der gehobenen Marmorplatte kam ein hohler Würfel, ebenfalls aus Marmor, zum Vorscheine, der durch eine sehr starke Glasplatte geschlossen war. Als man auch diese Platte gehoben hatte, zeigte sich der hohle Raum, der bestimmt war, die Gedenksachen, die man hinein tun wollte, aufzunehmen. Der Raum war ganz mit Glas, welches nämlich gar keiner Art Fäulnis unterliegt, gefüttert. Man stellte die Flasche, aus welcher der Zimmermann bei seinem Dachstuhlspruche Wein eingeschenkt hatte, in den hohlen Raum. In der Flasche waren alle Silber- und Goldmünzen enthalten, welche jetzt gangbar sind, und ihr Gepräge war von dem letzten Jahre, dann war ein viereckiges Goldstück dabei, eigens zu dem Zwecke gemacht, daß darein der Jahrestag der Grundsteinlegung geschnitten wurde, dann lag noch ein Pergament in der Flasche, auf welchem die notwendigen Dinge des Herganges aufgeschrieben waren. Die Flasche ist am Munde ihres Halses mit einem Glasstücke zugeschmolzen worden. Da dieses Denkmal hineingestellt worden war, legten viele der Anwesenden auch noch Dinge dazu, die sie entweder schon deshalb mitgebracht hatten, oder die ihnen erst jetzt einfielen: ein Buch, einen kleinen Ring, eine Mundschale von Porzellan, einen Uhrschlüssel, beschriebene Blätter, einer warf eine Rose hinein, die er aus einem Gewächshause mit hieher gebracht hatte, und die Mädchen und Frauen taten Bänder hinein, daß man einst wisse, was dazumal in diesen Dingen für eine Mode geherrscht habe. Als dieses vorbei war, legten die Gewerke die Glasplatte wieder auf die Öffnung, daß sie sehr gut gefügt war, dann wurde die Fügung, die rings um das Glas lief, mit einem dichten Kitte verstrichen, der erhärtet und dann keine Luft, keinen Regen und keinen Dunst durch sich hindurch läßt. Über der Glasplatte wurde der Deckel aus Marmor in seinen Falz getan, und derselbe ebenfalls mit dem Kitte verklebt, worauf über der Platte der gewöhnliche Stein gelegt wurde, mit denen der ganze Gang und rings ein Streifen des Hofes gepflastert ist, daß man nicht mehr unterscheiden konnte, unter welcher Stelle die Dinge ruhten, die man eben unter die Erde getan hatte. Hierauf begaben sich alle Menschen, die herum gestanden waren, in das große Blumenzimmer, das man zu einem Erquickungssaale eingerichtet hatte. Es waren von den Gewächsen, welche der Obrist selbst in diesem Winter schon in dem Zimmer gehabt hatte, ringsum grüne Gestelle gemacht worden, und wo Blößen gewesen wären, wurden sie mit solchen Zweigen bedeckt, welche schon die ersten und zarten grünen Frühlingsblätter zeigten. In der Mitte des Zimmers stand ein Tisch, auf welchem sich Wein und einige Speisen befanden. Der alte Pfarrer von Sillerau sprach ein Gebet um Segen für die Speisen, wovon er dann die Veranlassung nahm, weshalb man zu diesen Speisen versammelt sei, und Gott auch um Segen für das Haus und alle, die es je bewohnten, anflehte. Sofort schloß er dann mit einer Anrede an die Versammelten, und bat sie mit einigen Worten, daß sie immer so friedlich, so einig und so nachbarlich gesinnt bleiben möchten, wie sie es heute sind, wo sie sich zu dieser gemeinschaftlichen feierlichen Angelegenheit wohlwollend eingefunden hätten. Hierauf wurde von dem Imbiß unter verschiedenen Gesprächen etwas verzehrt, und dann entfernten sich die Gäste, einer früher, der andere später, bis der letzte von dem Obrist Abschied genommen hatte, und er wieder mit seinen Leuten allein war, die daran gingen, das Blumenzimmer in den Stand zu setzen, in dem es vor der Feierlichkeit gewesen war. Ich bin gleich nach dem Gebete des Pfarrers fortgefahren, weil ich noch zu viel zu tun hatte, und der Schluß des Ganzen ist mir nachher von Margarita und dem Obrist erzählt worden. Die Armen sind dieses Mal auf eine andere Weise und gewiß auf eine für sie weit bessere bedacht worden. Der Obrist hatte unter sie, in Anbetracht, daß der Winter zu Ende ging und die Vorräte des vergangenen Jahres leicht nicht denen des künftigen die Hand reichen könnten, heimlich verschiedene Notwendigkeiten gebracht und sie denen gegeben, die ihrer am bedürftigsten zu sein schienen.

Der Obrist, deucht mir, hat solche Feste wie die zwei, die er jetzt gegeben hatte, nur darum veranstaltet, daß die Nachbarschaft zusammen kam, daß er sich mit ihnen in ein Verhältnis setze und zeige, wie er freundliche Gesinnungen pflegen wolle, und freundliche Gesinnung gegen sich erwecken. Nach diesem Feste war es bei ihm wieder so stille wie vorher, und blieb fortan stille.

Nur die Arbeiter hatte er im Hause, die zu den Dingen notwendig waren, die noch hergerichtet werden mußten, daß das Haus gleichsam als fertiges betrachtet werden konnte. Dann hatte er noch an Gesinde im Hause, was er zur Bearbeitung und Herrichtung der Grundstücke und zur Versehung der Hausarbeit brauchte. Ich hatte ihm auch heuer an Leuten wieder überlassen, was ihm nötig sein mochte, ohne daß er um die Abtretung etwas wußte. Ich förderte in meinem Hause so viel wie gar nichts, ich bin noch jung und kann alles nachholen, er aber ist alt, hat an dem, was er hier angefangen hatte, Freude, und soll sie noch so viel genießen, als es in dem Überreste des Lebens möglich ist, den er noch hat.

Es war von Besuchen und Leuten, die kommen sollten, bei ihm nun gar nichts vorhanden: nur ich allein, wie der Frühling mit aller Pracht und Herrlichkeit herein brach und mir, wie gewöhnlich, eine große Verminderung meiner Berufsgeschäfte brachte, ging beinahe täglich zu ihm hinauf – und ich glaube, daß ich sehr gerne gesehen worden war; denn wenn ich doch eines Tages verhindert wurde, weil etwas Unversehenes ausbrach, daß ich bis tief in die Nacht zu fahren oder gehen hatte; oder wenn ich wegen einer Angelegenheit, die mir schwer denken machte, bei den Büchern oder in eigenem Nachdenken sitzen mußte, daß ich nichts verfehle; so sandte er gleich jemanden herab, um fragen zu lassen, ob ich wohl sei, oder ob sonst etwas Wichtiges eingetreten wäre, daß ich nicht gekommen sei. Ich ließ ihm immer die Ursache genau zurück sagen. Nur eins fiel mir ein, das mir großes Denken verursachte: er kam jetzt schier gar nicht mehr zu mir herab, während er doch früher öfter mit Margarita bei mir gewesen war und alle meine Anstalten angeschaut hatte – ja sie waren sogar manchmal bei dem großen Behältnisse der Arzeneien gestanden und hatten gefragt, was dieses und jenes sei, wie es zusammen hänge, was es wirke, und welche Tugenden in ihm eingeschlossen seien; was ich immer gerne und mit Freuden beantwortete; und von manchem Kranken mußte ich mit ihnen reden, wie er jetzt sei, und wie ich vor habe, mit ihm im weiteren zu verfahren. Der Obrist ließ sich sogar zuweilen das Buch zeigen, in dem die Krankheit stand, und las mit Aufmerksamkeit darinnen. – Mit der Aufrichtigkeit, die ihm eigen ist, sagte er mir einmal selber die Ursache, warum er nicht mehr herab komme, daß es nämlich nicht dem ähnlich sähe, daß er seine Tochter gleichsam wie eine angetragene Braut zu mir herab führe, und die Leute solches redeten. Als ich meinte, weil ich täglich zu ihm hinauf gehe, könnten sie eben so gut sagen, ich gehe als Bräutigam zu Margarita, antwortete er, das könnten sie tun, daran sei nichts Übles.

Ich ging also täglich in das Haghaus hinauf, wie es meine Berufsgeschäfte gestatteten, und wie meine Zeit aus war, die ich an diesem Tage zu meinen Pflichten anwenden mußte. Eine liebliche, eine schier unaussprechlich schöne Zeit war auf uns herabgekommen, meine Felder standen in wirklicher Pracht, die des Obristen auch, und wir hatten unsere Freude darüber. Ich zeigte Margarita einmal meine Rappen, weil ich schon zuweilen mit ihnen fuhr, und sie liebte die schönen, schlanken und herrlichen Tiere, die so lustig und jugendlich, und fromm und folgsam waren. Wir gingen weit und breit in den Feldern und Wäldern herum. Ich nannte Margariten die kleinen Blümchen, die oft da waren, die kleinsten, die ein Äuglein aufmachen, das man im winzigen Grün nicht sieht; und sie wunderte sich darüber, daß ich das Ding nennen könnte; worauf ich sagte, daß alles seinen Namen habe, diese kleinsten, unscheinbaren Dinge so gut und oft einen so schönen wie die großen und prächtigen, die wir in unserem Garten haben. Da sie sagte, ich möchte ihr alle Namen sagen und möchte ihr die Blümchen und Kräuter zeigen, so tat ich es: ich nannte ihr die einzelnen, wie sie in unserer Gegend sind, und zeigte ihr sie, wenn die Gelegenheit der Blüte gekommen war; dann wies ich ihr die Geschlechter, in denen sie nach gemeinsamen Kennzeichen zusammen gehören, und sagte ihr, wie sie in schönen Ordnungen auf unserer Erde stünden. Wir pflückten Sträuße, trugen sie nach Hause, bewahrten manches auf, ich nannte es, erzählte sein Leben, das es gerne führe, die Gesellschaft, in der es sein will, und anderes, das die Menschen wissen. Sie merkte auf, wiederholte es und lernte die Eigenschaften kennen und erzählen. Dann meinte sie, wie oft das kleine Ding jetzt, das in dem Grase der Berge stehe, das sie sonst nicht angeschaut und fast verachtet hatte, eigentlich schöner sei als andere große in dem Garten, die oft nur die eine schöne Farbe haben, und nur groß sind. – Ich nannte ihr aber nicht bloß die Gewächse, die wir sahen, sondern auch die Steine, manche Erden und die kleinen Flimmer, die hie und da auf unserem Wege lagen; denn ich hatte diese Dinge nicht nur einstens sehr gerne gelernt und aus meinen Büchern sehr oft wiederholt, sondern ich trieb sie auch fort, da ich in meine Heimat gekommen war und unter ihnen herum ging. Ich liebte sie wie meine Gesellschaft, die ich bei meinem Berufe um mich habe. Margarita hatte ein flaches schwarzes Täfelchen bei einem ihrer Fenster im ersten Zimmer machen lassen, darauf lagen nun viele Steinchen, glänzende Stückchen und andere solche Dinge, und sie legte Zettelchen, darauf sie die Namen geschrieben hatte, dazu.

Da der Obrist nirgends etwas Zweckloses oder gar Zweckwidriges leiden kann, ohne daß er den Versuch machte, es seinem Zwecke, zu dem er es da zu sein erachtete, wieder zuzuwenden: so machte er mir auch in diesem Frühlinge einen Vorschlag, den ich zuerst seltsam nannte, und der mir dann sehr gefiel. Es liegt abseit des Reutbühls, gleich dort, wo man zu ihm aus dem Kirmwalde hinüber kömmt, eine steinige Stelle, die ziemlich weit hin geht, wo etwas Lehm, magerer Grund und sehr klein geklüfteter Fels, fast Gerölle, ist. Die Leute nennen den Fleck das Steingewände, obwohl er eben und keine Wand ist; aber es ist in der Gegend gebräuchlich, jeden solchen Fleck ein Steingewände zu nennen. Dieses Steingewände nun schlug mir der Obrist vor mit ihm gemeinschaftlich zu kaufen, da es jetzt leicht und billig zu haben sei. Auf meine Frage, was wir denn mit dem unfruchtbaren Grunde tun würden, antwortete er, der Grund sei nicht mehr unfruchtbar, die unendlich feine Zerklüftung zeige, daß die Verwitterung in ihrem Fortgange beginne, und daß der Grund vielleicht zu einer Föhrenpflanzung sehr tauglich sei. Als ich wieder fragte, was wir denn mit einer Föhrenpflanzung täten, da überall herum ohnedem so viele Wälder ständen, die bereits viel besseres Holz hätten, als Föhren zu liefern vermöchten, sagte er: »Die Föhrenpflanzung wird noch stehen, wenn viele andere Wälder, daraus wir jetzt Holz nehmen, verschwunden sind und in Felder und Wiesen verwandelt wurden. Die Föhrenpflanzung wird stehen, weil sie dann noch nicht zu einem Feld- und Wiesengrunde wird tauglich sein, aber Holz werden die Menschen aus ihr nehmen, wenn Holz schon kostbarer geworden ist als jetzt. Und wenn die Föhren ihre Nadeln fallen lassen und unter sich die Feuchte und den Regen erhalten, wird sich der Grund verbessern und lockern, und in tausend Jahren kann vielleicht auch die Föhrenpflanzung in Feld verwandelt werden, wenn alsdann die Menschen dichter wohnen und ihnen das Erträgnis des Feldes wertvoller erscheint als das Holz, das die Föhren liefern.«

Ich willigte freudig ein, als er dieses gesagt hatte, und schämte mich, einen so kleinen Zweck gehabt zu haben.

Wir erstanden recht leicht und um ein billiges Geld das Steingewände, und mancher Nachbar, der davon hörte, hielt die Sache für eben so unklug, als ich sie selber anfangs dafür gehalten hatte. Der Obrist schickte einen Mann hinaus, der in den Abständen, in denen die Pflänzchen zu stehen kommen sollten, kleine Vertiefungen in die Steine machen und sie unten lockern mußte. In diese Vertiefungen wurde dann Erde getan, aber eine nur um ein kleines bessere, als sonst in den Rissen des Steingewändes war, damit die Pflänzlein, wenn sie die ersten Wurzeln in dem guten geschlagen und dasselbe gewöhnt hätten, nicht dann stürben, wenn sie ihre Fasern in den Fels treiben müßten. Der Obrist wählte den Samen dann von Föhren, die oberhalb des Gehänges in noch steinigerem Grunde standen, als der unsere war, damit ihm der bessere Grund wohltue und er in demselben gut anschlagen möge. An einem Tage legten wir mit Hilfe mehrerer Leute den Samen in die mit Erde gefüllten Vertiefungen und deckten ihn wohl zu. Margarita hatte vorher die schönsten Körner ausgesucht.

Der Obrist hatte auch noch einen andern Plan, der ihm aber viel schwerer auszuführen schien, woran er aber demohngeachtet nicht verzagte, wie es ja schon seine Natur war. Er wollte die Leute der Gegend vermögen, aus den obwohl gut erhaltenen Wegen doch noch bessere, nämlich gleich Straßen zu machen. Er sagte, er hoffe auf die Zeit. Vorerst aber legte er als Beispiel ein Stück einer solchen Straße auf seinem Grunde an, wo nämlich der Weg von Sillerau durch ihn nach Haslung führt, auf welchem Wege doch so manche Menschen Gelegenheit hatten, zu gehen und zu fahren und das neue Ding in Augenschein zu nehmen.

Aus dem Frühlinge war endlich der Sommer geworden. Der Baum des Waldes, der Strauch des Hages, das Obst der Gärten, das Gras der Wiesen und die Frucht der Felder, alles stand recht schön. Ich hatte, wenn ich um drei Uhr oder auch um vier Uhr des Morgens aufbrach, bis gegen Mittag all meine Dinge abgetan, und brachte den Nachmittag im Haghause zu. Wenn ich hinauf ging und die Hunde mir nicht entgegen sprangen, wußte ich, daß der Obrist nicht zu Hause, sondern mit ihnen auf irgendeiner Stelle seiner Felder sei. Wenn dann unter dem Gesinde, das sich rührte, oder unter den Knechten, die die Arbeit taten, Margarita mit ihrem feinen Strohhute stand, gingen wir mit einander, den Vater zu suchen, oder wir gingen auch in dem Felde oder in dem Walde dahin und redeten von verschiedenen Dingen. Ich legte ihren Arm sanft auf den meinigen.

Eines Tages gingen wir auf dem Wege des Lidenholzes. Sie war in dem aschgrauen, geglänzten Gewande, das so schön ist. Sie trägt nicht die Kleider, wie es jetzt die Frauen so anfangen, daß sie von den Hüften weg stehen, sondern sanft hinab gehend, daß die junge Gestalt freundlich ausgedrückt ist. Das Lidenholz wurde vor vielen Jahren an vielen Stellen ausgehauen, daß man überall die Durchsicht hat und an vielen Plätzen auf freien, mit Stöcken und hohem Grase besetzten Flächen dahin geht. In den Holzschlägen wachsen verschiedene Blumen gemischt, und oft seltnere und gewiß schönere, als man sie auf gewöhnlichen Wiesen zu finden vermöchte. -- Da fragte ich Margarita, ob sie mich recht liebe. -- Wir standen vor einer Grasstelle, wo die hohen, äußerst dünnen Schäftchen aus derselben emporstanden und oben ein Flinselwerk trugen, grau oder silbern, in welchem die Käfer summten oder Fliegen und Schmetterlinge spielten. Aus dem Holzschlage ragte mancher einzelne Baum hervor, der wieder empor gewachsen war; und jenseits, von ferne herüber, schaute der blaue Duft des Kirmwaldes, der ganz ruhig war. So stille war es, daß man zu Zeiten durch die blaue, heitere Luft, wie ein sehr schwaches, entferntes Donnern, gar das Schießen von Pirling herüber hören konnte, womit der untere Wirt von Pirling, der alte Bernsteiner, einen Keller in die Felsen des Steinbühel sprengt. -- Margarita, als sie meine Frage vernommen hatte, schlug die Augenlider über die sehr schönen braunen

Augen herab, sah in die Schäftchen nieder, wurde ganz glüh im Angesichte und schüttelte leise das Haupt. –– Ich sagte kein Wort, und wir gingen auf dem Wege wieder dahin. Wir sammelten aus den Blumen, die wir der Mühe wert hielten, einen Strauß. Margarita nannte die Namen derselben, und wo sie einen nicht wußte, nannte ich ihn. Wir kehrten auf dem Wege bald wieder um und gingen nach Hause. Sie hatte den Arm, den ich am Ausgange des Waldes, da wir auf die Wiese kamen, wie sonst in den meinigen getan hatte, auf demselben sanft ruhen lassen.

Als wir in das Haus kamen, fanden wir den Obrist in dem Bücherzimmer. Er saß vor dem Tische, hatte etwas Wein vor sich, und von den runden weißen Broten, die er so gerne ißt. Er sagte, daß er auf dem Felde sich sehr viel Hunger gesammelt habe, und daß er hier sein Nachmittagbrot halte. Margarita setzte sich neben ihm auf einen Stuhl, redete einige Worte, schwieg dann, und sann. Ich blieb auch nicht lange, sondern, als er mit seiner Erquickung fertig war und in den Garten ging, nahm ich Abschied und begab mich auf den Heimweg.

Als ich über den Hügel, wo die Eschen stehen, hinab wandelte, ging die Sonne, wie ein prachtvolles goldenes Schild, zwischen mehreren Bergen von Wolken unter, die sogleich zu brennen anhoben. Durch den ganzen Himmel war Herrlichkeit, und auf die ganze Erde war Herrlichkeit gebreitet. Ich war in meinem Innern so selig, wie ich es gar nicht auszudrücken vermochte.

Da ich in meinen Hof hinein ging, kam mir der Bube Gottlieb entgegen und zeigte mir sein Buch, in das er schreibt, und wie er schon große Fortschritte gemacht habe. Ich erzählte ihm, was ich eigentlich hatte verschweigen wollen, daß ich ihm schon ein Stück Wiese gekauft habe, das er einst bekommen wird, und daß ich schon für ihn sorgen werde, wenn er gut lernt und ein ordentlicher, braver Mann wird, der sich eines Geschäftes annimmt. – Dann ging ich in meine Stube.

Es kam jetzt eine schöne Zeit. Ich liebte meine Kranken, es tat mir das Herz oft viel weher, wenn ich ein Kindlein in dem Bette liegen sah, die armen Augen auf mich geheftet, und wenn ich nicht im Stande war, die Krankheit zu beschleunigen, daß das unschuldige Wesen bald befreit werde – oder wenn ich einen Jüngling sah, dessen rosige Wangen durch das Fieber noch röter und dunkler und von harter Farbe wurden, und er mich bat, ich möchte ihm nur etwas geben, daß die Hitze aufhöre; denn dann sei er schon ganz gesund; ich aber einsah, daß durch diese Hitze, die er so leicht weg zu bringen vermeinte, leichtlich seine ganze heitere rosenfarbene Zukunft abgeschnitten werden möchte – oder wenn ich zu einem alten Mütterlein kam, das niemand mehr hatte, dem alle weggestorben waren, das in Ergebung auf den Tod wartete, und dennoch, wenn ich fort gehen wollte, den Blick auf mein Auge heftete, ob sie darin Hoffnung lesen könnte. Ich gab manchmal dem Kranken die Arznei und ein Stück Geld dazu, daß er sich eine Suppe verschaffen konnte.

Als ich am andern Tage, da ich die Frage an Margarita getan hatte, wieder in das Haghaus hinauf gekommen war, ging sie mir entgegen, nahm mich bei der Hand und führte mich in ihr Zimmer hinein. Sie führte mich an das Tischchen, auf welchem die Steine lagen, daneben heute die Zettel umgekehrt waren, und sagte die Namen aller Steine her, ohne einen einzigen zu fehlen. Dann führte sie mich gegen ihren Bücherschrein, wo auf dem Tische die Pflanzen lagen, die wir gestern gebracht hatten. Sie sagte auch die Namen aller, ohne ebenfalls einen zu fehlen. Dann gingen wir mit dem Obrist auf seine Niederwiese hinüber und sahen zu, wie Heu gemacht wurde, und wie man eben das gut getrocknete nach Hause führte.

Sie zeigte mir auch ihre Hühner und das andere Geflügel, und führte mich in den Stall, und zeigte mir die zwei Kälber, wie sie schön seien, und wie sie sich jetzt schon völlig ausgewachsen hätten. Wenn sie groß würden und wieder Nachkommen hätten, dann würde das andere Vieh nach und nach weg getan, und nur, das von ihnen gekommen, aufbehalten.

Ich brachte ihr, wenn ich in Tunberg oder in Pirling draußen gewesen war, bald eine Blume mit, bald ein Steinchen, das sie noch nicht hatte, oder ein Band, oder sonst etwas, zum Beispiele ein Ding, wo hinein sie ihre Nadeln und Scheren legen konnte. Sie fing auf einem seidenen Tuche Blumen zu sticken an, und sagte, das würde über die große Tasche gespannt werden, in welcher ich immer meine Papiere hätte; dann machte sie mit Gold und Seide ein Ding auf mehrere Bänder, und erklärte mir, das müsse auf die Halsgeschirre der Rappen getan werden, wenn ich einmal im Winter im Putze mit ihnen ausführe.

Wir fuhren an allen Sonn- und Festtagen in die Kirche nach Sillerau. Da sahen alle Menschen nach ihrer Schönheit hinüber, wenn sie in dem Querstuhle vorn neben ihrem Vater saß. Er hatte an allen großen Festtagen die goldene Kette um, die ihm der Kaiser einmal gegeben hatte, und sie hatte alsdann ein seidenes Gewand mit einem kleinen Zipfel als Schleppe. Mir war sie aber immer lieber, wenn sie in ihrem Hausgewande neben uns in dem Bücherzimmer war, oder in Feld und Wald, und nicht so sehr darauf Acht zu geben hatte, als auf das seidene.

Gegen Ende des Sommers kletterte ich einmal um eine seltene Blume auf die Schneide des Dusterwaldes, weil ich wußte, daß sie dort um diese Zeit blühe, und brachte sie ihr. Sie hatte eine sehr große Freude darüber.

So ging der Sommer dahin. Wir wandelten wieder, wie im vorigen, in allen Wäldern, Wiesen und Feldern herum, nur daß wir heuer oft noch viel weiter waren, als im vorigen Jahre, und manchen beschwerlichen Weg machten, um irgendeinen Platz zu besuchen, von dem man Pracht und Schönheit der Wälder überblicken konnte, oder wo die schauerliche Majestät war, da sich Felsen türmten, Wasser herab stürzten und erhabene Bäume standen.

Ich hatte den ganzen Sommer hindurch nicht mehr gefragt, ob sie mich liebe. Einmal aber, im späten Herbste, da wir im Eichenhage draußen bei der großen Eiche ihres Vaters standen, alle Gesträuche schon die gelben Blätter fallen ließen, nur die Eichen noch ihren rostbraunen Schmuck recht fest in den Zweigen hielten, fragte ich sie wieder: »Margarita, habt Ihr mich wohl lieb?«

»Ich liebe Euch sehr«, antwortete sie, »ich hab Euch über alles lieb. Nach meinem Vater seid Ihr mir der liebste Mann auf der Welt.«

Sie hatte dieses Mal die Augen nicht niedergeschlagen, sondern sie sah mich an, aber auf die Wangen ging doch ein recht schönes, sanftes Rot, als sie dieses sagte.

»Ich liebe Euch auch recht innig«, antwortete ich, »ich liebe Euch mehr, als alle andern Menschen dieser Erde, und da mir alle Angehörigen gestorben sind, so seid Ihr auf dieser Welt das Höchste, das ich liebe. Ich werde Euch auch in alle Ewigkeit lieben, Euch ganz allein, – hier auf dieser Welt, so lange ich lebe, und im Jenseits wieder.«

Sie reichte mir ihre Hand. Ich faßte sie, und wir drückten uns die Hände. – Wir ließen dann dieselben nicht los, sondern hielten uns an ihnen. Wir blieben noch länger stehen, schwiegen, und sahen in das verdorrte Gras nieder. Einzelne gelbe Blätter lagen von den Gesträuchen, die unter den Eichen wuchsen, und die schwach wärmenden Sonnenstrahlen der späten Jahreszeit spielten zwischen den Stämmen und den Zweigen rötlich herein.

Dann gingen wir in das Haghaus, und sie mußte dem Vater an dem Tage noch lange vorlesen. Ich hörte zu, und ging in der Nacht nach Hause.

Ach – es war jetzt so schön auf der Erde – so mit Worten unaussprechlich schön. Ich kniete einmal auf den Schemel, der in meiner Stube vor dem Fenster ist, nieder, da draußen Nacht war und unendlich viele Herbststerne an dem Himmel glänzten, und dankte Gott für mein Glück.

Seit meine Angehörigen gestorben waren, war keine so schöne Zeit gewesen.

Ich ging jeden Tag in das Haghaus hinauf. Selbst als der Winter gekommen war, und als ich nicht nur den Vormittag, wie sonst, sondern meistens auch den Nachmittag in meinen Geschäften zubringen mußte – denn erstens konnte ich wegen der großen Finsternis nicht früh genug ausfahren, und zweitens hatten sich die Krankheiten vermehrt – ging ich doch noch immer, wenn nur die Nacht nicht zu weit vorgerückt war, in das Haus hinauf und sah die letzten Scheite in der großen Heize in dem Büchergemache verglimmen. Wenn ich zuweilen ganz durchnäßt nach Hause kam, weil es nicht selten von dem Wagen oder Schlitten weg noch durch wilde Schneehaufen oder Wässer zu einer Hütte, in der ein Kranker lag, zu klettern war: kleidete ich mich um, daß ich wieder alles an dem Körper trocken hatte, und trat meinen Weg an dem verschneiten Felde des Meierbacher und über den Eichenhügel hinauf an.

Wenn das Gedränge der Ratholenden geringer war, und ich gesagt hatte, daß ich morgen schon am Nachmittage bei scheinender Sonne kommen würde, so stand sie unter der Tür des Hauses, machte wegen des Glanzes der Wolken und des Schnees, der auf den Höhen lag, mit ihrer Hand einen Schirm über die Augen und sah der Fläche nach hinab. – Sie sagte mir nachher, daß sie nach mir ausgeschaut hatte.

So floß der Winter nach und nach vorwärts. Wir lasen etwas aus den Büchern oder aus den seltenen Schriften des

Obrists, deren er eine ganze Sammlung hat, oder wir sprachen von verschiedenen Dingen. Der Obrist fragte um alle möglichen Verhältnisse der Menschen des Waldes, und wenn ich ihm sagte, was mir bekannt war, sah ich, daß er alles ohnehin schon am richtigsten wußte. Oft war wohl auch ein Mann aus der Umgegend da, der Obrist setzte ihm ein Glas Wein und Brot vor, und ehe die Nacht weit vorwärts rückte, machte sich der Besuchende wieder auf, und begab sich nach Hause.

Wenn solche lichte Nachmittage waren, wie ich oben sagte, sahen Margarita und ich sehr gerne die Bilder an, die da waren. Sie zeigte mir vieles und erklärte mir vieles; denn hier wußte sie mehr als ich, weil sie seit ihrer Kindheit immer die Bilder um sich gehabt und von dem Vater die Einsicht in dieselben bekommen hatte – es ist unglaublich, welch Wunderbares und Schönes in diesen Bildern liegt. Manchmal gingen wir dann hinaus und sahen die Wolken und andere Dinge an, und erkannten und freuten uns, daß sie auf den Bildern so gemacht waren, wie sie sind. Ein anderes Mal sagte sie mir wieder alles auf, was sie von mir gelernt hatte, und fragte mich, ob es so recht sei.

Zu verschiedenen Zeiten tat der Obrist Entwürfe und Zeichnungen auf den Tisch, wie er dieses und jenes ändern, dieses und jenes verzieren, dieses und jenes neu anlegen wolle. Wir schauten die Sachen an, sie waren sehr schön, und immer so reinlich gezeichnet, als hätte sich ein junger Mensch mit großem Eifer und großer Freude dazu gesetzt. Ich bekam bei diesen Dingen mehr Einsicht, als ich früher hatte, und änderte den Riß, den ich zu verschiedenen Zeiten zu meinem Schreibgerüste gemacht hatte, daß es in festem Eichenholz geschnitzt würde, wieder ganz und gar ab. Ich nahm mir vor, den Riß, ehe die Arbeit in Holz angefangen würde, dem Obrist zu zeigen.

Ein paar Male war er mit Margarita auch sogar bei mir

herunten, und das letzte Mal ließ ich seine Braunen heimlich in das Haghaus zurück gehen und führte ihn dann mit Margarita mit meinen Rappen hinauf, da sie zum ersten Male die schönen Bänder, die ihnen von Margarita gemacht worden waren, auf sich hatten.

Manchmal, wenn wir so an späten Abenden bei einander saßen, draußen strenge Kälte herrschte, und herinnen in der Heize die großen Blöcke glommen, ihren roten Schein mit dem weißen der Lampe im Raume des Zimmers mischten, der Obrist an seinem schönen weißen Barte von der Glut rosenfarben angeleuchtet in dem Armsessel saß, und ich und Margarita neben einander ihm gegenüber: so legte sie gerne ihre Hand auf die meine, wir faßten unsere Hände, und hielten uns längere Zeit dabei, während von ganz fremden Dingen der Welt draußen, oder von anderen, die uns schon näher angingen, die Rede war. Der Obrist hat dieses gesehen, er hat aber nie etwas darüber gesagt. Wenn andere eine Neigung zu einander haben, suchen sie dieselbe zu verheimlichen, wir aber taten dieses nicht, sagten aber auch nichts, und lebten so mit einander fort. Wir haben auch zu uns selber nichts mehr von unserer Zuneigung gesagt, seit jenem Abende, wo wir im Eichenhage einander vertrauten, daß wir uns sehr lieben. Ich hatte nicht den Mut, sie von dem Obristen zu meinem Weibe zu begehren – es kam mir auch vor, daß es noch nicht Zeit ist. Er, obwohl er es wußte, redete nie von Dingen, die hieher einen Bezug haben könnten, sondern war immer freundlich und heiter, und sprach von allem, das in dem Reiche seiner Betrachtungen war, oder dem er zu einer Handlung oder irgendeiner Gestaltung, wie sie ihm geläufig war, eine Zuversicht abzugewinnen vermochte.

So war der Winter endlich dahin und wieder der Frühling gekommen, die liebliche Freude unserer Wälder. Da geschah etwas, das alles änderte.

Zwar der Obrist ist nicht geändert worden. Wenn ihm sogar etwas Böses angetan wird, so erkennt er es für einen Irrtum, hat Mitleid und trägt nicht nach. Ist nicht die schöne Unterredung, die er mit mir hatte, selber ein Beweis davon? –

Ich habe mich so gerne bei der Zeit meiner Ankunft verweilt, ich habe mich gerne bei der Zeit verweilt, in der ich zu bauen und zu wirtschaften angefangen habe; es war eine einfache, schuldlose Zeit – ich weilte gerne dabei, wie der Obrist gekommen ist, mit ihr, der Lieben, der Guten; es war eine glückselige Zeit – alles ist aus – – und sie, gerade sie hat mir so große Schmerzen gemacht; aber es ist nicht sie, ich erkenne es jetzt wohl, sondern ich, ich allein. – Es liegt die lange, schwere Zeit vor mir, und viele Jahre wird es brauchen, bis ich mich in sie hinein lebe.

Ich will alles eintragen.

Als die Tage der Blüten gekommen waren – mein Vogelkirschbaum, der liebe, große kronenreiche Baum, den ich noch von Allerb auf mich gebracht hatte, war mit einem ganzen weißen Meere von Blüten bedeckt; in den Wäldern, wo man noch durch das dünnbelaubte Zweiggitter den Himmel sah, fuhr ich doch oft schon durch eine Wolke von Duft und Blumenstaub, der durch die Räume ging – alles – alles war so schön – und siehe, dacht ich, welch ein Sommer wird erst auf diese Weise herein rücken – – und nun sag ich, welcher wird kommen! – –

Als, wie ich oben anfing, die Zeit der Blüten über uns war, fand sich in dem Haghause ein Besuch ein, auf den alle nicht vorbereitet waren. Es kam Rudolph, der Bruderssohn des Obrists. Einen schöneren Jüngling würde man sich wohl kaum denken können. Es gingen von dem rosenfarbenen Angesichte die dunklen, schwarzen Haare zurück, und die großen Augen blickten sehr wohlgebildet aus dem Angesichte. Sein Vater und seine Mutter waren schon vor längerer Zeit gestorben. Er war gekommen, um eine große Summe, die in Vorschein gekommen, und verloren geglaubte Schuldgelder, die eingegangen waren, mit dem Oheime zu teilen, dem einstens unrecht geschehen war. Der Obrist nahm ihn mit vielen Freuden auf, zeigte ihm große Liebe und gab ihm viel Geschenke, die er als Denkmale seines Aufenthaltes bei seinen Verwandten auf sein Schloß mitnehmen und aufheben sollte. Von der Summe aber nahm er nicht den Teil, den ihm der Jüngling geben wollte, sondern, wie in früherer Zeit, wieder das wenigste, das sich noch mit seinen Pflichten gegen Margarita vertrug. Rudolph lebte mit einem Manne, einem Amtmanne seines Vaters, den er sehr liebte und ehrte, ganz allein auf dem Schlosse, und bewirtschaftete sein Vermögen. Mir wurde er, da ich in jenen Tagen hinauf kam, vorgestellt, und er war immer sehr bescheiden und ehrfurchtsvoll gegen mich. Da man ihn sehr bat, blieb er viel länger bei dem Oheime, als er sich eigentlich vorgenommen hatte.

Als ich einmal in dem Lidenholze heimlich auf die Wulst der Felsen, die sich da in der Nähe des Holzschlages überneigen, geklettert war, weil ich dort mehrere sehr seltene Steinbrechen wußte, die in Blüte gehen sollten, und die ich Margarita bringen wollte: sah ich plötzlich auf dem Wege durch das Lidenholz unter mir Margarita und Rudolph heraus gehen. Ein schöneres Paar ist gar nicht auf der Erde. Er war um eine halbe Hauptlänge höher als sie, war so schlank wie sie, das feine Gewand war so anspruchslos an ihm, und die schwarzen Augen blickten sanft und milde: sie schimmerte neben ihm so klar, wie immer, hatte das weiße Gewand an, und wurde durch ihn fast schöner als gewöhnlich. Mir stürzten die bitteren Tränen aus den Augen –– wer bin ich denn – was bin ich denn? –– ich bin nichts – gar nichts. –– Ich wäre hinab geklettert, ich hätte die Felsen umschritten und wäre zu ihnen hingegangen – aber ich konnte es jetzt noch nicht. – Sie wandelten neben den Blumen hin, die in dem hohen Grase des Holzschlages standen, sie wandelten neben dem zarten Gesträuche und Gestrüppe, das sich manchmal an den Weg heran drängt – er sprach zu ihr, sie sprach zu ihm – er hatte ihren Arm in dem seinigen, sie legte ihre Hand auf die seine, drückte sie und streichelte dieselbe sanft.

Ich wollte nun gar nicht zu ihnen hinab gehen, sondern ich nahm meinen Stock, den ich in die Gräser nieder gelegt hatte, und zerschlug mit demselben alle Steinbrechen, die in der Tat noch nicht blühten, daß der Ort wild und wüst war. Dann stieg ich rückwärts an dem Felsen wieder hinab, wo ich hinaufgekommen war – denn an anderen Stellen ist die Wulst kaum zugänglich – ich stieg so schnell hinab, daß ich mir die Hände blutig riß. Dann ging ich nicht nach Hause, obgleich das Mittagessen auf mich wartete. Ich war gerade darum recht bald zu meinen Kranken gefahren, und war bald zurück gekommen, damit ich zu den Steinbrechen gehen und ihr die Blumen, wenn ich einige fand, noch vor dem Essen bringen könnte. Jetzt waren keine Blumen notwendig, und jetzt war es nicht notwendig, daß ich nach Hause zu meinem Essen ging. Ich stieg vielmehr von dem Lidholze immer mehr nieder gegen die Talrinne, in der das Lidwasser geht, das kaum jemand besucht, weil es so enge zwischen den Waldwänden hin geht, ein seichtes Wasser ist und überall wilde Steine liegen, daß kein Weg in der Länge der Talrinne möglich ist. Vorwärts gegen die grauen Felsen, die manchmal aus dem Schwarz und Grün der Wand hinaus steigen, schaut das Gedämmer und die Ruhe des Kirmwaldes herein, der sich aber auch immer drehte und hin und her rührte, wie ich abwärts stieg, bis er verschwand und an den hohen Strebnissen des Grases, des Nachwuchses, der dürren Stämme, der Steine nichts nieder schaute als der einzige schwermütige Himmel. Ich ging ganz tief bis in den Kessel zurück, wo das Wasser ruhig im Grunde steht und seine stahlblauen Flecke zwischen den grünen Inseln, die auf ihm schwimmen, hervor leuchten – daneben steht der feuchte Stamm der Tanne, und der graubraune Fels, von dem das Wasser beständig, wie ein Firnis, nieder glitzert. Auf dem Wege dahin hatten mich die blauen Scheine unseres Waldenzianes gegrüßt und die breiten grünen Augen des Huflattichs, wo mein Fuß in den weichen, brodigen Waldboden einsank: ich beachtete sie nicht.

Ach, ich bin ja sonst nicht so zornig – es ist meine Art nicht so. Ein Rückfall in meine Kindheit mußte es sein, wo mich, wie der Vater sagte, meine früh verstorbene Mutter verweichlichte, daß ich oft, wenn mir ein Hindernis entgegen kam, mich zu Boden warf und tobte. – –

Ich stieg von dem Lidkessel durch das Sandgerölle empor, indem ich die Hand wieder in die Gesträuche schlug, daß sie blutete, und mich an den hervorstehenden scharfen Steinen hielt, daß ich nicht nieder rollte. – Ich kam an dem Rotheck heraus, wo sich die Okersteine am Gipfel des Berges in die Luft drängen und der Blick in die jenseitigen Länder geht; wo sich die lange Linie des Rothberges hin zieht und die dortigen Waldbühel blau an blau hinaus gehen. Das Haus des Vetters Martin war nicht sichtbar, an dem Himmel streckten sich weiße, stehende Wolken hin, und auf meinem Boden war der Sand so rot gefärbt, daß ich mir die Schuhe beschmutzte, wie ich darüber hin ging und gegen meine Linke abneigend wieder in die finstere Gesellschaft der Tannen einbog.

Ich hatte mir nun alles fest gesetzt, wie ich tun solle. – Ich ging in der großen Krümmung des Waldes herum, daß ich fast gegen Abend oberhalb des Eichenhages heraus kam, durch das ich in das Haus des Obrists ging. – Er selber war nicht zu Hause. Margarita, sagten sie, sei in dem Garten. Ich schritt durch das Hoftor in den Garten, sah sie aber dort nicht, und vermutete sogleich, daß sie in das angrenzende

Feld hinaus gegangen sein möge, weil das Hintergitter des Gartens offen stand. Ich sah sie wirklich, da ich das Gitter erreicht hatte und den Blick in das Freie tat, an dem breiten Wiesensaume, der neben dem Korne lief, wandeln, wie sie in der lauen, schönen Abendsonne den langen Schatten über das Getreide warf. Sie war allein – es war dieses nichts Wunderbares – aber ich verwunderte mich darüber. Nur die zwei schönen Wolfshunde ihres Vaters gingen ruhig neben ihr, sie lieben das Mädchen sehr, gehen ihm immer zu, und sind viel ruhiger, wenn Margarita in unserer Gesellschaft ist. Als ich in der Öffnung des Gartengitters erschien und sie mich erblickten, sprangen und tanzten sie lustig gegen mich zu, und auch Margarita ging etwas schneller mir entgegen, da sie merkte, daß ich auf sie zueile. Sie hatte das weiße Kleid an, war so schlank und schön wie am Vormittage, und trug das reine Angesicht meinen Augen entgegen, so schimmernd und sanft, wie es am Vormittage gewesen war.

Sie nahm zuerst das Wort und sagte: »Ach – Ihr seid nun da – wir waren schon in Sorge, daß Euch etwas zugestoßen sein könnte; denn der Vetter Rudolph ist fort, und ist im Nachmittage noch bei Euch gewesen, um Abschied zu nehmen – da sagten Eure Leute, daß Ihr wohl mit den Pferden schon nach Hause gekommen, aber wieder fort gegangen und dann nicht einmal zum Mittagessen zurückgekehrt seid. Der Vater meinte, Ihr würdet wohl zu einem Hilfsbedürftigen gemußt haben, und es sei alles an der Sache nicht auffallend. Er hat den Vetter Rudolph bis zu dem Wirtshause am Rothberge begleitet, wohin die Reisepferde bestellt sind, dann wird er mit unseren Pferden wieder heim kommen.«

»Margarita, Ihr liebt mich gar nicht!« antwortete ich.

Sie richtete ihre Augen auf mich und sagte: »Wie kömmt denn diese Rede zu Euch? – ich liebe Euch ja mehr, als Ihr ahnen könnt: ich bin so freudig, wenn Ihr herauf kommt, es tut mir leid, wenn Ihr fort geht, und ich denke auf Euch, wenn Ihr fern seid.«

»Ihr liebt mich nicht«, sagte ich wieder, und sie mochte bemerken, wie es in meinem Angesichte vor Schmerz zuckte.

»Was ist Euch denn«, sagte sie, – »Ihr könnt ja eigentlich nicht so reden. – Seid Ihr krank? Ihr müßt wohl einen weiten Weg gemacht haben, ich sehe es an Euren Kleidern. Habt Ihr schon etwas gegessen?«

»Nein, ich habe noch nichts gegessen«, antwortete ich.

»Nun so kommt nur schnell in das Haus herein«, erwiderte sie, »ich werde Euch etwas geben, es sind noch Dinge genug da, Ihr müsset gleich etwas essen!«

»Ich esse nichts«, antwortete ich.

»So wollt Ihr etwa mit dem Vater reden«, sagte sie, »kommt, wir wollen uns auf die Gartenbank setzen, wo man den Weg weit übersieht, auf dem er kommen wird.«

»Ich will nicht mit dem Vater reden«, antwortete ich, »aber Euch habe ich etwas zu sagen, daß Ihr nämlich den Vetter Rudolph viel, viel mehr liebt als mich.«

»Ich liebe den Vetter Rudolph«, sagte sie, »weil es sich gebührt, aber ich liebe Euch mehr – ihn liebe ich anders – und Ihr müßt selber sagen, ob er es nicht wert ist, da er sich so schön gegen uns, seine Verwandten, gezeigt hat?«

»Ja, ja, er ist es wert, und Ihr werdet ihn immer mehr und mehr, und endlich sehr lieben«, erwiderte ich.

»Ich werde ihn auch sehr lieben«, entgegnete sie, »wenn er noch öfter wird zu uns gekommen sein, wie er es gesagt hat.«

»Nun, so ist es gut, und wir sind in Ordnung«, antwortete ich.

Jetzt gingen wir eine Weile schweigend neben einander her, bis wir zu dem Gartengitter gekommen waren, wo die

Rosen stehen, deren Reiser wir mit einander eingelegt hatten. Dort blieb sie stehen, wendete ihr Angesicht und ihre Augen auf mich und sagte: »Ich bitte Euch, lieber, teurer Freund, seht, ich bitte Euch aus der innersten Inständigkeit meines Gemütes, lasset diese Dinge und diese Worte aus Eurem Herzen fahren.«

»Ich lasse ja die Dinge alle«, antwortete ich, »Ihr liebet mich nicht, und ich lasse die Dinge aus meinem Herzen fahren.«

»Ich habe im Eichenhage zu Euch gesagt«, erwiderte sie, »daß ich Euch außer meinem Vater mehr liebe, als alle andern Menschen auf der Erde.«

»Ja, Ihr habt es gesagt«, antwortete ich – »ob es aber auch wahr ist!?«

Auf diese Rede erwiderte sie gar nichts. Sie sagte kein Wort mehr. Sie ging durch das Gartengitter hinein, und ich auch. Sie zog einen Schlüssel aus der Tasche ihres Kleides, machte das Gitter zu und sperrte mit dem Schlüssel das Schloß. Dann ging sie auf dem geraden Wege durch den Garten, der gegen das zweite Gitter führt, durch das man in den Hof des Hauses gelangt, – ich ging immer neben ihr, und es war mir, als ob sie scheu von mir weg wiche. Da wir das Gitter erreicht hatten, ging sie durch dasselbe in den Hof, tat es hinter sich zu, aber sperrte es nicht ab, weil es nie abgesperrt wird. Im Hofe redete sie wieder das erste Wort, indem sie sagte. »Wenn Ihr auf den Vater warten wollt, so will ich mich zu Euch auf die Bank setzen und so lange warten, bis er da ist.«

»Ihr könnt ihm in meinem Namen eine gute Nacht sagen«, antwortete ich, »ich gehe nach Hause.«

»So werde ich es tun«, sagte sie, indem sie stehen blieb.

Ich wendete mich von ihr, ging neben dem Blumensaale durch das große Tor hinaus und schritt auf dem Wege nach meinem Hause hinunter.

Am andern Tage hatte ich nur zu dem Erlebauer zu fahren, der etwas bedeutend krank war, dann zur Mechthild, die ein Gallenfieber hatte, und dann noch zu einigen andern von geringer Bedeutung. Ich fuhr sehr frühe des Morgens aus, damit ich zu Mittag mit allen meinen Kranken und mit dem Schreiben, das notwendig geworden war, fertig wäre.

Als ich die Suppe, die ich als einzige Speise an diesem Mittage zu mir nahm, gegessen hatte, ging ich in das Haghaus hinauf.

Ich ging zuerst zu dem Obrist, der in einem Buche las. Er stand auf, grüßte mich wie sonst, und war um gar nichts anders, als er sich stets gegen mich benommen hatte. Er sagte mir nach einigen gewöhnlichen Worten, daß gestern sein Vetter Rudolph fort gereiset sei, daß er mich noch gesucht, aber nicht gefunden habe, und mir daher durch ihn die schönsten Grüße zum Abschiede sagen lasse. Er fügte dann noch hinzu, daß der junge Mann ein vortrefflicher Mensch sei, daß er sich freue, daß nun der Hader in der Verwandtschaft ein Ende habe, und daß, wenn der Jüngling in seiner Gesinnung so fort fahre, aus ihm ein einfacher, gutherziger und starker Mann hervorgehen könne. Ich pflichtete den Worten bei, wie sie auch in der Tat ganz der Wahrheit gemäß waren.

Von unsern andern Dingen sprach der Obrist kein Wort.

Nach einer Weile der Unterredung sagte ich, daß ich zu Margarita hinüber gehen müsse. Er stand auf, und ich beurlaubte mich. Es war mir zu allen Zeiten erlaubt gewesen, allein zu Margarita hinein zu gehen, und der Obrist hatte es nie so eingerichtet, daß dieses nicht geschehen durfte.

Ich ging durch den Gang zu ihr hinüber. Als ich die Türe geöffnet hatte, sah ich sie an ihrem Tischchen stehen, und sie schien mich erwartet zu haben. Sie war manchmal, wenn sie wußte, daß ich zu ihrem Vater hinein gegangen sei, voll Freude herüber gekommen; heute war das nicht der Fall gewesen. Sie war recht schön gekleidet, aber das Gewand war ein anderes als gestern. Auf dem Wandtische neben der Tür lag noch der welke Strauß Feldblumen, den sie gestern gepflückt hatte, und seine Stengel waren noch mit demselben Feldgrase gebunden, das sie gestern genommen hatte. Ich erkannte, daß er einige Blumen enthielt, die in unserem Kräuterbuche noch nicht waren, oder die wir schlecht gepreßt hatten.

Da ich bis zu ihr vorwärts gekommen war und gegen ihre Augen geblickt hatte, sagte sie: »Ich habe Euch heute erwartet, und da muß ich Euch die Worte sagen, die ich mir in der Nacht gedacht habe, und die Euch zu wissen notwendig sind. Ich habe recht gerne Eure Gattin werden gewollt, der Vater hat Euch auch in hohem Grade lieb; – aber da nun alles anders geworden ist, muß ich Euch sagen, daß es nicht mehr geschehen kann.«

Ich sah sie an. Da ich in das Haghaus hinauf ging, wußte ich noch nicht, was ich sagen werde, nur die Empfindung war mir klar, daß ich heute recht bald, so bald als möglich hinauf gehen müsse; aber als Margarita die obigen Worte gesagt hatte, erschrak ich sehr. Ich nahm sie bei der Hand, die sie mir gerne ließ, und führte sie gegen das Fenster vorwärts. Sie setzte sich auf das gepolsterte Bänklein, das in der Fenstervertiefung steht, nieder, weil sie dachte, daß ich mit ihr reden wolle. Ich setzte mich auf das andere Bänklein, ihr gegenüber, und redete zu ihr. Ich redete sehr lange – aber was ich sagte, weiß ich nicht mehr, und kann es nicht in dieses Buch einschreiben. Was sie antwortete, weiß ich auch nicht mehr; aber das weiß ich, daß es nicht so war, wie ich wollte, und daß sie ihren Entschluß nicht änderte. Dann schwieg sie ganz, und wie ich eifriger und hastiger fort redete, verstummte sie immer mehr, und als ich endlich sehr heftig und dringend wurde, sagte sie plötzlich die Worte: »Da muß ich den Vater um Hilfe rufen.«

Auf diese Worte sprang ich auf und sagte: »Nein, das dürfet Ihr nicht tun, das sollt Ihr nicht nötig haben – es ist schon alles gut, gut, gut.«

Und da war es, wo eine solche Vergessenheit aller Dinge des Himmels und der Erde über mich kam! – Ich wendete mich um, ging zur Tür hinaus, gewann durch das Tor das Freie und eilte nach meinem Hause hinunter. –

Es war nun alles gleich. Ich wollte die Dinge der Welt zerreißen, vernichten, strafen. – – –

Ich habe es im Anfange dieses Buches eingeschrieben, wie ich in den Kirmwald zu einer Birke hinaufgeeilt bin, die mir in den Gedanken gekommen war, und wie mir der Obrist an jene Stelle nach gegangen war und mit mir in dem Walde geredet. – – –

Es ist eine sehr lasterhafte Tat gewesen, die ich habe begehen gewollt, und sie hat meine Seele tief erschreckt. – Ich habe sonst meine Geschäfte ruhig getan, und weiß nicht, wie ich dazu gekommen bin, daß ein solcher Gedanke in meinem Haupte entstehen konnte. – Ich weiß es heute noch nicht. – – –

Ich muß mein Amt mit noch größerem Eifer verwalten, ich muß in die tiefsten Dinge desselben nieder steigen, und muß die größten Schwierigkeiten und die kleinsten Pflichten desselben tun, damit wieder alles ausgeglichen werde.

Ich habe diese Sache darum auch gleich am Anfange dieses Buches eingeschrieben, weil sie mich so erschreckt hat, daß nur eine Möglichkeit gewesen ist, daß ein solches Beginnen in meinen Sinn und in meine Denkweise kommen konnte!!

Ich bin sehr traurig gewesen. Am Abende bin ich nach Hause gegangen und habe mich in das Bett gelegt – nicht zum Schlafen. Den andern Tag habe ich mit mir allein zugebracht. Am folgenden bin ich zu dem Obrist hinauf gegangen. Er hat mir seine Lebensgeschichte erzählt, und hat mich sehr erschüttert. Dann hat er mich gefragt, ob ich zu Margarita hinüber gehen wollte, um mit ihr gütig zu reden; und da ich eingewilligt hatte, führte er mich durch den Gang und über die gelbe Rohrmatte in ihr erstes Zimmer hinein. Als sie in demselben nicht war, sagte er, ich solle hier warten, er werde sie holen – dann werde er selber nicht mehr heraus kommen, sondern durch das Bücherzimmer in seine Stube zurück gehen. Er kam auch nicht mehr heraus – es öffnete sich schwach der halbe Türflügel, den der Obrist hinter sich offen gelassen hatte, und Margarita trat heraus. Ihre Augen waren auf mich gerichtet. Sie war so einfach schön, wie das Ding, wovon sie den Namen hat; denn Margarita heißt ja in der alten Römersprache die Perle. Der Obrist hatte nichts von dem gesagt, was ich hatte tun wollen, ich erkannte es wohl; denn sie hätte mich nicht mehr angesehen. Sie ging bis in die Mitte des Zimmers hervor, wo ich stand, ich reichte ihr die Hand, wie wir es gewöhnlich taten, wenn wir in früheren Zeiten zusammen gekommen waren, sie nahm die Hand an, und dann ließen wir sie wieder los.

»Margarita«, sagte ich, »Euer Vater hat bei Euch fürgesprochen, daß ich zu Euch herüber kommen und mit Euch reden dürfe. Wir werden nun nicht mehr so oft zusammen kommen, und werden nicht so oft mit einander durch die Felder und Wälder gehen wie bisher -- ich werde weniger in das Haghaus herauf gehen können, als es in den vergangenen Zeiten der Fall gewesen ist --- fürchtet Euch nicht, ich werde heute nicht so reden wie vorgestern, sondern gut und ruhig – ich werde Euch um nichts bitten.« – –

Sie hatte während dieser Worte nicht geantwortet, obwohl sie in Zwischenräumen gesagt worden waren, sondern war vor mir gestanden, und hatte ihre Arme an ihrem Kleide niederhängen lassen.

»Margarita«, sagte ich dann wieder, »verzeihet mir!«

»Ich habe Euch nichts zu verzeihen«, antwortete sie, »Ihr habt mir nichts getan.«

Während wir diese Worte sprachen, kam der Obrist wieder durch das Bücherzimmer zu uns herüber, und trug etwas in der Hand. Da er bis zu uns gelangt war, legte er es auf den Tisch nieder und sagte: »Hier sind einige getrocknete Stämmchen Edelweiß. Sie sind die Hälfte von denen, welche mir meine Gattin gepflückt und auf den Hut gesteckt hat, als sie an ihrem letzten Tage mit mir auf dem hohen Gebirge gewesen war. Ihr werdet beide diese Pflanze nicht kennen, da sie hier nicht wächst, und werdet sie daher auch nicht in euren Kräuterbüchern haben. Ich gebe euch diese mehreren Stämmchen, teilt sie unter einander, und bewahret euch dieselben auf.«

Als er dieses gesagt hatte, wendete er sich um und begab sich wieder durch das Bücherzimmer in seine Stube. Ich ging an den Tisch und sah das Edelweiß an. Es waren zwölf Stämmchen. Ich legte sechs auf diese Seite und sechs auf jene Seite und sagte: »Margarita, ich habe die Pflanzen aus einander geteilt; diese hier sind die Eurigen, diese die meinigen. Ist es so recht?«

»Ja«, sagte sie.

Hierauf schwiegen wir wieder eine Weile – dann sagte ich: »Ich werde jetzt mein Amt recht eifrig erfüllen und allen Hilfsbedürftigen, nah und ferne, den willfährigsten Beistand leisten.«

»Ja, tut das, tut das«, sprach sie lebhaft.

Dann fuhr ich fort: »Denkt zuweilen an mich, Margarita, und wenn auch alles anders wurde, lasset doch mein Bild in mancher Zeit vor Eure Augen treten.«

»Ich habe geglaubt, daß Ihr sehr gut und sehr sanft seid«, antwortete sie.

»Ich bin es«, sagte ich, »ich bin es, Margarita, nur könnt Ihr es jetzt noch nicht sehen, und könnt es jetzt noch nicht

glauben. Drum lebet wohl, Margarita, lebet recht wohl.«
»Wartet noch ein wenig«, sagte sie.

Dann trat sie an den Tisch, nahm jene Abteilung des Edelweißes, die ich als die ihrige bezeichnet hatte, legte sie auf meine Seite und sagte: »Nehmet dieses.«

Ich sah auf sie, konnte aber ihr Angesicht nicht sehen, weil sie sich abgewendet hatte.

»Margarita«, sagte ich, »lebet recht wohl.«

Ich konnte nicht hören, daß sie etwas antwortete, sah aber, daß sie mit der Hand winkte.

Es war nun alles vorüber. Ich nahm das Edelweiß, das sie mir gegeben hatte, von dem Tische, tat es in das Buch, das ich immer bei mir trage, und ging zur Tür hinaus. Ich schritt zum letzten Male über die gelbe Rohrmatte, ich ging durch die große Blumenstube, in welcher manche fremdartige Gewächse standen, und trat aus derselben auf den Grundstein hinaus, den wir mit so vieler Freude und Fröhlichkeit gelegt hatten. Dann kam ich durch den Torbogen in das Freie. Ich wollte den Obrist nicht mehr besuchen, sondern langsam meine Wege gehen. Aber ich sah ihn, da ich heraus gekommen war, in dem feinen Grase des Rasens stehen, der sich vor den Fenstern seines Hauses hin breitet. Wir gingen auf einander zu. Anfangs sagten wir gar nichts, dann aber sprach er: »Wir werden Euch ein wenig begleiten.«

Es waren nämlich auch seine zwei Hunde bei ihm. Er ging ein Stück des Weges, den ich eingeschlagen hatte, mit mir, dann sagte er: »Lasset eine Zeit verfließen. Wie ich Euch schon in meiner Stube gesagt habe, so wiederhole ich es auch hier, ihr habt beide gefehlt. Denkt an meine Gattin: sie stürzte ohne den leisesten Angstruf in den Abgrund, damit sie mich nicht erschrecke. Margarita gleicht ihr sehr. Sogar darin ist sie ihr ähnlich, daß sie eine solche Vorliebe für weiße Kleider hat, obwohl ihr niemand erzählt hat, daß es bei ihrer Mutter auch so gewesen ist. Sie ist eben so stark und eben so demütig und zurückweichend vor dem harten Felsen der Gewalttat.«

Ich antwortete im Augenblicke nicht auf diese Rede. Es war heute das erste Mal gewesen, daß der Obrist von dem Stande der Dinge zwischen mir und Margarita gesprochen hatte. Wir gingen noch eine Weile neben einander, bis ein Weg seitwärts gegen seine Wiese hinein ging. Dort beurlaubte er sich, und wandelte auf dem Wege, der ihn gegen die Wiese führte, mit seinen Hunden dahin.

Der Pfad aber, den ich eingeschlagen hatte, war nicht der zu meinem Hause hinunter, sondern der, welcher von dem Haghause weg durch die Felder empor geht und dann in die Weidebrüche einlenkt, wo man im Sommer die Rinder hütet. Ich schlug den Pfad darum ein, weil ich noch zur Haidelis gehen mußte, die krank ist, und weil der Weg durch die Weidebrüche zu ihr führt. Ich ging nicht zum Essen nach Hause; denn ich dachte, ich könnte ja in das Zollwirtshaus gehen, wenn mein Leib etwas verlangte, oder sonst irgend wohin, wo mein Weg mich vorbei bringt.

Als ich zwischen die Haselstauden der Weiden hinauf gekommen war und nicht gesehen werden konnte, blieb ich ein wenig stehen. Ich richtete mir das Barett zu rechte, welches schief gesunken war, und sagte mir gleichsam selber die Worte: »Wenn dir nun in Zukunft noch ein Widerstand in den Weg kommt, Augustinus, den du nicht überwinden zu können meinst, so denke an den Obrist und an seine standhafte Tochter.«

Dann ging ich wieder zwischen den Haselbüschen weiter.

Ich hatte jetzt niemanden mehr als meine Kranken, und es schien mir in dem Augenblicke, als warteten sie alle auf mich.

Ich sollte zwar erst gegen den Abend zur Haidelis hinaus, und hatte mir vorgenommen zu fahren; aber da es doch etwas weit ist, so dachte ich, werde ich bei langsamem Gehen, wenn auch der Tag noch hoch steht, doch erst gegen den Abend hin kommen. Ich mochte von dem Obrist nicht nach Hause gehen und meine Pferde holen. Ich ging langsam – langsam und denkend durch die Wälder dahin. – Auch war ich ein wenig bei dem hinteren Wirte in dem Schlagholze und aß etwas von der Kost, die an seinem Mittagstische übrig geblieben war.

Als ich von der Haidelis weg durch andere Wälder nach Hause ging und die Sonne schon ziemlich nahe gegen ihren Untergang neigte, schien es sich erfüllen zu wollen, was der Obrist heute gegen Mittag vorausgesagt hatte: denn von der Scheide des Hochwaldes herüber, von woher im Winter die Wolken mit dem Regen gekommen waren, der den schrecklichen Eissturz gebracht hatte, zog es sich wie Gewitterbildung zusammen, und die Sonne mußte sich auch im Abend durch zerstückte und an ihren Enden anbrennende Wolken hinunter arbeiten. Ich betrachtete mir so, da ich in das Freie gekommen war, das Zurechtrichten und die Vorbereitungen an dem Himmel.

Zu meinem Hause ging ich nur hinzu, um den Fuchs anspannen zu lassen, damit ich noch zu dem Erlebauer hinaus führe, zu dem ich vor Abends mußte, und wieder zurück käme, bevor das Gewitter ausbräche.

Als ich mit dem Thomas durch die letzten Bäume des Thaugrundes zurück fuhr, leuchteten schon die Blitze durch die Zweige herein und zogen manchmal über den fernen Wald ihre geschlungenen Geißellinien. Auch an dem Abendhimmel war es nun anders. Wo die Sonne zwischen rotschimmernden Wolken und blaßgelb leuchtenden Stükken heiteren Himmels untergegangen war, war nun alles zusammen geflossen, und aus der dunkeln Lagerung der Wolken brach zu Zeiten Feuer hervor. Ich habe darum den Fuchs zu dieser Fahrt genommen, weil er das himmlische

Feuer nicht scheut. Die jungen Rappen entsetzen sich davor.

Als ich von dem Wege ablenkte und durch mein Gitter in meinen Hof hinein fahren wollte, sprengte in der Dämmerung, in der die ruhigen Bäume standen und die Blitze zuckten, ein Mann herbei und rief mich an, ich möchte augenblicks kommen, ich sei bei dem untern Aschacher sehr notwendig. Sie tragen ihn eben von dem Schwarzholze herein, wo ihn ein fallender Baum fürchterlich verwundet habe. Er, der dieses sage, sei selber dabei gewesen, sei voraus gelaufen, habe ein Pferd genommen und sei her geritten, um den Doktor in größter Schnelle zu holen. Ich befahl dem Thomas umzulenken, und wir fuhren hinter dem Boten, der vor uns her ritt, zu dem wohlbekannten Hause des untern Aschacher hinab, wohin es nicht weit war. Als wir ankamen, hatten sie ihn schon da, er lag auf dem Bette, und sie hatten ihm die Kleider von dem verwundeten Fuße geschnitten. Es war durch die Tanne, die sie umschnitten und die dann fiel, nur die Haut von dem Fuße gestreift worden, aber nie habe ich so furchtbar und gräßlich menschliches lebendes Fleisch entblößt gesehen. Der Mann wäre gestorben, wenn ich damals in dem Kirmwalde meine Tat verübt hätte! Sie hätten ihm Pflaster auf die Verwundung getan und den Brand gelockt. – Ich befahl, Wasser von dem Brunnen zu holen, und ließ ihm von dem Eise zukommen, das ich immer in der Grube unter meinem Hause aufbewahrt halte.

Das Gewitter ist nicht herein gebrochen. Als ich mit dem Thomas auf dem schlechten Waldwege zurückfuhr, zogen seine regenlosen, schwarzen Stücke über den Lidwald hinaus, man hörte schier keinen Donner, und nur die zeitweisen Blitze zielten gegen die ferneren Länder hinaus, die von uns gegen Morgen liegen.

Es verging eine ängstliche, unruhige Nacht. Ich war sehr düster!

Es war am folgenden Tage, da der untere Aschacher sich so schwer verwundet hatte, wieder ganz heiter. Nicht ein einziger Tropfen war in der Nacht gefallen. Ich ging um fünf Uhr früh den näheren Weg durch die Felder zu ihm hinunter. Sie hatten die ganze Zeit getan, wie ich gesagt hatte, und ich befahl wieder, daß sie stets, wenn das Eis ausgeht, ein neues Teil von mir holen sollten. Es war die Verwundung gerade in dem Stande, wie ich es an dem vorhergegangenen Abende voraus gesehen hatte, und ich konnte den Jammernden die Versicherung geben, daß er ganz gewiß gesund werden würde.

Als ich herauf ging, stand die Sonne wie ein klares, blühendes Rund über der Dunkelheit der Wälder, und die Gräser und die Gesträuche glänzten in farbigen Punkten an meinem Wege.

Da ich über die Stiege zu meiner Schlafstube hinauf stieg, in welche mir die alte Maria immer mein Frühmahl stellt, fand ich in dem Vorgemache ein Weib, welches meiner harrte. Ich kannte sie, es war Susanna, die Einwohnerin des Klum. Als ich sie in meine Stube hinein geführt hatte, tat sie ihr blaues Tuch auseinander, das sie sonst gewöhnlich um die Schultern hatte, und in dem sie heute etwas eingewickelt trug, und sagte, sie sei gestern in dem Birkengehege im Kirmwalde gewesen und habe sich etwas dürres Holz und Reisig gebrochen, um es sich nach Hause zu tragen. Da habe sie in einer Hecke dieses Tuch gefunden, und Hanna, meine Magd, habe ihr gesagt, daß es ein meiniges sei. Sie bringe es daher, und habe es in ihr Schultertuch eingewikkelt, daß es nicht schmutzig werde.

Ich hatte nur ein wenig hin geschaut, und erkannte, daß es mein buntes Tuch sei, das ich auf dem Birkenplatze im Kirmwalde weggeworfen hatte.

Ich gab dem Weibe ein kleines Geschenk, weil sie arm ist – das Tuch aber ließ ich ihr auch.

Dann, als ich alles hergerichtet hatte, was zu dem heutigen Tage notwendig war, wurden die Rappen eingespannt und die Rundfahrt zu den Kranken angetreten.

Ich dachte über mein Amt, das mir die Gottheit gegeben hatte, nach. Es kann nicht recht sein, daß man dasjenige, was andere getan und gefunden haben, in mehrere Bücher zusammen trägt, dasselbe sich sehr gut in das Gedächtnis prägt, und es dann in der gleichen Gestalt immer ausübt – es kann nicht recht sein. Man muß die Gebote der Naturdinge lernen, was sie verlangen und was sie verweigern, man muß in der steten Anschauung der kleinsten Sachen erkennen, wie sie sind, und ihnen zu Willen sein. Dann wird man das Wachsen und Entstehen erleichtern. Es wissen auch die großen Bücher, welche ich auf meinen Tisch und auf mein jetziges Schreibgerüste lege, und in denen ich lese, nicht viel. Wer erkennt es genau, ob die Arcana, und die Sympathien und die Zeitverbindungen die Hilfe bringen, die in ihnen liegt? Und es ist nicht klar abzumerken, daß Gott in die großen Zusammensetzungen der Stoffe unser Heil gelegt hat, weil wir es nicht finden würden, wenn wir die Zusammensetzungen noch nicht kennten? Es liegt gewiß irgend wo sehr nahe bei uns. Womit würde sich denn der Hirsch heilen, und der Hund, und die Schlange des Waldes, wenn die Arznei, die ihnen hilft, in meinem Schragen stünde, weil sie ja nie zu ihm kommen? Es wird ein Ding in dem kühlenden fließenden Wasser sein, es wird eins in der wehenden Luft sein, und es werden Zustimmungen zu unserem Körper aus der Eintracht aller Dinge jede Stunde, jede Minute in unser Wesen zittern und es erhalten. –– Ich will sehr eifrig in den Büchern lesen und das lernen, was sie enthalten – und ich will hinter dem Hirsche, hinter dem Hunde her gehen und zusehen, wie sie es machen, daß sie genesen. Die Kräuter der Berge kenne ich; jetzt will ich auch die anderen Dinge ansehen, und will die Krankheiten betrachten, was sie sprechen, was sie zu uns sagen und was sie heischen – –

So dachte ich, und so hatte ich vor.

Als ich mit meinem Wagen zurück gekommen war, ging ich noch einmal zu dem untern Aschacher hinab. Sein Übel, wie es ihn auch ergriff, war doch in sehr gutem Stande. Ich ging von nun an täglich zweimal zu ihm. Nach einiger Zeit kam dieses Buch, wie ich es in Tunberg bestellt hatte. Große Blätter von Pergament, in Korduanleder gebunden und mit guten messingenen Spangen zu verschließen. Ich wollte es auch so machen wie der Obrist, wie er es in Westphalen von einem alten Krieger gelernt hatte. Aber ich nahm mir vor, das Geschriebene nicht in Päcke einzusiegeln, wie er, weil ich nicht immer herum reisen muß, und das große Buch recht gut in seiner Truhe von schönem schwarzen Holze ruhen kann. Aber die Blätter mit dem Eingetragenen wollte ich doch vor dem Lesen versperren. Ich tue mit den guten Messern, die sie in Rohren verfertigen, einen Schnitt in dieselben, ziehe seidene Bänder durch und siegle dieselben zusammen. Zu den seidenen Bändern habe ich die rosenrote und blaue Farbe gewählt, weil Margarita, wenn sie an Festtagen oder an Sonntagen in großem, vorzüglich in seidenem Putze war und die weiten, bauschigen Falten des Schoßes recht schön an ihr niedergingen, vorzüglich diese Farben an den Schmuckbändern des Kleides liebte. Ich sah das Buch an, als es mir gebracht wurde, und es gefiel mir wohl. Ich versuchte die Spangen, und sie flogen bei dem Drucke gut auf und zeigten das reinliche Weiß der Pergamente. Ich zeichnete mit meiner roten Tinte die Zahlen der Seiten ein bis auf die letzte. Dann schrieb ich nach und nach dasjenige ein, was ich in den ersten Tagen, weil ich nicht warten konnte, unterdessen auf Papier aufgeschrieben hatte. Ich verwendete alle jene Zeit zum Schreiben, in der ich sonst in den Feldern gegangen bin, die Gewächse, die Bäume, das Gras angeschaut und betrachtet habe – und dann in das Haghaus hinauf gegangen bin. Es blieb mir, außer daß ich viel lernte und beobachtete, nun doch noch viele Zeit übrig. Wenn ich von dem Schreiben aufstand, ging ich noch in meinen Garten, der immer schöner wurde, sah die Blumen an, und die Gemüse, und die anderen Kräuter, die zu meinem Amte gehören, und die Obstbäume, welche ich entweder schon selbst gepflanzt habe, oder welche mir von den früheren Besitzern des Grundes geblieben waren. Indessen taten meine Leute ihre Geschäfte, die sie in dem Hause hatten, und sahen mich recht freundlich an, wenn ich gelegentlich an ihnen vorüber kam. Öfter ging ich auch, wenn die Dunkelheit schon aus den Gründen der Erde stieg, noch in dem Walde herum, und sah, wie die Nadeln schwarz wurden und die Dämmerung gleichsam durch die feinen Zweige und Haare der Tannen rieselte oder um die starken Äste der Buchen, der Ahornen, der Eschen war.

Nach einer Woche, seit ich zum letzten Male in dem Haghause gewesen bin, kam der Obrist zu mir herunter und erzählte mir, daß er Margarita habe fort reisen lassen. Es seien nun vier Tage, daß sie frühe am Morgen fort gefahren sei. Er habe sie eine Tagereise weit begleitet, und sei vorgestern zurück gekehrt. Sie werde einige Zeit bei einer weitläufigen Verwandten, einer lieben alten und kinderlosen Frau, wo sie wie eine Tochter werde gehalten werden, verweilen, und dann wieder nach Hause zurückkehren.

Ich sagte auf diese Mitteilung nichts – ich fragte auch nicht, wie lange Margarita ausbleiben würde. Wer weiß, wie lange es ist – wer weiß, was sich ergibt, dachte ich – und wer weiß, ob sie nicht etwa aufhören wird, eine Bewohnerin des Haghauses zu sein. – –

Ich zeigte dem Obristen mein rotes, in Leder gebundenes Buch, sagte, daß ich seine Einschreibungen nachahme, und erklärte ihm, wie ich es mache. Er billigte es und erkannte die rot- und blauseidenen Bändlein gar wohl.

Dann gingen wir zum Aschacher hinunter, und er tröstete den leidenden Mann. Hierauf schlug er den Weg in das Haghaus hinauf ein, und ich begleitete ihn die größte Strecke desselben. Als wir Abschied genommen und uns die Versicherung gegeben hatten, daß wir in der Zukunft einander oft besuchen wollen, kehrte ich um und ging wieder zu meinem Hause hinunter.

So will ich denn nun Thal ob Pirling, dachte ich, über dem der traurige Himmel ist, ausbauen und verschönern, hier will ich machen, was meinem Herzen wohltut, hier will ich machen, was meinen Augen gefällt – die Dinge, die ich herstelle, sollen mich gleichsam lieben; ich werde mich mit dem umringen, was mir Freude macht, ich werde hier immer bleiben, und werde die Menschen lieben, die in meinem Hause sind, und werde die Tiere lieben, die mir dienen, oder die sonst bei mir erzogen werden. Dann sollen diejenigen, die, wenn sie den Namen Thal ob Pirling aussprechen, nur immer mein Haus allein dabei im Auge haben, nicht aber die Gruppe von Hütten, die früher diesen Namen trugen, noch mehr recht bekommen, wenn sie nur das Haus so benennen.

Der Brunnen, den der Grunner im Frühlinge herausgemauert hatte, ist ohnehin nun fertig. Ein Strahl des klarsten Wassers schießt in die Granitschale, wenn man an dem Metallknopfe des Geständers zieht. Ein anderer silberglänzender, lebendiger Strahl soll noch immer in dem Garten fließen, dazu sie die Steinkufe im Schwarzholze hauen; denn Quellen gibt es ja in der Gegend genug. Die Bäume, Balken, Pfosten, die noch überall von dem Baue herumliegen, sollen weg, daß der Hof rein und gefegt sei und der Saum des Steinpflasters um denselben sich klar ins Gesicht stelle.

Weil ich aus Güte die meisten meiner Leute, so wie einstens zu dem Obrist, so jetzt zu dem Wirte Bernsteiner nach Pirling gehen gelassen hatte, der in die Felsen des Steinbühels einen Keller sprengt, und denselben vor seinem Schützenfeste, das er den nächsten Sommer übers Jahr gibt, fertig haben möchte, so befand ich mich jetzt selber im Mangel. Aber ich will an allen anderen Orten nach Arbeitern suchen; und von ihm auch noch diejenigen, die er entbehren kann, zu mir herüber ziehen.

Ich werde unverweilt die lieblichen Schnitzereien, mit denen ich die Hinterstube gegen den Garten zur Freundlichkeit und Annehmlichkeit meines Gemütes verzieren lassen will, ins Werk geben; ich werde das Schreibgerüste, daran ich schon so lange denke, anfangen, werde die Risse zu den schwersten Arbeiten dem Künstler und Holzschneider Pirger nach Prag schicken, daß er sie darnach forme, und werde endlich die Geräte und die Herausputze und die Einrichtungen des inneren Hauses zu verfertigen und zu vollenden beginnen. – –

So habe ich in jenen Tagen gedacht, und so habe ich es gleich in Tätigkeit gesetzt.

Ich kaufte desselben Sommers für den Buben Gottlieb auch noch ein kleines Grundstück, damit ich es ihm dereinst, wenn es ihm nützlich ist, geben könnte. Ich habe beschlossen, den Buben nicht mehr von mir zu tun und für ihn, wie es ihm frommt, zu sorgen. Es ist unglaublich, wie er dankbar ist, und wie er arbeiten möchte. Er hat eine Freude, wenn er für mich einen Gang tun kann, daher ich ihm auch, daß er sich freue, oft einen Botengang auftrage, den er mit Genauigkeit vollbringt. Sein alter Vater, wenn er zuweilen herunter kömmt, zeigt großen Dank und große Zufriedenheit, daß es so ist. Wenn der Bube Lust und Geistesvermögen hat, lasse ich ihn vielleicht künftig unterrichten, und er mag mein Amt antreten und wirken und sorgen.

Ich kam, da die schönen, langen Sommertage dauerten,

oft zu dem Obrist hinauf, und er oft zu mir herunter. Er sah alle Dinge, die bei mir in der Arbeit waren, wir redeten von den verschiedensten Sachen, saßen manchmal auf meinem Sommerbänklein unter der schönen Fichte beisammen, oder gingen in dem Walde herum, oder waren bei ihm in dem Garten, oder in der Stube, in der er die Bücher hat.

Von Margarita sagte er nie ein Wort. Ich fragte auch nicht.

So verging endlich der Sommer, so verging der Winter, und es kam der nächste Sommer.

Wie wunderbar, wie reizend doch die Natur ist. In jenen Tagen, da die Wärme sich recht lieblich neu aufschloß, was alle Jahre geschieht, und was uns alle Jahre wie ein Wunder wohl tut, stand ich vor dem Vogelkirschbaume, der mit einer unermeßlichen Anzahl der reinsten und weißesten Blüten beladen war – so weiß, wie sonst gar nichts in der Welt, außer etwa der Schnee, oder öfter der Ränderglanz der fernen, beleuchteten Sommerwolken, wenn sie hinter dem dunkeln Walde hervorstechen – ich stand, und hatte zum ersten Male den Gedanken, den ich eigentlich schon längst hätte haben sollen; wie der Baum erstlich der Blüten wegen da ist, und wie zweitens aus diesen weißen Blümlein dann die schwarzen Kirschen entstehen, die wieder so schwarz sind, wie die Blüten weiß, nämlich so schwarz, wie nichts anderes in der Welt. Wie die Natur diese starke Gegenstellung macht und sie allezeit verbindet durch die sanften grünen Blätter. Wenn die Frucht vorüber ist, werden die Blätter rot und gelb und braun und bekommen allerlei andere glänzende Farben.

Da ich dann von dem Garten in den Hof ging, schauten mich die Herdsteine, die Dachsteine und andere, die ich von der Hütte meines Vaters hatte nehmen lassen, und die in die Gartenmauer eingesetzt waren, recht freundlich an, wenn auch mancher verwittert und mancher fast dunkelschwarz war. Ich habe nämlich die Gartenmauer nicht tünchen lassen, damit nicht immer der unliebe weiße Strich in den grünen Farben des Tales stehe.

In dem Sommer habe ich auch, was mir schon früher einmal in den Sinn gekommen ist, das achteckige Eckzimmer meines Hauses wie zu einer Hauskapelle einzurichten begonnen. Ich bekam den Gedanken, daß das Bildnis der heiligen Margarita als Schutzherrin darinnen stehen müsse, dann werden jedes Sommers am dreizehnten Julius abends zwei große Wachskerzen brennen. Über die Fenster sollte doppelte mattweiße Seide gespannt werden, daß in der Hauskirche so sanfte Dämmerung sei, wie in der großen. – –

Auch mit den Menschen ist es mir anders geworden. Es sind mir die Augen aufgegangen, daß viele um mich wohnen, die ich zu beachten habe. Ich bin mit diesem und jenem zusammen gekommen, ich habe dieses und jenes geredet, habe Rat gegeben und empfangen, und habe von den Schicksalen der Welt erfahren: wie sie hier leben, wie sie dort leben, wie sie hier Freude haben und dort leiden und hoffen. Und überall, wie sich die Fluren hindehnen, schlagen allerlei Herzen von Menschen und Tieren, und blicken allerlei Augen – aber alle bauen sie an einem kleinen Orte der Fluren einen Wohnplatz, wie ich, über dessen Rand sie kaum hinaus sehen auf die andern, die überall leben. – –

So verging mir ein Tag wie der andere, so verging eine Jahreszeit nach der andern – und so wandelte die ganze Zeit. –

Es waren endlich drei Jahre dahin, seit der Obrist allein in dem Haghause wohnt. – – –

O Vater, o Mutter, daß ihr nicht mehr lebt, um zu sehen, wie sich eure Hütte verändert hat – und auch ihr, Schwestern, daß ihr nicht mehr seid, um es zu schauen! Das Haus steht nunmehr fertig, und die Sonne scheint auf sein glänzend Dach hernieder – der Garten schreitet in die Weite, und die Fruchtbäume, einst das Eigentum der Nachbarn, stehen schön darinnen, und jetzt besser gepflegt, lassen sie wie in Dankbarkeit die Last ihrer Äste bis zu meinen Fenstern herüber schimmern. Ich schreite von Gemach zu Gemach; aber einsam – nur eine heilige Margarita steht jetzt schon auf dem Hausaltare und grüßt mich, wenn ich eintrete, mit dem goldenen Schimmer. – Die Luft des Abends weht in den weißen Fenstervorhängen und umfließt mich Wandelnden, während sie von dem Hofe herein die Hufschläge meiner jungen Pferde trägt, die der Knecht von der Abendschwemme zurück bringt. – Manch roter Pfeil der Abendsonne schießt durch die Zimmer und zeigt mir ihre Größe und Leere. Das Schreibgerüste ist fertig, und auf seinem hölzernen Himmel sitzt nun allein der ausgestopfte Luchs, den man erlegt und mir zum Geschenke gebracht hat.

Und dann nehme ich an Nachmittagen ein Buch, gehe durch den Hof, wo Hühner und Geflügel sind, durch den Garten voll Sperlingsgeschrei, die meine Kirschen stehlen, hinaus in die Felder, wo meine Ernte reift – ein viel zu großes Feld für mich einzelnen – bis ich in den Wald gelange, bei dessen Birken ich jetzt wieder gerne bin, und der mir die Gedanken leicht und stille aus dem Buche lesen läßt und mir neue gibt.

So steht und gedeiht alles. Meine Kranken genesen. Der untere Aschacher, dessen Fuß so fürchterlich geschält war, geht wieder lustig und krückenfrei herum. Ich vermag in die fernsten Gegenden zu wirken – und es wird das frevle Wort immer weniger wahr, das ich einmal niedergeschrieben habe: ›Einsam, wie der vom Taue gerissene Anker im Meere, liegt mir das Herz in der Brust.‹

Ich habe das Wort nicht in dieses Buch eingetragen, weil ich mich schämte.

Das Wort wird immer weniger wahr, und das Herz liegt nicht mehr so. Wenn einige gute Kräfte tätig sind, schaut das Herz zu, und es kann nicht anders, es muß ja vergnügt darüber sein.

Auch kleine Dinge erscheinen, die mich freuen. Morgen kömmt der geschnitzte lange Schrein, der in das Schreibgemach gestellt wird – der Kreuzenzian, den ich in dem Garten versuchte, gedeiht recht gut, und die Mägde müsen ihn morgen jäten – und so ist noch anderes und anderes – manches Liebliche und manches Heitere.

6. DAS SCHEIBENSCHIESSEN IN PIRLING

Ich bin mehrere Tage zitternd, bebend, zu Gott betend gewesen. Wenn ich auf und nieder ging, legte ich die Hände auf die Brust, daß sie ruhig sei. Wie ernst und schwer oft Fälle des menschlichen Lebens sind! Es ward ein schöner, starker Jüngling zu mir gebracht und lag in meinem Hause. Sie hatten ihm auf eine kleine Wunde, die er sich durch Zufall in die Brust geschlagen hatte, Pflaster von Pech und andern Klebedingen gelegt und ihn an den Rand des Grabes gebracht. Als ihnen die Sorge stieg, brachten sie ihn von weit jenseits des Hochwaldes, wo ich noch nie gewesen war, zu mir herüber. Ich legte ihn in das grüne Zimmer, weil es meiner Stube am nächsten ist. Ich entfernte alle Afterdinge, Unglücksbildungen und bereits begonnene Zerstörungen, bis es mich selbst schauerte – ich hatte Vater und Mutter nicht zugelassen, damit sie durch Schreien oder Gejammer nicht die Ruhe zerstörten, – das Messer ward durch die Wissenschaft immer weiter geführt – – ich empfahl meine Seele Gott – und tats. Als ich fertig war, war sehr vieles, und an einer Stelle schier alles weg, so daß ich an dieser Stelle durch das einzige innerlich gebliebene Häutchen die Lunge wallen sehen konnte. Ich sagte nichts, ging hinaus und sendete Vater und Mutter heim. Dann ging ich wieder hinein und führte die Sache weiter. Ich war ganz allein und hatte niemanden, der mir helfen konnte. Ich gab dem Kranken nur das wenigste zu essen, daß er nicht erhungere, damit die Glut der Entzündung nicht komme und zerstöre. Er lag geduldig da, und wenn seine ruhigen und unschuldigen Augen, da ich an ihm vorbeiging, auf meinem Angesichte hafteten, wußte ich, wie viel meine Miene wert sei, und bat Gott, daß er sie gelassen zeige. Kein einziger Mensch wußte, wie es sei. Nur den Obristen führte ich einmal hinein und zeigte ihm die Sache. Er sah mich sehr ernst an. Weil der Jüngling stark und wohlgebildet war, erschienen nach wenigen Tagen schon die ersten Spuren der Genesung, und in kurzem war sie in vollem Gange. Da das war, dann hatte ich die Bäume, die Wälder, das Firmament und die äußere Welt wieder. Vor der Festigkeit der Pflicht, wie sinkt jedes andere Ding der Erde zu Schanden nieder! – Nach gar nicht langer Zeit war er völlig gesund, und ich konnte ihn zu seinen Eltern über den Wald hinüber senden. – – –

Bald darauf hat sich etwas recht Liebes und Schönes zugetragen.

Die Halme unseres Kornes hatten sich zur Reife geneigt, die heißeste Waldsonne, welche alle Jahre um diese Zeit über unsern Häusern zu stehen pflegt, war schon eine etwas kühlere geworden – die Gerste, die in unserer Gegend ganz besonders gedeiht, lag schon gefällt auf den Äckern in den gewöhnlichen Mahden wie in goldenen Zeilen dahin – der Weizen, der auf das Beispiel des Obrists hin nun sichtbarlich mehr und fast mit Vorliebe gebaut wurde, war schon in die Scheuern gebracht, ich fuhr zu meinen Kranken, die sehr unbedeutend waren, herum – der Obrist kam öfter zu mir herab, ich zu ihm hinauf – die Zeit näherte sich allmählich dem milderen Herbste: da geschah es, daß ich einmal mit dem Obrist im Thaugrunde an dem Wege stand. Er zeigte mir, wie auf sein Vorbild die Leute schon an den Wegen die Verbesserungen in dem Sinne machen, daß sie Straßen werden – so ging namentlich durch den Thaugrund schon ein schönes, gewölbtes Stück mit Gräben an beiden Seiten durch, wo vor zehn Jahren noch der morastige, fürchterliche Weg gewesen war – und dann fragte er noch gelegentlich, ob ich dem bevorstehenden Schützenfeste in Pirling beiwohnen werde, er würde zugegen sein. Ich erwiderte, daß ich auch kommen würde, wenn sie mich einladen; nur, bemerkte ich, könne ich einige Tage vor dem Schützenfeste nicht zu ihm hinauf kommen, weil sie mich zu einem sehr entfernten Kranken zur Beratung gerufen haben, wo ich wohl ein paar Tage abwesend sein werde. – –

O Pirling, du freundlicher Ort, ich bin dir immer geneigt gewesen; aber wer hätte gedacht, daß du mir so teuer werden würdest. Wie erfreut sich mein Herz, wenn es deiner Schönheit gedenket: wie du so lieblich einsam auf deinem sammetgrünen Hügel liegst und deine weißen Häuser auf den Fluß herab sehen, der seinen Saum benetzt, und der so emsig durch deine Holzbrücke rollt, auf welcher das rote Türmchen steht, das das Bildnis des heiligen Johannes enthält – sei mir von heute an gesegnet, und sei mir in Ewigkeit gegrüßt.

Ich will alles in dieses Buch einschreiben.

Die Siller ist bei uns ein Bach, dann wird sie größer und rollt über geglättete Kiesel dahin. Dann geht sie hinaus in die freieren Länder, wo die grünen Wiesen sind und die unzähligen Gesellschaften der Laubbäumegruppen stehen. Im Eidun wandelt sie um eine Waldecke herum, ist schon gelassener, und geht dann in einer Wiege zwischen zwei sanften und breiten Waldrücken gegen Pirling hinaus. Dort schaut der Saum der grünen Wiesenhügel, auf denen der Ort steht, in ihre Wasser, dort ist die erste große Brücke über sie geschlagen, und von dort geht sie mündig mit großen Schlangen in die noch weitern, noch ebenern Länder hinaus, während alle Bäche, die aus den Waldtälern, aus den Hügelrinnen hervor kommen, fortfahren, ihren Zoll zu ihr hinzu zu tragen.

Aus den Feldern Pirlings, die links an der Siller liegen und, von den Häusern aus angesehen, sich gegen Sonnenaufgang breiten, steigt ein seltsamer Fels empor. Er steht ohne Vorbereitung geradezu mitten aus dem Getreide empor. An seinen Seiten ist mancher Baum und Strauch, aber auf dem Gipfel trägt er eine große Versammlung von Fichten, Föhren, Birken und anderen Bäumen. Wenn man hinauf steigt, so sieht man, daß der Fels nicht klein ist, wie man von weitem hinschauend dachte, sondern daß er sich nach allen Richtungen dehnt, daß man auf seinem Haupte unter den Bäumen herum wandeln, daß man sich auf manchen Stein, auf manches hervorragende Felsstück und auf manches Hügelchen niedersetzen kann. Außer den mit Bäumen besetzten Stellen hat er auch freie, namentlich die höchsten, die einen großen Umblick in der Landschaft gewähren. Der Fels heißt der Steinbühel. Man hat eine sehr schöne und geräumige hölzerne Hütte auf ihm erbaut, die eigentlich wie ein kleiner Saal ist und viele Menschen um ihren Tisch versammeln kann. Man hat auch Ruhebänke, Tischchen, Rasenstellen und dergleichen angebracht. Der untere Wirt Bernsteiner hatte an einer Stelle, welche ihm von der Gemeinde und dem Marktgerichte zugewiesen wurde, einen Keller in den Stein sprengen lassen, der im vorigen Sommer fertig geworden war. Es ist auch ein Schießstand auf dem Felsen, und weil sich gegen Sonnenaufgang von der Steinwand weg nur ein kleines Feldlein zieht, dann ein Wieschen steigt und an einen Wald grenzt, so stehen jenseits des Feldleins und der Wiese an dem dunkeln Saume dieses Waldes die weißen Scheiben. Neben dem Schießstande, der sehr schön geschnitzt ist, steht noch ein einziges grün angestrichenes Häuschen mit Fenstern, in welchem Häuschen ein Tisch ist, an dem der Schreiber der Schützenangelegenheiten sitzen kann. Weil man den Felsen so aufgeputzt hatte, so führt von dem eine Viertelstunde entfernten Pirling ein anmutiger Pfad zwischen den Getreidefeldern zu ihm hinzu, und dann in einem geschlängelten Gange auf ihn hinauf. Aus der Ursache, weil er so wunderlich war, und weil man die Anlagen auf ihm gemacht hatte, ist der Fels der Platz der Pirlinger Volksfeste geworden. Im Sommer sind alle Sonntage Leute draußen. Meistens hört man auch da das Knallen der Büchsen, wie auf die Scheiben geschossen wird, und manchmal tönen darunter Waldhörner oder andere Musik. Auf dem Gipfel flattern die bunten Windfahnen der Schützen, und man sieht die weißen Tücher und Kleider der Pirlinger Frauen und Mädchen zwischen dem Grau der Steine und dem dunkeln Grün der Bäume schimmern. Zuweilen sind größere Schützenfeste; dann kommen Leute aus den benachbarten Ortschaften herzu, und mancher reist noch aus weiteren Entfernungen nach Pirling, um in dem Schützenkampfe ein Teilnehmer zu sein.

Als ich von meiner kleinen Reise, auf die man mich zu einer ärztlichen Beratung gerufen hatte, zurück gekehrt war, fuhr ich an dem Tage vor dem Scheibenschießen, das heuer wieder abgehalten werden sollte, in Geschäften nach Pirling. Ich traf den ganzen Marktflecken in Vorbereitungen zu dem morgigen Tage. Als ich auf der oberen Straße, die von den Eidunhäusern herab führt, durch das Tor hereingefahren und bis zu dem Marktplatze und dem obern Wirtshause gekommen war, schwenkten meine Rappen, welche gewohnt waren, daß ich sie da stehen lasse, gleichsam von selbst auf den Platz vor dem Wirtshause hinum und hielten da an. Ich stieg aus und befahl dem Thomas, daß er bei den Tieren bleiben und auf sie Acht haben solle, weil sie noch jung seien und sich leicht schreckten. Er führte die

Pferde und den Wagen ein wenig seitwärts an die Mauer des Hauses, um dort, wie gewöhnlich, auf mich zu warten. Der Wirt stand auf der Gasse und hatte sein grünes Barett auf. Vor ihm wurde ein sehr schöner, langhaariger weißer Bock gewaschen. Es wuschen mit Seife drei Knechte an ihm, und der Wirt beaufsichtigte die Sache. Als ich ausgestiegen war, tat er sein Barett ab, grüßte mich und sagte: »Seid Ihr wieder glücklich zurückgekommen, Doktor, glücklich zurück? Seht, so muß man seine Sache waschen und reinigen lassen, ich bin heuer Schützenmeister, und der Bock ist ein Preis. Der Tanz ist bei dem untern Wirte, Ihr kennt ja die Sitte: wenn auf den einen Wirt das Schützenamt fällt, ist der andere Tanzgeber; sonst wechseln wir ab. Gestern habe ich die Taler mit Seife und einer Zahnbürste gewaschen und sie darauf mit Wolle und Kreide geputzt. Sie werden heute gefaßt. Ihr werdet uns wohl auch auf dem Steinbühel die Freude machen, Herr Doktor, nicht wahr, Ihr werdet?«

»Wenn ich geladen bin«, antwortete ich.

»Muß ja die Schützenkanzlei schon herum geschickt haben«, sagte er, »muß ja schon herum sein. Seht, der untere Wirt tut auch schon seine Schuldigkeit.«

Ich sah in diesem Augenblicke den alten, ernsthaften Bernsteiner mit einem großen Wagen voll Tannenreiser die obere Gasse herein fahren, wahrscheinlich zu Triumphbogen, Ehrensäulen und dergleichen. Er grüßte mich recht freundlich, da er mich sah, und seine drei Söhne, die mit Hacke und Streumesser neben dem Wagen her gingen, hatten ebenfalls die fröhlichsten Angesichte, und grüßten ehrerbietig herüber.

Als ich das kleine Gläschen Wein, welches mir der Wirt jedesmal aufnötigt, von dem Teller seines Töchterleins genommen und getrunken hatte, schickte ich mich an, meine Kranken zu besuchen, derentwillen ich herein gekommen war. Ich nahm mein Rohr und verschiedene andere Dinge aus dem Wagen und machte mich auf den Weg.

Die Kranken waren nicht von Bedeutung, und gerade die übel zu werden gedroht hatten, hatten sich gebessert; aber da ich so herum kam, sah ich erst das Rüsten zu dem morgigen Tage. Der Kaufherr des Ortes, der wohlhabendste Mann, ein Mann in vorgerückten Jahren, stand auf der Gasse und tat sein Barett ab und grüßte die Vorübergehenden. Ich trat in sein Haus ein, obwohl kein Kranker darinnen war. Da sah ich Mädchenkleider herrichten und auf dem Gange hinten Büchsen putzen. Der Marktschreiber im Hause daneben hatte sein schönes Gewand auf den hölzernen Gang des Hauses in die Sonne gehängt und die Schuhe daneben gestellt. Bei der Tischlerei waren Scheiben, bretterne Gestalten und andere Holzdinge. Unter dem Säulengewölbe vor dem Rathause zählten sie, der Schützenschreiber und mehrere andere, große eiserne Stifte auseinander, die zum Schießen gehörten; weiter zurück in dem Säulengange wurden Fahnenstangen geputzt und Papier angestrichen und geklebt, hinter welches Lampen gestellt werden würden. Der eine richtete und reinigte seinen Büchsensack, der andere seine Büchse. Vor dem untern Wirtshause wurde an einem Gerüste gelattet und genagelt – und als ich an der Schule vorbei ging, hörte ich mehrere Waldhörner aus derselben, auf denen Stücke eingeübt wurden. Diejenigen, welche auch gerade nicht wegen des Schießens etwas zu tun hatten, machten sich doch aus Ursache des heutigen Tages einen Feiertag, gingen herum und nahmen sich Anlaß, hier und da ein kleines Glas zu trinken. Die Weiber sagten, daß ihre Männer närrisch seien: aber sie selbst richteten Kleider und Bänder auf morgen, und bei mancher wurden zum Vorrate Kuchen gebacken. Als ich wieder zu dem oberen Wirtshause zurück gekommen war und in den Wagen steigen wollte, kam die Wirtin heraus und sagte: »Fahret nur fort, Doktor; wenn die Räder Eures Wagens bei dem letzten Eckhause der obern Gasse hinaus sind, dann ist der einzige vernünftige Mann, der heute in Pirling gewesen ist, fort. Mit unserm Wirte ist es schon recht schwer: wir durften seit Wochen den Bock nicht mehr schlagen, und da er jetzt gewaschen ist, würde er ihn in unser Ehebette legen, wenn er nur sonst darin liegen bliebe. Kommt morgen nicht gar spät, Herr Doktor, ich werde Eure Flasche und Euren Becher hinaus bringen lassen, Ihr sollt den Wein von uns haben, den Ihr schon kennt, und er wird in ein Eisgefäß gestellt werden.«

Ich habe dieses alles darum eingetragen, weil es mir zu Herzen gegangen ist. Es ist mir lieb und treu gewesen seit meiner Kindheit her. Hätten sie mit fürstlichem Aufwande ein Schießen gerüstet, es hätte vor meinen Augen nicht eine Binse schwer gewogen.

Da ich auf meinem Heimwege wieder auf die Felder hinaus gekommen war, und von dem hinter mir arbeitenden Pirling kein Ruf, kein Hammerschlag mehr vernehmbar war, sondern nur mehr ein sanftes Läuten seiner Glocken hinter mir her schwamm: war ich fast traurig. – Ich legte das Buch, in welchem ich gerne zu lesen pflege, in den Wagen seitwärts, lehnte mich auf dem Sitze zurück, kreuzte die Arme, und sah so empor. Der herbstliche Himmel spiegelte heiter, lag ganz unbeschreiblich glänzend über den Wäldern, und diese standen ruhig und empfanden die Wärme der Mittagssonne – mein Thomas saß unbeweglich vor mir, mir den Rücken und den großen Hut zuwendend, und nur von Zeit zu Zeit die Zügel leichthin regend, indes meine jungen Rappen freudig in der heitern Luft vor ihm her tanzten und fast unnatürlich in diesem Sonnenscheine glänzten. Ach diese guten, diese treuen, diese willigen Tiere – sie sind am Ende doch das einzige auf dieser Erde, was mich so recht vom Grunde aus liebt. – – So dachte ich mir. – – Die Felder flogen rasch zu meinen beiden Seiten zurück und funkelten; sie waren zum Teile geackert, zum Teile in Stoppeln: aber es war kein Mensch auf ihnen – es war sehr stille, selbst das Mittagläuten von dem Turme zu Pirling konnte ich nicht mehr vernehmen – die Waldwiege lag sanft vor mir, und in ihrer Tiefe war ein kaum sichtbarer Dunststreifen, den Lauf der Siller anzeigend. Es gibt solche Herbsttage, in denen es ruhig auf Feld und Wäldern spinnt, wie ein Traum, ich kenne sie von meinem Herumfahren sehr gut – – und wie ein Traum war es mir auch, daß das die nämlichen Felder und Gründe sind, wo ich so oft als Knabe gewesen bin und mich sehr gefreut hatte, wenn ein so großes Scheibenschießen bevor stand, zu dem ich mit dem Vater und oft auch im Geleite der Schwestern hinab gehen durfte. Nun fahre ich hier, ein tätiger, geehrter Mann mit dem Zurückdenken an jene ferne liegende Zeit.

Wir waren unterdessen in die Waldwiege gekommen und fuhren in ihrem Schatten. Als wir wieder jenseits ihr hinaus gelangten, waren wir auf den Feldern des Eidun. Man sieht dort die Siller wieder, und sie ist in dieser Tageszeit gewöhnlich glänzend, gleichsam als wäre ein geschlungener Silberblitz in das Tal geworfen worden. Wir fuhren durch die weit zerstreuten Häuser des Eidun hin, unsern bekannten Waldbeständen zu. Die Pferde witterten die Heimat und liefen lustiger dahin. Rechts hatten wir das Schwarzholz, in dem wir vor drei Wintern das fürchterliche Rauschen des Eissturzes zuerst gehört hatten, und vor uns war der Thaugrund, dem wir uns näherten. – Rascher rollte der Wagen, als wir diesen Wald erreicht hatten, auf der festgestampften, von dem Obrist veranlaßten Straße in ihn hinein, und als sich die letzten Bäume desselben wieder auseinander getan hatten, lag der weiße Punkt meines Hauses vor uns, und ich sah hinter ihm den Obstgarten, dessen Bäume mich gleichsam erwarteten, daß ich nachsehe, wie es stehe, und ob keinem ein Ast gebrochen sei. Die Pferde flogen durch das Grün, und in wenig Augenblicken knirschte der Wagen durch den Kies meines Hofgitters hinein. Ich sprang ab, klopfte die Rappen auf ihren Nacken und lobte sie. Die klugen Tiere nickten und schmeichelten mit den Köpfen, als verstünden sie es – und sie verstanden es auch. Dann warfen sie die Augen und Ohren freudig herum, daß sie endlich daheim seien und mit einander zum Mittagmahle gehen würden. Ich aber ging in das Haus, und sah in dem Speisezimmer bereits den Tisch gedeckt: eine Flasche, ein Glas, und ein Gedecke. Auf demselben lag ein großer, gesiegelter Ladebrief zu dem Scheibenschießen, der in meiner Abwesenheit gekommen war.

Nachmittag ging ich zu einigen, wo zwar keine Hilfe notwendig war, aber Trost.

Am andern Tage fuhr ich sehr früh aus, damit ich meine Pflicht getan hätte und nicht gar zu spät zu dem Scheibenschießen käme, was die Einladenden gekränkt hätte. Auch dachte ich daran, daß ich dem Obristen meine Gesellschaft versprochen hatte. Es war nichts Wichtiges vorgefallen, ich tat alles ab, und um zwei Uhr nachmittags ließ ich meine müden Tiere langsam auf den Feldern, wo man von dem Eidun herab kömmt, gegen Pirling hinein gehen. Als ich durch die obere Gasse vorwärts gekommen war, lenkten die Pferde wieder dem Wirtshause zu und waren sichtlich erfreut. Ich hatte eigentlich durch den Ort durch und auf dem Feldwege bis zu dem Fuße des Felsens fahren wollen; aber die Zuversicht der Tiere, mit welcher sie hier, wo ihr gewöhnlicher Ruheplatz war, zubogen, und ihre Müdigkeit, die sie sich am ganzen Vormittage gesammelt hatten, dauerte mich, und ich sagte dem Thomas, er solle nur vollends auf die Wirtsgasse hinzufahren. Er tat es; aber kein Wirt und keine Wirtin kamen auf die Gasse, uns zu bewillkommen; der ganze Marktplatz war verödet, und nicht einmal ein Hund bellte; denn alle waren sie in den Steinbühel hinaus. Ich half also selber dem Thomas die Pferde ausspannen und in den Stall bringen, wo ich ihnen eine eigene Kammer halte, in die nie andere Pferde kommen, damit sie mir gesund bleiben. Ich empfahl die Tiere der Obhut des Thomas, sagte, wenn er ebenfalls auf den Steinbühel hinaus ginge, solle er zusperren und den Schlüssel zu sich stecken; dann nahm ich meinen Stock und ein Buch aus dem Wagen, schloß die anderen Behältnisse ab, und machte mich auf den Weg zu dem Festschießen, das heute alles vereiniget hatte. Mir fiel die Öde des Ortes auf. Außer der gewöhnlichen sonntäglichen Ruhe war heute noch eine ungewöhnliche. Nur auf mancher Bank vor einem Hause saß ein Greis, und es taten ihm die Strahlen der auf ihn scheinenden Herbstsonne bereits wohler, als ihm die Freude auf dem Steinbühel draußen getan hätte. Obwohl heute nicht mein Krankentag für Pirling war, so besuchte ich doch, weil ich einmal da war, einige von ihnen. Auch bei denselben waren nur ganz alte Mütterlein zur Pflege geblieben.

Als ich dies abgetan hatte und am unteren Ende des Ortes in das Freie getreten war, schaute der für heute so merkwürdige Fels schon aus den Feldern herüber, und ich erkannte mit meinen ziemlich guten Augen sehr bald, daß man ein Gezelt zwischen den Bäumen gespannt haben müsse; denn es schimmerte deutlich und festtäglich weiß zwischen dem dunklen Föhrengrün herüber. Ich ging durch die Felder dahin. Sie waren meistens schon nur mehr mit Stoppeln bedeckt; bloß der Haber stand noch von Getreide da; aber er neigte auch schon ins Gold, und hatte seine Körner an den leichten Fäden neben mir hängen. Da ich dem Felsen näher gekommen war, sah ich auch, wie hoch über den Wipfeln seiner Bäume das Schützenfähnlein wehte, eine lange, wallende Zunge, rot und weiß, welche Farben sich sanft von der tiefen Bläue des Himmels abhoben. Auch manches bläulich geringelte oder weiße Rauchwölklein ward zuweilen über den Laubkronen sichtbar, und man konnte schon die einzelnen Schüsse vernehmen.

Da ich endlich an dem Fuße des Felsens angekommen war, wandelte ich langsam auf seinem geschlungenen Pfade empor, den ich als Knabe, wenn ich mit den Meinigen zuweilen hatte herab gehen dürfen, und als junger Student, wenn ich die Herbstfeiertage zu Hause zubrachte, niemals einschlug, sondern gerade aufwärts kletternd durchschnitt.

Als ich bis zu dem Schießstande empor gekommen war, trat ich ein. Es mußte eben ein guter Schuß getan worden sein, wie ich aus dem Krachen des Feldmörsers, den man aufgestellt hatte, und aus dem Jauchzen des Schützenzielers vernahm. Der Stand hatte das gewöhnliche Aussehen, wie es an solchen Tagen ist. Zwei lagen vorne mit ihren Büchsen am Schießbaume und zielten und warteten – andere standen hinter ihnen in Bereitschaft, wenn sie abgeschossen hätten und weggegangen wären, einzutreten – wieder andere waren noch weiter zurück und arbeiteten an ihren Büchsen, um sie zurecht zu richten – der alte Bernsteiner wischte sein schlechtes Gewehr und schleuderte die schwarzen Lappen seitwärts. Wenn man es mir auch nicht gesagt hätte, daß er bisher den besten Schuß getan habe, so hätte ich es doch aus seinem freudigen Gesichte erraten. Auch den oberen Wirt sah ich, den Forstmeister, den Marktschreiber und viele andere Bekannte.

Es streckten sich mir mehrere Hände und, wie es bei uns gebräuchlich ist, manches Glas zum Gruße entgegen. Ich dankte nach den verschiedenen Seiten und tat Bescheid. Und als ich die Einladung, daß ich doch heute auch mit schießen möge, mit den Worten abgelehnt hatte, daß ich nicht mehr so schießen könne wie in meinen Schuljahren, und daß mir meine Geschäfte auch keine Übung erlauben: schaute ich die Anstalten an. Die hölzernen Säulen des Standes waren mit Flittern umwunden. Auf dem Gipfel des Gebäudes hing die schwere, große Schützenfahne nieder, zum Unterschiede der schmalen, langen, die über den Baumwipfeln des Felsens flatterte. Alle Nadeln und Finger der Pirlinger Mädchen hatten daran gearbeitet und hatten breite feurige Bänder dazu gegeben. Die Hinterwand des Saales war mit berühmten Scheiben der Vergangenheit bedeckt. Ich erkannte beinahe mit Herzklopfen manche darunter aus meiner Kindheit, und andere, in denen noch die Löcher meiner eigenen einstigen Kugeln waren. Unter den Scheiben saßen solche, die da aßen und tranken, lauter Männer; denn die Frauen und Mädchen durften während des Schießens nicht herein. Auf einem lichtgrün angestrichenen Gerüste, das seitwärts des Schützenschreiberhäuschens war, stand, von einem Geländer umfangen, daß er nicht herab könne, der blütenweiße, langhaarige Bock des oberen Wirtes. Die Spitzen seiner Hörner waren vergoldet, und zwischen denselben trug er einen großen, aufrechten Kranz aus Blumen und Bändern eingeflochten, in welchem Kranze wieder sieben eingefaßte leuchtende Taler zu sehen waren. Von dem Kopfe des Tieres hingen überdies noch Bänder und Fransen herab, und in die schön gekämmte Mähne und in den Bart waren zuletzt noch seidene rosenrote Schleifen gebunden. Hinter dem Bocke, auf einem Pfeiler ins Kreuz gesteckt, war der zweite Preis: zwei himmelblaue Seidenfähnlein mit eingewirkten Goldstücken. Dann war ein Blumenstrauß, aus lauter kleinen Silbermünzen zusammen gesetzt. Er stand in einem Geschirre auf einem Tischlein. Zuletzt war ein mit Bein und Perlenmutter eingelegtes Horn, zum Aufbewahren des Pulvers. Dasselbe hing mit einem zierlichen Bande gebunden an einem Baumaste. Außerhalb des Schießhauses, weil sie ebenfalls nicht hinein durften, standen dicht gedrängt die Pirlinger Buben und staunten, wie einstens ich selber, den Bock, die Schützen und die anderen

Sachen an. Ein wenig weiter weg war in die Zweige mehrerer neben einander stehender Föhren ein Gerüste gebaut worden, auf welchem, in den Wald der Nadeln eingehüllt, die Hornbläser saßen und die eingelernten Stücke von Zeit zu Zeit vernehmen ließen. In dem Schießhause waren auch Trompeten, die auf jeden glücklichen Schuß in lustiger Weise tönten.

Als ich alles eine Weile angeschaut hatte, trat ich wieder unter die Bäume hinaus. Ich hatte mir vorgenommen, ehe ich in das Gezelt ginge und nach dem Obristen forschte, den Gipfel des Felsens zu besuchen, um den eine so reine und klare Umsicht liegt. Ich hatte sie schon lange nicht gesehen, und wollte sie ein wenig anschauen. Ich trat unter die Bäume hinaus, und es wehte mich eine duftende Waldluft an, die gegen den Pulverrauch recht angenehm wirkte. Ich ging an mehreren sehr jungen Mädchen vorüber, die eine hölzerne, an einer Schnur hängende Taube nach einem Ziele stoßen ließen – ich ging dann an einer Rasenbank vorbei, auf welcher zwei Frauen saßen, die ich nicht kannte, sie mußten Fremde sein – das Gezelt und die hölzerne Hütte hatte ich links liegen lassen – dann kam ich noch an mehreren hervorragenden Steinblöcken vorüber, die Bäume und Gesträuche hörten auf, ich ging über den Rasen und gelangte auf den freien Gipfel empor. Es war kein einziger Mensch auf demselben, weil sie alle unterhalb in dem Gebüsche und in dem Wäldchen waren, wo sie sich der Lustbarkeit ergaben.

Die Sonne war schon tiefer gesunken, fast in die Mitte des letzten Vierteiles ihrer Bahn. Es lagen unter mir die einfärbigen, falben Stoppeln der abgemähten Getreidefelder – jenseits derselben stand der einsame Kirchturm und die Häuser des verlassenen Pirling, und weiter zurück der blaue, duftige Wald, in welchem das Eidun und meine Heimat ist. In dem Tale konnte man die Siller erblicken, aus welcher die schief stehende Sonne dahin rinnendes, geschlängeltes Silber machte.

Als ich noch schaute, war der Obrist zu mir herauf gekommen. Er war hinter mir auf dem gewöhnlichen Wege gekommen, und ich bemerkte ihn erst, als ich seine Tritte hörte. Ich wendete mich um und grüßte ihn recht freundlich. Er ging noch die wenigen Schritte zu mir herauf, stellte sich neben mich, dankte dann meinem Gruße und sprach: »Ich wußte es schon, daß Ihr hier seid, und habe Euch gesucht. Ich habe Euch etwas Notwendiges zu sagen. Ich konnte es Euch nicht früher sagen; denn drei Tage seid Ihr abwesend gewesen, und da ich gestern nachmittags zu Euch hinab gegangen bin, habe ich Euch nicht zu Hause gefunden. Margarita ist angekommen. Ich habe ihr geschrieben, daß sie kommen solle, ich habe die Anstalten zu der Reise gemacht, aber ich habe den Tag ihrer Ankunft nicht gewußt. Da kam sie, als ich es Euch nicht melden konnte. Sie ist unten in dem Gezelte bei den anderen Frauen und Mädchen, denen sie erzählen muß. Ich aber habe mir gedacht, daß ich Euch suchen und Euch die Sache anzeigen werde.«

»Ich danke Euch«, antwortete ich ihm, »und ich muß Euch sagen, daß mein Herz eine große Freude hat, daß sie da ist. Ich habe immer an sie gedacht.«

Er schwieg eine Weile, dann sagte er: »Ich weiß es, ich weiß es. -- Lieber, teurer junger Freund! werbt um sie. Wißt Ihr noch, wie ich einmal sagte: lasset nur eine Zeit verfließen, es wird alles gut werden? – Es ist gut geworden. Ich habe euch beide sehr lieb, Ihr werdet es wohl wissen. Ich habe euch beiden ein Opfer dargebracht. Ich habe Margarita mit Absicht fort gegeben. Ich habe, da ich mit der Zeit geizen muß, weil ich alt bin, doch drei Jahre meiner Freude hingegeben. Ich tat es, um zu sehen, wie alles werden würde. Es ist gerade so geworden, wie ich es vorher gesehen habe. Margarita ist so gut zurück gekehrt, wie sie fort gegangen ist – oder eigentlich zu sagen, sie ist noch besser geworden. Sie hat sogleich nach Euch gefragt. Sie war sehr freudig, daß sie mich wieder habe, und sie hat gebeten, daß ich sie nicht mehr fort schicken solle. Wir sind in den Tagen, da Ihr auf der Reise zu dem fernen Kranken waret, auf allen jenen Plätzen gewesen, wo sie sonst mit Euch gewesen ist – ja, daß ich Euch alles sage, wir waren sogar bei Euch. Heute waren wir bei Euch. ›Ich habe ihm sehr weh getan‹, hat sie gesagt, ›ich muß ihm freundliche Worte sagen.‹ Da ich Euch gestern nachmittags nicht antraf, gab ich Euren Leuten gar keine Botschaft in der Sache auf, sondern wir nahmen uns vor, Euch heute früh zu besuchen, ehe Ihr fort fahret, um Euch einen freundlichen guten Morgen zu wünschen. Wir ließen unsern Wagen, in dem wir gleich nach Pirling fahren wollten, langsam gegen den Thaugrund vorausgehen, und gingen in Euer Haus. Aber Ihr waret ebenfalls schon fort. Wir schauten alles an, und Margarita bemerkte die Veränderungen, die seit ihrer Abwesenheit geschehen waren, besser als ich. Wir gingen durch alle Eure Zimmer – nur die Hauskapelle zeigte ich ihr nicht. Eure alte Maria führte uns herum. Es muß die letzten Tage niemand vom Haghause zu Euch hinab gekommen sein; denn die Maria wußte noch nichts von der Ankunft meiner Tochter, und hatte große Freude, als sie dieselbe sah. Obwohl noch sehr starker Tau lag, so ging doch Margarita auch einige Schritte in den Garten hinein, um zu sehen, welche Blumen Ihr habt, und wie alles geordnet und eingeteilt ist. Dann wendeten wir uns wieder um, gingen durch Euren Hof hinaus, und wandelten dann langsam auf der schönen Straße durch den Thaugrund hinüber, an dessen Rande, wo die Eidunfelder beginnen, der Wagen auf uns wartete. – Seht, Doktor, ich bin recht freudig über die Güte dieses Kindes. Ich habe sie vielleicht zu sündhaft lieb, aber es ist ein Naturspiel da, das wunderbar ist. Ich habe Euch schon gesagt, daß ich am Begräbnistage meines Weibes bemerkt hatte, daß auf dem Munde der dreijährigen Margarita die Knospe der Rose war, die sie eben begraben hatten, und daß in ihrem Haupte die Augen ihrer Mutter standen. Nach und nach ist sie ihr immer ähnlicher geworden; und seit sie fort war, ward sie ihr vollkommenes Ebenbild. Als wir dieser Tage so durch die Wiesen und Wälder wandelten, bemerkte ich, daß sie den Gang ihrer Mutter habe, daß sie dieselben Worte sage, und daß sie bei Gelegenheit den Arm so hebe, den Leib so beuge, gerade wie sie. Ich mußte meine runzligen Hände anschauen, um nicht zu glauben, ich sei jung, und es gehe mein junges Weib neben mir, und sammle mir Blumen, und pflücke Nüsse, wie einst in jenem Walde. Darum liebe ich sie gar so sehr. – Als wir heute durch Eure Zimmer gingen und sie Eure Geräte und sonstige Anordnung sah, erblickte ich auf ihrem Angesichte denselben gewinnenden Schimmer, wie einstens an meiner Gattin, da sie in meinem Hause schalten und walten und stellen durfte, wie sie wollte. Ich erkannte hieraus auch, daß Margarita in dem Augenblicke das nämliche empfinde, wie damals ihre Mutter. – – Seht, so ist es mit Margarita. – Ich weiß auch, wie es mit Euch ist, und wußte es immer. Ich erkannte es, weil Ihr schwieget – ich kenne das männliche Verschließen in der Brust, anstatt zu klagen – und das treuliche Erfüllen seines Berufes. Ich wußte es, wenn ich auch bei mir stille schwieg. Ich muß Euch, weil ich jetzt rede, meine ganze Schwäche sagen. Da ich einmal von Euch fort ging, kamen mir bitterliche Tränen in die Augen, weil ich gesehen habe, daß Ihr eine heilige Margarita, deren Sinnbild ich gar wohl kenne, auf Euren Hausaltar gestellt habt, um Euer Herz zu trösten. – Wißt Ihr noch, wie ich einmal an dem traurigen Tage, da ich Euch meine Lebensgeschichte erzählte, gesagt habe, Ihr hättet eine schöne Lage in der Biegung des Tales, Ihr wäret noch jung, und wenn Ihr Euch bestrebtet, könnte es ein schönes Besitztum werden, das seinen Herrn und seine

Frau erfreut, wenn einmal eine einzieht. Wißt Ihr es noch? Wie hold ist es jetzt, daß Margarita eingeht, die Ihr immer so gerne gewollt habt! -- Ich muß Euch, lieber Doktor, weil die Sache einmal so ist und wir darüber reden, auch das noch sagen: Margarita ist nicht reich, denn ich bin in meinem ganzen Leben arm gewesen; aber sie kömmt auch nicht ohne Mittel in Euer Haus. Ich habe in meinen letzten Tagen gespart, wie ich in meinen ersten verschwendet habe, und das wenige, welches für sie von meinen Vorfahren herstammt, habe ich zusammengehalten. Sie bekömmt einmal das Haghaus mit dem, was dazu gehört, sie bekömmt die Bilder, die Bücher, und dann alles das andere, was noch da ist; denn ich habe ja niemand weiter als euch beide.« --

»Hört auf, Obrist«, rief ich, indem ich ihn unterbrach, »redet nicht von diesen Dingen – wie kann ich Euch denn für Eure Liebe danken, und wie kann ich es denn begreifen, daß Ihr so gut und groß seid.«

»Nein, ich bin nicht gut«, antwortete er, »ich suche in Euch nur meine Freude. Wir bleiben nun alle beisammen. Ihr werdet in dem oberen Hause wohnen, oder auch in dem unteren, oder es mag Margarita, wie es das natürlichste ist, bei Euch sein, und ich oben in meinem Hause. Ihr werdet oft bei mir sein, ich oft bei euch, und es wird sich ein Umgang spinnen, der noch freundlicher ist als bisher. Ich kann Euch nur sagen: Ihr erhaltet in Margarita ein sehr gutes Weib, das Ihr ehren müsset, und sie wird in Eurem Hause so glücklich sein, wie es meine Gattin in dem meinigen gewesen ist, gebe ihr nur Gott dereinst einen späteren und einfacheren Tod als ihrer Mutter. – Aber jetzt, Doktor, müssen wir zu den anderen hinunter gehen. Sie wissen schon, daß Ihr da seid, Ihr müßt ihnen auch eine kleine Zeit gönnen, da Ihr ohnehin immer durch Euer Amt aufgehalten seid und zu solchen Dingen gewöhnlich erst später kommen könnt.«

»Wartet noch einen Augenblick, Obrist«, sagte ich, »Ihr wißt wohl, wie ich Euch stets verehrt und geliebt habe; aber Ihr tut mir noch immer mehr Gutes, als ich erwarten und verdienen konnte. Ich muß Euch hier meinen großen Dank dafür sagen, und muß Euch sagen, seit Ihr in der Gegend seid, ist es mir, als hätte ich wieder einen Vater, und wäre nicht mehr, wie früher, allein.«

»Ihr habt es ja erfahren, ich bin es auch, ich bin Euer Vater«, antwortete er, »und werde es in der Zukunft noch mehr sein. – Aber jetzt kommt, laßt uns hinunter gehen, die anderen warten schon und möchten es übel nehmen, wenn gerade wir zwei nicht an der Fröhlichkeit Anteil nähmen.«

Nach diesen Worten wendeten wir uns beide von dem Gipfel des Felsens und stiegen auf dem Wege, der um Steine und graue Klippen geht, hinunter. Wir hatten oben von der allgemeinen Freude nicht viel vernommen. Die Schüsse hörten wir nur gedämpft, und von dem Wäldchen mochte manchmal ein einzelner Ruf herauf gekommen sein, den wir nicht beachteten. Da wir aber hinab gingen, näherten sich uns gleichsam wieder die Schüsse, die Töne der Waldhörner, die Rufe der Knaben und Mädchen, und das ruhige Gemurmel des allgemeinen Durcheinandersprechens der Menschen. Wir schlugen weiter unten einen andern Weg ein, als den ich heraufgegangen war, und näherten uns der hölzernen Hütte, dem Gezelte und überhaupt dem Platze, wo die Menschen mehr zu ihrer Lust zusammengedrängt waren.

Wir kamen wieder zu wandelnden Gruppen und zu spielenden Kindern. Auf einem grünen Platze unter den Bäumen war ein Stand aufgeschlagen, wo man Lebkuchen verkaufte, und nicht weit davon war einer, in welchem der Josikrämer stand und seine Sachen zum Verkaufe ausgelegt hatte. Er hatte gerade diejenigen gewählt, welche für den heutigen Tag die passendsten waren. Weil ich und er die einzigen waren, die in der Gegend am meisten herum kommen und auf ihren Wanderungen sich öfter treffen, ging ich zu ihm hinzu und sprach mehrere Worte mit ihm. Der Obrist redete mit den Kindern und gab ihnen Geschenke, wovon er die Taschen seines Gewandes voll hatte.

Endlich kamen wir zu dem Gezelte. Es war nicht ein von allen Seiten geschlossenes, sondern man hatte über einen großen Tisch, an welchem die vorzüglicheren Bewohner der Gegend saßen, gleichsam einen weißen Baldachin in die Baumäste geknüpft, um die Sonnenstrahlen abzuhalten, aber es war dennoch wie ein rings herum begrenzter Saal, weil gerade um den Platz die schönsten und dichtesten Föhren und Birken standen. Als wir durch den Eingang eingetreten waren, sahen von dem oberen Ende des Tisches zwei sanfte Augen auf mich herüber – ach Gott! ich erkannte sie gleich – es waren Margaritas Augen, – sie blickten mit dem schönen, demütigen Lichte, das einst meine Freude und mein Entzükken gewesen war. Wir gingen an den Menschen, die an dem Tische saßen, nach einander hinauf, damit ich sie begrüße, und damit wir, der Obrist und ich, die Stühle einnähmen, die man an ihrer Seite für uns leer gelassen hatte. Da ich bis zu ihr gekommen war, sagte ich: »Seid mir herzlich schön gegrüßet, Margarita, ich bin abwesend gewesen, da Ihr angekommen seid, sonst hätte ich meinen Willkommensgruß schon in das Haghaus hinauf gebracht. Euer Vater hat es mir erst vor wenigen Augenblicken gesagt, daß Ihr auf dem Steinbühel seid. Seid mir recht, recht schön gegrüßt.«

Sie war aufgestanden, als ich zu ihr getreten war, und zog den Handschuh aus, um mir die Hand zu reichen. Sie war errötet, und die Hand, die sie mir reichte, zitterte sehr.

»Seid mir auch gegrüßt«, antwortete sie. »Ich war schon drei Tage zu Hause, während Ihr fort waret, und heute morgens sind wir bei Euch gewesen, um Euch selber meine Ankunft zu sagen; aber Ihr seid sehr früh ausgefahren, und waret schon lange fort, da wir kamen. Seid mir vielmal gegrüßt.«

Wir faßten uns bei den wechselseitig dargereichten Händen und drückten uns dieselben recht freundlich.

Sie zog dann den Handschuh wieder an und setzte sich nieder. Obwohl sie zu Hause immer in bloßen Händen ist, und uns auch so auf unsere Spaziergänge und zum Pflücken der Blumen begleitet hatte, so hielt der Obrist doch bei solchen Gelegenheiten darauf, daß sie den Anstand beobachte und die Anwesenden ehre. Darum war er selber auch in einem schönen dunklen Gewande. Er saß auf dem Stuhle zu ihrer Rechten, und ich setzte mich auf den, der links war, und den man mir aufgehoben hatte. Ich setzte mich ein wenig weiter weg und gab Acht, daß ich an ihrem Gewande nicht streife.

Ich wußte jetzt eigentlich nicht, was ich sagen sollte.

Es waren viele Menschen zugegen, welche ich kannte. Es saß der Kaufherr von Pirling mit seinen Töchtern gleich neben dem Obrist; es waren Bürger von Tunberg da; Frauen und Männer von Pirling; es war der sehr alte ehrwürdige Pfarrer von Sillerau zugegen, und saß neben seinem Amtsbruder aus Pirling; es waren Frauen und Töchter von Ratsherren da, deren Männer und Väter aber in dem Schießhause drüben waren; es waren geachtete Landleute da, der Erlebauer mit seinen Töchtern, der Vetter Martin, der Wirt am Rothberge, mit seiner Tochter Josepha; dann einige aus Haslung, aus dem Eidun und andere. Ich kannte beinahe alle. Sie grüßten mich, als ich nieder gesessen war, und einige machten mir den Vorwurf, warum ich denn so spät gekommen sei. Ich antwortete, daß meine Geschäfte von dem Zufalle abhingen, daß ich sie mir nicht auf eine gewisse Stunde lassen oder mir vorarbeiten könne, und daß ich daher erst zu erscheinen vermöge, wenn sie abgetan sind und mich entlassen.

Die obere Wirtin von Pirling kam mit einer sehr schönen, gleichsam in Kristallen geschliffenen Flasche, in der Wein war, nebst einem Glase mit meinem Namen, das sie mir einmal hergerichtet hatten, daß ich daraus trinke, wenn ich in Pirling bin, zu mir her und sagte: »Zur Tafel seid Ihr, wie jedesmal bei solchen Gelegenheiten, zu spät gekommen. Diesen Wein gibt Euch die Schützengesellschaft als Ehrentrunk; er ist der beste, der zu haben ist, er ist aus dem Keller meines Mannes, des Schützenmeisters, und ist heute für unsere geehrtesten Gäste heraus gebracht worden. Er steht unten in mehreren Flaschen in Eisfutter, und muß sehr kühl sein. Die Speisen, die Ihr bekommen werdet, sind von dem unteren Wirte Bernsteiner, dem der Keller des Steinbühels gehört, und bei dem der Schützentanz sein wird. Er wird sie Euch auch im Namen der Schützengesellschaft senden.«

Als sie noch kaum ausgeredet hatte, kam die Tochter des alten Bernsteiners nebst zwei Mägden, welche Kuchen, allerlei kalte Speisen, schön verziert, und angenehm geordnetes Obst vor mich hin stellten.

Ich dankte für die Aufmerksamkeit und sagte, daß ich von den Dingen schon nehmen werde. Rings herum auf der Tafel standen vor denen, die da saßen, ähnliche Sachen, die Beschlußstücke eines gehaltenen Mahles. Die Männer hatten Wein, die Frauen und Mädchen Kuchen, Obst und dergleichen, und an mehreren Stellen stand auch ein Becher süßen Weines für manche ältliche Frau.

Der Obrist redete mit dem Kaufherrn und mit dem Forstmeister, der von dem Schießhause herüber gekommen und hinter ihre Stühle getreten war. Sie verhandelten alle Verhältnisse, die eben an der Zeit waren und für die Gegend größere oder kleinere Dringlichkeit hatten. Ich sprach einige Worte zu dem Pfarrer von Sillerau und zu anderen, die in meiner Nähe waren. Einige fragten mich um verschiedene Kranke, wie es ihnen gehe, und ob Hoffnung zur Besserung sei. Ich hatte die Freude, ihnen sagen zu können, daß ich gar keinen schwer Erkrankten habe, und daß alle, die jetzt liegen, bald aufstehen würden.

Die Mädchen und Frauen hatten ihre sonntäglichen Kleider an, und manche waren sehr geputzt. Man erblickte silberne und sogar goldene Verzierungen auf den Miedern und Spangen. Margarita saß recht einfach neben mir auf ihrem Stuhle. Sie hatte ein graues, geglänztes Kleid an, welches sie nach den weißen am meisten liebt. Auf dem ganzen Gewande war keine andere Zierde als eine kleine rotseidene Schleife am Halse, wo das Gewand geschlossen war. Den feinen Strohhut, den sie im Sommer gerne trägt, hatte man ihr von dem Haupte genommen und ihn an den Ast einer Birke gehängt. Obwohl sie nicht ihren sonntäglichen oder gar festtäglichen seidenen Putz an hatte, in dem sie mir immer gleichsam etwas fremd vorkam, so hielt ich doch dafür, daß sie unter denen, die hier versammelt waren, die schönste sei, noch schöner als die Töchter des Erlebauer.

Wir konnten nicht viel reden und sagten nur gewöhnliche Dinge. Ihre Antworten waren recht lieb und gut und hold und freundlich. Ich weiß nicht, ob die Leute wußten, in welcher Beziehung ich zu Margarita gestanden war; aber niemand sagte ein Wörtlein, das dahin abzielte oder eine Andeutung auf die Sache ahnen ließ, selbst dann nicht, als ich aufgestanden war und längs des Tisches hinab ging, um mit allen, die ich näher kannte, ein freundliches Wort zu reden. Sie hatten alle zu viele Achtung für mich, als daß sie es taten.

Nachdem diese Unterredung aus war, und nachdem ich noch manchen andern, die herum standen oder ein und aus gingen, auf ihre Fragen eine Antwort erteilt hatte, ging ich wieder zu meinem verlassenen Sitze zurück. Da sah ich an der Seite des Obrists und Margaritas, wo man Platz gemacht hatte, zwei fremde dunkelgekleidete Frauen; es waren die nämlichen, welche ich, als ich auf den Gipfel des Felsens ging, auf einer Rasenbank hatte sitzen gesehen. Der Obrist stellte mich ihnen vor, und sagte, das sei die Muhme, bei der Margarita die Zeit her gewesen ist, und die andere sei die Gesellschaftsfrau derselben, auch eine nur um etwas weniges entferntere Muhme. Die beiden Frauen hätten ihm die Freude gemacht, die Rückreise Margaritas zu benutzen, um ihn, wie er sie bittend eingeladen habe, zu besuchen. Sie hätten sich eben die Freuden und die Ländlichkeit des Steinbühels besehen, und seien ganz vergnügt darüber. »Uns ist es etwas Gewöhnlicheres«, setzte er hinzu, »wir haben das schon öfter gesehen, und machen es allemal auf gleiche Weise.«

Die Frauen waren beide alt, freundlich und einfach. Man hatte zufällig nach ihrer Entfernung ihre Sitze besetzt, und räumte sie ihnen jetzt wieder ein. Sie sprachen zu mir und fragten mich um einige Dinge, wie das bei ersten Bekanntschaften der Fall zu sein pflegt. Es sprachen auch der Forstmeister, die Bürgermeisterin, der Kaufherr und der Pfarrer mit ihnen, wie man Fremde auf höfliche Weise in einer Umgebung einheimisch zu machen sucht. Indessen hatte sich auch die Gesellschaft um mehrere Schützen vermehrt, welche die ihnen zugewiesenen Schüsse ausgeschossen hatten, und jetzt hier im Gezelte bei ihren Frauen, Schwestern oder anderen Angehörigen waren und sich vergnügten.

Als die Gespräche so gingen, kam der Kutscher des Obrists herein, ging zu seinem Herrn und sagte ihm, daß der Wagen heute gar nicht gemacht werden könne, weil der Schmied nicht eine einzige Kohle zu Hause habe, und weil er keine am Sonntage von dem Meiler, wo sie liegen, herein bringen dürfe, und weil auch gar niemand zu Hause sei; denn das alles habe ihm nur die alte Großmutter des Schmiedes gesagt.

»Ich habe es wohl so erwartet«, antwortete der Obrist.

Auf meine Frage, was es sei, sagte er, es sei ihnen ein Nabenring an dem Wagen zersprungen, es habe nicht so viel auf sich, aber es sei doch nicht so zuversichtlich zu fahren.

»Freilich nicht«, antwortete ich, »die Nabe könnte zerfallen, und dann wären Rad und Speichen auf die Straße gestreut. Nehmt von mir den Wagen und die Pferde, Obrist, und laßt den Eurigen in Pirling, daß er morgen gemacht werde.«

Als er sich hierauf weigerte und sagte, es wäre schon genug, wenn ich ihm nur den Wagen gäbe, er könne seine eigenen Pferde einspannen, stand ich auf, ging zu ihm hin, da er mit dem Kutscher abseits an die Bäume getreten war, und sagte: »Nein, Obrist, nehmt auch die Pferde – laßt mir die Freude, daß sie meinen Wagen gebraucht, als wäre er schon der ihrige. Ich nehme ein offenes Wägelchen in Pirling, spanne Eure Pferde vor und fahre mit Eurem Kutscher hinter Euch nach. Ihr könnt dann morgen, wenn der Reifen geschweißt ist, das Wägelchen nach Pirling schicken und mit den Pferden Euren fertigen Wagen zurücknehmen.«

Hierauf willigte er ein, ich gab seinem Kutscher den Auftrag, wenn er meinen Thomas sehe, ihm zu sagen, daß er den zweiten Sitz unseres Wagens in Bereitschaft richten und, wenn der Schützenzug in Pirling angekommen wäre, gefaßt sein möchte, jeden Augenblick einspannen zu können. Als der Kutscher dieses vernommen und sich entfernt hatte, fragte ich den oberen Pirlinger Wirt, der indessen auch seine Schüsse ausgeschossen hatte und zu uns herein gekommen war, ob er sein offenes Wägelchen zu Hause habe, und ob er es mir bis morgen mittag leihen könne. Er bejahte beides, und daher war diese Sache in Ordnung.

Es waren in dieser Zeit die Sonnenstrahlen immer schiefer in das Gezelt gekommen, und der Tag neigte sich zu seinem Ende. Das Schießen war schon früher vereinzelter geworden, und jetzt hörte man nur zuweilen einen verspäteten

Knall, gleichsam wie einen Nachzügler zu einem Heere. Die Schützen waren immer mehrere zu uns herüber gekommen, und auch die Kinder der verschiedenen Gäste, welche heute hatten mitgehen dürfen, fanden sich von den zerstreuten Spielplätzen aus dem Wäldchen ein, und stellten sich zur Mutter oder hingen sich an den Vater, zum Zeichen, daß sie ausgespielt hatten und die Heimatmüdigkeit eingetreten war. Auch die Versammelten im Zelte standen endlich gruppenweise nach manchem nachträglichen und schnell noch zu Ende geführten Gespräche auf, und man zerstreute sich in dem Gehölze.

Die Scheiben standen leer und ihrer Pflicht entbunden, von dem rosenroten Lichte der Sonne beleuchtet, am Walde draußen. In dem Schützenstande, in welchen jetzt alles hinein durfte, richtete mancher Schütze seine Geräte in seinen Büchsensack zusammen, oder ließ es von seinem Diener tun; der Schützenschreiber tat sein Buch in das lederne Fach, das er zusammen schnallte, und der Schützenmeister, der obere Wirt, befahl, daß alles in gehörige Bereitschaft gesetzt werde.

Es war gebräuchlich, daß die ganze Schützenschaft nach solchen Tagen einen Einzug in Pirling halte, und daß die anderen Anwesenden gewöhnlich vom Steinbühel bis Pirling hinter dem Zuge hergehen. Heute sollte es auch so sein, nur ward befohlen, daß man erst die Sonne untergehen lassen müsse.

Margarita, der Obrist und die zwei fremden Frauen standen in einem Kreise von Pirlinger Bewohnern, meistens Frauen, und redeten. Ich ging daher noch einen Augenblick auf den Gipfel des Felsens. Aber wie war der Anblick jetzt verändert: auf den Stoppeln und den Wäldern lag der Abendschein, in dem ferneren Tale waren die Gründe nicht mehr zu unterscheiden, nur lag die Siller jetzt als eine Goldschlange in ihnen, und hinter Pirling flammte ein gelber Baldachin des Himmels; denn die Sonne war eben in dem Augenblicke untergegangen. Gar schön war es aber gerade unter mir im Birkenwäldchen, es zitterte gleichsam wie Rauschgold in jedem der dünnen Zweige.

Ich ging gleich wieder hinab, weil es jetzt sehr bald zum Heimgange nach Pirling kommen würde. Aus der hölzernen Hütte, in welcher viele aus den niederen Ständen gewesen waren, Knechte, Diener und andere, sah ich manche herauskommen und den Hügel hinab gehen, weil sie vor dem Einzuge in Pirling sein mußten. Darunter war mein Thomas, der sich sehr beeilte, damit er, wenn wir angekommen sein würden, angespannt hätte und mit dem Wagen in Bereitschaft stünde.

Die Scheiben waren abgeschlagen und herein getragen worden, der weiße Baldachin war aus den Bäumen gelöset, und selbst Tische und Stühle wurden den Felsen hinab getragen, wo ein Wagen wartete, daß sie nicht in dem Nachttaue draußen blieben. Die Menschen hatten sich meistens unter den Föhren neben dem Schießstande eingefunden, wo der Zug sich ordnen und anfangen sollte. Der Schützenmeister las endlich aus einem Papiere vor, wie sie sich alle stellen müssen, und so, wie er es gelesen hatte, stellten sie sich, und da die Musik das Zeichen dazu gab, fingen sie an zu gehen.

Zuerst war der geschlungene Weg über den Felsen hinab zurück gelegt, und dann dehnte sich der Zug über die Felder hin. Hinten fuhr der Wagen mit den Tischen und Stühlen nach.

Es nahm sich seltsam aus, wie die Menschen so gingen. In den rötlich scheinenden Stoppeln der Felder bewegte es sich Pirling zu. An der Spitze ging der Schützenbote und trug die große Schützenfahne, nach ihm kamen zwei Schützenbuben mit den kleineren langzüngigen Windfahnen. Dann folgten die Trompeter und Waldhornbläser, dann, von sechs bunt gekleideten Zielern getragen, die Scheiben, und hinter ihnen die Preisgewinner und Preise. Es war zuerst der Bock, der von zwei rot und weiß gekleideten Schützenbuben geführt wurde; neben ihm ging der alte Bernsteiner, dem der Preis geblieben war; es hing ihm ein langes rotes Band von dem Hute herunter; dann wurden von Schützenbuben die anderen Preise getragen, und die Gewinner, gleichfalls mit Bändern geschmückt, gingen daneben. Hierauf folgte die Schützenkanzlei, und dann ging der Schützenmeister an der Spitze sämtlicher Schützen. Hinter ihnen folgten alle wir anderen Leute, die heute in dem Steinbühel gewesen waren. Neben mir ging die liebe Gestalt Margaritas, dann die schöne dunkelgekleidete ihres Vaters, der die ältere seiner Muhmen führte. Die andere wurde von dem Kaufherrn geführt, und dann gingen der Bürgermeister, die zwei Pfarrer, und Frauen und Mädchen, nach verschiedenen Weisen eingeteilt. Wenn man zurück sah, stand der verlassene Steinbühel schon schwarz in der bereits nächtlich dunkelnden Luft.

Wie wir uns Pirling näherten, standen an dem Wege schon hie und da Zuschauer, und sie wurden immer mehr, je mehr wir uns dem Orte näherten, und waren endlich dicht gedrängt an Büschen, Hecken und Planken. Es waren solche, die zu Hause geblieben, oder von dem Steinbühel früher herein gegangen, oder von benachbarten Ortschaften herzu gekommen waren, um die Sache zu sehen. Am Eingange des Marktes war, wie gewöhnlich, eine Musik aufgestellt, die uns erwartete und empfing.

Da der Zug bis zu dem unteren Wirtshause gekommen war, in welchem in dieser Nacht der Schützentanz sein sollte, erkannte man erst, warum es nicht erlaubt gewesen war, vor Sonnenuntergang vom Steinbühel herein zu ziehen; denn ein weiter, großer Eingangsbogen von Tannengrün war vor dem Tore aufgebaut, strahlende Lampen waren rings in ihm eingeflochten, und über ihm brannten durchsichtige Papierbuchstaben, hinter denen Lampen standen, und die die Ankommenden willkommen hießen.

Der ganze Zug ging, wie es gebräuchlich ist, samt dem Bocke in den Tanzsaal. Dort gaben die Schützen ihre Büchsen und die anderen Schießvorrichtungen an Diener oder selbst an Söhne ab, welche sie nach Hause trugen. Der alte Bernsteiner hob die Talerkrone dem Bocke vom Haupte und gab sie seiner freundlichen, eben so alten Gattin, daß sie zu anderen Schützensiegeszeichen in den Glasschrein des Schlafzimmers gestellt werde. Der Bock aber mußte jetzt in den Stall.

Die Zeit von der Ankunft im Tanzsaale bis zum Beginne des Tanzfestes verwendeten die Einheimischen gerne zu einem Gange zu den Ihrigen, zum Umkleiden oder dergleichen. Die Fremden blieben in dem Gasthause, und richteten sich auch zu dem her, was da kommen sollte. Wir hatten beschlossen, auf den Anfang des Tanzes zu warten, und dann nach Hause zu fahren.

Ich wurde in dieser Zwischenzeit sogar zu einem gerufen, der plötzlich krank geworden war. Es war von keiner Wichtigkeit, und ich gab ihm ein betreffendes Mittel.

Als ich wieder in den Saal zurück gekehrt war, waren die meisten schon anwesend, und es wurde zur Einleitung des Festes geschritten. Die Tische in den Speisegemächern waren besetzt, die Paare in dem Saale stellten sich an, die Musik begann, und durch einen ruhigen, schönen Einleitungstanz wurde das Schützennachtfest eröffnet. Der Obrist zeigte Margariten und den zwei Frauen alles, wie man es hier mache, er blieb bei den zwei ersten Tänzen mit ihnen als Zuschauer, dann aber empfahlen wir uns als solche, die noch einen weiten Weg nach Hause zu machen haben und daher bei Zeiten aufbrechen. Viele Grüße und freundliche Wünsche wurden uns zugerufen, und wir gingen dann über die Treppe hinab, um uns in das obere Wirtshaus zu begeben, wo unsere Sachen waren. Auf der Gasse stand schon der Thomas mit meinem bespannten Wagen und harrte. Der Obrist und die Frauen hatten nur ihre Überkleider zu nehmen, um einzusteigen und fort zu fahren. Da begab sich etwas, das das Schönste an diesem Abende war.

Ich hatte an dem Wagen gewartet. Margarita war mit den Frauen aus dem Hause gekommen, der Obrist aber noch nicht. Ich half den Frauen in den Wagen, und wollte es mit Margarita desgleichen tun. Ich faßte ihre Hand, die sie aus dem Überrocke hervorgestreckt hatte, aber ich half ihr nicht auf den Wagentritt, sondern ich hielt die Hand einen Augenblick, und sagte, weil mein Herz so gerührt war: »Margarita, werdet Ihr mir es verzeihen, daß ich einmal so heftig an Euch gehandelt habe?«

»Oh, verzeiht Ihr mir nur«, antwortete sie, »daß ich so gewesen bin – einziger, lieber Freund meiner Jugend – o ich weiß es schon, und der Vater hat es gesagt, was Ihr für ein herrlicher Mann geworden seid.«

»Nein, Margarita«, sagte ich, »Euer Vater ist gut, er weiß es schon, welche Fehler ich habe – und Ihr seid ein Engel!«

Ich vergaß mich, und schlang meine Arme um ihren Nakken, wie man eine Schwester nach langem Entferntsein begrüßet. Sie tat ihre Arme auch um meinen Hals, drückte ihr Angesicht an das meinige und fing so heftig zu weinen an, daß ich es gar nicht fassen konnte. Ich empfand das Naß ihrer Tränen auf meinen Wangen. Ich beugte nur einen Augenblick zurück, und wir drückten dann mit einem Male unsere Lippen an einander. Ich hielt sie fest an mein Herz gepreßt, wie eine verlorene und wiedergefundene Braut.

Es war hier das erste Mal in unserm Leben gewesen, daß wir uns geküßt hatten.

Als sich die Arme wieder gelöset hatten und ich ihre liebe Hand hielt, sagte ich: »Margarita, darf ich morgen Euren Vater um Euch bitten?«

»O bittet«, antwortete sie, »es ist gut für uns beide.«

Dann wandte sie sich zu den Frauen, die im Wagen saßen, und sagte: »Nehmet es mir nicht übel, was ich tat; er ist mein Bräutigam.«

»Steiget jetzt ein, Margarita«, sagte ich, »morgen komme ich sehr, sehr bald zu Euch hinauf. Gute Nacht.«

»Gute Nacht«, antwortete sie, und wir drückten uns sehr innig die Hände.

»Steige nur ein«, sprach plötzlich der Obrist, der neben uns stand, »ihr werdet recht glückliche Menschen mit einander sein.« Margarita warf sich an sein Herz, er hielt sie einen Augenblick sanft und half ihr dann in den Wagen. Ich nahm ihn bei der Hand, drückte sie und konnte nichts sagen, weil meine Augen voll Wasser standen.

»So ist es also offenkundig geworden, daß diese zwei Brautleute sind, und Ihr dürft es unten bei dem Feste verkünden. Ich wollte es noch ein wenig geheim halten, aber sie haben sich selber verraten«, sagte der Obrist zu dem oberen Wirte, der ein wenig weiter zurück stand, weil er von dem Tanzsaale herauf gegangen war, um den Obrist zu dem Wagen zu geleiten.

»Das ist ein erfreuliches Ereignis«, sagte der Wirt, »das ist ein erfreuliches Ereignis.«

»Jetzt gute Nacht, Doktor«, sprach der Obrist zu mir, »und kommet morgen bald zu uns hinauf.«

»Gute Nacht«, antwortete ich, und war ihm behilflich, wie er in den Wagen stieg.

Dann ging ich zu dem Thomas hinvor und sagte ihm, daß er Acht habe und vorsichtig fahre, damit den Freunden kein Unglück zustoßen könne. Hierauf regte der Thomas die Zügel, sprach zu den Pferden, und sie liefen rasch mit dem Wagen in die obere Gasse hinein.

»Ich wünsche recht viel Glück, Doktor«, sagte der Wirt, »ich wünsche recht viel Glück.«

»Ich danke«, antwortete ich, »ich danke. Aber Mann, das ist ein Weib, welches ich erst verdienen muß.«

»Ihr seid aber auch der rechte Mann zu ihr«, sagte er, »und das wird eine Freude in der Gegend sein.«

»Wird es«, erwiderte ich, »nun so freut es mich, und es tut mir sehr wohl, wenn man mir Margarita gönnet. Aber jetzt seid so freundlich und lasset mir Euren Wagen richten, damit ich ebenfalls nach Hause fahren kann. Ich muß morgen sehr früh wieder fort.«

»Ist schon gerichtet, und darf nur angespannt werden«, antwortete er.

Als die Braunen des Obrists in das offene Wägelchen des Wirtes gespannt waren, ich meinen Oberrock genommen hatte und eingestiegen war, fuhr der Kutscher des Obrists mit mir durch die obere Gasse auf die Felder hinaus, wo die Straße gegen das Eidun und gegen meine Heimat zielte. Ich konnte von den Vorausfahrenden nichts mehr vernehmen, weil wahrscheinlich mein Thomas aus Eifer und Ehrgeiz sehr gut und auch sehr schnell dahin fuhr.

An dem Himmel über mir standen unzählige schöne, freundliche Sterne – und in meinem Herzen war eine Freude, welche ich noch niemals in meinem Leben empfunden habe. Ich ging schon gegen die dreißig Jahre, und es war so wohl, so süß, so herrlich in mir, als wenn ich im achtzehnten wäre, wo man ein Kind ist, unerfahren ist, und die ganze Welt an das Herz drückt, damit es nur gestillt werde.

Ich dachte: O mein Gott, o mein Gott, was ist es für ein Glück zu wissen, daß ein einziges Herz in dieser Welt ist, das uns liebt, das es durchaus und vom Grunde gut und treu mit uns meint: und wenige Schritte vor mir fahren zwei, die beide so gegen mich sind. Was ist es für ein Glück!

Ich fuhr in der dunklen, stillen Nacht hin, und kam endlich bei meinem Hause an. Ich gab dem Kutscher eine Belohnung und schickte ihn mit den Pferden zu seinem Herrn hinauf. Die meinigen waren schon zu Hause, ich ging noch in den Stall hinein und streichelte die guten Tiere, die sie unverletzt in ihre Wohnung gebracht hatten. Dann ging ich in mein Zimmer. Ich zündete mit Freude meine Lichter an, ich war heute zum ersten Male gleichsam nicht mehr allein, und setzte mich zu meinem Schreibgerüste nieder.

Es war eine Ruhe, Stille und Feierlichkeit in meinem Hause. – –

Aber ich blieb nicht lange sitzen, sondern ich stand auf, ging zu dem Fenster, öffnete es und lehnte mich hinaus. Auch draußen war Ruhe, Stille, Feierlichkeit und Pracht – und es rührten sich die unzähligen silbernen Sterne am Himmel.

7. DAS NACHWORT

So weit habe ich, der Urenkel, aus dem Lederbuche des Doktors ausgezogen, und so weit ist alles an ihm, der uns immer wie ein Wundermann erschienen war, gewöhnlich, wie bei allen anderen Leuten, und wird auch in dem ganzen Buche fort gewöhnlich sein. Es ist noch recht viel übrig; aber das Lesen ist schwer. Oft ist kein rechtes Ende, oft deutet sich der Anfang nur an, manchmal ist die Mitte der Ereignisse da, oder es ist eine unverständliche Krankengeschichte. Ich habe in den mit dem Messer verwundeten Blättern geblättert. Ich mußte da über viele Jahre gegangen sein; denn es war ein häufiger Tinten- und Schriftwechsel, es standen Witterungsbeobachtungen, häusliche und Feldarbeiten, daß man sah, daß zur Ansammlung dieser Schriften Jahre vergangen sein mögen. Oft waren ganze Abteilungen in das fahleste Eisenockergelb geschossen, indessen oft Randbemerkungen aus späteren Zeiten mit dem glänzendsten Schwarz dastanden, wie übermütige Ansiedler und

Anbauer, welche die armen Ureinwohner fast zu verdrängen strebten. Auch ist die Handschrift oft sehr schwer zu entziffern. Wie gewöhnlich und nur für ihn geschrieben manches auch ist, so ist wieder vieles lieb und schön und oft wahrhaft erhebend.

Ich habe noch recht viel zu erzählen, und werde es in der Zukunft tun, wenn ich es zu Ende geziffert und ausgezogen habe: wie die Hochzeit gewesen ist, wie Margarita von allen Bewohnern des Doktorhauses geliebt worden ist, wie er mit dem herben, weichen, kindlichen Mädchen gelebt habe. Wie ihr Vater, der Obrist, uralt geworden, wie er gestorben sei, und eine Ruhestätte neben seinem Weibe habe, wie der Doktor fortgewirkt, wie er bei der Einführung der Kartoffeln so viele Hindernisse gehabt habe, wie er, wenn die früheren Pferde alt und untauglich wurden, immer wieder Rappen hatte, wie er zu Kranken weit und breit ging, wie viele in sein Haus kamen, und dann bei den Ihrigen erzählten, daß eine schöne, milde, alternde Frau in seinem Hause herum gehe, wie er selber sehr alt geworden ist – ich muß endlich erzählen, wie das obere Haus weg gekommen ist, ich muß erzählen, wie die Bilder fort gekommen sind, sowohl die, welche Margarita zur Aussteuer erhalten hat, als auch die, welche sie erbte. –

Mein Großvater hat erzählt, daß der Doktor, als er sehr alt war, als ihm seine Strümpfe schlotterten, als sein Rücken gekrümmt war, als ihm die Schnallenschuhe zu groß geworden waren, oft an seinem kunstreich geschnitzten Schreibgerüste, auf das er in seinem langen Leben so viel gelegt und gestellt hatte, daß er am Ende selber kaum Platz hatte, gesessen war, und in einem großen Buche gelesen habe, von dem rote und blaue Siegel nieder hingen.

Seine letzte Heilung ist ein Kind gewesen. Er war schon lange nirgends mehr hin gegangen, in der Gegend waren drei neue Doktoren aufgestanden – da war im Eidun ein

Kind krank, ein schönes Mädchen freundlicher Eltern – man hat ihm alles gegeben, was möglich war, aber das Kind wurde immer schlechter. Die Ärzte sagten endlich, es sei vergebens, das Kind müsse sterben. Da fiel den Eltern der alte Doktor ein, der zu Thal ob Pirling ein Haus habe, dort wohne und in dem Garten sitze. Sie gingen zu ihm und baten recht dringend. Er fuhr hinab und ging an seinem Stabe mit den schneeweißen Haaren und gebeugt zu dem Kinde hinein. Da er es gesehen und um alles gefragt und eine Weile geschwiegen hatte, sagte er huldreich: »Das Kind wird nicht sterben.«

Er gab den Leuten etwas und sagte, daß man morgen zu ihm kommen und wieder etwas holen solle. – Die Eltern trugen den alten Mann fast wie einen Engel zu seinem Wagen hinaus. Sie gaben dem Kinde täglich, was sie von dem alten Doktor holten, es ward gesund, und blühte noch lange, da der Greis schon in seinem kühlen Grabe lag.

Er hatte zuletzt so weiße Haare, wie sie einst der Obrist gehabt hatte, nur daß der Obrist auch den weißen Bart trug, während der Doktor immer sauber rasiert ging.

Weil er gut gewirkt hat, ist er nie ein Kinderspott geworden.

Bei seinem Tode trug sich etwas Rührendes zu. Als man den Leichenzug ordnete, gingen plötzlich alle Zigeuner mit, welche sich zuweilen in den Wäldern gezeigt und nieder gelassen hatten, weil er sie einstens zu mehreren Malen freiwillig behandelt und manche aus ihnen geheilt hatte.

Mein Vater hat den zweiten Band der Mappe gar nicht gekannt. Er war in der alten Truhe und wurde erst von mir gefunden. Er war nicht gebunden, sondern nur in Hefte geteilt, wahrscheinlich, daß er bequemer sei und man nicht immer die ganze Last mitzuschleppen habe. Es hat sich an ihm etwas gezeigt, was dartut, daß, wie viel man auch Verstand habe, doch im Alter die lebenssüße Gewohnheit und die Einfalt des Fühlens über ihn herrsche. Allen Anzeichen nach war der Doktor schon achtzig Jahre alt, als er den zweiten Band seiner Lebensmappe machte und vorrichtete – und dennoch machte er diesen Band so dick wie den ersten, ja er hatte sogar um zweiundfünfzig Seiten mehr, und alle waren sie zum voraus schon mit roter Tinte eingetragen. Wie viele Blätter aber blieben leer, wie wenige Hefte waren beschrieben, und wie hingen an den letzteren noch die alten Siegel, weil er, damit ich seinen eigenen Ausdruck gebrauche, früher fort gemußt, ehe er sie hatte öffnen können.

Friede mit ihm!

Ende des ersten Bandes

Die Mappe meines Urgroßvaters

Aus dem Nachlaß

Adalbert Stifter um 1866

Adalbert Stifter

Die Mappe meines Urgroßvaters

Erzählung

Zweiter Band

1939
S. Fischer Verlag
Berlin

VON DEN ZWEI BETTLERN

Ich habe diese Angelegenheit schon früher aufgeschrieben, als ich noch ziemlich jünger war. Der Anfang und mehreres Andere stand auch in der lustigen und ernsten Stadtchronik gedruckt, aber mit rätselhaften Namen, daß Andere sie nicht verstehen konnten. Da mir aber die Sache sehr tief ins Gemüt gegangen ist, so will ich jetzt hier alles nach der Ordnung eintragen, und auch die Beweisstücke und Aushilfen dazu legen, damit man alles finden kann, wenn es etwa einmal nötig ist.[1]

In der hohen Schule der alten, ehrwürdigen Stadt Prag war ein Schüler, der Augustinus hieß. Er lernte die Arzneikunde. Er hatte das zwanzigste Jahr überschritten, war aber noch nicht weit über dasselbe hinaus. Er trug einen schwarzen Sammetrock, wie sie gebräuchlich waren, und ein schönes schwarzes Sammetstutzhäubchen. Oft trug er an der Seite einen scharfen Schläger in der Scheide, und wenn er keinen Schläger trug, so hatte er einen Stock in der Hand, der wie eine Keule war. Er ging gerne schnell und scharf. Unter der schwarzen Sammethaube gingen hinten halblange braune Haare nieder, und vorne sahen braune Augen unter derselben heraus. Er wohnte in der Tischlergasse. In der hohen Schule der alten, ehrwürdigen Stadt Prag war auch ein anderer Schüler, der Eustachius hieß. Er lernte die Rechtswissenschaft. Er war auch schon ein wenig über das zwanzigste Jahr hinaus. Er trug einen braunen Rock, der schlecht war,[2] an seiner Seite trug er nie einen Schläger und in der Hand nie einen Stock, sondern manchesmal nur beschriebene Papiere, die er in die Schule mit nahm. Er ging gerne stille und langsam. Er hatte halblange, fast blonde Haare und ganz schwarze Augen. Er wohnte ebenfalls in der Tischlergasse. Weil beide Schüler oft des nämlichen Weges gingen, so grüßten sie einander. In der Tischlergasse war eine Schenke, die der graue Hasen hieß. Augustinus saß oft mit vielen seiner Kameraden dort und aß und trank, Eustachius war auch zuweilen an einem kleinen Tischlein. Da redete einmal Augustinus mit ihm, und fragte ihn, ob er auch aus der Entfernung herbei gekommen sei, und in der Stadt niemanden habe, dem er angehöre. Eustachius antwortete, er sei zwar nicht weither gekommen, habe aber gleichwohl in der Stadt niemanden, zu dem er gehöre. Augustinus stieg dann einmal mit ihm fünf Treppen hinauf, weil er gesagt hatte, daß seine Mietfrau sehr schöne Hemden mache, und weil Augustinus sich Hemden bestellen wollte. Eustachius führte ihn in das Stübchen seiner Mietfrau, und sagte zu ihr: »Jungfrau Cäcilia, dieser junge Herr will sich Hemden bestellen.«

»Ich werde sie ihm machen, daß er zufrieden sein soll«, antwortete Cäcilia.

Augustinus bestellte sich Hemden.

Dann führte ihn Eustachius über den Gang in sein Stübchen. Dasselbe war neben dem Cäcilias, und hatte zu ihm eine Verbindungstür, die jetzt ein Kleiderschrein war. Eustachius wollte für Augustinus einen hölzernen Stuhl abwischen, aber Augustinus setzte sich auf einen Koffer, der da stand. Eustachius sagte: »Cäcilia ist nun schon über fünfzig Jahre alt, sie lebt reichlich von einer kleinen Rente eines kleinen Vermögens, und macht für die Leute schöne Sachen. Gegen mich ist sie sehr sorglich. Ich wohne hier recht gut. Da sind viele Giebel, Dächer, Schornsteine und Dachfenster. Ich habe sie schon alle gezeichnet.«

Augustinus führte Eustachius auch einmal in seine Stube, und zeigte sie ihm.

Eines Tages, als Augustinus in die Schule ging, sah er in der großen Halle des Karolins, wie sie die Schule von ihrem

Gründer hießen, unter den vielen Schülern, die sich da trieben, ein Wesen, welches einen grünen Rock und ein gelbes Wams an hatte, und an den Beinen eine graue bauschige Hose trug, wie sie zu Ende des Dreißigjährigen Krieges waren. Dann kamen rötliche Strümpfe, und diese staken in großen Schuhen. Augustinus, der gerne auf einen schönen Anzug hielt, besonders auf einen feinen dunkeln, wie sie damals die jungen Herren trugen, ehe die bunten aufkamen, ging mit andern Leuten dem Wesen nach, und hörte sagen: »Wir haben nunmehr das aufgeklärte achtzehnte Jahrhundert angeschnitten, und schon ein Stück davon verzehrt, und dieser betet zu den verplunderten Götzen.«

Augustinus sah, wie sich immer mehrere an das Wesen drängten, und ging selber zu dem Wesen hinzu, und schlug beide Hände zusammen, es war Eustachius. Sofort nahm er ihn unter dem Arme, und sagte: »Jetzt gehe mit mir.«

Er führte ihn dreimal in den Hallen auf und nieder, dann schwenkte er seitwärts, ging mit ihm durch die Tür des Gebäudes hinaus, und führte ihn in seine Wohnung.

Des andern Tages ging Augustinus in demselben Anzuge, nur noch vermehrt durch einen starken Schläger an seiner Seite, in den Hallen hin und her. Er ging nach oben und nach unten und nach links und nach rechts, und sah alle an. Und da er nirgends einen Anlaß zu einem Spane mit irgend jemanden fand, so ging er von dem Karolin wieder fort.

Man mußte ihn damals für einen Anführer neuer Dinge gehalten haben; denn nach Kurzem kamen bei sehr jungen Leuten bunte Anzüge vor.

Eine Zeit nach diesem Ereignisse saß er einmal bei Eustachius in der Stube desselben, und fragte ihn: »So sage einmal, du Taube der Arche Noahs, wie es denn war, da du neulich wie ein Zeisig auf dem Karolin herum gegangen bist?«

»Ach, das ist verwickelt, lieber Augustinus«, entgegnete

der andere. »Ich bin in Friedland, fünfzehn Meilen von Prag geboren worden. Aber alle sind gestorben, mein Vater, meine Mutter, meine Großeltern, meine Geschwister, meine Vettern und Muhmen. Mein Vater ist ein Tuchmacher und ein guter Mann gewesen. Er borgte allen Leuten, bis er selber nichts mehr besaß. Nach seinem Tode hatte ich auch gar nichts. Der Schneider Franz Lind, der etwa ein sehr weiter Verwandter des Vaters ist, jedenfalls aber von ihm stets Tücher gekauft hat, und ein alter Mann ohne Weib und Kind war, gab mir zu essen, und da sie sagten, daß ich in der Schule sehr fleißig lerne, nahm er sich mit seinen geringen Mitteln meiner an, daß ich in die lateinische Schule kam, und von Jahr zu Jahr in ihr weiter gelangte. Als die lateinische Schule aus war, sagte er: ›Du mußt jetzt nach Prag‹, und dann sagte er, er werde mir einen sehr vornehmen Anzug machen, in welchem ich mich schon zeigen könne; aber ich müsse ihn mit der äußersten Vorsicht schonen, da er sehr teuer und fein von Stoffe sei. Er machte nun den grünen Rock, das gelbe Wams und die grauen Hosen. Die roten Strümpfe kaufte er, und die Schuhe hatte er selber, ein ganz neues Paar. Dann schrieb er in seinem Stüblein einen Empfehlungsbrief an den einzigen Mann in Prag, von dem er wußte, an den Kaufherrn Emerich Waldon. Er kannte ihn selber nicht, aber er ließ sich von ihm seit dem Tode meines Vaters das Tuch schicken, dunkles und buntes, wie er es brauchte. Auf einen Kunden, meinte er, werde der Kaufmann Emerich Waldon schon schauen. Dann wurde der Koffer durch den Frächter zu dem Knechte des schwarzen Rosses nach Prag gefördert, ich erhielt ein ledernes Beutelchen mit Geld, und ging dann die fünfzehn Meilen nach Prag. Der Kaufmann Emerich Waldon wußte gar nichts von dem Schneider Franz Lind in Friedland, und erst aus einem großen Buche lasen sie ihn heraus, daß er Tuch kaufe, und bar bezahle. Der Kaufmann lud mich zeitweilig zum Mittagessen ein. Ich fand hier oben Unterkunft, und der Schneider Franz Lind schickt noch zuweilen etwas. Den Anzug habe ich so geschont, daß ich ihn nun zum ersten Male trug.«

»Und warum hast du ihn denn nicht noch weiter geschont«, fragte Augustinus, »und bist nicht weiter im braunen Rocke gegangen?«

»Es war am Namenstag meines Wohltäters«, antwortete Eustachius.

»Gut, und du hast ihn gefeiert«, sagte Augustinus. »Das Gefieder darfst du nicht mehr aufstecken. Wenn ich es auch zu Ehren gebracht habe, da ich es auslieh und anzog, so gilt das nur von mir. Dein Schneider Lind ist ein Bügeldreifuß, wie gut er sonst auch sein mag. Du mußt dir nach und nach schönere Sachen anhängen. Nimm feines Schwarz, einen weißen Kragen, dann die Haare zurück gekämmt, ein witziges Häubchen darauf, und kecke Augen. Das ist ein junger Ritter, und gewinnt alle Mädchen. Nun, die willst du nicht gewinnen, weil du nicht kannst.«

»Das wäre kläglich, wenn man sie mit Kleidern gewänne«, sagte Eustachius.

»Durch was denn?« sprach Augustinus. »Ich muß das wissen, ich habe mit tausenden gesprochen, du mit keiner. Was innerhalb ihrer Stirne ist, mit dem ergründen sie nichts, nur mit den Augen, die außerhalb sind, langen sie umher, und kleben etwa an einem Lappen oder an schönen Locken oder braunen Wangen. Ein Schläger an der Seite ist immer auch sehr gut. Und was sie sonst wissen, und was sie freut: das erste ist, man muß ihnen gefallen.«

Eustachius sprach kein Wort mehr von den Mädchen. Er verhieß nur, daß er das bunte Gewand nicht mehr anziehen wolle.

Von dieser Zeit ab leitete Augustinus den Eustachius an, wie er in allerlei Dingen Unterricht geben, und sich Geld erwerben könne, und er verschaffte ihm Gelegenheiten zu diesem Unterrichte. Eustachius bekam allgemach einen schwarzen Sammetrock, er trug ein schwarzes Sammetstutzhäubchen, und hatte die Locken zurückgestrichen. So gingen die zwei Menschen mit einander herum, ihre Schulzeit floß dahin, ja sie war eines Tages ganz aus, und sie hatten sich nur mehr auf ihre Doktorprüfungen vorzubereiten.

Einmal kam Augustinus zu Eustachius, und sagte: »Du Bräutigam der Gerechtigkeit, du mußt jetzt mit mir trinken gehen. Ich habe ein Geld, welches ich mir nicht erbettelt, sondern mannhaft erworben habe. Dieses Geld will ich ehren, und einen feinen Trunk tun; aber ich will nicht allein trinken, du mußt es mit mir tun, und wenn uns einer, mit dem wir es vom Karolin her gut meinen, in die Falle kommt, trinkt er mit uns.«

»Das ist schon gut«, sagte Eustachius, »ich gehe mit; aber wie meinst du denn das mit dem Betteln?«

»Du bist selber ein Bettler«, sagte Augustinus, »du bist noch ein ganzer, ich nur mehr ein halber. Einmal bin ich gar keiner gewesen, dann bin ich ein ganzer geworden, jetzt nur ein halber. Steh nur nicht, und lege dein Gewand an, ich werde dir schon alles sagen.«

Eustach tat seinen Rock aus der Zwischentür, zog ihn an, setzte sein Häubchen auf, sie gingen die Treppen hinunter, zogen durch die Stadt, und wanderten in das Dorf Nusle hinaus.

Dort war eine Schenke und eine große Linde und Brettertische.

Augustinus und Eustachius setzten sich nieder, und tranken roten Wein, wie er an der Elbe wächst, und aßen gute Dinge, die vorher in der Stadt bereitet worden waren.

Da sprach endlich Eustachius: »Sage nun das von den Bettlern.«

Augustinus antwortete: »Die Verachtung wird eingeteilt in die grobe und feine. Die grobe wirft dem Manne Brocken oder Heller hin, und schaut ihn nicht an. Diese genießen die Türenbettler und die Straßenbettler. Die feine haben die Menschen innerlich gegen die, welche ihnen vorher etwas geben, dafür man den Lohn stets zu groß hält. Da sind die Komödienspieler, Gaukler, Pfeifer, Marktschreier, Tierabrichter, Hanswurstzeiger, Riesen, Zwerge und solche. Da sind die, welche in die Häuser gehen müssen, um ein wenig Erziehung und Unterricht darzureichen, und sich dann wieder von hinnen zu begeben. Und wenn eine Zeit um ist, bekommst du dein Geld, und niemand kümmert sich um dich. Und wenn dich dein Herz überkommt, und du aus ihm zu dem Schüler redest, und dann aufstehst, und in Demut Abschied nimmst und fortgehst, und wenn er an dem Fenster steht, und auf den Scheiben trommelt, und dich unten weggehen sieht, von Wägen, die da fahren, mit Kot bespritzt, dann däucht er sich mehr zu sein als du, und die Seinigen denken auch so. Und ist das nicht Hunde tanzen lassen, Dudelsack pfeifen, Untaten singen, den Hanswurst zeigen, und dann mit der Papiertüte sein Geld sammeln gehen? Mir ist es schon lange bis zur Kehle. Und bist nicht du so, und bin nicht ich so? Siehe, du Mann des Rechtes, ich bin viel weiter her als du aus deinem Friedland. Ich bin in dem Walde geboren, der so groß ist, wie kein einziger des Landes, der tausend Hügel hat, tausend Rücken, und eine Million frischer Quellen. In diesem Walde hat mein Vater Eberhard ein Haus. Das Haus hat Waldwiesen, Waldfelder, Holz, einige Haustiere, Waldfrüchte, aber wenig Geld. Ich sagte zu meinem Vater: ›Ich werde nach Prag gehen, und werde dort die Schule der gelehrten Männer besuchen.‹ Der Vater antwortete: ›Wer wird dann nach meinem Absterben das Haus besorgen? Dein Bruder Kaspar hat nicht den Kopf dazu, und deine Schwester Anna kann ihm nicht helfen.‹ Ich antwortete: ›Kaspar wird es schon treffen, und ich werde ihm, wenn ich zurück komme, helfen, und Anna wird auch ihr Fortkommen finden.‹ Und als ich dann in dem Rocke von dem groben grauen Tuche, das wir selber im Hause machen, und das auch der Vater und Kaspar trägt, mit den Viehtreibern nach Prag ging, so langsam, als das Vieh schreiten konnte, und als wir in dreizehn Tagen Prag erreichten, und als ich draußen in Podol ein winziges Stübchen hatte, und von ihm alle Tage den weiten Weg in die Schule machte, und immer den groben Rock trug, und mir von dem Mehle, den Erbsen, den Linsen, den Rüben, dem Kohle und dem Brote und Rauchfleische, das mir die Viehtreiber zu Zeiten von Hause brachten, meine Nahrung bereitete, und von dem allwenigen Gelde, das auch von Hause kam, Bücher kaufte, und sonstiges bestritt, und da ich dieses durch mehrere Jahre tat, und selber im Schnappsacke, wenn ich in die Ferien nach Hause ging, meine Kost mittrug: so war ich kein Bettler, sondern ein König in meinem Wahne und in meiner Macht; denn seinen Bedarf von seinem Hause und Vater beziehen, ist nicht betteln. Aber da kam der Satan über mich, und ich wurde ein Unterrichtsmensch, ich kaufte dann schöne Röcke, einen Schläger, schöne Stöcke, zog in die Stadt, aß beim Garkoche, bot den Meinigen nach Hause, sie hätten nicht mehr nötig, mir etwas zu schicken, und lenkte, da ich in den Wald und nach Hause kam, und dort stolzierte, die Bewunderung auf mich, und erschien endlich schon lange nicht mehr zu Hause, und wußte gar nicht, daß ich von einem Könige zum Bettler gesunken bin. Jetzt aber sehe ich den Schnack. Als dein Schneider dir zu essen gab und dich ausstattete, warst du kein Bettler; denn er ist dein Ziehvater geworden, und hat die Schuldigkeit eines Vaters übernommen. Als du aber tatest wie ich, bist du ein Bettler geworden. Du bist noch ein ganzer, ich nicht mehr. Höre mich an: du kennst die Witwe des alten Hauptmanns, der in der Heuwaggasse wohnte, und so oft zum grauen Hasen kam, weißt du, die so gerne die großen Blumen auf ihrem Gewande hat.«

»Du hast sie mir gezeigt, Augustinus«, sagte Eustachius.

»Nun, die hat bei dem Kaufherrn Just geklagt«, fuhr Augustinus fort, »daß ihr Kätzchen krank sei. Ich sagte, ich wolle dem Kätzlein kraft meines Amtes, der ich ein Arzt im Entstehen bin, helfen. Es war ihr angenehm, ich ging zu ihr, und half dem Kätzlein, sie sagte es weiter, und ich hatte noch bei andern Witwen und alten Frauen drei Katzen und zwei Hunde zu heilen. Und heute sind für die ärztliche Hilfe an den Tieren die ersten Zahlungen eingegangen, und neue flehentliche Ansuchen sind wieder gemacht worden, meine geschickte Hand an andern erkrankten Tieren zu versuchen. Ich bin also jetzt einmal ein Tierarzt, und ein glücklicher, und das Geld, das dafür kommt, ist ehrenhaft in landgebräuchlichen Diensten erworben, und wir vertrinken einen Teil davon. Für dieses Geld bin ich nun also kein Bettler mehr, nur für das andere; darum bin ich nur mehr ein halber. Dieser rote Wein ist wie für den Kaiser und den Kurfürsten. Stoße an.«

Sie stießen an, und leerten die Bechergläser.

Dann sagte Eustachius: »Das hast du gut ausgesonnen, Augustinus, es hat den Schein, als pfiffen wir den Dudelsack und sängen Untaten.«

»Gut; es hat nicht den Schein, ihr Himmelslichter«, sagte Augustinus, »wir pfeifen und singen in Wahrheit und Wirklichkeit, und ist auch einer, der uns den Groschen mit Erkenntlichkeit gibt, so sind wieder zehne, die uns den Silberling hinwerfen als Schluckern.«

»Es werden aber doch manche anders sein«, sagte Eustachius; »denn siehe, der Kaufherr Emerich Waldon besitzt schöne Bücher und Bilder und Zeichnungen, und ehrt sie, es sind oft schöne Musiken bei ihm, er hat Achtung vor der Gelehrsamkeit, ist freundlich gegen mich, und würde solche Dienste erkennen, wenn ich sie ihm leistete.«

»Nun ja, der Christine kannst du keinen Unterricht geben«, sagte Augustinus, »er mag einer sein mit dem Groschen; aber was ist das gegen die tausend mit dem Silberlinge. Ich kenne alle. Da ich den schönen sammetnen Rock antat, und weiße Krausen hatte, und den Schläger führte, da erhielt ich Freunde, der eine hing sich hier an und der andere dort, der dritte führte mich am Arme vom Karolin fort, und der vierte stieg in meine Stube hinauf, und sie zogen mich zu ihren Eltern und Oheimen und Muhmen und zu deren Freunden und Bekannten. Und wenn es ein Fest und einen Tanz gab, da war der Herrlichkeit und Freude das Maß voll. Aber die Dinge haben in der Welt ein Angesicht, daß jeder ein Geschäft haben muß, davon er sein Geld bezieht, und wie es im Brauche ist, dann gilt er, selbst wenn er Würste macht; aber der Stubenunterricht ist keine Zunft, du bist außerhalb, keiner denkt an dich, und du bist nichts. Man muß nur wieder einen finden, der ist wie wir selber, so wie ich dich gefunden habe. Oder man trifft einen getreuen Sinn unter denen, die mit uns beim Hasen oder beim Rosse trinken, und oft halb Lumpe, halb gute Menschen sind. Stoßen wir wieder mit den Gläsern an.«

Sie stießen an.

Eustachius sagte: »Es ist recht gut, Augustinus, wie du sprichst, du wirst es besser wissen, und gute und bedeutsame Menschen werden selten sein, weil sie gut und bedeutsam sind, und es wird nicht leicht sein, sie zu finden.«[3]

»Am leidlichsten ist es noch bei den Mädchen«, sprach Augustinus. »Sie sehen weniger auf den Beruf, und glauben leichter Worten, Mienen und Kleidern, wie ich dir gesagt habe. Als ich den grauen Rock hatte, und ein König war, kümmerte sich keine um mich als die kleine Lidwina meiner Zimmervermieterin, welche meinte, ich könne alles, was man nur zu erdenken vermöge. Aber selbst bei den Mädchen, ich weiß es nicht, wenn einer unserer Zunft ein tieferes Bündnis errichten wollte, und strebte, daß er einst eine als Ehefrau heim führte, ob sie es wagen würde. Du hast Augen, Eustachius, die so schwarz und groß und schön sind, daß sie den Mädchen gefallen müßten; aber du weißt nichts mit ihnen anzufangen, du trägst sie in deinem Kopfe, als hättest du sie ausgeliehen, und müßtest auf sie Acht geben.«

»Meine Augen sind so, wie sie sind«, sagte Eustachius.

»Gut«, entgegnete Augustinus, »sie sind, wie sie sind, und werden so bleiben.[4] Wenn wir aber auch in unserm Stande sind, wie wir sind, so will ich doch über den Roßmarkt schreiten, als wäre es gar nicht wahr, daß von all den Häusern um ihn herum keines mir gehöre, ich biete Trotz sowohl den Erkern und Giebeln, den großen Toren und Fenstern, als auch den schönen Augen darinnen, nein, nein, denen biete ich nicht Trotz, sondern ich will des Bürgermeisters Jakoba, wenn sie herab schaut, durch Zurückstreichen meiner Haare und durch Hinaufrichten meiner Augen beglücken. Dann gehe ich weiter, und pfeife mir ein Liedlein. Nicht einmal ein reicher Mann will ich unter diesen Leuten werden. Sondern ich werde zu den Meinigen nach Hause gehen und allen helfen, die es bedürfen und mich achten. Tue desgleichen.«

Eustachius antwortete: »Seit mein Ziehvater gestorben ist, habe ich niemanden zu Hause. Vielleicht gehe ich mit dir, wenn sie mich in dem Walde brauchen können.«

»Just in dem Walde nicht viel«, antwortete Augustinus, »aber nahe bei ihm. Das wäre recht schön, stoße an.«

Sie stießen an.

Es kamen jetzt einige Kameraden des Augustinus, die erfahren hatten, daß er in Nusle sei und trinke. Es kam Ladron, Emeran, Bleischlein, Zirder und Kuno. Sie setzten sich um den Brettertisch unter die Linde. Man trank und schwatzte und trieb Possen, bis die Nacht kam, und auch wohl ein wenig in die Nacht hinein. Augustinus bezahlte alles. Darauf zogen sie gemeinschaftlich in die Stadt.

Ein Jahr darnach ging Augustinus einmal über den Roßmarkt, und gerade um die Ecke der Wassergasse kam Eustachius heraus. Er schaute auf kein Fenster, und schaute auf keinen Erker, und ging gerade gegen Augustinus los. Als ihn dieser hervor kommen sah, rief er ihm zu: »Was bist du denn so vergnügt, als hättest du den Altstädter Ring gestohlen, und bist doch nicht einmal im Stande, des Krämers Waldon Tochter zu christlich erlaubter Liebe zu verführen, und issest doch so oft mit ihr an ihres Vaters Tische. Sie sagen ohnehin auf dem Karolin, sie hänsle dich.«

»Sei gegrüßt, Augustinus«, sagte Eustachius, »du weißt ja ohnedem, daß ich nicht mehr viel in das Karolin gehe. Und Christine ist ein Mädchen, das ihres Vaters wert ist.«

»Nun, so nimm ein Schwert, und haue einem in die Rippen oder in die Schultern, daran er gerade nicht stirbt«, sagte Augustinus.

»Es wird auch ohnedem anders werden«, entgegnete Eustachius.

»Es wird ohnedem anders werden, wenn du fort bist«, sagte Augustinus, »aber wo wolltest du denn hin, da du mir begegnetest?«

»Ich komme von der lustigen und ernsten Stadtchronik«, antwortete Eustachius, »und wollte dich auf die Schützeninsel abholen, daß wir Melniker trinken.«

»Melniker«, sprach Augustinus, »ja, sage, hast du wirklich den Altstädter Ring gestohlen?«

»Nein, aber ich habe Hirngespinste gemacht«, sprach Eustachius, »und nun habe ich einige verkauft, und da dies das erste Geld ist, welches ich mir mannhaft erworben habe, wie du von deinem Katzengelde gesagt hast, und da ich nun auch nur mehr ein halber Bettler bin, so will ich dieses Geld auch ehren wie du, und will einen Teil vertrinken, aber du mußt mit mir trinken, wie ich mit dir getrunken habe.«

»Hirngespinste verkauft, Melniker trinken«, erwiderte

Augustinus, »sage, hast du nicht etwa schon Melniker getrunken?«

»Nein«, antwortete Eustachius, »aber entschließe dich nur, ich werde alles erzählen.«

»Gut«, entgegnete Augustinus, »ich bin des Melnikers wegen gar nicht abgeneigt.«

»So gehen wir«, sagte Eustachius, »und die Goldstücke, die wir nicht vertrinken, werde ich dir zum Aufheben geben.«

»O du Tor, ich vertäte sie dir«, sagte Augustinus, »wenn ich einmal Goldstücke bekäme, so gäbe ich sie dir aufzuheben, doch dir stehlen sie dieselben wieder, und nun gehen wir.«

Sie gingen, um auf die Schützeninsel zu kommen. Sie ließen sich überfahren, und als sie angekommen waren, setzten sie sich an ein kleines Tischchen mitten in dichtes, grünes Laub, das angenehm flüsterte. Die Flasche mit dem Weine wurde gebracht, Gläser wurden gebracht, sie schenkten ein und tranken. Sie saßen sehr abseits in dem Gebüsche, daß von andern Menschen nur manchesmal ein Ruf hinein tönte oder das Rasseln vom Kegelspiele.

Da sagte Augustinus: »Nun, wie ist denn das mit den Hirngespinsten?«

Eustachius antwortete: »Ich habe an das, was du von den Bettlern gesagt hast, immer gedacht. Ich habe dir einmal gesagt, daß ich Dächer und Häuser und Türme von meinem Fenster aus gezeichnet habe. Ich habe auch Büsche und Bäume und den Garten und das Haus des Kaufmanns Waldon gezeichnet. Ich wollte von diesen Zeichnungen etwas verkaufen; aber es kaufte niemand etwas.«

»Hast du dem Kaufmanne Waldon Zeichnungen angeboten?« fragte Augustinus.

»Nein, dem habe ich sie nicht angeboten, und dem biete ich sie auch nicht an«, erwiderte Eustachius.

»Gut, so erzähle weiter«, sagte Augustinus.

»Ich habe noch etwas anderes getan«, sprach Eustachius.

»Wenn der Mond schien, oder auch, wenn es in der Nacht stürmte und toste, oder wenn recht viele Sterne waren, schrieb ich in meiner Stube manches auf, das mir in mein Herz gekommen war. Ich schrieb recht vieles auf. Und wenn ich mich in meinem Berufe abgearbeitet hatte, und wenn ich noch so allerlei anderes hatte tun müssen, so waren diese Dinge jetzt mein Eigentum, und ich schrieb wieder neue hinzu. Da ging ich nun in die Stube der lustigen und ernsten Stadtchronik, und zeigte ihnen etwas von dem Geschriebenen. Sie lasen es, druckten es dann mit einem fremden Namen voran, und gaben mir mehrere Goldstücke. Siehst du, Augustinus, du weißt, daß in meiner Stube ein Koffer steht, der mit einer Dachshaut überzogen ist. In demselben sind gar keine Linnen oder Kleidersachen, sondern die Päcke der Dinge, die ich geschrieben habe. So ist die Sache.«

Augustinus sprang auf, nahm den Freund bei dem Halse, und küßte ihn so herzhaft in das Angesicht, wie er kaum die Lippen Jakobas geküßt hätte. Dann rief er: »Du machst ja Augen wie einer, der glücklich ist, mich aber packt die Angst, ob nur das Geschriebene auch etwas wert ist.«

Eustachius antwortete. »Sei stille, Augustinus, das habe ich mir selbst schon gedacht. Aber wenn ich von den Leuten in meine Stube kam, so war es mir, als sei das Ding doch etwas wert.«

»Es ist auch etwas wert«, rief Augustinus, »das heißt, dein Herz ist etwas wert, und wenn du dein Herz aufgeschrieben hast, so sind, ich rufe Gott und alle Heiligen, die Schriften auch etwas wert.«

»Es kann sein, Augustinus«, sagte Eustachius.

»Und gar zu toll wäre es«, sprach Augustinus, »wenn du noch ein Dichter wärest, wie etwa Homeros oder Torquato Tasso.«

»Nicht Homeros, nicht Tasso«, sagte Eustachius, »wenn ich schrieb, habe ich nicht an Homeros und Tasso gedacht.«

»Gut, du bist auch nicht Homeros und Tasso«, sprach Augustinus.

»Nein«, sagte Eustachius.

»Und du hast diese Dinge so in deinem Kopfe?« fragte Augustinus.

»In dem Kopfe«, antwortete Eustachius.

»Und in dem Koffer?« fragte Augustinus.

»Sorglich eingepackt, daß nichts naß und staubig wird«, antwortete Eustachius.

»Gut, aber die Wäsche und Kleider zwischen den Doppeltüren werden muffig und staubig«, sagte Augustinus.

»Lasse die«, sagte Eustachius, »und gewöhne dir, Augustinus, das abscheuliche Sprichwort ab, zu sagen: gut, wenn etwas schlecht ist.«

»Gut, ich werde es mir abgewöhnen«, sagte Augustinus, »das ist eine närrische Geschichte, aber sie ist, wie sie ist. Ich bin so freudig, da steht ein Wein, der herrlicher ist, als der in Nusle war, in dem Keller ist noch mehr, wir wollen Gott, der ihn erschaffen hat, dadurch preisen, daß wir ihn trinken. Da lege ich ein großes Silberstück auf die Tischecke, das werden wir noch ganz vertrinken, ehe wir fort gehen. Ich habe die Leute in den Verruf getan. Ich könnte augenblicklich hingehen, und den Bürgermeister einen Esel heißen; aber ich tue es nicht, weil ich fröhlich bin. Schreibe du Hirngespinste, ich will Kröten, Hunde und Katzen heilen, bis wir fort gehen. Vorher will ich noch übermütig sein, alle schönen Mädchen lieben, und die gewaltig schöne Christine werde ich aus drei Gründen küssen. Erstens, weil sie den Schreiber nicht will, der um sie tänzelt, zweitens aus Rache, weil sie gegen alle Männer spröde ist, und drittens, weil du sie nicht küssest. Alle lustigen Bettler sollen hoch leben!«

Eustachius sagte: »Es wäre doch gut, wenn du weniger tränkest, Augustinus.«

»Gut«, sagte Augustinus, »sitze ich nicht wie ein Eichstamm hier?«

»Ja«, entgegnete Eustachius.

»Also«, sagte Augustinus.

Sie blieben sitzen und sprachen allerlei und machten Pläne, was sie in dem Walde tun wollten, wenn sie einmal dort wären. Und es kam auch Lachen und Scherzen, bis die Sonne schon sehr schief durch die Bäume schien. Dann standen sie auf, und gingen so fröhlich von dannen, als hätten sie auf der Insel, wie einst jene drei Römer, die Welt geteilt.

Sie schlenderten mehrere Male über die Brücke hin und her, dann gingen sie durch die Gasse, wo Jakoba wohnte, dann noch durch allerlei Gassen, in denen Staub und Abendröte war, und erst, da schon die Sterne, von denen Eustachius gesagt hatte, am Himmel waren, trennten sie sich an der Treppe zu Eustachius Stube.

»Gute Nacht, Eustachius«, sagte Augustinus.

»Gute Nacht, Augustinus«, sagte Eustachius.

Eustachius rannte die Treppe hinauf, und Augustinus ging in der Gasse gegen seine Wohnung hin.

In der nächsten Zeit las er nun in der lustigen und ernsten Stadtchronik, was Eustachius geschrieben hatte. Er konnte aber nicht erklügeln, wie groß oder närrisch das Ding sei.

Die Geschichte der zwei Schüler hatte aber nicht den Ausgang, den sie sich gedacht hatten. Da sie ihrer letzten Prüfung schon sehr nahe waren, kam eines Tages am frühesten Morgen ein junger Gerichtschreiber zu Augustinus, und sagte ihm, er habe erfahren, daß der Doktorandus Eustachius heute nachts flüchtig geworden, und daß man eben auf dessen Wohnung die Pfändung vornehme, Schulden halber. Er bringe die Nachricht, weil er, der die entfernte, aber schmeichelhafte Hoffnung habe, des Kaufherrn Emerich Waldon Tochter Christine als Braut zu gewinnen, den jungen Mann zuweilen bei seinem verhoffentlichten Schwiegervater gesehen habe, und da er wisse, daß Augustinus auch Anteil an ihm nehme, so könnten sie zusammen helfen – –«

Augustinus aber ließ ihn nicht ausreden, sondern rief: »Du Angesicht, hebe dich von hinnen. Eustachius hat gar keine Schulden.«

Der junge Gerichtschreiber ging fort. Augustinus aber kleidete sich schnell an, und lief gegen Eustachius Wohnung.

Da er dort angekommen war, stand auf dem Gange Cäcilia und weinte entsetzlich. Als sie den Augustinus sah, rief sie: »O lieber Herr! das ist ja ungeheuer betrübt, alle die blütenweißen Hemden, die ich selber gemacht, und von denen ich ihn noch keines habe anziehen lassen, und die andern, und die Kleider, alles, alles.«

»Gut, und was ist es denn?« fragte Augustinus, »und ist jemand in seiner Stube?«

»Nein, sie sind schon alle fort«, sagte Cäcilia.

»Nun gut, so sage nur, was es ist?« fragte Augustinus.

»Ich habe ihn nie leiden können«, sagte sie, »wenn er so um den guten Eustachius schmeichelte.«

»Karschitz?« fuhr Augustinus los.

»Ja«, antwortete sie, »er war immer da, seit mein armer junger Herr das viele Geld bekommen hatte, und da war Eustachius heute die ganze Nacht nicht zu Hause, und am Morgen kamen die Herren vom Amte, und brachten ein Papier ins Haus, auf das er seinen Namen gesetzt hat, und nun wollten sie Geld oder seine Sachen. Ich begriff nun, warum er gestern so verwirrt gewesen ist, mehr als sonst immer. Wie sie nun das Leinenzeug und die Kleider heraus rissen, so wollte mir das Herz im Leibe zerspringen, ich hatte selbst alles geglättet und geordnet, weil er nichts schonte, und da fiel mir in der Angst ein, wie er seinen Koffer immer gesperrt hielt, und ich sagte, da sei vielleicht das Geld; aber, o lieber Herr, als sie den Koffer erbrochen hatten, war nichts darin, als lauter beschriebenes Papier, mit rotseidenen Bändchen in Päcke gebunden, die Herren warfen das Papier heraus, und als endlich der nackte Boden des Koffers erschien, aber kein Geld, nahmen sie das Papier wieder in die Hand, lösten einige Bändchen, und fingen zu lesen an. Dann aber legten sie die Papiere neben den Koffer, die andern Sachen warfen sie in denselben, und versiegelten ihn. Ich bitte Euch, Herr, redet dem Eustachius zu, daß er wieder Ordnung mache.«

»Ja, weißt du denn, wo er ist?« fragte Augustinus.

»Das wird wohl in dem Briefe stehen, den ich Euch geben soll«, sagte sie.

»O heiliger Gott im Himmel«, rief Augustinus, »die hat einen Brief, in dem alles enthalten sein wird, und gibt ihn nicht her.«

Er entriß ihr den Brief, lief in Eustachius Stube, zerriß das Petschaft, und las die Worte des Briefes.

Die Worte aber lauteten: »Lieber Augustinus, ich übergebe Dir alle meine Schriften. Lese sie, Du darfst alles wissen. Zwei Päcke, auf denen 1 und 2 steht, lasse drucken, das wird alles bezahlen; aber die andern nimm zu Dir in Deine Wohnung. Im achten Packe sind Briefe versteckt. Du darfst sie lesen; aber verschweige sie. Ich habe für einen Freund gebürgt, der reiste aber ab, und kam nicht zu rechter Zeit zurück. Ich werde kommen, wenn ich es mit Ehre kann, und kränke Dich nicht zu sehr, Augustinus.«

Dieser kränkte sich aber, er heulte laut auf, daß Cäcilia, die ihm ins Zimmer nachgegangen war, erschreckt davon lief. Er rannte dann in der Stube auf und ab, und wußte nicht, was er denn zertrümmern solle. Dann setzte er sich auf den Koffer, und wollte sich die Haare ausraufen. Dann schlug er die Hände gegen einander, und rief: »O du verruchter Freund, o du verruchter Freund!«

Dann rief er wieder: »Jetzt wird er verzagt sein, und seinen Namen werden sie verunglimpfen. Aber bei allen heißen Teufeln, dem letzten ist abzuhelfen.«

Und eine Freude kam in sein Herz, und er rief: »Ich bringe etwas, das besser ist als alle griechische Weisheit.«

Und so ging er auf den Gang hinaus, lachte der Cäcilia ins Angesicht, daß diese jetzt über sein Lachen noch mehr erschrak als früher über sein Heulen, er nahm sie beim Arme, und sagte: »Gespenst, warum hast du den Brief nicht gestern gebracht – schweig, ich weiß alles, wie dumm du bist. Jetzt sperre das Zimmer zu, und laß niemanden hinein, sonst zerschlag ich dich auf zweitausend kleine Trümmer, und wenn einer kommt, so sag ihm, er solle das Geld auf dem Gerichtshause holen. Aber weißt du etwa, wieviel es ist?«

»Fünfundsechzig Taler, lieber Herr!« sagte Cäcilia.

»Gut«, rief Augustinus.

Und nun lief er die Treppe hinab, und Cäcilia sagte: »Der wilde, abscheuliche Mensch.«

Augustinus hörte es, aber das Weib ging ihn nichts an, und er lief in das Gerichtshaus. Da er dort angekommen war, verschaffte er sich Gehör, und sagte, Eustachius sei abgereist, er müsse für ihn fünfundsechzig Taler erlegen, und er sei zu spät gekommen, da man gepfändet habe. Die lieben Herren möchten eine Stunde warten, dann werde er das Geld hieher bringen.

»Ist das so?« fragte ein junger Ratsherr.

Augustinus sah ihn wild an.

Da trat ein alter Herr hinzu, und sagte: »Wenn die Zahlung geleistet wird, so ist das übrige dem Gerichte einerlei.«

»Sie wird geleistet werden«, sagte Augustinus.

Dann mußte er Namen und Wohnung angeben, und wurde entlassen.

Er ging fort. Dann zerrte er einen Gassenjuden in seine Stube, nahm dort eine Rolle Taler aus einem Fache, legte sie vor den Juden, und sprach: »Hier siehst du Taler genug, ich habe sie in Jahren zusammen gespart, um damit die Auslagen für mein Doktorpergament zu bestreiten. Jetzt brauche ich aber einige Taler, ich will sie von hier nicht nehmen, sondern dir etwas verkaufen. Willst du mich betrügen, so borge ich von hier, und nehme das Pergament später.«

»Ich werde nicht betrügen«, sagte der Jude.

Augustinus verkaufte ihm nun von seinen Habseligkeiten so lange, bis er fünfundsechzig Taler hatte, dann jagte er ihn fort.

Der Jude hatte den Augustinus doch betrogen, dieser wußte es, nahm aber das Geld, trug es auf das Gerichtshaus, erlegte es dort, und verlangte, daß Eustachius Stube frei gemacht werde. Es geschah, und Augustinus ließ dessen Habschaft in seine Wohnung bringen.

Die guten Gedanken kamen nun nach einander. Er ging zu einem Pferdeverleiher, dessen Kunde er war, lieh auf Borg einen Klepper, ritt gelassen davon, so lange ihn der Pferdewucherer sehen konnte, dann aber schnell, so sehr der Klepper zu laufen vermochte, dem nächsten Stadttore zu. Draußen ritt er weiter, und legte sich auf Fragen und Forschen. Bei jedem Hause, bei jeder Schenke, bei jedem begegnenden Wandersmanne, bei jedem an der Straße sitzenden Mütterlein heischte er Kunde, ob sie nicht ein Ding gesehen, wie er ihnen den Eustachius beschrieb. Alle antworteten: Nein. So ging es mehrere Meilen auf der Straße hin. Des andern Tages tat er auf einer andern Straße eben so, des folgenden auf einer dritten, und so auf allen Straßen, ja zuletzt auf allen Fußwegen, und überall sagten sie: Nein. Er fragte auch alle Schiffeigentümer und Schiffführer, ob jemand wie Eustachius in ein Schiff gestiegen sei, und sie antworteten: »Nein. Nun fing er an, am Strome zu forschen, ob er keine Leiche ausgeworfen, und nach Berichten und Befundzetteln zu suchen, ob nicht an diesem oder jenem Orte ein ertrunkener Mann gefunden worden sei; aber auch das blieb zu Augustinus Freude über einen Monat vergeblich. Er mußte die Hoffnung fahren lassen, den Eustachius aufzufinden, und er fügte sich der Erwartung, ob der Vermißte nicht selber einmal komme. Aber er kam nicht.

Augustinus rief: »Du törichter Freund, deine Bürgschaft galt nicht, weil du nicht großjährig bist. Für dich handelt dein Vormund; aber wo hast du einen Vormund, wenn nicht ich es bin, der selber minderjährig ist, und unter seinem Vater steht? Nach Vormund und Vater fragte bisher freilich niemand, und was wir schuldig waren, mußten wir zahlen.«

Nach einer Zeit ging Augustinus daran, die Schriften des Eustachius anzusehen, was denn in den vielen Päcken stehen möge. Zuerst nahm er jenen angezeigten achten Pack vor, und löste das Band und den Umschlag. Da fiel ein ganzer Stoß von Briefen heraus, alle auseinander gefaltet, der Reihe nach geordnet, in schöne himmelblaue Seide gewikkelt. Er hatte aus Eustachius Briefe die Erlaubnis sie zu lesen, zögerte aber, und wollte sie bis zu des Freundes Zurückkunft aufbewahren. Aber da kam ihm der Gedanke, in den Briefen möchte ein Aufschluß über den Flüchtling zu erhalten sein, und er beschloß, von ihrem Inhalte Kenntnis zu nehmen. Er legte die himmelblaue Seide aus einander. Da lag oben ein Brief, der noch zusammengefaltet war, der also der Sammlung noch nicht einverleibt, und daher wahrscheinlich der jüngste sein mußte. Er entfaltete, und las ihn. Er lautete:

»Lieber, teurer Eustach! Beruhige Dich, es kann nie geschehen, und wenn er hundert Jahre freite. Du mißachtest mich, wenn Du nur so lange zweifelst, als man ein Auge zu schließen und zu öffnen vermag. Ich achte sie nicht, die da ihren Leib in Seide hüllen. Wenn ich mein Herz einmal aus freier Wahl gegeben, dem bleibt es auch in Ewigkeit. Du tust Dir Unrecht, wenn Du Dich nur ein winzig Teilchen Zeit mit solchen in Vergleich setzest. Und, lieber Eustach, lasse mich hier die Frage tun: Sollte denn jener Augustinus das Gold Deines Herzens und die Gewalt Deines Geistes erkennen? Es täte mir weh, wenn es nicht so wäre. Es lebt ein Mensch auf dieser Erde, der Dich kennt. Dieser kennt Dich ganz. Lebe wohl, komme bald, bringe aber nicht so erschütternde Dichtungen, wie das letzte Mal.

Christine W.«

»Hexe!« rief Augustinus, »besser als du kennt er das Gold! Und der Eustachius! Nun schau die heilige Sanftmut den Eustachius an.«

Dem Augustinus fiel das Blatt fast aus der Hand. Er sah wie ein Zerrütteter in die Stube. Dann schleuderte er die Seide, die ihm in den Händen geblieben war, weg, nahm den Pack, und riß die Briefe heraus, um nach den Unterschriften zu sehen: »Christine, Christine, Christine«, alle von ihr, und eine ganze Menge!

»Nun, so soll ich denn jetzt närrisch werden«, rief er, »aber vorher will ich alle diese Briefe lesen.«

Allein sie waren ihm bei dem Auseinanderlegen und dem Forschen nach den Unterschriften durcheinander gekommen, und da er beim Ordnen sich überhastete, wurden sie immer wirrer, und die Zahlen, mit denen sie bezeichnet waren, sprangen, statt sich zu reihen, stets wilder durcheinander, so daß er alles hinlegte, und las, wie es lag.

Zahl 9. »Küssen Sie in Zukunft Briefe aus unserem Hause erst, wenn es unsere Magd nicht mehr sieht; aber besser ist es, sie zu zerreißen wie neulich, und die Stücke den Winden zu geben. Ich soll Sie auf morgen zu Tische bitten.

Christine«

Zahl 13. Der Vater bittet Sie auf heute zu Mittag, und ich, daß Sie uns wieder solche Dinge lesen.

Christine«

Zahl 19. »Es kann sein, es kann nicht sein. Lassen Sie künftig die Hefte weg. Darin ist ein seltsamer Mensch. Oder bringen Sie doch wieder die Hefte. Reden Sie nicht mehr solche Dinge, wie sonntags in dem Garten, und kommen Sie bald, der Vater wünscht es. Doch mich empört es, falsch zu sein, es empört mich meinetwegen und Ihretwegen, ich will aus Stolz nicht falsch sein. Sie schreiben die Hefte, und Christine wünscht, daß Sie bald kommen. So ist es, und nun leugnen Sie, wenn Sie dürfen.

Christine«

»So, so«, sagte Augustinus, »und am Ende kennt sie ihn doch. Lasse weiter sehen: Zahl 7. Zahl 5. Zahl 10. Einladungen, das ist nichts. Zahl 22. Da steht mehr.«

Zahl 22. »Ich habe Ihr Blatt in meinen Schrein gelegt, und mir däucht, ich habe eine glühende Kohle hinein gelegt. Verstehe ich das Blatt, und soll ich darauf antworten? Was enthält es? Nichts. Was enthält es? Alles. Da schwebt ein Ding in dem Raume! Sie sagen nichts, und doch stellten Sie es hin. Ahne ich es? Ahne ich es nicht? O, berühren Sie es nicht, es schwebe zwischen uns. Fürchten Sie die Zukunft. Ich zittere. Entweder muß ich hier abbrechen, oder ich schreibe gleich einen Bogen voll wie Sie. Gott sei mir gnädig, ich berühre es am Ende selber. Ein selig Angstvolles baut sich zwischen uns, ich soll, ich muß Sie tadeln; denn Sie sind es, der es baute. Es ist, wie es alle Tage her war, und doch ist es nicht so. Wir sprechen wie alle andern Leute; aber es ist, als wären es nicht diese Worte. Ihr Brief spricht dieselbe Sprache, und bei meinem heiligen Gotte, Sie verstehen die Sprache, und ich, ich verstehe sie auch. Lassen Sie alles schweben, gehen Sie um keine Messerschneidebreite weiter, ich bitte Sie, wenn Sie mich – Lassen Sie Alles, ich flehe darum, ich weiß nicht, warum mir so todesängstlich ist, als wäre dann ein Abgrund geöffnet. Leben Sie recht wohl, mehr wohl als Ihre

Christine«

N. S. Dieses Schreiben soll Sie auf Sonntag in unsern Garten einladen.

Ch.

Augustinus suchte nun mit Angst und Hast nach der Zahl 23.

Zahl 23. »Teurer, einziger Freund! Es mußte so kommen. Aber da das Wort gefallen ist, das ich so gefürchtet, und lasse mich es sagen, nach dem ich so geglüht habe, so gelte es nun auch mit all der furchtbaren Innigkeit unsäglich für Zeit und Ewigkeit. Sage, wie ist mir denn? Als mit jenem Worte alle die starre Vergangenheit hinweg zuckte wie ein Blitz, so steht eine Zukunft da, als wäre sie dunkel selig; aber ach, ich begreife sie noch nicht, und zage dem Glücke entgegen. Es mußte so kommen. Schon Wochen und Tage her trat es mir zu, daß es so kommen werde. Das Herz, vor dem ich anfangs bangte, so rein, so schön, so gut und so sprühend, erst sah ich es dunkel träumend, dann klar in sich ruhend, dann, wie es entzückt war, da es an mich heran wuchs, so sachte, so innig, und immer mehr, und immer mehr, an mich, die ich voll und ahnungsreich bebend war, bis die Himmelsfrucht dicht vor meinen Augen hing. Ach, Eustach, Du wirst es sehen, wenn Du wieder kommst, in den Flammen meiner Wangen.

Christine«

Dem Augustinus wurde es fast schwindlig vor den Augen, und er legte das Blatt weg, und sah vor sich hin. Seine Stube, ihre Wände und Fenster drehten sich vor ihm.

»Das ist ja ganz unaussprechlich, das ist unaussprechlich«, rief er. »Eustachius! Eustachius! Wo wird er denn jetzt sein, und wo wird er denn sein!«

Dem Augustinus war es, wenn er nur den Eustachius auf eine Stunde da hätte. Es war ihm so unerträglich, allein zu sein. Er ging einige Male in der Stube hin und her, dann setzte er sich wieder nieder, um weiter zu lesen.

Und immer tiefer und immer zärtlicher wurden Christines Briefe, daß Augustinus ausrief: »Die ist doch anders. Und nun möchte ich die Briefe des Eustachius lesen.«

Dann las er weiter.

Zahl 36. »Teurer Freund! Es ist nicht möglich, Du mußt Dich aufreiben. Schreibe nicht mehr in der Nacht. Ich bitte Dich darum. Seit jenem ersten Abende, da die Blätter in dem Laubgange raschelten, und die Musik des Vaters gedämpft aus dem Gartenhause herüber schallte, und Deine Worte wie brennende Funken in meine Seele fielen, seit ›jener Flamme um unsern Mund‹, wie Du es nanntest – o Eustach, nicht einmal ein weiblicher Mund hat noch den meinen berührt – seit jenem Abende habe ich ein Recht, daß Du Dich schonest, und heiter und glücklich seiest. Ich habe Deine Nachtgedanken gelesen. Ach, ich liebe Dich ja, und möchte nichts, als in Ewigkeit fort von Dir geliebt werden.

Du hast ein sonderbares Herz, und so habe ich es von Kindheit auf gewollt und geträumt: ein Herz, das tiefer ist als die ganze Welt, müsse mein sein mit einer Liebe ohne Grenzen, und nun ist es mein, lasse mich tauchen in seinen Abgrund, Seele um Seele, Herz um Herz, daß keine Welt mehr ist, nicht einmal die Sterne. Nur den leisen Schmerz, der manchesmal um Deine Züge ist, verscheuche, er ist sonst nicht Deines Wesens, und Deine schönen Augen hatten nie etwas davon gesagt. Bist Du denn nicht glücklich? was Besitz? was Ehe? Nicht ein einzig herzlich Wort soll die Männerschaft von mir erlangen, Du blickst ein ander Mädchen kaum an, wie solltest Du auch, wie kann sie Dich denn so lieben wie ich? Und so laß uns bewahren das süße Geheimnis, laß uns selig sein im süßen Geheimnisse, und so immer fort, immer fort, mögen Zeiten um Zeiten kommen, ich flehe nichts, als daß sie sich nicht ändern, und so immer fort eine einzige seelenvolle Gegenwart und Ewigkeit. Ich werde nie eines andern Mannes, Du nie eines andern Weibes. Du willst Werke herausgeben. Wie ist mir denn? Wird nicht der holde Duft der Dichtungen verweht werden, die uns vereinten? Tue, wie Du es erkennst. Du willst ein Amt haben, und dann um mich werben. Tu es oder tu es nicht; das ändert an meinem Herzen nichts. Bist Du stark und demütig in Deinem Mute, so bin ich stark und demütig in meiner Liebe. Der Himmel segne und schütze Dein liebes Haupt. Lebe wohl.

Christine«

Und so und noch heißer waren alle Briefe.

Dem Augustinus öffnete sich ein weiter, weiter Raum. Es war ihm, als sei auch schon ein Wesen da, dem er mit solcher Liebe anheim fallen werde.

Dann legte er die Briefe wieder in der Ordnung zusammen, umwickelte das Päckchen mit der himmelblauen Seide, und legte es in einen Schrein.

Desselben Tages ging er am Abende auf den Schloßberg, schaute auf die schwarze Stadt hinab, und dachte an Christine.

An den folgenden Tagen las er auch, wenn seine Arbeitszeit aus war, in den Päcken des Eustachius; aber er sagt es nicht, und will es nicht sagen, was in ihnen steht.

Er forschte nun, in welche Kirche Christine gehe, und erfuhr, daß sie mit ihrem Vater an jedem Sonntage und an jedem Festtage dem großen Gottesdienste in der Teinkirche beiwohne. Er ging nun auch jedesmal in diesen Gottesdienst, und sah nach Christines Augen. Dieselben waren groß und dunkelbraun. Es war aber in ihnen gar nicht zu erkennen, was in ihrem Gemüte vorgehe. Sie blickte ruhig entweder gegen den Priester oder in ihr Buch. Sie saß mit ihrem Vater jedesmal in einem eigenen Stuhle. Man konnte leicht bemerken, daß manche junge Männer ihretwillen in der Kirche waren, und jeder mochte schon den beneiden, dem sie einstens angehören werde. Auch den Augustinus zieh man der Liebe zu ihr, er machte sich aber nichts daraus.

Er fing auch an, allerlei Geschichten zu ersinnen, und in die lustige und ernste Stadtchronik zu setzen, die so abgefaßt waren, den Eustachius zu locken, daß er sie verstehen solle, und daß er wisse, alles sei auf das Beste ausgegangen. Aber Eustachius gab kein Zeichen, und kam nicht.

Augustinus arbeitete nun noch viel eifriger als sonst.

Endlich machte er seine letzte Prüfung, legte seine Taler hin, und erhielt sein Pergament. Nun packte er seine Habseligkeiten zusammen, und sandte sie mit dem Frächter fort. Darauf kündete er seine Wohnung. Als dieses alles geschehen war, forderte er den Mann Karschitz auf Schläger. Der Platz war ein Gebüsch des Laurenzberges. Bei Augustinus war Ladron, bei Karschitz der Mann Greuten. Augustinus erstach beinahe den Karschitz. Ladron und Greuten untersuchten denselben, und sagten, man könne ihm schon wieder aufhelfen. Darauf ging Augustinus gar nicht mehr in die Stadt, sondern seines Weges in die Welt.

So war es mit den zwei Bettlern.

Seitdem sind Jahre vergangen.

Augustinus sitzt im Hause seiner Väter. Auch über ihn ist ein Schein aufgegangen, und dann ist es wieder finster geworden. Eustachius blieb verschollen. O Eustachius, dort im Schreibgerüste liegen alle deine Päcke, in dem Ebenholzkästchen, das eigens gemacht worden ist, liegen die Briefe Christinens. Dein Zeisiganzug ist da, dein braunes Gewand ist da, in dem du zuerst in Prag herum gegangen bist, die neuen Hemden, die Cäcilia gemacht hat, und alles. Du könntest in der großen Stube oben sitzen, und Bergeslasten von Hirngespinsten schreiben, oder an das Juwel denken, das du verschleudert hast. Oder du könntest auch manchesmal mit deinem Freunde auf den Reutbühel steigen, und ihm hinüber schauen helfen auf das weiße Haus am Buchenbestande, in welchem das andere Kleinod ist, das der andere Bettler verschleudert hat.

Margarita, süßes sanftes Perlenlicht, ich segne dich, wenn du noch mein gedenkest, ich segne dich auch, wenn du schon auf mich vergaßest.

VON DEM ERSTEN KRANKEN, DER DURCH GOTTES HILFE BEI MIR GESUND WARD[5]

Ich will jetzt auch dieses hier eintragen, und das, was sich zugetragen hat, da ich von Prag fortging.

Als ich den Karschitz beinahe umgebracht hatte, und als mir Ladron gesagt hatte, er werde wieder aufkommen, ging ich von Prag in der Richtung gegen Mitternacht fort. Ich ging gegen Mitternacht, weil ich dachte, die Schergen könnten mir gegen Mittag als den Weg nach meiner Heimat folgen. Es ist auch so geschehen, wie mir kund geworden ist. Ich ging auf einem Pfadlein zwischen Wiesen und Feldern, und da bald die Nacht kam, ging ich die ganze Nacht hindurch, und aß ein Stück Brot, das ich zu mir gesteckt hatte. Am Morgen zechte ich in einer Bergschenke, und ging dann wieder weiter. Ich ging nun die ganzen Tage, und manches Stück Nacht. Ich war mit nichts zum Tragen belastet. Ich hatte mein alltägliches Gewand an und den Schläger an meiner Seite. Ich ging auf Fußwegen nach Schlan, von da durch den Wald nach Mies, dann auf Fußwegen nach Taus, und von da in den bayerischen Ort Fürth. Von Fürth ging ich auf bayerischem Grunde am Saume des großen Waldes mittagwärts bis zu dem Orte Freiung. Von Freiung ging ich wieder mittagwärts bis zu dem wilden, ausgebreiteten, unwirtbaren Walde, der an der Mihel ist, und dort anfängt, gegen Morgen zu gehen. Da ist ein Ort, der den Namen Klafferstraß hat. Dort mietete ich mich in einer Schenke ein. Ich stieg nun alle Tage in den hohen Wald hinauf, und untersuchte seine Kräuter und Pflanzen, und strebte, wie er sie hat, sie kennen zu lernen. Die ich gepflückt hatte, legte ich zwischen weiches Papier in Päcke. Oft kam ich in der Nacht nicht nach Hause, sondern war bei Holzschlägern oder allein unter einer Tanne, an der ich ein Feuer angezündet hatte. Als nach fünf Wochen von Ladron die Nachricht kam, Karschitz gehe wieder als alter Schüler auf dem Karolin herum, nahm ich meine Pflanzenpäcke an einer Schnur um die Schulter, und wanderte über den Wald in meine Heimat hinüber. Und als ich an dem Hause meiner Voreltern angekommen war, stand schon der Vater da und der Kaspar und die Anna auf der Gasse. Ich grüßte alle. Sie hatten eine große Freude, und grüßten und herzten mich. Und der Knecht und die Mägde und der Stallbube kamen auch heraus, und unter den Türen der Nachbarhäuser standen Leute, und sahen von ferne her.

Der Vater sagte: »Wir haben dich schon sehr lange erwartet, deine Truhe, die du von Prag gesendet hast, steht bereits in dem zweiten Monate im Hause, und es ist dir auch nachgefragt worden.«

»Es ist etwas dazwischen gekommen«, sagte ich.

»So gehen wir in die Stube«, sprach der Vater.

Sie führten mich hinein. Von der Stube aber führten sie mich gleich in die Kammer daneben. Sie hatten mir die Kammer zur Wohnung hergerichtet, wie ich sie immer, wenn ich in schulfreien Zeiten von Prag nach Hause kam, hatte. Den ungeheuren Schrein, der seit Menschengedenken in der Kammer gestanden war, hatten sie in das sehr geräumige Vorhaus geschafft, und an die lange Wand, die nun frei wurde, ein Bettgestelle mit weißen Linnen getan und zwei kleine Schreine mit Laden. Der Ahorntisch war näher an das Licht gerückt, die Fenster hatten weiße Vorhänge, und dann waren noch sechs Buchenstühle da. Den Fußboden hatten sie gescheuert und mit feinem weißen Sande bestreut, und darauf stand mein Koffer mit der Schweinshaut. Ich legte meine Pflanzenpäcke auf den Fußboden und meinen Schläger auf den Koffer, und wir setzten uns auf Stühle.

»Was hast du denn in den Päcken?« fragte der Vater, »und könnte nicht jemand die Dinge heraus nehmen, und in eine Lade ordnen?«

»In den Päcken sind Kräuter«, sagte ich, »und ich werde sie schon selber ordnen.«

»Zum Heilen?« fragte der Vater.

»Zum Heilen und zum Wissen«, sagte ich.

»So, so«, sagte der Vater.

Und als ich nach einer Weile den Koffer öffnete, und zuerst den Zeisiganzug des Eustachius heraus nahm, dann sein braunes, altes Gewand, dann die neuen Hemden, die Cäcilia gemacht hatte, und sonstiges Linnen, dann die

Päcke Hirngespinste und die Briefe Christinens, und da ich das alles mit Annas Hilfe in die Lade eines Schreines legte, sahen mir der Vater und Kaspar zu. Es blieb nun, wenn ich meine wenigen Bücher, dann die Hefte, die ich mir in der Arzneischule zusammengeschrieben hatte, und die Doktorwerkzeuge, die ich mir schon als Schüler erworben hatte, wegrechnete, so wenig in dem Koffer übrig, da ich von dem Juden so schmählich ausgekauft worden war, daß ich diese Habseligkeiten leicht in ein Tuch hätte binden, und den Bündel mit dem Schläger über der Schulter hätte forttragen können. Ich warf das alles in einen Schrein, und rückte den leeren Koffer in einen Winkel.

Es war indes einige Zeit vergangen.

Die Anna begann nun mit den Mägden den Tisch in der großen Stube mit weißen Linnen zu decken, und mit Tellern und Eßgeräten zu versehen. Es sollte, obwohl es noch lange nicht Abend war, zum Abendessen sein. Man hatte es ausnahmsweise, weil ich angekommen war, und etwa hungrig und durstig sein konnte, früher gerichtet. Wir wurden bald gerufen, auch der Knecht, die zwei Mägde und der Stallbube mußten herzu, und wir setzten uns an den Tisch. Ein großer, rosenfarbener, gebratener Schinken prangte mit gesäuertem Weißkohle auf ihm. Ein Krug mit Bier stand daneben. Für mich und den Vater waren noch zwei junge gebratene Hähne mit Kresse und ähnlichen Dingen, und eine große Flasche mit funkelndem Weine vorhanden. Der Vater hatte eine Anzahl wohlverpichter Flaschen mit Wein auf meine Ankunft zusammengespart. Wir taten den trefflichen Dingen die wirksamste Ehre an, wenn wir sie auch nicht zu bewältigen vermochten. Dann saßen wir noch in Gesprächen, die stets fröhlicher wurden, eine Weile beisammen, und gingen endlich, obschon die lange Sommerabenddämmerung noch nicht vorüber war, zur Ruhe. Und so legte ich mich denn zum ersten Male als Mann eines Berufes in meinem väterlichen Hause nieder, in dem ich nun lange zu weilen gedachte.

Am andern Tage ging ich nach Pirling zu dem Grabe der Mutter. Dann besuchte ich den Pfarrer.

Als ich auf dem Heimwege in unser flaches Tal gekommen war, das in der Richtung zwischen Abend und Mitternacht in[6] den Wald hinein geht, und schier selber ein Wald ist, betrachtete ich unsere Häuser von Thal ob Pirling, in denen eine Bürgerschaft so zerstreut lebt, daß sie sich nicht beirren, und doch so nahe, daß sie im Verkehre sind. Unser Haus leuchtete von seiner Höhe, so wie die andern Waldhäuser, Bürgerhäuser, Kleinhäuser, daß es auf seine Wiesen und Felder sieht, mit seiner weißen Mauer und seinen weißen Steinen auf dem flachen Dache gegen mich herüber. Da, dachte ich, wirst du deine Wirksamkeit beginnen. Wird sie zum Heile derer sein, die dir vertrauen, und zu deinem Heile?

Als ich bei den Meinigen angekommen war, sagte der Vater, er werde mich in dem Hause herum führen.

Ich wußte nicht, warum er das tue, da mir das Haus ohnehin ganz bekannt war. Aber ich folgte ihm aus der großen Stube in die Hofstube und Hofkammer, in die Kammer der Knechte und Mägde, und in die große und kleine Vorratskammer. Dann stiegen wir zur Zierstube empor, die unter dem Dache zwischen zwei Schüttböden war, und in der sich schöne Geräte, manches Bild, ein geschnitztes Schaustück, die schönen Kleider und die Wertdinge befanden. Hierauf ging wir in den Keller und in die Anbauten. In dem Stalle waren die Rinder und Zugochsen.[7] In der Scheune war das leere Stroh und waren die Plätze, in welche das körnerschwere getan werden konnte, wenn es geerntet sein würde. In der Wagenlaube, daneben das Einfahrtstor war, befanden sich Wägen und Ackerzugwerke, und an der hintern Wand war das Brennholz aufgeschlichtet. Wir gingen auch in den Garten hinaus, der Gemüsebeete, etwas Blumen und Rasen hatte, darauf Obstbäume standen, wie sie in der Waldgegend gedeihen. Vom Garten weg gingen wir gegen Mitternacht des Hauses auf die Wiese, auf welcher nahe an der Hausmauer eine große gezimmerte Kufe stand, in die frisches, lebendiges Wasser rann, zu dem man durch das kleine Brunntürlein heraus kommen konnte.

Als wir wieder in der Stube waren, sagte der Vater: »Augustinus, du hast nunmehr wiederum alles gesehen, es ist in deinem letzten Fortsein nicht weniger geworden, wenn wir es auch nicht haben mehr machen können. Die Felder, die Wiesen und die Waldteile kennst du, die zu dem Hause gehören, sie sind die nämlichen beblieben. Du kannst sie auch morgen anschauen. Wenn du nun alles übernehmen willst, so nimm es, du bist der älteste. Ich komme in die Jahre, und dann bin ich auch einer der Gemeindeältesten und Geschworenen, und habe darin Pflichten, und wenn auch der Kaspar arbeitet, wie ich es nicht anders sagen kann, und die Anna, und wenn auch der Knecht und der Stallbube und die Mägde zu zählen sind, so würde ich doch einmal sehr mangeln, wenn ich nicht mehr könnte. Du dürftest dich wegen des Hinauszahlens des Anteiles an Kaspar und Anna nicht kränken. Anna hat bisher das Haus nicht verlassen wollen, wenn sich auch Freier gemeldet haben. Und soll sie einmal fortgehen wollen, so wird sich auch alles vermitteln lassen, und wegen des Kaspars werdet ihr in keine Feindschaft geraten, er ist sehr gut und willig.«

»Vater«, sagte ich, »ich kann das Haus nicht übernehmen, weil ich hieher gekommen bin, die Leute zu heilen, die krank werden, und mich begehren, und wenn ich einmal auch noch ein Gemeindeältester würde, so hätte ich gar drei Pflichten. Gebt das Haus in Gottes Namen dem Kaspar, wenn Ihr es einmal übergeben wollt. Ich werde hier wohnen, wenn es Euch genehm ist, und ihm mit Rat, wenn er ihn braucht, und mit der Tat, wenn ich kann, beistehen, Ihr führt jetzt noch die Aufsicht und die Leitung fort, so lange Ihr könnt, und übergebt ihm dann alles. Und die Anna kann mir beistehen, wenn etwas am Feuer zu bereiten ist, oder sonst ein Ding notwendig wird, das in ihrem Geschäfte liegt, ich will ihr es nach Kraft vergelten, und wenn sie einmal fort will, so wird sich alles, wie Ihr sagt, vermitteln. Wer weiß, was für Umstände kommen können, und so werden wir die Dinge nach unserer Einsicht und nach unserm Vermögen weiter bringen.«

»Da müssen nun auch die andern Geschwister ihre Meinung sagen«, antwortete der Vater.

»Der Bruder wird es schon wissen«, sagte Kaspar, »und mir ist alles recht.«

»Ich tue dir jeden Dienst umsonst, Bruder«, sagte Anna, »und richte mit dem Vater und mit Kaspar die Sache, wie ihr wollt.«

»Also wirst du bei uns wohnen, Augustinus«, sagte der Vater, »das freut mich und wird deine Geschwister freuen. Ich will das Haus führen, wie du sagst, so lange ich kann, und werde es dann vor Gericht dem Kaspar übergeben. Ihr werdet ihn mit eurer Einsicht nicht verlassen. Die Einteilung in unserem Hause ist dann auch recht leicht zu machen. Du bleibst in der Kammer, Augustinus, dann ist die große Stube, in welche die Leute kommen können, die von uns oder von dir etwas wollen, und in welcher wir essen, und sonst auch manchmal sind. Ich bin seit langem schon in der Hofstube. Die Himmelbetten mit den Vorhängen, die mein und deiner Mutter Ehebetten waren, standen seit jeher in ihr, dort seid ihr geboren worden, dort ist sie von mir weggestorben, dort schlafe ich in einem der Betten, und von dort werde ich ihr nachsterben. Anna schläft in der Hofkammer neben mir. Die Mägde sind in der Mägdekammer, und Kaspar und der Knecht und der Stallbube schlafen ohnedem schon lange nicht mehr im Hause, sondern in der Sölde zur Sicherheit derselben, weil sie sonst seit dem Absterben des Söldners Mathäus leer stünde. Und so kann es bleiben, und so wird es recht sein.«

»Es ist gut, es ist recht, und ich habe eine große Freude«, rief Anna.

»Und ich bin auch voll Freude«, sagte Kaspar.

»So schlagt ein, und wir sind in Ordnung«, rief ich.

Sie reichten mir die Hände, ich ergriff sie, und wir schüttelten sie uns.

»So lebt geschwisterlich mit einander, das wird das beste sein«, sagte der Vater.

»Ja, das beste, das beste«, rief die Schwester.

Und mit diesen Worten war die Sache abgetan.

Nach einer Weile stand ich vor dem Hause, und sah herum. Da war in der Richtung gegen Abend hin der Wald, und hinter ihm wieder ein Wald. Rückwärts des Hauses war der Wald, gegen Morgen ein Wald, und nach Pirling hin Bäume wie ein Wald.

Da dachte ich: Augustinus, da willst du wirken, unter diesen Leuten, die nicht einmal wissen, was ein Arzt ist, geschweige ein Doktor mit der geregelten Einübung der Heilkunde? Haben sie nicht bisher nur von Weibern, die erfahren zu sein glaubten, Mittel gegen Schäden genommen? Oder von einem Bauer oder einem Bürger, der ein Gewerbe trieb, und helfen zu können versprach? Und ist nicht manchesmal mit einer Tragbahre ein Tiroler gekommen, der Fläschchen mit Dingen und Säften hatte? Und haben sie nicht von ihm gekauft, und die Sachen für alle Fälle, die in dem Jahre vorkommen können, in den Wandschrein gestellt? Und hat nicht einer, der an dem Bache wohnte, und das Heilen als Geschäft betrieb, alles andere daneben getan? Haare geschnitten, Bärte geschert, geweissagt, Diebe gebannt, Quellen gefunden, Zeichen gebrannt?

Und gerade da will ich wirken, sagte ich mir.

Und nach diesen Worten ging ich wieder in das Haus.

Ein Kästchen, das in der großen Stube bisher gedient hatte, daß Nägel, Bohrer und dergleichen darin lagen oder hingen, wurde in die Kammer gebracht, damit ich Arzneifläschchen und Büchschen hinein stellen könnte. Wir breiteten ein dunkles Tuch auf den Ahorntisch, und stellten das Kästchen darauf. Dann legte ich meine Hefte auf diesem dunkeln Tuche des Tisches zurecht. Ich hatte sie alle selber geschrieben, alle Krankheiten standen darinnen, die wir auf der Schule gesehen hatten, und alle anderen auch, die in den Büchern enthalten sind, und die Mittel standen bei den Krankheiten. Neben die Hefte legte ich alle meine Bücher. Neben die Hefte und Bücher legte ich auch das Fach mit den Werkzeugen des Arztes, damit ich es gleich bei der Hand hätte. Und herwärts von allem diesem stellte ich ein großes Tintenfaß, schnitt viele Federn, und legte sie daneben. Dann noch einen großen Pack weißes Papier, damit ich darauf schreiben könnte, was nötig wäre, insonderheit, welche Kranken ich habe, was ich jedem gegeben, und wie ich ihn behandelt habe, damit, wenn die Menge etwa groß würde, ich einen schnellen Überblick hätte, und nicht Wirrungen machte.

Ich bestellte mir noch desselben Tages einen groben grauen Rock, dergleichen Unterkleider und schwere dicke Lederstiefel, wie man alles in der Gegend trug, dann noch einen grünen Waldhut. In Prag bestellte ich Arzneien, die ich bezeichnete.

Von dem Tage an ging ich in der Gegend herum, die Leute sahen mich an, ja, sie traten unter die Türen, wenn ich vorbei ging, und sahen mir nach; aber ich wurde zu keinem Kranken gerufen.

Der Vater, der Kaspar, die Anna, der Knecht, die Mägde, der Stallbube taten ihre Geschäfte, und ich konnte ihnen zuschauen, und die Dinge kennen lernen, wie ich es getan hatte, wenn ich in schulfreien Zeiten von Prag hieher gekommen war.

Der neue Anzug wurde fertig, und mir in unser Haus geschickt. Ich zog nun die grobe graue Beinkleidung an, und die schweren Stiefel, die mit Nägeln beschlagen waren, und das grüne Wams, und den grauen Rock, steckte eine blaue Taubenfeder auf den grünen Hut, der nun mein Haupt bedecken sollte, und legte mir einen starken Kreuzdornstock zurecht, den der Kaspar geschnitten hatte. Mit diesen Dingen wollte ich alle Wege begehen, die es in der ganzen Gegend gibt, um sie auf das Allergenaueste kennen zu lernen, damit ich nicht durch Wegunkunde gehindert wäre, wenn ich nach allen Richtungen zu meinen Kranken gerufen würde.

Die Kistchen und Ballen mit den Arzneidingen kamen endlich auch mit dem Frächter von Prag an, und ich ging mit den Meinigen daran, alles auszupacken und zu ordnen. Ich stellte die Fläschchen, in denen Flüssigkeiten waren, in das Kästchen; allein sie fanden darin nicht Platz, und ich mußte eine Anzahl derselben auf das dunkle Tuch in das Kästchen stellen. Dazu stellte ich auch die Gläser, in denen Pulver oder andere feste Gegenstände waren. Die Päckchen mit Kräutern und dergleichen brachte ich in der oberen Lade eines Schreines unter. Der Vater und die Anna freuten sich über die Dinge, und der Kaspar bewunderte die Farben, die in den Gläsern waren. Es kam auch die Kiste mit den Tiegeln und Schalen und Geräten. Ich legte diese Sachen in die zweite Lade des Schreines, den ich schon zu meinem Berufe erkoren hatte. Die kleine Waage stellte ich auf das dunkle Tuch des Ahorntisches.

Nun schritt ich rüstig und wacker Wald aus, Wald ein, Berg auf, Berg ab, Tal aus, Tal ein. Ich begann auch, wenn ich zu Hause war, eine Zeichnung zu einem Arzneischreine zu entwerfen.

Auch etwas anderes tat ich. In unsern Gehöften und an sonnigen Plätzen und an Steinwänden wuchsen Kräuter, welche in der Arzneipflege angewendet werden. Ich sammelte davon, und trug nach Hause, was ich konnte, und an Sonntagen wurden die Mägde, denen ich die Kenntnis solcher Kräuter beigebracht hatte, hinaus geschickt, zu pflükken, zu graben und zu bringen, was sie fänden. Die Blätter, die Wurzeln, die Stengel wurden entweder getrocknet, oder in Säfte gepreßt, und im Weingeiste aufbewahrt.

Ich knüpfte Bekanntschaften mit Menschen wieder an, die ich früher gekannt hatte, und lernte neue kennen. In Pirling steht ein Haus, welches alle andern übertrifft. Wenn geurteilt würde, so wäre es der König, und die andern das Volk. Es steht mit seiner Vorderseite gegen den Marktplatz, hat einen schön geschweiften, zieratreichen, hohen Giebel von zwei Stockwerken. Von dem, der das Haus gebaut hat, und der nicht mehr lebt, hat mir mein Großvater erzählt. Er war ein Mann, der in dem Walde geboren war, und alle Leute des Waldes kannte. Er begann Weibern und alten Mütterlein, die spannen, ihre Gespinste, soweit seine Mittel reichten, abzukaufen, Linnenweben anfertigen zu lassen, selbe zu bleichen, zuzurichten, und in entfernte Gegenden zum Verkaufe zu fördern. Da fingen sie an, Flachs zu bauen, und er gedieh in dem feuchten Waldboden besser als in andern Gegenden. Der Mann machte Gewinn, konnte sich ausdehnen, hielt aber den Gewinn nicht für sich zurück, sondern ließ ihn auf die, welche ihm lieferten, überfließen, wie das Maß es gebot. Er hob sie, und ermunterte sie und andere. Manche Stellen des Waldes wurden gereutet, und mein Großvater sagte, daß man damals auf manchen Hochwiesen im Grün weiße schimmernde Streifen sehen konnte, welche bleichende Leinwand waren. Er baute sich das Haus, führte darin eine bürgerliche Wirtschaft, und hinterließ alles seinem Sohne. In dieses Haus war ich schon als Schüler der Hochschule gekommen und kam jetzt auch in dasselbe, und wurde freundlich aufgenommen. Der Sohn setzte die Handlungsweise seines Vaters fort, andere ahmten ihn nach, und so sah ich auf meinen Streifereien jetzt auf mancher grünen Höhe, in manchem grünen Tale die weißen Leinwandstellen glänzen, hörte in mancher Hütte, an der ich vorbei ging, den Webstuhl klopfen, und sah auf manchem Waldfelde die schöne blaue Blüte des Flachses. Es war eine wirtliche Gattin in dem Hause, ein Sohn, der wie sein Vater und Großvater Mathias Ferent heißt, und zwei Töchter, Franziska und Josepha.[8] Man machte, wenn ich kam, ein wenig Musik, oder zeigte Bilderbücher vor, oder sprach etwas; wenn noch andere da waren, wurde oft ein Menuett getanzt, und zweimal gingen wir auch ein ganzer Zug auf den Waldstern, und in der Nacht mit Fackeln durch den Tannenwald herab. Ich dachte schon zuweilen, ob mir denn Gott nicht eins der zwei Mädchen etwa zu meinem Eheweib bestimmt hat, vielleicht die heitere Franziska mit den dunkeln Augen und den lichten Blicken.

Dann hatte sich der junge Krämer Geran ein recht frisches kleines Haus in der untern Gasse von Pirling gebaut, hatte sich mehr Gegenstände zum Verkaufe angeschafft, als sein Vater gekannt hatte, und rief mich jedesmal an, wenn ich an sein Haus kam, und vorüber gehen wollte. Seine junge Ehefrau setzte auch immer eine Kleinigkeit zum Naschen und Nippen auf den Tisch.

Dann war die Hammerschmiede in Rohren. Gerhard Rohr hatte die Waldwässer im Rohrtale in seine Tannenschlotte gefangen, und leitete sie auf Räderwerk, das ihm Bälge und Hämmer und anderes trieb, mit denen er in Verbindung mit vielen Arbeitern Eisen zu Sensen, Sicheln und dergleichen hämmerte. Er hatte einen Garten, darin er viele Rosen pflegte, sein Eheweib ging mit einem Schlüsselbunde herum, seine drei Söhne hatten Hakenbüchsen zu allerlei

Vergnügen, er hegte einigen guten Wein im Keller, und gab gerne aus dem großen Behälter frischen Wassers, den er zur Speisung seiner Werke angelegt hatte, Forellen auf den Tisch.

Dann stand drei Stunden von dem Hause meines Vaters entfernt im Tussiwalde die Glashütte des Glasmeisters Johannes Blach, der in Stampfwerken, die der Waldbach trieb, den Kies der Gegend stampfte, ihn in Glühöfen, denen der Wald das Holz gab, schmolz, und Glastafeln, Schalen, Trinkgläser, Flaschen und anderes machte, und die Glasgegenstände in Werken schleifen, und feine Zieraten in sie schneiden ließ. Es kamen manche Gäste in dieses Haus, auch von ferne her, wohin er seine Waren sendete, um seine Ansiedlung im Walde zu sehen. Es war fröhlich in diesem Hause, die Ehefrau war heiter, die vier Söhne desgleichen, und die einzige, blonde, zwanzigjährige Tochter mit den schönen blauen Augen, obgleich stilleren Wesens und mit zierlichen Arbeiten beschäftigt, dämpfte nicht die Fröhlichkeit, sondern zierte sie vielmehr. Ich war in dem Hause heiter, und es entstanden Schnurren.

Dann hat der Herr Paul Köfner am Kirmwalde eine Meierei errichtet, in der er das schönste und schwerste Waldvieh hegt, Rinder dunkelbraunen Schlages, oder schwarz, oder schwarz und weiß gefleckt. Er und seine Gattin und seine Tochter Ludmilla empfingen mich freundlich.

Dann war Hermann Löff, der gegen das Land hinaus schönen Getreideboden erworben und zusammen gerundet hat, und sich daran ergötzte.

Dann war der Schmied im Thaugrunde nahe bei uns, zu dem sie bringen, was beschlagen werden muß, und was Eisen bedarf.

Dann war der Hermüller und der Grundmüller und der Aumüller, die ihre Werke an Waldwassern hatten.

Dann waren viele Wirte, zu denen ich kam, Wirte in Ortschaften, Wirte in Einschichten, auf einem Hügel, an einem Kreuzwege, Waldwirte, oder solche, die nur zeitweise etwas ausschenken.

Und dann ist manches Haus oder Häuslein, in das ich kam, wo sie Landwirtschaft treiben, oder ein paar Kühe haben, oder der Besitzer ein Holzknecht ist, oder Schwellen, Tröge und dergleichen aus Waldsteinen haut, oder feste Schuhe und Stiefel für Waldgänger, oder Rechen und Feuerschwamm macht, oder Ähnliches.

Mit manchem Mütterlein redete ich, das mit blöden Augen nur mehr einen groben Faden durch die Feder auf ihre Spule laufen lassen kann.

Aber niemand hat mich zu einem Kranken gerufen, der Heil von mir begehrt hätte.

Es ging schon gegen die Ernte, während, da ich gekommen war, kaum das Korn geblüht hatte.

In unserem Hause ging das Hauswesen so fort, wie es vor meiner Ankunft gegangen war. Der Vater leitete alles, und arbeitete überall als Vorgesetzter der Leute mit. Kaspar tat immer fort das, was der Vater gesagt hatte, fragte ihn stets um Weisung, und plagte sich auf eine Art, wie kein anderer neben ihm. Sie hatten das Heu trocken und schönfarbig in die Futterräume gebracht. Zu der Heuarbeit waren die Mägde mit gegangen, und Anna hatte ganz allein zu Hause das Essen besorgt. Dann wurde das Brennholz im Walde gerichtet und geschlichtet. Zum Holze ging nur die gröbere Magd mit, und es wurden in der Zeit zwei Tagelöhner gehalten. Der Vater ging an den Tagen, wann eingesagt worden war, in die Gemeindesitzung, und half dort beraten. Öfter kamen Leute, einen Dienst von ihm zu erbitten, oder um einen Rat zu fragen. Er empfing sie in der großen Stube, und erteilte das Gebetene in dem Maße, wie er es für ratsam erachtete.

Er verkaufte in der Zeit eine Kuh, und sagte zu mir, er wolle mir einiges Geld leihen, daß ich etwas in der Tasche hätte, wenn sich ein Erfordernis einstellen sollte. Ich nahm es an.

Ich hatte nun alle Wege erforscht, die im Waldlande bestanden, sie mochten von was immer für einer Art sein: die Fahrwege, die Fußwege, welche von Ort zu Ort führten, die Steige von einem Hause zum andern, auf ebenem Boden, über Hügel und Kämme, scharfes Gerölle hinab, an Wässern und durch Sümpfe und Schlamm, über Wurzeln, durch Farrenkräuter und Brombeergestrüppe. Selbst die Wegefurchen durch Vietrieb, alle kannte ich sie jetzt.

Die weißen Papiere zu Krankenbemerkungen waren unbeschrieben, die Schwester hatte an dem Feuer nur die Speisen zu kochen, der Inhalt der Arzneigläser minderte sich nur durch Verderben, und die getrockneten Kräuter neigten sich dahin, Staub zu werden.

Indessen war die Ernte gekommen, das Korn, die Gerste, selbst der Haber war in die Scheuer gebracht.

Ich aber harrte meiner Zeit.

Nur eines war böse in meinem Herzen. Zuweilen saß ich auf einem Steine, und seufzte: »O du schrecklicher Eustachius! o du schrecklicher Eustachius!«

Einmal gesellte sich einer zu mir, da ich über die Felder jenseits des Thaugrundes gegen das Haus meines Vaters ging. Er kam mir nach, grüßte mich, und ich grüßte ihn. Er war gekleidet wie ich, und fragte, ob ich noch weit des Weges gehe.

»Ins Tal hinauf«, antwortete ich.

»Da könnten wir bis über den Thaubach mit einander gehen, »wenn es erlaubt ist«, sagte er, »ich gehe in die untere Astung.«

»Mit allem Fuge ist es erlaubt«, antwortete ich.

»Da es schon Abend wird, ist es kurzweiliger, eine Ansprache zu haben«, sagte er, »als so allein auf den langen Feldern zu gehen.«

»Es ist überall kurzweilig, Gespräche zu führen«, sagte ich, »draußen im Lande aber sind die Feldflecke wohl fünfzigmal, wohl hundertmal länger als hier. Es ist überall kurzweiliger zu sprechen, als allein zu sein, und sich höchstens etwas zu denken.«

»Und wenn man sich immer das Nämliche denkt«, antwortete er. »Wir haben heuer eine schöne Zeit gehabt.«

»Eine schöne Zeit«, entgegnete ich.

»Alle haben ihre Wünsche erreicht«, sagte er.

»Haben das alle?« fragte ich.

»Das Heu ist so schön eingebracht worden, wie seit zehn Jahren nicht«, antwortete er, »das Getreide noch schöner, das Korn schüttet an, und ist mehlreich. Der Meilhauer hat Holzäpfel, die nie so rote Wangen gehabt haben, er macht Apfelwein daraus, der in mehreren Jahren wie Wein wird. Aus den süßen Äpfeln des Löff draußen wird kein guter Obstwein, und er hält sich auch so nicht lange. Die Johanna des Löff wird in die Glashütte hinauf heiraten, den ältesten Sohn des Glasmeisters, der dann auch einmal das Werk übernehmen wird. Das sind Herrichtungen, wie man sie nie gesehen hat.«

»Nun, da wird Jubel und Freude sein«, sagte ich.

»Ja«, entgegnete er, »heute mir, morgen dir. Uns hat es heuer hart getroffen.«

»Was ist euch denn widerfahren?« fragte ich.

»Nun, die Felder drüben sind ohnedem nicht lehmhaltig«, antwortete er, »und die unsrigen gehen gegen den Schwentberg hinan, es ist da lauter Sandfurche und Kies, und die warme Sonne hat uns die Wurzeln angegriffen, und hat uns ein kurzes, dünnes Korn gemacht mit kleinen Ähren. Und die Gerste ist auch so und alles, wir haben keine so gute Ernte gemacht, wie die da unten. Und im Frühlinge ist uns eine Kuh beim Kalben umgekommen. Und mein Bruder ist krank geworden. Er hat die Kleinmutskrankheit gehabt. Er ist zornig geworden, wenn ein Hase auf dem Wege war. Mit Wacholderbeerensud hat er sehr geschwitzt, und ist besser geworden. Aber bei dem Habermähen hat es ihn mit Frost ergriffen, er hatte dann Hitze, und lag und schlief, und öffnete zuweilen die Augen, und dann schlief er wieder. Endlich wurde er besser, und aß, und wurde wieder übler, und jetzt schaut er so ängstlich.«

»So fragt den neuen Doktor, welcher in der Gegend ist«, sagte ich.

»Ach der Doktor«, antwortete er, »wer wird denn zu dem Doktor gehen?«

»Warum denn nicht?« fragte ich.

»Ach nein«, sagte er, und schüttelte den Kopf.

»Aber einen Grund müßt ihr doch haben«, sagte ich.

»Der Grund ist, daß wir nicht zu dem Doktor gehen«, sagte er.

»Nun, so geht nicht zu dem Doktor«, sprach ich.

»Ja, ja, da habt Ihr Recht«, antwortete er, »wir gehen nicht zum Doktor.«

»Vielleicht wird er auch ohnedem gesund«, sagte ich.

»Freilich«, antwortete er; »denn er nimmt ja immer heilsame Sachen.«

Wir kamen nach und nach in den Thaugrund und gingen über den schmalen Steg des Thaubaches. Er sagte: »Da muß ich nun links bei des Meilhauers Hause und der Schmiede vorüber gehen, Ihr geht rechts in das Tal hinauf. Es ist doch recht vergnüglich gewesen, daß wir mit einander gesprochen haben. Kommt gut nach Hause.«

»Ihr auch«, antwortete ich.

Wir trennten uns, er ging links gegen die untere Astung hinüber, ich rechts nach Thal ob Pirling.

Endlich bekam ich meinen ersten Kranken. Eines Tages kam der Bettler Tobias zu uns, da schon an den Morgen starke Herbstreife auf den Wiesen lagen. Ich hatte schon in meiner Kindheit den Bettler Tobias in seinem weißen Rocke, mit dem roten Angesichte und den weißen Haaren herum gehen gesehen. Er kam zuweilen zu uns, blieb einen Tag da, bekam Herberge und Nahrung, schlief eine Nacht bei uns, und ging dann weiter. Dieses Mal kam er gegen den Abend. Er aß seine Suppe nicht so tüchtig wie sonst, was mein Vater bemerkte. Seine Schlafstelle erhielt er in dem frischen Heu der Sölde. In der Nacht kam Kaspar zu dem Hause herunter, klopfte, und da ihm aufgemacht worden war, ging er zu dem Vater und sagte ihm, Tobias stöhne und ächze in dem Heu, daß es einem Unmenschen das Herz brechen müßte. Der Vater sagte es mir, wir kleideten uns an, und gingen mit einer Laterne zu der Heustelle des Bettlers. Er lag angekleidet in dem Heu, Schweißtropfen standen ihm auf der Stirne, und er krümmte sich wie unter entsetzlichen Schmerzen. Ich ließ ihn durch Kaspar und den Knecht in die Stube tragen, und ihm aus Kaspars und des Knechtes Bett ein drittes Bett bereiten. Er wurde hinein gelegt.

»Ach, Herr Augustinus«, sagte er, »muß ich denn sterben, ich bin auf der Welt so glücklich gewesen.«

»Nein, Tobias«, sagte ich, »wo tut es denn weh?«

Er wies auf den Unterleib.

Ich fragte ihn nun kurz über alles, was bei uns in der Schule gefragt worden war, und da er geantwortet hatte, wie sie öfter bei uns in der Schule geantwortet hatten, und da ich ihm, wie in der Schule geschah, den Puls, die Stirne, die Brust befühlt, den Bauch an verschiedenen Stellen angegriffen, und die Hitze des Atems untersucht hatte, deckte ich ihn, besonders unten, mit Hüllen warm zu, und sagte, sie sollen ihn so lassen, ich werde gleich wieder kommen. Ich ging in das Haus hinab. Auf dem Wege begegnete mir Anna, ich wendete sie um, nahm sie mit hinab, und sagte, sie solle sogleich Feuer auf dem Herde machen, und Wasser zu demselben stellen. Ich ging in meine Kammer, nahm meine Hefte, steckte sie zu mir, nahm Arzneifläschchen in eine Tasche, nahm Kräuter, ging zu Anna, gab sie ihr, sagte, sie solle einen Tee daraus bereiten, und ihn heiß in die Sölde bringen, sie soll die Mägde wecken, es müßten wollene Tücher hervor gesucht werden, und in der Küche der Sölde müsse man ein Feuer machen, daran man die Tücher wärmen könnte, und Töpfe und Schalen und Ähnliches müßte hinauf gebracht werden, wenn etwas zu kochen wäre. Dann ging ich wieder in die Sölde, ging zu dem Kranken, reichte ihm auf einem Löffel etwas von einer der mitgenommenen Arzneien, strich dann sanft mit meiner Hand von außen über die schmerzende Stelle, und gab ihm, da Anna gekommen war, zeitweilig von dem warmen Tranke. Indessen hatten die Mägde Feuer in der Küche gemacht, die Wollappen wurden gewärmt, und ich strich mit denselben über den Bauch des Kranken, und zeigte es dem Knechte, daß er es dann verrichten konnte. Ich ging nun zu dem Tische, breitete bei einem Lichte dort die Hefte aus, suchte in denselben nach dem gegenwärtigen Falle mich zurecht zu finden, und mischte aus mitgenommenen Stoffen dann eine Arznei, die am Feuer gekocht werden mußte. Da sie fertig war, gab ich dem Kranken in Zeitabschnitten etwas davon.

Anna hatte nun doch einen Heiltrank am Feuer gekocht.

Ich blieb bei dem Kranken, sah ihn von Zeit zu Zeit an, untersuchte ihn, rieb ihn, oder nahm sonst etwas vor, las wieder in den Heften, und ging dann wieder an die Behandlung. Der Vater half mir, und Anna war auch da geblieben, wenn sie etwa nötig sein sollte.

Der Bettler ließ alles mit sich geschehen, was man nur immer vornahm, und schluckte alles hinunter, was ich ihm in den Mund gab. Ich weiß nicht, ob er es gewußt hat, daß ich ein Doktor sei.

Gegen den Morgen hin besserte sich sein Zustand. Ich wechselte die Arznei, und da es licht geworden war, befand er sich wohl, und fiel in einen Schlaf, der mit einem warmen, heilenden Schweiße bis zum Mittage dauerte. Ich blieb bei ihm, und betrachtete die Krankheit. Am Nachmittage waren alle Schmerzen verschwunden, und abends konnte ich ihm schon einige Löffel voll Suppe geben. Des nächsten Tages war Tobias gesund. Ich ließ ihn aber nicht aus dem Bette, und damit er nicht gegen mein Verbot aufstehe, blieb ich bei ihm. Ich gab ihm wohltuende Speisen. Am Tage darauf stand er auf, wurde aber noch an diesem und dem folgenden Tage bei uns gepflegt. Da aber der nächste Tag gekommen war, hatte er schon am frühen Morgen seinen Stab in der Hand, um weiter zu gehen. Wir hinderten ihn nicht mehr daran.

Er reichte meinem Vater die Hand, und sagte: »Schönen Dank, Eberhard, das war eine längere Herberge.«

»Du hättest auch noch länger bei uns bleiben können, Tobias«, sagte mein Vater, »und wir ließen dich überhaupt nicht von hinnen, wenn mein Sohn, der Doktor, nicht gesagt hätte, du kannst ungefährdet deinen Weg fort setzen, es werde dir eher heilsam sein.«

Der Bettler schaute mich an, und sagte: »Es ist noch kein Doktor bei mir gesessen, wenn ich krank war. Ich bin aber auch nie krank gewesen. Das ist also ein Doktor. Gott vergelte es Euch.«

»Geht im Namen des Herrn, Tobias«, sagte ich, »und hütet Euch vor Verkühlung.«

»Nun, wie es ist«, antwortete er, »was unser einem nie geschadet hat, schadet doch einmal. Vergelt es Gott.«

Und mit diesen Worten ging er fort, und wir sahen ihn gegen den Thaugrund hinab wandeln.

Nach einer Zeit kam einer zu mir, der eine unheilbare Krankheit hatte. Kurz darauf kam wieder einer, und dann mehrere, lauter solche, die untilgbare Schäden hatten, und an denen Salben und Tränke und Wunder vergeblich gewesen waren. Ich sah die widerwärtigsten Krankheiten. Ich geriet in ein Wirrsal von Hoffnungslosigkeit, und wußte nicht, was nun zu beginnen sei. Und wenn ich meine Bücher und meine Hefte durch und durch beriet, und vorne und rückwärts las, so half alles nichts. Meine Kranken standen darin, aber ohne Rettung. Wir hatten sie alle auf der Schule gehabt; aber keiner von allen war geheilt worden. Diese werden, dachte ich, nun die Verkünder deiner Ohnmacht werden. Ich sagte einem jeden, daß es schwer sei, eine Krankheit zu fassen, die schon so lange daure, man müsse Geduld haben, die Anwendung von Mitteln müsse längere Zeit geschehen, man müsse gewissenhaft die Mittel gebrauchen, und nichts anderes darunter mischen, was schaden könnte. Ich gab nun einem jeden die Arznei und die Anweisung seines sonstigen Verhaltens, wie sie in den Heften, in den Büchern und in der Schule als lindernd, wenn auch nicht heilend, gelehrt wurden. Was kommen würde, mußte ich erwarten.

Diese Kranken gingen auch alle mit der Arznei und dem Rate fort, ohne dafür etwas zu zahlen oder nach einer Schuld zu fragen. Da ich erkannte, daß es wirklich so sei, und sie mit einem »Vergelte es Gott« danken, deutete ich an, daß man für das, was ich gebe und rate, gerade so wie für die andern Dinge, die im Verkehre sind, etwas zahlen müsse. Nun antwortete jeder, Tobias habe gesagt, daß er nichts habe zahlen dürfen. Sie sagten auch, Tobias habe erzählt, er hätte in dem Hause des neuen Doktors sterben müssen, der Doktor habe ihn aber in einer Nacht geheilt. So verkündete also Tobias auf seinen Wanderungen meinen Namen.

Von denen, die arm waren, nahm ich auch fürder nichts, die übrigen gaben aber von nun an ein Geringes.

Der erste Kranke, der nicht zu mir kam, sondern zu dem ich gerufen wurde, war der Knecht des Meilhauer. Weil das Haus des Meilhauer rechts vom Walde des Thaugrundes das nächste Bauernhaus bei Thal ob Pirling ist, so standen der Meilhauer und mein Vater in genauer Bekanntschaft. Da der Knecht erkrankte, kam der Bauer selber herauf, und bat mich, zu Hilfe zu kommen. Ich steckte Arzneien, die in der Schule am öftesten vorkamen, in meine Taschen, nahm den grünen Hut und den Kreuzdornstock, und ging mit dem Bauer in sein Haus. Der Kranke lang in einem Fieber, das er sich durch Verkühlung zugezogen hatte. Ich fragte und untersuchte nach der Regel, und gab ihm, was wir in der Schule in einem solchen Falle immer gegeben haben, und was ich schon bei mir hatte. Die Menschen des Meilhauerhauses standen alle um mich herum, da ich bei dem Kranken war, und schauten mich an, da sie nie einen Doktor bei einem Kranken gesehen hatten. Dieser nahm gerne ein, was ich ihm gab.

Ich ging nun in unser Haus zurück, und schrieb auf die weißen Papiere die ersten Krankenbemerkungen.

Den nächsten und die folgenden vier Tage ging ich täglich zweimal zu dem Knechte, dann jeden Tages einmal. Nach zwei Wochen war er gesund. Der Meilhauer kam selber herauf, um nach der Schuldigkeit zu fragen. Ich forderte, was ich für billig und recht erachtete. Er entrichtete es.

In Thal ob Pirling wurde ein Kind von Frieseln befallen, man holte mich, und nach der gehörigen Zeit war das Kind genesen.

Im Hag war auch ein Fall, welcher sehr schnell zu Gutem verlief.

Und so hatte ich nun mehreres zu tun, so daß ich täglich zu Kranken gehen mußte.

Größer aber war die Zahl der Siechen, die zu mir kamen, um in dem einen oder dem anderen Dinge meinen Rat und meine Hilfe in Anspruch zu nehmen. Ich ließ sie in die große Stube kommen, und nahm jeden einzeln in meiner Kammer vor.

Der Vater hatte Freude, und ging mit einem hellen Angesichte in dem Hause herum. Von der Schwester Anna kam es mir vor, als habe sie schönere Gewänder an, als sie sonst in dem Hause zu tragen pflegte.

Als der Winter kam, ließ ich das Linnenzeug des flüchtigen Eustachius durchwaschen, und seine Kleider lüften und bürsten. Ich erzählte meinem Vater und Anna das Fortgehen des Eustachius, und daß er mir seine Habseligkeiten aufzubewahren gegeben habe. Von Christinen sagte ich nichts. Die Mägde bewunderten die neuen schönen Hemden, das Werk Cäcilias, die, ohne getragen zu werden, vor lauter Liegen in die Lage kämen, gewaschen werden zu müssen. Aber noch mehr bewunderten sie den Zeisiganzug.

Da schon hoher Schnee im Walde lag, wurde ich mit einem Schlitten, darauf sich Pelze und Decken befanden, in die Glashütte abgeholt. Die Tochter des Herrn Johannes Blach, Agnes, das blondlockige Mädchen, war erkrankt. Es richtete die blauen Augen auf mich, da ich an das Bett trat, als verlangten sie Hilfe. Ich rief alles, was ich an Wissenschaft und Kenntnis in mir finden konnte, auf, um den Fall zu ergründen, und ihn behandeln zu können. Ich gab etwas, und ordnete das Verhalten an. Man führte mich in dem Schlitten wieder in unser Haus zurück. Und täglich wurde ich nun mit dem Schlitten geholt. Ich schrieb genau auf, was ich in der Krankheit bemerkt und gegeben hatte, suchte in allen Büchern, die ich hatte, und in meinen Heften nach, wie die Sache sei, und nahm alle Arzneistoffe in den Schlitten, die etwa notwendig sein konnten. Agnes wurde wieder gesund.

Auch die siebenzehnjährige braunäugige Tochter des Herrn Mathias Ferent in Pirling, Josepha, wurde krank. Man bat mich um Hilfe, ich ging täglich nach Pirling hinunter, beriet mich fleißig mit meinen Büchern, gab strengstens, was sie anwiesen, und Josepha wurde gesund.

Auch sonst hatte ich tüchtig in der Gegend herum zu gehen.

Ich ließ mir einen ledernen Sack für meine Arzneien machen, den ich umhängen konnte, und bestellte mir einen zweiten, landesüblichen Anzug und wärmere Winterkleider. Und so ging ich dann gewöhnlich rasch im grauen Anzuge mit dem grünen Hute, auf dem noch immer die blaue Taubenfeder stak, mit dem Kreuzdornstocke und mit dem ledernen Arzneisacke die schneeigen Pfade dahin.

Die Unheilbaren, die ich gefürchtet hatte, waren auch zu meinem Wohle. Die spürten Linderung, und priesen den neuen Doktor, oder sie wichen von meinen Anordnungen ab, und wenn sich eine Verschlimmerung zeigte, sprachen sie, der Doktor hat es gesagt, daß es so kommen würde, wenn ich nicht folge. Ein Schuster, welcher zwanzig Jahre halb taub war, und zwanzig Jahre dagegen Mittel genommen hatte, war bei mir gewesen, und ich hatte ihm etwas gegeben. Da er dann besser hörte, wurde er wütig, wenn jemand behauptete, er höre noch immer nicht.

Dem Vater konnte ich die Schuld, die mir aus der verkauften Kuh erwachsen war, noch vor Eintritt des neuen Jahres erstatten.

Obwohl Eustachius wissen mußte, wo ich jetzt sei, machte ich doch Anstalten, ihm bekannt werden zu lassen, wohin er kommen könne. Ich schrieb zuerst an Ladron und an Schreier und an Galub, erzählte ihnen meine Begegnisse, und fragte, ob sie nichts von Eustachius wüßten, ob er nicht nach Prag zurückgekehrt sei, und ob seine gewesene Mietfrau Cäcilia nichts sagen könne. Dann schrieb ich Neuigkeiten aus dem Walde, fragte um Neuigkeiten in Prag, fragte um des Bürgermeisters Jakoba, um andere Mädchen, und nebenbei um des Kaufherrn Emerich Waldon Tochter Christine. Ich schrieb an alle drei, damit doch einer antworte, wenn etwa die andern nicht mehr in Prag wären, oder mit der Antwort säumten. Ich nannte in jedem Briefe neben Christinen nicht die nämlichen Mädchen, daß, wenn etwa zwei Briefe oder gar alle drei verglichen würden, nicht die Mädchensache eine Ansehen gewänne. Es antworteten mir aber alle drei. Jeder sagte, daß Eustachius nicht in Prag sei, und daß er nichts von ihm wisse. Galub und Ladron waren bei Cäcilia gewesen. Sie habe sehr von Eustachius gesprochen, der ein gutes Blut sei, und jetzt nicht komme. Sie habe einen alten Musikus auf ihrer Mietstube, der immer geige, und nicht folge. Über Christine sagte Galub gar nichts, Schreier sagte, sie sei schöner als je, und Ladron sagte, sie werde aus Hochmut eine alte Jungfrau werden, wenn sie nicht etwa auf mich warte, der ich zu oft in die Teinkirche gegangen sei. So hatte ich nun die Antworten.

Ich ging nun daran, etwas anderes zu tun. Ich verfaßte eine Erklärung, worin ich sagte, daß ich, nachdem ich das Heildoktorpergament erhalten habe, von Prag abgereist sei, daß ich mich zu Thal ob Pirling, nicht weit von dem landesherrlichen Marktflecken Pirling, im Mittage des Königreiches, als Arzt befinde, und daß ich alle aufrufe, die etwa eine Forderung, einen Aufbewahrungsgegenstand zu holen, oder sonst ein Anliegen an mich hätten, sich dahin zu verlautbaren. Diese Erklärung sendete ich nach Prag und Friedland, dann in alle größeren Städte des Landes zur Kundmachung. Ich erhielt bald die Antworten zurück. Die einen sagten, die Erklärung ist gerichtlich hinaus gegeben worden, die andern meldeten, sie ist an die Mauern geklebt worden, und aus Pilsen berichteten sie, daß dieselbe bei Trommelschlag verlautbart worden ist. Auch Briefe bekam ich um ärztlichen Rat, darunter drei närrische, darin einer des Zipperleins wegen anfragte, ein anderer wegen verkrümmter zwei Finger, und wieder einer wegen Kahlköpfigkeit. Ich beantwortete alle. Sonst war es, wie vorher.

Ich schickte nun auch wieder in die lustige und ernste

Stadtchronik kleine Geschichtlein, wie ich es früher getan hatte, und nahm mir vor, dieses fortzusetzen.

Oft im Winter, wenn ich in harten Frösten herum ging, sagte ich zu mir: So ist denn das die heilloseste Geschichte, die ich wie einen bösen Schatten nicht von mir bringe.

Als der Hornung kam, wurde die Hochzeit zwischen Johanna, der Tochter des Landwirtes Herrn Hermann Löff, und Johannes Blach, dem ältesten Sohne des Herrn Glasmeisters Johannes Blach, gefeiert. Ich war durch den Hochzeitsbitter mit einem sehr schönen Einladungspapiere betraut worden. Des Hochzeitstages fuhr ich vor dem Morgengrauen mit dem Goldfuchs des Wirtes an dem Rothberge in seinem grünen Schlitten zu meinen dringendsten Kranken, die andern ließ ich bei Seite. Als die Sonne aufgegangen war, kamen geschmückte Schlitten aus der Glashütte nach Thal ob Pirling gefahren, einer nahm mich ein, und alle fuhren wir über Pirling und Rohren nach dem Weißbache in den Hof des Herrn Löff. Der steinerne Rundbogen des großen Einfahrtstores war mit Tannenreisern und rosenfarbenen Seidenbändern bekränzt, im Hofe, der voll Schlitten lag, hingen Tannenreiserbögen von Fenster zu Fenster, von Sims zu Sims. Es kam der Brautvater, die Brautmutter und eine Menge von Leuten heraus, uns zu empfangen. Der Hochzeitbitter begrüßte den Bräutigamsvater und die Bräutigamsmutter mit einem Spruche, und leitete sie in das Haus, der Brautführer richtete einen Spruch an den Bräutigam, und geleitete ihn hinein, und der Lustigmacher krähte Sprüche an die Brüder und die Schwester des Bräutigams, daß sie noch ledig seien, und sich sehr zu schämen hätten. Mich nenne er gar nicht, sagte er, und dann jagte er uns mit einem rosenfarbenen Stabe in das Haus. Die große Stube war mit Bändern und gefalteten Vorhängen geziert, die Brauteltern und Bräutigamseltern grüßten sich, Braut und Bräutigam mußten aber entfernt von einander stehen. Auf dem Tische standen Speisen und Getränke, man erquickte sich, und der Kirchenzug wurde gerüstet. Die Schlittenreihe fuhr nach Rohren vor die Kirche, und die Trauung wurde an dem Hochaltare um elf Uhr vollzogen. Dann fuhren alle wieder mit Einschluß des Pfarrers und Schullehrers an den Weißbach in den Hof des Herrn Löff. Es wurden auf den Feldern neben uns Büchsen abgeschossen, Hüte in die Luft geworfen, und Wünsche gerufen. Alle Zimmer in dem Hofe des Herrn Löff waren geöffnet, geheizt und mit Wohlgerüchen erfüllt. In der großen oberen Stube und in den zwei daran grenzenden waren die Tafeln gedeckt. Es war der Richter von Rohren mit seiner Ehefrau da und mit Sohn und Tochter, der Pfarrer, der Schullehrer, der Wirt, der Müller und der Krämer von Rohren, der Förster des Gutes von Tannberg mit seiner Ehefrau, zwei Söhnen und zwei Töchtern, der Richter von Pirling, Herr Mathias Ferent von Pirling mit seiner Ehefrau Theresia, seinem Sohne Mathias und den Töchtern, der schwarzen Franziska und der braunen Josepha, Herr Friedrich Geran, der Krämer aus Pirling mit seiner jungen Ehefrau Wallburga, der obere und der untere Wirt in Pirling mit den Ehefrauen und drei Töchtern, Herr Gerhard Rohr, der Hammerschmied aus dem Rohrtale, mit seiner Ehefrau Lucia und den drei Söhnen, Herr Paul Köfner aus dem Kirmwalde mit seiner Ehefrau Apollonia und der schönen, blonden Tochter Ludmilla, dann die Witwe Kreßtan vom Kirmwalde mit drei braunhaarigen, schönen Töchtern, und noch viele andere. Nach dem Mahle wurde bald die Stube geräumt, Pfeifen und Geigen ertönten, und es wurde zum Tanze geschritten. Die Menuette des Brautvaters mit der Bräutigammutter und des Bräutigamvaters mit der Brautmutter machten den Anfang, dann kamen Braut und Bräutigam allein, dann wir alle. Es wurde immer fröhlicher, als einmal die Lichter brannten, und in der späteren Zeit wurde jeder Schlitten, der nach Hause fuhr, mit einem Musikschalle begrüßt. Die meisten Gäste aber blieben bei der Festlichkeit. Ich forderte die schöne schwarze Franziska zum Tanze und dann Agnes und Josepha und Ludmilla und Susanna und Katharina und wie sie hießen, auch Frauen und ältere Frauen, und kehrte öfter wieder zu Franziska zurück, weil sie so zierlich tanzte. Ich suchte alle Tanzkünste, die ich in Prag gelernt hatte, sei es auf Tanzböden oder in Häusern, wohin ich geladen war, zu zeigen, und erntete Lob. Gegen den Morgen fuhren Ferent und Geran und Rohr mit den Ihrigen in Schlitten davon. Ich blieb, bis es Tag war, und fuhr dann mit dem Zuge, mit dem ich gekommen war, nach Thal ob Pirling, besuchte meine Kranken, und wurde am Abende mit einem Schlitten in die Glashütte abgeholt, und blieb die Nacht dort, wo wieder Festlichkeiten waren. Des Morgens brachte mich ein Schlitten nach Hause, worauf ich zu meinen Kranken ging, und dann die hörte, die in unser Haus gekommen waren.

Wie manchesmal in Prag, hatte ich jetzt zwei Nächte nicht geschlafen. Es focht mich nicht an.

Nun waren noch öfter Festlichkeiten und Tänze in der Glashütte, wozu mir immer ein Schlitten geschickt wurde. Man sagte mir sofort in Pirling, die blauen Augen der Agnes seien schuld, daß ich so oft hinauf müsse.

In Pirling hatten wir vier große Tänze, wovon drei mit vorhergehender Schlittenfahrt und mit Mummerei verbunden waren. Einmal tanzten wir nachmittags auf dem Eise. Sonst waren kleine Gelegenheitstänzlein oder lustige Spiele und dergleichen im Hause des Ferent oder anderswo. Ich gab öfter ein nicht gutes Beispiel, wenn ich in Hitze und Schweiß meinen Überwurf nahm, und in der Nacht durch die Buchen und den Thaugrund in das Haus meines Vaters hinauf ging.

Es war ein sehr milder Winter. Der Schnee lag hoch genug zu Bahnen und schönen Pfaden, aber nicht so hoch, daß er unbequem gewesen wäre, oder gar Bahnen und Pfade durch Verwehungen verlegt hätte. Es war oft wochenlang kein neuer Schneefall, und die Kälte war nie empfindlich. Ich konnte oft im langsamen Gehen meine Hefte herausnehmen und gehend lesen.

Ich legte ein Verzeichnis der Kräuter an, die ich brauchte und im Walde finden konnte, daß, wenn der Frühling und überhaupt ihre Zeit käme, keine Säumnis wäre, und sie gepflückt werden könnten. Von Prag bestellte ich wieder Arzneistoffe, die mir nötig geworden waren.

Endlich kam der Frühling. Ich ging da zu dem Schreiner Felix nach Pirling, zeigte ihm die Zeichnung des Arzneischreins, die ich gemacht hatte, und sagte, er möge diesen Schrein versuchen. Derselbe müßte aber von Lindenholz sein. Er versprach es, und nach sechs Wochen wurde der Schrein in meine Kammer gestellt. Anna schaffte sich eigene Kochgeräte an, die sie zu meinen Verordnungen brauchte.

Ich bestellte Weiber, die mir Wurzeln und Kräuter suchen mußten.

Im Sommer minderten sich die Krankheiten, und ich entschloß mich, und fuhr mit dem Goldfuchs des Wirtes am Rothberge in die Stadt Budweis, und von derselben mit dem Wagen des Frächters nach Friedland und Prag. In Friedland fragte ich um Eustachius. Aber seit der Schneider Lind tot war, mochte sich niemand mehr um Eustachius gekümmert haben. Er war wohl nie mehr in Friedland, viele erinnerten sich seiner gar nicht, andere wußten nur, daß er nicht da sei.

In Prag ging ich zuerst zu Cäcilia.

»Ach, du lieber Herr Augustinus, und mein Gott«, sagte sie, da ich in ihre Stube trat, »jetzt ist doch Alles gut.«

»Sei gegrüßt, Cäcilia«, entgegnete ich. »Was ist denn gut? Ich komme weit her zu dir.«

»Ich weiß es, weil Ihr so lange gebraucht habt«, sagte sie,

»nun will ich gleich eine Änderung machen. Er flucht auch, und ein solches Lasterleben kann nicht gut enden.«

»Wer flucht?« fragte ich.

»Der in meiner Kammer«, sagte sie, »er trinkt auch, und von dem Trinken stammt das Fluchen. Jetzt muß er fort, Eustachius, wenn der kein großer Herr geworden ist, soll wieder auf meine Mietstube gehen, ich will Billigkeit üben, will noch besser für ihn sorgen, und ihn betreuen, daß ich nur einen guten Mietsmann habe.«

»Ja hast du irgendein Papier, den kleinsten Abriß eines Zettels, ein Streifchen, ein Faserchen gefunden, darauf ein Wort steht, wo er ist?« fragte ich.

»Ja habt Ihr ihn denn nicht gebracht?« fragte sie entgegen. »Gebracht? wenn ich ihn nicht weiß«, antwortete ich.

»Habt Ihr denn nicht gesucht?« fragte sie.

»Heißt das nicht suchen«, entgegnete ich, »wenn ich meine Kranken verlasse, und den weiten Weg nach Prag mache?«

»Habt Ihr ihn die ganzen langen anderhalb Jahre, die Ihr fort seid, in einem fort gesucht?« fragte sie.

»Nein, ich sage dir ja, daß ich Arzt in meiner Heimat bin«, antwortete ich.

»Er hat Euch alles geglaubt und vertraut. Ihr hättet ihn suchen sollen und dann Arzt werden«, sagte sie.

»Du hast am Ende recht«, antwortete ich. »Wie wir doch nach dem Herkommen verfahren und nicht nach dem Rechttun. Aber ich hatte kein Geld.«

»So hättet Ihr gebettelt«, sagte sie.

»Du hast wieder recht«, entgegnete ich. »Du hast höhere Gedanken von der Freundschaft als andere. Weib, ich achte dich völlig. Aber er will gar nicht gefunden werden.«

»Weil er die Sache nicht versteht«, antwortete sie, »und welche die Sachen nicht verstehen, für die müssen solche sorgen, die sie verstehen.«

»Höre auf, du hast in einem fort recht«, sagte ich. »Aber jetzt ist es, wie es ist, Pflicht gegen Pflicht, ich bin ein Arzt, und habe das Vertrauen aller, die um mich in dem Walde wohnen, herausgefordert. Aber nun merke auf meine Worte. Das Suchen ist verschieden. Ich habe in der ersten Zeit auf allen Wegen, die von Prag fortgehen, gesucht und gefragt, ich habe an der Moldau gesucht, ich habe die Schiffer und Fischer gefragt, ich habe die Unglückszettel gefragt, ich habe die Vermeldungszettel gefragt, ich habe die Neuigkeitsträger gefragt, und wenn ich so fort getan hätte, wenn ich in dem Lande und in der Welt von Haus zu Haus, von Tür zu Tür gegangen wäre, so hätte ich das Alter aller jüdischen Vorfahren erreichen können, ohne ihn zu finden, und wäre vielleicht ein Narr gewesen wie er. Bei jedem Suchen muß man zuerst ein Merkmal finden, das den Weg des Suchens angibt. Ich habe alle seine Schriften gelesen, und es ist in ihnen kein Merkmal. Dann habe ich in den gedruckten Blättern, die viele Leute lesen, und die er etwa auch liest, Dinge bekannt gemacht, aus denen er die Kenntnis schöpfen kann, daß alles in Prag gut ausgegangen ist. Darauf habe ich durch Gerichte und Ämter im ganzen Lande kund machen lassen, wo ich jetzt bin, und wer ich bin, daß sich jeder an mich wenden könne, der eine Forderung oder ein Anliegen habe. Und jetzt bin ich zu dir gekommen. Du hältst auf Reinlichkeit, du wirst die Stube, die er verlassen hat, bis ins kleinste geordnet haben, und da kam mir in den Sinn, dich zu fragen, ob du denn gar nichts gefunden hast, das unbedeutendste Ding, aus dem sich ein Merkmal des Suchens machen ließe.«

»Da habt Ihr recht geredet«, antwortete sie, »wenn man eine Stube vermieten will, muß man sie in Ordnung halten. Ich habe die Stube des Herrn Eustachius nach seiner Abreise gereinigt, und als er nicht kam, habe ich sie wieder gereinigt. Aber ich habe gar nichts gefunden, nicht einmal einen Bindfaden. Ihr habt ja alles fortgenommen.«

»War nicht ein Papier da?« fragte ich, »auf welches er die andern Papiere legte, wenn er schrieb, oder sonst ein noch so winziges Stückchen?«

»Die Papiere habt Ihr ja alle selber genommen«, antwortete sie, »und habt in ihnen lesen können.«

»Wenn ich dir aber sagte, daß in ihnen gar kein Merkmal steht«, erwiderte ich.

»So haben wir kein Merkmal«, sagte sie.

»Jetzt nicht«, antwortete ich; »aber hast du denn auf jedes Ding genau geachtet, als du die Stube reinigtest?«

»Seht, Herr Augustinus«, sagte sie, »da liegen die schönsten Linnen herum, man bringt mir Arbeit, und da brauche ich die feinsten Nadeln, und wenn eine auf die Erde fällt, kann ich sie nicht im Stiche lassen, und ich kehre alles sauber zusammen, und hebe die Nadeln und Fädchen wieder auf. Und so habe ich es bei dem Herrn Eustachius gemacht, und habe gar nichts gefunden.«

»Und erinnerst du dich nicht aus seinen Reden, daß er irgendeine Gegend oder Leute besonders lieb gehabt habe?« fragte ich.

»Er hat mich immer geachtet und geehrt, wie ein Mietsmann es tun soll«, antwortete sie; »aber die Bevorzugung hat er mir nicht angetan, daß er mir etwas gesagt hätte, das er Euch verschwiegen hat. Vielleicht weiß der Herr Waldon etwas, der ihm viele Briefe geschrieben hat.«

»Nun also, so ist es bei dir, Cäcilia«, sagte ich, »nun rede ich von etwas anderem. Du hast eine Zeit mit deiner Stube auf Eustachius gewartet, und sie an niemand andern vermietet.«

»Ja, ich habe auf ihn gewartet«, entgegnete sie.

»Wie lange?« fragte ich.

»Das wird in meinem Büchlein stehen«, sagte sie.

»Und du hast in dieser Zeit kein Mietgeld bekommen«, sprach ich.

»Ich habe freiwillig gewartet«, antwortete sie.

»Wie viel beträgt das Mietgeld für jene Zeit?« fragte ich.

»Das würde recht leicht aus dem Büchlein zu entnehmen sein«, antwortete sie.

»So entnimm es«, sagte ich. »Eine Wohnung, die nicht heimgesagt ist, muß gezahlt werden, wenn man sie auch nicht benützt, bis der Vermieter sie an jemand andern gibt. Ich besorge alle Angelegenheiten meines Freundes Eustachius, und werde das Geld in deine Hände legen.«

»Habe ich Euch denn nicht gesagt, daß ich freiwillig gewartet habe«, entgegnete sie.

»Und ich zahle freiwillig das Geld«, sprach ich.

»Da sorgt Ihr schlecht für die Angelegenheiten des Herrn Eustachius, wenn Ihr mit seinem Gelde etwas bezahlt, das er nicht schuldig ist«, erwiderte sie.

»So zahle ich es mit meinem eigenen Gelde«, sagte ich.

»Habt Ihr denn so vieles Geld, Herr Augustinus«, fragte sie, »daß Ihr es so leichthin ausgeben könnt?«

»Nicht zu wenig und nicht zu viel«, antwortete ich; »aber die Sache ist so: an Eustachius darf kein Makel sein, es muß alles berichtigt sein, was auch nur ein Schein von Forderung ist, und dafür müssen wir sorgen, du auch, Cäcilia, wie er selbst gesorgt hätte.«

»Das ist wahr«, entgegnete sie, »es tut ihm gut, wenn ich erzählen kann: bei mir ist alles in der rechtesten Ordnung. Er hätte selber für die Wartezeit gezahlt, wenn er zurückgekommen wäre, und er wäre zornig geworden, wenn ich ihm das Geld hätte schenken wollen.«

»Also«, sagte ich.

»So nehme ich die Zahlung, und Ihr werdet mit dem Herrn Eustachius schon in Ordnung kommen«, entgegnete sie.

»Ich werde mit ihm im reinen sein«, sagte ich.

»Und ich habe zu den zwei jungen Herren, die Ihr zu mir

geschickt habt, gesagt, Ihr sollet den Herrn Eustachius suchen«, erwiderte sie.

»Nun ja, ja«, entgegnete ich, »wie ich es kann und verstehe, und wie einen Verbrecher soll man ihn doch nicht suchen.«

»Nein, nein, wie etwas Verlorenes«, sagte sie.

»Gut«, sprach ich, »und es freut mich, daß du solchen Anteil an ihm nimmst.«

»Ich habe den Anteil immer genommen«, sagte sie. »Dem Jobal kündige ich doch die Miete, weil er trinkt und flucht und mich verachtet. Es ist eine schwere Sache mit dem Vermieten. Die jungen Männer verspotten mich, die alten trinken, und die Frauen vertreiben mich mit ihrem Kochen von meinem Herde. Der Herr Eustachius war sanftmütig, und mischte sich in nichts. Die schönen Hemden müßt Ihr waschen lassen, sonst zerfallen sie, und seinen schönen Anzug müßt Ihr in Ordnung halten.«

»Gut, Cäcilia, das geschieht ja«, sagte ich, »und weil du mir schon Hemden gemacht hast, und weil ich so schöne Linnen bei dir sehe, so werde ich dir eine Waldleinwand schicken, die beste, wie wir sie haben, und du sollst mir wieder zwölf Hemden machen; aber sie müssen genau so sein wie die, welche du für Eustachius verfertigt hast, wenn du dich ihrer noch erinnerst.«

»Wie sollte ich denn vergessen, was ich gemacht habe«, sagte sie, »ich weiß das alles, und habe die Vorbilder bei mir. Ihr könnt die Hemden mit denen des Herrn Eustachius vergleichen, und werdet keinen Unterschied entdecken.«

»So brauche ich dir kein Vorbild, wie du es nennst, zu schicken«, entgegnete ich. »Die Linnen werde ich zur Erinnerung an Eustachius tragen, und du wirst mir immer neue machen. Ich werde dir, ehe ich von Prag fortgehe, einen Zettel bringen, auf dem steht, wem du die Hemden übergeben sollst, und auf dem auch steht, wohin du mir sogleich

Nachricht schicken sollst, wenn du etwas von Eustachius erfährst.«

»Ich werde sogleich die Nachricht schicken«, sagte sie, »bringt nur den Zettel. Über den Preis meiner Arbeit werdet Ihr auch jetzt nicht klagen, und sie wird nicht schlecht sein. Man gibt mir Brautarbeit, und Ihr werdet sehen, daß Ihr mir auch eine solche geben könntet, wenn Ihr die schöne Christine heiratet.«

»Aber Irrlicht, ich denke ja gar nicht daran, Christine zu heiraten«, sagte ich.

»So wird es eine andere sein«, entgegnete sie, »und ihre Eltern werden eine Ausstattung machen lassen.«

»Sie mögen es tun«, sagte ich, »jetzt aber bewahre den Zettel sehr gut, den ich dir bringen werde, und mache nur die jetzigen Hemden sehr gut. Schreibe auch auf ein Papier, was für die Wartezeit in bezug auf die Miete zu entrichten ist, daß ich das Geld, wenn ich wieder komme, erlege. Jetzt aber muß ich gehen.«

»Den Zettel werde ich aufbewahren«, entgegnete sie, »und das andere werde ich aus meinem Büchlein heraus suchen, und die Hemden werden schon recht sein, daß nur der Leinwand auf dem Wege nichts geschieht.«

»Dafür werde ich sorgen«, sagte ich, »und du wirst sie bald bekommen, und wenn ich von Eustachius etwas erfahre, werde ich es dir sogleich melden.«

»Tut das, tut das, lieber Herr«, sprach sie.

»Und so gehabe dich wohl«, sagte ich.

»Gehabt Euch wohl«, sprach sie.

Nach diesen Worten stand ich von meinem Stuhle auf, ging an all ihrem Linnen vorüber, und bei der Tür hinaus.

Sie geleitete mich, blieb an der obersten Stufe stehen, und sagte, da ich hinab stieg, wieder etwas, das man verstehen konnte. Dieses Mal waren es die Worte: »Ein wenig hat er sich doch geändert.«

Mein zweiter Gang in Prag war zu dem Bürgermeister.

Ich suchte denselben in seiner Amtsstube; allein er war nicht da. Als ich gesagt hatte, daß ich ein Fremder sei, wies man mich in seine Wohnung. Er ließ mich dort zu sich in sein Schreibgemach kommen. Ich nannte meinen Namen.

»Soll ich wohl den Tänzer meiner Jakoba nicht kennen?« sagte er, und führte mich zu einem Stuhle.

Als wir uns gesetzt hatten, fragte er: »Worin kann ich Ihnen denn dienstlich sein, Herr Doktor?«

»Vor etwas mehr als einem Jahre«, antwortete ich, »bin ich zur Ausübung meines ärztlichen Berufes in meine Heimat gegangen. Einige Zeit früher aber ist ein junger Rechtsmann, der mein Freund war, von Prag abgereist, ohne daß man wußte, wohin.«

»Ich kenne die Angelegenheit«, sagte der Bürgermeister.

»Er hat mir damals seine Habschaften anvertraut, für die ich noch verantwortlich bin«, fuhr ich fort. »Auch beruhte seine Abreise auf falschen Voraussetzungen. Darum hielt ich es für meine Pflicht, nach ihm zu forschen. Ich machte sogleich viele Versuche, die aber alle vergeblich waren. Ich hoffte, er werde doch einmal zu mir kommen; aber da nun schon so viele Zeit ohne Erfüllung meiner Hoffnung vorüber gegangen ist, fange ich an, besorgt zu werden. Wenn Sie, hochverehrter Herr, in Ihrem Amte oder in Ihren sonstigen Beziehungen etwas von ihm wissen, oder erfahren werden, oder zu seiner Ergründung mit Schonung etwas tun können, so würde ich die inständigste Bitte einlegen, mir behilflich zu sein, was eben der Grund ist, weshalb ich Sie um dieses Gespräch habe bitten lassen. Da ich noch ein Schüler war, wagte ich mich in der Sache nicht zu Ihnen. Heute ist es der Mann in einem ehrenden Berufe, der Sie bittet.«

»Ich ehre Ihren Beruf, und ich ehre Ihre Bitte«, antwortete er. »Von dem Aufenthalte des jungen Mannes weiß ich jetzt nichts. Für die Ämter ist kein Grund vorhanden, nach ihm zu forschen. Ich werde aber mit der Rücksicht, die in der Sache notwendig ist, nach Kunde trachten, und Ihnen, wenn mir eine zuteil wird, dienlich sein. Wir müssen aber den Willen des Abwesenden, entfernt zu sein, beachten.«

»Ich beachte auch diesen Willen«, sagte ich, »in so ferne er nicht ein anderer wäre, wenn er wüßte, wie die Dinge sind.«

»Ich erkenne Ihre Ansicht«, sprach er, »und bitte Sie daher, lassen Sie mich wissen, wohin ich meine Nachricht senden soll.«

Ich gab ihm meinen Aufenthaltsort auf ein Papier geschrieben.

Er legte das Papier in eine Mappe.

Dann fragte er noch um allerlei in meiner Heimat und um verschiedene Verhältnisse in jenem Striche des Landes.

Hierauf sagte er: »Da Sie einmal hier sind, müssen Sie doch auch zu meinen Frauen kommen.«

»Es wird mich ehren, zu ihnen kommen zu dürfen«, antwortete ich.

»So folgen Sie mir«, sprach er.

Wir standen auf, und er geleitete mich durch ein Vorzimmer in ein Gemach, in welchem seine Gattin Hildegard und seine Tochter Jakoba waren. Hildegard saß an einem Nähtische und Jakoba an einem Stickrahmen.

»Ich bringe hier einen Verbrecher«, sagte er, »der nun in Haft sein und büßen soll. Vorher aber möge er noch ein wenig auf einem Stuhle bei euch sitzen.«

Ich verneigte mich vor den Frauen. Sie standen auf, und grüßten mich. Dann setzten wir uns auf gelbseidene Stühle, deren Füße mit feiner weißer Farbe bestrichen waren.

»Zuerst hat er«, sprach der Bürgermeister wieder, »dem Gerichte gerichtlich, um seinen Freund weiß zu waschen, eine Unwahrheit gesagt, dann hat er im Zweikampfe eine völlige Mordtat begangen, und endlich ist er vor allen, die ihn gekannt haben, flüchtig geworden.«

»Sie haben sehr großmütig gehandelt, junger Herr Doktor«, sagte Hildegard. »Wir haben gar nicht gewußt, wenn Sie so fröhlich waren, und mit den Mädchen tanzten, daß Sie auch mit dem Schwerte so darein hauen können. Haben Sie es mit nach Prag genommen?«

»Es ist in meines Vaters Hause ich weiß nicht in welchen Winkel gelegt worden, wenn sie es nicht etwa zum Abschlagen der Krautköpfe verwenden«, sagte ich.

»Sie haben es also ganz abgeschworen?« fragte sie.

»Für alle Fälle, in denen ich es nicht dringend brauche«, antwortete ich.

»Der alte Schüler hat sich von der Lehre, die Sie ihm gegeben haben, wieder erholt«, sagte der Bürgermeister, »und macht noch immer seine letzten Prüfungen auf dem Karolin. Der Fall ist um so leichter zugedeckt worden, weil er ein gar so übler Geselle ist. In Ihrer Heimat, wo Sie nicht unter Sausewinden sind, werden Sie ähnliche Gelegenheiten nicht leicht finden.«

»Was sich fügen soll, mag sich fügen«, sagte ich.

»Dem Arzte würde es schwer nachhängen«, sprach der Bürgermeister, »wenn er sich so herum schlüge wie auf der Schule.«

»Hoffen wir auch auf das Wachsen der Vernunft«, sagte ich.

»Und so fort zu gehen, ohne von seinen Freunden Abschied zu nehmen«, sagte Hildegard.

»Es freut mich, wenn ich mehr Freunde habe, als ich ahnte«, erwiderte ich, »und ich werde jede Güte ehren, die mir unverdient zuteil wird. In jenem Falle aber mußte ich wohl ein wenig schnell fort gehen.«

»Sie hätten ja zuerst Abschied nehmen, und sich dann schlagen können«, sagte sie.

»Aus meinem Abschiednehmen hätte er die Nähe meiner Abreise vermutet, die Dinge vor derselben hätte er gefürchtet, und wäre sicherlich nicht in Prag gewesen, wenn ich ihn gebraucht hätte«, antwortete ich.

»Das ist wahr«, sagte sie.

»Und daß ich nicht auf immer fort ging, beweist ja, weil ich jetzt hier bin«, entgegnete ich.

»Und ich hoffe, Sie werden Prag öfter besuchen«, sagte sie.

»Nach Möglichkeit vielleicht jährlich«, antwortete ich.

»Dann wünschen wir, daß wir Sie auch in solchen Fällen sehen, in denen Sie nicht eben Geschäfte bei meinem Gatten haben«, sagte sie.

»Diese Worte sind ebenso ehrenvoll für mich, als ich ihnen getreulich nachkommen will«, entgegnete ich.

»Ist es schön in Ihrer Heimat?« fragte Jakoba.

»Ich will sie Ihnen ein wenig beschreiben«, antwortete ich. »Da ist Wald und Wald und Wald. In demselben sind Föhren, Fichten, Tannen, Buchen und Birken in Menge. Alle andern Bäume und Gesträuche sind auch da. Dann sind rauschende Wässer und graue Steine. Dann sind hellgrüne Wiesenflächen und verschiedenfarbige Felder. Dann sind braune Holzhäuser mit Steinen auf dem Dache und glänzenden Fenstern, dann sind weiße Kirchtürme und lustige Marktflecken und solche ungeschlachte Menschen, mit grobem grauem Gewande, wie hier einer vor Ihnen sitzt.«

»Das ist wohl die Sitte der Gegend«, sagte sie.

»Es ist zweckmäßig«, antwortete ich, »der starke Rock widersteht dem starken Walde. Mit meinem schönen Schüleranzuge aus Prag haben sie mich angestaunt, als einen Waldbewohner würden sie mich damit auslachen. Wenn ich aber wieder nach Prag komme, werde ich schon in einem gehörigen Stadtdoktorenanzuge erscheinen. Sollten Sie einmal unsere Gegend selber sehen wollen, so kann ich Ihnen und Ihrem Vater und Ihrer Mutter jetzt eine gastliche Waldbürgerhausstube geben und ein gutes Waldbürgeressen und ein sehr freundliches Angesicht von mir, von meinem Vater, von meiner Schwester und von meinem Bruder und, ich glaube, auch von unserm Knechte, unsern Mägden und unserm Stallbuben.«

»Das ist ja viel zusammen«, sagte Jakoba.

»Kommen Sie später«, entgegnete ich, »so hoffe ich Sie schon in wirtlicheren und größeren Räumen beherbergen zu können, da ich unser Haus vergrößern will, die Freundlichkeit kann aber nicht mehr größer werden.«

»Das ist sehr schön«, sagte Jakoba, »haben Sie Waldfrüchte?«

»Je nachdem Sie zu einer Zeit kommen«, antwortete ich, »Erdbeeren, so würzig, wie keine in euern Gärten wachsen, vom Heumonate bis zum Herbstmonate, Himbeeren im Erntemonat, die frisch vom Walde einen Duft haben, den ihr hier nicht kennt, die kleinen roten und schwarzen Waldkirschen in demselben Monate, gewürziger als alle Kirschen, von den Heidelbeeren rede ich nicht, die in Millionen Zentnern wachsen, weil sie nur hauptsächlich für den Tisch unserer Waldtiere sind, dann im Spätherbst die Brombeeren von dem vornehmsten Adel und die starken Preiselbeeren, die in rotem Weine und Zucker nicht ihres gleichen haben, oder wenn Sie noch wollen die sauerfeine korallenfarbige Moosbeere essen, oder die süße blaue Moorbeere mit dem weißen Fleische, dann die Wacholderbeeren mit dem blauen Reife, die zu saurigem Safte eingesotten werden, dann die Holzäpfel, die zwar abscheulich zum Essen sind, aber einen dauerhaften und mit der Zeit immer milderen heilkräftigen Obstwein geben, dann im Christmonate die Hagebutten, fein und lieblich. Das Obst, welches bei euch gut wächst, ist bei uns saurer, und die Ebereschen, das Manna der Vögel, würden Sie zu keiner Jahreszeit essen können. Außer den

Früchten würde ich Ihnen Waldblumen zeigen können, denen Sie Ihr Lob nicht versagen würden, wenn sie auch in keinem Stadtgarten sind.«

»Ach, das ist ja eine Menge«, sagte Jakoba. »Der Vater bemerkte öfter, Berge und Täler kommen nicht zusammen, wohl aber Menschen.«

»So bewirken Sie, daß der Vater Menschen zusammen kommen macht«, sagte ich, »und wenn unsere Stuben nicht so schön sind wie Ihre Säle, so sind unsere Tänze doch fröhlich, wenn auch nicht so fein wie die euern; die Waldmusik der Vögel aber haben wir wieder allein, die könnt ihr nicht aufbringen.«

»Man meint ja, man müsse gleich hin«, sagte Jakoba.

»Je eher, desto besser«, antwortete ich.

»Wir sind durch viele Dinge gehemmt«, sagte der Vater, »und der Mensch könnte an harmlosen Gegenständen viele Freude haben, wenn er sich nicht selber die Freude verdürbe. Wir wollen der Zukunft vertrauen.«

»Und so junge Mädchen stellen sich alles leichter vor«, sprach die Mutter.

»Ich kann es auch nicht als schwer erkennen«, sagte ich, »von Prag einmal in einen schönen Wald zu fahren, in welchem man sehr willkommen ist.«

Wir sprachen noch eine Weile von Stadtdingen, dann verabschiedete ich mich, und schritt aus dem Hause.

Im Fortgehen dachte ich mir: Jakoba ist doch viel schöner geworden, als ich sie früher gekannt habe.

Gegen den Abend ließ ich bei dem Kaufherrn Emerich Waldon anfragen, ob ich ihn besuchen dürfe, und wann. Er antwortete, es könne gleich geschehen, oder zu welcher Zeit ich wolle.

Ich ging gleich zu ihm.

Er war schon in seinem Hause, welches in Smichow steht. Ich ging hinaus, und gelangte an ein grünes Eisengitter, welches den Vorgarten vor dem Hause schloß. Ich läutete an der Gitterglocke. Da kam eine ältliche Frau, und ließ mich ein. Sie führte mich dann durch den Garten in das Haus. Im Hause führte sie mich über eine breite Treppe in einen großen Vorsaal hinauf. Dort wies sie mich an eine Tür. Ich öffnete die Tür, und kam in ein kleines Zimmer, in dem sich niemand befand. Auch in dem nächsten Zimmer, dessen Tür offen stand, war niemand. Aus dem dritten Zimmer kam der Kaufherr Emerich Waldon in einem einfachen schwarzen Rocke, wie man sie trägt, zu mir heraus, und führte mich in das Zimmer hinein. Es war ein Bücherzimmer. An den Wänden standen Schreine, welche vorne Glastafeln hatten, und mit lauter Büchern angefüllt waren, die die Rücken herauskehrten. Sonst waren grüne Geräte in dem Zimmer. Der Kaufherr Emerich Waldon geleitete mich zu einem Tische, der mit grünem Tuche überzogen war, rückte einen grün gepolsterten Sessel zurecht, und lud mich zum Sitzen ein. Als wir uns zu Tische gesetzt hatten, fragte er mich, was mein Begehren sei.

Ich nannte meinen Namen.

»Der ist mir bekannt«, sagte er, »und ich glaube auch den Gegenstand Ihres Besuches zu kennen.«

»Eustachius«, sagte ich.

»Das war meine Vermutung«, antwortete er.

»In Ihrem Hause war er freundlich aufgenommen«, sagte ich, »und durfte es öfter besuchen. Ich bin sein Freund, war über seine Entfernung sehr betrübt, habe Versuche gemacht, ihn aufzufinden, bin jetzt Arzt im Mittage des Landes, und bin nach Prag gekommen, um wieder nach ihm zu fragen, und da habe ich auch die Bitte gestellt, Sie besuchen zu dürfen.«

»Es freut mich sehr, daß ich nun mit Ihnen in diesem Zimmer spreche«, antwortete er, »Ihr Wesen war mir lange durch Ihren Freund bekannt, der manche Stunde mit uns in diesem Zimmer verbracht hat. Es mußte sich so fügen, daß Sie nun an seiner Stelle sitzen. Sie sind mir sehr willkommen. Er zeigte immer große Liebe gegen Sie, und Sie müssen dieselbe auch verdienen, weil sie sonst nicht vorhanden gewesen wäre. Wir wußten, daß Sie Arzt in Ihrer Heimat sind. Es freut mich, daß Sie wieder nach Prag und zu mir gekommen sind. Seien Sie mir noch einmal willkommen, und so oft Sie Ihr Weg wieder in diese Stadt führt, lassen Sie sich auch die Schritte zu diesem Hause nicht gereuen.«

»Nein, die sollen mich nicht gereuen«, antwortete ich, »da Sie mir eine freundliche Aufnahme bieten, und da mir dieses Haus bedeutend geworden ist.«

»Wir haben Sie schon früher erwartet«, sagte er.

»Ich hatte von Eustachius keinen Auftrag«, entgegnete ich, »und ich scheute mich, seine Angelegenheiten weiter zu berühren, als sie meine Freundschaft betrafen. Aber da die Lage jetzt viel ernster geworden ist, so bin ich gekommen.«

»Wenn er etwas zu mir gesagt hätte«, fuhr er fort, »so wäre der Fall nicht eingetreten, oder wenn ich ohne sein Zutun zur Kenntnis gekommen wäre, so hätte sich alles geändert. Wir erfuhren die Sache erst, da sie durch Sie geschlichtet war. Aber wenn er nicht zu Ihnen und zu uns geschwiegen hätte, so wäre er nicht der, der er ist. Wir haben Jahre gebraucht, um zu erfahren, wie viel an ihm vorhanden ist.«

»Ach, und ich auch«, entgegnete ich.

»Es ist schon recht, und es ist, wie es eben ist«, sagte er.

»Wenn er nur nicht so in allen äußern Dingen gehandelt hätte, wie er gehandelt hat«, sprach ich.

»Lassen wir das jetzt«, antwortete er.

»Er hat mir durch einen hinterlassenen Brief seine Habe anvertraut«, erwiderte ich, »und darum meine ich außer meiner Freundschaft zu ihm noch ein ferneres Recht zu haben, daß ich frage, ob Sie denn gar nichts von seinem Aufenthalte wissen.«

»Ich weiß nichts«, antwortete er. »Wir haben es gedacht, daß er Ihnen das Seinige wird übergeben haben, und darum werden Sie wohl auch der erste sein, dem er eine Nachricht zukommen lassen wird, so bald er es für gut findet. Wenn er Ihnen ohne die Bedingung der Geheimhaltung etwas offenbart, so berichten Sie es uns doch. Ich werde das gleiche tun.«

»Gut, so ist es recht«, antwortete ich.

»Wenn Sie noch länger in Prag sind«, sagte er, »so besuchen Sie dieses Haus öfter. In jedem Falle kommen Sie noch einmal.«

»Ich nehme die gütige Einladung an«, entgegnete ich.

»Wo wohnen Sie denn?« fragte er.

»Ich bin in dem Gasthofe des Schwarzen Rosses«, antwortete ich.

»Gut«, sagte er. »Und nun noch etwas anderes. Ich habe seit dem Tode meiner Gattin einen Freund und Ratgeber, der mit meinen Dingen vertraut ist. Mit diesem müssen Sie noch ohne Zeugen sprechen. Ich bitte Sie, folgen Sie mir.«

Er stand bei diesen Worten auf, und ich auch. Er führte mich aus dem Zimmer, aber nicht auf dem Wege, auf dem ich herein gekommen war, sondern in ein anderes Zimmer, dessen Wände mit lauter Kupferstichen bedeckt waren, die sich im Rahmen und hinter Glas befanden. Von diesem Zimmer gingen wir in ein ferneres, das kleiner war, und an dessen Wänden Gemälde hingen. Hier führte er mich zu einer braunen Tür, faßte die Klinke derselben und sagte: »Diese Tür führt zu meiner Tochter Christine.«

Ich errötete heftig, und sah ihn an.

»Treten Sie nur ein«, sagte er, und öffnete die Tür.

Ich trat ein, er machte die Tür zu, und blieb draußen. Ich stand vor Christine. Sie stand an einem Tische, der eine graue Marmorplatte hatte, und eine ihrer Hände ruhte auf dieser

Platte. Sie hatte ein tiefgelbes seidenes Kleid an, und die großen dunkelbraunen Augen waren auf mich gerichtet.

»Seien Sie mir willkommen«, sagte sie.

»Ich bin Ihnen also nicht ganz fremd?« fragte ich.

»Nein«, antwortete sie. »Ich habe Sie schon früher gekannt, und mein Vater hat mir heute gesagt, daß Sie zu uns kommen würden. Setzen Sie sich auf einen dieser Stühle, und gönnen Sie mir einige Worte.«

Sie wies auf einen Stuhl, der mit Seide gepolstert war, welche fast die nämliche Farbe hatte wie ihr Kleid. Ich setzte mich darauf. Dann setzte sie sich an eine andere Seite des Tisches auf einen gleichen Stuhl. Ich sah jetzt, daß die Fenster des Zimmers auf einen großen Garten gingen, der hinter dem Hause war. An den Seiten der Fenster hingen zusammengefaltete Vorhänge nieder, welche von derselben Seide waren, die die Sessel hatten. Im Garten sah ich einen Laubengang dahingehen, fast durch die ganze Länge des Gartens, den Laubengang, in welchem seine Worte wie glühende Funken in ihre Seele gefallen waren. Sie schwieg noch eine Weile, da ihre Augen mich immer anblickten, und sagte dann: »Sie wollen über Eustachius mit mir sprechen.«

»Es freut mich, wenn ich über ihn mit Ihnen sprechen kann«, sagte ich.

»So reden Sie«, antwortete sie.

»Er ist mein Freund gewesen«, sagte ich, »und ich glaube, er ist es noch, und darum dürfen wohl einige Worte über ihn aus meinem Munde kommen.«

»Daran kann niemand zweifeln«, entgegnete sie, »er ist oft zu uns gekommen, und hat es gesagt, wie sehr er Sie achtet.«

»Er ist fortgegangen, ohne mir zu sagen, wohin er geht«, sprach ich.

»Und Sie haben sich seiner angenommen«, erwiderte sie, »und haben ihn auch mit dem Degen vertreten.«

»Das hat sich so ergeben gegen den Mann, welcher ihn durch Arglist in das Übel geführt hat«, entgegnete ich.

»Und Sie haben nach ihm geforscht, was Ihre Kräfte vermochten«, sagte sie.

»Ich habe die Wege ergriffen, die mir mein Sinn eingegeben hat«, antwortete ich.

»Und dann sind Sie in Ihre Heimat gegangen, und sind dort Arzt«, sagte sie.

»Ich bin in meine Heimat gegangen«, erwiderte ich, »habe stets nach ihm geklügelt, und bin jetzt in Prag, um wieder Nachfrage nach ihm zu halten.«

»Und da sind Sie auch zu meinem Vater gegangen«, sagte sie.

»Ich bin zu Ihrem Vater gegangen«, entgegnete ich, »weil Eustachius oft in seinem Hause war, und dieses Haus sehr geehrt hat.«

»Und mein Vater hat Ihnen über seinen Aufenthalt nichts sagen können«, erwiderte sie.

»Er hat mir keine Auskunft zu geben vermocht«, sagte ich.

»Und nun wünschen Sie auch mich zu fragen, ob nicht ich etwas weiß«, sagte sie.

»Es ist das in Wirklichkeit meine Bitte«, antwortete ich.

»Mir ist auch wie meinem Vater nichts bekannt«, entgegnete sie.

»Auch Ihnen nicht?« sagte ich.

»Er hat mir nichts entdeckt«, antwortete sie, »ich habe nicht im geringsten geforscht, und wenn sich was immer für eine Spur geboten hätte, von ihm Kenntnis zu erhalten, so hätte ich sie nicht verfolgt.«

»Er hat mir seine Habschaften zum Aufbewahren übergeben«, sagte ich.

»Ich habe das geahnt«, entgegnete sie.

»Er hat mir all sein Besitztum übergeben«, sagte ich.

»Das habe ich geahnt«, sagte sie.

»Er hat mir Ihre Briefe an ihn zur Verwahrung gegeben«, sagte ich.

»Auch das habe ich geahnt«, entgegnete sie, »er wollte dieselben nicht Zufällen aussetzen, und Sie werden sie gut verwahren.«

»Sie sind im festen Schreine verschlossen«, antwortete ich, »und da unser Haus auf seiner Diele einen fußtiefen Estrich hat, so sind sie auch vor Feuer gesichert.«

»Ich danke Ihnen«, sagte sie.

»Hochverehrte Jungfrau Christine«, sagte ich nun, »er hat mich ermächtiget, die Briefe zu lesen, und ich habe sie auch gelesen.«

»Hochverehrter Herr Doktor«, sagte sie, »auch das habe ich geahnt. Und nun erlauben Sie mir, die einigen Worte zu sprechen, um welche ich Sie bei dem Beginne unserer Unterredung gebeten habe. Ich habe mich mit Eustach auf ewig verbunden. Er ist von Prag weg gegangen, ohne mir oder jemanden, mit dem ich in Verbindung bin, zu sagen, wohin er gehe. Daher geziemt es mir, ohne sein Tun zu beirren, auszuharren, bis er Nachricht gibt, oder kommt.«

»Und wenn er nun immer nicht kommt?« fragte ich.

»So werde ich immer harren«, antwortete sie.

»Und wenn er den Bund mit Ihnen als zerstört betrachtet, weil er sich für beschimpft hält?« fragte ich.

»Dann wird er mir es wissen lassen. Bis dahin besteht der Bund«, antwortete sie.

»Und wenn er aus Zagheit die Ankündigung der Auflösung unterließe?« sagte ich.

»Das darf ich von ihm nicht voraussetzen«, entgegnete sie.

»Und wenn ihn der Tod hinrafft, ehe er irgendeine Nachricht senden kann?« sagte ich.

»So wird er sterbend jemanden mit der Botschaft betrauen«, antwortete sie.

»Der Tod könnte ihn unvermutet überfallen, ehe er Nachricht zu geben vermag«, sagte ich.

»Ich werde das erst glauben, wenn ich sehr alt geworden bin, und mir stets keine Nachricht von ihm gekommen ist«, antwortete sie.

»Hochverehrte Jungfrau«, sagte ich, »da ich von meiner Heimat nach Prag reiste, dachte ich daran, daß ich mit Ihnen über Eustachius reden werde, und daß wir vielleicht eine Einigung treffen könnten, was wir in Hinsicht seiner tun sollen. Und da habe ich auch den Brief mitgenommen, welchen er mir bei seiner Entfernung hinterließ. Ich überreiche Ihnen denselben. Lesen Sie ihn.«

Ich übergab ihr den Brief, sie las ihn, und gab ihn mir zurück.

Dann sagte sie: »Hochverehrter Herr Doktor, in dem Briefe stehen die Worte: ›Ich werde kommen, wenn ich es mit Ehre kann.‹ An mich hat er bisher die Worte nicht gerichtet, weil er weiß, daß sie nicht nötig sind.« Ich schwieg auf diese ihre Rede, und sah ihr in das schöne Angesicht.

Sie aber fuhr fort: »Und da wir sprechen, muß ich Ihnen sagen, daß Sie seine Handlungsweise sehr verwirrt haben. Er hat es nicht vermocht, zu jemanden etwas zu sagen, und ist fort gegangen. Ihnen hat er geschriebene Worte hinter lassen, deren einige lauteten, daß Sie Papiere, die er bezeichnet hat, drucken lassen sollten, damit daraus die Zahlung erfolge. Sie hätten auf die Zeilen des Briefes als auf eine Weisung zeigen können, in der die Deckung enthalten ist, Sie hätten in die Druckerei gehen können, ob man Ihnen nicht gleich das Geld gebe, oder hätten es selber vor schießen können, oder sich können vor schießen lassen. Anstatt dessen aber gehen Sie auf das Gericht, sagen dort etwas, das man Ihnen nicht geglaubt hat, zahlen die Schuld aus Ihrem

Eigenen, und beginnen dann so heftig nach Eustach zu forschen, daß Sie dadurch erst recht den übeln Schein auf sein Fortgehen warfen, dann töteten Sie endlich beinahe seinen Widersacher im Zweikampfe, wurden selber flüchtig, und machten, daß jetzt ganz Prag und die Umgebung von der Sache sprach. Sie setzten allerlei Dinge in die Stadtchronik, die ich verstand, die Eustach auch verstand. Sie ließen in Prag und anderen Städten Ihren Aufenthalt bekannt machen, was ich verstand und was Eustach auch verstand, und dennoch ließ er keine Nachricht an Sie oder an uns gelangen, was deutlich seinen Willen dartut, unentdeckt zu bleiben. Er vermag jetzt nicht zu kommen, oder Nachricht zu senden, und an uns ist es, zu harren.«

»Aber wenn er unzweckmäßig und unter falschen Voraussetzungen handelt, so müssen wir ihm doch helfen«, sagte ich.

»Es ist besser, unzweckmäßig als gegen ein schönes Gefühl handeln«, entgegnete sie.

»Aber es hat ja alles gut geendet«, antwortete ich.

»Es hat nicht gut geendet«, sagte sie, »und er weiß es.«

»Sie werden also gar nichts zu seiner Erforschung tun?« fragte ich.

»Gar nichts«, entgegnete sie.

»Und Sie wünschen, daß auch ich nichts tue?« sprach ich.

»Es ist dies mein Wunsch, und es wäre mein Rat«, sagte sie.

»Sie denken von mir, daß ich Ihre Überzeugung ehre«, sprach ich.

»Das denke ich«, sagte sie.

»So ehren Sie auch meine Überzeugung«, entgegnete ich.

»Das tue ich«, sagte sie.

»Meine Überzeugung ist nun, daß ich mit der größten Vorsicht, damit nichts verwirrt werde, zu forschen fort fahren solle«, sprach ich.

»So tun wir beide nach unserer Überzeugung«, sagte sie.

»Wenn Sie ohne Ihr Zutun Kunde erhalten, werden Sie mir etwas mitteilen?« fragte ich.

»Das werde ich tun, wenn ich darf«, antwortete sie.

»Und ich sage das Nämliche zu Ihnen«, sprach ich.

»So sind wir einig«, sagte sie.

»Einig, einig«, sprach ich. »Wenn nur das letzte Ende dieser Sache gut wird.«

»Es wird gut sein«, sagte sie.

Nach diesen Worten stand sie in ihrem schweren Seidenkleide auf, und reichte mir die Hand über den Tisch herüber.

Ich nahm sie, und drückte dieselbe.

Dann sprach sie: »Erlauben Sie, daß ich Sie zu dem Vater zurück geleite, der mein Tun billigt.«

Ich zeigte mich bereit, sie öffnete die Tür, führte mich durch das Gemäldezimmer, und durch das mit den Kupferstichen in die Bücherstube, in welcher der Vater war. Er stand auf, da wir eintraten, und ging uns entgegen. Ich sagte nur die Worte: »Ich danke für die herzliche Aufnahme, und bitte, mich jetzt verabschieden zu dürfen.«

»Gott geleite Sie«, antwortete er, »kommen Sie sehr bald wieder, kommen Sie morgen, kommen Sie alle Tage zu uns.«

»Ich werde der freundlichen Einladung folgen«, sagte ich. Dann verbeugte ich mich gegen Christine, welche die Verbeugung erwiderte.

Hierauf geleitete mich der Kaufherr bis zur Treppe, wo wir uns verabschiedeten.

Als ich in das Freie gekommen war, sah ich, daß die Abenddämmerung schon sehr weit vorgeschritten sei. Ich ging eine Zeit in der Stadt herum, trank dann ein wenig Wein, und suchte, ohne etwas zu essen, mein Gemach.

Des andern Tages ging ich am frühesten Morgen in die

Judenstadt. Ich wollte den Koffer des Eustachius, der mit der Dachshaut überzogen ist, und welchen ich vor meiner Abreise von Prag dem Juden Manasse verkauft hatte, wieder zurückkaufen. Als ich in den Trödelgängen des Juden Manasse war, und um den Koffer fragte, antwortete er: »Ich kann nicht wissen, welchen Koffer Ihr meinet, hoher Herr, ich habe gute brauchbare Koffer.«

»Den ich dir verkauft habe, Manasse«, sagte ich, »da du im vorvorigen Jahre in der Tischlergasse in einem wohl bekannten Hause in dem letzten Stocke bei mir warest, wo du mir viele Monate vorher um sehr lumpiges Geld meine besten Sachen abgekauft hast.«

»Ich habe bei den Dingen viel verloren«, sagte er, »sie waren schon nicht mehr im Gebrauche. Ihr seid mir Ersatz schuldig, mein hoher junger Herr, wenn wir wieder in Verbindung kommen. Und die Truhe mit der Wildhaut hättet Ihr mir nicht geben sollen, sie war ja verfallen, und wem sollte ich sie verkaufen mit der rissigen Haut?«

»Du kennst den Koffer schon«, sagte ich, »den bringe.«

»Ich werde ihn bringen«, entgegnete er, »ich werde ihn bringen.«

Dann gab er einem in der Tiefe des Ortes kauernden Judenbuben einen Auftrag. Dieser brachte den Koffer hervor.

»Ich habe ihn ganz neu herrichten lassen, ich habe ihn ganz verbessern lassen«, sagte Manasse.

»Ich bin zu oft auf diesem Koffer gesessen, um nicht alles zu wissen«, sagte ich.

Es war der Koffer des Eustachius. Gerade an einigen Rissen der Haut, von denen der Jude gesprochen hatte, war er am kennbarsten. Er war weder verbessert noch verschlechtert worden.

»Und was soll der Koffer kosten, Manasse?« fragte ich.

»Es liegt mir viel Geld darauf«, sage Manasse, »zwei Gulden.«

»Du sollst zwei Gulden für den Koffer haben, Jude«, sagte ich.

Ich reichte ihm zwei Gulden, und ließ mir den Koffer an den Eingang stellen.

»Wenn Ihr wieder so eine Rolle Taler habt«, sagte Manasse, »so kauft mir schöne Sachen ab, ich habe schöne Sachen.«

Er brachte lederne Fächer herbei, in denen goldene Ketten, Schaumünzen und Edelsteinkleinodien waren.

Ich sagte ihm, daß ich keine Frau habe, und goldene Ketten auf meinem grauen Waldrocke schlecht stehen würden. Auch habe ich alle Taler der Rolle für mein Doktorpergament hergeben müssen. Ich fand aber einige Bücher in seinem Trödel, die ich brauchen konnte. Auch standen zwei schmale, sehr alte Schreine da. Ich fragte um den Preis der Bücher und der Schreine. Er nannte einen übertriebenen, ging aber mit Begierde in den Handel ein, da ich herab zu mindern begann. Ich ersah, daß ich Gegenstände ergriffen habe, die er gar nicht oder schwer zu verkaufen gehofft hatte. Jetzt drückte ich ihn, daß er die Dinge um den geringsten Zins, den ein Jude noch nehmen kann, ablassen müsse, und hatte meine Freude daran. Ich kaufte sie um eine Kleinigkeit, und bezahlte sie.

»Fürchtet Ihr nicht den Herrn Karschitz?« fragte er.

»Weißt du auch um die Geschichte?« sagte ich.

»Wer sollte von einem so feinen und tapferen jungen Herrn nicht wissen?« antwortete er.

»Nun, ich fürchte ihn nicht«, sagte ich.

»Nein, Ihr fürchtet ihn nicht, Ihr fürchtet ihn nicht«, antwortete er.

Dann ließ ich den Koffer, die Schreine und die Bücher in mein Gemach in dem Gasthofe des Schwarzen Rosses bringen, und packte die Bücher und andere Dinge in den Koffer des Eustachius.

Gegen Mittag kam der Kaufherr Emerich Waldon zu mir in mein Gemach, um mir einen Besuch zu machen. Er lud mich auf den nächsten Tag zum Speisen ein.

Ich ging um die bestimmte Stunde hin. Es war außer mir kein Fremder da. Das Speisezimmer war im Erdgeschosse gegen den Garten hinaus. An dem Tische saßen der Kaufherr und seine Tochter Christine, dann eine ältliche Frau, welche die Beschließerin des Hauses schien, dann eine jüngere Frau, die irgendein Amt des Hauses verwaltete, dann fünf Männer sehr verschiedenen Alters, welche die Gehilfen des Kaufherrn in seinem Berufe waren. Ich wurde an die rechte Seite des Kaufherrn gesetzt, seiner Tochter gegenüber. Nach dem Essen verabschiedeten sich die anderen Leute. Der Kaufherr ging mit mir und Christinen in das Gartenhaus, auf dessen Tisch Wein und feines Backwerk gestellt wurde. Hier, dachte ich, mochte damals die Musik gewesen sein. Wir gingen dann in dem Garten herum, und gingen in dem Laubgange hin und wieder, dessen Blätter jetzt nicht um uns raschelten, sondern ruhig seitwärts von uns und über uns an ihren Zweigen hingen.

Ich ging nun alle Tage, welche ich noch in Prag verlebte, in das Haus des Kaufherrn Emerich Waldon.

Am nächsten Tage wurde die Kisten fertig, in welche ich die zwei alten Schreine packen ließ. Ich gab sie unserem Frächter mit, und gab ihm auch einen Brief, welcher den Goldfuchs des Wirtes am Rothberge auf einen bestimmten Tag in die Stadt Budweis bestellte.

Ich kaufte alle jene Arzneidinge, welche dem Verderben nicht unterliegen, auf eine längere Zeit hin, auch was mir an Berufsgeräten noch wünschenswert schien, suchte ich zu erwerben. Dann ging ich daran, die Geschenke auszulesen, welche ich den Meinigen und in Häuser, in welche ich oft komme, bringen wollte. Darauf besuchte ich alle meine einstigen Lehrer. Zu dem Bürgermeister der Stadt Prag ging ich auch noch einmal, und bat ihn, jeden Versuch, meinen Freund Eustachius zu erforschen, aufzugeben, da die Umstände sich geändert hätten. Man behielt mich wieder eine Zeit im Gespräche mit Hildegard und Jakoba. Die Abende brachte ich jetzt öfter mit Kameraden in fröhlicher Weise zu.

In jenen Tagen besuchte mich auch einmal der Kaufherr Emerich Waldon mit seiner Tochter Christine. Die Aufwärter und Leute des Gasthofes sahen ihm nach, als er mit der schönen Gestalt aus dem Tore trat, und die Straße dahin ging.

Ehe ich Prag verließ, ging ich noch zu Cäcilia, brachte ihr den versprochenen Zettel, und bezahlte das rückständige Mietgeld. Sie erzählte mir, daß sie dem Jobal sogleich die Wohnung gekündet habe, und daß sie in Ergebung warten werde, welche Mietperson ihr Gott schicken werde. Die Hemden werde sie zu meiner Zufriedenheit machen, etwas größer, da ich stärker geworden sei. Die Leinwand für die Hemden soll sehr gleiche Fäden haben. Als ich fort ging, rief sie mir noch auf die Treppe hinab nach, daß ich jetzt gar keine Ruhe mehr geben solle, bis ich den Eustachius gefunden hätte.

Als meine Zeit in Prag zu Ende war, verabschiedete ich mich an allen Orten, an denen ich es nötig erachtete, setzte mich in den Wagen des Frächters, der am schnellsten ging, und fuhr gegen den Mittag des Landes.

In der Stadt Budweis fand ich jemand aus unserem Hause. Man hatte den Stallbuben Thomas mit dem Goldfuchse des Wirtes am Rothberge geschickt. Der Knecht des Wirtes sei krank, und seufze nach mir. Unser Knecht Kajetan sei zu ungeschickt für ein so schnelles Pferd, und da sei er gefahren. Ich hatte zu seinem Geschicke auch nicht ein gar großes Vertrauen, und nahm mir vor, nach Gestalt der Dinge selber die Zügel zu ergreifen.

Ich packte von meinen Sachen, was ich konnte, in das Wägelchen des Wirtes, das andere übergab ich dem Frächter nach Pirling, und wir fuhren mit dem Morgengrauen von dannen. Thomas tat seine Sache so gut, und war so besonders aufmerksam, daß ich keine Ursache hatte, mich in die Leitung des Pferdes zu mischen, ich hätte es auch kaum so gut zu führen gewußt wie er. Der Goldfuchs griff so rasch aus, daß wir nach zweimaligem Einkehren um die vierte Nachmittagsstunde vor dem Hause meines Vaters ankamen.

Ich mußte mit dem Goldfuchse gleich zu dem kranken Knechte des Wirtes am Rothberge, und dann mit einem andern Pferde des Wirtes zu anderen Kranken, die schon lange nach mir geharrt hatten, so daß ich erst tief in der Nacht nach Hause kam. Es waren noch alle wach. Ich mußte zuerst ein Nachtmahl einnehmen. Dann öffnete ich den Koffer des Eustachius, und nahm die schwarze, schöne Sammethaube heraus, die für den Vater war, und setzte sie ihm auf, ich nahm den feinen, blauen Wollstoff heraus, der einen faltenreichen Rock für Anna liefern sollte, dann die Reihe silberner Gupfknöpfe für das rote Wams Kaspars, dann die hellroten Tücher für die Mägde, und die blauen Stoffe zu Wämsern für den Knecht und für Thomas, dem ich noch einen silbernen Peitschenstielring versprach, weil er so gut gefahren ist. Es war eitel Freude, und wir suchten erst spät unser Lager.

Mehrere Tage hatte ich mit Kranken so zu tun, daß ich an nichts anderes denken konnte. Endlich minderte sich die Sache, daß ich doch bei manchem, bei dem es nicht so nötig war, an manchem Tage den Besuch unterlassen konnte. Ich ließ zuerst meine zwei Schreine aus ihren Verschlägen pakken, und stellte sie in meiner Kammer auf. Der Vater und Anna schienen beim Anblicke dieser Dinge dieselben Gefühle zu haben, wie alle die Leute, welche dem Juden Manasse die Schreine nicht hatten abkaufen wollen. Sie fragten mich, warum ich diese Dinge gebracht habe. Ich zeigte ihnen, daß sie viel schöner seien als der Arzneischrein daneben, den ich doch nach einer Zeichnung, die ich selber entworfen hatte, neu habe machen lassen, und bei dessen Anfertigung ich immer mit Rat zur Hand gewesen sei. Sie glaubten es nicht. Mir gefielen aber die zwei schlanken Schreine in meiner Kammer sehr wohl. Die Bücher stellte ich nach ihrer Art zu den andern. Der Ahorntisch mit dem dunkeln Tuche schien mir schon zu klein zu werden, und ein Bücherschrein wird, dachte ich, in Kürze auch notwendig sein.

Des nächsten Tages ging ich nach Pirling, und brachte der schwarzen Franziska und der braunen Josepha die Reisegeschenke, der schwarzen Franziska einen roten Sammethalbmond, am Sonntage auf das Gebäude der Haare zu stecken, der braunen Josepha einen blauen. Die Mutter Theresia erhielt ein Kästchen mit zwei goldenen Haften, und der Sohn Mathias einen Frosch, darin vier Hemdkragenknöpfe waren. Der jungen Frau Wallburga brachte ich eine Zitterblume in die Haare, daran sich ihr Eheherr Geran, der Krämer, nach Kräften freute.

Des Tages darauf suchte ich mit meinen Obliegenheiten früher fertig zu werden, und ging dann in die Glashütte, und gab der Agnes und ihrer Mutter und den Söhnen, was ich ihnen gebracht hatte. Ich blieb bis nach Mitternacht, und sie ließen mich dann in einem Wägelchen in das Haus meines Vaters fahren.

Da ich wieder ein wenig Muße hatte, las ich aus dem Vorrate des Herrn Mathias Ferent zwei Stücke der allerschönsten Waldleinwand aus, kaufte sie ihm ab, und sendete sie an Cäcilia nach Prag.

Der Knecht des Wirtes am Rothberge wurde sehr bald gesund.

Gegen den Herbst, als die Schüler, die aller Orten in höheren Schulen waren, auf schulfreie Zeit nach Hause kamen, und mehrere von draußen in dem Walde zum Besuche von Mitschülern eintrafen, veranstaltete ich ihnen ein Fest, wie wir öfter in Prag gehabt hatten, aber ganz anderer Art. Es war nämlich damals ein bewegliches Leben in Pirling in dem Hause des Herrn Mathias Ferent. Agnes aus der Glashütte war als Gast in dem Hause, dann zwei Mädchen aus dem alten Städtchen Krumau und zwei aus Rosenberg. Zwei junge Vettern des Herrn Mathias aus der hohen Schule in Wien waren auch eingetroffen. Junge Leute aus der Nachbarschaft kamen herzu, und da gab es oft Tanz, Kegelspiel, Mummerei und Herumjagen. Ich sagte also eines Tages, da ich nachmittags schon nach Pirling gekommen war: »Junge Brut, heute geht alles ins alte Waldschloß Witikohaus, ich habe Imbiß bei der Frau Richterin bestellt, die Fackeln sind auch schon oben, und nachts ist ein Fackelzug durch den Wald herab.«

Ich fand Beifall, alles, was jung war, sammelte sich, und in einer Stunde waren wir schon auf dem Wege in das Waldschloß. Wir kamen dort an, kletterten in den Trümmern der alten Burg der alten Herren von Rosenberg herum, tanzten auf dem grünen Rasen zwischen den grauen Steinen, bewarfen uns mit Moos, mit Waldschwämmen, und was wir erreichen konnten, aßen und tranken dann irgend etwas Unbedeutendes in der Hütte der Frau Richterin der Waldhäuser, warteten geflissentlich, bis es Nacht wurde, zündeten dann die Fackeln an, und reihten uns so, daß an der Spitze ein Fackelträger war, dann ein Mann, der ein Mädchen führte, dann ein Fackelträger, dann wieder Mann und Mädchen, und so fort. Ich warf mich zum Führer auf. Der Forstgehilfe Tomsch mußte mein Fackelträger sein, und die schwarze Franziska meine Begleiterin. Hinter uns kamen die andern. So gingen wir in die Tannennacht. In einer Weile sagte meine schwarze Franziska: »Der Weg scheint mir so seltsam.«

»Das ist närrisch«, sagte ich, »oder Ihr seid verwirrt, weil Ihr mit mir geht.«

»Ihr hättet wohl noch viel nötig, Herr Doktor, um mich in Verwirrung zu bringen«, antwortete sie.

»Hollah, hollah!« rief ich, und stimmte ein lustiges, allbekanntes Waldlied an. Alle sangen mit.

Da es endete, riefen sie von hinten: »Es ist gefehlter Weg, wir gehen nicht recht.«

Ich rief zurück: »Waldgeister und Höllenteufel, das ist nun einerlei, es ist einmal ein Weg. Wenn wir umkehren, so können wir in die Tiefe des Waldes geraten, der Weg führt abwärts, also muß er irgendwo hinauskommen, unsere Fackeln sind so lang, daß wir bis Frauenberg mit ihnen gehen könnten. Also, Tomsch, nur vorwärts.« Tomsch schritt hastig mit seiner Fackel dahin, ich zog meine jammernde Franziska mit, und wenn in einer Menschensäule die vorderen Teile gehen, so folgen die hinteren von selbst. Auch schienen sie meine Gründe einzusehen. Der Weg wurde länger und länger, der Wald dichter, und alle Mädchen riefen Angstworte. Ich drang nach abwärts, rief einen fröhlichen Spruch, und sang ein Lied. Wir gingen abwärts und abwärts. Endlich war eine Wiese da und in ihr ein Haus mit Lichtern.

»Der Waldheger Weigun«, rief ich, »wir sind eine Stunde oberhalb Pirling.«

»Gott sei Dank«, riefen die Mädchen, »daß wir dieses Haus erreicht haben.«

Es war nun ein Drängen, die Paare kamen beinahe in ein Laufen, alles stürzte dem Hause zu, und hinein. Die große Stube des Hegers Weigun und seine Kammer waren mit Kerzen beleuchtet, weißgedeckte Tische standen da, auf ihnen waren Speisen und Wein, und die Mädchen fanden ihre warmen Überkleider. Ein allgemeines Jauchzen der jungen Männer folgte, und die Mädchen schlugen mit Fächern und Tücherknäueln, und was sie sonst erhaschen konnten, auf mich und Tomsch, als auf die Haupträdelsführer dieses Streiches.

Es wurde gegessen, getrunken, und auch etwas ungeschickt um die Tische getanzt, dann an den Aufbruch gemahnt. Die Fackeln wurden wieder angezündet. Wir gingen über den Rest der Wiese dem Stege zu, der über die Moldau führt. Allein am Ufer der Moldau waren eine Zahl Kähne, und auf dem größten eine Musik, die uns lärmend empfing. Die Mädchen mußten einsteigen und die Sitze einnehmen. Die Männer folgten. Die Fackeln wurden in geflochtene Holzringe, die außen an den Schiffen waren, gesteckt, und der Zug fuhr ab. Es war ein Schiffsfackelzug. Die Musik und die Gesänge, welche die Gesellschaft in den Schiffen anstimmte, wechselten ab. Als wir die Lichter von Pirling erblickten, tönte ein allgemeines Jauchzen. Da wir uns der Brücke näherten, unter welcher wir durchfahren mußten, stand auf ihr alles, was in Pirling fähig war, eine Trompete zu blasen, und blies. Aber auch alles andere stand darauf: Frauen, Männer, Mädchen, die nicht mit waren, Kinder, Greise, und ich weiß nicht, wie viel Hunde. Die Gesellschaft aus den Schiffen und die Gesellschaft von der Brücke zogen nun zu dem untern Wirt, der Tanzboden war erleuchtet, die Tische gedeckt, und es wurde getanzt, und einige tanzten bis zum Morgen.

Ich ging, als der Tag graute, nach Hause, nahm andere Kleider, und ging dann zu meinen Kranken.

Am Abende machten mir die jungen Männer, die als Gäste da waren, ein Singständchen vor unserm Hause.

Wir gingen dann zu dem Wirte in Thal ob Pirling, und hatten einen Abend, wie wir sie oft hatten, da ich noch auf dem Karolin war.

Ich bedauerte damals, daß ich nicht in unserer großen Stube Gäste aufnehmen konnte, und bestellte mir sogleich Wein aus dem Wienerboden, den ich, da er kam, in unserem Keller einlagerte.

Auch eine andere Veränderung nahm ich mit Bewilligung meines Vaters in unserem Hause vor. Ich ließ von dem großen, viereckigen Ofen mit grünen Tafeln in meiner Kammer, und von dem noch größeren viereckigen Ofen mit blauen Tafeln in der Stube einen Teil der Vorderseite herausnehmen, und große, mit durchbrochenem Gitterwerk versehene Heiztüren einsetzen. Die alten Heizöffnungen, die von außen waren, ließ ich vermauern. Die Ofenbänke, die sonst ringsherum waren, befanden sich jetzt zu beiden Seiten der Heiztüren. Ich hatte nun das lustige Feuer in den Gemächern flackern, und der Windzug durch die Gitter nach aufwärts reinigte die Luft.

Die jungen Gäste gingen im Spätherbste fort, und es kam der Winter.

Zum Christfeste schickte Cäcilia die zwölf aus der Waldleinwand gemachten Hemden samt dem Reste Leinwand, der übrig geblieben war. Anna und die Mägde bewunderten aufs äußerste die Arbeit. Wir nahmen die Hemden des Eustachius hervor, um die meinen mit ihnen zu vergleichen. Cäcilia hatte wahr gesprochen. Die Arbeit war genau die nämliche, nur daß meine Hemden noch roh waren und eine schönere Leinwand hatten. Ich gab sie an Anna zum Waschen und zum Einräumen in den Schrein, die des Eustachius ließ ich wieder an ihre Stelle legen. Der Cäcilia schickte ich ihren Lohn.

Von Eustachius ist kein Wort eingetroffen.

Ich gab meine Sendungen an die lustige und ernste Stadtchronik auf. Einmal erhielt ich einen Brief, weshalb denn der Mitarbeiter jetzt so stille sei? Ich gab eine unwirsche Antwort, und es war aus.

Der Winter war strenger als der vorige. Des Tanzens, des Schlittenfahrens, der Eisvergnügungen und der geselligen Abende beim Weine waren aber noch mehr als im vorigen. Und ebenso waren meine Arbeiten mehr. Es waren sehr viele Kranke, und ich wurde auch in die fernsten Striche gerufen. Ich hatte mir sehr starke Stiefel mit dreifacher Sohle machen lassen, ich trug immer Steigeisen in dem Riemen meiner Arzneitasche gehäkelt mit, weil ich oft steile, eisgepanzerte Hügel empor zu klimmen hatte, und in dem Kreuzdornstocke war eine dicke und scharfe eiserne Spitze. Und so wanderte ich dahin.

Im Frühlinge hielt ich mit meinen Angehörigen Rat, und dann änderten wir unser Haus. Das Dach wurde abgetragen, die Mauern wurden erhöht, die Fenster wurden größer und höher gemacht, der Giebel wurde zierlich empor gemauert, und es wurde das flache Dach schöner gesetzt. Zu dem Feste des Lattenschlagens kam die nächste und entfernteste Nachbarschaft herbei, und es war ein feierlicher und fröhlicher Tag. Als wir alles fertig gemacht hatten, war unser Haus das schönste in Thal ob Pirling, und die Meinigen und ich hatten eine Freude daran.

Die zwei altertümlichen Schreine ließ ich neu bohnen, und bestellte mir nach einer Zeichnung, die ich gemacht hatte, einen Bücherschrein.

Wir brachten in diesem Sommer die Ernte aller Dinge unserer Wiesen und Felder besonders gut und ergiebig in das neue Haus. Ich war bei allen Arbeiten, wenn ich von meinem Berufe nach Hause gekommen war, zugegen, und leitete sie mit dem Vater gemeinschaftlich.

Gegen den Herbst hin erweiterten wir unsern Garten in der Richtung nach Mitternacht, und ich suchte mir die Plätze aus, auf welche ich mir allerlei Kräuter pflanzen wollte, die ich zu meinem Berufe brauchen konnte. Ich setzte einen kleinen Waldkirschenbaum, der am Saume unseres oberen Kirmwaldanteiles gewachsen war, und der insonderheit gute Kirschen trug, auch an eine neue Stelle des Gartens.

Von unserem Nachbar Allerb konnte ich eine Wiese kaufen. Sie war ihm feil geworden, weil er sich mit dem Gelde auf einer andern Seite bequem erweitern konnte. Uns paßte die Wiese sehr gut, und die Grenze unseres Besitztumes wurde angemessener.

Eines Tages kam ich vor das Wirtshaus am Rothberge. Ich nahm einen Trunk, redete mit den Leuten, die da waren, und fragte dieses und jenes von dem Wirte, unserem Vetter Martin. In unserem Walde sind endlich alle, wenn man eine lange Zeit zurück geht, verwandt. So sind wir auch mit Martin, dem Wirte, verwandt, wenn gleich niemand mehr den Grund der Verwandtschaft angeben kann. Die Vetterschaft aber wird aufrechterhalten. Auf der Gasse saßen an einem hölzernen Tische in der warmen Herbstsonne der Josikrämer und der Sägmüller. Ich setzte mich zu ihnen, und der Wirt gesellte sich zu uns. Wir sprachen von den Ergebnissen dieses Sommers und andern Dingen, und kamen dann auch auf meine Kranken und die vielen Wege, die ich zu machen habe. Da sagte der Wirt am Rothberge: »Herr Vetter Doktor, das geht nun nicht mehr so, Ihr könnt die Sache auf die Zeit hin nicht bezwingen. Ihr müßt Euch ein Pferd und ein Wägelchen anschaffen, um auf den fahrbaren Wegen fahren zu können, es bleiben noch immer Pfade genug übrig, denen man nur durch das Gehen beikommen kann.«

»Ach, der Herr Doktor und ich, wir können beide noch rüstig gehen«, sagte der Josikrämer.

»Nur daß es einerlei ist, ob du dein Bänderwerk um eine Stunde später verkaufst, aber auf den Doktor schon einer wartet, der seiner Hilfe bedarf«, sagte der Wirt.

»Der Doktor und ich gehen unter allen Menschen am

meisten herum«, sagte der Josikrämer, »wenn ich mit meinem Packe auf allen Wegen bin, so sehe ich ihn auch, wie er durch den Wald oder in den Feldern geht, und seinen Stock in den Sand stößt.«

»Aber man wird müde«, sagte ich. »Weißt du noch, Josi, wie wir einmal nebeneinander auf einem Steine gesessen sind, den Pack neben dir, und wie du mir erzählt hast?«

»Ja, ja«, sagte Josi.

»Nein, nein, ich glaube schon auch, daß ein Pferd notwendig ist, wenn man bald rechts und bald links sein muß«, sagte der Sägmüller.

»Nun, mit allem Euerm Rate«, sagte ich, »so verkauft mir den Goldfuchs, Vetter Martin, und sendet ihn morgen mit Rüstung und Geschirr zu mir hinab.«

»Den Goldfuchs verkaufe ich ja gar nicht«, sagte der Wirt. »Wenn ich ihn aber einmal verkaufe, so verkaufe ich ihn Euch, Doktor Vetter.«

Und nun ergab sich aus einem Worte das andere, und in einer halben Stunde hatte ich den Goldfuchs erhandelt.

»Morgen wird er mit seiner Ausstattung zu Euch hinab geführt werden«, sagte der Wirt.

»Nun eine Kanne Wein zum Kauftrunke«, sprach ich, »dann muß ich wieder weiter. Ich muß noch ins Astung. Ich war heute im Buchenhage. Das wäre der schönste Platz für eine Ansiedlung.«

»Das ganze Hag ist gekauft, und ein Haus wird dort gebaut werden«, sagte der Wirt, »es soll ein vornehmer, reicher Mann sein, der mit dem Freiherrn von Tannberg verwandt ist.«

»Nun gut«, sagte ich, »es ist recht.«

Und der Kaufwein wurde mit dem Wirte, mit Josi und mit dem Sägmüller getrunken, und ich ging dann meiner Wege weiter.

Des andern Tags wurde der Goldfuchs mit allem Geschirre, das zu ihm gehörte, zu mir gebracht, und in den Ochsenstall, so gut es ging, eingestellt. Es wurde sogleich die Einrichtung zu seiner gehörigen Unterbringung getroffen, und sofort auch in Pirling um ein Wägelchen gefeilscht.

In kurzem fuhr ich mit meinem Goldfuchse, ein passendes Peitschlein in der Hand, kreuz und quer im Lande herum.

Wenn ich viel in Seitenpfade zu gehen hatte, wurde der Bube Thomas mitgenommen, der dann fuhr, und den Fuchs betreute.

Zu Kajetan wurde noch ein Knecht in das Haus genommen.

VON UNSEREM HAUSE

Ich legte mich in meiner Kammer zu zwei Stunden Schlaf auf meinen großen Lederpolster.

Als die zwei Stunden vorüber waren, stand ich auf, und sagte zu meinem Vater, ich wolle an unserem Hause eine große Grube anlegen, in welcher durch das ganze Jahr hindurch Eis aufbewahrt werden könnte. Ich brauche das Eis zu meinen Heilungen. Wir müßten die Anstalten machen und Arbeiter suchen, daß im Herbste alles fertig wäre. Er war einverstanden.

Dann aß ich mein Frühmahl.

Hierauf fuhr ich zu dem Erlebauer. Er saß auf seiner Hausbank im Scheine der Morgensonne, und sah mich freundlich an, da ich vor ihm stand. Ich hatte nichts anzuordnen, als daß ich die Fehler nannte, die er jetzt gegen seine Wiedergenesung machen könnte. Er versprach, sie zu meiden.

Dann fuhr ich zu Krings am Rothberge. Ihm hatte der Ast einer fallenden Buche einen Fuß gebrochen. Ich hatte ihm denselben gleich im Thaugrunde in Schienen gelegt, und hatte den Mann dann auf einer Bahre in sein Haus tragen lassen. Das Übel ging schon seiner Heilung entgegen. Ich empfahl ihm, daß er in seiner bisherigen Ruhe beharre.

Von dem Anwesen des Bauers Krings fuhr ich durch den langen Wald des untern Rothberges in die Friedsamleithe hinüber zu der alten Tagelöhnersfrau Mechthild Korban, die noch in ihrem sehr hohen Alter eine schwere Nervenkrankheit glücklich überstanden hatte. Sie saß wie der Erlebauer auf dem grauen Holzbänkchen der Hütte in der Sonne, und spielte mit ihren Urenkeln. Ich befragte sie um ihr Befinden, gab ihr etwas Stärkendes, und redete dann ein Zeitchen mit den Gattinnen ihres abwesenden Sohnes und ihres abwesenden Enkels.

Dann fuhr ich in die Ahornöd zur Haidelis hinaus. Sie ist eine Nähterin, und lag an einem üblen Fieber schwer darnieder. Sie hatte sich verschlimmert. Ich tröstete, und ließ ihr vom Bisamtiere zurück.

Dann fuhr ich zu den zwei Knaben des Bauers Dofer in die untere Dubs hinab, welche beide an den roten Flecken lagen. Sie waren in sanfter Wärme, ich konnte gute Versicherungen geben, und ordnete das Nötige an. Hier ließ ich den Fuchs durch Thomas erquicken.

Von der Dubs fuhr ich den Sandberg in das Gehänge hinauf zu der sechzehnjährigen Tochter des Steinhauers Bachan, die an einem hitzigen Fieber litt. Ich konnte den Eltern einige Hoffnung geben. In dem Gehänge war auch der Zimmerer Trapp, welcher sich mit der Bandhacke am Fuße verwundet hatte. Die Wunde schloß sich schon rein und klar durch die Hilfe des kalten Wassers.

Dann fuhren wir zu dem Mörichbauer, den ein Pferd geschlagen hatte. Dann zu dem Knechte des Bauers Fehn, der sich durch einen Stein die kleine Zehe zerquetscht hatte. Beide waren besser.

Der hundertjährige Auszügler des Alighofes, der nicht krank war, aber an seinen Jahren zu sterben begann, war erfreut, da ich kam, und sagte, er wisse wohl, daß es mit ihm zum Ende gehen müsse; aber ich erhalte ihn noch immer fort. Ich gab ihm einige Stärkung.

Dann fuhren wir zur Gattin des Meiers in Bergpirling, die sich überarbeitet hatte. Sie erholte sich durch Ruhe und die anbefohlene Nahrung. Dann ging ich in Bergpirling noch zu zwei anderen Kranken.

Hierauf fuhren wir in das Reut von Bergpirling, wo die Gattin des Reuthammer entzündete Augen hatte. Ich konnte den Umschlag schon wegnehmen.

Von Reutbergpirling fuhr ich durch den untern Ausgang des Sillerholzes zu dem Hause des Aschacher. Die Wunde des Mannes war, wie sie nach den Vorkehrungen sein mußte, und ich begann, Freude zu schöpfen. Ich befahl fortzusetzen, was bisher geschehen war. Wie lange das sein müsse, würde ich später schon bestimmen.

Vom Aschacher fuhr ich nach Hause.

Der Knecht Thomas war an diesem Vormittage besonders aufmerksam gegen mich gewesen.

Anna brachte mir zu dem Mittagmahle jene Speisen, von denen sie wußte, daß sie mir die liebsten wären.

Nach dem Essen beriet ich mich mit dem Vater über die Eisgrube. Wir suchten den Platz zu derselben aus, und er sagte, er wolle sogleich Arbeiter bestellen, daß man etwa morgen schon beginnen könne. Ich war einverstanden.

Am Nachmittage fuhr ich zu meinen andern Kranken.

Als ich zurückgekommen war, sprach ich mit denen, die im Hause auf mich warteten, und reichte ihnen Mittel.

Dann fuhr ich noch einmal zum Aschacher hinunter.

Endlich war das Tagewerk vollbracht. Ich befahl, daß der Fuchs ja recht gut versorgt werde, und ging dann in meine Kammer.

Und so wie dieser Tag vergangen war, vergingen seine Nachfolger.

Ich fuhr zu allen meinen Kranken, und vergaß keinen einzigen an irgendeinem Tage. Zum Aschacher fuhr ich täglich dreimal. Sein Übel war wunderbar. Auch die Haidelis und die Tochter des Steinhauers schienen mir nicht mehr in Gefahr zu sein.

An der Eisgrube wurde vorerst gegraben, bis ich mir die ganze Sache genau zurecht gelegt haben würde. Wenn ich einige Zeit hatte, widmete ich sie den Angelegenheiten unseres Hauses. Ich ging auch oft zu den Feldarbeiten unserer Leute. Gerne betrachtete ich meine schwarzen Pferdchen, wie sie so trefflich gediehen, und freute mich schon der Zeit, wann sie würden kleine Dienste tun können.

Eines Tages kam der Obrist zu mir herunter, um, wie er sagte, mir meinen Besuch zu erwidern. Er erkundigte sich um meinen Vater, um Kaspar und Anna, und um unsere Leute. Er sprach von meinen Kranken, und besah dann die Veränderungen, die in unserem Hause noch immer vor sich gingen. Ich redete mit ihm von der Eisgrube, und sagte, wie sehr Eis notwendig sei. In dem Walde kommen die Verwundungen durch Holzarbeiten sehr häufig vor, und die Leute können noch lange nicht veranlaßt werden, Eis zu sammeln, weil das Ding außer ihrer Betrachtung liegt, und sie auch erst den Raum dazu graben müßten. Ich fragte ihn um seine Eisgrube. Er antwortete, daß der Raum sehr groß sei, daß er im Winter Vorrat für zwei Jahre sammeln werde, und daß er dann den Leuten gerne davon ablassen wolle. Ich sagte ihm schon für die Zukunft meinen Dank. Er besah unsern Tierstand, und verweilte länger bei den jungen Pferden, die er wieder untersuchte. Dann sprach er lange mit dem Vater über das, was in der Wirtschaft des Hauses eben vorging, und wie es eingerichtet sei. Dann ging er seines gewöhnlichen, ruhigen Ganges, wie er gekommen war, wieder gegen das Haghaus empor. Ich begleite ihn bis zu den Eschen.[9]

Nach einer Zeit ließ ich von unserer großen Hausfichte, vor welcher Margarita gestanden war, das Bänklein weg nehmen, ließ einen großen, schönen, grünen Platz um den Baum mit schlanken, silbergrau angestrichenen Latten einfassen, und ließ an seinem Stamme eine sehr schöne Bank und vor ihr einen sehr schönen Tisch herrichten, beide von derselben silbergrauen Farbe wie die Latten. Damit aber, wenn man an dem Tische schriebe, oder läse, oder äße, nicht die Nadeln auf ihn fallen könnten, ließ ich die Einrichtung machen, daß man mit dem Zuge einer Schnur ein starkes Linnentuch wie ein Dach über ihn spannen, und es nach dem Gebrauche wieder in einen Streifen zusammen schieben konnte. Als alles fertig und wohl getrocknet war, saßen wir nun recht gerne unter dem Baume.

Der Aschacher ging ohne irgendeine andere Hilfe als durch die des kalten Wassers seiner Genesung entgegen, was wie ein Wunder gepriesen wurde. Ich sagte, mit Eis im Wasser wäre es noch sicherer gewesen, sie sollten Eis sammeln, und im Sommer unter der Erde aufbewahren. Die Haidelis und das Töchterlein Bachans waren in keiner Gefahr mehr.

Eines Nachmittags ging ich in den Lidkessel, um mich zu ergehen, was ich jetzt lange nicht hatte tun können. Es führt kein Pfad hinein, und wenn jemand nicht eine Arbeit dort hat, wird er wohl nicht hinein gehen. Ich aber ging hinein. Ich ging auf den vielen Steinen, die im engen, seichten Wasser zwischen den Waldwänden liegen, und zum Teile auch in dem Wasser mit meinen guten Stiefeln dahin. Über das Grau der Felsen, die sich sehr häufig aus dem Grün der Wände hervor drängten, schaute das Dämmer des entfernten Kirmwaldes herein. Es verschwand zuweilen, und zeigte sich wieder, je nachdem ich um eine Ecke bog, oder eine Wendung machte. Der Raum wurde immer enger, der Kirmwald verschwand endlich ganz, und ich sah über mir nichts mehr als den einzigen, schwermütigen Himmel. Am Saume des Wassers waren stellenweise die blauen Scheine des Waldenzians und über den schwarzen Moorstellen die breiten, grünen Augen des Huflattichs. Ich stand eine Zeit an der hohen Tanne und an dem feuchten Fels, wo das Wasser aus der Erde hervor quillt, und die Schlucht zu Ende ist. Dann kletterte ich aber nicht, wie damals, an den Wänden des Lidkessels zu den Obersteinen des Rothberges hinan, sondern ging wieder in der Enge zurück, und ging langsam auf dem Wege, auf dem ich gekommen war, nach Hause.[10]

Gegen den Spätsommer, als die Meinigen den Roggen und die Gerste in das Haus gebracht hatten, wobei ich behilflich gewesen war, so gut ich gekonnt hatte, als ferner in der schönen Zeit die Zahl der Kranken sich sehr gemindert hatte, und unter ihnen kein einziger in einem bedenklichen Zustande war, beschloß ich, wieder auf einige Tage nach Prag zu reisen. Ich nahm an verschiedenen Orten eigens Wägen für mich, wo solche zu bekommen waren, um schnell an mein Ziel zu gelangen.

In Prag kaufte ich zuerst manche Dinge, die ich nach Hause mitnehmen wollte, besonders was ich zu meinem Berufe brauchte.[11]

Dann[12] ging ich zu dem Kaufherrn Emerich Waldon und zu seiner Tochter Christine. Sie waren beide, wie sie in der früheren Zeit gewesen waren. Sie besuchten mich auch in meinem Gasthofe, und ich speisete einmal bei ihnen in dem Hause an dem schönen Garten.

Ich ging auch zu Cäcilia, und brachte ihr wieder Leinwand zu Hemden. Sie sagte, sie wolle sie machen, daß ich zufrieden sei wie bisher. Dann setzte sie hinzu: »Der arme Eustachius wird vergehen, er wartet, daß Ihr ihn rettet, er hat nicht den Mut, sich zu eröffnen, es ist gottvergessen, Herr Doktor.«

»Weib, wer lehrte dich meine Gedanken?« fragte ich.

»Niemand«, antwortete sie, »das denken alle, die vernünftig sind.«

Ich verließ ihre Stube, sie geleitete mich wie immer an die Treppe, und sagte dieses Mal nur, daß sie die Hemden schon recht machen wolle.

Ich ging wie früher auch zu dem Bürgermeister und zu seiner Gattin und Tochter. Jakoba war noch immer unvermählt. Der Bürgermeister sagte, er müsse doch bald sein Amt nieder legen, und dann werde er gewiß einmal zu uns in den Wald kommen, um dort die Leute zu sehen und ihre Erwerbsquellen, und wie sie ihr Leben eingerichtet haben.

Ich besuchte wie gewöhnlich meine ehemaligen Lehrer und Vorgesetzten und meine Freunde. Die Vorgesetzten nahmen mich herzlich auf, und die Freunde hatten sich in eigene Weisen eingelebt, und setzten diese fort. Ladron war gar nicht mehr in Prag.

Nach fünf Tagen fuhr ich wieder in meine Heimat. Ich reiste auf die nämliche Weise, wie ich hergekommen war, zurück, um bald wieder zu Hause zu sein.

Sogleich nach meiner Ankunft besuchte ich meine Kranken, die ich verlassen hatte, und die, welche neu gemeldet worden sind. Es war keiner von großem Belange darunter.

Dann tat ich das Edelweiß, welches mir Margarita gegeben hatte, in das Elfenbeinkästchen mit Türkissteinen, das ich in Prag gekauft hatte, und stellte es neben jenes Kästchen in die Lade, in welchem die Briefe Christinens an Eustachius waren. Dann teilte ich die Geschenke aus, welche ich von Prag gebracht hatte.

Des andern Tages kaufte ich vom Eckmeier im Haslung noch ein Pferd, weil doch der Fuchs die Fahrten, welche immer mehr wurden, nicht mehr zu leisten imstande sein könnte, und die zwei schwarzen Pferde, die mir in dem Hause heran wuchsen, noch eine geraume Zeit nicht würden dienen können, und dann auch nur in einem Maße, das ihrer Jugend angemessen ist. Das Pferd war ein Schecke, weiß und braun gefleckt, und stark gebaut. Es sollte zu gewöhnlichen Fahrten den Fuchs ablösen. Zu besonderen war der Fuchs immer vorbehalten. Denn er ist ein geschicktes, kluges Tier, das insbesonders die gute Eigenschaft hat, daß es das himmlische Feuer nicht fürchtet; denn ich muß oft den Blitzen, dem Donner und dem Regen entgegen fahren. Und Thomas sagt, es weiß, daß ich mit Arzneien zu den Leuten fahre.

Ich dachte nun daran, was Cäcilia von Eustachius gesagt hatte. Wenn es wahr ist, und ich selber glaubte, daß es wahr sein könnte, so würde ich ihn, wenn ich alle meine Zeit und alle meine Bemühung diesem Zweck widmete, vielleicht finden; aber dann müßte ich meinen Beruf aufgeben. Oder ich muß bei meinem Berufe bleiben, und Eustachius lassen. Ein Schwanken zwischen diesen zwei Dingen fand bei mir jetzt keinen Augenblick statt. Ich muß in meinem Amte bleiben, er hat sich in seine Lage begeben, und muß sie haben.

Eine Woche nach meiner Zurückkunft ging ich in das Haghaus hinauf. Der Obrist empfing mich recht freundlich, und erzählte mir, daß Margarita nach Wien gereist sei. Er habe sie selber hingeleitet, und sie werde einige Zeit dort verweilen. Sie sei in dem Hause einer entfernt Verwandten, und könne sich noch manches erwerben, das ihrem Wesen not täte.

Ich erwiderte auf diese Mitteilung gar nichts.

Als man den Grundstein des Haghauses gelegt hatte, damals hatte der alte Pfarrer von Sillerau den Spruch ausgebracht, Margarita möge nur lauter Gutes in dem Hause erleben, und nun bin ich es, der sie dahin brachte, daß sie das

Haus ihres Vaters meiden, und ihn allein in demselben zurück lassen mußte.

Der Obrist war gegen mich nicht anders als zu jeder andern Zeit.

Wir gingen in dem Hause herum, im Garten, im Felde und im Walde.

Dann ging ich nach Hause.

Die Leute hatten mir von der Abreise Margaritas nichts gesagt. Wahrscheinlich haben sie mich geschont.

Der Freiherr von Tannberg ist in diesem Sommer mit seiner Familie auch nicht in den Wald gekommen. Es ging das Gerücht, daß seine jüngere Tochter an einem Seelenleiden sieche.

Die Zeit ging nun dahin.

Meine Eisgrube war fertig geworden. Die Leute kamen sie anzuschauen, weil sie keine Vorstellung davon hatten, daß man Eis sammle, und daß man es im Sommer aufbewahren könne.

Ich ging jetzt zu dem Obrist öfter hinauf als früher, er kam auch öfter zu uns herab.

In meinem Haupte stiegen allerlei seltsame Gedanken empor.

Bin ich Margarita nicht wert?

Ist sie mehr als ich?

Kann ein Weib mehr sein als ein Mann?

Der Mann kann mehr sein als das Weib, er kann um das Unendliche mehr sein.

Wer bin ich bisher gewesen?

Bin ich ein rechter Mensch gewesen oder ein rechter Arzt.

Wer bin ich als Mensch gewesen?

In Prag habe ich hersagen gelernt, was in Büchern, die man uns gegeben hat, geschrieben war. In der Arzneischule habe ich in zusammen genähte Papiere die Worte geschrieben, die uns der Lehrer vorgesagt hat. Ich habe mir schöne Kleider zu erwerben gesucht, und habe in Häusern den Freunden und Mädchen Dinge vorgesagt, die mir auf die Zunge gekommen waren. Habe ich selber etwas erfunden oder hervorgebracht? Nein. Nicht einmal Hirngespinste habe ich geschrieben, wie mein Freund Eustachius. Habe ich die Dinge, die um mich waren, aufgenommen? Nein. Ich bin in der Gegend daher gestreift, habe Raufhändel gehabt, und habe Trinklieder gesungen. Dann habe ich einen Mann beinahe zum Krüppel gestochen, und bin fort gegangen. Und hier in meinem Wohnsitze? Habe ich Bücher wie der Obrist? Es ist nicht lange, daß ich gedacht habe, ich wolle eine Bücherei anlegen, wie der Obrist hat. Aber habe ich auf den Inhalt der Bücher gedacht, oder auf das schöne Aussehen eines solchen Gemaches? Ich habe auf den Inhalt nicht gedacht. Sind nicht Bücher, in denen verzeichnet steht, was das menschliche Geschlecht für Schicksale gehabt hat, seit es auf dem Runde der Erde besteht? Sind nicht Bücher, die erzählen, was unser eigenes Volk gestrebt, gelitten, geduldet, geleistet, gefeiert hat? Habe ich von dem ein anderes Wissen als nur das oberflächlichste? Habe ich mir dieses Wissen anders als durch die mageren Bücher unserer Schule oder durch gelegentliches Hineinsehen in andere Bücher erworben? Und hat dieses Wissen mein Wesen gefördert, gehoben, gegeistigt? Sind nicht Bücher, die erzählen, was für Länder, Meere, Völker, Tiere, Pflanzen und andere Wunder diese Erde trägt? Und muß es nicht Genugtuung sein, sich darin zu vertiefen, über die Mannigfaltigkeit zu staunen, Gott zu preisen und andächtiger zu werden? Sind nicht Bücher, die allerlei Wissen enthalten über die Dinge oberhalb der Erde, die am Tage und in der Nacht glänzen, über ihre Wesenheit, ihre Größe, ihre Entfernungen, ihre Wirkungen auf einander? Sind nicht Bücher, in die der Geist des Menschen liebliche Dichtungen gelegt hat, welche das

Große und Herrliche in uns wachrufen? Haben nicht uralte Völker ihre Dichtungen auf uns vererbt, sind nicht immer Völker gekommen, die diesen Schatz vermehrt haben? Ist nicht in unserem Volke selber schon in alter Zeit Preiswürdiges entstanden, und entsteht es nicht noch immer? Was habe ich hierin getan? Bei mir liegen Bücher in der Kammer umher, die nur Abteilungen der Arzneikunde enthalten, und ich habe sie zudem noch nicht alle gelesen. Von anderen ist wenig vorhanden. Und wenn ich Pflanzen sammelte, die ich zu meinen Zwecken brauchte, und wenn ich andere kennen lernte, deren Gestalt oder deren Blüte mich erfreuten, und wenn ich Steine, Muscheln und dergleichen auflas, und die Erden zu meiner Einsicht brachte, die in dem Walde vorkommen, so heißt das doch nicht die Dinge kennen, die unser Erdball trägt. Und was weiß ich von den Sternen? Weiß ich mehr, als man uns zur Ausübung der Heilkunst gegen die Schulbänke hin gesagt hat? Und ist das richtig? Kümmert sich der Mond um unsere Kranken? Wirkt er anders, wenn wir die ganze Scheibe beleuchtet sehen oder nur Teile? Ziehen die Sterne mit ihren Strahlen unsere Säfte hierhin und dorthin? Und weiß man überhaupt von diesen Himmelslichtern viel? Und die Dichter. Man hat uns in der Jugendschule von den Griechen und Römern des Altertumes gesagt, und hat uns gesagt, sie seien Muster. Wir mußten manches von ihnen, das in unsern Schulbüchern stand, lesen, und in unsere Muttersprache übertragen; aber es ist damals nicht in mich gedrungen, und hat mir nicht gefallen. Und was habe ich später von Dichtkunst genossen oder getrieben, als höchstens Spottverse auf eine alte Frau gemacht, oder die Burschenlieder gesungen, die gedankenlos von jeher schon immer gesungen worden sind, und an denen das Herrlichste die Fröhlichkeit ist, mit der sie gesungen werden? Ich will nicht von den alten Hebräern und Indern reden, von denen der Obrist manches weiß und es preist, ich wußte früher gar nichts von ihnen. Aber die Namen Homeros, Äschylos, Sophokles, Pindaros, Virgilius, Horatius habe ich gehört. Habe ich mich um sie gekümmert? Nein. Und ich bin ja nicht unempfindlich für das, was solche Männer gesagt haben. Ist mir nicht manches tief in das Herz gegangen, was ich bei dem Obrist lesen gehört habe, sind es nun Worte eines Dichters gewesen oder andere Dinge? Als mir einmal Eustachius aus den Chören des Äschylos vorlas, und was ich nicht verstand, deutsch sagte, hat mir die Sache nicht sehr gefallen? Habe ich aber dann den ganzen Äschylos für mich gelesen? Nein. Ich habe es dem Eustachius überlassen, der seine Worte oft allein in seiner Kammer rief, daß Cäcilia meinte, er sei doch nicht bei Sinnen. Und sind nicht selbst die Briefe Christinens in meine Seele gedrungen? Und wenn ich von den Büchern nicht rede, habe ich Bilder, wie der Obrist, die sanft in unsere Augen gehen, und das Herz in schöne Höhen heben? Habe ich Dinge, die den Geist erweitern, schmücken, zieren? Suche ich schöne Gewächse zu pflegen, den Boden zu verfeinern, die Zucht der Pflanzen zu regeln, den Wald zu reinerer Anmut zu führen? Oder strebe ich, die Menschen zu bessern, zu klären, zu berichtigen, zu läutern, und in ihren Beschäftigungen zu Ersprießlicherem zu bringen? Nein, ich tue alles dies nicht. Und welche Wirksamkeit wäre in dem Walde möglich? In großen Städten sind die Menschen leicht in einige Fächer zu bringen. Da sind, die sich Gebildete nennen. Sie sind alle gleich, gehen mit einander um, und reden von den nämlichen Gegenständen, von Stadtereignissen oder ihren Vergnügungen. Dann sind die Mittleren: Krämer, Wirte, Werkleute. Sie sind in ihrer Entwicklung weit mannigfaltiger. Dann sind die Dienenden. Sie sind fast wieder ganz gleich, und kaum durch eine Bemühung zu ändern. Dann ist die unterste Schichte. Sie ist meist unverbesserlich. Bei uns in dem schönen Walde gehen die Menschen weit aus einander. Wenn ich von dem Manne beginne, der mit bleicher Lederkappe, schlechter Jacke, alten, lang dauernden Lederhosen, blauen Strümpfen und schweren Schnallenschuhen auf einem Rückengerüste Glas oder andere Dinge durch den Wald trägt, oder von dem Manne, der mit den Seinigen in tiefer Wildnis ist, in Hütten aus Tannenreisern wohnt, und im grünen Sommer und auch im Winter bei klafterhohem Schnee Kohlen brennt, oder in Löchern der ungeschlachten Öfen Teer oder Wagenschmiere oder andere Dinge kocht, von dem zu schweigen, der Feuerschwamm oder Wurzeln und Kräuter sammelt; wenn ich von den Leuten rede, welche an dem Holze arbeiten, den Baum umsägen und ihn in Scheiter schlagen, die auf Wegen oder Wässern weiter gefördert werden, oder von den Leuten, welche in einem Steingefilde der Wälder sitzen, und Tröge, Schwellen, Kufen, Platten, Würfel, Bottiche aus Steinen bauen, welche Leute wie die Holzarbeiter selten zu den Hütten der Ihrigen hinaus kommen, die schon dort wohnen, wo die Ziegenwirtschaft beginnt, und schon kleine Feldchen und Gärtchen bei den Hütten sind, und wo auch die hausen, welche Reifen für die Faßbinder sammeln, Stäbe für Gärtner, Stangen für den Hopfenbau schneiden, Dauben und Schindeln für den Dachdecker machen, oder Klötze zu Felgen, Naben, Achsen, Grundeln für Wägen und Pflüge herrichten; wenn ich dann zu dem Manne komme, der sein weitläufiges Holzhaus auf sonniger Halde hat, und um sich die vielfarbige Zucht der Rinder gesammelt hält, die er im Sommer in den hohen Wald hinauf treibt, daß man, wenn man die lange Länge des Waldes dahin reisete, überall die Rinderglocken hörte, welchen Rindern das nekkische Geschlecht der Ziegen und das sanfte der Schafe beigemischt ist; wenn ich von dem Müller rede, der im Tale sein Wasserwerk hat, und von dem Schmiede, der am Wege unter einem Holzvorsprunge sein Gebläse treibt; wenn ich von dem zahlreichen Geschlechte der Waldbauern rede, die ihre Häuser zerstreut in der Mitte ihrer Felder, Wiesen und Wälder haben, davon immer eine Anzahl mit einem Sammelnamen begriffen wird, wie die Dubs, das Haslung, das Gehänge; wenn ich zu dem Manne komme, der sein Haus stattlich auf dem luftigen Hügel oder auf grünender Wiese oder am Saume des Waldes mit schimmernder Fensterreihe hat, und dort seiner Tiere und seines Feldbaues pflegt; wenn ich in die Ortschaften und in die Märkte gehe, wo die Leute Gewerbe treiben, aber auch Äcker und Wald und Wiesen haben, wo mancher ein schöneres Haus hinbaut, als man bisher gesehen hat, wo sie Blumengärten haben und ein geselliges Leben führen; wenn ich die vielen Pfarrhöfe überblicke, die neben den Kirchen stehen, und in denen meist ältere, oft weißhaarige Pfarrer sind, deren mancher einen jüngeren, aufstrebenden Gehilfen hat, und der durch seine Fenster auf das Schulhaus sieht, in dem sich der Lehrer jahraus und jahrein mit den Kleinen plagt, und wenn ich zu Männern übergehe, die, wie Johannes Blach mit seiner Glashütte, Mathias Ferent mit seinen Webereien, Spinnereien und Bleichen, Gerhard Rohr mit seinen Eisenwerken, Löff mit seiner Getreidezucht, ein weitverzweigtes Geschäft führen, und wenn ich zu denen gelange, die, wie der Obrist, sich an einer anmutigen Stelle einen Sitz gründen und dort ihr Leben vollbringen, und wenn ich auf manches Waldschloß schaue, in welchem Leute sind mit Garten-, Feld- und Wiesenbau, mit Wald- und Forstzucht, und wenn ich weiter hinaus zu dem Fürsten gehe, der sich von einem gepriesenen Manne im braunen Hofe einen wundervollen Garten soll haben anlegen lassen: welche Kreise, um auf sie zu wirken, sie zu fördern, zu belehren, und auf sich wirken zu lassen, und belehrt zu werden. Selbst die Männer in obrigkeitlichen Ämtern, deren sich nicht viele in dem Walde befinden, sind hier, wenn sie da länger verweilen, anders als an anderen Stellen. Wie habe ich nun unter diesen Leuten gelebt? Ich bin nur so unter ihnen gewesen, wie es meine Art ist, wie es mir zufällig in den Sinn kam, und wie so viele hier unter einander leben. Hat nicht der Obrist in der so kurzen Zeit, in der er erst hier ist, schon die Menschen an sich gezogen? Kommen sie nicht zu ihm, um sich Rat zu holen, und erteilt er ihnen denselben nicht, und leistet er nicht Hilfe, wo er kann? Hat nicht selbst Mathias Ferent durch seine Geschäfte und durch den Umgang mit vielen Leuten diese und selbst die Gegend verändert? Was mag der Freiherr von Tannberg, was mag der Fürst schon gewirkt haben?

Und wer bin ich als Arzt?

Habe ich mit Eifer, habe ich mit einziger Hingabe mich dem Heilzwecke gewidmet? Nein. Ich habe meine Kranken beiseite gelassen, und bin nach Prag gegangen, und habe dort die Zeit bei dem Bürgermeister, bei dem Kaufherrn, bei Freunden, bei einer Nähterin, bei einem Juden vertrödelt. Bin ich nicht mit Lust zu Hochzeiten, Tänzen, Schlittenfahrten, Waldpilgerungen, Scheibenschießen, Teichfischen, Baufesten, Grundsteinlegen, Lattenschlagen gegangen? Habe ich nicht, weil man wohl bei solchen Dingen unter Menschen sein soll und muß, ihnen weit mehr Eifer gespendet, als not getan hätte? Bin ich nicht zu oft als Besucher nach Pirling, in die Glashütte, nach Tannberg und in das Haghaus gekommen? Hat nicht selbst Margarita mein Wesen zu sehr erfüllt? Und wenn ich mein Amt geübt habe, wie habe ich es geübt? Wie wir es in der Schule gelernt haben. Ich habe die Merkmale eines Leidens abgefragt, habe dann dem Leiden aus meinen Büchern oder Heften[13] die Mittel bestimmt. Ist mir je beigekommen, daß die Bücher und Hefte doch nicht immer und allzeit unfehlbar sein könnten? Und wenn aus dem Wissen der erfahrensten und redlichsten Männer die Regeln zusammengetragen worden sind, wo ist ein Wissen, das jeden Irrtum ausschließt? Und pflanzt sich nicht der Irrtum eines hohen Namens gerade am stärksten fort? Bin ich nicht schon oft von meinen Büchern ratlos gelassen worden? Und wenn mir gegen eine Krankheit ohne meine Mittel irgend woher eine günstige Einwirkung gekommen ist, habe ich den Grund davon zu erhellen, und ihn ohne freventliche Versuche anzuwenden gestrebt? Habe ich in geschlossener Ordnung Erfahrungen zu sammeln gesucht? Ich habe es außer der Anwendung des kalten Wassers, dessen Kraft ich aus den frischen Quellen unseres Waldes von Jugend her kannte, nicht getan. Und ich frage auch weiter: müssen die Heilmittel gar so oft in Dingen sein, die so seltsam, ja ekel, und oft so fremd sind, daß man sie erst nach Jahrtausenden entdeckt hat? Wenn uns Gottes Liebe alles, was wir bedürfen, so nahe gelegt hat, warum sollte er die Heilmittel so ferne halten? Oder sind sie auch da, daß wir nur darnach greifen? In der allbelebenden Luft, im reinigenden und klärenden Wasser, in dem durchdringenden Lichte, in der wohltätigen Wärme, in den bildenden und balsamischen Nahrungsmitteln? Womit heilt sich der verwundete Hirsch, der Dachs, der Fuchs? Und würde der Arzt außer dem Heilen nicht noch nützlicher wirken, wenn er zeigte, was zu entfernen ist, daß Krankheiten nicht entstehen? Und wenn die Menschen widerspenstig sind, soll er in seinen Bemühungen nachlassen? Habe ich über diese Dinge je reiflich gedacht? Nein. Ich bin gewesen wie ein Handwerker, der seine Beschäftigung wie ein Wasserrad stets gleichmäßig betreibt. Der alte Tobias verwaltet sein Amt anders. Hat er nicht gesagt: Ich bettle mich sehr leicht, ich bin der glücklichste Bettler unter Gottes Himmel, alle Leute geben mir etwas, beherbergen mich, kleiden mich, lieben mich, und so geht es fort. Und tut Tobias nicht Dinge, die über seinen Beruf hinaus liegen? Er hat meinen Namen und meine Heilkunde unter die Leute gebracht, er trägt Botschaften, gibt wegen des Viehes Ratschläge, und ordnet die Spiele der Kinder. Ist er daher nicht besser als ich?

Und kann ich nicht alles, was ich denke, vor mich bringen, so kann ich einiges ganz sicherlich, und ich werde tun, was meine Kräfte vermögen.

[14]Ich finde eine Ruhe des Herzens in den Einschreibungen, und habe eine Befriedigung in denselben. Ich freue mich, daß ich den Zeichenstift und die Farben ein wenig handhaben gelernt habe. Ich zeichne manchen Anfangsbuchstaben, und male ihn mit Farbe schön aus. Es macht mir Vergnügen, wie ja der Mensch ein Vergnügen haben muß, das ihn nach der Übung seines Amtes in die Arme nimmt, und ihn zu neuer Übung stärkt.[15]

Als ich in den kühleren Tagen des Herbstes wieder mehr gehen wollte, vermißte ich meinen Hakenstock. Ich ging, ihn zu suchen. Ich ging in das Lidenholz, kletterte von der Morgenseite auf die Steinwulst, und fand den Stock verrostet auf der Stelle liegen, wo die Steinbrechen, die ich damals hatte pflücken wollen, unbeirrt verblüht waren. Der treue Stock sollte nicht entgelten, daß ich in Verwirrung gewesen war. Ich nahm ihn, kletterte wieder von der Wulst hinab, ging nach Hause, ließ mit Feilen das Eisen von dem Roste reinigen, und nahm den Stock wieder als Gefährten zu meinen Wanderungen.

Ich dachte in jener Zeit öfter an einen merkwürdigen Mann. Sie haben in Prag erzählt, es lebte vor etwa hundert Jahren in der Stadt Linz, welche die nächste große Stadt an unserem Walde ist, in einer engen Gasse ein Mann, Namens Johannes Kepler, der, kraft seiner Sendung, wie ich glaube, Knaben unterrichten und Landvermessung treiben sollte, der aber indessen stets die Sterne des Himmels betrachtete, um ihr Wesen zu ergründen; denn das wußte er, daß sie eine unendliche Zahl ungeheurer großer Weltkörper sind. Weil er aber weder ein Kaufgewölbe, noch ein Haus, noch Liegenschaften, noch Geld besaß, verachteten sie ihn, höhnten sein Bestreben, und mahnten ihn an seine Pflicht. Er aber blieb bei seinem Vorsatze. Da eine ganze Reihe von Jahren vergangen war, da er die Gesetze der Bewegungen der Wandelsterne auf das genaueste gefunden hatte und darstellen konnte, rannen ihm die Tränen von den Augen, und er sagte: »O du geliebter Gott, wer bin ich denn, daß du mich würdigst, dir deine Welt nachdenken zu können?« Dann schrieb er die Gesetze auf ein Papier, und machte sie bekannt. Da wurde er wieder verhöhnt, und man nannte ihn einen Narren. Dann kamen die Einsichtigen, forschten seinen Forschungen wieder nach, und sagten, es sei so. Dann kamen die Rechner, rechneten auf einer Tafel mit Zeichen, und bewiesen, daß es gar nicht anders sein könne. Es entstand nun ein Erstaunen über den Mann, und es erhob sich eine Lobpreisung desselben. Er aber lag schon lange unter der Erde.

An die Geduld und an den Starkmut dieses Mannes dachte ich jetzt recht oft.

Das Geschick fährt in einem goldenen Wagen. Was durch die Räder niedergedrückt wird, daran liegt nichts. Wenn auf einen Mann ein Felsen fällt oder der Blitz ihn tötet, und wenn er nun das alles nicht mehr wirken kann, was er sonst gewirkt hatte, so wird es ein anderer tun. Wenn ein Volk dahin geht, und zerstreut wird, und das nicht erreichen kann, was es sonst erreicht hätte, so wird ein anderes Volk ein Mehreres erreichen. Und wenn ganze Ströme von Völkern dahin gegangen sind, die Unsägliches und Unzähliges getragen haben, so werden wieder neue Ströme kommen, und Unsägliches und Unzähliges tragen, und wieder neue, und wieder neue, und kein sterblicher Mensch kann sagen, wann das enden wird. Und wenn du deinem Herzen wehe getan hast, daß es zucket und vergehen will, oder daß es sich ermannt und größer wird, so kümmert sich die Allheit nicht darum, und dränget ihrem Ziele zu, das die Herrlichkeit ist. Du aber hättest es vermeiden können, oder kannst es ändern, und die Änderung wird dir vergolten; denn es entsteht nun das Außerordentliche daraus.

VON MEINEM HAUSE

Ich ging nun öfter, wenn mir eine kurze Zeit gegönnt war, in den Wald, und betrachtete ihn. Und wenn ich in meinem Wagen herum fuhr, und wenn ich von ihm aussteigen, und zu einer Hütte auf einem steilen Hügel hinaufsteigen mußte, oder wenn ich von Hütte zu Hütte, von Hügel zu Hügel zu gehen hatte, sah ich auf das, was mich umgab. Wie schön ist doch die Welt. Wie ernst geht das große Band, auf das wir gegen Abend hinsehen, in weiter Länge von Mittag gegen Mitternacht dahin. In ihm zieht das Granitgestein steil empor, und auf diesem Gesteine steht ungelichtet und von menschlichen Händen wenig berührt der Wald, der ein liebliches Gedämmer hat, über dem an heiteren Tagen der Himmel funkelt. Wie hold gehen an ihm die Kopprippen, die Tarnwirbel und die Samblöcke empor, und sind am Morgen helle und am Nachmittage schwache Streifen. Und von dem Hauptwalde gehen die mächtigen Züge und Höhen und Hügel gegen Morgen hinaus, und in ihnen ist schon manches Fleckchen von lichtgrüner Farbe, und wenn Ernte ist, von goldener sichtbar. Und dieser Flecke werden immer mehr, bis endlich, wo die Ebene sich zu bilden anfängt, wallende Felder hinziehen, mancher Kirchturm glänzt, und sich nur mehr schmale Streifen von Gehölzen dahin winden. Und in dem Walde sieht man auch weiße Punkte, die Häuser sind, und von ihnen leuchtet oft in der Sonne weithin wie ein weißer Funke ein Fenster, oder es hebt sich ein Dach von dem Dunkel so hell ab, als läge Schnee darauf.

Wie rührend ist es, was man von der Urbarmachung des Waldes erzählt. Zu den Zeiten der Urgroßväter unserer Urgroßväter war der Wald unentwirrt über alle Hügel und Höhen bis zu der Ebene gebreitet. Sie sagen, daß in Vorzeiten mancher Kriegesfürst oder ein sonstiger großer Herr weite Strecken im Walde für geleistete Dienste erhalten habe, wohin er nun sofort, um Nutzen von seinem Eigentume zu schöpfen, Leute sandte, die den Wald lichteten, das Holz niederschlugen, und zum Verkaufe für ihn hinaus schickten. Von diesen Leuten blieben nun einzelne an dieser oder jener lichten Stelle sitzen, und wohnten da. Oder es kaufte ein armer Mann um weniges Geld sich in der Wildnis einen Platz, den er reutete, auf dem er sich anbaute, und von dem er lebte. Oder es erhielt mancher Teerbrenner oder Pechhändler die Erlaubnis, an entlegenen Orten, denen man kaum mit einer gelegentlichen Jagd zukam, seine Beschäftigung zu treiben. An diese Orte heftete er sich dann an, und errichtete eine Siedlung. Oder es gefiel einem Wildschützen, einem Wanderer, einem Vertriebenen ein Plätzchen, auf dem er sich niederließ, und von dem aus er wirkte. Viele von diesen hatten Nachkommen, die sich nicht weit von den Eltern ansässig machten. Und so entstanden die zerstreuten Häuser und Orte und die urbaren Flecke, die sich immer vergrößerten und mehr wurden.

Wie lieb sind die Waldhäuser. Wie oft blickte ich auf das Haus des Wirtes am Rothberge. Wenn ich die knorrigen Wege des Sterwaldes, die nie ein Wagen wird befahren können, auf denen kaum ein Saumtier gehen kann, und auf denen sich höchstens ein Mensch fortzuhelfen vermag, herunter komme, und auf den freien Berg gelange, setze ich mich gerne nieder, wo der Stein aus der rötlichen Erde hervor geht, und betrachte die stattliche Wirtschaft gegenüber. Die Brettersäge kreischt hinten in dem Tale, der Bach sprudelt schneeweiß zwischen den schwarzen Waldsteinen hervor, die Erde stürzt zu meinen Füßen schnell ab, und drüben steht das Haus, davor ein großer Platz ist, Bänke laufen an den Wänden hin, Bänke und Tische stehen auf der Gasse, die breiteste und beste Straße des Waldes führt vorbei, und Leute gehen in dem Hause aus und ein, um Geschäfte zu tun. Oft lag der glänzendste Sonnenschein auf der Wirtsgasse, wenn ich so da saß, und beleuchtete die vielen Fenster des Hauses, die auf den Weg heraus schauten und schimmerten. Oft aber stand auch die Sonne schon tief, machte die Holzverzierungen am Wirtshause und die Bänke und die Ranken, die an der Wand hinan gingen, rot, und legte sich schief gegen den Waldrücken hinüber, daß er einen langen Schatten gegen den Rothberg warf. Und in diesem Schatten zogen sich die Waldhäuser wie graue Punkte hinunter. Nach einer Weile ging ich dann über den Steg, trat auf die Gasse des Wirtshauses, trank den Trunk aus dem Glase, die sie mir gebracht hatten, redete mit dem Wirte oder andern, die da waren, und stieg dann in den Wagen, mit dem Thomas in dem Wirtshause auf mich gewartet hatte.

Wenn ich, was jetzt bisweilen geschah, weit hinaus gerufen wurde, und wenn ich in einem fremden Wagen, den man mir entgegengeschickt hatte, auf den schönen, fast gerade laufenden Straßen der Ebene wieder zurück fuhr, war es mir beinahe wohl, wenn ich zu unsern engen und krummen Wegen gelangte, wo Thomas mit dem Fuchs in irgendeiner Schenke auf mich wartete, und es wurde mir immer wohler, wenn die dunkeln Tannen wieder von den Hügeln herab schauten, manches Bächlein mir entgegensprang, mancher Birkenstamm von den Bergen leuchtete, mancher dorrende Holzklotz an dem Wege lag, die Versammlungen der Bäume sich immer dichter folgten, immer näher an den Weg traten, denselben endlich einengten, und die wehenden Äste über ihn hinüber streckten. Wir fuhren langsam, aber erquickt unserer Heimat entgegen.

Ich las in den Päckchen des Obrists, und nahm mir mit seiner Einwilligung manche in unser Haus. Ich lerne aus diesen Schriften, und werde sie alle lesen.

Ich hatte schon vor längerer Zeit ein großes Buch angelegt, in welches ich täglich einschrieb, was meine Kranken betraf, und wie sie sich änderten. Ich schrieb auch die Beschaffenheit des Wetters und der Wohnung des Kranken dazu. In diesem Buche las ich nun alles vom Anfange an, und dachte darüber nach, in welchen Beziehungen der Krankheitsgang und meine Verordnungen gewesen sein mochten. Was ich nun da glaubte und vermutete, schrieb ich in ein eigenes Buch.

Als der Boden schon gefroren war, aber noch kein Schnee lag, machte mir der Obrist den Vorschlag, daß wir, er und ich, den Geröllbühel kaufen und bewalden sollten. Die Gemeinde Thal ob Pirling hatte bisher von dem Geröllbühel gar keinen Nutzen gezogen. Es lagen seit Menschengedenken auf dem Raume, der sich in der Mitte sachte erhob, nur kleine Steine und Gerölle, und es war dürrer Grund, auf dem einzelnes, kurzästiges Struppwerk, dürres, dünnrispiges Gras, hie und da sehr kleine Himbeeren und mancherlei Kräuter wuchsen. Es konnte nur manches Mal eine arme Frau ihre Ziege mit dem leckeren Maule einige Blätter dort pflücken lassen, und ich konnte hie und da eine Pflanze für meine Heilzwecke brauchen. Weil der Geröllbühel ungefähr gleich weit von unserem Hause und dem Haghause entfernt ist, meinte der Obrist, könnten wir uns gemeinschaftlich um die Strecke annehmen, und sie pflegen. Das sei der Gedanke, sagte er, auf den er, ohne ihn zu nennen, damals in dem Birkenreute, als er mich dort aufgesucht hatte, hingewiesen habe. Er habe durch seinen Knecht auf dem Geröllbühel zur Untersuchung des Grundes Bohrungen und Grabungen machen lassen. Dann habe er Samen der dürrgrundigen Weißföhre in äußerst magere Erde gesät, um

Versuche zu machen, und die Pflänzchen an schmale Kost zu gewöhnen. Sie gediehen gut, und werden auf dem Geröllbühel noch besser gedeihen. Auch habe er Föhrensamen vorrätig, und man könne im Frühlinge auch Ansaat auf dem Geröllbühel versuchen. Wachsen die Pflanzen, so werden fort und fort Nadeln fallen, Erde erzeugen, und einst werde auf dem Bühel ein schöner, lieblicher und nützlicher Föhrenwald stehen. Ich willigte in seinen Vorschlag ein, und wir kauften von unserer Gemeinde sofort den Grund zu gleichen Teilen um einen sehr geringen Kaufschilling. Dann wurden die Pflänzchen mit ihren gefrornen Bällchen aus dem Grunde genommen, und auf taugliche Plätze des Bühels gesetzt. Als die Leute erfuhren, daß wir Waldbäume pflanzen, wunderten sie sich, und sagten, es werde sonst der Wald gereutet, daß wir ein milderes Land und urbare Strekken bekommen, und diese zwei Männer gründen wieder einen Wald, und verschlimmern und erkälten das Wetter. Darauf sagte ihnen der Obrist, an anderen Stellen habe er schon Wald gereutet, und werde noch mehr reuten, und sohin die Sache mehr als ausgleichen. Der Geröllbühel würde, wenn er so bliebe, nie von einem Gebrauche sein, und würde die Gegend desto mehr verunzieren, je mehr sie ringsumher gepflegt und verschönert wurde. Das Ausreuten des Waldes sei bis jetzt gut, und werde gut sein bis zu einem gewissen Maße; dann aber werde eine Zeit kommen, in welcher die Waldstellen zwischen den Feldern als kostbares Besitztum dastehen werden, und dann wird der Geröllbühel ein sehr zweckmäßiger Föhrenwald sein, und er wird auch schön sein. Es tue zu der Sache nichts, wenn dann der, der ihn jetzt gründe, schon lange in der Erde ruhen werde. Jetzt sehe er ihn wenigstens wachsen und gedeihen. So sagte der Obrist, und mehrere, darunter auch mein Vater, begriffen ihn.

Der Obrist hatte im Herbste Weizen säen lassen. Alle,

auch ich, zweifelten, ob der Versuch gelingen werde. Jetzt stand die Saat dunkel und strotzig in dem gefrornen Boden, und viele Menschen, von unserem Hause alle Männer, gingen zum Buchenhage hinauf, die Sache anzuschauen.

»Aber der Schnee bei uns«, sagten manche.

»Bei richtig bereitetem Boden schadet der hiesige Schnee so wenig als ein anderer«, entgegnete der Obrist.

Weil Gregor am Rietbache, der Sohn der alten Brigittenhanna, in der späten Jahreszeit nicht auf Wiesen oder Feldern beschäftigt war, und seinem Handwerke ganz nachleben konnte, bestellte ich bei ihm Tröge für unsere Rinder. Er hieb sie im Rietwalde an dem Bache aus großen Granitsteinen. Wir wollten die Fütterung unserer Rinder so einrichten, wie sie der Obrist hat: die Köpfe gegen einander, zwischen beiden Kopfreihen ein breiter Gang, und für jedes Rind eine eigene Steinschüssel, daraus es frißt und trinkt. Reinlichkeit und Pflege der Tiere, sehen wir, gewinnt dadurch sehr. Ich ging manches Mal zu Gregor hinaus, und war ihm zur Hand beim Ausmaße und bei der Abtiefung der Schüsselrunde in den Granitblöcken.

Als nur ein wenig sich die Wässerlein und Wässer mit Eis überzogen hatten, begann ich das Einheimsen desselben. Ich ließ das, welches von klaren Wässern stammte, abgesondert von dem einstellen, das von trüben oder schlammichten herrührte. Zuweilen kamen Nachbarn herbei, die Sache zu betrachten.

Der Obrist wurde im Winter zu Thal ob Pirling unter die Gemeindeältesten gewählt, und nahm dieses Amt auch an.

Wenn ich nach Pirling kam, und in dem Hause des Kaufmannes Ferent war, sah mich seine ältere Tochter Franziska stets sehr freundlich an, und benahm sich herzlich gegen mich, gleichsam, als wollte sie mich trösten. Du gutes Mädchen, dachte ich, wer weiß, wie es gekommen wäre, wenn ich mich dir genähert hätte, wie ich einst gedacht hatte, und wenn ich eine Neigung zu dir gefaßt hätte. Vielleicht wärest du mir auch zugetan geworden, vielleicht hätten deine Eltern in unsere Verbindung gewilligt, und deine sanften schwarzen Augen hätten mir einfach und gütig über mein Leben hinüber geholfen. Jetzt ist alles anders. Möge dir der schöne Forstmann Victor, dem du gewiß zufallen wirst, eine so sorgliche Wohnung bereiten, als ich es getan hätte.

Mein Schwester Anna pflegte auf das getreulichste des Hauswesens, besonders war das, was die Bereitung der Arzneien betrifft, in der vollständigsten Ordnung.

Allgemach kamen die Bücher, welche ich in Prag, Wien und Linz bestellt hatte. Ich ordnete sie nach ihrem Inhalte, und stellte sie in der Art des Obrists in ihre Fächer, die auch nach denen des Obrists hergerichtet worden waren. Ich begann nun auch, in den Büchern zu lesen, und las mit Vergnügen in solchen, welche verschiedene Kenntnisse enthielten, und las mit erhobenem Herzen und oft mit Rührung in denen, welche die Schönheit des menschlichen Denkens und Empfindens darlegten. Mein Vater betrachtete die Bücher öfters, nahm das eine oder das andere in die Hand, und freute sich seiner schönen Gestalt. Dann las er auch etwas, las immer mehr, und las endlich recht gerne, besonders in Büchern, welche von wirtschaftlichen und von Feld- oder Walddingen handelten, oder kurze und anmutige Erzählungen brachten. Manchen Sonntages saßen wir jetzt an dem großen Tische der Stube zu einer Zeit, die wir sonst zuweilen in der Gaststube des Wirtshauses zugebracht hatten, wohin wir jetzt wohl auch manches Mal, aber seltener, zu guten Freunden und Nachbarn gingen, und ich las etwas vor. Selbst Kaspar und endlich sogar Thomas und Kajetan kamen zuzuhören. Ich lernte mich auch wieder mit Wohlgefallen in die alte griechische Sprache hinein, und erfreute mich sehr der alten Dinge, die ich in ihr zu lesen vermochte.

Am Tage des heiligen Valentin kam in einem schönen Gewande und mit einem feinen Waldhute Innozenz, der Sohn unsers Nachbars Isidor, des Prägbauers, der auch die Röthelmühle besitzt, zu welcher von unserm Garten der schöne Weg hineingeht, in unser Haus, und warb bei dem Vater um Anna. Wenn der Vater und Anna nicht dagegen wären, sagte er, so würden dann erst sein Vater und Leonhart, sein Oheim, der Gerber in Pirling, als Freiwerber kommen, und alle Punkte in das Reine bringen. Mein Vater antwortete, Innozenz müsse ja wissen, daß er gerne in unserem Hause gesehen ist, und daß man ihn recht gerne in unsere Verwandtschaft aufnehme, es komme nur darauf an, ob auch Anna ebenso bereit ist, seine Hausfrau werden zu wollen. Innozenz antwortete, daß er glaube, auf Anna sicher rechnen zu können. Da er aber auch mit mir und Kaspar in guter Schwägerschaft und sonstiger Freundschaft leben wolle, wenn wir nämlich nicht dagegen sind, und da ich jetzt gar stets mehr an Ansehen in der Gemeinde und in dem Waldlande gewinne, so hätte er es gerne, wenn auch wir zwei vorher noch gefragt würden. Mein Vater ließ es mir sagen, und ließ Kaspar aus der Sölde holen. Da wir in der Stube waren, legte er uns die Sache vor, und fragte mich als den Erstgebornen zuerst um meine Meinung. Mir war Innozenz immer sehr lieb gewesen. Er war das einzige Kind des Prägbauers, und wir waren, obwohl ich älter war, als Knaben stets Spielgenossen. Dann hatte er eine geraume Zeit in einem ausgedehnten Mühlenanwesen bei Wien zugebracht, um die Handhabung eines solchen zu erlernen. Darauf hat er noch andere Städte und Orte besucht, und ihre Art und Weise kennen gelernt. Da er zurückgekommen war, besorgte er die Röthelmühle, half auch sonst in den Dingen des Vaters, war still und bescheiden, hatte feinere Sitten, las öfter in guten Büchern, deren er eine Anzahl besaß, kam am häufigsten zu uns herüber, und war willkommen. Mir war auch die feine Farbe seines Angesichtes neben den dunkeln Haaren und Augen immer ein lieber Anblick gewesen. Ich sagte, daß ich glaube, Anna könne sich einen besseren Gatten nicht wünschen, ich wünsche mir einen besseren Schwager nicht, und werde ihm dauernd ein guter, treuer Freund und Schwager bleiben. Er errötete und dankte mir. Als man Kaspar die Frage vorgelegt hatte, antwortete er, das sei närrisch, daß man ihn frage, er habe ja zu Innozenz gesagt, daß er sich Anna aus unserem Hause holen soll.

Der Vater ließ nun Anna rufen.

Sie hatte geahnt, um was es sich handelt, und hatte sich schnell etwas besser angezogen, als sie an gewöhnlichen Tagen war. Auch die andern begriffen den Besuch. Die Mägde liefen durcheinander, und Thomas und Kajetan hörten wir vom Gange herein sprechen.

Anna stand hochrot vor dem Vater.

Als ihr dieser das Anliegen des Brautwerbers eröffnet hatte, kamen ihr die Tränen in die Augen, und sie antwortete: »Jetzt noch nicht.«

Wir waren erstaunt, Innozenz war fast bestürzt, und sagte: »Anna, hast du mir denn nicht erst vor kurzer Zeit gesagt, daß du nie einen andern Mann zum Gatten haben willst als mich?«

»Innozenz«, antwortete sie, »jetzt noch nicht. Ja, ich habe es gesagt. Innozenz, jetzt noch nicht.«

Der Vater fragte: »Aber wann denn, Anna?«

»Jetzt noch nicht, Vater«, antwortete sie wieder.

»Habe ich dir etwas zuleide getan, Anna?« fragte Innozenz mit einem schmerzlichen Angesichte.

»Nein, Innozenz«, erwiderte sie, »du bist recht gut, und ich liebe dich aus meiner treuen Seele.«

Ich trat näher zu Innozenz, und sagte: »Lasse ihr die Zeit für ihr Herz, ich weiß es, ich will selber dazu wirken, daß die Zeit kürzer wird.«

Anna sah mich freundlich an.

»Ich will ja nichts erzwingen«, sagte Innozenz, »ich habe mich nur geirrt.«

»Nein, du hast dich nicht geirrt«, sagte Anna, »es wird schon werden.«

»So tut, wie ihr es für gut findet«, sagte der Vater, »ich willige immer in euer Begehren.«

»Anna soll nach ihrem Wohlgefallen entscheiden«, sagte Innozenz.

»Es wird schon gut werden«, antwortete Anna.

»So ist es eine Einwilligung, und nur die Zeit der Erfüllung ist noch nicht näher bestimmt«, sagte ich.

»Es soll so sein«, entgegnete Anna.[16]

»So verabschiede ich mich, den Meinigen Nachricht zu bringen«, sagte Innozenz.

»Nein, nein, Innozenz«, sprach der Vater, »du mußt unsere Hausehre achten.«

Anna ging bei diesen Worten aus der Stube, und kam bald wieder mit Apollonia herein, die auf einem Brette unsern besten Wein in einer sehr schönen Flasche, weißes Brot und weißen Kuchen und Gläser trug. Das alles stellte sie auf den Tisch, über den ein feines Tuch gebreitet worden war. Anna füllte Wein in ein Glas, und reichte es Innozenz. Er nahm es und trank von dem Weine. Dann reichte sie ihm Brot und Kuchen. Er nahm von beidem. Hierauf füllte sie erst unsere Gläser, und reichte uns Brot und Kuchen. Wir taten Bescheid.

So blieben wir eine Weile bei einander sitzen, und sprachen von gewöhnlichen Dingen.

Dann stand Innozenz auf, sich zu entfernen. Wir reichten ihm jedes die Hand, und ich drückte die seinige herzlich. Wir begleiteten ihn, da er fortging, bis zu dem Garten. Unsere Leute standen in der Nähe, und sahen auf uns. Auch aus manchem Nachbarhause trat jemand unter die Tür oder weiter weg in den Schnee, und schaute zu uns herüber. Anna begleitete Innozenz auf dem geschaufelten Wege durch den Garten, und hatte ihm den Arm gegeben. Er ging durch die hintere Tür auf den Weg nach der Röthelmühle hinaus, sie ging durch den Garten wieder zu uns zurück.[17]

Nach einer Zeit kam Anna zu mir in meine Stube, und fragte, was ich heute zu essen wünsche, oder ob ich sonst ein Anliegen habe. Ich antwortete ihr, daß mir das, was sie mir täglich zum Essen richten lasse, ohnehin immer das liebste sei, und ein besonderes Anliegen habe ich nicht. »Anna«, sagte ich, »ich verstehe dich schon, es ist ja bereits alles gut, und du sollst durch mich nicht aufgehalten werden.«

Sie lächelte, brach in Tränen aus, und reichte mir die Hand.

Ich streichelte ihr diese Hand.

Dann sprach ich: »Es ist wirklich alles gut.«

Sie schüttelte fast unmerklich das Haupt.

»So wird es bald gut werden«, sagte ich.

Sie nickte fast ebenso unmerklich.

»Anna«, sprach ich, »baue auf meinen Ernst, meine Standhaftigkeit, und auf meine Beschäftigung in Pflichterfüllung.«

»Ja, Bruder«, sagte sie mit klarer Stimme.

Ich drückte nun recht brüderlich ihre Hände, und sie ging zur Tür hinaus.

Gleich darauf fuhr ich zu meinen Kranken.

Von der Zeit an hieß Anna in Thal ob Pirling und in der Umgebung Innozenz' Braut.[18]

Der Winter war nicht der strengste, aber strenge genug. Ich konnte hinlänglich Eis sammeln. Auch im Haghause wurde Eis eingebracht. In der Glashütte taten sie das gleiche. So tat auch Ferent in Pirling und der Hammerschmied Gerhard Rohr in Rohren. Die übrigen Leute richteten aber auf dieses Ding kein Augenmerk.

Als der Frühling gekommen war, machte mir der Obrist

wieder einen Vorschlag zu einem gemeinschaftlichen Werke: die Wege des Waldes zu verbessern. Unsere Großväter erzählten uns, daß in alten Zeiten in dem Walde mit Blockrädern, die quer aus Baumstämmen geschnitten waren, gefahren worden sei. Ein starkes Brett mit zwei oder vier Achsen, einer Deichsel, Seitenleitern und solchen Blockrädern war ein Wagen. Diesen Wagen zogen Ochsen. Man fuhr anfangs nicht auf eigentlichen Wegen, sondern auf jedem Grunde, der nicht angebaut war, und auf dem man seine Sachen fortschaffen konnte. Die Räder drückten ein Geleise in den Grund, dieser Spur folgten andere Wägen, und so entstanden die Fahrwege. Diese Fahrwege waren noch, als man schon Speichenräder hatte. Weil aber die Räder ungleich in den ungleichen Boden eindrückten, entstanden größere und kleinere Gruben in den Geleisen, und es entstanden Schiefsenkungen. Die größeren Ungleichheiten wurden ausgefüllt, die kleineren blieben, und neue entstanden. Man hatte damals in dem Walde keine Vorstellung davon, daß man sich auf einen Wagen setzen könne, um schneller und bequemer fortzukommen. Es mußte auch beschwerlicher und langsamer gewesen sein als das Gehen. Die Wege wurden nach und nach wohl besser; aber sie blieben Geleisewege. Und so waren sie, als ich zu fahren begann. Auch jetzt bestieg nur manchesmal einer als Gespannlenker einen leeren Wagen, und stand auf demselben, namentlich an engen Stellen, wo etwa Morast oder Gestrüppe den Weg säumte. Mathias Ferent in Pirling, dann der Glasmeister Johannes Blach, dann Paul Köfner und Gerhard, der Hammerschmied, hatten wohl leichte Kutschen, mit denen sie auch auf den Waldwegen fortkamen; aber diese Wege wurden darum keine Straßen. In der Ebene, wo Waren gingen und sonstiger Verkehr statt hatte, vervollkommneten sich die Wege zu Straßen. Besonders trug der Fürst durch Aufmunterung und Beispiel auf seinen

Wegen und durch Geldgaben dazu bei. Im Walde mehrten sich auch die Leute, welche für sich Fahrwägelchen hatten: der Wirt am Rothberge, der Wirt in Thal ob Pirling, der Pfarrer in Sillerau, der Schmied im Thaugrunde. Die Schlitten waren sehr häufig. Wenn einer in die Ebene hinaus kam, und dort sah, wie große Lastwägen auf der Straße wie auf einem Tische oder einem sanften Gewölbe dahin rollten, als liefen die Tiere ledig, so pries er die Sache, und sagte: das geht bei uns nicht. Der Obrist aber zeigte, daß es geht. Der Fahrweg von seinem Hause bis zur Grenze seiner Besitzung war fast schon eine Straße.

Ich versprach dem Obrist, ihm in seinen Bemühungen, bessere Wege zu erzielen, nach allen meinen Kräften beizustehen.

Er sprach von der Sache im Gemeinderate, und fand Anhänger. Als man sagte, man habe nicht das Geld dazu, boten wir, er und ich, uns an, einigen Vorschuß zu geben, und der Obrist stellte vor, daß man sehr vieles durch eigene Arbeit zuwege bringen könne. Er sagte, er wolle den Gegenstand immer wieder in der Gemeinde anregen. Und ich versprach ihm, daß ich, wo ich es nur immer für tunlich halte, dafür reden werde.

Ich begann auch, durch Arbeiter den Fahrweg durch unsere Besitzung in vollkommenen Stand setzen, und die Vorarbeiten zur Erweiterung desselben zu einer Straße machen zu lassen.

Von jener Zeit an tat ich auch etwas anderes. Ich ließ, wenn ich auf dem Heimwege war, einige kleinere und größere Steine hinter mich in den Wagen legen, und ließ sie, wenn ich zu einer Grube kam, in dieselbe senken. Die kleinen Steine verkeilten die größeren. Weil dieses alle Tage geschah, konnte man es den Wegen endlich anmerken. Die Verzögerung, die ich dadurch erlitt, wurde später reichlich eingebracht, indem der Fuchs auf den verbesserten Strecken schneller laufen konnte. Die Leute sahen mir bei meinem Beginnen zu. Ich ließ mich nicht stören, und fuhr in demselben fort.

Nach einer Zeit machte ich die Bemerkung, daß mancher, der aus Thal ob Pirling hinaus fuhr, gerne das, was von meinem Wege fertig war, benützte, wenn es ihm auch einen Umweg verursachte. Das Nämliche bemerkte der Obrist auf seiner Straße. Auch konnte es nicht fehlen, daß die Leute sehen mußten, wie wir auf unseren Wegen mit denselben Gespannen größere Lasten leichter fortbrachten, als sie auf den ihrigen kleinere. Ich erlebte es noch im Frühlinge, daß der Grundbesitzer in Thal ob Pirling, Murhard, da er einmal Dünger führte, auf dem leeren Wagen bei der Rückfahrt einige Steine hatte, die er in eine Vertiefung des Weges einquickte, und deren Fugen er mit Rasen verstopfte. Ich sah ihm zu, schwieg, und freute mich der Sache.

Indessen war der Weizen des Obrists sehr schön geworden. Er stand dunkel und kräftig da, und versprach, sehr bald in stämmige Halme überzugehen. Es kamen jetzt noch mehr Leute, ihn anzuschauen. Mein Vater und ich beschlossen, im künftigen Herbste auf unserer Hofmarke auch Weizen auszusäen.

Unsere Föhrenpflanzung auf dem Geröllbühel machte auch in der Lenzwärme Fortschritte. Die Bäumchen, welche wir gesetzt hatten, standen freudig da, und der gesäete Samen keimte aller Orten. Ich lenkte meine Schritte gerne zu der Stelle, wenn ich in der Nähe durch den Wald ging.

Ich nahm nun oft ein Buch in das Freie mit, und saß eine Weile auf irgendeiner Stelle, und las. Ich ging gerne in das Birkenreut hinauf, und mancher Stein, mancher Strunk, manche Erhöhung bot mir einen Sitz. Wenn ich dann von dem Buche aufblickte, sah ich die Wand, auf welcher damals Steinchen oder andere Dinge so fürchterlich geglänzt hatten, und auf welcher sie jetzt sanft glänzten, oder ich sah, wie die Stämme wieder, wie ich damals bemerkt hatte, wie silberne Säulen hinter einander zurückgingen. Als ich von dem Hause des Obrists in einer so gewaltigen Aufregung meines Gemütes fortgegangen war, als ich in das Birkenreut hinauf gekommen war, und dort stand, hatte eine Ammer mehrere Töne gesungen, und es hatte dann eine Grille gezirpt. Jetzt sang zuweilen auch wieder eine Ammer, und zirpte eine Grille, und es war mir wie ein goldenes Stäbchen, mit dem die Tierchen an mein Herz schlugen.[19]

Nun machte ich dem Obrist einen Vorschlag. Die Siller geht auf ihrem Wege vom Sillerwalde zum Thaugrunde an dem obern Pufter vorüber, dessen ungemein großer Rücken mit lauter Buchen bestanden ist. Da ließen sie aber aus Nachlässigkeit vor zehn Jahren den Waldsturz mit so vielen Blöcken und Steinen in das Tal niedergehen. Niemand kann an diesem Sillerbruche über den reißenden Bach gelangen, außer, wenn er in heißen Sommern nur als zahmes Waldwässerlein dahin geht. Zu andern Zeiten rauscht das Wasser in dem Bette nieder, und wenn starke Regen gewesen sind, hadert es gelbtrüb und wild daher, als wollte es alles zerreißen, und wälzt Steine und Gerölle und Holz und Schlamm. Das kann niemand so gut wissen als ich, weil niemand so oft Gelegenheit hat, an die verschiedensten Stellen des Waldes zu gelangen als ich. Und doch soll und muß man recht oft über diesen Bach, und zwar meist in der Nähe des Sturzes. Die vom Gehäng, vom Haslung, von der Sillerau, von dem obern Astung, dann die Meierbacher, die Erlehöfe, der Obrist und ich selber, sowie viele Bewohner von Thal ob Pirling, wir alle nehmen das Holz von dem oberen Pufter, wir nehmen es gerne, weil dort die allerschönste Weißbuche wächst, das Holz sich in dem Steingrunde zu dem besten Brennstoffe kräftigt, und weil wir es dort um ein Sechstel wohlfeiler erhalten. Alle müssen wir das Holz über den Bach bringen. War das nicht in dem Sommer vor drei Jahren eine Qual, da stets das Wasser hoch ging, da so viel Holz jenseits desselben weithin aufgeschlichtet stand, und nicht herüber konnte? Mußte nicht manches mühselig durchgeschleppt werden? Mußte man es nicht an gelegenen Stellen in einzelnen Stücken werfen? Oder mußte es nicht durch große Umwege weiter gebracht werden? Der Graf draußen, der zur Herstellung einer Brücke an jener Stelle der Siller beitragen müßte, bewies den Umwohnern jahrelang, daß eine Brücke da nicht notwendig sei, und weil sie auch zur Brücke hätten beitragen müssen, glauten sie es. Ich schlug dem Obrist vor, daß wir zusammenwirken und alle Schritte tun sollen, die tauglich wären, eine Brücke zustande zu bringen. Er ging sehr bereitwillig auf meinen Vorschlag ein. Wir beschlossen, uns noch einmal an den Grafen zu wenden, bei einzelnen Männern und bei den Gemeinden, die beteiligt wären, zu wirken, und auch eine Eingabe bei der Obrigkeit zu machen. Wenn nur einmal, sagte der Obrist, die Wege, auf denen jetzt zwei Ochsen ein Bißchen von Holz elendiglich auf langen Strecken weiter ziehen, so gut sein werden, daß ordentliche Ladungen gehen können, wird sich die Sache leichter bewerkstelligen lassen.

Im hohen Sommer wurde ich einmal zu einer Frau in die Ebene hinaus gerufen. Man benachrichtigte mich, daß man mir einen Wagen zwei Meilen weit entgegenschicken werde. In der mondhellen Nachmitternacht des folgenden Tages fuhr ich zu meinen Kranken, dann schlug ich den Weg gegen die Ebene hinaus ein. Wo der fremde Wagen auf mich wartete, ließ ich Thomas mit dem Fuchs zurück, bestieg den fremden Wagen, und fuhr sogleich weiter. Die Frau war bedeutend krank, aber eben nicht in großer Gefahr. Ich erkannte, daß es am besten wäre, wenn ich einige Stunden hier verweilte, um die Wirkung meiner ersten Verordnung abzuwarten, und dann die Weisung geben zu können, was man weiter bis zu meiner nächsten Wiederkunft zu tun hätte. In der Nähe war der braune Hof, und ich beschloß, den Garten zu besuchen, den der Fürst angelegt hatte, und den ich schon so oft von vielen hoch preisen, von andern heftig tadeln gehört hatte. Ich fuhr bis zu dem Hofe, ließ dort die Pferde, die man mir zur Verfügung gestellt hatte, unterbringen, und ging durch einen der freien Räume, die zu beiden Seiten des weitläufigen Bauwerkes waren, hinter dasselbe, um in den Garten zu gelangen. An der Rückseite des Gebäudes fand ich Wiesengrund mit Gesträuchen, mit Bäumen, und zwar mit Laubbäumen und Nadelbäumen des Waldes und mit Obstbäumen, die sich unter den andern befanden, mit Feldblumen, Wiesenblumen und auch mit Gartenblumen, die hie und da sichtbar wurden. Als einen solchen Wiesengrund hatte ich auch den freien Raum vorne und an den Seiten des Gebäudes gesehen. Ich ging auf einem der Wege, die da waren, vorwärts. Als ich nach einer Weile zu einem Kohlfelde gelangt war, auf welchem ein Mann mit einer Haue arbeitete, fragte ich ihn, in welcher Richtung ich in den neuen Garten kommen könnte.

»Ihr seid ja schon drinnen«, antwortete er.

Ich erstaunte, und fragte, ob jedermann in den Garten gehen dürfe.

»Ja freilich«, entgegnete er, »nur wird er gestraft, wenn er etwas zerstört oder zugrunde richtet.«[20]

Ich ging nun weiter.

Neben dem Kohlfelde war ein Gehege von Waldrosen, die mit ihren fünf Blättern in sanftem Rot und mit den Staubteilen in lieblichem Gelb zu Hunderten blühten. Zwischen ihnen leuchtete an verschiedenen Stellen eine Zahl von Gartenrosen mit ihrem Farbenfeuer und der Pracht ihres Baues hervor. Ich ging vom Kohlfelde weg wieder auf einem Wiesengrunde weiter. Die Wiese war in einiger Entfernung zu meiner Linken von großen Ahornen gesäumt, die sich sachte aufwärts zogen. Manche Tanne streckte die starken, zackigen Äste zwischen ihnen hervor. Es kam mir endlich ein Wasser entgegen, das sich im Bette eines Baches, über Steine und dunkles Moos springend, dem Wege näherte, wie es bei uns die Waldwässer tun. Manche Erle stand neben dem Bache, manches Gebüsch von Weiden, und dann waren auch Äpfelbäume, Kirschbäume und Birnbäume da mit starken, weit aus einander gehenden Kronen. Alle diese Bäume breiteten sich auf dem Grunde immer mehr aus, so daß ich endlich durch ein Wäldchen ging, in dem ich auch Linden, Ulmen und Föhren gewahrte. Jenseits des Wäldchens grünte ein schönes Feld mit Weizen, an dem eine Planke dahin lief. Dann waren glänzende Wiesen, sanft hinan steigend, auf denen Gruppen von Gesträuchen und Bäumen standen, und auf denen man das Berggestein gesammelt und auf einzelne Stellen zusammengebracht hatte, um die nun seltsame Gesträuche und Erdbeeren und andere Beeren und Ranken sproßten. An die Wiesen grenzten wieder Felder mit verschiedenem Getreide und manchem Baume an ihrem Rande. Und endlich war ein ländliches Haus, das bestimmt war, das Heu der Wiesen und die Frucht der Felder aufzunehmen. An dem Hause waren Gärtchen mit Gemüse und den mannigfaltigen Gartenblumen der Gegend. Vor dem Hause spielten rotwangige Kinder, und auf einer der Wiesen sah ich Männer mit Mähen beschäftigt. Oberhalb des Anwesens, wo eine Wiese schon steiler hinan stieg und in eine Hutweide überging, begann ein Wald. Zuerst war ein Gemisch von großen und kleinen Birken, Föhren und Zitterpappeln, dann folgten Tannen, Fichten, Buchen, Eichen und Ahorne. Der steinige Boden hob sich immer mehr. Als ich auf dem Fahrwege, der unter dem Bäumen hinein ging, fortschritt, und hie und da steile Granitrippen jenseits des Baches durch das Grün zu mir herüber schimmern sah, war es mir, als sei ich gar nicht in dem Lande heraußen, sondern als ginge ich bei uns in einem unserer schönen Waldteile, und der Weg, auf dem ich war, sei der Waldweg, auf dem man Holz oder Waldheu oder Steine zum Bauen herabführen könne. Ich setzte mich ein Weilchen auf einen Granitblock, der zufällig neben dem Wege lag, und ging dann wieder weiter empor, und hörte das Rauschen des Baches, der, je höher ich kam, desto lebendiger tönte. Und wenn mir eine Gebüschwand sein Rauschen dämpfte, vernahm ich deutlicher wieder das unzähligstimmige Singen und Zwitschern der Vögel, welche in den Zweigen waren. Ich verfolgte stets die Richtung nach aufwärts, obwohl auch Wege seitwärts gingen. Der Berg hob sich jäher, der Bach wurde kleiner, aber hüpfender, eine Felswand, die sehr ernste Flächen und Giebel hatte, und welche ich aus meiner Jugendzeit, da ich öfter in dieser Gegend gewesen war, kannte, erhob sich, und die Bäume wurden stets zackiger und mächtiger. Ich ging lange an der Wand dahin. Der Weg, der zwei Geleise hatte, endigte zuletzt, und ging in einen Fußpfad über, der treppenartig in dem Gesteine in Windungen empor stieg. Ich verfolgte ihn, bis ich endlich auf der Schneide des Berges stand. Ich sah über die Waldlehne jenseits derselben in das Tal hinunter, in welchem ein Bach ging, Wiesenflecke sichtbar wurden, und eine kleine Mühle ihr Dach im Gebüsche zeigte. Weiterhin gingen wieder bebuschte Anhöhen empor, Felder konnten auf ihnen gesehen werden, und hie und da war ein Haus. Dann zogen sich niedere Hügel hinaus. Und endlich waren Meierhöfe zerstreut, Felder und Wiesen glänzten, und Dörfer und Kirchtürme waren zu erblicken.

Neben mir standen die Trümmer eines alten Turmes, der in das Granitgestein gebaut war, als wäre er mit ihm verwachsen. Die Leute sagten, der Turm sei der Überrest des braunen Schlosses, in welchem vor uralten Zeiten die Vorfahren des Fürsten, die Ritter von Braunenberg, in Waldesmitte gehaust haben. Braun konnte das Schloß wohl geheißen haben, wenn es so war, wie der Turm, das letzte Überbleibsel desselben. Die Steine, aus denen er gebaut war, und die hie und da eine ungeheure Größe hatten, glänzten in so gesättigter brauner Farbe, als wären sie mit jener Teerflüssigkeit, die die Waldbewohner aus allerlei pechreichen Hölzern zum Schmieren ihrer Wagenachsen bereiten, dünn überzogen worden. An den Seiten des Turmes war noch allerlei Getrümmer, das zum kleinsten Teile offen lag, zum größten überwachsen war. Sonst war keine Spur einstiger Bewohntheit. Ich ging in das Innere des Turmes. Da war alles leer. Eine Seite desselben fehlte ganz, und bestand nur aus ungeschlachtem Hügelwerke, die zwei anderen waren staffelartig angehend wie die Saiten einer Harfe, und nur die vierte Wand war ganz. Aber an ihrem Ende lag in einer Ecke Schutt bis zu ihrem Rande empor. Sonst war unebener Rasen, wo einst geglätteter Steinfußboden gewesen sein mochte. Manches zarte Rutengewächs hob die goldgrün glänzenden Zweige von dem Braun der Mauerwände ab. In dem emporstrebenden Schutte waren Steine und Trümmer zerstreut, die eine zwar ungleichmäßige, aber nicht unbequeme Treppe bildeten. Ich stieg auf derselben empor. Da ich an dem Rande der Turmmauer angekommen war, sah ich, daß dort der Schutt eine ebene Fläche habe, deren Brustwehr die Turmmauer war, und an deren Grenze Steine herum lagen, auf welche man sich setzen konnte. Ich erinnerte mich nicht, ob in den Zeiten meiner Jugend der Schutt sich schon an der Mauer befunden habe, und auf ihm die Treppe gewesen sei; aber das wußte ich gewiß, daß ich nie an dem oberen Mauerrande gestanden war; denn das hätte ich nicht vergessen, was ich hier sah. In Weite und Breite ging das schöne Land von mir hinaus. Nicht nur sah ich im Mittage und Abende die blauen und immer blaueren Bänder des großen Waldes am Himmel dahin gehen, sondern in Morgen und Mitternacht sah ich Hügel und Lehnen und Ebenen und Felder und Wiesen und Wäldchen und Gehöfte und Dörfer und Ortschaften und Silberspiegel von Teichen im Dufte dahin ziehen, bis wo etwa sogar die Gefilde der Stadt Prag sein mochten. Der Berg, auf dem ich stand, war eben nicht sehr hoch; aber er war der letzte, den der Wald gegen die Ebene hinausgeschoben hatte, und hatte keinen gleichen um sich. Ich stand länger auf dem Platze, als ich mir gedacht hatte, und konnte mich nicht satt sehen. Das erkannte ich jetzt deutlich, daß der Schutt zu einer Treppe und zu einer Ausschau hergerichtet worden sei, obgleich alles den Anschein hatte, als sei es immer so gewesen.

Ich stieg endlich von meinem Standorte nieder, weil meine Zeit zu Ende zu gehen drohte. Ich wendete mich von dem Turme rechts, und wandelte auf der Schneide des Waldes dahin. Es war da ein Fahrweg, auf dem man mit einem Wagen zum Turme gelangen konnte. Das Joch des Waldes ging sanft dahin. Ich sah öfter zwischen Baumlücken in das bebaute Land hinaus. Nach einiger Zeit schlug ich einen Seitenweg in der Richtung gegen den braunen Hof ein. Ich ging durch Nadelwald, Buchenbestände, an sehr schönen großen Kirschbäumen vorüber, und kam auf eine Wiese mit einer Einhegung von Rosen und Holunder. Dann waren wieder Baumabteilungen, Ahorne, Birken, Tannen, Linden. Dann kam wieder eine Wiese mit einem klaren Teiche, an dem eine Wucht von Lilien stand. Dann ging ein Abhang sanft hinunter mit zerstreuten Waldbäumen und Fruchtbäumen. Dann waren wieder Felder mit Saaten. Ein Bach floß gegen den braunen Hof hin. Durch eine Lichtung sah der Wald, der im Mittage von Pirling ist, mit den Trümmern seines Waldschlosses dämmerig herein, daß man meinte, man könne, wenn man in dem Garten immer fort gehe, endlich zu dem Walde gelangen, der Wald gehöre zu dem Garten, und der Garten sei ungeheuer groß. Der schöne Wald, in welchem mein Wohnort liegt, in welchem Orte und Häuser liegen, die Leute beherbergen, die mir teuer sind, ist so herein bezogen worden, daß man ihn bald hier, bald da erblickt, daß sein Blau über dem Grün der Bäume dahin zieht, daß er sich in Einbiegungen sanft erhebt, und daß man sich mit ihm verbunden wähnt, wenn er auch weit entfernt ist, und Felder und Gelände und Ortschaften dazwischen liegen. Ich wendete mich von den Feldern wieder links gegen Gebüsche. Dort traf ich neuerdings einen Fahrweg an, und ging auf ihm fort. Über einen mächtigen Hang zogen sich tiefschattend ungeheure Eichen hinunter, welche ihre mannsdicken, weitgreifenden Äste oberhalb des äußerst breiten Weges verschränkten, den sie säumten, und der gegen sie doch sehr schmal erschien. Sie standen tief hinter einander, gleichsam einen Wald bildend, und säumten doch den weithingehenden Weg, so daß sie mich, obwohl in einem weit großartigeren Maßstabe, an die Lindenallee erinnerten, die in des Kaufherrn Emerich Waldons Garten stand, und in der der arme Eustachius mit der armen Christine gegangen ist. Ich wandelte in tiefem Ernste unter diesen Stämmen dahin, zwischen denen dunkler, dichter, kurzer Rasen war, und die immer fortgingen, daß es einen schauernden Eindruck machte. Endlich gelangte ich aus dem finstern Schatten auf eine kleine Waldwiese hinaus, die von Eichen, Tannen, Fichten, Lärchen und Ahornen umstanden war, und an deren entgegengesetztem Ende ich ein Försterhaus erblickte, wie das schöne, nicht nachgebildete, sondern wirkliche Hirschgeweih an dem Giebel des flachen Daches anzeigte. Ich ging auf das Haus zu. Eine junge Frau trat in die Tür desselben, nach mir auszusehen. Ich bat sie um ein Glas des klaren Wassers, das aus einem Ständer in eine Kufe vor dem Hause floß. Sie holte ein Glas, ließ es mit Wasser voll rinnen, und reichte es mir. Sie sagte, wenn ich im Herbste käme, würde sie mir auch Obst geben. Jetzt habe sie Milch. Wenn ich eine wolle, möchte ich es sagen. Ich dankte ihr und sagte, daß ich durch das Wasser schon erquickt sei, und daß ich mein Mittagmahl erst später einnehmen werde. Ich reichte ihr das leere Glas, dankte noch einmal, und verabschiedete mich. Sie knixte, und blieb unter der Tür stehen, um mir, da ich fort ging, nachzusehen. Ich suchte nun die kürzeste Linie nach dem Schlosse zu gewinnen, da ich merkte, daß ich einen großen Umweg gemacht habe. Als ich einen Weg gefunden hatte, der mich aus dem Walde bringen sollte, ging seitwärts über eine Blöße auf einem Fußwege ein Mann gegen mich zu, der grün gekleidet war, einen grauen Hut trug, und dem ein großer weißer Hund folgte. Als der Mann zu mir herzu gekommen war, erkannte ich, daß es der Fürst sei, und grüßte ihn ehrerbietig.

»Seid mir herzlich willkommen, Herr Doktor«, sagte er, »seid Ihr auch einmal zu uns heraus gekommen. Wir müßten das Unglück haben, krank zu werden, um Euch einmal zu sehen, und das hat sich noch nicht zugetragen.«

»Und es möge immer entfernt bleiben, durchlauchtiger Fürst«, antwortete ich. »Mein Beruf läßt mir wenig Zeit, irgendwohin zu gehen, oder etwas zu betrachten, oder jemanden zu besuchen, wenn es eine längere Weile in Anspruch nimmt. So habe ich diesen Garten heute zum ersten Male gesehen, obwohl ich schon viel von ihm gehört habe.«

»Und hat er Euer Wohlgefallen gefunden?« fragte der Fürst.

»Er hat es gefunden«, antwortete ich, »er hat viel mehr als Wohlgefallen gefunden. Es war so wie von einem Buche, oder von einem schönen Hause, oder von einer Stadt, oder von Musik, oder von einem Gebirge.«

»Sagt von einem Kunstwerke«, erwiderte der Fürst.

»Es mag so sein«, entgegnete ich, »aber ich weiß es noch nicht. Ich werde es wissen, wenn ich öfter komme.«

»So wird es auch sein«, antwortete er.

»Ein Garten ist es nicht, wie die Leute einen Garten nennen«, sagte ich.

»Es ist kein Gemüsegarten, es ist kein Obstgarten, es ist kein Garten mit Laubgängen, geschornen Hecken, grünen Wänden, Springbrunnen und Bildsäulen«, antwortete der Fürst, »der Gedanke, der hier leitete, ist ein anderer gewesen. Ein Nutzgarten ist eigentlich nur ein Feld oder eine Baumpflanzung anderer Art. Von dem ist hier nicht die Rede, sondern von einem Lustgarten. Wenn sich einer ein Haus baut, das außer der Wohnlichkeit auch schön sein soll, und wenn er an dem Hause einen Teil Grundes hat, den er nicht zum Lebensunterhalte braucht, so verwandelt er ihn in einen Lustgarten, der auch schön sein soll. Und da sind in den Zeiten her verschiedene Bräuche für Häuser und Gärten gewesen, und der Brauch ist oft befolgt worden, ob der Garten mit der Gegend in Einigung oder Widerspruch sei. Das Landhaus muß mit dem Lande zusammenstimmen. Ein anderes gehört zu dem Walde, ein anderes zu dem zackigen Felsgebirge, ein anderes zu dem öden Steinlande, ein anderes zu gedehnten Erdrücken, ein anderes zu Getreidehügeln, ein anderes zur Ebene, zur Haide, zur Steppe. Und so ist es auch mit dem Garten. Außer dem Gebräuchlichen sucht mancher auch seine eigenen Gedanken im Garten zur Ausführung zu bringen. Und ist er ein Freund der Künste, die dem Menschen zur Verherrlichung des Lebens gegeben sind, so sucht er die Seele, die in den Künsten wohnt, zur Darstellung zu bringen. Wie der braune Hof zu dem Walde, der doch hier eigentlich beginnt, immer in Eintracht stand, so sollte der Garten zu Hof und Wald in Eintracht stehen. Ein Lustgarten muß die Schönheit, welche die Gegend, in der er ist, überhaupt hat, zu der allerschönsten Gestaltung bringen, wodurch die Annehmlichkeit, die die Gegend gibt, zur Vollendung geführt wird. Darum kann nur in der schönsten Landschaft der schönste Garten sein, darum ist in der gestaltarmen Ebene ein mittelmäßiger schön, ein sehr schöner eher peinigend. Ich kam auf eine seltsame Art zur Klärung der Gedanken, die ich hier ausgesprochen habe. Ich besuchte einmal einen Freund in Mähren. Sein Schloß liegt in einer nicht eben reizenden, doch aber auch nicht unschönen Gegend. Als ich gegen dasselbe hin fuhr, wurde es um mich immer schöner, so daß ich zuletzt, als ich in dem Hause angekommen war, eine sehr angenehme Empfindung hatte. Dies war in früheren Zeiten nicht der Fall gewesen. Ich äußerte mich einmal bei einer Gelegenheit zu meinem Freunde darüber. Er war erfreut, und antwortete, er habe gewartet, ob ich etwas sagen werde. Und nun erzählte er mir, es sei einmal ein Mann in die Nähe gekommen, der sehr schön mit dem Schwarzstifte und mit Farben Landschaften um sich zeichnete. Er verschönerte aber die Landschaft immer mehr, bis sie endlich zwar dieselbe blieb, aber doch eine weit schönere wurde. So tat er auch mit der Umgebung des Schlosses. Auch machte er sehr zierliche Mappen von Landschaften, wie man Mappen von Ländern hat. Mein Freund ging zu dem Manne, weil derselbe solche Dinge verkaufte, und ließ sich die Blätter zeigen. Er sagte endlich, er wolle das, was hier gezeichnet ist, in der Wirklichkeit ausführen lassen. Der Mann antwortete, er wolle ihm die Zeichnungen noch einmal und dazu viel ausgedehntere Mappen machen. So ward es beschlossen, und in nicht langer Zeit waren die Zeichnungen und die Mappen fertig. Der Mann sagte, von der Ausführung verstehe er nichts, und er habe auch keine Zeit, länger hier zu bleiben. Er ging fort, und mein Freund führte mit Hilfe vieler Menschen aus, was auf den Papieren war. Darnach kam einmal der Mann wieder, besah alles, und zeigte eine kindliche Freude. Mein Freund legte mir die Zeichnungen vor. Sie waren außerordentlich schön. Ich trug sie in meinen Gedanken von dem

Schlosse fort. Endlich schrieb ich meinem Freunde um den Aufenthaltsort des Mannes, ich wolle die Umgebung des braunen Schlosses auch so gestalten lassen. Er schrieb mir den Aufenthaltsort, ich reiste zu dem Manne, machte ihm den Vorschlag, er kam hieher, und verfertigte die Zeichnungen und Mappen. Und wie er vor der Ausführung von meinem Freunde fort gegangen war, so ging er auch von mir vor der Ausführung fort. Ich mußte allein mit Leuten, die ich nahm, die Sache ins Werk setzen; und wie er zu meinem Freunde nach der Ausführung gekommen war, so kam er auch zu mir nach meiner Ausführung. Er sah alles genau an, und hatte eine große Freude. So ist dieser Garten entstanden.«

»Es gibt seltsame Gaben«, sagte ich. »Und darum hat der Garten auch keine Begrenzung.«

»Er kann keine haben«, antwortete der Fürst.

»Und daher stammen auch die verschiedenen Urteile«, sagte ich.

»Mehrere meinen«, antwortete der Fürst, »es sei nicht viel geschehen, andere sagen, es sei viel umgeändert worden; aber es sei alles gar nicht anders als natürlich, und wie es immer um den braunen Hof gewesen ist, und wie es gegen den Wald hinein ist. Die Zahl dieser beiden Arten der Beurteiler ist die größte. Wir haben die Bemerkung gemacht, daß solche, die sich über die bloße Natürlichkeit ausgesprochen haben, öfter kommen, und immer wieder kommen, durch den Wald zu dem Turme hinauf steigen, und in einer andern Richtung wieder herab gehen. Es ist wie mit einem Kunstwerke, von dem Menschen sagen, es sei gar kein Kunstwerk, sondern nur natürlich, und zu dem sie immer wieder gehen, es anzuschauen. Durch ihre Handlung sprechen sie das größte Lob aus. Dann sind wenige, die dem Garten großen Beifall geben; aber diese sagen, es sei kein Garten. Nun, das ist ein Namen, und sie mögen das Ding anders nennen.«

Unter diesen Gesprächen waren wir von dem Walde auf die Wiese hinaus gekommen, die hinter dem Schlosse ist, und sahen das Gebäude vor uns liegen.

Wir gingen auf dasselbe zu.

Als wir dort angekommen waren, sagte der Fürst: »Wollt Ihr nicht die Zeichnungen besehen, die zu den Anlagen gemacht worden sind? Der Künstler hat alles zweimal gemacht, eines zur Ausführung, und eines für seine Sammelmappe. Und wollt Ihr uns nicht überhaupt einen Besuch gönnen? Die Fürstin würde sich freuen.«

»Es wäre eine Ehre für mich, durchlauchtiger Fürst«, antwortete ich, »aber ich bin zu einer kranken Frau herausgerufen worden, und habe ihr eine Arzenei gereicht, deren Wirkung ich hier abwarten wollte. Die Zeit ist bald vorüber.«

»So sprecht ein anderes Mal bei uns ein, wenn Ihr wieder zu der Kranken kommt, oder erfreut uns mit einem eigenen Besuche«, sagte der Fürst.

»Ich werde der Einladung folgen«, antwortete ich.

Dann verabschiedeten wir uns.

Er ging in das Schloß, ich ließ die Pferde herausführen und anspannen, und fuhr zu der Kranken. Die erwartete Wirkung war eingetreten. Ich gab wieder Arzenei, ordnete das Verhalten an, sagte, ich werde morgen wieder kommen, und fuhr dann unserem Walde zu.

Ich fuhr noch zehnmal zu der Kranken hinaus, konnte aber nie mehr den Garten besehen, und nie das Schloß besuchen.

Die Kranke genas, und ihr Gatte kam einmal zu mir in unser Haus, mir für ihre Rettung zu danken.

Gegen den Herbst erlebte ich etwas anderes, was mir Freude machte. Die Gemeinde Thal ob Pirling faßte den Beschluß, mit der ordnungsmäßigen Herstellung der Wege zu beginnen.

So wie Murhard öfter Steine auf seinem Wagen geführt hatte, hatten später auch andere getan. Ich hatte unsern Nachbar Allerb bei diesem Geschäfte gesehen, dann den Friedmaier und Katermaier an dem Mitterwege, den Erlebauer auf dem Wege gegen Thal ob Pirling herein, den Schmied im Thaugrunde auf dem Wege des Thaugrundes, den Knecht des Herrenwirtes, den Knecht des Färbers, den Bauer Dofer, dessen zwei Knaben ich von den roten Flekken geheilt hatte, an seinen Feldern, den Mörichbauer ebenfalls an seinen Feldern. Hadmar Kunter, der Maurermeister, führte einen langstieligen Hammer auf seinem Wagen mit, und wenn er Steine in eine Vertiefung gelegt hatte, verstopfte er ihre Fugen nicht mit Rasen, wie einige taten, oder legte nicht lose kleine Steinchen in sie, wie andere pflegten, sondern er verkeilte dieselben mit Steinen durch Hammerschläge wie an Steinmauern, welches Geschäft er mit besonderem Vergnügen zu verrichten schien. Der Grundmüller hatte den Weg zu seinen Feldern vollständig neu zu machen begonnen. Der Weg zur Röthelmühle war ohne Mangel, ebenso der des Vaters von Innozenz vom Bauerngute gegen die Felder.

Auf diese Weise hatte die Sache Freunde in unserer Gemeinde und in fremden Gemeinden gewonnen.

Als daher der Obrist die Angelegenheit wieder vor den Rat brachte, wurde nach einigen Verzögerungen und Besprechungen ihre Ausführung beschlossen.

Der Obrist und ich schossen einiges Geld vor, welches man verlangte.

Dann wurden fünf Männer gewählt, darunter der Obrist, welche die Wege untersuchen, und einen Antrag über die Art der Arbeiten machen sollten.

Der Obrist sprach früher mit mir, und fragte mich um meine Meinung. Ich antwortete ihm, daß vor allem die Erweiterung der Wege an vielen Stellen notwendig sei. Ich habe selber oft auf eine Wiese oder auf ein Feld hinaus fahren müssen, um einem begegnenden Wagen auszuweichen, und wo wir nicht seitwärts konnten, haben wir nicht selten vor einem beladenen Wagen unser Wägelchen zurückschieben müssen. Auch könnten aus erweiterten Wegen mit der Zeit am leichtesten Straßen werden. Ich war imstande, dem Obrist sogleich mehrere solche Stellen zu nennen, und versprach ihm, die andern, so wie überhaupt Erfahrungen aus meinen Fahrten aufzuschreiben.

Als die Untersuchung der Wege vollendet war, wurde wirklich mit der Erweiterung derselben begonnen.

Viele Menschen legten selber Hand an, oder stellten Taglöhner oder Knechte, und schickten zeitweise ihre Fuhrwerke zur Hilfe. Ich ließ öfter den Knecht Kajetan mitarbeiten, oder sendete Taglöhner, und wenn es sein konnte, mietete ich zwei ältere Pferde unseres Vetters, des Wirtes am Rothberge, und ließ sie Zugfrone tun. Mein Bruder Kaspar leitete da selber gerne die Pferde, und hatte seine Freude an der Sache.

Der Obrist stellte Leute, und reiste dann[21] auf eine Zeit nach Wien.

Da diese Dinge im Gange waren, kam ein Unglück in unser Haus, ein Unglück, das ich zeitlebens als solches benennen und beklagen werde. Mein Bruder Kaspar verkühlte sich beim Forellenfange, und wurde krank. Das Übel war gleich anfangs heftig, und ich hegte Besorgnisse. Ich gab ihm Arzenei, ich ließ ihm Auflagen machen, und ordnete an, was sonst mit ihm zu geschehen habe. Wenn ich zu Hause sein konnte, war ich bei ihm, beobachtete ihn, und nahm Bücher und Schriften zu mir, um in ihnen nachzusehen, ob ich etwas fände, das mir Anhalte geben könnte, mein Urteil zu ordnen, ob es richtig sei, oder ob ich etwas zu verbessern habe. Anna und der Vater unterstützten mich in allem. Anna kam gar nicht aus den Kleidern, der Vater entkleidete sich nur, und legte sich zur Ruhe, wenn ich es ausdrücklich als Arzt verlangte. Anna und ich wechselten im Nachtwachen ab, oder vielmehr, wenn ich wachte, so wachte sie in ihrem Bette, und kam oft auf eine unbedeutende Bewegung von mir herbei. Ich zwang mich zuweilen mit meinem Willen aus Pflicht, zu schlafen, um mich nicht zu sehr zu schwächen. Der hochwürdige Pfarrer von Pirling kam öfter herüber, und tröstete den Kranken, und reichte ihm die heiligen Sakramente. Mein Urteil über die Krankheit bestätigten die Bücher und Schriften, und ich fand in ihnen, was ich mir gedacht hatte. Als Kaspar fühlte, daß es mit ihm übel sei, verlangte er, seinen letzten Willen zu sagen. Wir, nämlich der Pfarrer von Pirling, der Nachbar Allerb, der Prägbauer und sein Sohn Innozenz, welche zwei letzteren er ausdrücklich verlangt hatte, der Vater, ich und Anna gingen zu ihm in sein Stüblein in der Sölde, welches er sich in der letzten Zeit recht schön hergerichtet hatte, und setzten uns zu seinem Bette. Da er uns eine Weile angeschaut hatte, sagte er, daß er mich zu seinem Erben einsetzte, aber ich möchte Anna nicht vergessen.

»Nein, lieber Bruder, ich vergesse Anna niemals«, sagte ich.

Er nickte, und ward ruhiger. Ich entfernte die Leute sogleich wieder von dem Bette und aus der Stube. Er blieb ruhig und bei Sinnen bis am nächsten Tage um zwölf Uhr. Da starb er nach einem kurzen und schwachen Todeskampfe. Am Morgen des zweiten Tages darauf wurde er begraben. Seine Krankheit hatte dreizehn Tage gedauert. Wir trösteten nun eines das andere. Anna ließ das Bett, welches sie sich im Nebenstüblein des Krankenzimmers hatte aufschlagen lassen, forttragen, ich räumte alle Sachen, die ich für mich in das Krankengemach besorgt hatte, weg. Dann ließen wir alles, wie es gewesen war, und sperrten die Wohnung Kaspars zu.

So vergingen fünf Tage. Da erkrankte Anna. Sie erkrankte an demselben Übel, an dem Kaspar gestorben war. Die Hitze und die Erregung der Nerven zeigte sich auch gleich anfangs so heftig, wie bei Kaspar. Ich erschrak sehr, und sandte sogleich den Knecht Kajetan in die Stadt Budweis, er möge mit frischen Pferden, wo er sie immer auf dem Wege bekommen, fahren, was er könne, und mir den Stadtdoktor bringen, daß er mir beistehe. Ich gab ihm einen Brief mit. Gegen den Morgen kam er mit dem Arzte. Er hatte hin und zurück dreimal die Pferde gewechselt. Der Arzt untersuchte die Kranke. Wir beratschlagten dann, und er blieb zwei Tage. Sein Urteil war wie das meinige. Die Gefahr zeige sich sehr groß. Wir kamen darin überein, wie die Kranke zu behandeln sei, und was getan werden solle, wenn Erscheinungen kommen, die wir vermuteten. Ich bat ihn, da er fort fuhr, wieder zu kommen. Er sagte es auf den vierten Tag zu, und er werde mit Stadtpferden kommen. Die vier Tage vergingen, und die Krankheit nahm den Verlauf, den sie gleich anfangs gezeigt hatte, dem Tode zu. Am Abende des vierten Tages kam der Stadtarzt. Er untersuchte die Kranke wieder, er befragte mich, was in der Zwischenzeit geschehen ist, und ließ sich von mir erzählen, was ich ohne Befragen sagen wollte. Hierauf zeigte er sich mit meinem Verfahren und mit meiner Meinung einverstanden, und sagte, daß wohl kaum auf Rettung zu hoffen sei. Er blieb in der Nacht da, und fuhr des andern Morgens fort. Auf meine Bitte versprach er, nach jedem vierten Tage auf eine Nacht zu kommen. Anna war sehr ergeben, und dankte mit den Augen für alles Gute, das ihr erwiesen wurde, selbst wenn sie im Irrereden war. Der Vater wurde blaß und hager in der Sorge. Die Mägde taten alles, was in ihren Kräften war, und die Knechte zeigten sich bereit zu jedem Dienste, der etwa notwendig werden könnte. Der Herr Pfarrer und auch sein Aushilfspriester kamen oft zu ihr heraus, und reichten ihr die letzten Tröstungen der Religion. Die Nachbarn nahmen großen Anteil. Da der Arzt noch zweimal gekommen war, starb sie sanft und geduldig.

Das Maß war noch nicht voll. Gleich nach der Beerdigung Annas mußte sich der Vater in das Bett legen. Er bekam die nämliche Krankheit. Mich befiel eine ungeheure Furcht. Wenn die Krankheit bei ihm gleich nicht so heftig auftrat, wie bei den zwei jüngeren, so war sie doch zerstörend, und obwohl der Arzt von Budweis sehr fleißig kam, und obwohl ich auch noch einen dritten Arzt aus der entfernten Stadt Linz hatte rufen lassen, so konnte ihn unsere Mühe nicht retten, und er starb, nachdem er in der letzten Zeit seiner Sinne wieder mächtig geworden war, von mir, unsern zwei nächsten Nachbarn, und von dem Gemeindevorsteher, den er eigens hatte holen lassen, Abschied genommen, und sich mit seinem lieben Gotte versöhnt hatte. Er wurde an der Seite seiner Gattin und nicht weit von seinen zwei Kindern begraben.

Ich hätte mich nun, wie ich erschöpft war, und mein ganzes Wesen nicht[22] empfand, am liebsten niedergelegt, und wäre mit großen Freuden gestorben.

Aber ich mußte zu meinen Kranken, und da ihre Zahl immer wuchs, mußte ich viel herum fahren. Als mehrere Nächte vergangen waren, und der Schlaf meine Augen doch besucht hatte, und als ich wieder stärker geworden war, sah ich, daß es meine Pflicht sei, nicht zu sterben; aber ich meinte, ich müsse mir die Augen aus dem Kopfe weinen, daß das gekommen ist.

Manche Menschen aus der Nachbarschaft gingen zu mir, mich zu trösten.

Auch Innozenz kam. Er sah so verfallen aus, daß ich ihn kaum erkannte. Er konnte, da er vor mir stand, gar nicht sprechen. Wir reichten uns die Hände, drückten sie, und er ging wieder fort.

Als einmal ein sehr heiterer Spätherbsttag war, und ich etwas Muße hatte, ging ich in das Birkenreut hinauf, zu der Stelle, wo mich der Obrist gefunden hatte, als das Band zwischen mir und Margarita zerrissen war. Ich weiß nicht, warum ich zu dieser Stelle ging, ich weiß auch nicht mehr, was ich dort tat. Aber ich blieb lange dort, und ging erst gegen den Untergang der Sonne nach Hause.

Nach ein paar Tagen kam trotz der kühlen Luft in seinem weißen Leinenrocke und mit Holzschuhen der Bettler Tobias zu mir. Er wollte mit mir sprechen. Ich ließ ihn in die große Stube kommen, und wies ihm einen Platz an. Da sprach er: »Ich bin sehr weit hinten im Gestocke gewesen,[23] und da habe ich gehört, daß Euch alle Eure Angehörigen gestorben sind, und daß ihnen alle Doktoren nicht haben helfen können, und da bin ich gekommen, Euch trösten zu helfen.«

»Ich danke dir recht von Herzen, guter Tobias«, sagte ich, indem ich ihm die Hand reichte.

»Er ist ein sehr guter Mann gewesen, der Eberhard«, entgegnete er, nachdem er meine Hand losgelassen hatte, »und ein sehr rechtschaffener Mann, er hat erlaubt, daß ich ihn zuweilen Du nennen durfte, und Kaspar ist auch recht gewesen, und Anna ist gut gewesen, und Ihr seid auch gut, Herr Doktor.«

»Sie sind alle besser gewesen, als ich bin«, sagte ich.

»Und wenn ich kam, hatte ich meinen Platz in der Sölde, und sie sind sehr freundlich mit mir gewesen«, sagte er.

»Du sollst deinen Platz in der Sölde nicht verlieren, Tobias«, antwortete ich, »ich werde dir ein Kämmerlein zurecht richten, in welchem du schlafen sollst, und in welchem du Speise und Trank erhalten sollst, so lange es dir gefällig ist, bei mir zu bleiben.«

»Es ist nicht dessentwegen«, sagte er, »ich bin nicht dessentwegen gekommen. Ich habe es gewußt, wenn ich jetzt nicht gekommen wäre, und wenn ich später gekommen wäre, so hätte ich meinen Platz und Nahrung bekommen, weil Ihr mich geheilt habt. Und ich kann nicht lange da bleiben, weil ich auch zu andern Leuten muß. Ich bin gekommen, daß ich in der großen Stube, in der er so freundlich gewesen ist, um ihn weine.«

Und da er diese Worte sagte, brachen ihm die Tränen hervor, und seine Lippen zitterten.

Ich fühlte auch die heißen Tropfen in meine Augen steigen, ich sagte nichts, und saß bei dem Bettler an dem Tische, und weinte mit ihm.

Nach einer Weile sagte er: »In dieser Stube ist er gewesen, da Ihr noch nicht geboren waret, und da Ihr ein Kind waret, und da Ihr in der großen Stadt Prag waret, und der Kaspar ist in der Stube gewesen, und die Anna ist aus und ein gegangen, da sie Eure Mutter in dem Kirchhofe von Pirling begraben hatten, und ich habe ihn zuweilen Du nennen dürfen.«

»Guter Tobias«, entgegnete ich, »wenn es dir dieses Haus heimischer macht, und wenn du es lieber besuchst, wo du an ihn denkst, so nenne mich auch zuweilen Du.«

»Ihr seid ein vornehmer Herr geworden«, erwiderte er, »und habt seltsame Geräte in Eure Kammer gestellt, es schickt sich nicht. Weil ich Euch aber Du geheißen habe, da Ihr ein Kind waret, und da Euch Eure Mutter genährt hat, und da Ihr mit den nackten Füßen in dem tauigen Grase herum gesprungen seid, so könnte es schon sein, daß ich Euch auch einmal Du nenne, wenn meine Gedanken irrig würden.«

»Nicht wenn sie irrig würden, sondern auch zu anderer Zeit«, sagte ich, »und wenn mein Vater länger gelebt hätte, wie er ja nach seinem Alter noch lange hätte leben können, und wenn er, weil du älter bist als er, darauf gesonnen hätte, dir noch manches andere zu geben als Nahrung und Obdach, wenn deine alten Tage hereinbrechen würden, so soll es dir nicht entgehen, weil er im Grabe liegt. Ich werde manches für deine Kleidung tun, und auch sonst für dich sorgen.«

»Der Leinwandhändler Mathias Ferent in Pirling«, entgegnete er, »läßt manchesmal einen Streifen Linnen für mich mitbleichen, und der Schneider Kund näht ihn, wenn er zugerichtet ist, mit starken Fäden zu einem Rocke zusammen. Ich darf diese Männer nicht zurücksetzen.«

»Aber wenn du alt wirst«, antwortete ich, »wenn deine Glieder mit dem Linnenrocke nicht mehr reichen, und wenn recht harte Winter erscheinen, so wäre ein Pelz schon wohltuend, und auch dichte, warme Doppelwollstrümpfe in die Holzschuhe, und auch für die Hände etwas vom Fuchsbalg.«

»Wenn einmal ein Pelz notwendig sein sollte«, erwiderte er, »wie ich gar nicht glaube, und Ihr einmal aus den alten Fellen, die jetzt in Euerm Wintermantel, mit dem Ihr in dem Schlitten herumfahrt, neu sind, etwas für mich zusammenflicken lassen wollt, so werde ich es schon nehmen. Die Strümpfe habe ich von der Glashütte. Sie haben weiße und schwarze und braune und scheckige Schafe, und von allen nehmen sie grobe Wolle zu meinen Strümpfen, darum habe ich im Winter immer mischfarbige Strümpfe. Und an den Händen habe ich nie etwas getragen. Mich friert da nie. Und dann muß ich ja den Stock in der Hand haben, und den Kindern und andern Leuten mit ihm etwas zeigen. Die Handschuhe kann ich nicht nehmen.«

»Nun, wie du willst, Tobias«, entgegnete ich, »ich werde dich schon zuweilen erinnern, ob du nicht dieses oder jenes brauchst, und du mußt mir antworten.«

»Erinnert mich nur«, sagte er.

Dann blieb er noch eine Weile in der Stube. Da er von derselben fort wollte, führte ich ihn in die Sölde, und gab ihm dort ein Stüblein, daß er nicht mehr in dem Heu schlafen dürfe; denn jetzt wohnte und schlief gar niemand mehr in der Sölde, und sie stand ganz leer.

Tobias blieb dieses Mal länger in dem Hause als sonst, und ging in und außer demselben herum.

Dann nahm er wieder den Stab, und wanderte weiter.

Nun kamen auch von ferneren Gegenden Leute zu mir, um mir ihre Teilnahme zu bezeigen. Mathias Ferent kam mit all den Seinigen. Johannes Blach auch. Es kam zuweilen der Pfarrer von Pirling, und dreimal in kurzer Zeit der greise Pfarrer von der Sillerau. Es kamen Leute von Pirling: der Lehrer, der Krämer, der alte Bernsteiner, der Färber, der Tischler und andere. Paul Köfner kam und Gerhard Rohr und Hermann Löff und Wenzel Gladrub. Es kam der beinahe neunzigjährige Zimmermeister Agapitus Klenz mit seinem Sohne, es kam Mechthild Korban, die ich einmal geheilt hatte, die Haidelis, der Erlebauer mit seinem Weibe, und mehrere. Mir tat es wohl, und ich schrieb mir die Namen derer, die gekommen waren, beinahe in das Herz.

Endlich kam der Obrist. Er war in später Nacht gekommen, und fuhr des andern Tages zu mir herunter. Ich lief zu dem Wagen hinaus, er stieg ab, und ich führte ihn in meine Kammer. Ich bot ihm einen Sitz an; er aber sagte: »Was ich zu sprechen habe, ist so ernst, daß es wenigstens zum Anfange stehend gesagt werden muß.«

Ich willigte ein.

Er sah mir in die Augen.

Dann sprach er: »Ich habe nur zu sagen, teurer Mann: Es ist ein Gott in dem Himmel, und Ihr habt Freunde auf der Erde.«

Mehr konnte er nicht sprechen, es quollen ihm die Tränen aus den Augen, er breitete die Arme aus, und schloß mich an sein Herz. Wir zwei Männer schluchzten laut.

Nach einer Weile sagte ich: »Ihr dürft so reden nach den

Heimsuchungen, die Euch geworden sind, was Gott tut, ist wohlgetan, und Euch lieben alle Menschen.«

»Euch auch, Doktor«, sagte er, »die Kinder in dem Walde, die Männer und Weiber, die Greise und Greisinnen, alle lieben Euch. Und fern von dem Walde liebt Euch auch noch so mancher.«

»Einer gewiß«, sagte ich, »wenn er es wüßte.«

»Er wird es wissen«, entgegnete er, »er müßte nur in solcher Ferne sein, dahin Euer Name nicht dringt. Einer aber ist hier, der Euch liebt wie einen Sohn.«

»Ihr, Obrist«, sagte ich.

Und wir schlossen uns noch einmal in die Arme. Dann führte er mich zu einem Sitze, und wir ließen uns nieder.

»Ich habe das, was Euch getroffen hat, sehr spät erfahren«, sagte der Obrist. »Die Nachricht kam in das Donauschloß des Freiherrn von Tannberg, und er schrieb sie mir nach Wien. Margarita sagte: Vater, da mußt du morgen fortreisen. Es ist so, mein Kind, sagte ich, und wir packten schnell, ich machte gar keinen Besuch mehr, und fuhr des nächsten Morgens fort, und fuhr Tag und Nacht, bis ich hier war.«

»Guter Mann«, sagte ich, und reichte ihm die Hand.

»Meine Tochter Margarita«, entgegnete er, »läßt Euch durch mich sehr viele Grüße sagen. Sie ist tief betrübt.«[24]

»Ich bin in alles, was geschehen ist, ergeben«, sagte ich.

»Das ist die erste Stufe des Trostes«, antwortete er, »die Ergebung. Dann kommt die zweite. Durch den Segen, der aus dem Schmerze in die Taten fließt, kommt die Erwartung eines Heils, und das Heil erscheint in der Empfindung der Taten.«

»Wie oft habe ich an Eure Worte gedacht, Obrist«, entgegnete ich, »die Ihr einmal gesagt habt: Gott brauchte einen Engel im Himmel, und einen guten Menschen auf Erden, darum mußte sie sterben.«

»Es ist eine Reihe von Jahren seit dem Tode meiner Gattin verflossen«, antwortete er, »und noch immer ist sie um mich. Ich sehe sie lächeln und beistimmen, wenn ich etwas beschließe, und selbst, wenn ich meiner Gesundheit nicht achte, höre ich ihre liebe warnende Stimme. Jetzt habe ich Margarita, die ist wie ihre Mutter.«

»Ihr habt ein Kind«, sagte ich.

»Die irdische Liebe, Doktor«, sprach er, »die Ihr zu den Eurigen truget, hat aufgehört. Sie war eine Liebe in die Vergangenheit. Die Liebe der Eurigen zu Euch ist nur in eine andere Welt gegangen, und umschwebt Euch unsichtbar. Sie umschwebt Euch desto sicherer, je mehr Ihr in Eurem Herzen wachset. Das leere Haus wird sich wieder füllen, es werden solche um Euch sein, die auch nach Euch sein werden, und Eure Liebe wird auf sie strömen. Das ist eine Liebe in die Zukunft, und sie ist viel tiefer als die Liebe in die Vergangenheit.«

»Ihr wißt, daß das nicht geschehen wird«, antwortete ich. »Ich werde fremde Menschen in mein Haus nehmen, werde gütig gegen sie sein, und sie werden mir Zuneigung schenken. Aber solche, die mir näher angehören, und auf die eine tiefe Liebe übergehen soll, werde ich nicht haben.«

»Ihr werdet sie haben«, sagte er, »weil ich manches von dem menschlichen Herzen und manches von den menschlichen Schicksalen kenne.«

Ich berührte diesen Gegenstand nicht mehr.

Wir schwiegen eine Weile.

Dann sagte er: »Ihr habt gewiß etwas für Eure Kranken zu richten, schiebt es nicht auf, und verlaßt mich, ich werde warten, bis Ihr wieder zurückkommt. Oder ist Eure ganze Zeit in Anspruch genommen, so sagt es, und ich fahre nach Hause. Ich hätte sollen nachmittags kommen, wo Ihr Muße habt; aber ich wollte nicht länger warten.«

»Das ist recht lieb«, sagte ich. »Meine ganze Zeit ist nicht in Anspruch genommen. Ich habe nur einiges zu ordnen, und wenn Ihr warten wollt, so wird es bald vorüber sein.«

»Ich werde warten«, sagte er.

Ich ging nun in die Küche, ob Apollonia ihre Sachen richtig gemacht habe. Dann ging ich wieder in die Kammer, und richtete Arzneien zurecht, die ich brauchte, oder die geholt werden sollten. Dann schrieb ich noch einiges Notwendige auf, und sagte zu dem Obrist: »Ich bin fertig.«

»Es ist ein schöner Beruf, leidenden Menschen beistehen zu können«, sagte er.

»Wenn es nur immer von Erfolg wäre«, antwortete ich.

»Der Erfolg steht in Gottes Hand«, sagte er, »wenn die Bedingungen für ihn nicht mehr da sind, kann er nicht eintreten.«

»Wir können auch irren«, entgegnete ich.

»Wenn man redlich strebt, den Irrtum hintanzuhalten, so fällt er uns nicht zur Last. Es ist nur einer, der nicht irrt«, sagte er.

»Es mag so sein«, sprach ich.

Dann sagte er: »Ist Euer Weizen, den Ihr im Herbste versucht habt, schön geworden?«

»Ich glaube«, antwortete ich.

»Das habe ich mir gedacht«, sagte er. »Ihr gebt da ein schönes Beispiel, das der Gegend nützen kann.«

»Das erste Beispiel habt Ihr gegeben, Obrist«, entgegnete ich.[25]

»Nun ja«,[26] antwortete er. »An den Wegen habt Ihr auch schon fleißig fortgearbeitet.«

»Die Arbeit ist noch immer im Gange«, sagte ich.

»Wir werden erst in den nächsten Jahren die Wohltat recht verspüren«, entgegnete er. »Ist wegen der Sillerbrücke etwas von dem Amte herein gelangt?«

»Noch nicht«, antwortete ich.

»Der Graf ist noch immer dagegen«, sagte er; »aber er

kann gegen eine so notwendige Sache nichts bewirken, wenn wir nur nicht die Hände in den Schoß legen.«

»Das werden wir nicht tun«, sprach ich.

»Sind Eure Schafe schon angekommen?« fragte er.

»Mein Vater hat sehr sehnlich auf sie gewartet, seit er das Gedeihen der Stücke bei Euch gesehen hat; aber er sollte diese Freude nicht mehr erleben«, antwortete ich. »In der letzten Zeit ist mir die Sache aus den Augen gekommen. Ich werde aber doch wieder um die Zusendung schreiben.«

»Tut das«, sagte er. »Die Rinderart, von der Ihr mir mitgeteilt habt, und die vortrefflich gedeiht, sehe ich schon hie und da auf Weiden. Es wird ein wohltätiger Anblick sein, wenn wir diese edle Art immer mehr in unsern Wäldern werden herum gehen sehen.«

»Es kann so kommen«, sagte ich.

»Ihr habt da in der lieblichen Biegung des Tales ein schönes Anwesen«, entgegnete er, »das noch immer schöner werden wird. Es kann weithin auf andere wirken. Ihr habt auch manches wieder verbessert. Wollt Ihr wohl die Güte haben, mich ein wenig in Euerm Hause und seiner Angrenzung herum zu führen, wenn es Eure Zeit erlaubt.«

»Dazu ist schon die Zeit vorhanden«, entgegnete ich.

Wir standen auf, gingen in die große Stube und von da in alle Räume des Hauses. Sie waren verödet. Dann gingen wir zu den Tieren. Meine zwei schwarzen Pferde hatten ihr Wachsen vollendet, und waren schlanke Tiere. Sie drehten die Köpfe gegen den Obrist, weil er sie immer gestreichelt, und ihnen jedesmal ein Stückchen Zucker gegeben hatte. Sie erhielten ihn auch jetzt, und er lobte sie sehr. Mich blickten sie an, daß mir war, als fragten sie um die andern im Hause. Kaspar hatte sich viel mit ihnen abgegeben. Bei den Rindern freuten den Obrist die steinernen Tröge, und es freute ihn die Reinlichkeit des Stalles und das gesunde Aussehen der Tiere. Den Eisbehälter nannte er vortrefflich. Wir besuchten den Garten, die Hauswiese, das Hausfeld, dessen Weizen sehr schön war, und den Anger mit der Hausfichte. Er bemerkte alle Veränderungen, und billigte sie, besonders die vollkommene Glättung der Wiese.

Hierauf gingen wir wieder in die Stube.

Dort sagte er: »Ich habe Euch heute recht viel Zeit genommen.[27] Kommt recht bald, so bald es Euch möglich ist, zu mir hinauf.«

»Ich werde kommen«, antwortete ich.

»Und nun lebet wohl«, sprach er.

»Lebet wohl«, antwortete ich.

Wir reichten uns die Hände. Ich begleitete ihn bis zu seinem Wagen. Er stieg ein, und fuhr auf dem Wege gegen Pirling hinunter.

Ich ging in das Haus, und es war mir jetzt wieder schwerer, da er fort war, als wäre noch eines gestorben.

Am andern Tage erhielt ich Briefe von der Familie von Tannberg, von dem Vater, von der Mutter, von den Töchtern und von der alten Frau.

Sie waren freundliche Trostbriefe, und freuten mich.

Ich ging an diesem Tage auch in das Haghaus hinauf. Ich hatte erfahren, daß der Obrist nach dem Besuche bei mir in dem Friedhofe von Pirling auf den Gräbern der Meinigen gewesen ist.[28]

Meine nächsten Nachbarn machten sich jetzt öfter in unserm Hause etwas zu tun als sonst. Sie grüßten mich recht herzlich, wenn ich an einem Hause vorbei ging, oder in eines trat, und von den Haustüren sahen mir manche lange nach, wenn ich so dahin ging, wie ich es bemerken konnte, wenn ich umblickte.

Meine Leute in dem Hause waren sehr teilnahmsvoll, sie verrichteten jede Arbeit mit der größten Bereitwilligkeit, widersprachen nie, und suchten mir dienstlich zu sein, wenn sie glaubten, mir etwas an den Augen absehen zu können.

Das Haus, welches bisher unser Haus gewesen war, ist nunmehr mein Haus, und ich muß mich daran gewöhnen, es mein Haus zu nennen.

Die Krankheit, an der mein Vater und Kaspar und Anna gestorben waren, breitete sich weiter aus. Unsere Fälle waren die ersten gewesen. Sie war wohl auch früher öfter vorgekommen, aber vereinzelt; jetzt wurde sie so herrschend, daß fast alle andern Übel verschwanden, und in dieses einzige übergingen. Sie war aber auch stärker und heftiger als sonst, besonders im Anfange. Es mußte etwas in der Luft oder im Wasser oder in der Nahrung oder in andern Dingen sein, das sie hervorrief. Kaspar wäre nach seiner Verkühlung nicht in sie verfallen, wenn ihre Ursache nicht schon allgemein vorhanden gewesen wäre. Und die andern wären ihm nicht so schnell nachgefolgt. Ich war außerordentlich in Anspruch genommen, und konnte zu gar nichts anderem mehr gelangen. Zu dem Obrist ging oder fuhr ich nicht mehr hinauf, auch ließ ich ihn bitten, er möge nicht zu mir kommen, ebenso ging ich zu keinem anderen Menschen, außer im Krankenbesuche, um das Übel nicht in meinen Kleidern oder sonst wie dahin zu bringen; denn es zeigte sich, daß das Fieber der Nerven, in dem die Seuche besonders hervor trat, sehr ansteckend wirkte. Ich kaufte mir noch ein Pferd und einen leichten Wagen, weil ich sonst die Sache nicht hätte bewältigen können. In Thal ob Pirling bei meinen nächsten Nachbarn war das Übel besonders eingewurzelt. Und jetzt zeigte sich die Wohltat eines Eisraumes. Beständig waren Leute zwischen den Häusern von Thal ob Pirling und meinem Hause auf dem Wege, um Eis, das ich verordnete, zu den Ihrigen zu bringen. Ich verwendete alle meine Kräfte ganz allein für die Krankheit, und hatte gar keinen andern Gedanken mehr als an sie. Und als sie auf ihrem Gipfel war, zog ich in der Nacht meine Kleider gar nicht mehr aus, sondern legte mich in ihnen auf den ledernen Polster, um, wenn ich in der Nacht gerufen wurde, was sehr oft geschah, gleich in Bereitschaft zu sein. Viele Menschen starben an dem Übel, viele genasen auch, und wenn einer gerettet war, freute ich mich, als hätte ich einen der Meinigen gerettet. Von meinen näheren Freunden ist niemand erkrankt, und ich hatte stets eine große Freude, wenn mir von dem ganz besonders guten Wohlbefinden des Obrists Nachricht zukam.

Als der Winter schon gegen den Hornung neigte, und nach langem Schneefalle und nach nassem und weichem Wetter eine strenge und heitere Kälte eintrat, nahm die Seuche bedeutend ab. Und in wenig mehr als zwei Wochen war sie so völlig erloschen, daß kein einziger Fall mehr neu hinzu kam. Die noch mit ihr behaftet waren, genasen fast alle, und ihr ganzes Wesen war überhaupt jetzt sehr gelinde. Als endlich keine Spur mehr vorhanden war, und ich mich gesammelt hatte, war mir, als sei mir ein Schleier von den Augen genommen, und als sei die Welt jetzt wieder reiner und klarer.

Ich ging, da gar nichts mehr zu befürchten war, zum ersten Male wieder zu dem Obrist, und wurde von ihm mit der allergrößten Herzlichkeit empfangen. Er kam des andern Tages zu mir. Ich besuchte auch manche andere meiner Bekannten in Pirling und in anderen Orten. Viele besuchten mich in meinem Hause, und besonders kamen mit Danksagung zahlreich solche, die entweder selber, oder von denen Angehörige genesen waren.

So wie die Krankheit Betrübnis fast in alle Teile des Waldes gebracht hatte, so folgte, als sie gewichen war, fast überall Lustigkeit. Die gemeinsamen Zusammenkünfte belebten sich, die Spiele wurden beweglicher, die Vergnügungsorte erfüllter. Es erkrankte jetzt fast gar niemand. Es war, als hätte die Seuche alles erschöpft. Ich wurde höchstens zu Verwundungen, Quetschungen oder dergleichen gerufen.[29]

Ich nahm nun mehr Leute in mein Haus. Katharina, eine sehr entfernte, unverheiratete Base von fünfzig Jahren, nahm ich als Haushälterin und als Vorsteherin der Dinge im Innern des Hauses. Aus dem obern Haslung nahm ich noch einen Knecht, einen treuen, willigen Menschen, der den Namen Andreas hatte. Dann nahm ich noch eine Magd, Namens Crescentia. Die Vorstandschaft über die Feldarbeiten und über die Arbeiten im Garten, auf den Wiesen und in dem Walde übertrug ich niemanden, ich behielt sie mir selber vor. Oberknecht war aber Kajetan.

Bei einer unserer Zusammenkünfte sagte mir der Obrist, daß Isabella, die jüngere Tochter des Freiherrn von Tannberg, an einem Übel leide, das im Gemüte und wie eine gewisse sanfte Schwermut sei.

Als der Fürst einmal wegen Baulichkeiten in den braunen Hof gekommen war, fuhr ich zu ihm hinaus.

Ich wurde angemeldet, und zu ihm geführt.

Nach den gewöhnlichen Begrüßungsworten sagte ich: »Durchlauchtiger Fürst, halten Sie die Fragen, um deren Beantwortung ich Sie bitten werde, nicht für eitle Neugierde, sie haben einen tiefen Grund.«

»Fragen Sie, Herr Doktor«, erwiderte er, »ich werde antworten, wie ich kann.«

»Wie heißt denn der Mann, welcher die Zeichnungen zu Ihrem Garten gemacht hat?« fragte ich.

»Er hat uns gesagt, daß er seinen Namen nicht nenne«, antwortete der Fürst, »als Zeichner führe er den Namen Ewald Lind. So nannten wir ihn, und so schrieb auch mein Freund an ihn.«

»Wie sieht er denn aus?« fragte ich.

»Er ist ein junger Mann mittlerer Größe«, antwortete der Fürst, »hat blonde Haare und schwarze Augen, ein feines Angesicht und einen ungemein anmutigen Körperbau. Er ist einer der schönsten Männer, die ich kenne.«

»Und wie ist sonst sein Wesen?« fragte ich.

»Er spricht nicht viel«, entgegnete der Fürst, »ist viel allein, und geht herum, und betrachtet die Dinge. Er schreibt aber sehr gut. Er las mir, ehe er die Zeichnungen machte, ein kleines Blättchen mit Waldgedanken vor, wie er nämlich das Ganze auffasse. Diese Gedanken waren so lieblich und großartig wie der Wald, und machten mich auf die Zeichnungen erst recht begierig.«

»Haben Sie etwas Schriftliches von ihm?« fragte ich.

»Nein«, antwortete der Fürst, »auch mein Freund nicht. Er kam auf die Einladungen und Anfragen gleich selber. Auf den Zeichnungen stehen bloß verschlungen die Buchstaben E. und L.«

»Und er war nur kurze Zeit in dem braunen Hofe?« fragte ich.

»In dem braunen Hofe sehr kurze«, antwortete der Fürst, »die Zeichnungen machte er an Ort und Stelle nach der Natur. Am Nachmittage kam er dann in das Haus, und arbeitete noch eine Zeit weiter. In unserem Kreise ist er sehr wenig gewesen.«

»Und zu der Ausführung trug er nichts bei?« fragte ich.

»Sie scheint ihm eher zuwider gewesen zu sein«, entgegnete der Fürst, »er reiste schnell nach Abgabe der Zeichnungen fort.«

»Und dann ist er wieder gekommen?« fragte ich.

»Ja, um den Erfolg anzuschauen, er ist drei Tage hier geblieben«, antwortete der Fürst.

»Und wo befindet er sich jetzt?« fragte ich.

»In Italien«, erwiderte der Fürst; »wir wissen aber nicht wo. Da Sie einen solchen Anteil an dem Manne nehmen, so werde ich es Sie wissen lassen, wenn er wieder einmal kommt. Und ich glaube sicher, daß er noch einmal kommen wird. Er ergötzt sich zu sehr an dem, was aus seinem Haupte entsprungen ist.«

»Es kann einen größeren Anteil nicht geben«, sagte ich, »wenn der Mann der ist, für den ich ihn halte. Sie sollen den ganzen Zusammenhang erfahren, durchlauchtiger Fürst, wenn sich die Sache gelöst hat.«

»Ich forsche nicht«, entgegnete der Fürst, »Sie sind mir genug, Herr Doktor. Ich will an Freunde nach Italien schreiben, vielleicht ist er zu erfragen. Um einen Künstler darf man dort ohne Aufsehen fragen.«

»Sie sind sehr freundlich in dieser Sache, durchlauchtiger Fürst«, antwortete ich. »Darf ich nun auch bitten, mir die Zeichnungen zu zeigen?«

Der Fürst sperrte einen Schrein auf, und ließ eine Mappe aus demselben auf den Tisch legen.

Er öffnete die Mappe selber, und legte mir Blatt für Blatt nach der Ordnung vor. Es waren ziemlich viele Blätter, die meisten davon Mappen. Die Zeichnungen erschienen mir sehr schön, und ich hatte ein ähnliches Gefühl, wie wenn ich den Wald selber betrachtete, den ich nun schon so lange sehe, und der vor mir immer schöner wird. Der Fürst machte mich auf manches aufmerksam, und zeigte überhaupt eine große Freude über die Blätter.

Als ich sie genugsam betrachtet hatte, schloß er die Mappe, und ließ sie wieder in den Schrein legen.

Eustachius hatte in Prag Zeichnungen von Gärten, Hausgiebeln, Dächern, Türmen, Schornsteinen gemacht; ich erinnerte mich ihrer aber zu wenig, um eine Vergleichung anstellen zu können.

Ich dankte dem Fürsten, und verabschiedete mich.

Er nahm mich bei beiden Händen, und sage: »Herr Doktor, alle Menschen in der Gegend achten und bedauern Sie, ich achte und bedaure Sie auch.«

Ich konnte auf diese Worte nichts antworten, sondern entfernte mich.

Er begleitete mich zu meinem Wagen.

Als ich zu Hause angekommen war, schrieb ich sogleich alles, was ich gehört und gesehen hatte, an Waldon und Christine.

Sie dankten mir in einem Rückschreiben, und meinten, es seien doch noch nicht genug Anhaltspunkte vorhanden.

In kurzer Frist nach diesem Ereignisse trug sich etwas Bedeutendes in meinem Hause zu.

Eines Tages fuhr ein kleines Fuhrwäglein mit einer langen Truhe, über welche Leinwand gespannt war, vor das Haus. Ein Mann und eine Frau waren neben dem Wäglein gegangen. Kajetan holte mich hinaus. Da sagte der Mann zu mir: »Herr Doktor, seid sehr schön gegrüßt. Ich bin der Bergbauer aus den Birkenhäusern. Wir sind schon gestern den ganzen Tag gefahren, und heute am Vormittage. Da ist ein Kranker, daß ihr ihn bei Euch heilet.«

»Wenn der ganze Berghof darauf geht, wenn er nur gesund wird«, sagte die Frau.

»Seid ihr die Eltern?« fragte ich.

»Ja«, antworteten beide.

»Ihr hättet mir sollen früher Nachricht geben«, sagte ich.

»Dann hättet ihr vielleicht nein gesagt«, erwiderte der Mann.

Ich ging zu dem Wagen, lüftete die Leinwand, die über Reifen war, und sah in die Truhe. In derselben lag auf einem Bette ein starker Jüngling, und sah mich mit sanften blauen Augen an. Ich rief die Knechte, und ließ den Kranken samt der Truhe in das Gemach tragen, in dem der Vater geschlafen hatte. Dort ließ ich ihn auf ein Bett legen, und begann, ihn zu untersuchen. Auf der rechten Brust war eine Erhöhung, die mit Salben und Pflastern überklebt war.

»Da ist das Übel«, sagte ich.

»Ja«, antwortete der Mann.

»Wie ist es entstanden?« fragte ich.

Der Vater antwortete: »Er ist beim Brotabschneiden mit

dem Messer ausgeglitten, und hat sich eine kleine Wunde gemacht. Wir haben ihm ein sehr gutes Pechpflaster auf dieselbe gelegt, dann ein Balsampflaster, dann ein anderes Pechpflaster und wohlriechende Salben, und dann ist der Schaden so groß geworden.«

»Wie lange ist es?« fragte ich.

»Ja wohl viele Wochen«, sagte der Mann.

»Hättet Ihr reines Linnen mit reinem kalten Wasser aufgelegt, so wäre die Wunde wahrscheinlich in acht Tagen geheilt gewesen«, sagte ich.

Die beiden Leute sahen mich verwundert an.

Ich ging nun daran, mit Auflösungsmitteln die Salben und Pflaster zu entfernen, und die Gebilde, die sich zeigten, zu reinigen.

Als dieses geschehen war, sah ich, daß sich eine ziemliche Erhöhung von Afterbildungen erzeugt habe.

Ich untersuchte nun den Kranken in allen seinen Körperteilen. Sie waren im naturgemäßen Zustande. Ich betrachtete dann sehr genau die Farbe seiner Haut und seine Augen.

Hierauf sagte ich: »Er scheint gesundes Blut zu haben.«

»Er ist ja nie krank gewesen«, antwortete die Mutter.

Dann fragte ich ihn um seine Lebensweise und seine Schicksale.

Seine Lebensweise war einfach gewesen, er hatte nie Seelenerschütterungen erfahren, und nie Unmaß in geistigen Getränken geübt.

Nun sagte ich: »Ich werde den Kranken in Pflege und Heilung nehmen.«

»Gott sei gedankt«, rief die Frau.

»Betet zu Gott«, sagte ich, »daß er seinen Segen gebe. Jetzt nehmt Abschied von Euerm Sohne, und entfernt Euch aus der Stube, daß die Heilung bald beginnen könne.«

»Ich werde bei ihm hier zur Pflege bleiben«, sagte die Frau.

»Er bedarf der völligsten Ruhe«, sagte ich, »und darf durch keine Mutterempfindung gestört werden. Die beste Pflege erhält er von mir selber. Habt Ihr noch Kinder?«

»Drei unmündige«, antwortete die Frau.

»So geht zu Euern Kindern, daß nicht auch denen ein Unfall zustoße. Sonst könnte ich den Kranken nicht übernehmen«, sprach ich.

»So bleibe in Gottes Hut, mein Kind«, rief die Frau schluchzend, und suchte nach der Hand des Jünglings.

Ich brachte sie aus der Stube.

Der Mann war mäßiger. Er reichte dem Kranken die Hand, und entfernte sich.

Der Kranke war am wenigsten von dem Abschiede ergriffen. Aus seinen Mienen leuchtete die Zuversicht, daß ihm Hilfe werde. Das war mir sehr lieb.

Ich ließ den Eltern in der großen Stube Speise und Trank geben, und tröstete sie mit freundlichen Worten. Sie wurden ruhiger. Das Pferd war indessen auch versorgt worden. Als sie gesättigt waren, drang ich auf die Abreise. Sie fügten sich meinem Willen unter zahlreichen Bitten und Versprechungen der Dankbarkeit.

Ich hatte in der Zeit ein laues Bad richten lassen. In dieses legte ich den Jüngling, und ließ ihn die Wirkung des Bades genießen. Da er wieder in dem Bette lag, sprach ich eine Zeit mit ihm. Seine Zuversicht trat immer deutlicher hervor.

Ich nährte ihn nun mehrere Tage mit milden Speisen, und brachte täglich einige Stunden bei ihm zu.

So war der Tag gekommen, den ich zur Behandlung des Übels bestimmt hatte.

Am Tage vorher hatte ich meine Krankenbesuche so eingerichtet, daß ich den andern Tag ganz zu Hause zubringen konnte.

Als die Sonne aufgegangen war, brachte ich alle nötigen Gegenstände in das Krankengemach. Den Knecht Thomas und die Mägde Apollonia und Crescentia bestimmte ich in das Nebengemach, wenn irgendein Dienst notwendig würde. Dann ging ich in meine Kammer, schloß hinter mir zu, und tat ein Gebet zu Gott.

Darauf ging ich wieder in das Krankengemach, und begann das Werk. Ich entfernte mit dem scharfen Messer die Afterbildungen. Das Messer wurde aber hierbei immer weiter und weiter geführt, daß es mich fast selber schauerte, und daß ich dachte, ob ich denn weiter gehen dürfe. Aber es mußte sein, ich empfahl meine Seele Gott, und tat es. Ich war ganz allein, und hatte niemanden, der mir helfen konnte. Der Kranke hielt sich ruhig, und gab keinen Laut von sich. Endlich war ich fertig, und es waren nur reine Gebilde sichtbar. Aber es war eine Fläche bloßgelegt, so groß, wie ich mir vorher nicht gedacht hatte, und an einer Stelle war mir, als sähe ich unter dem Häutchen die Lunge wallen. Ich legte Linnen, das vom Eiswasser feucht war, auf die Wunde. Dann rief ich die Mägde, ließ Linnen in Eiswasser tauchen, ausringen, mehrfach falten, und auf das erste Linnen legen. So, sagte ich, müßte in jeder Viertelstunde getan werden, wenn ich nicht zu Hause wäre. Die Mägde versprachen es.

Ich wich aber mehrere Tage beinahe gar nicht von dem Kranken.

Ich war diese Tage fast zitternd und bebend.

Ich tat dem Kranken alle Dienste, daß er sich nicht auf eine schädliche Weise bewege. An Speise gab ich ihm das wenigste, daß er nicht erhungere, damit die Glut der Entzündung nicht zu stark würde, und neue Zerstörungen brächte. Er lag geduldig da, und wenn seine ruhigen Augen, da ich bei ihm stand oder saß, oder an ihm vorbei ging, auf meinem Angesichte hafteten, wußte ich, wie viel meine Miene wert sei, und strebte, sie gelassen zu zeigen.

Kein Mensch wußte, wie die Sache sei; denn ich hatte zu

niemanden etwas gesagt. Nur den Obrist führte ich einmal, da er bei mir war, in das Krankengemach, und entblößte ihm die Wunde. Er sah mich sehr ernst an. Ich aber führte ihn, da ich die Wunde wieder zugedeckt hatte, in das Nebengemach. Dort redete ich nichts, damit der Kranke nicht etwas höre, legte meine Hand auf meine Brust, und wies mit der andern Hand nach oben. Der Obrist nickte. Dann entfernte er sich, und ging nach Hause.

Als eine Woche vergangen war, zeigten sich schon, wie ich aus den schönen Lippen des Jünglings, aus den hellen Augen, aus der reinen Haut und andern Dingen geahnt hatte, die ersten Spuren guter Bildungen und beginnender Genesung.

Ich beharrte bei meiner Behandlung.

Als wieder zwei Wochen vergangen waren, zeigten sich die Gesundheitsbildungen so deutlich, daß, wenn nicht ein großer Fehler geschähe, die Genesung als gewiß erkannt werden konnte.

Ich ging wieder in meine Kammer, schloß mich ein, kniete nieder, und dankte Gott.

Als ich dem Kranken gesagt hatte, daß er der Genesung entgegengehe, brachte es auf ihn keine Wirkung hervor. Er hatte sich die Sache nie anders vorgestellt.

Ich schickte an die Eltern und an den Obrist gute Nachrichten.

Wenn ich auch gegen meine Leute von der Sache nicht gesprochen hatte, war sie ihnen doch im allgemeinen aus den Umständen bekannt geworden, und als die Gefahr gewichen war, dachten sie erst an dieselbe, und hatten den Mut, mich zu fragen. Sie erzählten wohl auch andern von dem, was sie wußten, und es entstand Teilnahme an dem Jünglinge. Manche kamen in mein Haus, und fragten um den Kranken, der Obrist war oft bei mir, und freute sich, wenn ich ihm stets bessere Versicherungen geben konnte.

Endlich kehrte allgemach das Rot auf die Wangen des Kranken zurück. Er saß oft in der Sonne vor dem Hause, oder wandelte in dem Garten herum.

Nach einer Zeit war die Wunde geschlossen.

Ich schrieb an die Eltern, daß sie den Genesenen holen möchten.

Sie kamen in einem schönen Sitzwägelchen. Sie dankten mir auf das Inständigste, und sagten, ich möchte meine Forderung jetzt angeben. Ich erwiderte ihnen, sie sollen beruhigt sein, meine Forderung werde nicht groß sein. Heute aber, an dem Tage des glücklichen Wiedersehens, dürfe davon nicht geredet werden, heute sei auch der Tag, an dem sie dem danken müßten, der alles gegeben und ihr Gebet erhört hat. Was mir zu gebühren scheine, werde ich ihnen einmal später in einer Schrift anzeigen. Sie könnten mir es in einer Zeit, die ihnen gelegen wäre, entrichten. Sie aßen bei mir noch ihr Mittagmahl, und richteten sich dann zur Abreise. Der Jüngling hatte, als er mir dankte, nasse Augen, und wollte mir die Hand küssen. Ich duldete es aber nicht. Dankend stiegen die drei Menschen auf den Wagen, und dankend fuhren sie davon. Meine Leute hatten sich auf der Gasse versammelt, als sie abfuhren, einige Menschen aus Thal ob Pirling waren auch herzu gekommen, andere aber sahen ihnen aus Türen und Fenstern nach, da sie durch den Ort fuhren.

Ich aber hatte nun den schönen Wald wieder, der mir bisher gleichsam verfinstert gewesen war.

In mein Herz kam eine Freude, wie ich nie geahnt hatte, daß ich eine solche Freude noch auf Erden zu empfinden vermöchte.[30]

Eines Tages sprach ich mit dem Obrist davon, daß ich mein Haus erweitern wolle, und legte ihm ungefähr meine Vorsätze dar.

Er war mit den Gedanken sehr einverstanden, und sagte,

ich möge gleich beginnen, und zwar mit sehr vielen Leuten, daß der Bau sich nicht verschleppe. Ich hatte den nämlichen Gedanken. Und so wurde begonnen.

Das Haus sollte an beiden Seiten erweitert und erhöht werden, und ein neues Dach bekommen.

In kurzem arbeitete an meinem Hause eine große Zahl von Menschen, und ich hatte in meinen Mußestunden vollauf zu tun.

Der Obrist war sehr fleißig bei mir, wir machten Entwürfe für die Einteilung in dem Innern, und änderten sie wieder, bis einmal alles recht klar auf dem weißen Papiere vor uns gezeichnet war.

Neben der großen Stube in dem oberen Geschosse sollte ein Gemach sein, welches ein Andachtszimmer, eine Art Hauskapelle, wäre. Ich hatte bei mir beschlossen, daß ich für dieses Zimmer ein Standbild der heiligen Margarita bestellen wolle.[31]

Um jene Zeit kam ein Brief von dem Fürsten, der meldete, seine Freunde in Italien wissen nichts von dem Zeichner Lind. Nur einer schrieb, der Maler Ewald Lind sei in Rom gewesen. Jetzt sei er aber nicht mehr dort.

Ich fuhr zu dem Fürsten hinaus, und dankte ihm.[32]

»Da bei mir und meinem Freunde Sternfeld Anlagen nach seinen Zeichnungen ausgeführt worden sind«, sagte der Fürst, »so wird er sehr wahrscheinlich, wie ich schon sagte, mit uns wieder in Beziehungen kommen.«

»Gebe es Gott, dann kann alles gut werden«, sagte ich.[33]

Wir besuchten auch den Garten, und was der Fürst gesagt hatte, daß die Wirkung immer klarer und bestimmter werde, bestätigte sich an mir, sie war bei mir klarer, bestimmter, aber auch größer.[34]

Ich fuhr wieder nach Hause.

Bald darauf ereignete sich etwas Bedeutsames.

In dem oberen Thaugrunde rieselt ein kleines Wässerlein

in die Siller. Die Leute haben seit unvordenklichen Zeiten gesagt, daß dieses Wasser Drüsenanschwellungen, Beulen, Geschwüre, Leberauftreibung heile. Ich hatte es untersucht, und hatte nie etwas darin gefunden, das Heilkraft haben könne. Nun las ich aber in dem Schatzkasten des alten Quadrinus, daß er von einer Quelle spricht, welche frisch gestärktes Linnen blau färbt, und Auftreibungen, Anschwellungen und alte Schäden heilt. Ich ließ Wasser von unserem Bächlein holen, tauchte gestärktes Linnen ein, und es wurde blau.

Ich kaufte nun von dem Gerbauer, in dessen Walde das Wasser fließt, den Streifen Grund zu beiden Seiten des Wässerleins, und zog Schranken, und ließ vorläufig durch Steine ein Becken legen. Ich hatte vor, den Grund eingittern und eine Steinkufe hauen zu lassen.[35]

Der Weizen vor meinem Hause reifte. Ich ließ ihn bis zum äußersten stehen. Dann ließ ich ihn schneiden, in der Sonne wohl trocknen, in die Scheuer bringen und dreschen. Als die schönen, goldbraun glänzenden Körner wohlgereinigt auf der Tenne aufgeschüttet lagen, und die Sonne durch das offene Tor auf sie herein schien, stand ich lange dabei, und sah sie an. Ich beschloß, jedem, der da wollte, Samen abzulassen.

Die Seitenmauern meines Hauses waren endlich mit schönen Ziegeln bis zu ihrer Höhe geführt worden, und es konnte das Dach gesetzt werden. Bei dem Feste des Lattenschlagens dachte ich an Kaspar. Ich hatte nie gewußt, daß ich ihn so geliebt habe.

Obwohl ich mit allen meinen Dingen so sehr beschäftigt war, zog es mich doch zuweilen zu einem einsamen Gange in das Freie. Und wenn ich Pflanzen und Steine ansah, oder den fernen Wald mit seinem Blau, aus dem manchmal ein lichter, freundlicher Rauchfaden aufstieg, oder den Himmel, der mir seinen Schmuck zeigte, die Wolken, die am

Tage wie Silber glänzten und abends wie rotbrennendes Gold, so war das alles anders als sonst, und ich ging oft recht schwermütig nach Hause. Am besten war mir noch anstrengende Arbeit.

Gegen den Herbst starb der Auszügler des Alighofes in sanftem Schlafe. Es hatten wohl wenig Menschen mehr von dem alten Manne geredet. Jetzt, da er gestorben war, redeten sehr viele von ihm, und zwar seines hohen Alters willen. Der Pfarrer hatte in dem Taufbuche nachgesehen und gefunden, daß der Mann nicht gegen neunzig Jahre alt gewesen sei, wie er selber gesagt hatte, sondern drei Monate über hundert fünfzehn Jahre. Alle Menschen erstaunten, und ich dachte, warum denn mein Vater, der um ungemein vieles jünger gewesen war, habe sterben müssen. Jedoch sterben nicht manche im zwanzigsten Jahre und früher? Gott hat es verfügt.[36]

In dem Innern meines Hauses ließ ich so viele Menschen arbeiten, als nur immer Platz hatten, damit die Einteilung ausgeführt würde, und die alten Mauerstücke weggenommen werden könnten. Wir behalfen uns mit den unberührten Gemächern, und hatten wohl Platz genug.

Die bestellten Schafe kamen. Es waren sehr schöne Tiere, und ich ordnete ihre Verpflegung und Behandlung an.

Es kamen auch die Obstbäume, die ich bestellt hatte, Zwergbäume und andere. Die Zwergbäume wurden in den Garten verteilt, die andern, Äpfelbäume, Birnbäume und Waldkirschenbäume, wurden vom Garten weg auf meine Gründe gesetzt, so weit dieselben reichten.

Der Wegbau wurde in unserer Gemeinde und in anderen Gemeinden sehr eifrig fortgesetzt.

Von dem Amte kam die Weisung, daß die Sillerbrücke gebaut werden müsse. Der Obrist erbot sich, damit die Brücke die gehörige Höhe habe, auf dem diesseitigen Ufer aus eigenen Kräften eine Mauer aufführen zu lassen, was mit Freude und Dank angenommen wurde. Er begann sogleich damit, und die Einleitungen zu dem Baue wurden zwischen den verschiedenen Gemeinden gemacht.[37]

So war nun manches im Gange, das die Kräfte hierhin und dorthin in Anspruch nahm, und fördersam wirkte.[38]

Im Spätherbste kam noch etwas anderes hinzu.

Der Obrist fuhr eines Tages zu mir herab, und sagte, er komme im Auftrage des Freiherrn von Tannberg.

Als ich erwidert hatte, er möge mir den Auftrag eröffnen, sagte er: »Isabella, die jüngere Tochter des Freiherrn, hat eine heimliche Neigung zu dem Zeichner Ewald Lind gefaßt. Sie hat ihn nicht oft, aber doch einige Male in dem braunen Hofe gesehen. Aus diesem Gefühle scheint ihre Schwermut, ihr Gemüts- und Nervenleiden zu entspringen. Als die Eltern den Zustand entdeckten, verließen sie Tannberg, und kamen seitdem nicht mehr hieher. In der Familie wurde von Lind nicht mehr gesprochen, und endlich wurden Ärzte zu Rate gezogen. Es kam aber keine Hilfe. Der Freiherr denkt nun auf Euch, Herr Doktor, und wenn Ihr der Kranken beistehen wollt, so würden sie alle schon diesen Winter in Tannberg zubringen. Er wollte die Sache nicht schreiben, und hat mich um Vermittlung ersucht.«

Ich konnte nur die Worte hervor bringen: »Das ist erstaunlich, das ist außerordentlich.«

»Ja, so ist es«, sagte der Obrist.

»Es ist mir ja völlig wie bei den Briefen Christinens«, sprach ich.

»Ich habe oft an diese Briefe gedacht«, antwortete der Obrist.

»Aus dieser Wirkung auf ein Frauenherz erkenne ich erst recht, daß Lind Eustachius ist«, sprach ist.

»Es wird wohl so sein«, entgegnete der Obrist.

»Und wie wird sich all das entwirren?« sagte ich.

»Das liegt in der Hand des Himmels«, erwiderte der Obrist, »die Eltern haben ein großes Vertrauen zu Euch.«

»Es ist meine Pflicht als Arzt, dort beizustehen, wo Beistand gefordert wird«, antwortete ich. »In diesem Falle wird aber der Mensch mehr als der Arzt leisten können.«

»Und zu dem Menschen haben wir auch alle das größte Vertrauen«, sagte der Obrist.

»Möge ich es nur rechtfertigen können«, entgegnete ich.

»Ihr werdet redlich streben«, sagte der Obrist.

»Das werde ich«, antwortete ich. »Schreibt dem Freiherrn, daß er kommen möge, daß man zu Isabella nie sage, daß sie ein Gemütsleiden habe, und daß man ihr ankündige, ich werde ihr gegen ihre Nervenzustände behilflich sein. Sie wird sehr gerne hieher gehen, und ein Teil der Genesung wird schon dadurch vollbracht sein. Man hat einen Fehler gemacht, daß auf das Gefühl Isabellas ein Druck ausgeübt wurde. Isabella ist sehr schwärmerisch, und ihre Erziehung hat diese Kraft zu sehr wachsen lassen. Ihr Gefühl ist ihr ganz gewiß selber nicht klar. Man sorge nur, daß es ihr nicht klar werde, und in Begehren übergehe. Sonst hat das Gefühl seine volle Berechtigung, wie etwa Freude an schöner Musik oder an etwas, das wir für groß und edel halten. Und ist das Gefühl zu einfacher Ruhe zurückgekehrt, so soll Isabella zu gewöhnlichen Beschäftigungen angeleitet werden, die den Verstand erweitern, und einen Blick in die Wirklichkeit geben.«

»Es scheint mir sehr richtig, was Ihr sagt«, entgegnete der Obrist.

»Das ist der gute Ausgang«, antwortete ich. »Es könnte aber auch eine tiefe Erregung da sein, eine Verwundung des Gemütes, dann wäre die Sache schlimmer.«

»Das wird nicht sein«, entgegnete der Obrist, »der Zustand Isabellas wird als äußerst sanft geschildert.«

»So fassen wir Hoffnung«, sagte ich. »Mein Gemüt wird in dieser Angelegenheit auch in Bewegung kommen.«

»Ich weiß es«, erwiderte der Obrist, »Ihr werdet sie aber nicht herrschen lassen.«

»Gewiß nicht«, sagte ich, »und andererseits kann sie mir auch dienlich sein.«

»Und so beginnen wir mit Gott«, sprach der Obrist.

»Mit Gott«, antwortete ich.

Dann redeten wir noch von mehreren verschiedenen Dingen, und der Obrist fuhr wieder nach Hause.

Ich aber dachte am Rest des Tages und in Teilen der Nacht immer an das, was ich von ihm erfahren hatte.

Dieses Ereignis schrieb ich an Christinen und Waldon nicht.

In der dritten Woche nach meinem Gespräche mit dem Obrist kam der Freiherr von Tannberg mit den Seinigen in dem Tannhofe an. Ich wurde davon verständigt, und um meinen Besuch gebeten.

Ich fuhr hinüber.

Zuerst sprach ich eine Weile mit allen im gemeinschaftlichen Versammlungszimmer. Wir teilten uns manche Erlebnisse mit, und sie gingen auf mein Schicksal sehr teilnehmend ein.

Dann verlangte ich mit der Kranken allein in einem Gemache zu sprechen.

Die Mutter führte uns in das Besuchzimmer der Töchter.

Als wir allein waren, saß mir Isabella ein wenig befangen gegenüber. Ihr Wesen war wie gewöhnlich, nur ihr Angesicht war etwas blasser. Ich glaubte, einen Strahl Freude darin zu finden.

»Fürchten Sie unsern Winter nicht«, sagte ich, »er ist im Walde sehr schön.«

»Wir sind im Winter nie hier gewesen«, antwortete sie, »ich bin sehr begierig, wie er ist.«

»Er wird Sie freuen«, sagte ich, »und er wird Sie und Ihre Schwester und Ihre Mutter und Ihre Großmutter stärken.«

Dann eröffnete ich ihr, daß man mir gesagt habe, sie leide an ihren Nerven.

»Das haben Ärzte gesagt«, antwortete sie.

»Nervenleiden sind ein seltsames Ding«, entgegnete ich ihr, »oft sind sie da, wo man sie nicht vermutet, und oft sind sie nicht da, wo man sie für gewiß hält.«

Ich fragte sie nun um mehreres, und aus ihren Antworten und aus der Beschaffenheit ihres Körpers erkannte ich, daß ein leibliches Übel nicht vorhanden sei, woraus ein geistiges gefolgt wäre.

»Sie sind nicht krank, Isabella«, sagte ich, »und mit Ihrem Nervenzustande ist es auch zweifelhaft. Wir werden das Weitere sehen. Hier wird manches anders werden.«

»Ja, lieber Doktor«, antwortete sie.

Ich führte sie wieder zu den Ihrigen zurück.

Dort sagte ich das Nämliche, und gab den Rat, daß man viel in freier Luft sei, entweder mäßig gehend oder fahrend. Dem Vater und der Mutter allein sagte ich, daß sie einem Gespräche über Lind nicht ausweichen möchten, und daß sie von dem Manne, wenn er es verdient, mit Hochachtung, jedenfalls aber freundlich sprechen.

»Dann bestärken wir ja das Gefühl«, sagte die Mutter.

»Widerstand stärkt ein Gefühl hundert Male mehr als Teilnahme«, antwortete ich. »Es ist bedeutend gefehlt worden, und wenn Isabella heftiger wäre, so hätte ein größtes Übel entstehen können, das bei ihrer Engelssanftmut nicht gekommen ist.«

»Wir vertrauen Ihrer Einsicht«, sagte der Freiherr.

»Ich werde mindestens versuchen, mir durch Beobachtung ihren Zustand klar zu machen, und werde Ihnen dann meine Meinung sagen.«

»Und wir werden folgsam sein«, sagte die Mutter.

Ich blieb eine geraume Zeit in dem Tannhofe, und fuhr dann wieder nach Thal ob Pirling.

Am andern Tage fuhr ich zu dem Obrist hinauf, und sagte ihm, daß ich, so weit ich nach einem ersten Besuche reden könne, gute Hoffnung zu geben vermag. Die Schwermut Isabellas, wenn es überhaupt Schwermut ist, sei sehr sanft, und werde durch Schonung und Teilnahme wieder in Ruhe und Heiterkeit übergehen. Ich bat ihn, er möchte öfter in den Tannhof kommen, und durch freundlichen Umgang zum Erfolge mitwirken.

»Das werde ich gewiß tun«, antwortete er.

Von diesem Tage an begann ein Verkehr zwischen den Bewohnern des Tannhofes, dem Obrist und mir. Der Freiherr fuhr mit den Seinigen oft in das Haghaus, oft auch zu mir, der Obrist fuhr in den Tannhof, ich fuhr auch öfter dahin. Zuweilen verabredeten wir uns zu gemeinschaftlichen Zusammenkünften, und fuhren dann in mehreren Wägen in der Gegend herum, oder an irgendeinen Ort. Ich war da manches Mal mit Isabella allein in einem Wagen, und sprach mit ihr von gewöhnlichen Dingen, aber doch meist von solchen, die in dem Kreise ihrer schwärmerischen Gefühle waren, von Musik, von Dichtkunst, von Bildern, von aufopfernden Taten. Ich lenkte dann das Gespräch auf den Wald, und erzählte, welch wunderbare Kräuter und andere Dinge er habe, und versprach ihr, im kommenden Frühlinge ihr manches zu zeigen. Sie freute sich darauf, und wurde nach und nach gegen mich gesprächiger.

Mit dem Obrist hatte ich häufige Zusammenkünfte, und wir sprachen über die Sachlage.

Ich führte die Bewohner des Tannhofes öfter auch an verschiedene Stellen, auf denen an den Wegen gearbeitet wurde. Ich zeigte Isabella, was da Gutes gemacht werde, und sie ging auf die Sache ein.

Auch bei dem Baue der Sillerbrücke waren wir einmal.

Der Obrist und ich zeigten unsern Gästen, wie wir sie auf dem Geröllbühel nannten, unsere Föhrenpflanzung. Die Mädchen wunderten sich sehr darüber; der Obrist aber setzte ihnen die Unternehmung aus einander.

Der Freiherr von Tannberg freute sich über manche Veränderung, die er getroffen hatte, namentlich über die manchen Felder schönen Weizens.

Einmal bestimmte ich alle, den Garten des Fürsten zu besuchen.

»Wenn auch kein einziges Blättchen auf den Laubbäumen ist«, sagte ich, »so ist auch in dieser Gestalt der Bau des Ganzen schön, und der Blick von draußen auf unsern Wald herein sehr schön.«

Wir fuhren bei dem ersten Morgengrauen von dem Tannhofe fort. Der Obrist und der Freiherr hatten des Tages vorher Pferde auf die Mitte des Weges bringen lassen, und so kamen wir zu guter Tageszeit in dem braunen Hofe an. Der Fürst und die Seinigen waren nicht mehr anwesend. Wir stiegen zu dem alten Turme empor. Ich war selber erstaunt über die düster schöne Pracht in dieser Jahreszeit. Es war keine lichte Stelle reifender Felder oder schimmernder Wiesen oder glänzenden Laubholzes; dunkle Streifen des Nadelholzes zogen sich hin, braune Stellen des Laubholzes, fahle Wiesen, grünblaue Wintersaatfelder und das Braun der geackerten Gründe. Dann kam der Duft, aber nicht der lieblich dämmernde des Sommers, sondern ein ernster, winterverkündender. Unsere Wälder schauten in noch größerer Feierlichkeit herein als sonst. Der Freiherr war am meisten ergriffen, weil er in dieser Jahreszeit nie in dem Walde gewesen war. Alle andern aber freuten sich des Anblickes. Wir gingen durch verschiedene Abteilungen des Gartens wieder in den braunen Hof zurück. Isabella war so heiter, wie sie nach der Versicherung des Vaters zwei Jahre nicht gewesen ist. Ich erkannte manchen Blick der Mutter, der sich lohnend auf mich richtete. Wir aßen ein kleines Mittagbrot, und fuhren dann wieder nach Hause. Als wir in der Finsternis in dem Tannhofe angekommen waren, aßen wir dort noch zusammen, und versicherten uns wechselweise der Schönheit dieses Tages. Dann fuhr der Obrist in das Haghaus und ich in das Doktorhaus.

Ich empfand in dem Umgange mit denen von Tannberg recht angenehm das Familienleben, und war deshalb gerne bei ihnen. Nur bei dem Obrist und mir war es einsam und familienlos.

Als der Schnee gekommen war, und Schlittenbahnen durch den Wald liefen, spannten wir die schwarzen Pferde zu etwas ernsterem Dienste ein, die wir durch ein Jahr schon immer geübt hatten. Ich hatte ihnen ein feines Ledergeschirr, das eine schwach dunkelrote Farbe trug, machen lassen, und an dem, daß die Sache recht schön aussähe, das Metall gutes Silber war. Der Schlitten, der für sie fertig geworden war, hatte dieselbe Farbe mit einigem Silber. Ich fuhr mit ihnen auf der Bahn ganz leicht dahin. Sie zeigten sich feurig aber fromm. Der Obrist, wenn er bei mir herunten war, lenkte sie oft selber. Wir saßen auf dem Schlitten, und er hielt sie mit den Zügeln so fein zusammen, als wären sie längst eingeschulte Tiere. Er fuhr schlicht und klar auf dem Wege gegen Pirling, wendete um, und fuhr wieder zurück. Dann belohnte er die Pferde durch Zucker und Streicheln.

In Prag hatte ich ein himmelblaues Riemzeug mit Silber und einen himmelblauen Wagen mit silbernen Türgriffen bestellt.

Gottlieb hatte an den schwarzen Pferden eine große Freude. Er machte sich immer etwas bei ihnen zu tun. Ich übergab ihm daher mit der Einwilligung Kajetans eine kleine Nebenaufsicht über dieselben, was ihn sehr vergnügte. Auch sonst trug ich ihm allerlei kleine Geschäfte auf, die er außer seiner Lernzeit zu verrichten hatte. Ich gab ihm kein Heilwasser mehr; aber ich behielt ihn im Winter der besseren Verpflegung und des Unterrichtes willen bei mir.

Die von Tannberg fuhren in ihren Schlitten nach meiner Anordnung fleißig herum. Oft fuhren ich und der Obrist mit ihnen. Sie kamen sehr gerne zu mir, und ich geleitete sie dann mit meinem Schlitten eine Strecke des Rückweges. Auf den Wangen Isabellas war deutlich das Aufblühen eines schwachen Rotes bemerklich. Sie hatten sich in dem Schlosse eine sehr behagliche Winterwohnung zurecht gerichtet, und der Obrist und ich saßen oft nach einer Fahrt noch nach Hereinbruch der Nacht bei ihnen in den sanft erwärmten Zimmern, und genossen mit ihnen, was vorgesetzt worden war. Zuweilen waren wir an einem Nachmittage alle beim Obrist auf einen Imbiß, zuweilen auch bei mir in der großen Stube.

Meine Leute waren alle gegen mich sehr gut. Wenn ich manches Mal in der Nacht allein nach Hause kam, stand schon der Knecht Thomas vor dem Tore, und nahm mir das Pferd und den Schlitten ab. Und wenn ich dann in die von der Leuchte hell glänzende Stube getreten war, nahm mir Katharina den Pelz ab, in dem Eis oder Schnee hing. Und wenn ich auch den Rock und die Haube und die Pelzhandschuhe weggelegt hatte, gab sie mir den Hausrock und die Haushaube. Dann schrieb ich etwas, oder tat sonst etwas, das notwendig war. Hierauf brachten sie mir das Essen. Apollonia hatte die Zubereitung bei Anna gelernt, und ich empfand keinen Unterschied. Nach dem Essen zündete Katharina zwei Kerzen an, und geleitete mich in meine Schlafstube. Ich las noch gewöhnlich eine Zeit in meiner Einsamkeit. Dann zündete ich die Nachtlampe an, löschte die Lichter aus, und begab mich zur Ruhe.

Der Winter war nicht strenge, doch so, daß nie Tauwetter

eintrat. Ich hätte ihn für meine kranke Isabella nicht besser wünschen können. Ich kam zu ihr öfter als zu den meisten meiner Kranken. Sie wurde immer vertrauter mit mir, und immer gesprächiger. Oft machte sie mit Wohlgefallen auf die wunderbaren weißen Gebilde in den Baumzweigen aufmerksam, die wie eine liebliche Verzuckerung waren. Die alte Frau machte mehr Winterfahrten mit, als ich gedacht hatte, und sie bekamen ihr sehr wohl.

Der Frühling erschien eher als in anderen Jahren.

Ich ließ sogleich die Arbeiten in meinem Hause durch zahlreiche Leute fortsetzen. Auch die Wegarbeiten wurden aufgenommen.

Als die Täler und Wälder zu grünen begannen, kam der Bettler Tobias mit einem andern Bettler zu mir. Ich gab beiden Herberge und Verpflegung. Der andere ging am nächsten Morgen fort, Tobias blieb.

Als ich von meinen Krankenbesuchen zurück gekommen war, und mich am Nachmittage in dem Garten befand, ging er zu mir herein, und sagte: »Doktor, die Leute nennen Euch den Vater der Kranken.«

»Guter Tobias, wenn es nur so wäre«, antwortete ich.

»Es ist so«, sagte er, »als ich damals in der Krankheit herum ging, die Leute zu trösten, hörte ich Euch so nennen.«

»Nun es mögen mich manche so genannt haben«, erwiderte ich; »aber ob ich auch ein wirklicher solcher Vater bin.«

»So würden sie es nicht sagen«, entgegnete er.

»Bist du von jener Krankheit verschont geblieben?« fragte ich.

»Wenn sie mich heimgesucht hätte, wäre ich ja zu Euch gekommen«, antwortete er.

»Das wäre ein schweres Kommen gewesen«, sagte ich, »jene Krankheit warf die Leute oft plötzlich in das verworrenste Fieber.«

»Dann hätte Euch ein anderer zu mir gerufen, oder, wenn Ihr es sonst erfahren hättet, wäret Ihr von selber gekommen«, sagte er.

»Ja, Tobias, ich wäre gekommen«, entgegnete ich.

»Seht Ihr«, sagte er; »aber ich bin immer gesund geblieben. Ich habe sehr wenig Zeit gehabt, es gab sehr viel zu tun.«

»Ja wohl, Tobias«, sprach ich.

»Den, der mit mir zu Euch gekommen ist, habe ich nicht eingeladen«, sagte er, »er hat mir erzählt, daß er zu Euch gehe, und den Weg kann ich ihm nicht verbieten.«

»Ich habe nicht an ihn gedacht«, antwortete ich, »er hat seine Pflege erhalten, weil er da war.«

»Ja, so tut Ihr«, entgegnete Tobias.

Er blieb an diesem Tage auch noch in meinem Hause.

Als ich am folgenden Tage von meinen Kranken zurück gekommen war, stand er, den Stab in der Hand, vor dem Haustore. »Ich habe auf Euch gewartet«, sagte er, da ich aus dem Wagen stieg, »ich hätte schon längst fort sollen; aber ich dachte, es wäre unschicklich, wenn ich ohne Abschied davon ginge.«

»Es freut mich, Tobias«, sagte ich.

»Es ist auch unschicklich, und das tue ich nie«, fuhr er fort, »jetzt darf ich nicht mehr aufgehalten werden. Lebet wohl, Herr Doktor, und bleibet gesund.«

»Lebe wohl, Tobias«, antwortete ich, »komme bald wieder, du findest hier ein offenes Haus. Und wenn du etwas brauchst, so sage es.«

»Ich werde es schon sagen«, entgegnete er. »Das ist ein festes Haus, ein Haus, das auf guten Grundpfeilern steht. Ich bin weit und breit herum gekommen, und habe kein solches angetroffen. Es wird noch preiswürdiger werden als bei deinem Vater Eberhard, der mich oft angehört, und um meinen Rat gefragt hat.«

»Es wird auch mir dein Rat lieb sein, Tobias«, sagte ich.

»Nun, sie tun die Sachen dort so, dort anders«, entgegnete er. »Jetzt gehabt Euch wohl, Herr Doktor.«

»Komme bald wieder«, sagte ich.

»Wie es sich fügt. Gottes Dank«, antwortete er.

Und nach diesen Worten schlug er den Weg gegen das Haghaus hinauf ein.

Ich mußte mir bekennen, daß mir das angenehm gewesen war, was der Bettler gesagt hatte.

An einem schönen Tage, da alles blühte, wandelten die von Tannberg, der Obrist und ich in der Richtung von dem Tannhofe gegen das Haghaus. Ich ging mit Isabella allein.

»Wie doch alles schön ist, Herr Doktor«, sagte sie, »und wie unermeßlich es das Herz erfreut.«

»Ja, Isabella«, antwortete ich, »es ist schön. Der ferne Waldrücken, die Wiese vor manchem Hause, so grün wie der Schein des Smaragdsteines, die wallenden Felder, die Wässer, die wir aus den Tiefen rauschen hören, der einzelne Baum, der Strauch, das Kräutlein, das Gräslein, ja das Gestein und die Erde, daraus alles sproßt. Vergessen wir der Sonne nicht, die alles reift und färbt, des Mondes nicht und der Sterne, die ungeheuer groß sein sollen, und deren Zahl unergründlich ist. Und wenn Sie sich erst mit einem Dinge beschäftigen, eine Art Blumen zögen, oder das verachtetste Geschöpf betrachteten, die Käfer, die Moose, so würden Sie erst den unausstaunlichsten Reichtum sehen, den er auf dieses Geschlecht verwendet hat, als hätte er nur allein auf dasselbe seine Gedanken gerichtet. Aber es ist bei jedem so.«

»Den großen allmächtigen unerforschlichen Gott könnten wir ja kaum lieben«, sagte sie, »wir könnten nur schauernde Ehrfurcht vor ihm haben; aber weil er für das kleinste Ding so zärtlich sorgt, so haben wir wieder den Mut, ihn auch recht von Herzen zu lieben.«

»So ist es, Isabella«, entgegnete ich. »Und nun erst der Mensch. Was hat er ihm nicht schon an sich gegeben? Die unschätzbare Freiheit, seine Handlungen selber zu wählen. Und wenn der Schlechte die Freiheit mißbraucht, wenn wir ihn bemitleiden, wenn wir ihn sogar strafen müssen, so ist die Freiheit darum nichts Geringeres, wie leuchtet sie dafür in den großen und guten Handlungen anderer. Und was hat er dem Menschen an dem Menschen gegeben? Eine Tiefe des Glückes, die, wenn wir sie nicht hätten, wir nicht zu ahnen vermöchten. An Eltern, Geschwistern, Gatten, Kindern, Freunden und fremden Menschen, die wir bewundern.«

»Mein Vater ist sehr gut, meine Mutter ist sehr gut, und meine Schwester und die Großmutter sind sehr gut«, antwortete sie.

»Sie sind sehr reich, Isabella, wenigen wird es zuteil«, sagte ich.

»Ich habe Gott schon oft gedankt, daß er mir solche Angehörige gegeben hat«, sprach sie.

»Und ihnen sind Sie gegeben worden«, sagte ich.

»Wenn ich nur so gut wäre«, antwortete sie.

»Sie sind es, das wissen wir andern«, sagte ich. »Und wie könnte unter gleichen Menschen mit gleichen Anlagen und Schicksalen einer ein ganz anderer werden?«

»Es ist ein Glück in unserem Hause, von dem ich oft fühle, daß ich es nicht verdiene«, sprach sie.

»So sagen alle rechten Menschen«, antwortete ich. »Und was wäre denn die Liebe, wenn sie nicht ein reichliches Maß über das Verdienst hinaus gäbe? Dieses freie Geschenk ist es, welches den Geber und Empfänger beseligt. Welches Verdienst haben wir denn gegen Gott, und wer gibt uns eine größere Liebe?«

»Lieber Doktor, ja es ist so, wie Sie sagen«, entgegnete sie.

»Dann haben Sie den Obrist«, sagte ich.

»Eine größere Verehrung könnte ich gegen keinen fremden Menschen haben«, antwortete sie, »und eine größere Liebe nicht für die Güte und Freundlichkeit, die er gegen mich beweiset.«

»Er ist einer der vorzüglichsten Menschen«, sagte ich.

»Und der mildesten«, antwortete sie.

»Das habe ich sogleich erkannt, und habe es erfahren«, sagte ich.

»Die Meinigen legen auch den höchsten Wert auf seine Freundschaft für uns«, sagte sie.

»Und er auf die, welche ihm aus Ihrem Hause entgegen kömmt«, erwiderte ich.

»Weil er gar so gütig ist«, sagte sie.

»Es gibt Menschen«, fuhr ich fort, »welche in der Liebe und Freundschaft nur das angenehme Gefühl suchen, das sie daraus ziehen.«

»Das ist abscheulich«, antwortete sie.

»Ja, Isabella«, entgegnete ich; »aber es ist doch so. Wie könnte ein Mann, der mit seiner Gattin in guter Ehe gelebt hat, sogleich nach ihrem Tode eine andere wählen, mit der er wieder in guter Ehe lebt, und oft noch eine dritte? Wie könnte ein Mann, der von einer Stadt in eine andere übersiedelt, den Kreis der Freunde, die er dort verlassen hat, vergessen, und sich in der neuen Stadt einen neuen Kreis bilden, in welchem er sich vergnügt? Man sagt von solchen Menschen, sie lieben die Liebe, aber nicht den Gegenstand.«

»Diese verdienen gar keine Gegenliebe«, sage Isabella.

»Sie haben auch meistens keine«, erwiderte ich. »Sie halten die Freundlichkeiten, Gefälligkeiten, Dienstleistungen, die ihnen entgegen kommen, für Liebe. Das ist das Göttliche und Bewunderungswürdige, Isabella, daß das feine Menschengemüt, und ich sage sogar, das feine Tiergemüt weiß, ob man es liebt, oder nur seiner bedarf.«

»Ja, Doktor«, rief Isabella, »ja, ja, das ist wahr.«

»Sie kennen die Schicksale des Obrists«, sagte ich.

»Ja«, antwortete sie.

»Wie trug er den Tod seiner Gattin«, sagte ich, »wie liebte er sie fort, ohne sie zu sehen, wie ist er liebreich gegen alle Menschen, ohne von ihnen etwas zu begehren.«

»Sie geben ihm freiwillig ihre Liebe«, antwortete Isabella.

»Weil sie empfinden, daß die seinige echt ist«, entgegnete ich.

»Wie verehrungswürdig sind seine Handlungen gegen Margarita«, sprach Isabella.

»Das ist schon näher, weil er ihr Vater ist«, entgegnete ich. »Ich will nun auch von etwas sprechen, das mich berührt. Der Obrist hatte zugegeben, daß Margarita meine Gattin würde.«

»Sie hätten ein großes Glück in Ihr Haus geführt«, sprach Isabella.

»Es war zu groß für mich«, erwiderte ich. »Durch die Übereilung einer törichten Empfindung störte ich das Vertrauen in Margaritas Herzen, daß sie nicht mehr wagte, mein Weib zu werden. Sie liebt mich aber nach ihrem Vater am meisten, und ich, der ich keine Angehörigen mehr habe, liebe sie am meisten unter allen Menschen dieser Welt.«

»Ihr werdet doch noch vereinigt werden«, sagte sie.

»Ich denke nicht mehr daran«, antwortete ich, »und weil ich nicht mehr daran denke, so ist meine Empfindung, wie beglückend die frühere war, jetzt so erhaben, und ich darf sie so ohne Vorwurf in meinem Herzen tragen, wie ich bete.«

»Ich fühle es lebendig, daß Sie recht haben, Herr Doktor«, sagte sie. »Ihr seid zwei vorzügliche Menschen.«

»Margarita wohl«, entgegnete ich, »wie ich mögen viele sein. Ich werde nie eines andern Weibes Mann, und Margarita wird nie eines andern Mannes Weib werden. Und so wird diese Freundschaft dauern bis an das Grab, und bei dem Überlebenden über das Grab hinaus.«

»Ach möchte Gott die Trennung erst spät, recht spät, herbei führen«, sprach Isabella.

»Wie es sein Wille ist«, sagte ich. »Ich will auch noch von einem Dinge aus meiner frühesten Jugend reden. Ich hatte einen Freund. Etwas Schöneres kann man sich kaum denken. Nicht zu groß, nicht zu klein, im rechten Ebenmaße. Ein feines unschuldiges Angesicht, blonde Haare und schwarze Augen.«

»Das ist ja der Zeichner Lind«, rief Isabella.

»Es kann sein, daß er es ist«, antwortete ich, »ich habe Lind nicht gesehen. Mein Freund war still, fast demütig, und hatte allerlei hohe Gedanken in dem Haupte, besonders aus Dichtungen.«

»Lind hat einmal die Dichtkunst die gestaltenschöne Tochter des Himmels genannt«, sagte Isabella.

»So hätte sie mein Freund Eustachius auch genannt«, entgegnete ich. »Mein Freund verbürgte sich einmal um eine kleine Summe für einen Schulgenossen. Der Schulgenosse aber war ein Schalk. Plötzlich hätte mein Freund zahlen sollen, oder er würde gepfändet. Da er nicht zahlen konnte, ging er fort, und ich habe ihn nicht mehr gesehen.«

»Das hat er aus Scham getan«, sagte Isabella.

»Es hätte aber gar nicht bis zum Schämen zu kommen gebraucht«, entgegnete ich. »Wenn er zu mir etwas gesagt hätte, so wäre die Sache ausgeglichen worden, wie sie ja auch wirklich ausgeglichen worden ist.«

»Dazu hat er sich noch mehr geschämt«, sagte sie. »Daß er zu Ihnen nichts zu sagen vermochte, ist ein noch feineres Gefühl als das erste.«

»Es mag sein«, sprach ich.

»Wie Sie von Ihrem Freunde reden, so hat er gar nicht anders zu handeln vermocht, als er gehandelt hat«, antwortete sie. »Lind hätte gewiß gerade so in seiner ersten Jugend gehandelt.«

»Ich habe Jahre lang nach ihm geforscht, er ließ sich nicht erforschen«, sagte ich.

»Bis er etwas geworden ist, davor alle Achtung haben müssen«, antwortete sie.

»Ich glaube sicher, daß es so ist«, sprach ich. »In meinem Hause sind Habschaften von ihm, Schriften, fremde Briefe und allerlei Dinge aufbewahrt. Ich halte sie wie Kleinode, und liebe den Freund, der mich verlassen hat, und der in seiner Verborgenheit verharrt, ebenso, wie ich ihn geliebt habe, da wir mit einander umgegangen sind. Ja ich liebe ihn noch mehr, weil er mich der Einsamkeit willen dauert, zu der er sich verurteilt hat.«

»So täte ich auch, Herr Doktor«, sagte sie.

»Wenn er Lind ist, so wird es bald zum Vorscheine kommen«, sprach ich, »und dann wird sich vieles heiter lösen und klären.«

»Durch Ihre Beihilfe, Herr Doktor, gewiß«, antwortete sie. »Hat Eustachius Angehörige?«

»Niemand«, entgegnete ich.

»Lind hat auch niemand«, sagte sie, »und das macht solche stille, ich möchte sagen unbewußte tiefe Menschen noch eigentümlicher. Ich habe keinen Mann gekannt, der gewesen wäre, wie Lind. Etwas ähnlich ist ihm der Müller Innozenz.«

»Wie fein Sie empfinden, Isabella«, sagte ich. »Innozenz ist wirklich ein sinnvoller, ruhiger, bedeutender Mensch, und ist hierin Eustachius ähnlich. Ich achte und liebe ihn als Freund schon lange.«

»Ich weiß es«, sprach sie.

»Stellen wir aber auch die Menschen nicht in den Schatten, welche die Dinge dieser Welt etwas kräftiger anfassen«, sagte ich, »sie werden oft, wenn sie sich zum Gleichmaße wenden, die erlesensten. Achten und lieben wir, was uns als achtungswert und liebeswert erscheint, es mag nun unserem Gemüte näher liegen, oder erst durch ein Urteil zu unserer Erkenntnis gelangen.«

»Das sollen Sie wenigstens von mir nie, nie, nie hören, lieber Herr Doktor«, sagte Isabella, »daß ich Hochachtung, Freundschaft, Liebe hege, bloß um mir angenehme Gefühle zu verschaffen, oder daß ich, wie Sie sagten, die Liebe, nicht den Gegenstand liebe.«

»Isabella«, rief ich, »das taten Sie ja ohnehin nie.«

»Aber ich bin ein Kind«, antwortete sie.

»Ja, Isabella«, sagte ich, »ein Kind von feiner Empfindung und von feiner Ahnung, aber unerfahren in den Weltdingen, und hierin werden Ihre Eltern für Sie und für Ihre Schwester schon die Vorsorge treffen.«

»Lieber Doktor«, sprach sie, »ich muß Ihnen noch etwas sagen, weil wir heute schon von diesen Dingen reden. Ich weiß nicht, wie groß Margaritas Freundschaft für Sie ist, ich weiß nicht, wie man die Größe der Freundschaft messen kann; aber die meinige gegen Sie ist so groß, daß ich nicht zu denken vermag, sie könnte größer sein. Vielleicht ist sie so groß wie Margaritas, vielleicht gleich daran. Und diese Freundschaft werde ich Ihnen weihen, so lange ich lebe.«

»Ich habe das gewußt, Isabella, was Sie sagten«, erwiderte ich, »und habe das unverdiente Geschenk, wie wir ja gesagt haben, daß es allemal ein unverdientes ist, in meinem Herzen getragen. Sie wissen auch, daß ich Ihnen die höchste unveränderlichste Freundschaft widme, und lebenslang widmen werde.«

»Ich weiß es, Sie haben es immer und überall gezeigt«, antwortete sie.

»Und in unserem Gefühle ist keine Selbstsucht«, sagte ich.

»Nein, nein«, erwiderte sie, »darum ist es so schön, und darf überall gesagt werden. Ich habe mir viele Worte, die Sie und der Obrist in diesem Winter in unserer Gesellschaft gesprochen haben, gemerkt. Weit schöner als viele Winter in der Stadt ist dieser Winter in dem Walde gewesen.«

»Erinnern Sie sich dessen«, sagte ich, »wir werden ihn auch in unserem Gedächtnisse bewahren.«

Die ganze Gesellschaft hatte sich indessen umgewendet, und wir schlugen nun vereint den Rückweg in den Tannhof unter mannigfaltigen Gesprächen ein.

Isabella und ich sprachen noch manchesmal über ähnliche Dinge, und es wurde auch öfter gemeinschaftlich über sie gesprochen.

Ich las jetzt wieder zuweilen in Eustachs Hirngespinsten. Wie seltsamlich und jugendlich unreif die Sache auch war, so griff sie mir doch oft tief in das Herz.

Der Knabe Gottlieb war sehr gesund. Seine Wangen blühten rosig, und seine Augen waren frisch. Ich wußte nicht, war das Heilwasser die Ursache, oder die reinliche Wohnung und die Nahrung. Ich behielt ihn noch immerfort bei mir. Er nannte mich oft: Doktor Vater.

Die Sillerbrücke wurde fertig. Der alte Pfarrer von Sillerau und der Pfarrer von Pirling weihten sie ein.

Es war eine große Anzahl von Menschen zugegen.

Endlich kam auch der blaue Wagen und das blaue Schirrzeug von Prag an. Ich lud den Obrist zu mir ein, und wir schirrten die schwarzen Pferde zum ersten Male in das neue Zeug, und spannten sie vor den neuen Wagen. Der Obrist und ich fuhren mit den guten Tieren eine ziemliche Strecke Weges. Er leitete sie. Sie schienen an ihrem Gewande Freude zu haben. Das Blau lag mit Pracht auf den schwarzsammetnen Körpern, und das Silber leuchtete von ihnen herab. Ich beschloß nun, täglich eine Strecke mit den Tieren zu fahren.

Die von Tannberg kamen herüber, die von Pirling, die von der Glashütte, von Eisenhammer, Köfner, Löff, Gladrub und andere, und schier alle meine Nachbarn kamen, und lobten die Tiere und ihre Ausstattung.

Ehe die Hälfte des Sommers heran rückte, war alles im Innern meines Hauses fertig. Die Bildsäule der heiligen Margarita war auch aus Prag gekommen. Ich bestimmte die obere Stube zu meinem Schlafgemache. Links neben ihr war ein Gemach, in dessen zwei Fenster mitten ein farbiger Stern aus Glas eingesetzt worden war. Seine Lichter spielten lieblich in dem Gemache, wie oft Bilderfenster in alten Kirchen. In dieses Gemach wurde auf einen würdigen Unterbau die Bildsäule der heiligen Margarita gestellt. Über dem Haupte und an den Seiten waren Verzierungen, so daß das Ganze fast einem Altare glich. Als ich dieses Bild in meinem Hause hatte, fühlte ich mich gewissermaßen nicht mehr so einsam. Rechts von meinem Schlafgemache war das Gemach mit dem Schreibgerüste und den Arzneidingen. Die untere große Stube wurde zur Empfangsstube und Gesellschaftsstube eingerichtet. Sonst hatte ich jetzt Gemächer und Räume genug in dem Hause. Es war noch immer hie und da etwas zur gänzlichen Vollendung nachzuhelfen.

Ich wurde in diesem Sommer auch der Wetterverkündiger für meine Nachbarn. Weil ich durch meine Werkzeuge und durch Betrachtung der Zeichen am Himmel auf das nächste Wetter schließen konnte, und es in dieser Hinsicht mit meinen Feldarbeiten meistens gut traf, so kamen immer mehrere meiner Nachbarn, da sie die Sache merkten, zu mir, mich um die bevorstehende Wetterbeschaffenheit zu fragen. Ich sagte ihnen, was ich wußte.

Isabella hatte das sanfte fröhliche Rot ihrer Wangen wieder bekommen, die Heiterkeit ihres Gemütes aber schien größer zu sein, als sie sonst gewesen war. Ihre Eltern konnten nicht satt werden, mich ihrer Dankbarkeit zu versichern. Ich aber sagte, es müsse noch eines in Anwendung kommen, und wenn das die voraussichtliche Folge bringt, dann sei alles gut.

Als ich die Zeit gekommen und Isabellas Gemüt in der Verfassung glaubte, schritt ich zur Anwendung dieses Einen.

Wir gingen auf dem freien heiteren Wege, der zwischen Thal ob Pirling und dem Tannhofe ist. Ich ging mit Isabella. Nachdem wir über verschiedene Gegenstände gesprochen hatten, redete ich wieder wie öfter von meinem Freunde Eustachius.

»Wenn er Lind ist«, sagte ich, »so ist er jetzt in einer hohen edlen Beschäftigung, die ihm von den Menschen auch Ehren bringt; denn es dürfte kaum einer sein, der Bäume, Baumgruppen, Wälderabteilungen in ihrer natürlichen Mischung und Trennung so leiblich und getreu malt wie er, daß man das Urbild, nur noch schöner, vor Augen zu haben meint. Und wenn ihm stets größere Ehre entgegen kömmt, so wird er auch stets mehr Selbstvertrauen gewinnen. Dann sollte er in Verbindung mit seinen Freunden einen steten Wohnsitz haben, zu dem er immer wieder zurück kehrt, und den er liebt.«

»Und er sollte eine Gattin haben, die sein Wesen ergänzt«, sagte Isabella.

»Haben Sie darauf schon gedacht?« fragte ich.

»Öfter«, antwortete sie. »Und er trägt auch das Gefühl der Zuneigung zu einem Mädchen in seinem Herzen, und zwar sehr lange, und er ist dadurch nach und nach geworden, was er ist. Er hätte ohne dieses Gefühl nie die sanfte gleiche Rundung seines Innern erlangt.«

»Und das denken Sie mit Zuversicht, Isabella?« sagte ich.

»Man sieht es in seinen Augen«, entgegnete sie.

»Nun dann wäre wieder ein Merkmal hinzu gekommen,

daß Eustachius Lind sei«, sagte ich. »Mein Freund hat eine Braut, und zwar schon sehr lange.«

»Kennen Sie dieselbe?« fragte Isabella.

»Ja«, entgegnete ich.

»Wie sieht sie denn aus?« fragte sie.

»Sie ist Margarita ähnlich«, antwortete ich.

»Das ist ja außerordentlich«, rief sie. »Wie heißt sie denn?«

»Christine«, sagte ich. »Sie ist die Tochter eines ansehnlichen Kaufherrn in Prag. Als mein Freund fortgegangen war, bin ich öfter bei ihrem Vater und bei ihr gewesen. Sie hat mich sehr getadelt, daß ich so unablässig nach Eustachius forschte. Sie sagte, wir müssen ehren, was er getan hat. Sie werde warten, bis er komme oder eine Nachricht sende, so lange es auch daure.«

»Sehn Sie«, sprach Isabella, »diese sagt das Nämliche. Er hat recht getan.«

»Ich hätte anders gehandelt«, antwortete ich. »Aber ich wäre gar nicht in den Fall gekommen; denn ich hätte mich für den Schelm gar nicht verbürgt.«

»Er hat sich verbürgt«, sagte sie, »weil er ist, der er ist.«

»Ich sehe, daß alles so ist«, entgegnete ich, »und ich liebe ihn jetzt höher, als ich ihn in unserer kindischen Jugend geliebt habe.«

»Ich vertraue auf Christine sehr«, sagte Isabella. »Und da Sie der beste Freund von Eustachius sind, so wird er vielleicht einmal mit ihr hieher kommen, und wir können ihr etwas Freundliches und Herzliches erweisen.«

»Wenn sich alles löset«, antwortete ich, »so könnte er vielleicht hier wohnen, sobald er die Menschen hier kennen gelernt hat. Für seine Beschäftigung könnte er kaum eine entsprechendere Gegend finden.«

»Das wäre noch besser, und es wird sich alles lösen«, sprach Isabella.

»So hegen wir indessen die Hoffnung«, sagte ich.

Wir kamen nach und nach auf andere Gegenstände, und redeten von ihnen.

Ich konnte bemerken, daß Isabella nach diesem Gespräche noch ruhiger und heiterer war als zuvor.

Ich teilte ihren Eltern das Vorgefallene mit, und sagte, sie könnten nun mit aller Zuversicht auf Isabella bauen. Man möge das Benehmen dieses Winters und Sommers fortsetzen, die Eltern mögen den Mädchen manche häusliche Beschäftigungen übertragen, und sie auch in manche äußern Lebensverhältnisse einführen. Dann wird auch jedes in seiner natürlichen Empfindung, sobald der rechte Mann kömmt, ihm mit Freuden zum Altare folgen.

. . . .

(Hier ist der Dichter gestorben)

Anmerkungen

Die Orthographie wurde durchweg auf den gegenwärtigen Stand gebracht, abgesehen dort, wo alte Formen den Chronikencharakter bestätigen; in der Zeichensetzung blieben die Eigenheiten Stifters dort berücksichtigt, wo eine besondere Gliederung der Sätze den Charakter des Stils gibt.

1 Die Veröffentlichung des 1. Absatzes geht auf den Herausgeber Aprent zurück. Er fand diesen Absatz notwendig, weil »Von den zwei Bettlern« in seiner Veröffentlichung den Anfang bildete, während dieses Stück in der geschlossenen »Mappe« als drittes Kapitel stehen sollte. Den Text für diese Vorbemerkung fand er in der Handschrift Stifters, allerdings durchstrichen. Er hat es überdies für notwendig befunden, ihn zu redigieren.

2 Hier strich Aprent einen Satz. Das erlaubte er sich verschiedentlich, wo ihm eine zu ausführliche Darstellung von Einzelheiten überflüssig schien. Er vertrat die Ansicht, daß der Autor bei einer Überarbeitung des Manuskripts, wozu ihm keine Möglichkeit mehr blieb, derartige Streichungen vorgenommen hätte.

3 Hier sind von Aprent vier Sätze des Dialogs gestrichen.

4 Hier sind von Aprent drei Sätze gestrichen.

5 In Stifters Manuskript trägt dieses Kapitel die Überschrift »Thal ob Pirling«. Der einleitende Absatz fehlt. Aprent versah dieses Kapitel mit der neuen Überschrift, um es von dem gleichnamigen Kapitel der Studienfassung zu unterscheiden. Wir behielten die Überschrift Aprents aus denselben Gründen bei.

6 »in der Richtung zwischen Abend und Mitternacht von Pirling« ist hier von Aprent gestrichen.

7 Mit dem Satz »In dem Stalle waren die Rinder und Zugochsen« faßt Aprent hier zusammen, was bei Stifter im Manuskript in ausführlicher Aufzählung des Viehbestandes steht.

8 Hier strich Aprent zwei Sätze: Beschreibungen der Gesichts-, Augen- und Haarfarbe von Franziska und Josepha, wohl in Hinsicht auf die wiederholten Beschreibungen.

9 Ein Absatz, der die Erwiderung des Besuches des Obristen durch den Doktor im Neubau des Obristen schildert, ist hier von Aprent

gestrichen. Beachtenswert in diesem Absatz ist, daß Margarita, »wie sie gerne bei solchen Gelegenheiten tat«, hinzukam.

10 Hier fehlt ein Absatz von drei Zeilen, in dem resümierend gegenseitige Besuche festgestellt werden, bei einem solchen kam auch Margarita mit ins Doktorhaus.

11 In diesem Absatz faßt Aprent kurz den Inhalt von fünf Absätzen des Originals zusammen: beim Juden wird das Schreibzeug mit den Fröschen und Eidechsen gekauft, beim Meister Kollman ein Buch bestellt aus Pergament in rotes Leder gebunden, in einer Bude ein Elfenbeinkästchen mit himmelblauen Türkissteinen, bei einem Goldschmied eine Silberschale mit Nadelarbeit gekauft.

12 »dann« ersetzt »nach allem diesen« des Originals; damit wurde der Anschluß nach dem zusammenfassenden vorigen Absatz richtiggestellt.

13 Hier hat Aprent »einen Namen gegeben, und habe aus denselben Büchern und Heften« fortgelassen, um die dreimalige Wiederholung von »Bücher und Hefte« zu beseitigen.

14 Hier fehlt ein Satz über das Eintreffen des roten Buches aus Prag.

15 Die beiden folgenden Sätze über die Unterbringung des Schreibgerüsts in der Kammer und die Aufbewahrung des Elfenbeinkästchens und der Brief Christinens in denselben fehlen hier.

16 Hier fehlen die Frage- und Antwortsätze, die ergeben, daß Anna die Zeit ansagen wird.

17 Anschließend wird im Original noch in zwei Sätzen festgestellt, daß Anna von der Familie nicht weiter gefragt wurde, sondern daß man sich zerstreute.

18 Den folgenden Absatz hat Aprent gestrichen. In wenigen Zeilen wird berichtet, daß der Obrist drei Wochen verreist war und Grüße von Margarita bestellt. Margarita erkundigt sich nach dem Ergehen des Doktors.

19 Ein Absatz von fünf Zeilen, in dem von einem wiederholten Besuch des Obristen bei Margarita zu Anfang des Sommers berichtet wird, ist gestrichen.

20 Hier fehlt eine Versicherung des Doktors, daß er nichts beschädigen wird, in drei Zeilen.

21 »wieder« gestrichen.

22 »mehr« gestrichen.

23 »Verehrungswürdiger Herr Doktor« gestrichen.

24 Hier fehlen in dem Gespräch Bemerkungen Margaritas über Anna,

Freundschaftsversicherungen Margaritas für Augustinus und Erwiderungen derselben von Augustinus.

25 Hier fehlen eine Bemerkung des Obristen und eine Antwort des Doktors über das Beispiel.

26 Im Original »Das ist gut«.

27 Hier fehlt eine höfliche Erwiderung von Augustinus.

28 Hier ist gestrichen, daß auch an Waldon und Freunde in Prag die Todesfälle gemeldet wurden, und daß Antworten kamen.

29 Hier fehlen fünf Absätze, in denen ein Dankbesuch bei den Ärzten in Budweis, die Wahl des Augustinus in den Gemeinderat, seine Verpflichtung und die Einholung von Instruktionen über dieses Amt beim Obristen berichtet wird.

30 »Gegen den Abend ging ich zu dem Obrist hinauf« gestrichen, offenbar wegen der Wiederholung im Anschluß.

31 Hier ist ein kurzes Gespräch zwischen dem Obristen und dem Doktor über die Identität von Ewald Lind und Eustachius gestrichen.

32 Hier ist die Zusage des Fürsten, wieder Nachforschungen anzustellen, gestrichen.

33 Ein Antwortsatz des Fürsten ist gestrichen. Augustinus schweigt darauf.

34 Eine Bemerkung, daß die Fürstin nicht zu sehen war, ist gestrichen.

35 Hier folgt der Beginn der Heilung des Knaben Gottlieb, von der in der Studien-Mappe von Seite 110 bis Seite 113 berichtet wird.

36 Hier ist gestrichen, daß der Knabe Gottlieb vom Hilfspriester in Pirling Unterricht empfing.

37 Zwei Sätze, die des Doktors Teilnahme an den Gemeindeversammlungen verzeichnen, sind gestrichen.

38 Hier schließt die Veröffentlichung Aprents in den »Vermischten Schriften«; die anschließende Isabella-Episode wurde mit Erlaubnis des Sudetendeutschen Verlages Franz Kraus aus Franz Hüllers Veröffentlichung entnommen.

GEGENBILD DER GEWALT. ZU PETER SUHRKAMPS EDITION VON ADALBERT STIFTERS »MAPPE MEINES URGROSSVATERS«

In zwei Bänden veröffentlichte Peter Suhrkamp 1939 Adalbert Stifters, von ihm zu Recht als Romanfragment betrachtete »Mappe meines Urgroßvaters«. Der erste Band enthält den Text in der Fassung, wie sie Anfang Februar 1847 im dritten Bändchen von Stifters »Studien«-Erzählungen erschienen ist. Ihr ging eine in der älteren Stifter-Forschung als »Urmappe« bezeichnete Journalfassung voraus, die mit stark abweichendem Text in Fortsetzungen (1841 und 1842) in Friedrich Witthauers »Wiener Zeitschrift für Kunst, Literatur, Theater und Mode« erschienen war. Insofern ist der Text des ersten Bandes dieser 1939 erschienenen Ausgabe von Stifter autorisiert und philologisch daher unproblematisch. Doch verdankt, nach Peter Suhrkamps eigenem Hinweis, die Ausgabe »ihre Entstehung und ihre Gestalt« einem Freund jenes späten Stifter, dessen zeremonieller Stil erst von der literarischen Moderne als vorbildlich entdeckt wurde. Stifter, so meinte etwa Peter Rosei 1982, habe in seinem Spätwerk gewußt, »wie dünn das logische, sprachliche Parkett war, auf dem er sich bewegte. Im Alterswerk wird die Angst vor dem Einbrechen in das von Stifter als gesetzlos empfundene Unten überdeutlich spürbar«. Diesem alten Stifter ist der zweite Band von Peter Suhrkamps Edition der »Mappe meines Urgroßvaters« gewidmet. Er enthält die nachgelassenen, von Stifter selbst nicht mehr zum Druck beförderten Texte zur »Mappe«, die in der Fassung der »Studien« nicht enthalten sind. 1864 nämlich hatte Stifter die Arbeit an seinem Roman »Witiko« unterbrochen und eine neue Fassung des alten Erzähltextes hergestellt, die von der Forschung meist als »letzte Mappe« bezeichnet wird. Franz Hüller unterscheidet in dieser späten Handschrift zwei Bearbeitungsschichten, die er als dritte und vierte Fassung der »Mappe« (nach der Journalfassung und der Buchfassung der »Studien«) in das wissenschaftliche Gespräch eingeführt hat. Trotzdem spricht die Mehrzahl der Stifter-Interpreten bis zum heutigen Tage nur von drei Fassungen des Textes, da die beiden, deutlich voneinander abzuhebenden handschriftlichen Fassungen als unterschiedliche Bearbeitungsstufen eines Textes aufgefaßt werden. Stifter hat ja in dieser handschriftlichen Fassung der »Mappe« nicht etwa eine Fortsetzung der »Studien«-Fassung geschrieben, sondern, wie es seinem Arbeitsstil entsprach, eine völlige Neubearbeitung des auf zwei Bände angelegten Textes vorgenommen. Der erste Band (mit den Kapiteln »Die Altertümer«, »Das Gelöbnis«, »Von den zwei Bettlern«, »Thal ob Pirling«, »Margarita«, »Der sanftmütige Obrist«, »Von unserem Hause«) wurde vom Autor am 11. Dezember 1867 dem Verleger Gustav Heckenast als druckfertig gemeldet, vom zweiten Band aber war bei Stifters Tod, am 28. Januar 1868, erst etwa ein Viertel niedergeschrieben.

1864 hatte Stifter, auf eine nachdrückliche Mahnung seines Verlegers hin, nach 164 Seiten die Arbeit an der »letzten Mappe« abgebrochen, um an seinem Roman »Witiko« weiterzuarbeiten; erst 1867 hat er – wieder beginnend mit der Überarbeitung des ersten Kapitels – die Arbeit an der »Mappe« neuerlich aufgenommen. Sie wurde, wie Stifters Nachlaßverwalter Johannes Aprent am Rande der letzten handschriftlich erhaltenen Seite vermerkte, durch den Tod abgebrochen. »Hier ist der Dichter gestorben. Der Herausgeber des Nachlasses«, lautet die Eintragung Aprents auf der letzten Seite.

Die Arbeitsstufen von 1864 und 1867 also benannte Franz Hüller als die dritte und die vierte Fassung der »Mappe meines Urgroßvaters« und charakterisierte sie (1956) wie folgt: »In der *dritten* Fassung entwickelt sich bereits der organisch geordnete Gang der Handlung der letzten Fassung. Ja, diese Handschrift ist geradezu die Vorlage, in die [Stifter] auf den ersten 60 Seiten in Randverbesserungen und mit mehreren Einlagen die vierte Umarbeitung einträgt. Von da an schreibt er das Weitere, sich immer wieder im ganzen an seine Vorfassung haltend, auf frischen Blättern nieder. Die dritte Fassung reicht zwar um ein großes Stück bis über die prächtige Schilderung des Eiswinters hinaus, in das zweite Kapitel des 2. Bandes, ›Das Scheibenschießen in Pirling‹, hinein; aber der Dichter läßt dafür in der vierten Fassung die dichterisch neu erfundene Eustachius-Handlung und damit auch die künstlerisch so kostbare Isabella-Episode viel eher – bei der Schilderung des Naturgartens des Fürsten von Braunenberg – in die Erzählung einmünden.« An den Wandlungen der Fassungen dieses Werkes ist die Wandlung eines ganzen Lebens abzulesen. »Der Selbstmordversuch des Doktors Augustinus«, meint Franz Hüller, »in der Urfassung und in der Studien-Ausgabe noch mit rührseliger Betrachtung recht sensationell geschildert, wetterleuchtet noch grell genug in der dritten Fassung auf, verflüchtigt sich aber in der Schlußfassung zwischen die Zeilen einer tief versunkenen Gemütserregung. Wer die früheren Fassungen nicht kennt, dem kommt auch nicht die Ahnung eines Selbstmordgedankens in den Sinn. Die Eustachius-Handlung, in der Erstfassung verheißungsvoll entworfen, wird in der Studien-Mappe spurlos ausgeklammert und in der dritten Fassung aufgeschoben auf das noch nicht geschriebene Ende. [...] In der letzten Bearbeitung der ›Mappe‹ steigt nun die Gestalt des Eustachius neben dem Doktor als zweites paralleles Spiegelbild des Dichters in abgeklärter Form wieder empor. Wenn dem Dichter die Vollendung der Erzählung gegönnt gewesen wäre, so wäre wohl Eustachius am Ende zu seiner Christine heimgekehrt, weil er es nun mit der Ehre gekonnt hätte.«

Peter Suhrkamps Edition des zweiten Bandes der »Mappe«, mit dem Untertitel »Aus dem Nachlaß«, war also philologisch überholt, noch ehe sie erschienen war. Der Herausgeber griff nicht auf die – ihm nicht zugänglichen – Handschriften zurück, sondern auf Johannes Aprents im Stile der vorkritischen Edition ausgewählte und bearbeitete Bruchstücke dieser nachgelassenen Handschriften; sie waren 1870 im ersten Band der von Aprent herausgegebenen »Vermischten Schriften« Stifters erschienen und verfolgten das Ziel, als Ergänzung zur »Studien«-Fassung die besten, nur handschriftlich überlieferten Stücke zu edieren. Dieser Tendenz, einen in sich geschlossenen Lesetext (der »Studien«-Fassung) durch die in dieser Fassung nicht enthaltenen »ganz neuen Stücke der letzten Mappe« zu ergänzen, ist Peter Suhrkamp gefolgt und hat Aprents Ergänzungen seinerseits durch die von Franz Hüller 1933 erstmals veröffentlichte »Isabella-Episode« komplettiert.

Den kritischen Text der »letzten Mappe« hatte Franz Hüller im Frühjahr 1939 in Band XII der Prag-Reichenberger Stifter-Ausgabe vorgelegt, so daß Peter Suhrkamp im Sommer dieses Jahres nun auch die Überarbeitungen Aprents (die er, einschließlich einer von Aprent erfundenen Kapitel-Überschrift, in seinen zweiten Band übernommen hat) prüfen und in den Anmerkungen zum zweiten Band auch näher erläutern konnte.

Im Sinne einer kritischen Stifter-Edition war Peter Suhrkamps zweiter Band durch die Prag-Reichenberger Ausgabe überholt, inhaltlich und stilistisch war er es keineswegs. Zusammen mit der Einleitung des Herausgebers nämlich ist Suhrkamps Edition von Stifters »Mappe« jenseits aller Fragen der Textkonstitution Beleg für die Absicht dieses mutigen und gebildeten Verlegers, »die Kultur der edlen Früchte« nicht von Schrecken und Gewalt ersticken zu lassen. Seine Ausgabe ist ein herausragendes Dokument eines stillen, gegen Denkzwang und Gesinnungsterror wirkenden Protestes, dem sich Peter Suhrkamp im zunächst demonstrativ beibehaltenen Namen des S. Fischer-Verlages verschrieben hatte. Die Edition entstand in den Monaten, in denen mit der Sudetenkrise, der Zerschlagung der Tschechoslowakei und der gewaltsamen Errichtung des »Protektorates Böhmen und Mähren« (im März 1939) Stifters Landschaft in den Brennpunkt des weltpolitischen Interesses gerückt war. Die Einleitung zur Edition der »Mappe meines Urgroßvaters« unterzeichnete der Herausgeber im Monat des Hitler-Stalin-Paktes (im August 1939), der den Nationalsozialisten freie Hand zur Entfesselung des Zweiten Weltkrieges gegeben hat. In Suhrkamps einleitendem Text ist die Kritik am nationalsozialistischen Nihilismus, am herrschenden Kult der Gewalt, an der Glorifizierung der heroischen Kampfgesinnung nahezu unverschlüsselt zu fassen. Denn zu all dem bieten die Menschen in Stifters Roman das völlige Gegenbild; und dieses Gegenbild als die Dauer im Wechsel, als »die Wirklichkeit« den rasch wechselnden Sensationen des Tages entgegenzustellen, war Peter Suhrkamps Absicht. Gesetz und Lehre von Stifters Werk, woran sich die gegenwärtig lebende Generation orientieren könne, hat der Herausgeber deutlich genug (und in Widerspruch zur Stifter-Forschung seiner Zeit) erklärt: »Dieses Gesetz besagt, daß die Vernichtung, aus Anarchie und aus Nihilismus in gleicher Weise, in den innersten Zellen und Ordnungen des Lebens keinen Platz findet [...]«, und seine Lehre lautet, »daß das einzelne Leben eine neue Wiederholung von Gottes Schöpfertum sei, allerdings in vergänglichem Stoffe, so daß sein Dasein so verschwenderisch empfindlich ist, wie das der Blätter an Bäumen, die eine Jahreszeit sämtlich hinwegnimmt«. In solchen Sätzen zeigte sich Peter Suhrkamp als der »Bruder« seines Lektors Oskar Loerke, der zur gleichen Zeit dichtete:

»Die Winde stöbern im Genick,
Das rote Laub fährt auf und lacht:
Es sind Geschick und Mißgeschick
Nicht mehr als eine bunte Tracht.«

Loerke hat bekanntlich Stifter als einen seiner »Hausfreunde« beschrieben und das Wort »einfach« als ein Lieblingswort des Autors erkannt: »Es bezeichnet den ersten und den siebenten Schöpfungstag.«

Wie das Gesetz von Stifters Werk den nihilistischen Gesetzen der Gewalt widerstreitet, so ist der »sanftmütige Obrist« in der »Mappe meines Urgroßvaters«, von dessen ernsthaftem Feldleben gesprochen wird, und der in einer langen Probe der Geduld lernte, »das Gewordene über das Heißerstrebte zu schätzen«, das Gegenbild zu den finsteren Heroengestalten nationalsozialistischer Kriegsliteratur, die dazu dienten, Todesbewußtsein und fanatischen Kriegergeist einzuüben. Wer in diesen Spiegelungen den aktuellen Bezug von Peter Suhrkamps Stifter-Edition nicht sehen wollte, dem sagte es der Herausgeber nochmals in aller Deutlichkeit: »Ist es nicht eine merkwürdige Tatsache, daß Stifters Werk, nachdem es nahezu ein halbes Jahrhundert unbeachtet oder gering geschätzt lag, wieder seine Wirkung unter den Menschen zu entfalten begann, als die innere Verwirrung, die im Weltkrieg ihre erste Entladung fand, in empfindlicheren Gemütern ihre Schatten vorauswarf, und daß die Wirkung dieses Werkes in Zeiten, die an der Oberfläche vom Sensationellen und Krassen und selbst Kranken durchsetzt waren, sich besonders entfaltete, und so fort bis in unsere Tage?« Die Zeit des Ersten Weltkrieges – in der nationalsozialistischen Propaganda war sie die Zeit der Bewährung heroischer Frontgesinnung – als eine Zeit der Verwirrung zu bezeichnen und nahezulegen, daß die siegreiche nationalsozialistische Revolution mit einer gesellschaftlichen Krankheit zu tun haben könnte, dies war mehr als eine Geste der Kritik, dies waren Worte des Widerstandes. Sie wurden von den Machthabern, die erst im Februar 1939 sämtliche Schriften des Bermann-Fischer-Verlages in Stockholm der »Liste des schädlichen und unerwünschten Schrifttums« hatten einreihen lassen, auch so verstanden. Peter Suhrkamp wurde am 13. April 1944 verhaftet und wegen Hoch- und Landesverrats angeklagt. Die Stifter-Ausgabe zeigt die Tendenz der 1936 von ihm gegründeten Kommanditgesellschaft, derentwegen er acht Jahre später verhaftet wurde. Schwer erkrankt wurde er zehn Monate nach der Verhaftung aus dem Konzentrationslager Sachsenhausen entlassen.

*

Peter Suhrkamp faszinierte an Stifter nicht so sehr dessen Fähigkeit zum Entwurf weiter epischer Handlungen, nicht der Wille zur Sittlichkeit und auch nicht die phantasievolle Beschreibung der Natur, ihn faszinierte der naturwissenschaftlich geschärfte Blick des poetischen Beobachters, der die Poesie als eine der Wissenschaft überlegene Methode zur Erforschung des Lebens übte. »Stifter«, so meinte Suhrkamp, »war immer wieder über das Leben gebeugt und verzeichnete, was er beobachtete und dachte; es war nicht das allgemeine ›das Leben‹, das er unter dem Mikroskop hatte, sondern viele bestimmte Einzelleben, darunter nicht selten die von Naturdingen, und immer wieder sein eigenes Leben; und was der Forscher so ernsthaft suchte, war nicht das Individuelle dieser Leben, das Zeitliche, sondern das Ewige: das Ewige im Natürlichen.« Eine solche Interpretation belegt ein durchaus modernes Bild Adalbert Stifters, dessen »sanftes Gesetz« nichts anderes ist als eine Vorformulierung des Evolutionsdenkens, doch ohne dessen monistisch-verödende Wirkung. So interessierte Peter Suhrkamp an der »Mappe meines Urgroßvaters« nicht (wie Franz Hüller und die Philologen bis zum heutigen Tag) der epische Entwurf der einzelnen Fassung, sondern die sinnbildliche Bedeutung der Fassungswandlung. Die »Studien«-Fassung der »Mappe« erschien dem Herausgeber »wie ein Feld zwischen zwei Polen; in ihrem Anfang regiert das leidenschaftliche Gesetz zerstörerisch, am Ende das sanfte Gesetz mit Erfüllung«. Die einzelnen Fassungen des Textes (gleichgültig ob drei oder vier) sind demnach nur Stationen auf einem Weg, der etwas – und sehr Konkretes – über das Spannungsfeld des Lebens selbst besagt, über »das Verhältnis zwischen der Natur einerseits und der Kultur des Menschen andererseits«. Diesen Weg von der frühen zur späten Fassung zu verdeutlichen, das Spannungsfeld selbst zu zeigen und nicht nur die Pole dieses Feldes, das war Peter Suhrkamps doch wohl gelungenes Experiment mit einer Stifter-Edition in dem Jahr, in dem Tod und Vernichtung ihre Spur durch Europa zu ziehen begannen. Der Spur des Todes stellte er Stifters Weg gegenüber, auf dem sich Kunst »als Vollendung der Natur zur Verherrlichung des Lebens« deuten läßt. Diese editorische Absicht allein ist Grund genug, um eine Edition 50 Jahre nach ihrem ersten Erscheinen neu aufzulegen.

Wolfgang Frühwald

Zu dieser Ausgabe

insel taschenbuch 1743: Adalbert Stifter, Die Mappe meines Urgroßvaters. Der Text folgt der Ausgabe: Adalbert Stifter, Die Mappe meines Urgroßvaters. Erzählung. Mit einer Einleitung und Anmerkungen von Peter Suhrkamp. Zwei Bände. S. Fischer Verlag, Berlin 1939. Für die im Jahre 1989 als insel taschenbuch 1108 erschienene Neuausgabe schrieb Wolfgang Frühwald das Nachwort. Ihr folgt die vorliegende Ausgabe.

Die Titelseiten und Frontispize der zweibändigen Ausgabe von 1939 werden auf den Seiten 8 und 9 bzw. 258 und 259 reproduziert. Das Stifter-Portrait auf Seite 8 gibt eine Zeichnung von Georg Kordik, Karlsbad 1867, wieder; die Fotografie auf Seite 258 zeigt Adalbert Stifter in der Zeit seiner Krankheit um 1866 – es wurde zum erstenmal veröffentlicht in der 1930 von Franz Hüller besorgten Ausgabe des »Witiko«.

Auf dem Umschlag ist ein Gemälde von Adalbert Stifter abgebildet: Friedberg und die Ruine Wittinghausen (Fassung I). Um 1829. Die Reproduktion erfolgt mit freundlicher Genehmigung der Adalbert-Stifter-Gesellschaft, Wien.

Klassische deutsche Literatur im insel taschenbuch

Bettine von Arnim: Goethes Briefwechsel mit einem Kinde. Herausgegeben und eingeleitet von Waldemar Oehlke. Mit zeitgenössischen Abbildungen. it 767

– Die Günderode. Mit einem Essay von Christa Wolf. it 702

Ludwig Börne: Spiegelbild des Lebens. Aufsätze zur Literatur. Erweiterte Neuausgabe. Ausgewählt und eingeleitet von Marcel Reich-Ranicki. it 1578

Hermann Bote: Till Eulenspiegel. Ein kurzweiliges Buch aus dem Lande Braunschweig. Wie er sein Leben vollbracht hat. Sechsundneunzig seiner Geschichten. Herausgegeben, in die Sprache unserer Zeit übertragen und mit Anmerkungen versehen von Siegfried H. Sichtermann. Mit zeitgenössischen Illustrationen. it 336

Clemens Brentano: Gedichte. Erzählungen. Briefe. Herausgegeben von Hans Magnus Enzensberger. it 557

Georg Büchner: Lenz. Erzählung. Mit Oberlins Aufzeichnungen ›Der Dichter Lenz, im Steinthale‹, ausgewählten Briefen von J. M. R. Lenz und einem Nachwort von Jürgen Schröder. it 429

– Leonce und Lena. Ein Lustspiel. Mit farbigen Illustrationen von Karl Walser und einem Nachwort von Jürgen Schröder. it 594

– Woyzeck. Nach den Handschriften neu herausgegeben und kommentiert von Henri Poschmann. it 846

Gottfried August Bürger: Wunderbare Reisen zu Wasser und zu Lande. Feldzüge und lustige Abenteuer des Freiherrn von Münchhausen, wie er dieselben bei der Flasche im Zirkel seiner Freunde selbst zu erzählen pflegt. Mit den Holzschnitten von Gustave Doré. it 207

Wilhelm Busch: Kritisch-Allzukritisches. Gedichte. Ausgewählt und mit einem Nachwort von Theo Schlee. Mit Illustrationen von Wilhelm Busch. it 52

Adelbert von Chamisso: Peter Schlemihls wundersame Geschichte. Nachwort von Thomas Mann. Illustriert von Emil Preetorius. it 27

Matthias Claudius: Der Wandsbecker Bote. Mit einem Vorwort von Peter Suhrkamp und einem Nachwort von Hermann Hesse. it 130

Annette von Droste-Hülshoff: Die Judenbuche. Ein Sittengemälde aus dem gebirgichten Westfalen. Mit Illustrationen von Max Unold. it 399

– Sämtliche Erzählungen. Herausgegeben von Manfred Häckel. it 1521

– Sämtliche Gedichte. Mit einem Nachwort von Ricarda Huch. it 1092

Marie von Ebner-Eschenbach: Dorf- und Schloßgeschichten. Mit einem Nachwort von Joseph Peter Strelka. it 1272

Johann Peter Eckermann: Gespräche mit Goethe in den letzten Jahren seines Lebens. 2 Bde. Herausgegeben von Fritz Bergemann. it 500

161/1/3.95

Klassische deutsche Literatur
im insel taschenbuch

Joseph von Eichendorff: Aus dem Leben eines Taugenichts. Mit Illustrationen von Adolf Schrödter und einem Nachwort von Ansgar Hillach. it 202
– Gedichte. Mit Zeichnungen von Otto Ubbelohde. Herausgegeben von Traude Dienel. it 255
– Gedichte. In chronologischer Folge herausgegeben von Hartwig Schultz. it 1060
– Novellen und Gedichte. Ausgewählt und eingeleitet von Hermann Hesse. it 360
Theodor Fontane: Briefe an Georg Friedlaender. Herausgegeben und mit einem Nachwort versehen von Walter Hettche. it 1565
– Cécile. Mit einem Nachwort von Walter Müller- Seidel. it 689
– Effi Briest. Mit 21 Lithographien von Max Liebermann. it 138, it 1637 und Großdruck. it 2340
– Frau Jenny Treibel oder ›Wo sich Herz zum Herzen findt‹. Roman. Mit einem Nachwort von Richard Brinkmann. it 746
– Grete Minde. Mit einem Nachwort von Peter Demetz. it 1157
– Herr von Ribbeck auf Ribbeck. Gedichte und Balladen. Herausgegeben von Gottfried Honnefelder. it 1446
– Irrungen, Wirrungen. Mit einem Nachwort von Walther Killy. it 771
– Jenseit des Tweed. Bilder und Briefe aus Schottland. Mit zahlreichen Abbildungen und einem Nachwort herausgegeben von Otto Drude. it 1066
– Kriegsgefangen. Erlebnisse 1870. Herausgegeben von Otto Drude. Mit zahlreichen Abbildungen. it 1437
– Mathilde Möhring. Mit einem Nachwort von Peter Demetz. it 1107
– Meine Kinderjahre. Autobiographischer Roman. Mit einem Nachwort von Otto Drude. it 705
– Die Poggenpuhls. Roman. it 1271
– Schach von Wuthenow. Erzählung aus der Zeit des Regiments Gendarmes. Mit einem Nachwort von Benno von Wiese. it 816
– Der Stechlin. Mit einem Nachwort von Walter Müller-Seidel. it 152
– Stine. Roman. Mit einem Nachwort von Peter Demetz. it 899
– Unwiederbringlich. Roman. it 1593
– Vor dem Sturm. Roman, aus dem Winter 1812 auf 13. Mit einem Nachwort von Hugo Aust. it 583
Georg Forster: Reise um die Welt. Herausgegeben und mit einem Nachwort von Gerhard Steiner. it 757
Das Gespensterbuch. Herausgegeben von Johann August Apel und Friedrich Laun. Ausgewählt von Robert Stockhammer. it 1388

161/2/3.95

Klassische deutsche Literatur
im insel taschenbuch

Johann Wolfgang Goethe: Dichtung und Wahrheit. 3 Bde. in Kassette. Mit Bildmaterial. it 149-151
- Erotische Gedichte. Gedichte, Skizzen und Fragmente. Herausgegeben von Andreas Ammer. it 1225
- Faust. Erster Teil. Nachwort von Jörn Göres. Illustrationen von Eugène Delacroix. it 50
- Faust. Zweiter Teil. Mit Federzeichnungen von Max Beckmann. Mit einem Nachwort zum Text von Jörn Göres und zu den Zeichnungen von Friedhelm Fischer. it 100
- Gedichte. Sämtliche Gedichte in zeitlicher Folge. Herausgegeben von Heinz Nicolai. it 1400

Goethes Briefe an Charlotte von Stein. 3 Bde. in Kassette. Herausgegeben von Julius Petersen. it 1125

Goethes Gedanken über Musik. Eine Sammlung aus seinen Werken, Briefen, Gesprächen und Tagebüchern. Herausgegeben von Hedwig Walwei-Wiegelmann. Mit achtundvierzig Abbildungen, erläutert von Hartmut Schmidt. it 800

Goethes Liebesgedichte. Herausgegeben von Hans Gerhard Gräf mit einem Nachwort von Emil Staiger. it 275
- Hermann und Dorothea. Mit Aufsätzen von August Wilhelm Schlegel, Wilhelm von Humboldt, Georg Wilhelm Friedrich Hegel und Hermann Hettner. Mit zehn Kupfern von Catel. it 225
- Italienische Reise. Mit vierzig Zeichnungen des Autors. Herausgegeben und mit einem Nachwort versehen von Christoph Michel. it 175
- Tagebuch der Italienischen Reise 1786. Notizen und Briefe aus Italien. Mit Skizzen und Zeichnungen des Autors. Herausgegeben und erläutert von Christoph Michel. it 176
- Kampagne in Frankreich 1792. Belagerung von Mainz. Herausgegeben und mit einem Nachwort von Jörg Drews. Mit zeitgenössischen Abbildungen. it 1525
- Die Leiden des jungen Werther. Mit einem Essay von Georg Lukács und einem Nachwort von Jörn Göres. Mit zeitgenössischen Illustrationen von Daniel Nikolaus Chodowiecki und anderen. it 25
- Märchen. Der neue Paris. Die neue Melusine. Das Märchen. Herausgegeben und erläutert von Katharina Mommsen. it 825
- Der Mann von funfzig Jahren. Mit einem Nachwort von Adolf Muschg. it 850
- Maximen und Reflexionen. Text der Ausgabe von 1907 mit den Erläuterungen und der Einleitung Max Heckers. Nachwort von Isabella Kuhn. it 200

161/3/3.95

Klassische deutsche Literatur im insel taschenbuch

Johann Wolfgang Goethe: Novellen. Herausgegeben und mit einem Nachwort versehen von Katharina Mommsen. Mit Federzeichnungen von Max Liebermann. it 425

– Reineke Fuchs. Mit Stahlstichen nach Zeichnungen von Wilhelm Kaulbach. it 125

– Römische Elegien und Venezianische Epigramme. Herausgegeben von Regine Otto. it 1150

– Unterhaltungen deutscher Ausgewanderten. Mit einem Nachwort herausgegeben von Gert Ueding. it 1050

– Die Wahlverwandtschaften. Ein Roman. Erläuterungen von Hans-J. Weitz. Mit einem Essay von Walter Benjamin. it 1

– Die Wahlverwandtschaften. Ein Roman. Erläuterungen von Hans-J. Weitz. Mit einem Essay von Walter Benjamin. it 1639

– West-östlicher Divan. Mit Essays zum ›Divan‹ von Hugo von Hofmannsthal, Oskar Loerke und Karl Krolow. Herausgegeben und mit Erläuterungen versehen von Hans-J. Weitz. it 75

– Wilhelm Meisters Lehrjahre. Herausgegeben von Erich Schmitt. Mit sechs Kupferstichen von Catel, sieben Musikbeispielen und Anmerkungen. it 475

– Wilhelm Meisters Wanderjahre oder die Entsagenden. Mit einem Nachwort von Adolf Muschg. it 575

Der Briefwechsel zwischen Schiller und Goethe. 2 Bde. Herausgegeben von Emil Staiger. Mit Illustrationen. Bildkommentar von Hans-Georg Dewitz. it 250

Johann Wolfgang Goethe / Friedrich von Schiller: Sämtliche Balladen und Romanzen in zeitlicher Folge. Herausgegeben von Karl Eibl. it 1275

Goethes Reden. Herausgegeben und mit einem Nachwort versehen von Gert Ueding. it 1650

Manfred Wenzel: Goethe und die Medizin. Selbstzeugnisse und Dokumente. Mit zahlreichen Abbildungen. it 1350

Jeremias Gotthelf: Die schwarze Spinne. Mit Illustrationen von Renate Sendler-Peters. it 991

Hans Jakob Christoffel von Grimmelshausen: Der abenteuerliche Simplicissimus. Mit Zeichnungen von Fritz Kredel. it 739

Grimms Märchen, wie sie nicht im Buche stehen. Herausgegeben und erläutert von Heinz Rölleke. it 1551

Karoline von Günderode: Gedichte. Herausgegeben von Franz Josef Görtz. it 809

Johann Christian Günther: Die Gedichte. Herausgegeben von Franz-Heinrich Hackel. it 1702

161/4/3.95

Klassische deutsche Literatur im insel taschenbuch

Wilhelm Hauff: Märchen. Herausgegeben von Bernhard Zeller. Mit Illustrationen von Theodor Weber, Theodor Hosemann und Ludwig Burger. it 216

Johann Peter Hebel: Kalendergeschichten. Ausgewählt und mit einem Nachwort von Ernst Bloch. Mit neunzehn Holzschnitten von Ludwig Richter. it 17

– Schatzkästlein des rheinischen Hausfreundes. Nachdruck der Ausgabe von 1811 sowie sämtliche Kalendergeschichten aus dem »Rheinländischen Hausfreund« der Jahre 1808-1819. Herausgegeben und mit einem Nachwort versehen von Jan Knopf. it 719

Heinrich Heine: Buch der Lieder. Mit zeitgenössischen Illustrationen und einem Nachwort von E. Galley. it 33

– Deutschland. Ein Wintermärchen. Mit einem Nachwort von Joseph Peter Strelka. Anhang mit Bibliographie und einer Zeittafel. it 723

– Gedichte aus Liebe. In einer Auswahl von Thomas Brasch. it 1444

– Italien. Mit farbigen Illustrationen von Paul Scheurich. it 1072

– Neue Gedichte. it 1055

– Der Rabbi von Bacherach. Ein Fragment. Mit Illustrationen von Max Liebermann und einem Nachwort von Joseph A. Kruse. it 811

– Reisebilder. Mit einem Nachwort von Joseph A. Kruse und zeitgenössischen Illustrationen. it 444

– Romanzero. Mit einem Nachwort von Joseph A. Kruse und zeitgenössischen Illustrationen. it 538

Johann Gottfried Herder: Lesebuch. Zum 250. Geburtstag. Herausgegeben von Siegfried Hartmut Sunnus. Mit zahlreichen Abbildungen. it 1609

Friedrich Hölderlin: Gedichte. Herausgegeben und mit Erläuterungen versehen von Jochen Schmidt. it 781

– Hyperion oder Der Eremit in Griechenland. Herausgegeben und mit einem Nachwort versehen von Jochen Schmidt. it 365

– Die schönsten Gedichte. Ausgewählt und mit einem Nachwort versehen von Jochen Schmidt. it 1508

Hölderlin. Chronik seines Lebens mit ausgewählten Bildnissen. Herausgegeben von Adolf Beck. it 83

E. T. A. Hoffmann: Die Abenteuer der Silvester-Nacht. Mit farbigen Illustrationen von Monika Wurmdobler. it 798

– Die Elixiere des Teufels. Mit Illustrationen von Hugo Steiner-Prag. it 304

– Das Fräulein von Scuderi. Erzählung aus dem Zeitalter Ludwig des Vierzehnten. Mit Illustrationen von Lutz Siebert. it 410

161/5/3.95